특성 없는 남자 3

세계문학전집
2 2 7

Robert Musil : Der Mann ohne Eigenschaften

특성 없는 남자 3

로베르트 무질 장편소설

박종대 옮김

문학동네

일러두기

1. 번역 대본으로는 *Der Mann ohne Eigenschaften. Band 1: Erstes und Zweites Buch*(Robert Musil, Rowohlt Taschenbuch Verlag, 2010)를 사용했다.

2. 주석은 모두 옮긴이주다.

3. 본문 중 고딕체는 원서에서 이탤릭체로 강조한 부분이다.

4. 등장인물에 대한 상세한 소개는 본서 3권 말미에 있는 옮긴이의 '해설'을 참고하기 바란다. 소설의 줄거리를 포함하고 있으므로 될 수 있으면 본문을 다 읽고 나서 일독하기를 권한다.

제3부 천년제국으로(범죄자들)

천년제국으로(범죄자들)

1. 잊고 있던 여동생

울리히가 같은 날 저녁 무렵 ○○시에 도착해 기차역에 내렸을 때 양쪽 끝으로 도로가 난 넓고 얕은 광장이 그를 맞았다. 한때는 자주 보았지만 그사이 잊고 있던 풍경을 다시 보면 그렇듯, 이 광장을 보고 있자니 아픔에 가까운 기억이 되살아났다.

"내 말 믿어요! 수입은 20퍼센트가 줄었는데 물가는 20퍼센트나 올랐어요. 합치면 40퍼센트라고요!" "장담컨대, 엿새 동안 열리는 사이클 경주야말로 여러 민족을 하나로 묶는 일대 사건이라니까요!" 울리히가 열차 칸막이 객실에서 들었던 말이 이제 그의 귀에서 다시 흘러나왔다. 이어 또다른 목소리가 선명하게 들렸다. "그래도 오페라만한 게 없죠." "오페라가 취미이신가봐요?" "취미 정도가 아니라 아주 열광적으로 좋아하죠!" 울리히는 마치 귀에서 물을 빼려는 사람처럼 고개를 기울였다. 기차는 만원이었고 여정은 길었다. 열차가 달리는 동안 귓속으로 스며들었던 남들의 대화 내용이 이제 한 방울 한 방울 귀에서 다시 흘러나오고 있었다. 울리히는 관棺의 구멍 같은 기차역 출구를 통해 도착의 기쁨과 조급한 움직임이 고요한 광장으로 쏟아져나오는 동안 귓속에 담겨 있던 말들이 모두 방울져 빠져나올 때까지 기다렸다. 이제 그는 소음에 이어 찾아온 정적의 진공상태 속에 서 있었다. 그로 인해 야기된 청각의 혼란과 동시에 익숙하지 않은 고요가 눈에 띄었다. 이 고요 속에서는 모든 것이 평소보다 강렬하게 보였다. 맞은편 광장을 가로지른 곳에는 무척 평범한 십자 창문이 마치 골고다 언덕의 십자가처럼 창백한 유리 광채 위에 저녁 빛을 받으며 시커멓게 서 있었다. 움직이는 것들도 매우 큰 도시에서와 달리 거리의 정지된 것들과 분리된 듯했다. 정지한 것이건 움직이는 것이건 여기서는 분명 자신의 중요성을 드러낼 공간이 있었다. 울리히는 재회의 호기심으로 이런 발견을 했고, 짧지만 유쾌하지 않은 시기에 살았던 이 큰 지방 도시를 찬찬히 관찰해보았다. 이미 잘 아는 것처럼, 이 도시에는 무언가 고향을 잃은 식민지의 냄새가 짙게 배어 있었다. 왜냐하면 수백 년 전 슬라브 민족의 땅으로 이주한 독일 시민계급의 흔적은 교회 몇 개와 가문의 성姓 외에는 남아 있는 것이 거의 없을 정도로 긴 세월에 풍화되었기 때문이다. 한때 주의회 소재지였던 흔적도 지금까지 보존되어온 아름다운 궁전 하나만 빼면 더는 볼 것이 없었다. 그런데 이 시기를 지나 절대왕정시대에 이르러서는 주의 중앙관청들과 함께 황제 직속의 방대한 행정조직이 도시에 설치되었다. 그와 함께 학교와 대학, 병영, 법원, 감옥, 주교관, 무도회장, 극장이 생겨났고, 그에 딸린 사람들을 비롯해 상인과 수

공업자들이 도시로 몰려들었으며, 그러다 마침내 이주해 온 기업가들 덕분에 공업까지 일어나 교외 곳곳에 공장이 들어서면서 지난 몇 세대에 걸쳐 이 땅덩어리의 운명에 다른 어떤 것보다 강한 영향을 끼쳤다. 이 도시에는 역사가 있었고, 얼굴도 있었다. 하지만 그 얼굴에서 눈과 입이 서로 어울리지 않거나, 턱이 머리카락과 어울리지 않았다. 도시의 모든 것에, 겉은 파란만장하지만 속은 텅 빈 삶의 흔적이 배어 있었다. 바로 이런 면이 특별한 개인적인 환경하에서 위대한 독창성이 생겨날 발판이 되었는지 모른다.

마찬가지로 이론의 여지가 없지 않은 한마디 말로 요약하자면, 울리히는 이 도시에서 '영적 공허함'을 느끼고 있었다. 자신을 잊고 무절제하게 상상에 빠지게 하는 공허함이었다. 울리히의 주머니엔 여전히 아버지가 보낸 그 이상한 전보가 들어 있었는데, 그는 그 내용을 암기하고 있었다. "나의 성공적인 서거를 알린다!" 늙은 아버지는 이렇게 아들에게 자신의 죽음을 전달했다. 이것을 전달이라고 할 수 있다면 말이다. 어쨌든 전보 속에는 이것이 아들에게 보내는 메시지라는 사실이 명시되어 있었다. 하단에 "너의 아버지가"라고 적혀 있었기 때문이다. 추밀고문관 각하는 진지한 순간에 결코 농담을 하지 않았다. 그래서 메시지의 기괴한 내용은 말도 안 되게 논리적이었다. 최후에 대한 예감 속에서 이 메시지를 직접 썼건 아니면 다른 사람에게 받아 적게 하고 숨이 끊기는 즉시 전보를 부치게 했건, 이 소식을 전한 주체는 바로 아버지 당신이었기 때문이다. 어쩌면 이 메시지보다 상황 전달이 더 정확할 수는 없었을지 모르지만, 더는 경험할 수 없는 미래를 현재가 지배하려는 이 사건에서는 분노로 부패한 의지의 섬뜩한 시체 냄새가 풍겼다!

어떤 관련성이 있는지는 몰라도 울리히는 소도시들의 세심하게 구별되지 않는 엇비슷한 미적 취향이 떠올랐다. 그러면서 시골에서 결혼한 여동생도 걱정스레 함께 생각났다. 몇 분 뒤면 만나게 될 터였다. 사실 기차를 타고 오면서도 동생 생각을 했다. 동생에 대해서는 아는 것이 많지 않았다. 가끔 아버지는 형식적으로라도 가족 소식을 편지에 적어 보냈다. 예를 들면 이런 식이었다. "네 누이 아가테가 결혼을 했다." 이 소식 뒤에는 보충 설명이 따랐다. 당시 울리히는 집으로 올 수 있는 상황이 아니었기 때문이다. 그리고 일 년쯤 뒤 젊은 매제의 부음을 접했고, 또 그의 기억이 틀리지 않다면 그로부터 삼 년 뒤엔가 "네 누이 아가테가 다시 결혼하기로 마음먹어서 얼마나 다행인지 모르겠구나"라고 적힌 편지가 도착했다. 오 년 전의 이 두번째 결혼식에는 울리히도 참석했고, 동생을 며칠 보았다. 그런데 그날들은 그의 머릿속에선 끊임없이 돌아가는, 흰색 천으로 만든 대관람차 같다는 기억밖에 없다. 동생 남편에 대해서도 별로 마음에 안 드는 사람이라는 기억밖에 없었다. 아가테는 당시 스물두 살이었고 자신은 스물일곱 살이었을 것이다. 박사학위를 받은 직후였으니까. 그렇다면 지금 동생은 스물일곱이었다. 결혼식 이후 그는 동생을 만나지 못했고, 편지 왕래도 없었다. 다만 아버지가 자주 이런 편지를 보낸 것만 기억났다. "참 안타까운 일이다만, 네 매제가 썩 괜찮은 사람인데도 네 누이의 결혼생활이 그리 순탄하지 않은 듯하구나." 이런 글도 있었다. "최근에 네 매제가 거둔 성공이 얼마나 기쁜지 모르겠구나." 정확하지는 않지만 그 비슷한 내용들이 편지에 적혀 있었다. 그러나 아버지에게 죄송한 일이지만, 울리히는 이 편지들에 제대로 주의를 기울인 적이 없었다. 그런 가운데에도 지금 아주 정확하게 기억나는 편지가 있었다. 아직 아이가 없는 여동생을 질책하면서도 딸아이의 결혼생활만큼은 행복하길 바라는 편지였다. 동생이 자기 입으로 그런 걸 긍정할 성격이 아니라는 걸 잘 알면서도 말이다. '동생은 어떻게 변했을까?' 그는 생각했다. 아버지는 참 특이했다. 남매에게 서로의 소식을 그렇게 세심하게 전해주는 사람이 어떻게 엄마가 죽자마자 아직 어린 자식들을 집에서 내보낼 생각을 했을까? 이후 두 아이는 서로 다른 학교에서 교육을 받았고, 학교생활에 충실하지 않았던 울리히는 방학중에도 집으로 가는 것이 허락되지 않아 우애가 깊었던 어린 시절 이후에는 여동생을 제대로 본 적이 없었다. 아가테가 열 살 때 꽤 오랫동안 함께 지냈던 것이 전부였다.

이런 상황에서 남매 사이에 편지 왕래가 없었던 건 울리히가 보기에 자연스러운 일이었다. 대체 서로 무슨 이야기를 쓴단 말인가?! 지금 기억을 떠올려보니 아가테가 처음 결혼했을 때 그는 소위로 복무하다가 권총 결투로 부상을 입고 병원에 누워 있었다. 참으로 멍청한 인간이었다. 물론 다른 멍청한 짓도 많이 했지만. 아무튼 소위 때 결투로 부상을 입은 것이 그때 일이 아니라는 생각이 퍼뜩 들었다. 당시 그는 공학박사가 되기 직전이었고, 다른 '중요한 일' 때문에 가족 행사에 참석하지 못했다. 나중에 여동생이 첫 남편을 무척 사랑했었다는 이야기를 들었다. 누구한테 들었는지는 기억나지 않지만. 그런데 '무척 사랑했었다'라는 말은 대체 무슨 뜻일까? 사람들은 그런 표현을 자주 쓴다. 그녀는 다른 남자와 재혼했고, 울리히는 두번째 남편이 견디기 힘들 정도로 싫었다. 이게 유일하게 확실한 사실이었다. 그는 개인적인 인상 때문에 매제가 마음에 안 들었을 뿐 아니라 자신이 읽은 매제의 책 몇 권 때문에라도 더더욱 싫었다. 이후 전적으로 의도한 것은 아니더라도 여동생에 관한 기억이 뇌리에서 지워진 것은 그 때문일 수 있었다. 잘한 짓은 아니지만, 작년에 그렇게 많은 것을 생각하면서도 동생은 한 번도 떠오르지 않았고, 아버지의 부고를 들었을 때조차 동생 생각이 나지 않은 건 인정할 수밖에 없었다. 그런데 기차역으로 마중나온 늙은 하인에게 혹시 매제가 왔느냐고 물었을 때 하가우어 교수는 장례식 때나 올 수 있을 거라는 대답이 돌아오자 무척 기뻤다. 장례식까지는 기껏해야 이삼일의 시간밖에 없었지만 어쩐지 여동생과 단둘이 보낼 수 있는 무기한의 격리 기간처럼 느껴졌다. 마치 둘이 세상에서 가장 친한 사이라도 되는 양. 여기서 논리적 연결고리를 찾는 것은 쓸데없는 짓이다. 다만 '미지의 여동생'에 대한 생각은 정처 없이 떠돌던 많은 감정들에 자리를 마련해준 그 광범한 추상화 작업의 산물 가운데 하나가 분명했다.

울리히는 이런 문제들에 골똘히 빠진 채 문을 활짝 열고 기다리는 생경하면서도 친숙한 도시 속으로 천천히 걸어들어갔다. 출발 전 마지막 순간에 책을 적잖이 챙겨넣은 가방을 차에 싣고 늙은 하인에게 맡긴 채 뒤를 따르게 했다. 어린 시절부터 기억에 남아 있는 그 늙은 하인은 관리인과 집사, 사무실 사환을 합쳐놓은 것 같은 사람이었는데, 세월이 가면서 이 세 가지 기능은 내적으로 명확히 구분이 안 될 정도로 통합되었다. 아버지가 사망 전보를 받아쓰게 한 사람도 분명 이 겸손하고 내성적인 사람일 것이다. 신기하게도 울리히의 발은 집으로 가는 길을 혼자 알아서 척척 찾아냈고, 그사이 다시 깨어난 감각은 오랫동안 보지 못한 도시의 변한 모습이 주는 놀랍고도 신선한 인상을 호기심에 차서 받아들이고 있었다. 특정 장소에 이르자 발은 의식보다 먼저 그곳을 기억해내고는 즉시 큰길에서 옆으로 방향을 틀었다. 얼마 뒤 그는 정원 담장 두 개로만 이루어진 좁은 골목에 이르렀고, 중앙부가 양쪽 날개보다 더 높은, 빠듯하게 이층을 이룬 집이 골목길에 들어선 남자를 비스듬히 맞았다. 한쪽 옆에는 낡은 마구간이 있고, 정원 담장으로 밀려난 곳에 작은 집이 한 채 서 있었다. 늙은 하인과 그의 아내가 사는 집이었다. 집이 들어앉은 모습이 꼭, 하인 부부를 가능한 한 멀리 떨어뜨려놓으면서도 담장 안에 가두려는 것처럼 보였다. 주인과 하인 사이의 온갖 신뢰 관계에도 불구하고 말이다. 울리히는 생각에 잠긴 표정으로 닫혀 있는 정원 문에 이르렀고, 세월의 때가 묻어 거뭇거뭇한 낮은 문에 종 대신 매달려 있는 큼직한 문고리를 들었다 놓았다. 그러자 늙은 하인이 얼른 쫓아와 실수를 바로잡아주었다. 다시 담장을 돌아 정문 쪽으로 안내한 것이다. 그의 짐을 실은 차는 그 문 앞에 세워져 있었다. 열려 있지 않은 집의 앞면을 보는 순간 울리히는 그제야 여동생이 역으로 자신을 마중나오지 않았음을 떠올렸다. 하인은 아가씨가 편두통이 있어서 박사님이 오시면 깨워달라는 부탁과 함께 점심을 먹고 바로 쉬러 갔다고 했다. 울리히는 동생이 편두통을 자주 앓느냐고 묻고는 곧바로 이 미숙한 질문을 후회했다. 아버지 집의 오랜 충복 앞에서 그냥 침묵으로 넘겨도 좋을 법한 가족 관계나 자신이 느끼는 거리감을 노출시킨 것은 신중치 못한 행동이었다. "아가씨는 반시간 뒤에 차를 갖다 달라고 당부하셨습니다." 늙은이는 잘 교육받은 하인의 무표정한 얼굴로 공손하게 대답했다. 자신의 의무를 넘어서는 일은 아무것도 모른다는 것을 신중하면서도 분명히 드러내는 얼굴이었다.

울리히는 자기도 모르게 창문을 올려다보았다. 아가테가 혹시 창문

뒤에 서서 자신이 도착한 것을 지켜보고 있을지도 모른다고 추측하면서. 동생은 다정한 사람일까? 그는 스스로에게 이렇게 물으면서, 만일 호감 가는 인물이 아니라면 여기 머무르는 시간이 무척 곤혹스러울 것 같다는 생각에 갑자기 마음이 불편해졌다. 하지만 그녀가 기차역뿐 아니라 현관에도 나와보지 않는 것이 그에게는 오히려 신뢰를 주는 행동처럼 비쳤다. 둘이 감정적으로 유사하다는 점을 보여주는 것이다. 엄밀히 보자면, 동생이 반갑게 달려오는 것은 자신이 도착하자마자 아버지의 관으로 달려가는 것만큼이나 이해할 수 없을 행동 같았다. 그는 동생에게 반시간 뒤에 내려가겠다고 전하라 한 뒤 짐을 정리했다. 그가 머물 방은 건물 중앙부에 망사르드 형태로 솟은 다락방이었다. 자신이 어릴 때 쓰던 방이었다. 지금은 어른의 편의에 맞춰 필요한 물건을 몇 개 급히 긁어모은 듯했다. 그러다보니 좀 괴상한 느낌이 들었다. '고인이 집에 있는 동안엔 별도리가 없었겠지.' 그는 이렇게 생각하며 약간은 곤란해하면서도 어린 시절의 잔재들에 적응해갔고, 무언가 편안한 감정이 방바닥에서 안개처럼 피어올랐다. 그는 옷을 갈아입으려다가 짐을 풀면서 우연히 손에 들어온 파자마 형태의 실내복을 입기로 마음먹었다. '최소한 내가 여기 도착했을 때는 동생도 내려와 인사를 했어야지!' 이런 거리낌없는 옷을 선택한 데에는 동생을 향한 약간의 질책이 담겨 있었다. 그렇지만 동생이 그런 행동을 한 데에는 나름의 이유가 있고 심지어 그게 자신의 마음에도 들 이유일 것 같다는 감정이 계속 이어지면서 편한 옷으로 갈아입은 이 행위에 자연스러운 신뢰를 담은 정중함 같은 것을 부여했다.

그가 입은 옷은 부드러운 양털로 만든 헐렁한 파자마였는데, 검은색과 회색 격자무늬가 있고 손목과 발목에 허리처럼 조이는 끈이 달린, 광대복에 가까운 옷이었다. 그는 이 파자마가 편해서 좋았다. 계단을 내려가는 지금도 밤을 꼬박 새우고 긴 여행으로 피곤함에도 몸이 편안해지는 것을 느꼈다. 그런데 동생이 기다리는 방으로 들어서는 순간 자신이 이 복장을 선택한 것에 놀라움을 감추지 못했다. 무슨 우연의 조화인지, 연한 회색과 녹 빛깔의 격자무늬 광대복을 입은 큰 키의 금발 피에로가 또 한 명 맞은편에 서 있었기 때문이다. 첫눈에 보기에 자신과 아주 비슷하게 생긴 피에로였다.

"나는 우리가 쌍둥이인 줄은 몰랐어요!" 아가테의 얼굴에 환한 웃음이 피어올랐다.

2. 신뢰

그들은 환영의 입맞춤 없이 그냥 다정히 마주보고 서 있다가 위치를 바꾸었다. 이제 울리히는 동생을 찬찬히 관찰했다. 남매는 신장도 적당히 맞았다. 아가테의 머리색은 울리히보다 좀 밝았지만, 그가 자기 몸에서 유일하게 사랑하는 건조한 살냄새는 둘이 똑같았다. 가슴은 풍만하지 않은 대신 탄탄해 보였고, 길쭉한 굴대 같은 팔다리는 자연스러운 운동능력과 아름다움이 합쳐진 듯했다.

"편두통은 괜찮아? 겉으로는 괜찮아 보이는데." 울리히가 말했다.

"편두통은 원래 없었어요. 그냥 편의상 그렇게 말하라고 한 거예요." 아가테가 설명했다. "복잡한 이야기를 하인의 입을 통해 전달할 수는 없었어요. 사실 난 게을러요. 그게 다예요. 그래서 잠을 잤어요. 여기선 틈만 나면 잠을 자는 습관이 들었어요. 기본적으로 천성이 게으르기도 하고. 절망 탓이 아닌가 싶어요. 오빠가 온다는 얘기를 듣고 이런 생각을 했어요. 졸린 것도 이게 마지막이었으면 좋겠다고. 그러고는 일종의 수면요법에 푹 빠진 거죠. 어쨌든 곰곰이 생각해보다가 이 모든 상황을 그냥 편두통으로 정리해버리기로 했어요."

"운동은 안 해?" 울리히가 물었다.

"가끔 테니스를 치지만, 운동은 싫어해요."

아가테가 말하는 동안 그는 다시 한번 그녀의 얼굴을 찬찬히 관찰했다. 자신과 아주 많이 닮지는 않은 듯했다. 물론 착각일 수도 있었다. 두 사람은 재료의 차이 때문에 선과 면의 일치가 간과되는 파스텔화와 목판화만큼 비슷할 수도 있었기 때문이다. 그녀의 얼굴에는 그를 불안하게 하는 무언가가 있었다. 얼마 뒤 그는 그녀의 얼굴이 무엇을 표현하고 있는지 알 수 없음을 깨달았다. 그 얼굴에는 인물에 대해 일반적인 추론이 가능한 것이 없었다. 분명 내용이 풍부한 얼굴이지만 두드러진 것이 없었고, 일반적으로 한 개인의 성격적 특성으로 묶곤 하는 요소가 없었다.

"어떻게 이렇게 입을 생각을 했지?" 울리히가 물었다.

"특별한 이유는 없어요. 그냥 이게 좋겠다고 생각했어요."

"좋아, 아주!" 울리히가 웃으면서 대답했다. "우연의 요술 같군! 내가 볼 땐 너도 아버지의 죽음을 그렇게 큰 충격으로 받아들이지 않는 것 같은데?"

아가테는 천천히 발꿈치를 들어올렸다가 다시 천천히 내렸다.

"네 남편도 여기 와 있어?" 오빠가 물었다. 무슨 말이라도 꺼내려고 한 말이었다.

"하가우어 교수는 장례식 때나 와요." 그녀는 이렇게 형식적으로 남편 이름을 얘기함으로써 뭔가 낯선 것이라도 되는 양 멀리 치워버릴 수 있게 된 것을 즐거워하는 듯했다.

울리히는 뭐라고 대답해야 할지 몰라 이렇게 말하고 말았다. "나도 그렇게 들었어."

그들은 다시 서로를 바라보았다. 그러고는 세상의 미풍양속에 따라 고인이 누워 있는 작은 방으로 들어갔다.

이 방은 하루종일 일부러 컴컴하게 해놓는 바람에 검은색으로 물들어 있었다. 꽃향기와 타오르는 촛불 냄새가 물씬 풍겼다. 두 피에로가 관 앞에 꼿꼿이 서서 죽은 자를 지켜보는 듯했다.

"이제 다시는 하가우어한테 돌아가지 않을 거예요!" 아가테는 이 말은 꼭 해야겠다는 듯 말했다. 고인도 꼭 알아야 한다는 듯이.

고인은 당신 생전에 지시한 대로 좌대 위에 누워 있었다. 연미복을 입고 가슴 절반 높이까지 천을 덮었고, 그 위로 빳빳한 와이셔츠가 보였으며, 십자가상 없이 두 손을 모은 채 훈장을 달고 있었다. 짧고 무성한 눈썹, 움푹 파인 뺨, 그리고 입술. 아직 삶이 일부 남아 있으면서도 벌써 낯설게 느껴지는, 생기 없고 섬뜩한 시체의 살갗으로 꿰매버린 듯한 얼굴. 모두 삶의 여행 가방이었다. 울리히는 자기도 모르게 생각과 감정이 존재하지 않는 내면의 깊은 곳에서 무언가 뭉클한 것을 느꼈다. 오로지 거기에서만. 만일 언어로 표현해야 한다면 이제 사랑 없는 성가신 관계가 끝났다고밖에 말할 수 없을 것 같았다. 나쁜 결혼이 그에 매인 인간을 나쁘게 만드는 것처럼 무겁게 짓누르는 영원한 관계의 끈도 시간에 종속된 존재가 그 아래에서 쪼글쪼글해지면 그리될 것이다.

"나는 오빠가 좀더 일찍 왔으면 했어요. 하지만 아빠는 그러지 못하게 했어요. 자신의 죽음과 관계된 건 모두 직접 지휘했죠. 죽어가는 모습을 오빠에게 보이는 게 힘들었던 것 같아요. 나는 두 주 전부터 여기서 지냈는데, 무척 끔찍했어요."

"아버지가 최소한 너는 사랑하셨어?" 울리히가 물었다.

"아빠는 원하시는 일을 모두 늙은 하인한테 시켰어요. 그때부턴 아무 할일이 없고 삶의 목표도 없는 사람처럼 변했죠. 그러면서도 십오 분에 한 번은 고개를 들어 내가 방에 있는지 살펴봤어요. 처음 며칠은 십오 분 간격으로 그러더니, 그다음에는 반시간, 나중에는 한 시간으로 간격이 늘어났어요. 그러다 끔찍했던 마지막에는 두세 번만 그러고 말았어요. 아빠는 내가 여기 있는 동안 내가 묻는 말만 빼고는 나한테 한마디도 하지 않았어요."

울리히는 동생 이야기를 들으면서 이런 생각을 했다. '냉정한 아이야. 어릴 때도 조용한 가운데 어마어마하게 고집이 셌지. 그런데 고분고분해 보이는 건 왜?' 갑자기 눈사태가 떠올랐다. 예전에 그는 눈사태에 휩쓸려 숲에서 거의 목숨을 잃을 뻔했는데, 처음엔 부드러운 눈보라 구름 같던 눈더미가 일순간 걷잡을 수 없는 힘에 의해 무너져내리는 산처럼 단단해 보였다.

"네가 나한테 전보를 쳤어?"

"당연히 늙은 프란츠가 했죠! 그것도 사전에 다 정해져 있었어요. 아빠는 내가 수발드는 것도 못하게 했어요. 분명 나를 사랑한 적이 없을 거예요. 그런 나를 왜 오라고 했는지 모르겠어요. 나는 기분이 안 좋았고, 될 수 있는 한 방에서 안 나오려고 했어요. 그러던 중에 아빠는 숨을 거두었고요."

"아버지는 네가 실수를 저질렀다는 걸 분명 그런 식으로 증명하려고 했을 거야. 나가자!" 울리히는 이렇게 씁쓰레하게 말하고는 그녀를 밖으로 끌었다. "어쩌면 아버지는 네가 이마를 어루만져주길 기다리지 않았을까? 혹은 침대 옆에 무릎을 꿇고 앉아 있기를? 그것이 아버지와 헤어지는 마지막 제식이라고 적어놓은 책을 많이 읽어서 그랬을 뿐이라도 말이야. 혹시 너한테 그렇게 해달라고 부탁할 용기가 없었던 건 아닐까?!"

"그럴지도." 아가테가 말했다.

그들은 다시 한번 걸음을 멈추고 아버지를 돌아보았다.

"정말 모든 게 끔찍해요." 아가테가 말했다.

"그래, 우린 아는 것도 별로 없고."

방을 나오자 아가테는 다시 걸음을 멈추고 말을 걸어왔다. "당연히 오빠하고는 상관없고 갑작스러운 말이겠지만 아빠가 누워 계시는 동안 마음먹은 일이 있어요. 이제 어떤 일이 있어도 남편에게는 돌아가지 않기로 했어요."

오빠는 동생의 완고한 태도에 자기도 모르게 웃음이 나왔다. 아가테가 미간에 세로 주름을 잡으며 격하게 말했던 것이다. 오빠가 자기편을 들어주지 않을까봐 걱정인 듯했다. 너무 무서운 나머지 오히려 용기 내어 공격에 나선 고양이가 연상되었다.

"네 남편도 그러래?" 울리히가 물었다.

"그이는 아직 아무것도 몰라요. 하지만 안다면 반대하겠죠!"

오빠는 의문스러운 눈으로 동생을 바라보았다. 그러자 아가테는 격하게 고개를 저었다. "아니에요, 오빠가 생각하는 그런 건 아니에요. 다른 남자가 개입된 문제가 아니라고요!"

이것으로 이 대화는 일단 끝을 맺었다. 아가테는 울리히의 시장기와 노독을 배려하지 못한 것을 사과하며 차를 준비해놓은 방으로 그를 안내했다. 그런데 테이블에서 무언가 빠진 것이 있었는지 직접 가지러 갔다. 울리히는 동생을 더 잘 이해하기 위해 혼자 있는 이 시간에 동생 남편을 최대한 떠올려보려 했다. 평균적인 키, 꼿꼿한 허리, 헐렁한 바지를 입은 투실한 다리, 뻣뻣한 콧수염, 약간 두툼한 입술, 그리고 자신이 평범하지 않은 미래 지향적인 교장임을 드러내려고 즐겨 매는 큰 무늬의 넥타이…… 울리히는 아가테의 선택에 느꼈던 예전의 불신이 되살아나는 것 같았다. 하지만 고틀리프 하가우어라는 이 남자의 이마와 눈에서 드러나는 진솔한 면모에 비추어보면 남들이 모르는 악덕을 속에 감추고 있을 사람은 분명 아니었다. '그래, 그냥 능력 있고 개화된 사람이지. 자신이 모르는 분야에는 끼어들지 않고 오직 자기 분야에서 인류를 위해 최선을 다하는 그런 성실한 사람!' 이런 생각을 하며 울리히는 하가우어의 저술들을 다시 떠올렸고, 별로 유쾌하지 않은 생각 속으로 빠져들었다.

이런 인간들은 원래 학창시절부터 쉽게 드러난다. 그들은 성실하게 공부하기보다(이것은 사람들이 원인과 결과를 혼동해서 하는 말이다) 정연하고 실용적으로 공부한다. 그들은 모든 과제를 항상 미리미리 준비해둔다. 다음날 아침 급히 외출할 때도 실수가 없게끔 입을 옷을 전날 저녁에 단추까지 준비해두는 것처럼. 이렇게 미리 준비한 다섯에서 열 개에 이르는 단추들 덕분에 그들이 이해하지 못할 사고 과정이란 없다. 그 결과는 칭찬받을 만하고 정밀한 심사도 거뜬히 통과한다는 사실을 우리는 인정해야 한다. 그로써 그들은 학우들에게 도덕적으로 불쾌한 인간으로 낙인찍힐 일 없이 모범생이 된다. 반면에 울리히처럼 재능은 훨씬 뛰어난데도 어떤 때는 약간 넘치게, 어떤 때는 약간 부족하게 몰입하도록 생겨먹은 인간들은 운명과도 같이 살금살금 조금씩 뒤처진다. 울리히는 이런 모범생 타입의 인간들을 속으로 좀 꺼려했다. 사고 과정에서 그들이 보여주는 정확성이 정확성 자체에 대한 자신의 열광을 약간 수상쩍은 것으로 만들었기 때문이다. '영혼은 흔적도 없지만 저들은 선량한 사람들이다.' 그는 생각했다. '청소년은 열여섯 살이 지나 지적인 문제에 열을 내게 되면 약간 뒤처지고 새로운 사유와 감정을 이해할 능력이 없어지는 것처럼 보인다. 그러나 그런 순간에도 저들은 단추 열 개로 작업을 하고, 그러다 자신들이 언제나 모든 것을 이해했음을 증명할 날이 온다. 물론 근거 없는 극단으로 흐르지는 않으면서. 결국 새로운 생각을 삶으로 들이는 것은 바로 그들이다. 다른 이들에게 이런 새로운 생각은 오래전에 끝난 청소년기와 함께 사라졌거나 고독한 과장으로 남을 뿐인데도!' 이렇게 해서 울리히는 동생이 돌아왔을 때도 여전히 그녀에게 무슨 일이 있었는지 상상할 수 없었지만 남편에 대한 싸움이, 설사 그게 부당한 싸움이라고 하더라도 그에게는 지극히 비열한 즐거움을 선사하리라고 느꼈다.

아가테는 자신의 결심을 이성적으로 설명할 수 없으리라 여기는 듯했다. 하가우어와 같은 성격의 인간에게는 다른 것을 기대할 수 없듯이 둘의 결혼생활은 겉으론 거의 완벽했다. 싸움이나 의견 차이는 없었다. 어떤 문제에서도 아가테가 자기 의견을 털어놓지 않았기 때문에 가능했던 일이라고 했다. 당연히 도덕적 타락도 음주도 도박도, 심지어 총각 때의 습관도 없었다. 수입은 공정하게 분배했다. 정연한 살림이었다. 많은 사람들과 어울리는 유쾌한 사교 생활뿐 아니라 둘만의 유쾌할 것 없는 생활도 순탄했다. "아무 이유 없이 남편을 떠나면 파탄의 책임은 너한테 있는 거야. 남편이 소송을 건다면 말이야."

"할 테면 해보라고 해요!" 아가테가 반항적으로 말했다.

"남편이 평화롭게 합의하길 원한다면 약간의 경제적 보상을 해주는 게 어떨까?"

"나는 여기 올 때 삼 주간 사용할 물건밖에 가져오지 않았어요. 거기다 하가우어를 만나기 전의 유치한 물건과 추억의 물건 몇 개만 더 챙겼을 뿐이에요. 다른 건 다 가지라고 해요. 나는 원치 않으니까. 하지만 앞으로는 어떤 것도 더는 나한테 빼앗아갈 수 없을 거예요!"

그녀는 또다시 깜짝 놀랄 만큼 격하게 소리쳤다. 이것은 예전에 너무 많이 양보하고 산 것에 대해 남편에게 복수하려는 감정으로 이해할 수도 있었다. 울리히의 전투욕과 운동감각, 그리고 난관을 극복하는 창의적 능력이 되살아나는 듯했다. 물론 썩 내키지는 않는 일이었지만. 왜냐하면 이는 내적인 부분은 전혀 건드리지 않으면서 피상적인 감정만 움직이는 흥분제의 작용과 비슷했기 때문이다. 그는 상황을 전체적으로 조망하려고 대화의 방향을 조심스레 틀었다. "매제의 책 몇 권을 읽은 적이 있고, 매제에 관한 이야기도 들었는데, 교수법과 교육 분야에선 아주 전도유망한 사람으로 알려져 있던데……"

"맞아요, 그런 사람이에요." 아가테가 대답했다.

"내가 네 남편의 책을 읽어본 바로는, 네 남편은 다방면으로 박식한 교장일 뿐 아니라 일찌감치 우리 고등교육의 개혁을 부르짖은 사람이었어. 내 기억에 따르면 어느 책에선가 도덕적 교육에서 역사적 인문주의적 수업의 대체 불가한 가치와 지적 교육, 자연과학적 수학적 수업의 대체할 수 없는 가치, 그리고 세번째로는 인간에게 행동하는 힘을 부여하고 삶의 활력을 넘치게 하는 스포츠와 군사훈련의 대체 불가한 가치를 강조했던 것 같은데, 내 말이 맞아?"

"아마 맞을 거예요. 그런데 그 사람이 어떤 식으로 인용하는지 유심히 살펴봤어요?"

"인용이라고? 잠깐, 어렴풋하게 뭔가 생각이 나긴 하는데…… 상당히 인용이 많았지. 고전적 스승도 있고, 당연히 현대적 인물도 있었어. 이제 알겠어. 네 남편은 교장선생임을 감안하면 정말 혁명적이라고 할 만한 인용을 했어. 단순히 학계 거장들뿐만 아니라 비행기 설계자, 정치인, 현대 예술가들도 인용했지…… 그런데 이건 내가 벌써 말했던 내용이던가?" 그는 자신 없는 어조로 말을 끝맺었고, 그와 함께 궤도를 이탈한 기억도 끝에 다다랐다.

"그 사람은 늘 그런 식으로 인용해요." 아가테가 보충했다. "예를 들어 음악에서는 리하르트 슈트라우스까지, 미술에서는 피카소까지 거침없이 인용하지만, 신문에서 부정적인 측면에서라도 다뤄지지 않는 이름은 절대 거론하지 않아요. 무언가 잘못된 것의 사례로 들 경우에도요!"

그랬다. 울리히가 기억 속에서 찾던 게 바로 그것이었다. 그는 고개를 들었다. 아가테의 대답에서 드러난 감식력과 관찰력이 반가웠다.
"네 남편은 그렇게 맨 선두 그룹에 서서 시간 열차를 따라가다 마침내
지도자가 된 셈이군." 그가 웃으면서 보충했다. "나중에 오는 사람들은
누구나 자기 앞에 선 그 사람을 보게 되겠지! 그런데 넌 우리를 이끄는
사람들을 좋아하긴 해?"

"모르겠어요. 하지만 난 인용은 절대 안 해요."

"아무튼, 네 남편을 공정하게 평가할 필요는 있어. 오늘날 네 남편의
이름을 최고의 강령으로 여기는 사람이 많아. 그가 쌓은 업적은 작지
만 확고한 진보를 대변해. 외적인 출세도 시간문제야. 지금까지는 먹고
사느라 중학교 교사로 힘들게 고생했지만, 머잖아 최소한 대학 교수 자
리는 얻을 테니까. 반면에 나는 어떤 줄 알아? 지금껏 줄곧 일직선으로
달려왔지만 강사 자리조차 요원한 꿈이야. 그런 면에서 네 남편은 대단
해!"

아가테는 실망했다. 돌처럼 굳고 무표정한 얼굴이 그것을 말해주고
있었다. 그래도 대답하는 어조는 부드러웠다. "오빠가 왜 이렇게 하가
우어를 두둔하는지 모르겠어요."

"네 남편은 언제 오지?"

"장례식 때 와요. 그 이상 시간을 빼기는 힘들 거예요. 오더라도 이
집에서는 묵을 수 없을 거예요. 내가 허락하지 않을 테니까!"

"좋을 대로 해!" 울리히는 뜻밖에 선뜻 동의했다. "내가 마중나가서
네 남편을 호텔 앞에 내려다주고 오지 뭐. 원한다면 이렇게 말해줄 수
도 있어. 당신 방은 여기 마련해뒀다고!"

아가테는 깜짝 놀라면서도 감동한 눈치였다. "그 사람은 불같이 화

를 낼 거예요. 호텔에 묵으려면 돈이 드니까. 분명 이 집에 묵을 생각을 하고 올 거예요!" 그러고는 표정이 순간적으로 일변하더니 고집 센 악동의 모습을 되찾았다.

"그런데 어떻게 정리된 거야?" 오빠가 물었다. "이 집은 네 거야, 내 거야? 아니면 우리 둘 소유야? 유언장이 있어?"

"아빠가 상자를 하나 남겼어요. 그 안에 우리가 알아야 할 모든 게 적혀 있대요." 남매는 고인이 누워 있는 곳 건너편에 있는 서재로 향했다.

그래서 촛불의 광채와 꽃향기, 그리고 더는 두 눈으로 직접 보지 못하는 고인의 가시권을 지나갔다. 아가테는 일순간 금빛과 잿빛, 분홍빛으로 어른거리는 안개처럼 보였다. 둘은 유언장을 발견하고 차를 마시던 테이블로 가져갔다. 그러고는 유언장을 열어보는 것을 잊어버렸다.

자리에 앉자마자 아가테가 불쑥, 남편과는 비록 한집에서 같이 살기는 했지만 거의 별거 상태나 마찬가지였다고 말했다. 그 기간이 얼마나 되는지는 밝히지 않았다.

처음에 울리히는 동생의 말에 별로 좋지 않은 인상을 받았다. 어떤 남자를 애인으로 만들 수 있다고 생각하는 유부녀들이 이런 식의 뻔한 얘기를 지어내는 경우가 많았던 것이다. 설사 동생이 무언가 충격을 주려는, 뻔히 속보이는 미숙한 의도를 갖고 어색하게, 아니 완강하게 이 이야기를 터놓았다고 하더라도 그는 좀더 그럴듯한 이야기를 꾸며댈 줄 모르는 동생이 불쾌했다. 그는 동생의 말을 과장된 이야기로 여겼다. "사실 나는 네가 어떻게 그런 남자와 사는지 도무지 이해가 안 됐어!" 그가 솔직하게 말했다.

아가테는 그건 아버지의 뜻이었다며 자신이 그 상황에서 무엇을 할 수 있었겠느냐고 반문했다.

"하지만 그때 넌 과부였어. 미성숙한 처녀가 아니었다고!"

"바로 그 때문이에요. 아빠 집으로 들어가자 다들 그러더군요. 혼자 살기에는 너무 젊은 나이라고. 하긴 그럴 만도 했던 게 내가 과부이기는 했지만 그때 겨우 열아홉이었으니까. 이 집에 있으면서 그런 압력을 못 견디겠더라고요."

"왜 다른 남자를 찾을 생각은 안 했어? 아니면 대학 공부를 할 수도 있었잖아! 그런 식으로 독립적인 생활을 시작할 수도 있었을 텐데." 울리히는 가차없이 몰아붙였다.

아가테는 고개를 저을 뿐이었다. 그러고는 짧은 침묵 끝에 답했다. "아까 말했듯이 난 게을러요."

울리히는 이것을 대답으로 받아들이지 않았다. "그러니까 하가우어와 결혼한 특별한 이유가 있었다!?"

"네."

"가질 수 없는 누군가를 사랑했던 건 아니고?"

아가테는 망설였다. "나는 죽은 남편을 사랑했어요."

울리히는 마치 사랑을 담당하는 사회적 기구를 신성불가침의 영역인 듯 중요시하는 사람처럼 사랑이라는 말을 너무 상투적으로 내뱉은 것을 후회했다. '위안이 필요한 거지에게는 수프를 한 그릇 줘야 하는 법인데……' 그는 이렇게 생각하면서도 계속 같은 방식으로 이야기하고픈 유혹을 느꼈다. "그렇다면 너는 너한테 무슨 일이 닥칠지 알고 있었다는 말이군. 그래서 결국 하가우어를 괴롭혔던 거고."

"맞아요." 아가테가 시인했다. "하지만 처음부터 그랬던 건 아니에요.

나중 얘기죠." 그녀가 덧붙였다. "그것도 한참 뒤에나."

여기서 두 사람의 대화는 살짝 언쟁의 냄새를 풍겼다.

이 고백을 하기까지 아가테는 심적 부담을 이겨내야 했던 것 같았다. 비록 자발적으로 고백을 했고, 나이로 비추어볼 때 분명 성생활에 중요한 실마리가 있는 것 같았지만 말이다. 그녀는 처음엔 이해든 몰이해든 받아들일 준비가 된 듯했고 신뢰받길 원했으며, 솔직하고 열정적인 태도로 오빠를 확고하게 자기편으로 끌어들이려 했다. 그러나 아직 도덕적인 가르침의 욕구에 빠져 있던 울리히는 동생에게 바로 져줄 생각이 없었다. 영혼의 힘에도 불구하고 그는 머리로는 비난하는 선입견에서 늘 자유롭지 못했다. 현실 삶은 그냥 되는대로 흘러가게 하면서도 정신적 삶은 다르게 이끌 때가 너무 많았기 때문이다. 그는 여자들에 대한 영향력을 사냥꾼이 사냥감을 관찰하고 포획하는 쾌감으로 다 써버리고 남용할 때가 많았기에 머릿속에 여자란 거의 언제나 남자가 던지는 사랑의 창에 맞고 허물어지는 야생동물로 그려졌다. 또한 육욕에 굴종하듯 무릎을 꿇은 여자와 그런 굴욕과는 거리가 먼 남자의 모습도 머릿속에 남아 있었다. 암컷의 나약함과 비교해 수컷의 이러한 우월적 관념은 새로운 세대의 물결과 함께 좀더 현대적인 개념으로 바뀐다고 해도 오늘날 여전히 보편적이다. 울리히는 남편에 대한 종속성을 이야기하는 아가테의 자연스러운 태도에 기분이 상했다. 그가 보기에, 동생은 마음에 안 드는 남자의 영향권 아래 들어간 것을 무의식적으로 치욕으로 느낀 듯했다. 그런 상태를 수년씩이나 견뎌왔다. 울리히가 이런 생각을 말로 표현하지 않았음에도 아가테는 그의 얼굴에서 비슷한 것을 읽었는지 갑자기 이렇게 말했다. "그 사람과 결혼한 이상 바로 도망칠 수는 없었어요. 그건 미친 짓이었을 거예요!"

울리히는 나이 차이가 많은 오빠로서 사고의 편협함을 바로잡아주려는 교육자적 역할에 사로잡혀 소리쳤다. "역겨움을 느끼는 즉시 결론을 내리는 게 정말 미친 짓일까?!" 그는 이 말의 격함을 완화하려고 가능한 한 다정하게 동생을 바라보며 미소를 지었다.

아가테도 그를 바라보았다. 그녀의 얼굴은 울리히의 표정에서 무언가를 읽어내려고 애쓰느라 완전히 무방비 상태에 빠져 있었다. "건강한 사람이라면 역겨운 환경에 그리 민감하게 반응하지 않는다?!" 그녀는 집요했다. "그게 뭐가 중요하죠?"

아가테의 반격에 울리히는 정신을 차리고 더는 자신의 자아 일부에 생각을 맡기지 않으려 했다. 그로써 이제 다시 이해를 기능적으로 해내는 남자로 돌아왔다. "네 말이 맞아. 사건 그 자체가 뭐가 중요하겠어! 중요한 건 사건을 바라보는 관념들의 시스템과 그 사건들이 편입된 개인적인 시스템이지."

"무슨 말이죠?" 아가테가 미심쩍게 물었다.

울리히는 자신의 추상적인 표현에 사과했다. 하지만 쉽게 이해할 수 있는 비유를 찾는 동안 오빠로서의 질투가 다시 돌아와 말의 선택에 영향을 끼쳤다. "우리와 상관없지 않은 여자가 강간을 당했다고 가정해봐. 영웅적 관념 체계 안에서는 복수나 자살을 기대하게 되지. 하지만 냉소적 경험적 관념 체계에서는 달라. 암탉이 몸을 흔들어 물기를 떨어내듯 여자가 그 일을 떨고 다시 일어나길 기대해. 오늘날 실제로 이루어지는 일은 아마 그 둘의 혼합일 거야. 하지만 이처럼 우리 안에 기준이 없다는 건 다른 무엇보다도 끔찍해."

아가테는 이 문제 제기에도 동의하지 않았다. "그게 그렇게 끔찍해요?" 그녀는 단순히 이렇게 물었다.

"모르겠어. 다만 사랑하지 않는 사람과 같이 사는 건 굴욕적일 것 같아. 하지만 지금은…… 너 하고 싶은 대로 해!"

"그게 이혼한 지 석 달도 안 돼 다시 결혼하려는 여자가 국가의 명령으로 상속권 때문에 임신 여부를 판단받기 위해 공중보건의에게 자궁 검사를 받는 것보다 더 나쁜가요? 그런 내용을 어디선가 읽은 적이 있어요!" 아가테는 방어의 분노로 이마가 약간 불룩해지는 것 같더니 미간 사이에도 또 작은 세로 주름이 잡혔다. "꼭 그래야 한다면 여자들은 누구나 다 그런 일을 견뎌내요." 경멸하듯이 내뱉은 말이었다.

"나도 그걸 부정하는 게 아냐. 모든 일은 한번 일어나면 비나 햇빛처럼 지나가고 말아. 그게 자연스럽게 느껴진다면 너는 나보다 훨씬 이성적인 사람일 거야. 하지만 남자의 본성은 자연스럽지 않아. 남자는 자연을 바꾸길 원해. 그래서 가끔 극단으로 치닫지." 그의 미소는 다정함을 바라는 애원이었고, 그의 눈은 동생의 얼굴이 얼마나 젊은지 보고 있었다. 이 얼굴은 흥분하면 주름이 잡히는 것이 아니라 그 안쪽에서 일어나는 움직임에 의해 한층 더 매끈하게 펴졌다. 마치 장갑을 끼고 주먹을 쥔 손처럼.

"그 점에 대해선 그렇게 깊이 생각해본 적이 없어요. 그런데 오빠 말을 듣고 보니 내가 끔찍할 정도로 부당하게 살았다는 느낌이 들어요!"

"모든 게 네가 자발적으로 말을 꺼내놓고도 결정적인 건 언급하지 않아서 그래." 울리히는 이렇게 서로의 책임을 농조로 인정했다. "하가우어를 떠나게 만든 그 남자에 대해 아무것도 털어놓지 않으면 내가 어떻게 제대로 된 판단을 하겠어?"

아가테는 마치 선생님에게 상처를 받은 아이나 학생처럼 오빠를 바라보았다. "그게 꼭 남자 때문이어야 해요? 그냥 그렇게 될 수는 없어요? 숨겨놓은 남자가 없는데도 남편을 떠나는 건 잘못인가요? 한 번도 애인이 있었던 적이 없었다고 하면 거짓말이 되는 건가요? 정말 이런 한심한 말은 하고 싶지 않지만, 난 남자가 없어요. 그런데도 하가우어를 떠나려고 하는 이유가 남자 때문이라고 생각한다면 정말 화가 나요!"

결국 오빠는 동생에게 열정적인 여자는 애인 없이도 남편을 떠날 수 있고, 심지어 자기 생각에는 그게 더 품위 있는 일 같다고 확언할 수밖에 없었다. 그들이 차를 나누어 마셨던 자리는 평소와 다른 때이른 저녁식사 자리로 넘어갔다. 몹시 피곤했던 울리히가 그렇게 해달라고 부탁한 것이다. 다음날 갖가지 잡다한 일을 바쁘게 처리하려면 일찍 잠자리에 들어 푹 자둬야 할 것 같았기 때문이다. 이제 두 사람은 헤어지기 전에 담배를 피웠다. 그는 여동생에 대해 아는 게 없었다. 긴 세월 동안 만나지 못한 오빠를 헐렁한 바지 차림으로 맞았음에도 해방된 모습도 아니었고 집시 같은 분위기도 없었다. 오히려 자웅동체의 냄새가 났다. 대화할 때의 몸짓을 보면 가벼운 남성적인 옷 속에는 반투명한 수면水面에 비친 부드러운 몸매가 어렴풋이 보였고, 자유롭고 독립적인 다리와 달리 아름다운 머리칼은 여성스럽게 올려 묶고 있었다. 그런데 이런 양성적 인상의 중심에는 무엇보다 여성적인 매력을 물씬 풍기는 얼굴이 있었다. 무언가 삭제되고 유보된 듯한 이 얼굴의 본질을 그는 알아낼 수가 없었다.

동생에 대해 아는 것이 별로 없는데도 이렇게 친숙하게 마주앉을 수 있다는 사실, 그러면서도 자기 여자와 앉을 때와 전혀 다르다는 사실이 서서히 온몸으로 퍼지기 시작하는 고단함 속에서도 무척 편안하게 다가왔다.

'어제부터 정말 대단한 변화였어!' 그는 생각했다.

울리히는 그에 감사했고 아가테와 작별하면서 오누이의 정이 느껴지는 따뜻한 말을 해주려고 했지만, 그런 데엔 습관이 붙지 않은 탓인지 적당한 말이 떠오르지 않았다. 그래서 그녀의 팔을 잡고 입만 맞추고 말았다.

3. 상가喪家에서의 아침

이튿날 아침 일찍 울리히는 물고기가 물에서 뛰어오르듯 매끄럽게 잠에서 빠져나왔다. 전날의 고단함을 꿈도 없는 긴 잠으로 풀어버린 결과였다. 그는 아침식사를 해야겠다고 생각하며 온 집안을 돌아다녔다. 상가의 애도 제식은 아직 시작되지 않았다. 다만 모든 공간에 애도의 향기만 배어 있었다. 문득 이른아침에 문을 여는 한 가게가 생각났다. 거리엔 아직 사람 그림자 하나 없었다. 식사를 마친 그는 짐 가방에서 논문 자료를 꺼내 아버지의 서재로 향했다. 난로에 불을 피우고 서재 한가운데에 앉자 전날 저녁때보다 한층 인간적인 느낌이 났다. 늘 이쪽과 저쪽 입장을 꼼꼼하게 따지는 한 현학적 정신이 책꽂이 높이의 석고 흉상들까지 대칭적으로 꾸며놓았음에도 그 자리에 남겨진 이런저런 자잘한 개인 물품들, 예를 들어 연필, 외알 안경, 온도계, 펼쳐진 책, 펜 통 같은 물건들은 막 주인을 잃은 이 공간에 가슴 뭉클한 공허함을 부여했다. 울리히는 창문에서 멀지 않은 방 한가운데의 책상에 앉아 의지의 기묘한 나른함을 느꼈다. 방의 중추신경에 해당하는 곳이었다. 벽에는 선조들의 초상화가 걸려 있었고, 일부 가구는 선조들이 사용하던 것이었다. 여기 살았던 이는 조상들의 삶의 껍질을 뚫고 자기 삶의 알을 만들었다. 이제 그 사람은 죽었다. 그가 쓰던 가재도구들은 마치 이 공간에서 끌로 파낸 것처럼 날카롭게 서 있었다. 그러나 사물들의 질서는 벌써 바스러져내리며 후임자에게 적응할 준비를 하고 있었다. 수명이 좀더 긴 사물들이 뻣뻣한 애도의 표정 뒤에서 거의 눈에 띄지 않게 새로 솟아나기 시작하는 것이 느껴졌다.

이러한 분위기 속에서 울리히는 지난 몇 주 몇 달 동안 중단했던 논문 자료를 펼쳤다. 그의 시선은 즉시 그가 해결하지 못한 수력학 방정식으로 향했다. 그가 새로운 수학적 가능성을 보여주기 위해 물의 세 가지 주요 상태에서 한 가지를 예로 들려고 할 때면 클라리세가 떠올라 정신이 산만해졌던 일이 어렴풋이 기억났다. 말이 아니라 그 말을 하게 만든 분위기가 되살아나는 기억이 있다. 그리하여 울리히는 갑자기 '탄소'가 생각났고, 순간 이 탄소가 얼마나 다양한 상태로 존재하는지를 알게 되면 자신의 작업도 진척되리라는 예감이 불쑥 찾아왔다. 그러나 그것이 떠오르지 않아 대신 다른 생각을 했다. '인간은 두 종류로 존재해. 남자와 여자로.' 그는 한참 동안 이 생각에 빠져 있었다. 마치 인간이 영속하는 두 가지 상이한 상태 속에 산다는 사실이 기적 같은 발견인 것처럼 그 경이로움에 손가락 하나 움직이지 못하면서 말이다. 다만 이러한 사고의 정지 상태 뒤에는 다른 현상이 숨어 있었다. 왜냐하면 인간은 냉정하고 이기적이고 성공을 추구하고 세상에 자신을 뚜렷이 각인시키면서도 어느 순간 갑자기 이름이야 어떻든 늘 똑같은 울리히로서 자기 속에 푹 빠져 완전히 반대되는 것을 느낄 수 있기 때문이다. 그것도 주위 모든 사물들의 사심 없고 형언할 수 없이 부드러운 상태와 하나가 된, 자기를 잃은 행복한 존재로서 말이다. 그는 스스로에게 물었다. '내가 이런 상태를 마지막으로 느낀 지 얼마나 됐을까?' 놀랍게도 스물네 시간이 채 지나지 않았다. 울리히를 둘러싼 정적은 상쾌했고, 기억 속 그 상태는 예전처럼 특이하게 느껴지지 않았다. '우리 모두는 냉혹한 세계에서 모든 힘과 욕구를 쏟아 서로를 이겨내야 하는 유기체야.' 그는 차분하게 생각했다. '하지만 사람은 각자 자신의 적대자 및 희생자와 함께 이 세계의 작은 일부이자 자식이기도 해. 또한 각자 상상하는 것과는 달리 그들과 쉽게 분리되지 않고 독립적이지도 않아.' 이것을 전제한다면 가끔 세계에서 일체감과 사랑의 느낌이 치솟는 것은 결코 이해 못할 바가 아닌 듯했다. 게다가 일상 속 어쩔 수 없는 삶의 요구로 인해 존재들의 총체적인 상호 관련성을 고작 절반밖에 알 수 없다는 점은 거의 확신에 가까웠다. 여기엔 정밀하게 사고하는 수학적 자연과학적 인간이 불쾌하게 느낄 만한 것은 전혀 없었다. 그와 반대로, 울리히는 개인적인 친분이 있는 한 심리학자의 연구 논문이 떠올랐다. 이 논문의 핵심은 이랬다. 세상에는 상반된 두 개의 거대한 개념 집단이 있다. 하나는 경험적 내용에 둘러싸여 있고, 다른 하나는 경험적 내용을 둘러싸고 있다. 이에 기초해서 논문은 '내면의 존재'와 '외부의 시선', '오목렌즈적 감각'과 '볼록렌즈적 감각', '공간성'과 '물질성',

'내적 자성'과 '외적 관찰'이 수많은 대립적 경험과 그것들의 언어적 비유 속에서 반복된다는 확신을 내비친다. 그 배경에 인간 경험의 원시적 이중 형식이 있다고 추정해도 좋을 만큼. 이것은 엄밀한 객관성에 바탕을 둔 학술 논문이 아니라 일상적 학술 영역 바깥의 자극에서 생겨나 더듬듯이 미래를 추정하는 상상적 작업이었다. 그러나 토대는 확고했고, 결론은 개연성이 있었다. 울리히가 지금 추정한 바에 따르면, 오늘날의 현대적 태도도 결국 창조적 연무 뒤에 숨어 감정의 통일로 나아가는 이 결론들의 복잡한 파편들에서 생겨났다. 남성적 경험 방식과 여성적 경험 방식의 대립 사이에서 우리의 경험을 불분명하게 정리하는 이 현대적 태도에는 아주 오래된 꿈들의 비밀스러운 그림자가 드리워져 있었다.

여기서 그는 밧줄과 하켄을 이용해 위험한 암벽 지점을 내려오듯 발밑에 안전장치를 확보하려고 애쓰면서 계속 생각을 이어갔다.

'지금의 우리는 거의 이해하지 못할 아주 오래되고 모호한 철학적 전통들은 한 남성적 "원칙"과 한 여성적 "원칙"에 대해 이야기할 때가 많아!' 그는 생각했다.

'원시 종교에서 남성 신들과 어깨를 나란히 하던 여신들은 더이상 우리의 감각에 와닿지 않아! 우리에게 그런 초인적인 여성들과의 관계는 마조히즘으로 비쳐!'

'하지만 자연은 남자에게 젖꼭지를, 여자에겐 퇴화한 남성 성기를 선사했어. 물론 그렇다고 우리의 선조들이 남녀추니였다고 유추해서는 안 되겠지만. 영혼 면에서도 남자와 여자는 결코 자웅동체가 아냐. 그리되면 보는 것과 보이는 것의 두 가능성은 자연의 두 얼굴로서 외부에서 온 것이 틀림없어. 이 모든 것이 어쩐지 성의 차이보다 훨씬 오래된 것 같아. 훗날 성이 구분되면서 개별 성에 영혼의 옷이 보충되고……'

그의 생각은 어린 시절의 특정한 기억으로 이어졌고, 그의 관심도 이 기억으로 향했다. 오랫동안 떠오르지 않던 것이 기억나서 즐거웠다. 미리 설명하자면, 그의 아버지는 오래전에 승마를 했고 말도 있었다. 울리히가 여기 도착해서 맨 처음 보았던 정원 담장 옆의 텅 빈 마구간이 그 시절의 증거였다. 승마는 봉건귀족 친구들의 생활을 부러워하던 아버지가 유일하게 분에 넘치게 즐긴 귀족적 취미였다. 당시 울리히는 어린 소년이었고, 그래서 단단한 근육으로 뭉친 키 큰 말의 몸뚱이는 경탄에 사로잡힌 아이에게는 무한한 것, 아니 최소한 가늠할 길 없는 것으로 다가왔다. 그 느낌이 지금 그의 감각 속에 되살아났다. 털의 숲으로 뒤덮이고 바람결에 물결치듯 살갗이 그 사이를 파르르 질주하는 동화 속의 으스스한 산줄기 같다고 할까? 그가 알기로 그것은 자신의 소망을 이룰 수 없는 어린아이의 무력함이 광채를 부여하는 기억들 가운데 하나였다. 하지만 이것도 초자연적인 힘을 지닌 듯한 광채 그 자체나, 아니면 어린 울리히가 처음 광채를 만나고 얼마 뒤 손가락 끝으로 건드리게 된, 그에 못지않은 기적적인 광채와 비교하면 별것이 아니었다. 그러니까 당시 이 도시에는 말뿐 아니라 사자와 호랑이, 또 이들과 친구처럼 지내는 크고 멋진 개들의 공연을 알리는 서커스 포스터가 나붙었는데, 어린 울리히는 이 포스터를 줄곧 바라보다 마침내 컬러 포스터 한 장을 손에 넣고는 동물 그림을 정성스럽게 오려 작은 나무 지지대로 빳빳하게 세워놓은 것이다. 그뒤에 일어난 일은 아무리 물을 마셔도 갈증이 완전히 가시지 않는 현상과 비슷했다. 갈증은 끝이 없었고, 몇 주 동안 펼쳐놓아도 사진만으로는 갈증을 채울 수 없었기 때문이다. 그는 이 신기한 동물들에게 끊임없이 빠져들었을 뿐 아니라 사진을 보고 있으면 외로운 소년의 형언할 수 없는 행복감과 함께 동물들을 실제로 갖고 있다는 착각까지 들었다. 그러면서도 거기엔 무엇으로도 채울 수 없는 궁극적인 것이 빠져 있음을 느꼈고, 이후 그의 갈망은 온몸으로 무한정 흘러넘치는 광채를 담게 되었다. 그런데 지금, 이 특이하고 한없는 기억과 함께 그로부터 얼마 뒤 겪은 어린 시절의 다른 경험이 망각의 늪에서 솟구쳐올랐고, 별 내용 없는 유치한 경험이지만 뜬눈으로 꿈을 꾸는 커다란 몸을 갖게 되었다. 그것은 여자아이에 관한 체험이었고 여기에는 오직 두 가지 특성만 담겨 있었다. 하나는 그 아이를 소유해야 한다는 것이었고, 다른 하나는 그로 인해 다른 남자애들과 싸워야 한다는 것이었다. 둘 중에서 실제로 있었던 일은 싸움뿐이었다. 그런 여자아이는 실재하지 않았기 때문이다. 이상한 시절이었다! 그는 모험을 찾아 떠도는 유랑 기사처럼 미지의 적들, 특히 그보다 큰 적들을 비밀스럽고 한적한 골목에서 만나면 그 가슴팍으로 달려들어 기습에 놀란 자들과 뒤엉켜 싸웠다. 그 대가로 얻어터진 적도 적지 않았지만 가끔은 큰 승리를 거두기도 했다. 하지만 결과야 어찌됐건 그는 매번 싸움에서 만족감을 기대한 자신이 속아넘어간 기분이었다. 그의 감정은 그가 실제로 아는 어떤 여자아이를 위해 싸웠다는 식의 생각을 받아들이지 않았다. 그 역시 또래 아이들과 마찬가지로 여자들이 있는 데서는 바보처럼 얼어붙어 말 한마디 꺼내지 못했기 때문이다. 그러던 어느 날 예외적인 일이 일어났다. 울리히는 이제 그 일이 분명하게 기억났다. 마치 세월을 들여다보는 망원경 렌즈 안에 그 장면이 들어 있는 것 같았다! 아가테가 아이들 파티에 가려고 예쁘게 옷을 차려입은 어느 날 저녁이었다. 환한 벨벳 드레스 위로 머리카락이 물결처럼 치렁치렁한 동생을 보면서 울리히는 위압감을 주는 기사 복장을 갖춰놓고도 갑자기 여자가 되고 싶은 강한 갈망을 느꼈다. 그전에 서커스 공연 포스터를 보면서 동물들을 갖고 싶다고 느꼈을 때와 마찬가지로 말로는 표현할 수 없는 갈망이었다. 당시 그는 아직 여자와 남자에 대해 아는 것이 없을 때여서 여자가 된다는 걸 완전히 불가능한 일로 여기지 않았다. 물론 아이들이 보통 그러듯, 자신의 소망을 이루려고 즉각적인 행동에 나서지 않을 정도로는 그 문제에 대해 알고 있었다. 지금 이 순간 그때 일을 말로 표현하자면, 마치 어둠 속에서 문을 찾아 더듬거리다 피처럼 따뜻하거나 온화하게 달콤한 저항에 부딪혔음에도 물러서지 않고 계속 밀어붙이는 느낌이었다. 저항하는 힘은 뚫고 나가려는 그의 욕구에 뒤로 부드럽게 물러섰지만 실제로 길을 터주지는 않았다. 또한 그것은 어쩌면 갈망하는 존재를 자기 안으로 빨아들이는 뱀파이어의 열정을 무해하게 바꾼 것 같기도 했다. 하지만 이 작은 남자는 그 작은 여자를 자기에게로 끌어당기려 한 것이 아니라 그 여자의 자리를 온전히 차지하고자 했고, 그 일은 어린 날의 성적 체험에만 존재하는 그런 눈부신 애정 속에서 일어났다.

울리히는 자리에서 일어나 이 백일몽에 놀라며 팔을 쭉 뻗었다. 열 걸음도 안 되는 벽 뒤에는 아버지의 시신이 누워 있었다. 그는 이제야 자신과 시신 주위에 갑자기 땅에서 솟은 것처럼 사람들이 북적거린 지 오래임을 알아차렸다. 그들은 죽은 자의 거처이자 계속 살 자들의 거처이기도 한 이 집에서 바삐 움직이고 있었다. 나이든 여자들은 카펫을 깔고 촛불을 새로 밝혔다. 계단에서는 망치 소리가 났고, 꽃이 배달되어 왔으며, 바닥엔 왁스가 칠해졌다. 이제 울리히 자신도 이런 부산함 속으로 끌려들어갔다. 무언가 얻을 게 있거나 알고 싶은 게 있는 사람들이 아침 일찍부터 찾아왔기 때문이다. 이때부터 사람들의 발길은 끊이지 않았다. 대학에서는 장례 절차에 대해 문의했고, 한 고물장수는 고물로 내놓을 옷이 있는지 쭈뼛쭈뼛 물었으며, 한 독일 회사의 위탁을 받고 왔다는 고서 수집상은 죄송하다는 말을 거듭하면서 혹시 고인의 서가에 있을 희귀한 법학 서적을 살 수 있을지 의사를 타진했고, 주임 신부를 대신해 온 보좌신부는 교구 기록부상 확인해야 할 문제가 있다며 울리히와의 상담을 요청했고, 생명보험 직원은 상당히 복잡한 문제를 설명하고자 했으며, 어떤 이는 피아노를 싸게 사길 원했고, 한 부동산업자는 집을 팔 의향이 있으면 연락하라고 명함을 주고 갔고, 한 퇴직 관료는 편지 봉투에 주소 쓸 일이 있으면 자기에게 맡겨달라고 했다. 이처럼 사람들은 끊임없이 오가며 물었고, 이 귀한 아침 시간 내내 각자 원하는 것을 말했고, 고인에 대한 애도를 표하며 구두로건 문서로건 각자 찾아온 이유를 설명했다. 늙은 하인은 이런 사람들을 대문 앞에서 전력을 다해 내쫓았고, 그럼에도 저지선을 뚫고 온 사람들은 울리히가 위에서 만났다. 이렇게 많은 사람들이 누군가의 죽음을 공손하게 기다리고, 누군가의 심장이 멎는 일이 이렇게 많은 사람들의 심장을 움직일 줄은 미처 알지 못했다. 그는 적잖이 놀란 눈으로, 숲속에 죽어 누워 있는 딱정벌레 한 마리와 그리로 다가가는 다른 딱정벌레들과 개미, 새, 팔랑거리는 나비들을 지켜보았다.

숲속 짙은 어둠 속으로 죽은 자를 찾아가는 이 발걸음 곳곳에도 이익 추구의 열성이 섞여 있었다. 문상객 복장과 사무실 출근복을 섞어놓은 것 같은 검은색 양복에 검은 상장을 단 남자가 들어섰을 때 슬픔이 어른대는 눈의 창문 너머로 대낮에 켜놓은 등불처럼 사리사욕이 엿보였다. 남자는 잠시 문가에서 걸음을 멈추더니 울리히든 자신이든 북받치는 슬픔을 참지 못해 울음을 터뜨리길 기다리는 듯했다. 하지만 둘 중 누구도 울음을 터뜨리지 않자 그만하면 충분하다고 생각했는지 얼마 뒤 방안으로 쑥 들어섰다. 그러고는 전형적인 장사꾼의 태도로 자신을 장례업체 사장이라고 소개하더니, 지금까지의 장례 진행에 만족하는지 알아보러 왔다면서 앞으로도 만족하실 수 있도록 완벽하게 마무리하겠다고 장담했다. 상당히 까다로운 성격이라 쉽게 만족시키기 어려운 고인을 들먹여가면서 말이다. 장례업체 사장은 여러 문항과 네모 상자가 있는 서류를 울리히의 손에 쥐여주면서 각종 주문 사항을 수준별로 맞출 수 있도록 정리해둔 계약서를 꼼꼼히 읽어보라고 했다. 내용은 이랬다. 말 두 필, 말 여덟 필…… 화환 마차…… 개수…… 이런저런 마구 스타일…… 은도금한 마구를 갖춘 선도 기수…… 장례 수행원 스타일…… 마리엔부르크 스타일의 횃불…… 아드몬트 스타일…… 수행원 수…… 조명 종류…… 점등 시간…… 관에 사용된 목재…… 장식용 식물…… 이름, 출생 연월일, 성, 직업…… 예상치 않은 일에 대한 손해 배상의무의 면제…… 울리히는 일부 고풍스러운 냄새를 물씬 풍기는 이 용어들이 어디서 왔는지 알 수 없어 물어보았다. 그랬더니 장례업체 사장은 놀란 눈으로 그를 빤히 바라보기만 했다. 그도 알지 못했던 것이다. 장례업자는 인류 뇌의 반사궁反射弓처럼 울리히 앞에 서 있었다. 의식을 건드리는 일 없이 자극과 행위만 서로 연결하는 활 말이다. 장례업자는 수백 년 전부터 한결같이 사용되어온 이 상품 명칭에 의문을 던지는 울리히가 잘못된 나사를 푼 것 같은 느낌을 받았다. 그래서 주문 내용을 빠르고 깔끔하게 처리하겠다는 말로 상황을 신속히 마무리하려 했다. 그의 설명은 이랬다. 여기 계약서에 나오는 용어들은 모두 제국장의사협회의 표준계약서에 명기된 것을 따랐을 뿐 지켜지지 않더라도 크게 문제될 건 없다. 어차피 규정대로 따르는 사람은 없다. 어제 선생의 누이동생이신 이 집의 아가씨께서는 오빠 없이 계약서에 서명할 수 없다고 하셨는데, 만일 울리히가 서명하게 되면 그것은 고인께서 돌아가시기 전에 자신에게 맡긴 주문에 동의하는 것일 뿐이다. 그리고 주문 내용은 최고 수준으로 이행할 것을 약속드린다고 했다.

울리히는 서명을 하면서, 혹시 케이스에 정육점의 수호성인으로 성 누가가 그려진 전기 소시지 기계를 본 적이 있느냐고 물었다. 자신은 브뤼셀에 갔을 때 본 적이 있다고 하면서. 그런데 답을 들을 시간이 없었다. 이 남자가 있던 자리에 벌써 다른 무언가를 원하는 남자가 서 있었기 때문이다. 고인의 사망과 관련한 정보를 얻기 위해 온 이 지방의 주요 일간지 기자였다. 울리히는 작별인사와 함께 장례업체 사장부터 내보낸 뒤 기자를 상대하기 시작했다. 그런데 고인의 삶에서 가장 중요한 것이 무엇이었느냐는 질문에서부터 말문이 막혔다. 뭐가 중요하고 뭐가 중요하지 않았는지 자신은 알 수 없었다. 그래서 오히려 기자의 도움을 받아야 했다. 인터뷰는 알아내야 할 것에 관해 잘 훈련된 호기심의 촉수로 기자가 질문을 던지기 시작하면서 진전을 볼 수 있었다. 울리히는 마치 세계 창조에 기여하고 있다는 느낌을 받았다. 젊은 기자는 고인이 지병 끝에 돌아가셨는지, 갑자기 돌아가셨는지 물었다. 울리히는 지난주에도 아버지가 강의를 했다는 사실을 언급했는데, 기자는 마지막 순간까지 정정하고 활기찼다는 식으로 정리했다. 그다음부터 고인의 삶에서 갈비뼈와 연결 부위 몇 개만 빼고 모든 것이 탈탈 털려 나왔다. 1844년 프로티빈에서 태어나…… 이런저런 학교를 다녔고…… 몇월 며칠…… 어떤 직책에 임명되었다…… 다섯 개의 임명직과 훈장을 언급함으로써 중요한 것은 거의 다 들추어졌다. 그사이 결혼을 했고, 책을 몇 권 썼다. 한번은 법무부장관 임명 직전까지 갔다가 어떤 세력의 반대로 무산되었다. 기자가 쓴 것은 울리히가 확인해주었다. 기자는 만족스러워했다. 필요한 기사 분량을 확보한 것이다. 울리히는 한 인간의 삶에서 한 줌밖에 남지 않은 이 잿더미에 놀라워했다. 기자는 자신이 얻은 정보를 이리저리 끼워맞출 여섯 개 또는 여덟 개의 핵심 용어를 미리 준비해두고 있었다. 위대한 학자, 개방적인 세계관, 신중하면서도 창의력 넘치는 정치인, 다재다능한 만능인 등등. 마치 이런 인물이 죽은 지 오랜만이라 그간 쓸 수 없었던 이런 용어에 허기졌던 게 분명했다. 울리히는 생각에 잠겼다. 아버지에 관해 좋은 말을 더 해주고 싶었다. 그러나 확실한 사실들을 캐낸 이 연대기 기록자는 벌써 필기구를 챙기고 있었다. 그 외 나머지는 물잔에 든 내용물을 마치 잔 없이 손에 쥐려는 것과 비슷했다.

그사이 사람들의 왕래는 뜸해졌다. 아가테는 전날 찾아온 사람들에게 오빠를 만나 얘기하라고 돌려보냈는데, 이제 그 사람들의 밀물이 모두 한꺼번에 빠져나가버렸다. 기자가 떠나고 나자 울리히는 혼자 남았다. 이유 모를 씁쓸한 기분에 빠져들었다. 혹시 지식 자루를 질질 끌고 다니면서 가끔 지식 알갱이 더미를 뒤엎고, 거기다 스스로 유력한 삶이라고 믿은 그런 삶에 순응한 아버지가 옳았던 건 아닐까!? 울리히는 책상 위에 올려놓고 건드리지 않은 자신의 연구 자료들을 생각했다. 훗날 사람들은 분명 울리히를 두고 아버지처럼 지식 창고를 뒤엎었던 사람이라고 말하지는 않을 것이다! 그는 고인이 관 속에 누워 있는 작은 방으로 들어갔다. 죽은 자에서 비롯된 시끌벅적한 분주함 속에 일직선의 벽들로 둘러싸인 이 뻣뻣한 공간은 믿을 수 없을 만큼 섬뜩했다. 사자는 분주함의 물결 사이에서 딱딱한 나뭇조각처럼 떠다녔다. 그러나 때로는 이미지가 전도되어 살아 있는 것이 뻣뻣해 보이고, 사자가 섬뜩하게 고요한 움직임 속으로 미끄러져가는 것처럼 비치기도 했다. '떠나는 사람에게 선착장 뒤에 남은 도시가 무슨 의미가 있을까?' 그는 혼잣말을 했다. '나는 한때 여기 살았고, 사람들이 바라는 대로 행동했다. 하지만 이제 다시 내 길을 떠난다!'……타인들 사이에서 그들과 다른 무언가를 원하는 데서 오는 불안이 울리히의 가슴을 짓눌렀다. 그는 아버지의 얼굴을 들여다보았다. 그가 자신의 개성이라 여겼던 모든 것이 어쩌면 이 얼굴에 맞서려는 종속된 반응에 불과하지 않았을까? 유치한 적대감에서 비롯된 반응 말이다. 그는 거울을 찾으려 했지만 어디에도 없었고, 빛을 반사하는 것은 사자의 공허한 얼굴뿐이었다. 그는 이 얼굴에서 자신과 닮은 점을 면밀히 찾아보았다. 유사성이 있는 것 같기도 했다. 아니 어쩌면 그 속에 모든 게 다 들어 있는 것 같기도 했다. 인종, 혈연, 비개성적인 요소, 나선형으로 꼬인 것에 불과한 유전자, 속박, 환멸, 그리고 그가 삶의 깊은 의지로 증오하는 정신의 영원한 반복과 원형 회귀까지!

울리히는 갑자기 이런 낙담에 사로잡혀 당장 짐을 꾸려 장례식 전에 여기를 떠나야 할지 고민했다. 삶에서 무언가 이룰 것이 정말 남아 있다고 해도 여기서 할 일은 없을 것 같았다!

그런데 문을 열고 옆방에 들어서는 순간 자신을 찾고 있던 여동생과 마주쳤다.

4. 한 친구가 있었다

여자처럼 옷을 입은 아가테를 본 것은 처음이었다. 어제 모습이 인상에 남은 탓인지 지금은 오히려 변장을 하고 있다는 느낌마저 들었다. 인공조명이 이른 오전의 떨리는 잿빛 속으로 쏟아져 들어왔다. 금발의 어두운 형체는 찬란한 광채가 흘러들어오는 공중의 동굴 속에 서 있는 듯했다. 머리는 당겨 묶었는데, 그로 인해 얼굴은 전날보다 한결 여성스럽게 보였다. 굴곡진 부드러운 가슴은 깃털처럼 가벼우면서도 단단한 진주에나 어울릴 법하게 양보와 저항 가운데서 완벽한 균형을 갖춘 채 검은 옷의 엄숙함에 감싸여 있었다. 어제 본, 자신과 비슷한 길고 날씬한 다리 앞에는 이제 치마가 커튼처럼 내려와 있었다. 오늘은 전체적으로 자신과 비슷해 보이지 않았기에 이제는 오히려 서로의 얼굴이 얼마나 닮았는지 확인할 수 있었다. 문 너머 다가오는 사람이 그 자신이라는 기분이 들 정도였다. 다만 더 아름답고, 자신에게서는 본 적이 없는 아우라에 휩싸인 점만 달랐다. 동생이 자신의 꿈같은 반복이자 변형이라는 생각이 처음으로 그를 사로잡았다. 그러나 이 인상은 순간적으로 스쳐갔을 뿐이라 그는 이 생각을 곧 잊고 말았다.

아가테가 서둘러 오빠를 찾은 것은 하마터면 자기도 잊을 뻔한 의무를 오빠에게 상기시키기 위해서였다. 그녀는 손에 유언장을 들고 있었는데, 시간이 촉박한 조항부터 오빠에게 보여주었다. 그중에서 가장 시급한 것은 하인 프란츠도 알고 있는, 아버지의 훈장에 관한 약간 이상한 조항이었다. 아가테는 다소 불경스럽게도 문제되는 그 지점을 빨간색으로 죽죽 그어둔 상태였다. 고인은 생전에 받은 적지 않은 수의 훈장을 함께 묻어달라고 적었다. 허영심에서 비롯된 소망이 아니었으므로 깊은 뜻이 담긴 이유까지 길게 첨부해두었다. 아가테는 앞부분만 읽었을 뿐이라 나머지는 오빠에게 설명을 맡겼다.

"음…… 이걸 어떻게 설명해야 할까?!" 울리히는 그 부분을 읽고 나서 말했다. "아버지는 개인주의적인 국가론이 틀렸다는 생각에 훈장을 함께 묻어달라고 하시는 거야! 아버지가 우리에게 권하는 건 보편주의적 국가론이야. 인간은 '국가'라는 창조적 공동체를 통해서만 초개인적인 목적, 즉 자신의 가치와 정당성을 부여받을 수 있어. 혼자로는 아무것도 아니라는 거지. 그래서 군주는 정신적인 상징이야. 선원이 죽으면 국기로 감싸 바다에 묻는 것처럼 무릇 인간도 국가의 상징인 훈장에 싸여 죽음을 맞아야 한다는 거지!"

"하지만 훈장은 반납해야 한다고 어디선가 읽은 것 같은데?" 아가테가 물었다.

"맞아. 유족은 훈장을 황실 궁내성에 반납해야 할 의무가 있어. 때문에 아버지는 복제품을 준비해두셨어. 그런데 보석상에서 구입한 복제품이 아버지 눈에 그다지 진짜처럼 보이지 않았나봐. 그래서 관 뚜껑을 닫을 때까지 기다렸다가 우리가 진짜와 바꿔치기해주길 원해서. 쉽지 않은 일이야. 하지만 누가 알겠어? 그게 이런 식으로 표현할 수밖에 없는 그 규정에 대한 아버지의 말없는 항의일지."

"하지만 그때까진 수백 명이 여길 찾아올 테고, 그러다보면 우리가 그걸 잊을 수도 있어요!" 아가테가 염려했다.

"그럼 당장 할 수도 있어!"

"지금은 그럴 시간이 없어요. 아빠가 슈붕 교수에 대해 쓴 다음 부분을 읽어봐요. 슈붕 교수가 언제 올지 몰라요. 어제도 하루종일 기다렸어요!"

"그럼 슈붕이 간 뒤에 해."

"아빠가 원하시는 그대로 따르지 않는 건 찝찝해요." 아가테가 반대했다.

"그렇게 해도 아버지는 이제 알 수가 없어."

아가테가 의심스러운 눈초리로 울리히를 바라보았다. "그렇다고 확신해요?"

"오?" 울리히가 웃으면서 소리쳤다. "너는 그렇게 생각 안 해?"

"나는 어떤 것도 확신하지 않아요."

"그게 확실하지 않더라도 상관없어. 어차피 아버지는 우리한테 만족하신 적이 평생 한 번도 없으니까!"

"그건 맞아요. 어쨌든 나중에 해요. 그건 그렇고 이제 한 가지 말해줘요. 사람들이 오빠한테 기대하는 것에 신경이 안 쓰여요?"

울리히는 망설였다. '이 아이는 괜찮은 곳에서 일해도 되겠어. 고루

하거나 편협할 수 있을 거라는 생각은 괜한 걱정이었어!' 그런데 어제 저녁의 일이 이 말과 묘하게 연결되면서 그는 동생에게 적절하면서도 도움이 될 만한 대답을 해주고 싶어졌다. 하지만 동생의 오해를 사지 않으려면 어떻게 운을 떼야 할지 알 수 없었다. 그러다 마침내 뜻하지 않게 젊은 혈기로 이렇게 툭 내뱉고 말았다. "아버지만 죽은 게 아냐. 아버지를 둘러싼 제식도 죽었고, 아버지의 유언도 죽었고, 여기 온 사람들도 죽었어. 나쁜 뜻으로 하는 말이 아냐. 이 땅을 단단하게 만들어주는 존재들에게 정말로 감사할 수도 있잖아. 이 모든 건 삶의 석회석에 속해, 바다에 속하는 게 아니라!" 그는 동생의 당혹스러운 시선을 알아채고 자신의 말이 얼마나 어이없는지 깨달았다. "사회의 미덕은 성자에겐 악덕이야." 그가 웃으면서 보충했다.

그는 마치 후견인처럼 혹은 자기 기분에 들뜬 사람처럼 동생의 어깨에 두 팔을 올렸다. 당혹감을 숨기기 위해서였다. 아가테는 굳은 표정으로 뒤로 물러나며 그 몸짓을 받아주지 않았다. "그건 오빠가 만들어낸 말이에요?" 그녀가 물었다.

"아니, 내가 좋아하는 남자가 한 말이야."

그녀는 깊이 생각하느라 애쓰는 아이의 불만스러운 표정을 지으며 울리히의 말을 이렇게 요약했다. "그러니까 오빠 생각엔, 몸에 밴 습관대로 성실하게 사는 사람은 좋다고 할 수 없다는 거예요? 반면에 심장이 쿵쿵 뛰면서 남의 물건을 처음 훔치는 도둑은 좋다는 거예요?!"

울리히는 이 이상야릇한 말에 깜짝 놀라며 좀더 진지해졌다. "그건 나도 정확히 모르겠어." 그가 짧게 답했다. "다만 경우에 따라 나는 뭐가 옳으냐, 그르냐 하는 문제에는 별로 신경을 안 쓰는 것 같아. 그렇다고 남들이 따를 만한 규칙을 제시할 수도 없어."

아가테는 그에게서 미심쩍은 눈길을 천천히 거두더니 다시 유언장을 집어들었다. "계속 읽어봐요. 여기 또 밑줄 그은 데가 있어요!" 스스로 정신을 바짝 차리려는 것처럼 말했다.

고인은 침대에 누워 더는 일어날 수 없기 전에 편지를 여러 통 썼고, 그것들을 이해시키고 어디로 부쳐야 할지 설명하는 글을 유언장에 적어두었다. 그중 특히 눈에 띄는 대목은 슈붕 교수와 관련된 부분이었다. 슈붕은 평생 고인과 친구로 지냈지만, 울리히 남매의 아버지가 죽은 해에는 책임능력의 경감 문제와 관련해서 고인을 무척 괴롭힌 오랜 동료였다. 울리히는 아버지가 죽기 전에 다시 한번 요약해 보내주었던 관념과 의지, 법의 엄정함, 자연의 불확실성에 대해 익히 아는 기나긴 논쟁을 즉시 알아보았다. 그나마 기력이 남아 있던 마지막 날까지 아버지가 가장 열중했던 사안은 자신이 속한 사회적 법학파가 프로이센 정신의 발로라며 당국에 고발된 사건인 듯했다. 그는 몸이 점점 약해지는 것을 느끼면서 이제 자신의 적이 전장을 독차지할 거라는 사실을 괴로운 심정으로 예견했을 때 '국가와 법, 또는 일관성과 고발'이라는 제목의 소논문을 쓰기 시작했다. 그래서 임박한 죽음과 '명성'이라는 성스러운 자산을 차지하려는 투쟁에서 영감을 받은 엄숙한 어조로 자식들에게 자기 저서를 사람들의 기억에서 멀어지게 하지 말라고 신신당부했다. 특히 아들에게는 자기 뜻을 실현하려는 슈붕 교수의 희망을 완전히 무너뜨리라고 하면서 아버지가 끊임없이 권고한 덕에 얻게 된 고위층과의 관계를 잘 활용할 것을 당부했다.

그 소논문이 완성되었건 완성중에 있건, 이런 글을 쓴 사람의 심리를 따져보면 한때 친구였던 사람이 천박한 허영심에서 저지른 실수를 용서해주고 싶은 욕구가 그 속에 있다는 사실을 배제할 수 없다. 특히 몸이 아프면서 살아 있는 몸에서 벌써 세속의 껍데기가 서서히 벗겨지는 느낌이 들자마자, 사람은 용서해주고 또 용서를 구하고 싶은 마음이 생기기 마련이다. 하지만 그러다 다시 몸이 좋아지면 그런 마음도 사라진다. 건강한 몸에는 본디 화해할 수 없는 무언가가 담겨 있기 때문이다. 고인은 죽음이 닥치기 전의 신체적 기복 속에서 두 가지 상태를 모두 경험한 게 분명했고, 이것이든 저것이든 둘 다 나름대로 일리가 있다고 느꼈다. 그러나 명망 있는 법률가는 그런 상태를 견딜 수 없는 법이라, 훈련받은 논리학에 따라 추가적인 감정 소모 없이 완벽한 효력을 갖춘 유언장의 형식으로 자신의 의지를 표명하는 수단을 고안해냈다. 그러니까 용서의 편지를 써놓고도 편지 말미에 자필 서명을 하지 않고 날짜도 기입하지 않은 것이다. 대신 울리히에게 사망 날짜를 써넣게 하고, 남매가 유언 증인으로서 공동으로 서명하게 했다. 죽어가는 사람이 서명할 힘조차 남아 있지 않은 구두 유언의 경우에서처럼 말이다. 본인은 인정하려고 하지 않지만 사실 고인은 괴팍한 사람이었다. 또한 인간 사회의 위계질서에 굴종하는 충직한 종으로서 그 질서를 수호하고, 그러면서도 자신이 선택한 삶의 길에서는 결코 표출할 길 없는 갖가지 반항을 자기 속에 숨긴 소시민적인 늙은이였다. 울리히는 문득 자신이 받은 부고장이 떠올랐는데, 그 역시 똑같은 심리 상태에서 받아쓰게 한 게 분명했다. 그 점에서는 자기 자신과 닮은 면을 느낄 수 있었다. 이번에는 그 사실에 분노가 아니라 연민의 감정이 들었다. 자신의 감정을 평생 표현하지 못한 아버지의 좌절과 관련해, 온당치 못한 자유를 빙자

해 삶을 쉽게 살려는 아들에게 느낀 증오를 일면 이해할 수 있었다는 점에서 오는 연민이었다. 아들들에게 맞는 삶의 해결책은 아버지들에 겐 항상 그렇게 비쳤기 때문이다. 울리히는 자신의 내면에서 아직 해결 되지 않은 것을 떠올리며 외경의 감정에 사로잡혔다. 그러나 아가테도 이해할 만큼 이 모든 것을 적절하게 표현할 말을 찾아낼 시간적 여유 는 더이상 없었다. 방의 어스름 속으로 막 한 인간이 활기차게 들어오 고 있었기 때문이다. 이 사람은 자신의 움직임을 동력 삼아 촛불이 비 치는 데까지 성큼성큼 걸어와서는 관대에서 한 걸음 멈춰 서서 큰 동 작으로 손을 들어올렸다. 손님이 왔다는 전갈을 알리려고 허겁지겁 뒤 따라온 아버지의 늙은 하인까지 따돌린 채. "아, 존경하는 친구여!" 방 문객은 장중한 목소리로 외쳤다. 관 속의 작은 노인은 입을 꾹 다문 채 자신의 숙적 슈붕 앞에 누워 있었다.

"젊은 친구들! 우리 머리 위 밤하늘의 장엄함이여, 우리 속 도덕법칙 의 장엄함이여!" 슈붕은 눈물이 그렁그렁한 눈으로 관 속에 누운 학문 적 동지를 바라보았다. "차갑게 식어버린 저 가슴에도 도덕법칙이 살아 있었지!" 그는 이 말을 끝으로 그제야 몸을 돌려 유가족 남매와 악수를 나누었다.

울리히는 이 순간을 자신에게 맡겨진 임무를 처리하는 첫 기회로 이 용했다. "유감스럽지만 제 선친과 궁정참사관 어르신께서는 최근에 적 대적인 관계로 지내셨다면서요?" 울리히가 넌지시 떠보았다.

허연 수염의 슈붕은 이 말을 제대로 이해하기까지 잠시 숙고가 필 요한 모양이었다. "그건 그냥 의견 차이일 뿐 별로 신경쓸 일이 아니에 요!" 슈붕은 고인을 지그시 바라보면서 너그럽게 대답했다. 그런데도 울리히가 주장을 굽히지 않고 이게 유언장에 있는 내용임을 은근히 드러내는 순간 방안에는 갑자기, 누군가 적의를 품고 테이블 밑에서 칼을 뽑아 달려들기 일보 직전임을 모두가 알게 된 허름한 술집에서처럼 팽팽한 긴장감이 돌았다. 그러니까 고인은 죽어서도 동료인 슈붕에게 제대로 불쾌감을 안길 줄 알았다! 물론 그런 오래된 적대감은 이미 오래전부터 감정이 아닌 일종의 사고 습관이었다. 다른 무언가가 적대적인 감정을 새로 자극하지만 않는다면 적대감은 더는 존재하지 않았고, 대신 과거의 수많은 불쾌한 사건들의 내용만 서로를 경멸하도록 만들 뿐이었다. 선입견 없는 진실만큼이나 오가는 감정들에 좌우되지 않는 판단의 형태로서 말이다. 슈붕 교수는 지금 죽어서까지 공격의 칼날을 벼린 옛 동료가 느낀 것과 똑같은 것을 느끼고 있었다. 그에게는 용서한다는 것이 정말 유치하고 쓸데없는 짓처럼 비쳤다. 왜냐하면 죽기 전의 관대한 태도(여기다 한 가지 감정을 더 추가할 수는 있지만 학문적인 측면에서 자기 입장의 철회는 결코 아니다)는 당연히 수년 동안의 싸움에 반해 어떤 증거력도 없었기 때문이다. 게다가 슈붕이 꿰뚫고 있듯이 그런 관대한 태도는 승리의 기쁨을 누리는 자신을 부당한 인간으로 몰아넣는 데 파렴치하게 이용되고 있었다. 물론 죽은 친구에게 작별 인사를 하려는 슈붕 교수의 욕구는 이런 것들과는 아무 상관이 없었다. 생각해보라. 이들 두 사람은 대학에서 학생들을 가르치던 총각 때부터 아는 사이였지 않은가! 자네 기억하나? 우리 둘이 노을빛 물든 부르크가르텐에 앉아 술잔을 부딪치며 헤겔에 대해 토론했던 일? 이후 수많은 해가 떨어졌지만 내 기억 속에는 그날의 석양이 유난히 강렬하게 남아 있네! 그리고 우리가 하마터면 서로 적이 될 뻔했던 첫 학술 논쟁

기억하나? 참 아름다운 시절이었지! 그런 자네가 이제 숨을 거두었고, 나는 자네의 관 옆이긴 하나 아직 이렇게 두 다리로 버티고 서 있네! 익히 짐작하듯이, 이것이 바로 동년배의 죽음을 보면서 연로한 사람들이 느끼는 감정이다. 사람이 엄동설한의 시기에 들어서면 문학이 고개를 내민다. 열일곱 살 이후로 시를 써본 일이 없는 사람이 일흔일곱이 되면 불현듯 시를 쓰게 된다. 유언장이라는 이름의 시를. 침몰선 바닥에 깔린 짐처럼 자신의 세기들과 함께 시간의 밑바닥에서 영면을 취하는 죽은 자들의 이름이 최후의 심판일에 하나씩 불려나오는 것처럼 유언장에서도 삶의 많은 일들이 다시 소환되어 나오고, 많이 사용해서 닳아 없어진 개성까지 되찾게 된다. 그런 마지막 원고에 나오는 글들을 보자. "서재에 깔린 부하라산 카펫과 그 위의 담배 구멍", 또는 "1887년 5월 '존넨샤인 & 빈터' 상점에서 구입한 코뿔소 뿔 손잡이가 달린 우산." 심지어 자신이 소유한 증권들의 번호와 종류도 하나씩 언급된다.

이렇듯 모든 일을 마지막으로 하나씩 환하게 비추다보면 그것들을 도덕, 훈계, 축복, 원칙과 연결시키려는 욕구가 일면서 가라앉은 것들 사이에서 다시 한번 떠오른 이 뜻밖의 수많은 것들을 힘찬 말로 평하고 싶어지는 것도 결코 우연이 아니다. 때문에 유언장을 쓸 때가 되면 문학성과 함께 철학도 깨어난다. 그것도 대개 오십 년 전에 잊은 뒤로 다시 처음으로 소환된 먼지 켜켜이 쌓인 오래된 철학이다. 울리히는 이 두 노인 중 어느 쪽도 서로 양보할 수 없었으리라는 점을 단번에 깨달았다. '원칙만 손상되지 않고 유지된다면 삶은 원하는 대로 이루어지리라!' 이는 만일 그 원칙들이 몇 달 혹은 몇 년 뒤 자신이 죽고 나서도 살아남을 거라는 사실을 알 경우 무척 합리적인 생각이다. 늙은 궁정참사관의 내면에서 두 충동이 아직도 싸우고 있음은 불 보듯 뻔했다. 다시 말해 내면의 치기어린 낭만성과 청춘, 문학은 무언가 크고 아름다운 몸 짓과 고결한 말을 요구했지만, 반대로 그의 철학은 망자가 자기 앞길에 쳐둔 덫과도 같은 갑작스러운 감정 분출이나 일시적인 감상에 굴복하지 말고 흔들림 없는 이성을 발휘하기를 요구하고 있었다. 슈붕은 이틀 전부터 이런 생각을 하고 있었다. 이제 경쟁자가 죽었으니 책임능력의 경감과 관련해서 자신의 견해에 더이상 걸림돌은 없을 것이다! 그래서 그의 감정은 큰 물결이 되어 옛친구에게로 향할 수 있었다. 옛친구와의 감동적인 작별 의식은 신호만 떨어지면 바로 실행에 옮길 수 있도록 미리 철두철미하게 짜놓은 동원 계획과 비슷했다. 그런데 이 시나리오에 식초가 한 방울 똑 떨어지면서 정신이 번쩍 들었다. 강력한 감정의 물 결로 시작했으나 이제는 마치 시를 한 편 쓰다가 중간에 퍼뜩 제정신이 들면서 나머지 행들이 더이상 떠오르지 않는 것 같은 일이 벌어진 것이 다. 이렇듯 한쪽의 허연 그루터기 수염과 반대쪽의 허연 그루터기 수염 은 한 치의 양보도 없이 입을 꾹 다문 채 대치하고 있었다.

'이제 이 사람은 어떻게 나올까?' 울리히는 둘의 대치를 긴장감에 차서 주시했다. 궁정참사관 슈붕의 내면에서는 이제 형법 318조가 자신의 제안대로 확정될 거라는 확신이 분노를 이겨내고 있었다. 나쁜 생각에서 해방되자 그는 호의로 가득찬 각별한 마음을 내보이기 위해 '한 친구가 있었지……'로 시작되는 노래를 부르고 싶은 마음이 굴뚝같았다. 그러나 차마 그럴 수는 없어 울리히에게로 몸을 돌렸다. "친구 아드 님, 내 말을 믿으세요. 항상 도덕적 위기가 먼저 오고 그다음 사회적 몰 락이 뒤따르죠!" 이어 그는 아가테에게로 몸을 돌려 말을 이어갔다. "무엇보다 선대인의 훌륭함은 법 원칙에서 이상주의적인 견해가 승리를 거둘 수 있도록 늘 만반의 준비를 하고 있었다는 점이에요." 그러고는 아가테와 울리히의 손을 동시에 잡고 소리쳤다. "선대인은 오래 함께하다 보면 불가피하게 생길 수밖에 없는 자잘한 의견 차이를 너무 과장해서 생각했어요. 워낙 예민한 법 감각을 가진 친구다 보니 남들로부터 어떤 비난도 받고 싶지 않아서 그랬을 거라고 확신해요. 내일 선대인과 마지막 인사를 나누려고 교수들이 많이 오겠지만 그들 중에 선대인만 한 사람은 없을 겁니다!"

두 사람의 대치는 이렇게 타협적으로 끝났다. 심지어 슈붕은 떠나기 전, 만일 울리히가 학계로 나갈 뜻이 있다면 아버지의 친구들을 믿어도 된다고 장담했다.

아가테는 눈이 동그래져서 이 말을 들으며 삶이 인간에게 부여한 섬뜩한 최종 형식을 관찰했다. "꼭 석고 나무들의 숲 같았어요!" 아가테가 나중에 오빠에게 한 말이었다.

울리히는 싱긋 웃으며 대답했다. "나는 달빛에 젖은 개처럼 감상적인 기분이 들었어!"

5. 그들이 부당한 짓을 하다

얼마 후 아가테가 울리히에게 물었다. "그 일 기억나요? 내가 아주 어릴 때 이야기인데, 오빠가 친구들과 놀다가 허리까지 물에 빠졌던 거? 오빠는 그걸 숨기려고 했죠. 그래서 상체는 말짱하니까 아무 일 없다는 듯이 식탁에 앉기까지 했다가 결국 너무 추워 이를 덜덜 떠는 바람에 바지가 젖은 게 들통났죠."

소년기에 기숙학교를 다녔던 울리히는 방학이 되면 집으로 돌아왔는데, 집에서 방학을 보낸 건 사실 긴 세월 중에 딱 한 번뿐이었다. 지금 관 속에 누워 있는 이 쪼그라든 시신이 두 자녀에게 거의 절대 전능한 존재에 가까웠던 시절, 울리히는 자신의 잘못을 부인할 수 없는 상황일 때도 잘못을 인정하지 않고 반성하기를 거부한 일이 드물지 않았다. 그는 그런 아이였다. 아무튼 그 일로 인해 울리히는 몸에 심하게 열이 났고 얼른 침대에 들어가야 했다. "오빠는 그때 수프만 먹어야 했죠!" 아가테가 말했다.

"맞아!" 오빠가 웃으며 시인했다. 벌을 받았던 기억, 그러니까 지금의 그와는 아무 상관 없는 그 일을 떠올리자 이 순간 마치 자신과 더는 상관없는 소년 시절의 작은 신발이 바닥에 가만히 놓여 있는 것이 보이는 듯했다.

"그때 오빠는 열병 때문에 수프밖에 못 먹기도 했지만, 그래도 그게 오빠한테는 일종의 벌이었어요."

"맞아!" 울리히가 다시 한번 시인했다. "하지만 물론 그건 증오심 때문이 아니라, 그래야 했기 때문에 벌어진 일이야." 그는 동생이 무슨 말을 하려는지 알지 못했다. 그의 눈에는 아직 작은 신발만 보였다. 아니, 보이지 않았다. 다만 보고 있는 척하고 있을 뿐이었다. 나이가 들면서 털어버린 모욕감도 그대로 느껴졌다. 그는 생각했다. '더이상 나 자신과 상관없다는 이 말 속에는 어쩐지 인간은 살면서 언제가 됐든 자기 자신과 완전히 하나되지 못한다는 사실이 담겨 있는 것 같아!'

"하지만 오빠는 어차피 수프밖에 먹지 못했을 거예요!!" 아가테는 다시 한번 같은 말을 반복하더니 이렇게 덧붙였다. "나는 지금껏 내가 어쩌면 그것을 이해 못하는 유일한 사람이 아닐까 하는 두려움을 안고 살아왔어요!"

서로 잘 아는 과거 일에 대해 이야기하는 두 사람의 기억은 상호 보완적일 뿐 아니라 말로 표현하기도 전에 벌써 하나로 융합될 수 있을까? 지금 이 순간 그 비슷한 일이 일어났다! 남매는 외투 속 의외의 위치에서 불쑥 두 손이 나와 뜻하지 않게 맞잡는 것과도 같은 이 공통의 상태에 깜짝 놀라고 혼란스러워했다. 각자 과거의 일에 대해 자신이 알고 있다고 생각하는 것보다 더 많은 것을 갑자기 알게 되었다. 울리히는 예전에 바닥에서 벽으로 기어올라가던 그 열병의 빛을 다시 느꼈다. 지금 둘이 서 있는 이 방의 촛불과 비슷한 빛이었다. 그리고 아버지가 탁자 등의 원뿔 불빛 속으로 성큼 걸어오더니 울리히의 침대 가장자리에 앉는 것이 보였다. "만일 네가 행위가 가져올 결과를 가늠하지 못해 그런 짓을 했다면 네 행위는 어느 정도 용서받을 수 있다. 하지만 그렇더라도 그전에 네 잘못을 고백해야 했어!" 이것은 유언장의 내용일 수도 있고, 아니면 그의 기억 속에 있는 형법 318조와 관련한 아버지의 편지에 나오는 말일 수도 있었다. 울리히는 보통 세부 사항이든 구체적인 말이든 잘 기억하지 못했다. 그래서 문장 전체가 그의 기억 속에 온전히 떠오른 것은 정말 이례적인 일이었다. 이것은 마주서 있는 동생과 연관되어 있었다. 그러니까 그의 내면에서 이런 변화가 일어난 것은 동생이 곁에 있기 때문인 듯했다. "만일 어떤 종류의 외부적 필요와 무관하게 자발적으로 나쁜 짓을 하기로 결정 내릴 힘이 너한테 있다면, 잘못된 행동을 저질렀다는 자각도 분명 있겠지!" 울리히는 말을 이어갔다. "아버지는 분명 너한테도 그렇게 말했을 거야!"

"아마 꼭 그대로는 아닐 거예요." 아가테가 정정했다. "아빠는 내 경우엔 보통 '심리적 정황상의 감경 요인'을 인정해주었어요. 아빠는 늘 이렇게 가르쳤죠. 욕망은 사고와 연결된 행위이지, 본능적인 행위가 아니라고 말이에요."

울리히가 인용했다. "오성과 이성의 단계적인 발전 과정에서 욕망 또는 충동을 숙고의 형태로, 이어 결심의 형태로 굴복시키는 것이 의지야!"

"정말 그래?" 동생이 물었다.

"왜 그렇게 묻지?"

"멍청해서 그렇겠죠."

"넌 멍청하지 않아!"

"항상 공부가 어려웠고 제대로 이해한 적이 없어요."

"그거하고 멍청한 거하고는 달라."

"그럼 이해한 것을 속으로 받아들이지 못하는 것이 문제겠네요."

둘은 슈붕 교수가 나갈 때 열어둔 옆방 문기둥에 가깝게 마주보고 서 있었다. 햇빛과 촛불 빛이 남매의 얼굴 위에서 어른거렸고, 목소리는 미사 때의 응창應唱처럼 서로 얽혀들었다. 울리히는 계속 신부처럼 말을 읊조렸고, 아가테는 차분하게 입술을 움직여 그 말에 응답했다. 어린아이의 물정 모르는 연약한 뇌를 단단하고 낯선 질서로 짓누르는 것이 훈계의 본질인데, 거기서 느끼던 옛 통증이 지금 두 사람에게는 즐거움이 되었다. 둘은 그러고 놀았다.

그런데 아가테가 그전에 그럴 만한 이야기가 나온 것도 아닌데 갑자기 이렇게 소리쳤다. "오빠의 말을 모든 것으로 확장해서 생각해보면 고틀리프 하가우어가 그래요!" 그러더니 어린아이처럼 신나서 남편의 말을 흉내내기 시작했다. "라미움 알붐이 흰광대수염이라는 식물의 학명인 걸 정말 몰라?" "수천 년 동안 수많은 시행착오를 거친 힘든 여정 끝에 인류를 오늘날의 인식 수준으로까지 한 단계 한 단계 끌어올린, 충실한 지도자와도 같은 귀납법이 걸어온 것과 같은 역로逆路를 통하지 않고서 대체 우리가 어떻게 앞으로 나아갈 수 있겠어?!" "아가테, 사고 또한 도덕적인 책무라는 걸 정말 모르겠어? 집중한다는 건 편안한 상태의 끊임없는 극복을 의미해." "정신적인 훈육이란 정신의 규율을 잡는 걸 뜻해. 이 규율 덕분에 인간은 자신의 착상에 대한 부단한 의심 속에서도 사고의 긴 과정을 이성적으로, 그러니까 철두철미한 삼단논법, 연쇄 추리와 그 논리적 연결, 귀납법이나 기호 추론을 거쳐 마지막에 도출한 판단을 모든 사고가 서로 맞아떨어질 때까지 철저히 검증하는 데까지 이르게 되는 거야!" 울리히는 동생의 기억력에 입을 다물지 못했다. 아가테는 교장선생의 말을 흉내내고 완벽하게 암송하는 것이 무척 즐거운 모양이었다. 이게 정말 남편의 말인지, 아니면 다른 책에서 읽은 것인지는 몰라도. 어쨌든 그녀는 하가우어의 말이라고 주장했다.

울리히는 믿기지 않았다. "어떻게 그렇게 길고 복잡한 문장을 기억해낼 수 있지!?"

"그냥 내 머릿속에 단단히 각인되어 있어요." 아가테가 대답했다. "내가 원래 그래요."

"기호 추론이니 검증이니 하는 말이 뭔지나 알아?" 울리히가 놀라 물었다.

"몰라요!" 아가테가 웃으면서 시인했다. "어쩌면 그이도 다른 데서 읽었을 뿐인지도 모르죠. 어쨌든 그이는 그런 식으로 말해요. 나는 의미 없는 말의 배열처럼 그이 입에서 나오는 걸 그냥 외운 것뿐이고요. 아마 그렇게 말하는 남편에게 화가 나서 그런 것일 테죠. 오빠는 나와 달라요. 내 속에는 여러 가지 말이 그대로 남아 갇혀 있어요. 그걸로 뭘 해야 할지 모르기 때문이죠. 그래서 잘 기억하는 거예요. 결국 나는 멍청하기 때문에 끔찍하게 기억력이 좋아요!" 아가테는 마치 그 속에 떨쳐버려야 할 슬픈 진실이라도 담겨 있는 것처럼 굴더니 다시 명랑해져서 말을 이어갔다. "하가우어는 테니스를 칠 때도 그래요. 이렇게 말하거든요. '테니스를 배울 때, 그전까지 불만 없이 날리던 공의 방향을 바꾸려고 처음으로 테니스 채를 바꿔 쥐면 나는 현상의 흐름에 개입하는 거야. 그게 바로 실험이야!'"

"남편은 테니스를 잘 쳐?"

"내가 육 대 영으로 이겨요."

둘은 웃었다.

"그런데 네가 옮겼던 하가우어의 말이 실제로는 모두 옳다는 거 알아?! 좀 웃기게 들려서 그렇지."

"남편 말이 맞을 수도 있지만 나는 어쨌든 모르겠어요. 옛날에 남편 학교 학생 하나가 셰익스피어의 구절을 글자 그대로 번역했는데, 어땠는지 알아요?

'비겁한 이들은 죽음에 앞서 여러 번 죽는다.

용감한 이들은 단 한 번 빼고는 죽음을 치르지 않는다.

내가 들은 기적 가운데

정말 이상하게 느껴지는 것은

죽음이, 필연적인 종말이

언제든 자기가 원할 때 찾아온다는 걸 알면서도

인간이 그것을 두려워한다는 것이다.'

하가우어는 그 학생의 번역을 이렇게 수정했어요. 그 공책을 내가 직접 봤죠.

'비겁한 자는 죽기 전에 벌써 여러 번 죽는다!

용감한 이들은 죽음을 단 한 번 치를 뿐이다.

내가 들은 모든 기적 가운데

가장 큰 기적은……' 이렇듯 남편은 슐레겔의 옛 번역에 따라 계속 수정해나갔죠!

다른 예가 하나 더 기억나요! 핀다로스의 시였던 걸로 기억하는데 이런 구절이었어요. '죽어갈 것들과 죽음을 모르는 것들 모두의 제왕인 / 자연의 법칙은 / 극단의 폭력까지 용인하면서 / 전능한 손으로 지배하나니!' 하가우어는 이렇게 다듬었죠. '모든 죽어갈 것들과 죽음을 모르는 것들을 관장하는 / 자연의 법칙은 / 전능한 손으로 지배하는구나, / 폭력조차 용인하면서.'"

"하가우어는 만족하지 못했지만, 그 학생이 무너진 돌더미처럼 눈앞에 있는 시를 있는 그대로 오싹하게 번역한 것이 더 아름답지 않아요?" 아가테가 물었다. 그러고는 학생의 번역을 반복했다. "비겁한 이들은 죽음에 앞서 여러 번 죽는다. / 용감한 이들은 단 한 번 빼고는 죽음을 치르지 않는다. / 내가 들은 기적 가운데 / 정말 이상하게 느껴지는 것은 / 죽음이, 필연적인 종말이 / 언제든 자기가 원할 때 찾아온다는 걸 알면서도 / 인간이 그것을 두려워한다는 것이다……!!!"

아가테는 나무에 매달리듯 문기둥을 팔로 휘감은 채 다듬어지지 않은 이 야생의 시구를 그 자체만큼 거칠면서도 아름답게 읊조렸다. 젊음의 자부심이 밴 그녀의 눈 아래에 쪼그라든 시신이 누워 있는 것에는 전혀 개의치 않았다.

울리히는 이마에 주름을 잡으며 동생을 바라보았다. '옛 시를 매끄럽게 다듬지 않고 세월에 풍화되어 의미가 반쯤 무너진 상태 그대로 두려는 사람은 코가 없는 옛 조각상에 새로 대리석 코를 붙이려 들지 않는 사람과 비슷해.' 그는 생각했다. '이걸 보고 양식 감각이라고 부를 수도 있겠지만, 그건 아니다. 그렇다고 무언가가 없는 것에 개의치 않을 만큼 상상력이 강렬한 사람도 아니다. 오히려 완벽한 것에 가치를 두지 않아 자신의 감각에도 완전할 것을 요구하지 않는 사람이다.' 이 대목에서 울리히는 갑작스레 방향을 바꿔 결론을 내렸다. '아가테는 온몸이 무너져내리지 않고도 키스할 수 있는 사람이야!' 이 순간 그는 이 격정적인 시구 하나만 보더라도 동생이 결코 본인 자신과 완전히 하나를 이룬 적이 없고, 그 자신과 마찬가지로 단편적인 격정의 인간이었음을 알 수 있을 듯했다. 이로 인해 그는 절도와 통제를 요구하는 자기 내면의 반쪽 존재조차 잊어버렸다. 지금이라면 여동생에게 분명하게 이야기해줄 수 있었다. 그녀의 행위는 가까운 주변 환경에 어울리는 것이 아니라 지극히 의심스러운 드넓은 환경, 즉 시작도 경계도 없는 모종의 세계적 환경에 좌우된다고 말이다. 그로써 첫날 저녁의 모순적인 인상도 충분히 설명되었다. 하지만 습관적인 신중함이 더 강하게 작용했다. 울리히는 아가테가 스스로 올라간 높은 가지에서 어떻게 내려올지 호기심을 갖고 기다렸다. 그녀는 팔을 문기둥에 높이 걸친 채 아직 거기 서 있었다. 한순간만 더 지나면 이 전 과정이 망쳐질 것 같았다. 그는 화가나 연출가에 의해 세상에 나온 것처럼 구는 여자들이나, 지금 아가테처럼 흥분의 끝에서 기교적으로 잦아드는 여자들을 혐오했다. 그의 머릿속에 이런 생각이 떠올랐다. '어쩌면 아가테는 감격의 절정에서 갑자기 바보 같고 몽유병 환자 같은 표정을 지으며 내려올지 몰라. 비몽사몽 상태로 깨어 있을 때처럼. 이것 말고는 다른 방법이 없을 거야. 물론 그것도 약간 곤란하겠지만!' 그런데 아가테는 이것을 알고 있었는지, 아니면 오빠의 시선 속에서 자신에게 닥쳐올지 모를 위험을 감지했는지, 높은 곳에서 쾌활하게 훌쩍 뛰어내리더니 울리히를 향해 혀를 쏙 내밀었다!

그다음엔 정색을 하고 침묵했다. 그러고는 말없이 훈장을 가지러 갔다. 이제 남매는 아버지의 유언에 반하는 행동을 할 참이었다.

직접 행동에 나선 사람은 아가테였다. 울리히는 속수무책 상태로 누워 있는 노인의 몸에 손을 대는 것에 거부감을 드러냈다. 반면에 아가테는 잘못하고 있다는 의식 없이 잘못된 행동을 할 줄 아는 사람이었다. 시선과 손은 환자를 돌보는 사람과 비슷하게 움직였다. 때로는 신나게 뛰놀면서도 주인이 지켜보고 있는지 확인하려고 잠시 동작을 멈추는 어린 동물의 소박하고 감동적인 모습을 보여주기도 했다. 울리히는 이제 아버지의 가슴에서 떼어낸 훈장을 받고 복제품을 건넸다. 그는 심장이 가슴 밖으로 튀어나올 것처럼 쿵쾅거리는 도둑이 떠올랐다. 문득 별 훈장과 십자 훈장들이 그의 손보다 동생의 손안에서 한결 생기 있게 빛나는 인상을 받았다고 하면, 다시 말해 동생의 손안에 들어가 자마자 마법의 물건으로 변하는 느낌을 받았다고 하면 그건 방안에 가득찬 관엽식물의 반사 빛으로 생겨난 암녹색의 분위기 때문일 수 있었다. 아니, 어쩌면 그의 의지를 당차게 움켜쥐려는 동생의 망설이면서도 주도적인 의지를 느껴서일 수도 있었다. 그런데 그 속에 의도라고는 찾아볼 수 없었기에 어떤 것도 섞이지 않은 접촉의 이 순간, 두 사람 사이에는 무한에 가까운, 그래서 뭐라 말하기 어려운 무형의 강렬한 감정이 생겨났다.

아가테가 일을 끝내고 동작을 멈추었다. 다만 아직 무언가가 빠진 듯했다. 그녀는 잠시 숙고하더니 웃으면서 말했다. "각자 쪽지에다 뭔가 좋은 말을 적어 아빠의 주머니에 넣어두지 않을래요?" 이번에는 울리히도 동생의 말을 바로 알아들었다. 그런 공통의 기억이 많지 않았던 것이다. 둘이 특정한 나이에 슬픈 시구와 이야기를 무척 좋아했던 기억이 났다. 죽음과 함께 모두에게 잊힌 사람의 이야기였다. 이 이야기를 좋아한 것은 아마 어린 시절의 외로움 때문이었을 것이다. 남매가 함께 이야기를 지어낸 적도 많았다. 그런데 아가테는 당시에 벌써 그런 이야기를 이야기로 만족하지 않고 실행에 옮기려는 경향을 보였다. 반면에 울리히는 대담하고 냉혹하다고 할, 좀더 남성적인 시도만 했을 뿐이다. 때문에 각자 손톱을 잘라 정원에 묻자고 한 제안도 아가테의 머리에서 나왔다. 그녀는 심지어 자기 금발도 한 움큼 잘라 손톱과 함께 묻었다. 울리히는 백 년 후 누군가 이것을 발견하고 누구의 무덤인지 궁금해할 거라고 자랑스럽게 설명했다. 후대까지 살아남고 싶은 욕구에서 나온 말이었다. 그에 반해 어린 아가테는 파묻는 것 자체를 더 중시했다. 자신의 신체 일부를 숨김으로써 교육적 요구로 사람을 위축시키는 세계의 감시에서 영원히 벗어날 수 있을 것 같았기 때문이다. 그런 교육적 요구를 대단치 않게 여겼으면서도 말이다. 당시 정원 가장자리에는 하인들을 위한 자그마한 숙소가 막 지어지고 있어서 남매는 무언가 엉뚱한 짓을 하기로 약속했다. 쪽지 두 장에다 멋진 시를 쓰고 이름까지 적어넣은 다음 건축중인 집 벽 속에 묻기로 한 것이다. 그런데 막상 특별히 아름다운 시를 쓰려고 하니 하루하루 시간만 흐를 뿐 떠오르는 것은 없었고, 기초공사를 위해 파놓은 구덩이에 벽돌만 차곡차곡 올라가고 있었다. 결국 아가테는 시간에 쫓겨 하는 수 없이 산수책에 나오는 한 문장을 적어넣었고, 울리히는 '나는……'이라고만 쓰고 이어 이름을 적었다. 그런데도 정원에서 일하는 인부 두 명에게로 살금살금 다가갈 때는 둘 다 미친듯이 심장이 쿵쾅거렸다. 아가테는 구덩이에 도착하자 그냥 쪽지를 구덩이 속에 던지고는 달아났다. 그러나 둘 중 나이가 많고 남자이기도 한 울리히는 인부 손에 붙잡혀 여기서 뭘 하느냐고 추궁을 당하는 것이 동생에 비해 더 두려울 수밖에 없었기에 긴장감으로 팔다리가 움직여지지 않았다. 그래서 아무 일 없이 자기 몫을 마쳐 더 대담해진 아가테가 되돌아와서 오빠의 쪽지를 빼앗았다. 그러더니 산책을 즐기는 순진한 사람의 얼굴로 앞으로 걸어가 방금 쌓은 벽돌 줄의 맨 바깥쪽 벽돌을 살짝 들어올린 뒤, 인부가 쫓아내기 전에 재빨리 울리히의 이름이 적힌 쪽지를 밀어넣었다. 망설이듯 동생을 뒤따라가던 울리히는 동생이 행동에 나서는 순간, 가슴을 찢을 듯이 죄어오는 압박감이 날카로운 칼 달린 바퀴로 변하더니 가슴속에서 마치 불꽃이 튀는 회전 폭죽처럼 빠른 속도로 돌아가는 것을 느꼈다.―그러니까 아가테는 어릴 때의 이 일을 넌지시 암시했던 것이다. 울리히는 한참 동안 대답을 하지 않다가 거절의 미소를 지었다. 이런 놀이를 망자와 다시 하는 것은 금지된 일처럼 느껴졌기 때문이다.

그러나 아가테는 벌써 몸을 숙여, 거들의 부담을 줄이려 두르고 있던 폭넓은 비단 스타킹 끈을 다리에서 풀더니 관 속의 천을 들어올려 아버지의 주머니에 집어넣었다.

울리히는? 그는 처음엔 옛 기억을 생생하게 일깨우는 이 장면을 지켜볼 엄두가 나지 않았지만, 그다음엔 하마터면 얼른 몸을 움직여 동생의 행동을 막을 뻔했다. 이게 모든 질서에 어긋나는 행동이라는 생각이 들어서였다. 그러나 마지막 순간에 동생의 눈 속에서 낮시간의 칙칙함이 전혀 섞이지 않은 새벽의 순수한 이슬이 반짝거리는 것을 본 순간 말리려던 손을 거두고 말았다. "뭘 하려는 거야?!" 울리히가 부드럽게 나무라듯이 물었다. 이것이 부당한 일을 겪은 망자에게 화해를 청하려는 것인지, 아니면 부당한 짓을 몸소 저지른 일이 많은 망자에게 위로의 뜻으로 무언가 좋은 것을 들려 보내려는 의도인지는 알 수 없었다. 동생에게 물어볼 수도 있었지만, 딸의 다리 온기가 남은 스타킹 끈을 차갑게 식은 사자에게 줘서 보낸다는 야만적인 발상이 그의 목구멍을 안에서부터 조이더니 뇌까지 뒤죽박죽으로 만들어버렸다.

6. 늙은 신사가 마침내 고요히 잠들다

장례식이 다가오자 자잘하게 처리해야 할 익숙지 않은 일들이 무수히 쌓여 있었고, 그 시간은 후딱 지나갔다. 마지막엔 문상객이 매시간 검은 실처럼 이어지더니 고인을 실은 관이 출발하기 삼십 분 전에는 검은 축제가 되었다. 그와 함께 장례업체 직원들의 망치질소리와 물건을 끄는 소리는 이전보다 더 커졌다. 일단 자기 목숨을 믿고 맡기고 나면 더는 이래저래 간섭해서는 안 되는 외과의처럼 표정도 진지했다. 장례업체 직원들은 집의 일상적인 공간들 속으로 엄숙한 감정의 통로를 냈다. 대문에서 계단을 지나 관이 안치된 방까지. 꽃과 관엽식물, 검은 천 휘장과 크레이프 휘장, 은색 촛대, 파르르 떨면서 금빛 불꽃 혀를 날름거리는 초, 이 모든 것은 고인에게 마지막 예를 표하기 위해 찾아온 사람들에게 가문을 대표해서 인사를 차리는 울리히와 아가테보다 자신들의 임무를 더 잘 알고 있었다. 상주 남매는 문상객 대부분을 알지 못했고, 고인의 늙은 하인이 남의 눈에 안 띄게 특히 지체 높은 손님을 일러주어야 겨우 알은체했다. 문상객들은 모두 상주에게 미끄러지듯이 다가가서는 미끄러지듯이 물러났고, 그뒤에는 방 어딘가에 따로따로 혹은 작은 무리를 지어 닻을 내리고는 꼼짝도 않고 남매를 관찰했다. 남매의 얼굴에는 엄숙한 자기절제의 표정이 뻣뻣하게 피어올랐다. 그러다 마침내 장례업체 사장, 그러니까 전날 서류 양식을 들고 울리히를 찾아왔던 그 남자가(마지막 삼십 분 동안 계단을 스무 번은 족히 오르내렸다) 울리히 옆에 찰싹 달라붙어서는 마치 사열 준비가 끝났음을 장군에게 보고하는 부관처럼 조심스러우면서도 뿌듯한 태도로 모든 준비를 마쳤다고 전했다.

장례 행렬은 예식에 따라 도시를 지나가기로 예정되었기에 사람들은 나중에 차에 타기로 했다. 울리히는 행렬 맨 앞에 서서 걸어야 했는데, 한쪽에는 상원의원의 마지막 길에 예를 표하려고 친히 참석한 오스트리아 황실 총독이, 다른 쪽에는 마찬가지로 지체 높은 인물, 그러니까 상원의 세 대표 가운데 가장 연로한 의원이 나란히 걸었다. 그다음엔 두 명의 다른 의원과 대학 총장, 대학 고위직 인사들이 차례로 뒤를 이었고, 아가테는 그 뒤에 검은 옷을 입은 부인들에 둘러싸여 걸었다. 아가테 뒤로는 실크해트를 쓴 다양한 신사들, 그것도 지위 순으로 늘어선 관료들의 끝없는 흐름이 이어졌다. 아가테가 선 자리는 당국의 높은 사람들 사이에서 사적인 슬픔을 표현할 수 있는 지점을 표시했다. 그 이유는 분명했다. 개인적으로 슬픔을 느끼는 이들의 무질서한 공감 표시는 오직 관을 대표해서 참석한 사람들 다음에나 올 수 있었기 때문이다. 아니 어쩌면 진정으로 고인의 죽음을 애도하는 사람은 행렬 맨 뒤에서 외롭게 걷고 있는 늙은 하인 부부일 수도 있었다. 이렇듯이 행렬은 주로 남자들로 이루어진 행렬이었다. 아가테 옆에서 걷는 사람은 울리히가 아니라 남편 하가우어 교수였다. 강모로 덮인 애벌레 같은 콧수염과 붉은 사과 같은 남편의 얼굴은 이미 그녀의 눈에 낯설었고, 촘촘한 검은 베일 사이로 몰래 살펴보니 검푸르게 보였다. 지난 수시간 동안 줄곧 동생하고만 있었던 울리히는 불현듯 대학 건립기에 만들어진 이 케케묵은 장례 절차 때문에 동생을 빼앗겼다는 느낌이 들었다. 아가테가 곁에 없어 아쉬웠다. 그렇다고 고개를 돌려 동생을 볼 수는 없는 노릇이었다. 그는 나중에 동생을 다시 만나면 어떤 농담으로 인사를 건넬지 고민했다. 그러나 이런 생각의 자유조차 총독에 의해 박탈당했다. 옆에서 묵묵히 근엄하게 걸으면서도 이따금 나직이 말을 걸어오는 총독의 말에 주의를 기울여야 했기 때문이다. 사실 울리히는 다른 고위직 인사들에서부터 총장과 학장에 이르기까지 모든 사람의 관심을 받고 있었다. 그사이 라인스도르프 백작의 그림자로 여겨졌을 뿐 아니라 백작이 주도하는 애국운동에 대한 불신이 도처에서 서서히 확산되는 것만큼이나 울리히의 이름도 널리 알려져 있었던 것이다.

도로 연변과 건물 창가에서는 호기심어린 많은 사람이 행렬을 지켜보고 있었다. 울리히는 한 시간 뒤면 이 모든 게 하나의 연극 공연처럼 끝나리라는 것을 알고 있었음에도 이날 일어나는 일을 특히 생생하게 느끼고 있었다. 또한 그의 운명에 대한 일반의 관심이 과하게 장식된 망토처럼 어깨를 무겁게 짓눌렀다. 그는 전통의 꼿꼿함을 처음으로 느꼈다. 연도에서 잡담하다가 침묵하고 다시 안도의 한숨을 내쉬는 군중들, 마치 물결처럼 행렬보다 먼저 달려가는 뭉클한 감정, 성직자들의 입에서 흘러나오는 마법의 주문, 이제 곧 관 위로 둔탁하게 떨어질 흙덩이, 행렬의 묵직한 침묵, 이 모든 것이 태고의 악기처럼 육신의 척추를 휘감았다. 울리히는 형언할 수 없는 공명을 속에서 느끼며 놀랐고 그 울림에 몸이 곧추서는 것을 느꼈다. 마치 그를 둘러싼 장중한 분위기에 둥둥 실려갈 것만 같았다. 그는 이날 타인들에게 더 가까워지는 것을 느끼면서 즉시 이런 상상을 했다. 만일 이 순간 그가 현재로부터 반쯤 잊힌 장려함의 본래 의미에 맞게, 거대한 힘의 상속자로서 남들 앞에서 당당히 걷는다면 감정이 얼마나 달랐을까? 이런 생각을 하니 슬픔은 사라졌고, 죽음은 끔찍한 사적인 사안에서 공공의 축제로 이행하는 하나의 과정이 되었다. 자신의 현존에 익숙한 모든 인간이 자신의 소멸 뒤 첫 며칠간에 남기는 그 오싹하고 공허한 구멍은 더이상 크게 벌어지지 않았고, 대신 후계자가 벌써 고인의 자리를 차지했으며, 군중들은 탄성을 내뱉었고, 그와 동시에 망자의 축제는 이제 검을 넘겨받음으로써 처음으로 자기보다 앞선 이 없이 혼자 자신의 최후를 향해 가는 사람을 위한 성인식이 되었다. 울리히는 불쑥 이런 생각이 들었다. '내가 아버지의 눈을 감겨드렸어야 했어! 아버지나 나를 위해서가 아니라……' 그는 이 생각을 어떻게 마무리지어야 할지 몰랐다. 이런 질서 앞에서는 아들이 아버지를 좋아하지 않았고 아버지도 아들을 좋아하지 않았다는 사실은 개인적인 중요성을 과대평가한, 하찮은 문제처럼 여겨졌다. 모름지기 죽음 앞에서 개인적인 생각은 알맹이 없는 밋밋한 맛이 났다. 반면 지금 이 순간에 중요한 것은 천천히 인파 사이를 지나는 행렬이 만들어내는 거대한 몸에서 나오는 듯했다. 나태함과 호기심, 생각 없는 동참이 거기에 얼마간 섞여 있다고 하더라도.

음악은 계속 연주되고 있었고, 날은 경쾌하고 청명하고 아름다웠다. 울리히의 감정은 성소聖所 위의 한 행렬에 의해 운반되는 하늘처럼 오락가락했다. 그는 이따금 앞에서 굴러가는 운구차의 판유리를 들여다보았고, 거기 비친 자신의 모자 쓴 얼굴과 어깨를 보았다. 가끔은 문장紋章을 넣어 장식한 관 옆의 운구차 바닥에 떨어진 자잘한 촛농에도 눈길이 닿았다. 이전에 다른 사람의 장례를 치르면서 깨끗이 청소하지 않은 흔적인 듯했다. 문득 아버지가 거리에서 차에 치여 죽은 개처럼 불쌍하게만 느껴져 울리히의 눈은 젖어들었다. 그의 시선이 검은 문상객들을 넘어 길가의 구경꾼들에게 이르렀을 때 이들은 마치 물에 젖은 각양각색의 꽃처럼 보였다. 지금 이 모든 것을 보고 있는 사람이 여기서 매일을 보냈고 아들보다 이런 제식을 훨씬 사랑했던 아버지가 아니라 울리히 자신이라는 생각이 퍽 야릇한 느낌으로 다가왔다. 전반적으로 흡족하게 생각했을 이 세계를 떠나는 현장에 정작 아버지 본인은 없다는 사실이 말도 안 되는 소리처럼 여겨질 정도로. 마음이 뭉클해졌다. 그런 가운데에도 장례업체 사장인가 대리인인가 하는 그 남자가 가톨릭풍의 행렬을 공동묘지로 순조롭게 인솔해 가는 모습이 눈에 들어왔다. 서른 몇 살쯤 된, 크고 단단한 체구의 이 유대인 남자는 금빛 콧수염을 길게 길렀고, 마치 여행 인솔자처럼 주머니에 서류를 꽂은 채 앞뒤로 바삐 오가면서 마구馬具를 점검하거나 악사들에게 뭔가 귓속말을 했다. 이로 인해 울리히는 아버지의 시신이 전날 집을 나갔다가 장례식 직전에 다시 돌아온 사실이 떠올랐다. 자유로운 연구 정신에 입각해서 자신의 몸을 과학적 실험에 써달라는 아버지의 마지막 소망이었다. 해부를 마친 아버지의 시신은 분명 대충 기워졌을 것이다. 그렇다면 울리히의 모습을 반사하고 있는 판유리 안쪽에서 얼기설기 기운 한 물건이 이 거창하고 아름답고 엄숙한 행사의 중심이 되어 함께 구르고 있는 셈이었다. '훈장을 달고 있을까? 아니면 없을까?' 울리히는 당혹스러운 마음으로 자문했다. 까맣게 잊고 있던 일이었다. 뚜껑 닫힌 관이 집으로 돌아오기 전에 해부실에서 아버지 옷을 다시 입혔는지는 알 수 없었다. 아가테가 주머니에 넣어준 스타킹 끈의 운명도 불확실했다. 누군가 그것을 발견했을 수도 있고, 그들의 짓궂은 장난도 충분히 상상해볼 수 있었다. 이 모든 게 지극히 곤혹스러웠다. 그래서 한순간 살아 있는 꿈의 매끄러운 껍질로 갈무리되는가 싶던 울리히의 감정은 이내 현재의 항변으로 인해 세세한 조각으로 산산조각나버렸다. 지금 그가 느끼는 것은 부조리뿐이었다. 인간 질서와 그 자신을 어지럽게 흔들어 놓는 부조리. '나는 이제 이 세상에 완전히 혼자야……' 그는 생각했다. '닻줄은 끊겼어. 이제 올라간다!' 아버지의 사망 소식을 처음 들었을 때 느꼈던 감정이 다시금 찾아들었다. 인간 벽들 사이로 계속 걸음을 내딛는 중에도.

7. 클라리세에게서 편지가 오다

울리히가 주변의 누구에게도 주소를 남기지 않았음에도 클라리세는 발터에게서 주소를 알아낸 모양이었다. 발터는 자신의 어린 시절만큼이나 울리히의 주소를 잘 알았다.

그녀의 편지에는 이렇게 적혀 있었다.

"리플링, 파이클링, 내 링*에게!

링이 뭔지 알아요? 난 모르겠어요. 발터는 아마 슈베흘링일 거예요. ('링'에는 모두 진하게 밑줄이 그어져 있었다.)

내가 술에 취해 당신한테 갔다고 생각해요?! 나는 술에 취할 수가 없어요! (남자들은 나보다 더 금방 술에 취해요. 이상하죠.)

---

* 독일어 접미사 '링-ling'은 대개 형용사나 동사의 어근에 붙어 어떤 성질을 가진 사람이나 대상을 지시한다. 여기서 리플링은 '사랑하는 사람', 파이클링은 '비겁한 사람', 슈베흘링은 '나약한 사람'을 뜻한다. 클라리세는 접미사 '링'을 각운처럼 사용해 울리히에 대한 복잡한 감정을 드러내고 있다.

당신한테 무슨 말을 했는지는 모르겠어요. 기억이 안 나요. 내가 하지도 않은 말을 내가 했다고 당신이 착각하지 않을까 걱정돼요. 나는 그런 말을 하지 않았어요.

그건 편지로 말할 거예요. 잠시만 기다려요! 그전에 할말이 있어요. 당신은 꿈이 어떻게 열리는지 알 거예요. 꿈을 꾸면서, 예전에 그 장소에 있었고, 꿈속의 그 사람과 언젠가 대화를 나누었다는 걸 알 때가 있을 거예요. 혹은…… 그건 마치 당신의 기억을 되찾는 것 같다고도 할 수 있죠.

깨어 있다는 건 내가 깨어났다는 것을 아는 거예요.

(나는 잠의 친구들이 있어요.)

모스브루거가 누군지는 당신도 기억하죠? 그와 관련해서 당신한테 할 얘기가 있어요.

갑자기 그 사람의 이름이 다시 나타났어요.

모스-브루-거, 이 음악적인 세 음절이요.

그런데 음악은 사기예요. 음악 하나로만 보면 그렇다는 말이죠. 음악 자체는 탐미나 그 비슷한 영역이에요. 삶이 부족하죠. 하지만 음악이 환영幻影과 연결되면 벽이 흔들리고, 도래할 인간들의 삶이 현재라는 무덤에서 나와 우뚝 서요. 난 그 음악적인 세 음절을 듣기만 한 것이 아니라 보기도 했어요. 그게 기억 속에서 떠올랐어요. 그리고 그 순간 알게 되는 거죠. 그게 떠오른 자리에 무언가가 더 있다는 걸! 나는 예전에 당신의 백작한테 모스브루거에 관한 편지까지 썼어요. 그런 건 잊을 수 없죠! 지금 나는 사물들이 서 있고 사람들이 걸어다니는 세계를 보고 듣고 있어요. 당신에게도 늘 익숙한 세계죠. 지금 그 세계가 소리의 형태로 보여요. 이걸 명확히 묘사할 수는 없어요. 거기서 떠오른 게 아직까지는 세 음절뿐이기 때문이죠. 이해하겠어요? 이 이야기를 하는 게 어쩌면 너무 성급했는지도 모르겠네요.

나는 발터한테 말했어요. '모스브루거를 만나고 싶어요!'

발터가 물었죠. '모스브루거가 누구지?'

내가 대답했어요. '울로의 친구요. 살인자.'

우리는 신문을 보고 있었어요. 아침이었죠. 발터가 출근해야 할 시간이었어요. 혹시 예전에 우리 셋이 함께 신문을 봤던 일 기억나요? (당신은 기억력이 나빠 기억하지 못하겠지만!) 어쨌든 난 발터가 준 신문을 양손으로 펼쳐 들었어요. 갑자기 딱딱한 나무가 느껴졌어요. 내가 십자가에 못박혔어요. 발터에게 물어요. '부트바이스 열차 사고에 관한 기사가 난 게 어제 아니에요?'

'맞아.' 그가 대답했어요. '그건 왜 물어? 작은 사고야. 한두 명밖에 안 죽었어.'

잠시 후 내가 말했어요. '미국에서도 사고가 있어서 그래요. 펜실베이니아는 어디 있죠?'

그이도 그건 모르더군요. '미국에.' 그이가 말해요.

내가 말해요. '열차 기관사들이 일부러 충돌할 리는 없겠죠?'

그이가 나를 바라봐요. 내 말을 이해하지 못한 것 같았어요. '당연하지.' 그이가 말해요.

나는 지크문트가 우리집에 언제 오는지 물어요. 그이는 정확히는 몰라요.

당신도 당연히 기관사들이 나쁜 의도로 열차를 충돌시킨 것은 아니라고 생각할 거예요. 하지만 그게 아니라면 그런 일은 왜 일어났을까요? 나는 이렇게 말하고 싶어요. 전 세계에 깔려 있는 궤도와 전철기, 신호기의 엄청난 망 속에서 우리 모두는 양심의 힘을 잃고 있어요. 왜냐고요? 만일 우리 자신을 한번 더 검사하고 우리의 임무를 한번 더 점검할 힘이 있었다면 우리는 항상 필요한 일을 해내면서 불행을 피했을 것이기 때문이죠. 사고는 우리가 마지막 한 걸음을 남겨두고 멈춰 서는 바람에 일어나는 거예요!

물론 발터가 이 말을 바로 이해할 거라고 기대할 수는 없어요. 어쨌든 난 양심의 이 엄청난 힘에 도달할 수 있다고 믿어요. 난 발터가 내 눈 속의 섬광을 알아채지 못하도록 눈을 감아야 했어요.

이 모든 이유로 나는 모스브루거라는 사람을 알게 되는 것이 내 의무라고 여겨요.

내 오빠 지크문트가 의사라는 건 당신도 알죠? 오빠가 나를 도와줄 거예요.

나는 지크문트를 기다렸어요.

오빠는 일요일에 우리집에 왔죠.

오빠는 누군가에게 자기를 소개할 때 이렇게 말해요. '나는 이런저런 사람도 아니고 음악적이지도 않습니다.' 오빠 나름의 농담이죠. 이름이 지크문트라는 이유로 사람들이 자신을 유대인이나 음악적인 사람으로 지레짐작하는 것을 싫어하니까요. 오빠는 바그너 열풍 속에서 생긴 아이예요. 어떤 문제건 오빠에게 이성적인 대답을 기대할 수는 없어요. 내가 아무리 얘기해도 오빠는 터무니없는 소리만 중얼거릴 뿐이에요. 오빠는 새한테 돌멩이를 던졌고, 작대기로 눈 속에 굴을 팠어요. 삽으로 길을 내려고도 했고요. 오빠는 우리집 정원에 자주 일하러 와요. 오빠 말로는 아내와 아이들이 있는 집에 머물기 싫대요. 당신이 우리 오빠를 만난 적이 없다는 게 신기해요. '너희 집에는 악의 꽃과 텃밭이 하나 있군!' 오빠가 말해요. 나는 그런 오빠의 귀를 잡아당기며 가슴을 한 대 쳤어요. 뭐 그런다고 바뀔 사람은 아니지만.

이어 우리는 집안으로 들어갔어요. 발터는 당연히 피아노 앞에 앉아 있었죠. 지크문트는 재킷을 팔에 끼우고 있었는데, 더러워진 두 손을 높이 들고 있었어요.

내가 발터 앞에서 지크문트에게 말했어요. '오빠는 음악을 언제 이해해요?!'

그는 히죽 웃으면서 대답했어요. '이해한 적 없어.'

내가 말했죠. '속으로만 음악을 할 때라도요. 타인을 언제 이해해요? 타인과 함께해야 해요.' 함께-한다! 울리히, 이건 정말 중요한 비밀이에요! 당신도 타인처럼 되어야 해요. 하지만 타인 속으로 들어가지 말고 타인이 당신 쪽으로 밀려나오게 해요! 우리의 구원은 바깥쪽을 향해요. 그게 강력한 길이에요! 우리는 타인의 행위를 우리 속으로 받아들이지만 그 행위의 내용을 더 채워넣고는 거기서 빠져나가요.

이런 이야기를 너무 길게 써서 미안해요. 하지만 그 두 열차는 양심이 마지막 단계를 수행하지 않아서 충돌한 거예요. 세계는 우리가 당기지 않으면 나타나지 않아요. 더 자세한 이야기는 다음에 다시 할게요. 천재적인 인간은 공격할 의무가 있어요! 그에게는 그런 무서운 힘이 있어요! 하지만 지크문트 그 비겁한 인간은 시계를 보더니 저녁때가 다 되었다고 했어요. 집에 가야 한다는 거죠. 알다시피, 지크문트는 자신의 직업적 능력을 대수롭지 않게 생각하는 노련한 의사의 심드렁한 태도와 정신사적인 전통을 넘어 이미 단순한 삶에서의 위생과 정원 일의 위생을 재발견한 동시대 인간의 심드렁한 태도 사이에서 늘 균형을 잡으려고 애써요. 그런데 발터가 소리쳤어요. '빌어먹을, 대체 그따위 얘기를 왜 하는 거야?! 대체 모스브루거라는 인간한테 뭘 원하는 거냐고!' 이 말은 효과가 있었어요.

지크문트가 이렇게 말했기 때문이죠. '그 사람은 정신병자 아니면 범죄자야. 그건 사실이야. 그런데 클라리세가 그 사람을 낫게 해줄 수 있다고 자신한다면? 나는 의사지만 병원 성직자가 그런 생각을 가질 수 있다는 걸 인정해야 해! 클라리세가 구원을 이야기하는 거라면 그 사람을 만나지 못하게 할 이유가 있을까?!'

지크문트는 바지를 털더니 평온한 태도로 손을 씻었어요. 우리는 저녁을 들면서 필요한 이야기를 끝냈어요.

우리는 벌써 프리덴탈 박사도 만나고 왔어요. 오빠가 아는 의사인데, 모스브루거 담당 조교수예요. 지크문트는 신분을 속이는 것에 대한 책임은 자기가 지겠다고 솔직하게 얘기하면서, 나를 모스브루거를 만나고 싶어하는 작가로 소개했어요.

그런데 그건 실수였어요. 너무 노골적으로 부탁하면 상대방은 몸을 사리기 마련이죠. 그 의사는 이렇게 말하더군요. '당신이 설령 셀마 라게를뢰프라고 하더라도 안타깝지만 여기서는 학술적인 차원의 면회밖에 허용되지 않습니다. 물론 제 개인적으로는 이렇게 찾아오신 것을 영광으로 생각하겠지만요!'

작가로 대접받는 건 퍽 유쾌한 일이었어요. 나는 그 의사를 빤히 바라보며 말했어요. '이 일에서는 내가 라게를뢰프보다 훨씬 중요하다고 생각해요. 나는 연구 목적으로 온 것이 아니거든요!'

그는 나를 바라보더니 말했어요. '유일한 방법은 자국 대사관에서 추천장을 받아 우리 병원장한테 찾아가는 겁니다.' 그는 나를 외국 작가로 생각했어요. 내가 지크문트의 동생인 줄은 모르고.

우리는 마침내 모스브루거를 정신병자가 아닌 수감자의 신분으로 면회하기로 합의했어요. 지크문트가 나를 위해 자선단체의 추천장과 지방법원의 허가서까지 구해줬어요. 나중에 오빠는 프리덴탈 박사가 정신병학을 일종의 예술 과학으로 여기고 있다고 하면서 그 사람을 악마 서커스단의 단장이라 불렀어요. 나도 그 이름이 마음에 들었어요.

가장 좋았던 건 병원이 오래된 수도원 안에 있다는 거였어요. 우리는 복도에서 기다려야 했죠. 강당은 교회당 안에 있었는데, 거기엔 큼직한 교회 창문들이 달려 있었어요. 나는 안마당 너머 안쪽을 들여다보았어요. 환자들은 하얀 옷을 입고 연단의 교수 앞에 앉아 있었어요. 교수는 그들 위로 다정하게 몸을 숙이고 있었고요. 나는 생각했어요. 어쩌면 이제 사람들이 모스브루거를 데려올지 모른다고요. 그러다 높은 창문을 통과해 강당으로 날아가고 싶다는 감정이 들었어요. 당신은 물론 내가 날 수 없을 거라고 말하겠죠. 그럼 창문을 뛰어넘는 건요? 하지만 분명 그러지는 않았을 거예요. 내가 느낀 건 그게 아니니까.

당신이 하루빨리 돌아왔으면 좋겠어요. 이런 건 결코 말로 표현할 수가 없어요. 편지로는 더더욱 불가능해요."

편지 말미에는 "클라리세"라고 쓰고 굵게 밑줄이 쳐져 있었다.

8. 2인 가족

울리히가 말한다. "두 남자나 두 여자가 꽤 오래 한 공간을 같이 쓰다 보면, 예를 들어 함께 여행을 가서 침대칸이나 만원 여관에 함께 묵을 때면 이상하게 친밀감을 느끼는 경우가 드물지 않아. 입을 헹구거나, 신발을 신을 때 몸을 숙이거나, 침대에 누울 때 다리를 구부리는 방식은 사람마다 달라. 속옷을 비롯한 의상이라는 것이 기본적으로는 다 같아 보여도 개별적으로 눈에 드러나는 자잘한 차이는 수두룩해. 물론 처음엔 저항이 있어. 오늘날의 생활방식에 깊이 뿌리내린 개인주의가 지나치게 팽배한 영향으로 보이는데, 가벼운 혐오와도 같은 이 저항은 너무 가까이 다가온 타인으로 인해 자신의 개성이 손상되는 것을 거부하지. 그러다 거부감도 극복되면 흉터처럼 이례적인 것에 뿌리를 둔 유대감 같은 것이 생겨나. 이런 변화를 겪고 나면 많은 사람이 그전보다 더 쾌활해져. 거기다 대부분의 사람이 순박해지고, 많은 사람이 수다스러워지고, 거의 모두가 다정해지지. 개성이 변한 거야. 이렇게 말할 수도 있겠어. 살갗 아래에서 좀 덜 개성적인 무언가로 교체되었다고. 그러니까 자아의 자리에, 무언가 불편하고 줄어든 느낌이 확연하지만 거부할 수는 없는 '우리'라는 첫 싹이 튼 거지."

아가테가 대답한다. "타인과 가까이 지내는 데서 오는 혐오감은 특히 여자들 사이에서 심해요. 나는 이제껏 여자한테 적응한 적이 없어요."

"남자와 여자 사이에도 혐오감은 있어. 즉각적인 관심을 요구하는 '사랑'이라는 거래의 의무에 가려질 뿐이지. 그런데 거기 엮인 사람들은 어느 날 갑자기 미망에서 깨어나 생판 처음 보는 것 같은 사람이 옆에 누워 있는 것을 보면 아주 낯설어하곤 해. 개인적인 성향에 따라 그걸 놀라움으로 느끼는 사람도 있고, 아이러니하게 도주의 충동으로 느끼는 사람도 있어. 심지어 오랜 세월을 같이 산 사람들 사이에도 그런 일은 많아. 그 순간이 찾아오면 그들은 타인과의 연결이 자신에게 더 자연스러운지, 아니면 이 연결에서 벗어나 상처 입은 채 자신의 유일성에 대한 환상 속으로 되돌아가는 것이 자연스러운지 판단할 수가 없어. 물론 둘 다 우리의 본성 속에 있지. '가족'이라는 개념 속에는 이 두 가지가 뒤엉켜 있어! 가족 속에서의 삶은 결코 완벽한 삶이 아냐. 젊은 사람들은 가족의 영역으로 들어가면 무언가 빼앗긴 것 같고, 자신의 개성이 줄어든 것 같고, 자기 자신이 아닌 것 같은 느낌을 받아. 늙은 노처녀가 된 딸들을 봐. 그 사람들은 가족에게 진액을 빨리고 빼앗겨. 그러다 '나'와 '우리'가 뒤섞인 기묘한 중간적 존재가 생겨나."

울리히는 클라리세의 편지를 방해로 느꼈다. 편지 속의 조증과도 같은 감정 분출보다 그를 훨씬 더 불안하게 한 것은 그녀가 진심을 다하고 있는 그 미친 계획에 보인 차분하고도 이성에 가까운 태도였다. 그는 돌아가면 이 일과 관련해서 발터와 꼭 이야기를 나눠야겠다고 다짐했다. 그 이후 그는 의도적으로 다른 이야기만 하고 있다.

소파에 몸을 쭉 펴고 누워 있던 아가테는 무릎을 세우고 울리히가 방금 한 말에 강한 관심을 드러낸다. "오빠 말은 내가 왜 다시 결혼을 해야 하는지 설명해주고 있는 것 같은데?"

"이른바 '가족의 성스러움'이라고 하는 것 속에는 아직 남아 있는 게 있어. 서로의 내면으로 파고들고, 서로에게 봉사하고, 자기들만의 집단

속에서 이기심 없이 행동하는 것들이지." 울리히는 동생의 말에는 신경쓰지 않고 계속 말을 이어간다. 아가테는 그의 말이 아주 가까이 다가왔나 싶다가도 다시 멀어지는 것에 의아해한다. "보통 그런 집단적 자아는 집단적 이기주의일 뿐이야. 그러면 강렬한 가족 의식은 우리가 상상할 수 있는 가장 괴로운 무언가가 되지. 그런데 나는 가족 간에 무조건적으로 서로를 대신해주고, 함께 연대해서 싸우고, 서로의 상처를 보듬어주는 것도 인류의 초창기로 거슬러올라가는, 아니 동물처럼 무리 생활을 하던 시기에도 발견되는 편안한 본능적 감정이라고 생각해." 아가테는 별생각 없이 그의 말을 듣기만 한다. 다음 말을 들을 때도 마찬가지다. "이 상태는 기원을 잃어버린 모든 옛 상태처럼 빠르게 변질되고 있어." 이어 울리히가 결론을 내린다. "그래서 개인들로 이루어진 전체가 무의미하게 왜곡된 상이 되지 않으려면 개인들부터 특별히 본성에 맞는 존재가 되어야 한다고 생각해." 이 말을 듣고 나서야 아가테는 그의 곁에서 다시 편안함을 느낀다. 그리고 오빠를 바라보는 동안 눈조차 깜박거리지 않으려 한다. 눈을 감으면 오빠가 사라질지도 모른다는 생각 때문이다. 그만큼 오빠가 저기 앉아서 하는 이야기는 공중으로 사라졌다가 갑자기 다시 떨어지는, 나뭇가지 사이에 걸린 고무공처럼 놀랍게 느껴진다.

남매가 만나 이렇게 대화를 나눈 것은 늦은 오후 응접실에서였다. 장례식이 끝나고 벌써 며칠이 흐른 뒤였다.

길쭉한 형태의 응접실은 시민적 형태의 앙피르양식을 따랐는데, 장식만 그런 것이 아니라 비치된 가재도구도 같은 양식의 진품들이었다. 창문들 사이에는 미끈한 금테를 두른 장방형의 기다란 거울이 걸려 있었고, 적당히 뻣뻣한 의자들은 벽 쪽으로 바짝 붙어 있었다. 그래서 휑한 방바닥은 사각형의 어두운 광채로 넘실댔고, 망설이듯 발을 담그게 되는 얕은 대야를 가득 채운 것처럼 보였다. 우아한 황량함이 가득한 응접실의 가장자리, 그러니까 대략 구석 쪽 벽감 속에 근엄한 기둥처럼 난로가 놓여 있는 지점에서 아가테는 지극히 개인적인 반도半島를 형성하고 있었다. 난로 위에는 꽃병이 있고, 난로 정면에 허리 높이로 둥그렇게 둘러진 선반 위에는 촛대가 하나 놓여 있었다. 아가테가 여기를 선택한 것은 울리히가 첫날 아침부터 서재를 사용했기 때문이다. 그녀는 터키식 소파를 그곳에 놓고 소파 발치에 카펫을 깔게 했다. 카펫의 빛바랜 적청색은 의미 없이 무한대로 반복되는 터키식 소파 문양과 함께, 선조들의 뜻에 따라 이 방에 자리잡은 연회색과 합리적인 느낌의 선들을 강하게 도발하고 있었다. 아가테가 선조의 절도에 찬 고귀한 뜻을 모독한 것은 이것만이 아니었다. 그녀는 장례식 때 장식으로 사용된, 어른 키 높이의 관엽식물을 큰 통까지 그대로 두고 '숲'이라 부르며 소파 위에 드리우게 했다. 맞은편에는 누워서 책 읽기 편하게 밝고 큰 스탠드 등을 세워두었다. 고전적 냄새를 풍기는 이 방에 마치 이질적인 서치라이트나 안테나 폴이 서 있는 느낌이었다. 격자 천장과 벽기둥, 날씬한 유리 장식장이 있는 이 응접실은 백 년 전이나 지금이나 거의 변한 게 없었다. 사용된 적이 별로 없고, 후대 소유주들의 삶에 제대로 녹아든 적이 없었기 때문이다. 지금은 벽이 환한 페인트로 칠해져 있지만, 선조들의 시대에는 아마 연한 천이 덮고 있었을 것이다. 의자 커버도 약간 달랐을지 모른다. 그러나 아가테는 어린 시절부터 이 응접실을 지금의 모습으로만 알고 있어서 이렇게 꾸며놓은 것이 증조부인지, 아니면 모르는 사람인지 전혀 몰랐다. 왜냐하면 이 집에서 성장하는 동안 그녀가 특별하게 기억하는 것이라고는 이 공간에 들어설 때면 항상 쭈뼛거리며 조심스럽게 들어갔다는 사실밖에 없었기 때문이다. 쉽게 망가지거나 더러워질 수 있는 물건을 조심하라는 어른들의 훈계에서 비롯된 두려움이었다. 이제 아가테는 과거의 마지막 상징인 상복을 벗어던지고 다시 파자마로 갈아입은 뒤 이 공간에 반기를 들듯 침입한 소파에 누워 이른 오전부터 좋은 책이건 나쁜 책이건 손에 집히는 대로 읽었다. 그러다 틈틈이 식사를 하거나 낮잠을 즐겼다. 이런 식으로 보낸 하루가 저물기 시작하면 그녀는 어두워지는 방 너머로 옅은 색의 커튼을 바라보았다. 커튼은 미광에 젖어 창문 앞에 돛처럼 불룩해져 있었다. 순간 그녀는 마치 스탠드 등의 강렬한 불빛 속에서 이 뻣뻣하면서도 부드러운 공간을 여행하다가 막 멈춰 선 것 같은 느낌이 들었다. 울리히가 동생을 발견한 것도 이때였다. 그는 동생의 불 밝힌 본거지를 한눈에 알아보았다. 그도 이 응접실을 잘 알았다. 심지어 이 집의 원래 주인이 부유한 상인이었는데 이후 가세가 기울어 황실 공증인이던 자신들의 증조부가 이 매력적인 부동산을 좋은 가격에 사들일 수 있었다는 이야기도 동생에게 들려주었다. 이것 말고도, 이미 꼼꼼하게 둘러본 이 응접실에 대해 울리히는 많은 것을 알고 있었다. 동생에게 특히 인상적이었던 설명은 그들의 증조부 시대에는 격식을 차린 이런 뻣뻣한 장식과 가구가 무척 자연스럽게 여겨졌다는 것이다. 쉽게 이해가 되지 않았다. 아가테 생각에 이러한 양식은 기하학 수업의 산물 같았기 때문이다. 바로크 형식의 침해적인 성격에 물린 나머지 자기 시대의 대칭적이고 약간 뻣뻣한 태도를 보지 못한 채, 순수하고 꾸밈없고 이성적인 본성에 부합하려는 말랑말랑한 환상을 가졌던 당시의 세계관을 이해하기까지는 어느 정도 시간이 걸렸다. 그러다 마침내 울리히의 상세한 설명으로 이 개념들의 변화를 이해했을 때 그녀는 자신이 지금껏 삶의 전체 경험을 통해 경멸해왔던 것에 대해 많이 알게 되어 기뻤다. 오빠가 무슨 책을 읽느냐고 묻자 그녀는 재빨리 책을 몸으로 가렸다. 좋은 책만큼이나 저질스러운 책도 즐긴다고 당돌하게 주장하면서.

울리히는 오전에 일을 하다가 외출했다. 자기 집중에 대한 소망은 이날까지도 이루어지지 않았고, 익숙한 삶과의 단절에서 생길지 모른다고 기대한 새로운 자극도 상황을 변화시킨 다른 일들로 상쇄되었다. 변화는 장례식이 끝나고 활발했던 외부 세계와의 관계가 일거에 끊어지면서 시작되었다. 남매는 며칠 동안 아버지의 대리인으로서 관심의 중심에 서 있으면서 그들 입장에 다양한 방식으로 연관된 관계를 확인했으나, 이 도시에서 발터의 늙은 아버지 말고는 딱히 찾아가고 싶은 사람이 없었다. 상중에 있는 그들을 초대하는 사람도 없었다. 다만 슈붕 교수는 장례식에 참석한 걸로 그치지 않고 이튿날에도 찾아와, 고인이 된 친구가 책임능력의 경감 문제와 관련해 혹시 사후 출간을 기대하고 남긴 유고가 없는지 물었다. 이런 끊임없이 소용돌이치는 소란스러움으로부터 납처럼 무거운 고요함으로의 직접적인 이행은 이제 육체적인 충격과도 같은 것을 만들어내고 있었다. 게다가 남매는 어릴 때 쓰던 방을 그대로 사용하고 있었는데, 이 집에는 손님방이 따로 없었기 때문이다. 둘은 어린 시절의 잡동사니로 둘러싸인 망사르드식 다락방에 간이침대를 놓고 잤다. 가구라고는 거의 없는 정신병원의 독방을 떠올리게 하는 이 휑한 방들은 기름천 테이블보나 어릴 때 블록으로 집

짓기 놀이를 하던 리놀륨 바닥의 무미건조한 광채와 함께 꿈속까지 밀려들곤 했다. 그들이 준비해야 했던 삶처럼 무의미하고 끝없는 이 기억들로 인해 남매는 자신들의 침실이 옷방과 잡동사니 방으로만 나뉘어 붙어 있는 것이 편안하게 느껴졌다. 욕실이 한 층 아래 있었기 때문에 일어나자마자 얼굴을 보는 경우가 많았고, 아침부터 휑한 계단과 집안에서 마주쳤으며, 서로를 배려했고, 두 사람이 갑자기 떠맡게 된 생경한 살림살이에 관한 모든 문제들에 함께 답을 찾아야 했다. 물론 그러면서 둘은 예기치 않은 만큼 내밀하게 다가오는 동거가 만들어내는 희극적인 요소를 느꼈다. 이것은 어린 시절의 고독한 섬으로 그들을 다시 돌려보낸, 난파와도 같은 모험적인 희극이었다. 이 두 가지로 인해 그들은 서로에게 어떤 영향력도 갖지 못한 처음 며칠이 지나자마자 독자성을 찾기 시작했다. 자기 자신을 생각해서라기보다는 상대에 대한 배려에서.

이런 이유로 울리히는 아가테가 응접실에서 자기만의 영역을 구축하기 전에 일어나서는 조용히 서재로 들어가, 중단했던 수학 관련 연구를 계속했다. 물론 무언가 성과를 기대했다기보다 시간을 때우려는 의도가 더 컸다. 그런데 깜짝 놀랄 만한 일이 일어났다. 불과 몇 시간도 안 되는 오전 동안에 몇 달간 전혀 진전을 보지 못했던 문제들이 사소한 것들만 빼고 모두 풀린 것이다. 이런 예기치 않은 해결에 결정적인 도움을 준 것은 규칙 밖에 머물러 있던 여러 자유로운 생각들 중 하나였다. 이런 생각들은 기대하지 않게 되어서야 찾아온다기보다 오히려 갑작스러운 깨달음처럼 머릿속에 불이 켜지듯 쑥 들어왔다. 마치 늘 다른 여자들 사이에 있던 한 여자를 어떻게 지금껏 나머지와 똑같이 취급했는지 자신도 이해가 안 될 정도로 갑자기 그 여자에게 사랑을 느끼는 것과 비슷했다. 이런 번뜩이는 착상은 이성적 요소만이 아니라 항상 열정 비슷한 것도 품고 있었다. 울리히는 이 순간 지금까지의 모든 과제를 완전히 끝내고 자유로워져야 할 것 같은 기분이 들었다. 이유나 목적을 알 수 없을 만큼 지나치게 빨리 끝내는 게 아닌가 하는 느낌마저 있었다. 남은 에너지는 이제 그를 몽상으로 이끌었다. 그는 과제 해결에 도움을 준 그 아이디어를 훨씬 더 큰 문제에도 적용할 가능성을 보았고, 그를 바탕으로 상상 속에서 재미삼아 체계론으로까지 확장시켜보았다. 이러한 행복한 심적 이완의 순간에는 심지어 슈붕 교수의 달콤한 속삭임까지 다시 떠올랐다. 원래 하던 일로 돌아가 남들에게 인정받고 영향력을 끼치고 싶은 유혹 말이다. 그러나 몇 분 뒤 이러한 지적 즐거움에서 깨어나, 만일 자신이 야망에 굴복해 뒤늦게 학문의 길로 들어서면 어떻게 될지 냉정하게 따져보았다. 자신이 무언가를 시도하기에는 너무 늦었다는 느낌이 처음으로 들었다. 소년기 이후 그는 '나이'라는 어느 정도 비인격적인 개념에 독자적인 내용이 있다고는 생각하지 않았고, '이제는 이런 걸 할 수 없어!'라고 생각해본 일도 없었다.

울리히는 오후에 동생에게 이 이야기를 전해주면서 어쩌다 운명이라는 말을 사용했다. 아가테는 이 말에 관심을 보이면서 '운명'이 무엇인지 궁금해했다.

"'내 치통'과 '리어왕의 딸들' 사이 중간쯤에 있는 거지!" 울리히가 대답했다. "나는 운명이라는 말을 자주 사용하는 사람이 아냐."

하지만 젊은 사람들에게 운명은 인생의 노래에 속한다. 그래서 운명을 갖고 싶어한다. 그게 무엇인지는 모르면서.

울리히가 대답했다. "훗날 더 많은 정보가 알려지는 시대가 오면 운명이라는 말은 아마 통계적인 성격을 띠게 될 거야."

아가테는 스물일곱이었다. 처음 가졌던 공허하고 감상적인 개념 일부를 아직 간직하고 있을 만큼 어리면서도 현실이 그 개념들에 채워넣는 다른 의미를 감지하기엔 이미 충분한 나이였다. 그녀는 대답했다. "어쩌면 늙어가는 것 그 자체가 운명일지 몰라요!" 그런데 별 의미 없는 방식으로 청소년기의 우수를 표현해버린 듯한 이 대답을 무척 마음에 안 들어했다.

그러나 오빠는 이 말을 흘려듣고는 예를 들었다. "수학자가 되었을 때 난 학문적인 성공을 거두려고 혼신의 힘을 다했어. 다른 무언가를 이루기 위한 발판일 뿐이라고 생각했음에도 말이야. 어쨌든 내 첫 연구 논문들은, 비록 모든 시작이 그렇듯 불완전하기는 했지만, 당시엔 아주 새로운 아이디어를 담고 있었어. 하지만 학계에서는 주목을 받지 못하거나 심지어 반발에 시달리기도 했어. 다른 연구 논문들은 아주 반응이 좋았는데 말이야. 아무튼 그 쐐기 뒤에 내가 인내심을 잃고 계속 전력을 쏟아붓지 않았던 것이 운명일지 몰라."

"쐐기라고요?" 아가테는 작업장을 연상시키는 이 남성적인 단어의 울림이 몹시 불쾌하다는 듯 오빠의 말을 끊었다. "그걸 왜 쐐기라고 표현하죠?"

"내가 처음 하려고 했던 게 사실 다름 아닌 그거였거든. 나는 마치 쐐기를 박듯 작업하고 싶었고, 그러다 인내심을 잃어버렸어. 그런데 오늘 그 시절과 맞닿은 내 마지막 작업을 끝내면서 확실하게 깨달았어. 만일 그때 좀더 행운이 따라주었거나, 아니면 좀더 끈기 있게 쐐기를 쿵쿵

박아댔더라면 나는 새로운 학파의 지도자가 되었을지도 몰라. 아주 근거 없는 이야기는 아냐."

"지금이라도 다시 시작해봐요! 남자는 여자처럼 나이 때문에 무언가를 시작하지 못하는 일은 별로 없으니까."

"아니, 이제 와서 만회하고 싶은 마음은 없어! 객관적으로 보면 과학의 발전을 포함해서 세상 모든 일은 내가 개입하든 말든 별 차이가 없어. 놀라워 보이지만 인정할 수밖에 없는 사실이야. 가령 내가 우리 시대를 십 년 정도 앞섰을 수 있어. 하지만 내가 없이도 우리 시대는 좀 더 느린 다른 길을 통해, 내 덕에 기껏해야 조금 더 빨리 도착했을 지점에 오게 돼 있어. 반면에 내 인생에서 그런 변화가 내게 목표를 넘어서게 할 새로운 자극이 되어줄지는 의문스러워. 결국 사람들이 개인적인 운명이라 부르는 것을 일부 갖고 있어도, 무언가 아주 비개인적인 것에 이르게 돼 있어."

울리히의 말이 이어졌다. "어쨌든 나이들수록 이런 일이 자주 생겨. 내가 싫어하던 것이 한참 뒤에, 우회로를 거치더라도 결국은 내가 택한 길과 동일한 곳을 향하는 거지. 그래서 그 존재 권리를 더는 묵살할 수 없어. 또는 내가 열과 성을 다했던 이념이나 일에서 오류를 보기도 해. 길게 보면 혼신을 다해 뛰었건, 어떤 것을 위해 신명을 바쳤건 전혀 상관이 없는 것 같아. 모든 것은 동일한 목표에 도달하거든. 결국 꿰뚫어 볼 수 없고 오류도 없는 하나의 발전에 복무한다는 거지."

"예전에는 그걸 신의 불가해한 섭리라고 불렀죠." 아가테가 이맛살을 찌푸리며 대답했다. 자신이 직접 체험한 것을 이야기하는 사람의 어조였지만 존경의 빛은 전혀 없었다.

울리히는 동생이 수도원에서 자란 것을 기억해냈다. 그녀는 발목 부근을 묶은 긴 바지를 입고 소파에 누워 있었고, 그 발치에 그가 앉아 있었다. 스탠드 등이 두 사람을 동시에 비추고 있어서 방바닥에는 빛이 만들어내는 커다란 이파리 위로 두 사람이 어둠 속에 떠 있었다. "오늘날 운명은 집단의 지배적인 움직임 같은 인상을 줘." 울리히가 말했다. "사람들은 그 속에 휩쓸려 함께 굴러가지." 그는 이런 생각을 그전에도 이미 했던 기억이 났다. 요즘은 모든 진실이 반으로 나뉜 채 세상에 나타나지만, 그럼에도 모든 사람이 진지하고 외롭게 전체적인 의무를 다하려고 하는 것보다 이런 수상쩍고 유동적인 과정에서 좀더 큰 모든 성취가 나올 수 있으리라는 생각이었다. 그는 자기감정 속에 가시처럼 앉아 있지만 그럼에도 위대함의 가능성이 없지 않은 이 생각을 심지어 농담조로 내놓은 결론과 함께 남들에게 설명한 적도 있었다. 즉, 인간은 무엇이든 원하는 것을 할 수 있다! 사실 이 결론만큼 그에게 낯선 것은 없었다. 그런데 운명이 그를 떼어놓아 이제 더는 할일이 남아 있을 것 같지 않은 지금, 좀더 구체적으로 말해서 이상한 충동에 끌려 그를 지난 시간과 연결시켜준 그 마지막 작업, 즉 뒤늦은 연구 작업을 끝냄으로써 오히려 그의 야망이 위험해지려는 이 순간, 그러니까 그가 개인적으로 완전히 벌거벗겨진 바로 이 순간에 그는 자신을 내려놓는 대신 집을 떠났을 때부터 싹트기 시작한 새로운 긴장을 느꼈다. 이름 없는 긴장이었다. 일단은 그를 닮은 한 젊은이가 그의 조언을 구하고 있다고 말해도 무방했으나 다른 식으로 말하는 것도 얼마든지 가능했다. 그러나 이 암녹색 방에서 환한 금빛으로 빛나는 매트가 그의 눈에 놀랄 정도로 선명하게 보였다. 그 위 아가테가 입고 있는 광대복의 부드러운 입방체들, 자기 자신, 그리고 어둠과 대비해 너무도 선명하게 윤곽이 드러나는 '함께 있음'의 우연도 전부 또렷했다.

"뭐라고 했어요?" 아가테가 물었다.

"오늘날 우리가 개인적인 운명이라고 부르는 것들도 결국엔 통계적으로 집계되는 집단적 사건들로 대체될 거라는 거지." 울리히가 반복했다.

아가테는 숙고하더니 웃음을 터뜨렸다. "그 말은 당연히 이해가 안 가지만 만일 사람이 통계로 해체된다면 멋지지 않겠어요? 사랑이 그 역할을 못하게 된 지는 이미 오래됐어요."

이 말을 듣자 울리히는 하던 연구를 끝낸 뒤 남은 공허감을 채우려고 도심지로 갔을 때 겪은 일을 이야기하고픈 마음이 불쑥 들었다. 원래는 꺼내고 싶지 않던 이야기였다. 너무 개인적인 내용 같았기 때문이다. 사실 특별히 볼일이 없는 다른 도시로 여행을 떠날 때마다 그는 거기서 느껴지는 특이한 고독감을 무척 사랑했는데, 이번만큼 그 감정이 강했던 적은 드물었다. 그는 전차와 자동차, 상점 진열창, 성문의 색깔과 교회 탑, 사람들의 얼굴, 건물 모양을 보았다. 여느 유럽 도시의 모습과 비슷했음에도 이 풍경을 훑는 시선은 마치 낯선 유혹색에 당황해 들판 위를 헤매다, 내려앉고 싶은데도 내려앉지 못하는 한 마리 곤충 같았다. 자기 일로 바쁜 도시를 이렇게 뚜렷한 목표나 목적도 없이 걷다보면 주변 환경이 낯선 만큼 지각의 강도는 증가한다. 더구나 이 낯선 감각은 낯선 얼굴 하나가 아닌 그 얼굴들의 총합, 즉 몸에서 떨어져나와 서로의 팔다리, 치아의 집합으로 갈무리되어 미래까지 담고 있는 이 움직임에서 비롯된다는 확신에 의해 증폭된다. 그래서 이렇게 외부와 차단된 채 완전히 혼자서만 걷는 인간은 비사회적이고 범죄자 같다는 감정이 인다. 그런데 이 감정에 계속 굴복하면 뜻밖에 거기서 희한하게도 육체적인 아늑함과 무책임이 생겨날 수 있다. 마치 몸이 작은 신경 줄기나 신경관으로 둘러싸인 감각적 자아의 세계가 아닌 달콤한 비몽사몽 상태에 휩싸인 세계에 속하는 것처럼. 울리히는 동생에게 이런 말들로 묘사했다. 그것은 목표와 야망이 없는 상태가 낳은 결과일 수도 있고, 개성에 대한 환상이 줄어든 결과일 수도 있고, 또 어쩌면 '신들의 원초적 신화'나 '자연의 두 얼굴', 혹은 그가 결국엔 사냥꾼처럼 뒤쫓았던 '시각의 주고받음'일 수도 있다고. 그는 이제 호기심어린 표정으로 아가테가 동의의 신호를 보낼지, 혹은 자기도 이미 아는 느낌이라고 내색할지 기다렸다. 아무 반응이 없자 그는 다시 한번 설명했다. "이건 가벼운 의식 분열과 비슷해. 뭔가에 안겨 푹 감싸인 상태로 아무 의지 없이, 편안한 의존감이 심장까지 스며드는 느낌이 들어. 하지만 다른 한편 정신은 여전히 말짱하고, 취향을 비판적으로 판단할 능력을 갖추고 있고, 심지어 거만함으로 똘똘 뭉친 사람들과 싸울 준비까지 해. 그러니까 우리 속에는 비교적 독자적인 삶의 층이 두 개 있는 듯해. 평소에는 균형을 잘 맞추면서 존재하고 말이야. 앞서 우리가 운명에 관해 말했던 걸 생각해보자면 운명도 두 개가 있는 것 같아. 삶의 표면에서 이루어지는 활발하지만 중요하지 않은 운명, 그리고 우리가 결코 경험할 수 없는, 움직이지 않으면서도 중요한 운명, 이렇게 둘 말이야."

한참 동안 별 감흥 없이 듣기만 하던 아가테가 밑도 끝도 없이 말했다. "그건 하가우어에게 키스하는 것과 비슷해요!"

그녀는 팔꿈치를 세우고 웃었다. 다리는 여전히 소파 위에 길게 뻗은 채. 그리고 덧붙였다. "물론 그건 오빠가 말한 것처럼 그렇게 아름답지 않았어요!" 울리히가 따라 웃었다. 그들이 웃는 이유는 분명치 않았다. 왠지 이 웃음은 허공에서 혹은 이 집에서 두 사람 위로 떨어졌거나, 또는 쓸데없이 피안의 세계를 건드린 엄숙했던 지난 며칠간의 사건들이 두 사람 속에 남겨놓은 놀람과 거북함의 흔적에서 나왔거나, 아니면 그들이 둘만의 대화에서 발견한 이례적인 즐거움에서 비롯된 것 같았다. 왜냐하면 끝 간 데 없이 발전한 모든 인간적 관습은 이미 자기 속에 변화의 싹을 품고 있으며, 습관적인 것을 넘어서는 흥분에는 곧 슬픔과 부조리, 포만감의 입김이 서리기 때문이다.

두 사람은 이런 식으로 돌고 돌아 '나'와 '우리', '가족'에 대한 덜 까다로운 대화로 한숨 돌린 뒤 마침내 비웃음과 경악 사이에서 동요하는 다음 발견에 이르렀다. 즉 둘이 한 가족을 이루고 있다는 것이다. 울리히가 이제 다시 자신의 본성에 반하는 남자의 열성으로 공동체가 필요하다고 말하는 동안(다만 그는 이것이 자신의 진정한 본성에 반하는지, 아니면 추정된 본성에 반하는지 자각하지 못하고 있었을 뿐이다) 아가테는 그의 말이 곁에 다가왔다가 다시 멀어지는 것을 가만히 듣기만 한다. 그는 습관처럼 자신이, 환한 불빛 속에 번덕 섞인 옷을 입고 무방비 상태로 자신과 마주하고 있는 동생의 모습에서 뭔가 혐오스러운 점은 없는지 줄곧 찾고 있음을 알아챈다. 다행히도 그런 점은 없어 보인다. 그는 전에 없이 순수하고 소박한 애정으로 그에 감사하며, 이 대화에 감격한다. 그러나 대화가 끝나자 그녀는 불쑥 이렇게 묻는다. "오빠는 방금 오빠 자신이 말한 가족이라는 것에 찬성해요, 아니면 반대해요?"

울리히는 그건 핵심이 아니라고 대답한다. 그가 말한 건 세계의 우유부단함이지, 자신의 개인적인 우유부단함이 아니라는 것이다.

아가테는 생각에 잠긴다.

그러다 또다시 불쑥 입을 연다. "판단하기 어려워요! 하지만 언젠가는 나 자신과 완전히 하나가 되고 싶고…… 마침 그런 식으로 살고 싶다는 생각이 들어요! 오빠도 한번 시도해보지 않을래요?"

9. 울리히와 대화를 나누지 않을 때의 아가테

아가테가 갑작스러운 부고를 받고 아버지에게 가려고 기차에 오른 순간 모든 점에서 기습적인 파열과 비슷한 일이 일어났다. 출발하던 순간에 터져버린 두 조각은 마치 다시는 접합될 수 없다는 듯 서로 멀리 떨어져나갔다. 기차역까지 따라 나온 남편은 뻣뻣하고 둥근 검은색 모자를 들어올리더니 작별의 뜻으로 공중에 비스듬히 들었고, 모자는 이내 눈에 띄게 서서히 작아졌다. 기차가 움직이기 시작했을 때 아가테는 기차가 앞으로 굴러가는 것만큼이나 플랫폼이 뒤로 굴러가는 것처럼 느껴졌다. 꼭 필요한 만큼만 머물다가 돌아오겠다고 생각하던 바로 그 순간에 다시는 돌아오지 않기로 마음먹었다. 의식은 미처 모르고 있던 위험에서 갑작스레 벗어난 것을 깨달은 심장처럼 불안해졌다.

나중에 다시 생각해보니 이 일은 결코 전적으로 만족스럽지는 않았다. 자신의 태도가 마뜩잖았던 것은 그 일의 형식이 그녀가 어릴 때 학교에 입학하자마자 걸린 그 이상한 병을 떠올리게 했기 때문이다. 당시 그녀는 결코 가볍다고 할 수는 없을 열병에 일 년 이상 시달렸다. 특별히 오르지도 가라앉지도 않는 열이었다. 이렇다 할 원인이 없는데도 그녀가 자꾸 야위고 허약해지자 의사들의 근심은 깊어졌다. 병인은 나중에도 밝혀지지 않았다. 아가테는 대학병원 의사들이 처음에는 기품과 지혜가 가득한 모습으로 자신의 방에 들어섰다가 몇 주에 걸쳐 차츰 확신을 잃어가는 모습을 보는 것이 즐거웠다. 물론 처방받은 약은 꼬박꼬박 먹고 심지어 사람들의 바람대로 다시 건강해지고 싶은 마음도 있었지만, 그럼에도 의사들의 처방이 아무 성공을 거두지 못하는 것이 기뻤다. 자신이 마치 어떤 초월적인 상태나 최소한 아주 이례적인 상태에 빠진 것 같았기 때문이다. 물론 이 상태가 자신에게서 점점 줄어드는 느낌이 들었지만 말이다. 그녀는 자신이 아픈 동안에는 어른들의 질서가 자신에게 아무 힘도 못 쓰는 것이 뿌듯했다. 자신의 작은 몸이 어떻게 그런 일을 해내는지는 알 수 없었다. 어쨌든 그 몸도 결국엔 자발적으로, 그리고 마찬가지로 아주 특이한 방식으로 다시 회복되어갔다.

이것과 관련해서 지금 그녀가 기억하는 것은 나중에 하인들이 들려준 이야기가 거의 전부였다. 그러니까 아가테가 병에 걸린 것이, 이 집에 자주 찾아왔지만 언젠가 문전에서 모질게 쫓겨난 적이 있는 한 여자 거지의 저주 때문이라는 것이다. 아가테는 이 이야기가 얼마나 신빙성이 있는지는 알지 못했다. 하인들이 은근히 빗대서 말하기만 할 뿐 구체적으로는 설명하지 않았기 때문이다. 아가테의 아버지가 내렸을 함구령이 두려운 듯했다. 그 시절의 기억 중에서 딱 하나 머릿속에 남은 것이 있었다. 그것도 아주 생생하게. 기억 속에서 아버지는 불같은 분노를 이기지 못하고 수상쩍게 생긴 한 여자에게 달려들어 손바닥으로 뺨을 여러 번 후려치고 있었다. 평소에는 그렇게 반듯하고 이성적이던 자그마한 키의 아버지가 완전히 딴사람으로 돌변해서 제정신을 잃은 모습은 그녀의 인생을 통틀어 처음 보았다. 그런데 그녀의 기억으로는 이 일은 그녀가 병에 걸리기 전이 아니라 병을 앓고 있을 때 일어났다. 왜냐하면 그녀는 당시에 자기 방 침대가 아닌 한 층 아래 어른들이 생활하는 방에 누워 있었던 것으로 기억하기 때문이다. 그 여자 거지는 부엌이나 계단까지는 들어올 수 있었지만 그 방까지 들어오는 것은 하인들에게 가로막혔다. 어쨌든 아가테 생각에 그 사건은 오히려 자신의 병이 끝나갈 무렵에 있었던 것 같았다. 며칠 뒤 갑자기 몸이 좋아지면서, 시작될 때와 마찬가지로 돌연 끝나버린 그 병의 특이한 조바심을 느끼고는 침대에서 벌떡 일어난 것이다.

물론 그녀는 이 모든 기억이 사실에 뿌리를 둔 것인지, 아니면 열병의 허구적 산물인지 알지 못했다. '이와 관련해서 유별난 점은 아마 내 마음속의 이 영상들이 진실과 환상 사이에서 유지되어왔다는 사실이야.' 그녀는 침울하게 생각했다. '나는 거기서 이상한 점이라고는 눈치채지 못했는데!' 좁은 길의 포장 상태가 좋지 않아 택시가 덜컹거리는 바람에 두 사람의 대화는 방해받았다. 건조한 겨울날이 이어지자 울리히는 야외로 소풍을 가자고 제안했다. 어디로 갈지도 알고 있었다. 구체적인 목적지가 있는 것은 아니었지만, 굳이 표현하자면 대충 기억나는 풍경 속으로 무작정 진군할 생각이었다. 이제 남매는 자신들을 교외로 데려다줄 택시 안에 있었다. "그래, 유별난 점은 바로 그것뿐이야!" 그녀는 방금 생각했던 것을 혼잣말처럼 반복했다. 학교 다닐 때도 늘 이런 식으로 공부해서 그녀는 자신이 멍청한지 똑똑한지, 의욕적인지 수동적인지 결코 알지 못했다. 사람들이 요구하는 대답은 쉽게 찾아낼 수 있었다. 하지만 질문의 목적은 쉽게 와닿지 않았다. 그래서 내면의 깊은 무관심을 통해 그런 목적으로부터 자신을 지킬 수 있다고 느꼈다. 병에서 회복되자 그녀는 예전처럼 다시 즐겁게 학교에 다녔고, 외로운 아버지 집에서 벗어나 또래 아이들과 어울리는 것이 좋겠다는 의사의 조언에 따라 수녀원 학교에 들어갔다. 아가테는 여기서도 명랑하고 유순한 학생으로 간주되었으며, 나중에는 김나지움을 다녔다. 사람들이 필요하다거나 진실하다고 말하는 것을 그대로 잘 따랐고, 사람들이 요구하는 것도 순순히 받아들였다. 그런 게 별로 힘들게 느껴지지 않았기 때문이다. 게다가 자신과 상관없고, 분명 아버지들과 교사들의 뜻에 따라 구축된 것처럼 보이는 세계의 확고한 제도에 반기를 드는 것도 무의미하게 여겼다. 하지만 자신이 배우는 것에 대해 한마디도 믿지 않았다. 그녀는 겉으론 순종적인 학생으로 비쳤음에도 결코 모범생이 아니었고, 자신의 욕망이 신념과 어긋날 때는 태연하게 욕망을 따랐기에 학우들의 주목을 받았고, 더 나아가 자기 편한 대로 학교생활을 할 줄 아는 학생만이 누리는 애정어린 경탄까지 받았다. 어쩌면 어린 시절의 그 희귀병 또한 이런 식으로 꾸민 일인지도 모른다. 그때만 빼면 늘 건강했고 별로 예민하지도 않았기 때문이다. '그러니까 난 그냥 나태하고 쓸모없는 성격이야!' 아가테는 확신 없이 이렇게 단정지었다. 그녀의 친구들이 완고한 기숙사 규정에 자기보다 얼마나 열심히 반기를 들고, 도덕적 분개심으로 기존 질서에 항거했는지 기억났다. 그러나 지켜본 바에 따르면, 나중에 세상의 전체 질서에 가장 잘 적응한 아이들은 예전에 가장 열정적으로 세세한 것에까지 반항하던 여자애들이었다. 이 아이들이 커서 좋은 혼처를 찾았고, 자신들이 겪었던 거의 그대로 아이들을 양육했다. 때문에 아가테는 자신에게 불만을 느끼면서도 적극적이고 좋은 성격을 갖는 것이 더 낫다고 확신할 수도 없었다.

아가테는 밖에서 먹이를 구해 오는 수컷과 둥지에서 새끼를 키우는 암컷의 전통적인 역할을 경멸하는 것만큼이나 여성해방도 혐오했다. 그녀는 처음으로 가슴이 옷 위로 팽팽하게 부풀고, 거리의 차가운 대기 사이를 뜨거운 입술로 가르던 시절을 떠올리기를 좋아했다. 그러나 망사 스타킹에서 무릎이 나오듯 소녀 시절 옷으로 칭칭 감은 몸에서 흘러나오던 여자의 관능성도 지금껏 늘 그녀 속에서 경멸을 불러일으켰다. 자신이 진정으로 확신하는 것이 무엇인지 스스로에게 물었을 때 한 감정이 답해주었다. 자신은 이례적인 것과 이질적인 것을 체험할 운명을 타고난 특별한 사람이라고. 아직 세상에 대해 아는 것이 거의 없고, 그나마 배워서 아는 것조차 별로 믿지 않던 시절의 일이었지만, 그 감정은 항상 그녀에게 그에 상응하는 비밀스럽고 능동적인 무언가로 여겨졌다. 과대평가하지 않고 그냥 흘러가는 대로 내버려둘 수밖에 없던 동안에는 말이다.

아가테는 옆으로 고개를 돌려 울리히를 보았다. 그는 진지한 표정으로 요동치는 차 안에서 뻣뻣하게 흔들리고 있었다. 그녀는 자신이 남편을 좋아하지 않음에도 신혼 첫날밤에 바로 도망치지 않은 것을 오빠가 도착 첫날 저녁 얼마나 이해하기 어려워했는지 다시 기억했다. 오빠의 도착을 기다리는 동안에는 한참 어른 같은 오빠에 대한 경외감 같은 것이 있었다. 그러나 지금은 몰래 웃으면서, 결혼하고 몇 달 동안 하가우어의 두꺼운 입술이 강모 같은 콧수염 밑에서 사랑에 빠져 둥글게 말릴 때의 느낌을 다시 떠올리고 있었다. 그때 그의 온 얼굴은 두꺼운 가죽 같은 주름 속에서 입꼬리 쪽으로 당겨졌고, 그녀는 이 남자에게 바로 질려버렸다. 이렇게 못생긴 인간이 있을까! 혐오감은 주로 내면보다 외면과 관계된 것이었지만, 남편의 부드러운 교육자적 허영기와 자상함에도 몸서리가 쳐졌다. 첫 충격이 지나간 뒤 그녀는 가끔 바람을 피웠다. '경험도 없고 감각도 깨어나지 않은 여자에게 남편 아닌 다른 남자의 접근이 마치 문을 두드리는 천둥소리처럼 들린 것을 그렇게 표현할 수 있다면 말이야!' 그녀는 그렇게 생각했다. 왜냐하면 외도에 별 재능이 없는 사람이었기 때문이다. 그녀는 처음 애인을 만들면 그 남자가 남편만큼 군림하지 않는다고 느꼈다. 그러다 얼마 안 지나, 흑인 부족의 제식용 가면을 서양 남자가 쓴 사랑의 가면만큼이나 진지하게 받아들일 수 있을 것 같은 기분이 들었다. 물론 남자들과의 관계에서 결코 흥분을 느끼지 않은 것은 아니었다. 하지만 첫 경험을 반복하자마자 그런 흥분은 금방 사라져버렸다! 그녀는 실현된 상상의 세계와 사랑의 극작법에 도취되지 않았다. 인간은 가혹한 삶으로 인해 가끔 약함의 시간(여기서 '약함'은 '약해짐'의 하위 범주로서 침몰, 실신, 소유됨, 내맡김, 굴복, 광기 등의 요소를 갖추고 있다)을 가질 수밖에 없다는 결론에 이르는, 남자들이 주로 만들어내는 이런 영혼의 연출 규정이 그녀에게는 너무 알랑거리는 과장으로 여겨졌다. 남자들의 강함으로 탁월하게 구축된 이 세계에서 자신은 한순간도 약하지 않다고 느낀 적이 없었기 때문이다.

아가테가 이런 식으로 획득한 철학은 어떤 것에도 속지 않으려 하면서, 인간 남성이 속이는 것을 자기도 모르게 관찰하는 인간 여성의 철학일 뿐이었다. 그렇다, 이것은 원래 철학이 아니라 그냥 반항적으로 감춘 실망에 지나지 않았다. 그것도 미지의 해방을 조심스럽게 준비하는 마음이 아직 섞인 실망이었고, 외적 저항이 줄어들수록 기대는 더 커지는 것 같았다. 아가테는 책을 많이 읽었지만 천성적으로 이론에는 별 관심이 없었기에 자신의 경험을 책이나 연극 속의 이상적인 모델과 비교하면서 놀랄 때가 많았다. 그러니까 자신은 덫에 걸린 야생동물처럼 남자들이 쳐놓은 덫에 걸리지는 않은 것이다. 남자가 여자와 외도할 때면 대개 사용하는 것으로 알려진 그런 돈 후안식 방법 말이다. 게다가 남편과의 동거가 스트린드베리식의 남녀 성별 투쟁으로 비화한 것도 아니었다. 그러니까 또다른 시대적 유행에 발맞춰, 포로처럼 붙잡힌 여자가 전제적이지만 서툰 자신의 지배자를 교활함과 약함의 수단으로 죽도록 괴롭히는 식의 투쟁은 없었다. 오히려 하가우어와의 관계는, 남편에게 느끼는 감정의 골이 깊음에도 항상 원만하게 유지되어왔다. 첫날 저녁에 울리히는 동생의 결혼생활을 충격과 공포, 강간 같은 강력한 용어로 표현했지만 그건 결단코 적절한 말이 아니었다. 그녀는 이 생각에 반항적인 마음이 들었다. 안타깝지만 자신은 천사처럼 굴 수가 없다고. 그녀의 결혼생활은 오히려 모든 것이 무척 자연스럽게 흘러갔다. 아버지는 합리적인 이유에서 하가우어의 구혼을 지지했고, 그녀 자신도 이미 재혼하기로 마음먹었다. 그래, 좋다, 재혼하는 것도. 일어날 일이라면 일어나게 둘 수밖에 없다. 그리 아름답지는 않지만 과하게 불쾌할 것도 없다! 오히려 지금, 정말 그러고 싶은 순간에조차 하가우어의 마음을 일부러 아프게 했다는 생각에 미안해졌다! 그녀는 사랑을 원한 것이 아니었다. 그저 어떻게든 굴러가겠거니 생각했다. 어쨌든 남편은 좋은 사람이니까.

물론 그는 좋은 사람이라기보다 항상 좋게 행동하는 사람에 가까울지 모른다. 그런 사람들 속에는 선함이 없을 거라고 아가테는 생각했다. 선함은 선한 의지나 선한 행위로 실현되는 것만큼 그 사람에게서 없어지는 듯했다! 울리히가 뭐라고 그랬지? 공장을 돌리는 데 쓰인 개천은 자신의 낙차를 잃어버린다. 그래, 이런 말도 했었지. 그녀가 찾던 말은 아니었지만. 이제 그 말이 떠올랐다. '선한 행동을 그렇게 많이 하지 않는 사람만이 자신의 선함을 온전히 지킬 수 있는 것 같아!' 그런데 울리히처럼 이 문장을 명료하게 말하는 순간 이것은 정말 터무니없는 소리로 들렸다. 지금은 잊어버린 대화의 맥락에서 이 문장 하나만 떼어낼 수는 없었다. 그녀는 이것을 다르게 바꾸려 했고, 비슷한 말로 교체했다. 그러자 첫 문장이 옳은 것으로 드러났다. 다른 말들은 바람에 실어 보낸 것처럼 하나도 돌아오지 않는 듯했기 때문이다. 그러니까 울리히가 말한 것이 맞았다. 하지만, '나쁘게 행동하는 사람을 어떻게 선하다고 할 수 있을까?' 그녀는 생각했다. '그거야말로 정말 터무니없는 소리야!' 하지만 울리히가 이 주장을 할 때는 거기에 더 많은 내용이 담겨 있지 않았음에도 아주 근사했다! 아니, 근사하다는 말로는 부족했다. 이 말을 들었을 때 너무 기뻐 오히려 속이 거북할 지경이었다. 그 말들은 그녀의 삶 전체를 설명해주고 있었다. 예를 들어 이 문장은 장례식이 끝나고 하가우어 교수가 떠난 뒤에 두 사람이 나눈 긴 대화에서 나왔다. 돌연 그녀는 자신이 그동안 얼마나 무심하게 살아왔는지 깨달았다. 그건 하가우어가 좋은 사람이기 때문에 결혼생활도 '어떻게든 굴러갈 거'라고 단순하게 믿었던 시절도 마찬가지였다! 울리히는 순간순간 그녀의 마음을 행복이나 불행으로 가득 채우는 말을 자주 했다. 물론 그런 순간은 보존이 안 되지만. 예컨대, 경우에 따라선 도둑을 사랑할 수는 있지만 정직함이 몸에 밴 사람은 결코 사랑할 수 없다고 그가 말한 것은 언제였을까? 그 순간이 정확히 기억나지 않았지만, 그렇게 주장한 사람이 울리히가 아니라 바로 자신이었음을 깨달은 아가테는 기쁘기 그지없었다. 사실 그가 한 이야기 중 상당수는 그녀도 이미 생각하던 것이었다. 다만 말로 내놓지 않았을 뿐이다. 남의 도움 없이 오직 자기 책임하에 그렇게 선명하게 주장한 적이 없었기 때문이다! 차는 바닥이 고르지 못한 시골길을 달렸고, 대화가 불가능해진 두 사람은 기계적인 진동의 그물에 몸을 내맡겼다. 지금껏 덜컹거리는 차 안에서도 무척 편안히 앉아 있던 아가테는 남편의 이름을 별다른 감정 없이 생각 속으로 불러들였다. 오직 어떤 일의 시점이나 내용을 특정 짓기 위한 도구로서 말이다. 그러다 문득 이유 없이 엄청난 공포가 그녀를 서서히 덮쳐오기 시작했다. 하가우어가 바로 옆에 살과 몸으로 함께 있는 것 같은 공포였다! 그로 인해 지금까지 어떻게든 그를 공정하게 바라보려던 그녀의 생각은 사라지고, 대신 목구멍이 고통스럽게 죄어왔다.

그는 장례식 당일 아침에 도착했고, 이렇게 늦게 오고도 애절한 표정으로 장인의 마지막 모습을 꼭 두 눈으로 봐야겠다며 해부실로 향했다. 그로 인해 관 뚜껑 닫는 시간이 예정보다 지연되었다. 그는 예의바르고 솔직하고 거의 자로 잰 듯한 방식으로 깊은 애도를 표했다. 장례식 후 아가테는 피곤하다는 핑계를 대며 집으로 돌아갔고, 울리히는 매제와 나가서 식사를 해야 했다. 나중에 울리히가 들려준 이야기는 이랬다. 하가우어와 함께한 시간은 빡빡한 와이셔츠 목깃처럼 답답해 미칠 지경이었다. 때문에 가능한 한 빨리 여기를 떠나게 하려고 안간힘을 썼다. 하가우어는 원래 교육자 회의가 열리는 수도로 가서 하루 더 묵으며 교육 부처에 들르고 다른 곳도 시찰할 계획을 세워두고 있었는데, 그전에 이틀을 비워 자상한 남편으로서 아내와 함께 시간을 보내며 상속 문제까지 돌봐줄 생각이었다. 그러나 울리히는 동생과 입을 맞춘 대로 하가우어가 집에 묵을 수 없는 사정을 지어내면서 이 도시의 일류 호텔에 예약을 해놓았다고 통보했다. 예상대로 하가우어는 망설였다. 호텔은 불편할 뿐 아니라 너무 비쌌고, 비용도 체면상 자신이 부담해야 했던 것이다. 그러는 대신 빼놓은 이틀을 수도에서 견학과 시찰을 하며 보낼 수도 있었다. 게다가 밤중에 여행하면 숙박비도 아낄 수 있었다. 따라서 하가우어는 울리히의 배려를 받아들일 수 없어 무척 아쉽다며 마음에도 없는 유감의 뜻을 표했다. 그러고는 지금으로선 변경하기 어렵다며 저녁에 떠나겠다고 했다. 이렇게 해서 이제 유산 정리만 남게 되었다. 이 대목에서 아가테는 다시 미소를 지었다. 그녀의 바람대로 울리히가 남편에게, 유언장은 며칠 뒤에나 개봉하게 되어 있다고 전했기 때문이다. 울리히는 매제에게 이렇게 말했다. 아가테가 있으니 그의 권리를 지키는 건 걱정할 필요가 없다. 그와 관련해선 법적 요건을 갖춘 통보가 갈 것이다. 또한 가구나 추억할 만한 물건의 경우, 울리히는 미혼자로서 동생의 소망에 어긋나는 건 일절 요구하지 않을 생각이다. 끝으로 그는 하가우어에게 만일 그들이 아무도 사용하지 않는 이 집을 팔려고 할 경우 동의하는지 물었다. 당연히 당장은 구속력이 없는 질문이었다. 아직 유언장을 본 사람이 없기 때문이다. 하가우어도 당연히 구속력 없이 답변했다. 당장은 반대할 이유가 없지만 실제로 그럴 일이 생길 경우 그때 가서 자신의 입장을 표명하겠다고. 이 모든 건 아가테에게 들은 제안을 울리히가 하가우어에게 반복한 것일 뿐이었다. 이 이야기를 전할 때 별생각 없이 오직 하가우어를 떼어내고 싶은 마음밖에 없었기 때문이다. 하지만 아가테는 갑자기 다시 참담한 기분에 빠져들었다. 이 문제를 정말 기분좋게 모두 정리했음에도 남편이 작별 인사를 한답시고 오빠와 함께 방으로 들어온 것이다. 아가테는 가능한 한 퉁명스레 행동하면서 지금으로선 자신이 언제 돌아갈지 모르겠다고 했다. 그녀가 익히 아는 남편의 반응으로 봐선, 하가우어는 이런 대답을 미처 예상하지 못한 듯했고, 또 즉시 떠나겠다고 결정함으로써 애정 없는 남편처럼 비치게 된 것에도 기분이 상한 듯했다. 게다가 그는 자신에게 호텔에서 묵으라고 했던 일에 대해서도 새삼 화가 났고, 자신을 냉담하게 대하는 아내에게도 화가 치밀었다. 그러나 워낙 계획적인 인간인지라 속마음을 내비치지는 않았고, 이 모든 건 나중에 때가 되면 아내와 담판 짓기로 마음먹고 모자를 집어든 뒤 아내의 입술에다 의무적으로 입을 맞추었다. 그런데 울리히가 지켜본 바에 따르면 아가테는 이 입맞춤으로 완전히 절망에 빠진 듯했다. 그녀는 당혹스럽게 자문했다. '내가 어떻게 그렇게 오랫동안 이런 남자를 견뎌냈을까? 평생 아무런 저항 없이 삶을 받아들이기만 한 것은 아니었을까?!' 그리고 격하게 자책했다. '내가 조금이라도 가치 있는 인간이었다면 절대 일이 이렇게까지 되지는 않았을 거야!'

아가테는 울리히를 바라보고 있다가 이제 고개를 돌려 차창 밖을 내다보았다. 교외의 나지막한 집들, 얼어붙은 길, 옷으로 꽁꽁 싸맨 사람들…… 이 모든 게 차창 밖으로 비치는 을씨년스럽고 황량한 풍경이었다. 이 이미지들은 그녀가 자신의 무심함이 자초했다고 느낀 삶의 황량함을 내비치는 듯했다. 그녀는 이제 꼿꼿하게 앉지 않고, 좀더 편하게 창밖을 내다보려고 퀴퀴한 냄새가 나는 쿠션 의자 아래로 몸을 약간 눕혔다. 그러고는 이 볼품없는 자세를 유지한 채, 차의 덜컹거림으로 몸속의 창자까지 흔들리는 것을 느꼈다. 문득 헝겊 뭉치처럼 흔들리는 몸 때문에 섬뜩한 느낌이 들었다. 이 몸은 그녀가 가진 유일한 것이었기 때문이다. 학교에 다닐 때 어스름한 아침에 눈을 뜨면 가끔 자신이 마치 조각배의 선체 같은 몸 안에서 미래를 향해 표류해 가는 느낌을 받곤 했다. 지금은 그때보다 나이가 거의 배나 많았다. 차 안은 당시와 마찬가지로 어스름했다. 그런데 지금도 여전히 자신의 인생을 상상할 수 없었고, 인생이 어때야 하는지 감도 잡히지 않았다. 남자들은 자기 몸의 보완이자 보충이었지만, 영혼적인 것과는 관련이 없었다. 그녀는 그저 남자들이 타인을 받아들이듯 남자를 받아들인 것뿐이었다. 몸은 앞으로 얼마 안 가 아름다움을 잃기 시작할 거라고 그녀에게 신호를 보냈다. 그러니까 말이나 생각으로는 극히 일부만 표현할 수 있는, 육체적 실물감에서 오는 감정들을 잃게 되리라는 것이다. 그다음엔 어떤 것도 남기지 않고 전부 끝날 것이다. 문득 울리히가 비슷한 방식으로 스포츠의 쓸모없음에 대해 말했던 기억이 났다. 그녀는 얼굴을 악착같이 창문 쪽으로 돌린 채 그에 관해 캐물어보기로 마음먹었다.

10. 스웨덴 성채로 이어진 소풍. 다음 단계의 도덕

차는 도시 경계 지점에 이르렀다. 남매는 벌써 시골 분위기가 완연한 나지막한 집들이 있는 마지막 지점에서 내려 고랑이 파인 넓고 긴 오르막길을 천천히 올라갔다. 길바닥의 얼어붙은 바큇자국은 발밑에서 먼지로 바스러져 휘날렸다. 얼마 지나지 않아 신발도 마차꾼이나 농부가 지나다니는 길바닥의 칙칙한 잿빛 흙먼지를 잔뜩 뒤집어썼다. 그들의 도회지 차림과는 전혀 어울리지 않는 길이었다. 날이 그리 차지 않았음에도 산 위에서부터 매서운 바람이 불었고, 그 바람에 뺨은 발개지고 입까지 깨지기 쉬운 유리처럼 얼어붙어 말을 하기 어려울 정도였다.

하가우어에 대한 기억 때문에 아가테는 오빠에게 자신을 설명하고 싶은 충동을 느꼈다. 오빠가 이 잘못된 결혼을 어떤 식으로든, 심지어 지극히 단순한 사회적 요구를 들먹이더라도 이해하지 못하리라는 확신이 든 것이다. 그런데 내면에는 벌써 설명에 필요한 말들이 준비되어 있었음에도 오르막과 추위, 그리고 얼굴을 때리는 공기의 저항을 이겨낼 결심을 하지 못했다. 그들은 무언가 길 위에 미끄러진 넓은 흔적을 따라 걷고 있었고 울리히가 앞장섰다. 그녀는 오빠의 군살 없는 넓은 어깨를 보면서 망설였다. 늘 무정하고 고집 세고 약간 별난 사람으로만 알고 있던 오빠였다. 그건 어쩌면 아버지뿐 아니라 때로는 남편에게서 들은 오빠에 대한 질책성 언급 때문이었는지 모른다. 그녀는 가족을 멀리하고 가족 밖으로 도망친 오빠를 생각하면 자신의 굴종적인 삶이 부끄러웠다. '오빠가 나한테 신경을 쓰지 않았던 건 잘한 일이야!' 그녀는 생각했다. 그리고 그런 부당한 상황을 그리 오래 감내한 것에 대한 경악이 반복되었다. 하지만 그녀의 마음속에서는 아버지가 숨을 거둔 방의 문기둥 사이에서 거친 시구를 거침없이 터뜨렸던 때와 같은 그 폭발적이고 모순적인 열정이 자리하고 있었다. 그녀는 숨을 헐떡거리며 울리히를 따라잡았다. 그러고는 이 평범한 길로서는 아직 한 번도 들어보지 못했을 질문을 갑작스레 내뱉었다. 이 시골 언덕을 지나다니던 바람들도 지금껏 들어본 적이 없는 말에 갈기갈기 찢어졌다.

"오빠도 분명 기억할 거예요." 그녀는 이렇게 소리치고는 문학작품 속의 몇몇 유명한 예를 들었다. "오빠는 도둑을 용서할 수 있을지 없을지 아직 얘기 안 했어요. 그 살인자들이 정말 선하다고 생각해요?!"

"물론!" 울리히도 소리쳐 대답했다. "그 말은…… 아니, 잠깐. 그 사람들은 아마 잠재적으로만 선한 사람, 가치 있는 사람일 거야. 그건 나중에 범죄자가 돼서도 바뀌지 않아. 그렇다고 계속 선하지는 않아!"

"그럼 오빠는 왜 그 사람들이 범죄를 저지른 뒤에도 호감을 갖고 있죠?! 예전의 잠재적인 선한 바탕 때문만이 아니라 그 사람들이 여전히 마음에 들어서 그런 게 분명해요!"

"그건 그래. 행위에 성격을 부여하는 건 인간이야. 거꾸로는 아냐! 우리는 선과 악을 분리하지만 그게 하나의 전체라는 건 속으로 이미 알고 있어!"

추위로 발개진 아가테의 뺨이 한층 더 붉어졌다. 자신의 질문이 드러내면서도 동시에 숨기고 있는 열정이 책들에만 기댄 것 같았기 때문이다. '문화의 오용 문제'는 바람이 불고 나무가 있는 곳에서는 문화가 생겨날 수 없다는 감정이 들 정도로 심하다. 마치 인간의 문화는 어떤 형태의 자연물도 담고 있지 않다는 듯이 말이다! 그러나 아가테는 용감하게 그 감정을 물리치고 오빠의 팔짱을 끼더니, 더는 소리칠 필요가 없도록 귀 가까이에 대고 대답했다. 특유의 들떠서 떨리는 표정으로. "그 때문에 우리는 아마 나쁜 인간들을 죽이면서도 처형 전에 마지막으로 따뜻한 식사를 제공하는 거겠죠!"

옆에서 모종의 열정을 느낀 울리히는 몸을 숙여 동생의 귀에다 대고 충분히 큰 목소리로 말했다. "모든 인간은 자신이 선하기 때문에 나쁜 짓을 할 수 없다고 믿길 좋아해!"

그들은 이 말과 함께 꼭대기에 도착했다. 이제 길은 오르막이 아니라 나무 없이 넓게 펼쳐진 언덕의 물결로 잘려 있었다. 갑자기 바람이 잠잠해졌고, 더이상 춥지도 않았다. 그러나 이 편안한 정적 속에서 대화도 칼로 잘린 듯 멎었고 더는 진척이 없었다.

얼마 뒤 울리히가 입을 열었다. "너는 어떻게 이 강풍 속에서 도스토옙스키와 스탕달을 생각할 수 있지? 누군가 지켜보는 사람이 있었다면 우린 꼭 바보처럼 보였을 거야!"

아가테가 웃음을 터뜨렸다. "새가 지저귀는 소리만큼이나 이해가 안 되겠죠!…… 어쨌든 오빠는 얼마 전 모스브루거에 관해 얘기했어요."

그들은 계속 걸었다.

잠시 후 아가테가 말했다. "나는 그 사람이 싫어요!"

"나도 거의 잊었어." 울리히가 대답했다.

둘은 한동안 다시 묵묵히 걸었고, 그러다 아가테가 걸음을 멈추었다. "어떻게 그래요?" 그녀가 물었다. "오빠는 정말 그렇게 무책임한 사람이에요? 예를 들어 오빠가 예전에 총상을 입고 병원에 누워 있던 것도 기억나요. 생각보다 행동이 앞서는 편이에요······?"

"오늘은 질문이 참 많군!" 울리히가 말했다. "내가 뭐라고 답해야 하지?!"

"오빠는 어떤 행동을 후회한 적 없어요?" 아가테가 재빨리 물었다. "난 오빠가 후회라고는 해본 적이 없는 사람 같다는 인상을 받아요. 그 비슷한 얘기를 오빠한테 직접 듣기도 했고요."

"맙소사." 울리히는 다시 걸음을 떼면서 대답했다. "모든 마이너스에는 플러스가 담겨 있어. 내가 너한테 그런 말을 했을 수도 있지만 말 그대로 받아들일 필요는 없어."

"모든 마이너스에 플러스가 담겨 있다니요?"

"어떤 나쁜 일이든 좋은 점도 있다는 말이지. 다 그렇지는 않더라도 많은 경우가 그래. 보통 인간의 마이너스 변이에는 인식하지 못했을 뿐 플러스 변이가 담겨 있어. 정확히는 몰라도 그게 내가 말하려던 걸 거야. 만일 네가 어떤 행동을 후회한다면 그를 통해 그전에는 하지 못했던 뭔가 더 나은 것을 할 힘을 발견할 수 있다는 거야. 그러니까 중요한 것은 지금 하는 일이 아니라 항상 그다음 일이야!"

"그럼 오빠가 누군가를 죽였다면 그다음엔 뭘 할 수 있다는 거죠?!"

울리히는 어깨를 으쓱하더니 오직 논리적 일관성에 맞게 대답하고 싶어졌다. "어쩌면 수많은 사람들의 내적 삶을 풍요롭게 할 시를 쓸 수 있게 될지 모르지. 혹은 위대한 발명을 할 수도 있고!" 그는 여기서 멈칫했다. '하지만 그런 일은 없을 거야!' 그의 머릿속에 떠오른 생각이었다. '그건 정신병자만 가질 수 있는 환상이야. 또 열여덟 살 먹은 탐미주의자라면 몰라도. 이유야 알 수 없지만, 어쨌든 그건 자연법칙에 어긋나는 생각이야. 하지만 다른 한편으론……' 그는 스스로 수정했다. '원시 인간의 경우 그랬을 거야. 그들이 살인을 저지른 건 인간 제물이 위대한 종교적 시였기 때문일 테니까!'

그가 이런 생각을 입 밖에 내놓지 않았음에도 아가테는 말을 이어갔다. "바보 같은 반박으로 들릴 수도 있겠지만, 당장의 한 걸음이 아니라 항상 그다음이라는 오빠의 말을 처음 들었을 때 이런 생각을 했어요. 인간이 내면적으로, 그러니까 도덕적으로 빠르게 개선을 거듭할 수 있다면 어떤 일에 대해서도 후회하지 않을 수 있겠다고요! 나는 그런 오빠가 정말 부러웠어요!"

"말도 안 되는 소리." 울리히가 힘주어 대꾸했다. "내가 말한 건 당장 발을 헛디디더라도 그것보다 그다음 단계가 중요하다는 거였어. 하지만 그다음에는 뭐가 중요할까? 또 그다음 단계일까? n단계 다음엔 플러스 1의 단계가 중요할까?! 그런 인간은 끝도 결단도 없이, 그러니까 현실 없이 살 수밖에 없어. 항상 다음 단계만 중요하다는 건 그런 거야. 우리에게 이 끝없는 연속을 다룰 적절한 방법이 없다는 것, 그게 진실이야." 그는 여기서 바로 결론을 내렸다. "아가테, 난 가끔 내 인생 전부가 후회스러워!"

"오빠는 그럴 수 없어요!"

"왜? 왜 그러면 안 되지?!"

"나는 실제로 뭔가를 한 적이 없어요. 그래서 늘 얼마 되지 않는 내 시도들을 후회할 시간이 있었어요. 오빠는 그게 어떤 건지 몰라요. 불이 꺼진 것 같은 그런 상태 말이에요! 그 상태에선 그림자가 찾아와요. 나를 지배하는 건 과거의 일이에요. 그건 아주 세세한 것까지 늘 현존해요. 나는 아무것도 잊을 수 없고 아무것도 이해할 수 없어요. 불쾌하기 짝이 없는 상태죠……"

그녀는 표정 변화 없이 말했다. 유난을 떨지도 않았다. 울리히는 아가테가 말한 삶의 그런 역류를 정말 알지 못했다. 그의 삶은 늘 확장에 초점이 맞춰져 있었기 때문이다. 다만 동생이 벌써 여러 번 눈에 띄게 스스로에게 불만을 터뜨린 기억만 날 뿐이었다. 그러나 구체적으로 질문을 던질 기회는 없었다. 그사이 목표로 삼은 언덕에 도착한 것이다. 둘은 언덕 가장자리로 걸어갔다. 전해오는 이야기에 따르면 삼십년전쟁 때 스웨덴의 포위 공격과 관련이 있다는 거대한 언덕이었다. 생긴 게 보루 같아서 그런 이야기가 나왔겠지만 보루라고 하기엔 너무 컸다. 어쨌든 이 언덕은 도시 쪽으로 양지 바른 높은 바위벽이 깎아지른, 덤불과 나무도 없는 녹색 자연 방루처럼 보였다. 이곳은 깊고 휑한 언덕들의 세계에 둘러싸여 있었다. 마을도 집도 없고, 오직 구름 그림자와 잿빛 방목지뿐이었다. 울리히는 청소년 시절의 기억에 남아 있는 이 장소에 다시 묘한 매력을 느꼈다. 저 아래 멀리 도시가 숨죽이며 누워 있었다. 새끼를 밴 암탉처럼 옹송그리며 모여 있는 몇 개 교회를 불안스레 둘러싼 도시였다. 이렇게 내려다보니 문득 자신도 모르게 한 번에 폴짝 뛰어 교회들 사이에 내려앉거나, 거인 같은 손을 뻗어 도시를 움켜쥐고 싶어졌다. "그 옛날 몇 주간의 고된 행군 끝에 이곳에 도달해 안장 위에서 처음으로 자신들의 먹잇감을 굽어본 스웨덴 용사들은 분명 황홀했을 거야!" 동생에게 이 장소의 의미를 설명해준 뒤 그가 말했다. "삶의 무게, 그러니까 우리 모두는 죽을 수밖에 없고, 이 모든 게 결국은 한순간이고 덧없이 지나가버릴 거라는, 우리를 남몰래 짓누르는 이 언짢은 기분은 원래 그런 순간에나 생겨나지!"

"어떤 순간을 말하는 거예요?!" 아가테가 물었다.

울리히는 뭐라고 대답해야 할지 몰랐다. 사실 대답할 마음도 없었다. 그는 어릴 적 이곳에 올 때마다 이를 악물고 침묵하고픈 욕구를 느꼈던 기억이 났다. 이윽고 그가 대답했다. "사건이 우리와 함께 달아나는 모험적인 순간들이지. 그러니까 무의미한 순간들 말이야!" 그는 머리가 마치 목에 걸린, 알맹이 없는 호두처럼 느껴졌고, 머릿속에는 이런 오래된 옛말들이 담겨 있었다. '죽음이라는 대부代父' 또는 '나는 내 일을 어디에도 맡기지 않았다.' 또 삶에 대한 기대와 삶 사이에 아직 경계가 없던 시절의 서서히 잦아드는 포르티시모도 거기 있었다. 그는 생각했다. '이후 내게 명료하고 행복한 경험이 있었을까? 없다. 하나도.'

아가테가 대꾸했다. "나는 늘 무의미하게 살았고, 그런 사람은 불행할 뿐이에요."

그녀는 혼자 앞으로 걸어가 언덕 가장자리 끝자락에 바짝 다가섰다. 오빠의 말은 귀에 들어오지 않았다. 그 말을 알아들을 수 없던 아가테는 칙칙하고 헐벗은 풍경만 바라보았다. 그녀의 슬픔과 같은 분위기를 품은 풍경이었다. 그녀가 몸을 돌리며 말했다. "스스로를 해치기 좋은 곳이네요." 그러고는 미소 지었다. "내 머릿속의 공허함이 이 광경의 공허함으로 무한히 부드럽게 분해될 거예요!" 그녀는 울리히 쪽으로 몇 걸음 돌아갔다. "지금까지 살아오는 동안 사람들은 나를 보고, 의욕도 없고 사랑하는 것도, 존경하는 것도 없다고 비난했어요. 한마디로 살아갈 의지가 없는 사람이라는 거죠. 아빠도 그렇게 야단쳤고, 하가우어도 그렇게 나무랐어요. 이제 제발 오빠가 말해봐요, 인생의 무언가가 우리한테 꼭 필요한 것처럼 느껴지는 순간은 언제예요?!"

"침대에서 몸을 돌릴 때!" 울리히가 무뚝뚝하게 말했다.

"그게 무슨 뜻이죠?"

"너무 일상적인 예를 들어서 미안하기는 하지만, 실제로 그래. 누군가 불편한 자세로 있다고 생각해봐. 그 사람은 끊임없이 자세를 바꾸려고 할 거야. 하지만 실제로는 계속 마음만 먹을 뿐 자세를 바꾸지는 않아. 그러다 결국 포기해. 그런데 갑자기 어느 순간 몸을 돌리는 거야! 엄밀하게 말하자면 돌려졌다고 해야겠지. 어쨌든 순간적인 격정이건 장시간 계획한 결심이건 우리의 행동은 이런 패턴에서 벗어나지 않아." 그는 동생을 보면서 말하지 않았다. 이것은 스스로에게 하는 대답이었다. 그는 여전히 이렇게 느끼고 있었다. '과거에 나는 여기 서서 한 번도 충족된 적이 없는 무언가를 갈망했어.'

아가테가 다시 웃었다. 그러나 입꼬리가 고통스럽게 약간 비틀려 올라가는 느낌이었다. 그녀는 원래 서 있던 자리로 돌아가 멀리 이색적인 풍경을 묵묵히 내다보았다. 그녀의 모피 외투는 하늘과 대비되어 짙게 도드라졌고, 그녀의 날씬한 몸매 역시 지상의 풍경과 흘러가는 구름 그림자의 고요함과 선명한 대조를 이루었다. 울리히는 동생의 모습을 보면서 무언가가 일어나고 있다는, 형언할 수 없을 만큼 강렬한 감정을 느꼈다. 자신이 지금 안장을 올린 말 옆에 서 있는 것이 아니라 여자와 함께 서 있다는 것이 거의 부끄럽게 느껴질 정도였다. 그 원인이 지금 동생에게서 느껴지는 정적인 이미지에 있다는 걸 또렷이 인지하고 있었음에도 뭔가가 자신에게 일어나는 것이 아니라 세계 어딘가에서 일어나고 있고, 지금 그것을 놓치고 있다는 느낌을 받았다. 그는 자신이 하찮게 여겨졌다. 별생각 없이 툭 던진 말, 즉 자신의 삶을 후회한다는 그 말에는 무언가 진실이 담겨 있었다. 가끔 그는 레슬링 시합처럼 사건들 속에 완전히 뒤엉키기를 갈망했다. 무의미하거나 범죄적인 사건이라고 하더라도 유효하기만 하다면 말이다. 그것도 인간이 스스로의 경험에 초연할 때, 사건들에 지속적으로 나타날 수밖에 없는 일시성 없이 최종적으로 유효하다면 말이다. '그래, 그 자체로 완결된 최종적인 사건을 말하는 거야.' 진지하게 알맞은 표현을 찾고 있던 울리히는 이 말을 떠올렸다. 그런데 이런 생각은 돌연 상상의 사건들을 떠나 아가테 자신이, 그러니까 다름 아닌 거울 이미지로서의 그녀가 직접 제공한 이 광경에서 끝을 맺었다. 이렇듯 남매는 한참을 따로 떨어져 각자 생각에 푹 잠겼다. 모순적인 감정으로 가득찬 모종의 망설임 때문에 선뜻 행동을 취할 수 없었다. 그런데 정말 이상한 것은 그때 분명 무슨 일이 일어났는데도 울리히가 전혀 의식하지 못했다는 사실이다. 그러니까 그는 아가테의 주문과 자신의 소망에 따라, 아무것도 모르는 매제를 떼어내려고, 유언장은 며칠 뒤에나 개봉하게 되어 있다고 둘러댔을 뿐 아니라 동생의 속내를 잘 알면서도 동생이 남편의 권리를 지켜줄 거라고 장담한 것이다. 나중에 하가우어가 '방조'라고 부르게 될 행동이었다.

자기 속에 푹 빠져 있던 두 사람은 서로의 생각을 내비치지 않은 채 이윽고 그 자리를 떠났다. 다시 바람이 강하게 일었다. 아가테가 피곤해 보여 울리히는 근처 양치기의 집에서 쉬어 가자고 제안했다. 얼마 뒤 두 사람은 돌로 만든 오두막에 도착했다. 집은 고개를 숙이고 들어가야 할 정도로 낮았다. 양치기 아낙은 당혹해하면서도 경계하는 표정으로 두 사람을 바라보았다. 이 지방에서는 독일어와 슬라브어가 섞인 말을 썼는데, 그 말을 아직 어렴풋이 기억하고 있던 울리히가 얼른 아낙에게, 이 집에서 잠시 몸을 녹이며 간단하게 요기라도 할 수 있겠느냐고 정중히 물었다. 그러고는 제법 넉넉하게 돈을 집어주었다. 원치 않게 손님을 맞게 된 아낙은 무척 당혹스러워하며 이렇게 찢어지게 가난한 집에서 어떻게 이런 '귀하신 분들'을 대접해야 할지 모르겠다며 죽는소리를 늘어놓더니 창가의 기름투성이 식탁을 행주로 훔치기 시작했다. 그러고는 섶나무로 아궁이에 불을 붙인 뒤 염소젖을 그 위에 올렸다. 그런데 아가테는 비좁은 식탁을 지나 곧장 창가로 갔다. 이 모든 상황에는 전혀 신경을 안 쓰는 눈치였다. 마치 이 근방 어딘가에 쉬어 갈 곳은 당연히 있고, 그게 어디든 상관없다는 듯이. 그녀는 창이 네 개 달린 작고 뿌연 사각형 창문으로 바깥 풍경을 내다보았다. 내륙 쪽으로 '보루' 뒤에 위치한 이곳은 보루처럼 시야가 툭 트이지는 않았고, 오히려 녹색 물마루에 둘러싸여 헤엄을 치는 사람을 연상시켰다. 날은 아직 바닥까지 저물지는 않았지만 이미 정점을 지나 빛이 사그라지고 있었다. 아가테가 갑자기 물었다. "오빠는 왜 나하고 진지하게 대화를 나누려고 하지 않는 거죠?!"

이 질문에 순진함과 놀라움을 담은 표정으로 고개를 살짝 들어올리는 것 말고 더 나은 대답이 어디 있을까?! 그는 둘 사이에 깔아놓은 종이 위에 햄과 소시지, 계란을 차리기에 바빴다.

아가테는 꿋꿋이 말을 이어갔다. "누군가 우연히 오빠와 부딪치면 분명 아파하면서 엄청난 체격 차이 때문에 흠칫 뒤로 물러날 거예요. 그런데 내가 오빠한테 정말 중요한 무언가를 물으려고 하면 오빠는 항상 공기 중에 녹아버려요!" 그녀는 자기 쪽으로 밀어놓은 음식에는 손도 대지 않았다. 하루를 이렇게 촌스러운 식사로 마무리하고 싶지 않은 마음에 허리를 꼿꼿이 펴고 앉아 몸이 식탁에 닿는 것조차 꺼렸다. 아까 시골길을 따라 오를 때와 비슷한 상황이 반복되었다. 울리히는 막 아궁이에서 식탁으로 날라 온 염소젖 잔을 옆으로 밀쳤다. 염소젖에서는 이 맛에 익숙하지 않은 사람에겐 코를 찌를 정도로 역한 냄새가 났다. 이 냄새가 불러일으킨 가벼운 메스꺼움으로 인해 울리히는 마치 가끔 갑작스럽게 쓴맛이 느껴질 때처럼 정신이 번쩍 들었다. "나는 늘 너하고 진지하게 대화해왔어. 그게 성에 차지 않았다면 나로서도 어쩔 수 없는 일이야. 내 대답이 마음에 안 들었다면 그건 우리 시대의 도덕이 마음에 안 들었다는 거니까." 순간 그는 동생이 자기 자신뿐 아니라 오빠를 어느 정도 이해하기 위해 알아야 할 모든 것을 가능한 한 전부 설명하고 싶은 욕망을 분명하게 느꼈다. 이렇게 해서 그는 어떤 식으로든 이야기를 중단하지 않으려는 남자의 결연함으로 제법 긴 말을 늘어놓기 시작했다.

"우리 시대의 도덕은 남들이야 뭐라고 하건 상관없이 성취의 도덕이야. 사기성이 농후해 보이는 다섯 번 남짓한 파산도 다섯번째가 축복과 번영의 시간으로 이어지면 좋은 것으로 간주돼. 성공이 모든 걸 잊게 하거든. 만일 네가 선거 자금을 기부하고 그림을 사는 위치에까지 이르면 국가는 네 잘못을 못 본 척해줄 용의도 있어. 거기엔 불문율이 있거든. 사실 누군가 교회나 자선단체, 정당에 돈을 기부한다고 해도 그건 예술 후원으로 자신의 선의를 증명하려고 할 때 지출하는 돈의 10분의 1도 안 돼. 물론 성공에도 한계는 있어. 성공을 위해서라고 헤도 아무 방법이건 다 쓸 수 있는 것도 아니고, 어떤 것이건 다 손에 넣을 수 있는 것도 아니라는 거지. 왕실과 귀족계급, 사회의 몇몇 원칙들이 '신흥세력'에 어느 정도 제동장치 역할을 해. 하지만 다른 한편으로 국가는 초개인적인 성격상, 만일 권력과 문명, 영광을 가져올 수 있다면 강도와 살인, 사기까지도 용인하겠다는 원칙을 굉장히 노골적으로 지지해. 물론 이 모든 게 이론적으로도 공인되어 있다고 주장할 수는 없어. 오히려 이론적으로는 불명확하기 짝이 없지. 나는 지금 지극히 일상적인 사실을 이야기했을 뿐이야. 도덕적 논증은 그저 목적을 위한 수단이자, 거짓말과 비슷하게 쓸 수 있는 무기일 뿐이야. 남자들이 만들어낸 세계라는 게 그래. 그래서 난 여자가 되고 싶었어. 여자가 남자를 사랑하지만 않는다면 말이야!

오늘날엔 우리를 어딘가로 이끌어줄 환상이 있으면 무엇이든 좋게 생각해. 하지만 이 확신이 바로, 네가 후회 없이 날아가는 인간이라고 불렀고, 내가 해결할 방법이 안 보이는 문제라고 불렀던 그거야. 나는 과학적 교육을 받은 사람으로서 어떤 상황에서건, 내 지식은 불완전하고 이정표에 불과할 뿐 아니라 내일 당장 오늘과 다른 생각을 품게 할 새 경험이 기다린다는 느낌으로 살아. 다른 한편 오롯이 자기감정에 사로잡힌 인간, 그러니까 '비상중인 인간' 정도로 상상하면 되는 그런 인간도 자신의 모든 행동을 다음 단계로 나아가는 하나의 과정으로 느낄 거야. 그러니까 우리의 정신과 우리의 영혼 속에는 무언가가 있는 거야. '다음 단계의 도덕' 말이야. 하지만 그건 그저 다섯번째 파산의 도덕에 지나지 않는 건 아닐까? 우리 시대의 기업가적 도덕이 우리의 내면에 그렇게 깊이 뿌리내려 있는 건 아닐까? 혹은 그냥 일치해 있다는 환상일 뿐일까? 아니면 출세주의자들의 도덕은 더 깊은 곳에 뿌리를 두고 있지만 너무 일찍 태어난 괴물이 아닐까? 현재로선 난 그에 대한 대답을 해줄 수 없어!"

울리히가 설명을 중단하고 잠시 뜸을 들인 것은 전적으로 수사적 이유에서였다. 자신의 견해를 계속해서 펼쳐 보일 생각이었기 때문이다. 그런데 지금껏 특유의 생기 있는 듯 생기 없는 태도로 듣고 있던 아가테의 단순한 언급으로 대화는 계획과 다른 방향으로 나아갔다. 그녀의 말은 이랬다. 그 대답이야 어떻든 상관없다. 자기가 궁금한 건 울리히의 입장뿐이다. 사람들의 이런저런 생각을 전부 파악하는 건 그녀로선 불가능하다. "만일 오빠가 어떤 형태로건 내가 뭔가를 이루어내야 한다고 요구한다면 난 차라리 어떤 형태의 도덕도 갖고 싶지 않아요." 그녀가 덧붙였다.

"정말 듣던 중 반가운 소리군!" 울리히가 소리쳤다. "나는 네 젊음과 아름다움, 힘을 눈으로 확인한 다음 네가 어떤 것에도 의욕과 에너지가 없다는 얘기를 들을 때면 무척 기뻐! 우리의 시대는 어차피 실행력이 넘쳐. 이제 시대가 원하는 건 사고가 아니라 오직 행동뿐이야. 이 끔찍한 실행력은 달리 할일이 없다는 데서 비롯되었어. 내면적으로 말이야. 하지만 가만히 보면 인간은 외적으로도 평생 똑같은 행동만 반복해. 한 직업을 정해 그 속에서 계속 살아가는 거지. 이 대목에서 우리는 아까 네가 밖에서 나한테 던졌던 그 질문으로 다시 돌아온 것 같아. 실행력을 가지는 건 간단하지만 그 행위의 의미를 찾는 건 무척 어려워! 오늘날 그걸 아는 사람은 거의 없어. 때문에 행동하는 인간은 나폴레옹의 몸짓으로 아홉 개 목조 핀을 쓰러뜨릴 수 있는 볼링 선수와 비슷해. 하지만 결국엔 모든 행위가 충분치 않다는 사실을 자기들 머리로는 도저히 이해할 수 없어서 사람들이 광분해서 서로를 공격하는 상황이 온대도 나로서는 전혀 놀랍지 않아!……" 활기차게 말을 시작했던 울리히는 이제 다시 생각에 잠겼다. 심지어 한동안 말이 없었다. 이윽고 그는 슬쩍 웃으면서 고개를 들고는 이렇게 말하는 것으로 만족했다. "내가 너한테 도덕적으로 살기를 바란다면 실망하게 될 거라고 너는 말하고 있어. 나 역시 만일 네가 나한테 도덕적인 조언을 기대한다면 실망할 거라고 말하고 싶어. 우리는 서로에게 요구할 게 없어. 우리 모두 말이야. 그러니까 우리는 서로에게 행동을 요구할 것이 아니라 그 행동을 가능하게 하는 전제조건을 먼저 갖춰야 해. 그게 이 문제에 대한 내 감정이야!"

"하지만 어떻게요?!" 아가테는 울리히가 처음에 꺼냈던 거대한 보편적인 문제에서 벗어나 그 자신과 개인적 관련이 있는 영역으로 이야기가 흘러간 것을 알아챘다. 하지만 그녀의 취향에는 이조차 너무 보편적이었다. 익히 아는 것처럼 아가테는 보편적 연구 분석에 대한 선입견이 있었고, 자신의 피부를 넘어서는 어떠한 노력에도 별다른 기대가 없었다. 다만 자기가 노력을 기울여야 하는 일이라면 확신을 갖고 했고, 그것을 남들의 보편적인 주장으로 확장시키기도 했다. 아무튼 그녀는 울리히의 말을 잘 이해했다. 오빠가 머리를 숙이고 나직이 실행력에 대해 비판적인 이야기를 하면서 스스로는 의식하지 못한 채 주머니칼로 식탁의 나무판을 자르고 긋는 것이 보였다. 손의 힘줄이 팽팽히 부풀어 있었다. 아무 생각 없어 보이지만 열정적이라고 해야 할 손의 움직임, 그리고 아가테가 젊고 아름답다고 솔직하게 말해준 것, 이것들은 그녀가 여기 앉아 지켜보고 있다는 사실 외에 어떤 의미도 부여하지 않은 다른 말들의 오케스트라 너머로 흐르는 말도 안 되는 이중창이었다.

"뭘 해야 하냐고?" 울리히는 지금까지와 다르지 않은 방식으로 대꾸했다. "나는 예전에 우리의 사촌 집에서 라인스도르프 백작에게 이런 제안을 했어. 교회를 다니지 않는 사람들도 자신이 무엇을 해야 하는지 알 수 있도록 '정확성과 영혼의 세계사무국'을 창설해야 한다고. 나는 당연히 농담삼아 한 얘기였어. 왜냐하면 우리는 오래전부터 진리를 위해 과학을 만들었지만, 그 나머지에 무언가 비슷한 것을 요구하려고 하면 오늘날엔 정말 그 어리석음이 부끄러울 지경이거든. 하지만 우리 둘이 지금껏 말한 것들은 그런 사무국과 연결될 거야!" 그는 말을 중단하더니 허리를 편 채 의자에 등을 기댔다. "하지만 오늘날 그게 어떤 형태가 될 것 같으냐고 물으면 나는 아마 다시 공기 중으로 흩어지고 말 거야." 그의 말에 아가테가 답을 하지 않자 사위는 고요해졌다. 잠시 후 울리히가 다시 입을 열었다. "게다가 나는 가끔 내가 이 확신을 견뎌낼 수 없을 거라는 생각이 들기도 해! 아까 네가 서 있는 것을 보면서……" 이 대목에서 목소리가 낮아졌다. "저기 보루에서 말이야, 그때 난 이유는 모르겠지만 갑자기 무언가를 하고 싶다는 강렬한 욕구를 느꼈어. 실제로 예전에도 가끔 그런 욕구에 이끌려 성급한 행동을 하기도 했지. 거기엔 매력이 있었어. 일단 그런 일이 생기면 내게 뭔가가 더 있는 것만 같았거든. 인간은 심지어 범죄를 통해서도 행복해질 수 있다는 생각이 간혹 들기도 해. 좀더 안정된 운항을 가능하게 하는 바닥짐을 실은 것처럼."

이번에도 동생은 즉답을 하지 않았다. 그는 동생을 찬찬히 관찰했다. 어쩌면 속내를 알아내려고 하는 것 같기도 했다. 하지만 그가 방금 말한 강렬한 체험은 반복되지 않았다. 심지어 그 어떤 생각도 들지 않았다. 잠시 후 그녀가 물었다. "내가 범죄를 저지르면 나한테 화를 낼 건가요?"

"내가 뭐라고 대답을 해야 하지?!" 울리히는 다시 주머니칼 쪽으로 고개를 숙였다.

"결정을 내릴 수 없어요?"

"없어, 오늘날엔 실질적인 결정이란 없어."

그러자 아가테가 말했다. "나는 하가우어를 죽이고 싶어요."

울리히는 일부러 고개를 들지 않았다. 동생의 말은 하늘하늘 가볍게 귀에 들어왔지만, 말이 끝나자 넓은 바큇자국 같은 것을 그의 뇌리에 남겼다. 그는 동생이 어떤 어조로 말했는지 잊어버렸다. 이 말을 어떻게 이해할지 알려면 얼굴을 봐야 할 것만 같았다. 그러나 거기에도 큰 의미를 부여하고 싶지 않았다. "좋아, 왜 안 되겠어! 오늘날 그런 생각을 품어보지 않은 사람이 과연 몇이나 될까?! 네가 정말 할 수 있으면 그렇게 해! 하지만 내가 보기에 넌 이렇게 말하고 있는 것 같아. 그 사람을 그의 잘못 때문에 사랑하고 싶다고!" 이제야 그는 고개를 들어 동생의 얼굴을 바라보았다. 고집스러운 표정을 짓고 있는 동생은 놀랄 정도로 흥분해 있었다. 그는 동생의 얼굴에서 시선을 떼지 않고 천천히 설명해나갔다. "알다시피, 뭔가 맞지 않아. 오늘날 우리 속에서 일어나는 일과 우리 밖에서 일어나는 일 사이에는 연결점이 없어. 엄청난 손실이 따른 뒤에야 서로에게 맞출 뿐이지. 이렇게도 말할 수 있을 거야. 우리의 악한 욕망은 우리가 실제로 살아가는 현실 삶의 어두운 이면이고, 현실 삶은 선한 욕망의 어두운 이면이라고 말이야. 네가 정말 원하는 대로 했다고 상상해봐. 그건 네가 의도했던 것과는 전혀 다를 거야. 최소한 끔찍하게 실망하게 될걸……"

"어쩌면 난 갑자기 다른 사람이 될 수도 있어요. 그건 오빠도 인정했어요!" 아가테가 울리히의 말을 끊었다.

순간 울리히는 옆으로 고개를 돌렸고, 지금 이 자리에 그들만 있는 것이 아니라 다른 두 사람이 대화를 엿듣고 있는 것을 기억해냈다. 실은 사십이 채 안 됐겠지만 허름한 옷과 구차한 삶의 흔적 때문에 한층 더 늙어 보이는 양치기 아낙은 아궁이 가에 다소곳이 앉아 있었고, 그 옆에 양치기가 있었다. 남매가 대화하는 사이에 오두막에 들어왔지만 대화에 빠져 있던 두 사람은 그걸 알아채지 못했다. 늙수그레한 양치기 부부는 양손을 무릎 위에 가지런히 올려놓은 채 오두막을 가득 채우는 대화를 경탄스럽게 듣고 있었다. 단 한마디도 알아듣지 못하면서도 무척 만족스러워하는 표정이었다. 그들은 손님 남녀가 우유도 소시지도 먹지 않고 있는 것을 보았다. 좋은 구경거리였다. 그것도 사람의 마음을 고양시키는 구경거리였다. 부부는 귀엣말을 주고받는 일도 없었다. 울리히의 시선이 두 사람의 동그란 눈에 빠졌다. 그가 어색하게 웃음을 짓자 여자만 화답할 뿐 남자는 공손하게 예의를 갖춘 채 진지한 표정을 고수했다.

"어서 먹어!" 울리히가 동생에게 영어로 말했다. "저 사람들이 우릴 이상하게 생각해!"

아가테는 순순히 빵과 고기를 약간 덜어 깨지락거렸다. 반면에 울리히는 우적우적 먹으며 심지어 우유도 조금 마셨다. 식사중에 아가테가 큰 소리로 거리낌없이 말했다. "솔직히 그 사람을 진짜 아프게 할 생각

을 하면 나도 마음이 안 좋아요. 어쩌면 그 사람을 죽이고 싶지 않은지
도 모르겠어요. 하지만 그 사람을 지워버리고 싶어요! 갈기갈기 찢은
다음 절구로 빻아 가루를 물에 뿌리고 싶어요. 정말이에요! 그래서 과
거에 있었던 일을 완전히 지워버리고 싶어요!"

"지금 이런 이야기를 하고 있는 게 좀 웃기지 않아?"

아가테는 잠시 침묵하더니 다시 입을 열었다. "첫날 오빠가 그랬어
요, 하가우어와 나 사이에서 나를 돕겠다고!"

"당연히 그렇지. 하지만 그런 식은 아냐."

아가테는 다시 침묵했다. 그러더니 갑자기 말했다. "오빠가 차를 한
대 사거나 빌리면 우리는 이흘라바를 거쳐 내 집으로 갔다가 타보르로
우회해서 돌아올 수 있어요. 누구도 우리가 밤중에 거기 있었다는 생각
은 하지 못할 거예요."

"집에서 일하는 사람들의 눈은 어쩌고? 게다가 난 다행히 운전을 못
해!" 울리히는 웃었다. 그러더니 못마땅한 듯 고개를 흔들었다. "그건
너무 현대적인 생각이야!"

"오빠는 그렇게 말하겠죠." 아가테는 생각에 잠겨 베이컨 한 점을 손
톱으로 이리저리 끌었다. 마치 손톱이 혼자 따로 움직이는 듯했다. 손
톱에 기름이 묻었다. "오빠는 이런 말도 했죠. 사회의 미덕이 성자에겐
악덕이라고!"

"그렇긴 하지만 사회의 악덕이 성자에게 미덕이라고 하지는 않았
어!" 울리히가 바로잡아주었다. 그러고는 웃으면서 아가테의 손을 잡
고 손수건으로 기름을 닦아주었다.

"오빠는 항상 모든 걸 철회해요!" 아가테는 이렇게 나무라고는 불만

섞인 웃음을 지었다. 그런데 얼굴은 빨개졌다. 손을 빼려고 했기 때문이다.

그에 대한 반향처럼 아궁이 가에 앉은 주인 부부의 얼굴에 웃음이 가득했다. 그들은 여전히 지금까지와 똑같은 자세로 두 손님을 지켜보고 있었다.

아가테가 나직이 내뱉었다. "오빠와 이렇게 설왕설래하다보면 난 꼭 깨진 거울 조각으로 나를 비춰보고 있는 것 같아요. 오빠에게 비춰서는 결코 전체를 볼 수 없어요!"

"당연하지." 울리히가 여전히 동생의 손을 잡은 채로 대답했다. "오늘날엔 누군가의 전체 모습은 볼 수 없어. 전체로 움직이지도 않고. 정말 그래!"

아가테는 굴복했다. 그리고 손을 빼려는 노력도 포기했다. "나는 성스러운 것과는 완전히 딴판인 게 분명해요." 그녀가 나직이 설명했다. "만사에 무관심한 게 창녀보다 더 나쁜 여자 같아요. 뭔가 하려는 욕구가 없어요. 그렇다면 누굴 죽일 수도 없을 거예요. 그런데 오빠가 성자에 관한 이야기를 처음 했을 때, 한참 지난 이야기이기는 하지만 그때 뭔가 '전체적인 모습'을 봤어요……!" 그녀는 숙고를 하려는 것인지, 아니면 얼굴을 보이지 않으려고 하는 것인지 고개를 숙였다. "성자를 봤어요. 성자는 분수 위에 서 있었던 것 같았어요. 진실을 말하자면 아마 아무것도 못 봤을 거예요. 하지만 그렇게 표현할 수밖에 없는 무언가를 느꼈어요. 물이 흘렀어요. 그리고 성자의 행위도 분수 가장자리로 흘러넘쳤어요. 마치 성자 자신이 사방으로 조금씩 흘러넘치는 분수인 것처럼. 사람은 그래야 한다고 생각해요. 그래야 항상 올바르게 행동할 수 있고, 그러면 무슨 일을 하건 상관없어지겠죠."

"아가테는 성스러움에 충만하면서도 자신의 죄악 때문에 떨면서 세상 속에 서 있는 자신을 보고 있어. 그리고 자기 발아래 뱀과 코뿔소, 산, 협곡이 자기보다 훨씬 작은 모습으로 고요히 누워 있는 것을 믿을 수 없다는 듯 내려다보고 있고. 그럼 하가우어는 어떻게 되는 거지?" 울리히가 은근히 놀리듯이 말했다.

"바로 그거예요. 그 사람은 거기 있을 수 없어요. 떠나야 해요."

"너한테 할말이 있어. 나는 남들과 함께 일을 하다보면, 그러니까 진짜 사회적으로 관심이 많은 일에 동참할 때마다 내가 마치 마지막 막이 시작되기 전에 잠시 바람을 쐬러 극장을 나섰다가 별이 총총한 텅빈 하늘을 보고는 모자와 외투, 공연을 안에 내버려둔 채 그대로 도망쳐버린 남자 같다는 느낌이 들어."

아가테는 그를 유심히 살펴보았다. 이것은 대답 같기도 하고 대답 같지 않기도 했다.

울리히 역시 동생의 얼굴을 들여다보았다. "너도 애정이 생기기 전에 항상 혐오감부터 들어서 괴로울 때가 많은 거야." 그가 말했다. 그러고는 생각했다. '동생은 정말 나하고 비슷할까?' 어쩌면 파스텔화와 목판화만큼 닮았는지도 모르겠다는 느낌이 다시 들었다. 다만 자신이 좀더 견고한 쪽 같았다. 하지만 아름다운 쪽은 동생이었다. 그것도 기분좋게 아름다웠다. 그는 이제 손가락이 아니라 동생의 손 전체를 잡았다. 생기 넘치는 따뜻하고 긴 손이었다. 이제까지는 인사를 할 때만 잡아보았다. 젊은 여동생은 흥분해 있었다. 눈물이 그렁그렁 맺히지는 않았지만 벌써 눈 안에 습기가 가득했다. "오빠도 며칠 안에 나를 떠날 거예요. 그뒤엔 모든 걸 나 혼자 어떻게 처리하죠?!"

"우리는 같이 지낼 수 있어, 나중에 나를 따라와."

"어떤 식으로 가능한데요?" 아가테의 이마에 의구심을 드러내는 작은 주름이 잡혔다.

"지금으로선 잘 모르겠어. 지금 막 떠오른 생각이야." 그는 자리에서 일어나, '식탁을 칼로 긁어놓은 것에 대한 대가'라면서 양치기 부부에게 또 돈을 집어주었다. 아가테는 희뿌연 연기 너머로 주인 부부가 싱긋 웃더니 고개를 끄덕이며 알아들을 수 없는 짧은 말로 자신들이 얼마나 즐거웠는지 단언하는 것을 보았다. 그들 곁을 지나갈 때 주인 부부의 다정한 눈 네 개가 노골적이면서도 사랑스럽게 자신의 얼굴에 머무는 것을 느끼며, 그들이 자신들을 서로 싸운 뒤 화해한 연인으로 여기고 있음을 알아차렸다. "저 사람들은 우릴 연인으로 생각하나봐요!" 그녀는 이렇게 말하며 오빠와 팔짱을 꼈다. 가슴속에서 기쁨의 물결이 폭발하듯이 솟구쳤다. "이럴 때는 키스를 해주는 거예요!" 둘이 오두막의 문턱에 서서 저녁의 어둠 속으로 나지막한 문을 연 순간 아가테가 울리히의 팔을 몸 쪽으로 잡아당기며 말했다.

11. 성스러운 대화. 시작

울리히의 나머지 체류 기간 동안 하가우어에 관한 이야기는 거의 나오지 않았다. 그렇다고 남매의 만남에 지속성을 부여하고 공동의 삶을 꾸리자고 하는 생각도 꽤 오랫동안 다시 언급되지 않았다. 그럼에도 남편을 제거하려는 아가테의 거침없는 욕망은, 뜨겁게 솟구치던 불꽃이 다 타들어간 다음에도 잿더미 속에서 줄곧 연기를 피워 올리고 있었다. 그것은 어떤 결론에도 이르지 못하면서도 번번이 다시 시작되는 대화들 속에서 나타났다. 어쩌면 이렇게 말할 수 있을지도 모르겠다. 아가테의 마음은 자유롭게 타오르려는 또다른 가능성을 찾고자 했다고.

보통 이런 대화는 아가테의 특정한 개인적인 질문으로 시작했는데, 이 물음의 내적 형식은 이랬다. '내가 이런 질문을 던져도 될까, 안 될까?' 지금까지 그녀에게서 드러난 본성의 무법칙성은 슬프고 지친 확신에 뿌리를 두고 있었다. '나는 모든 것을 해도 되지만 어차피 그것들을 할 마음이 없다'는 확신이었다. 그래서인지 울리히는 젊은 여동생의 아이 같은 질문이 간혹 어찌할 줄 모르는 어린아이의 자그마한 손처럼 따스하게 느껴졌다.

울리히의 대답도 동생 못지않게 독특했지만 그 양태는 달랐다. 그는 매번 자신의 체험과 성찰의 성과에 대해 이야기하길 좋아했고, 평소 습관대로 지적으로 대단히 진취적인 방식으로 솔직히 표현했다. 또한 동생이 꺼낸 이야기를 늘 도덕과 연결시키면서 그것을 몇 마디 말로 요약했고, 자기 자신을 비유로 들길 좋아했으며, 이런 식으로 아가테에게 자신에 관한 많은 이야기를 들려주고자 했다. 특히 예전의 파란만장했던 삶에 대해. 반면에 아가테는 자기 이야기를 전혀 하지 않았다. 그러면서도 본인 이야기를 그렇게 풀어내는 오빠의 능력에 경탄했다. 게다가 그녀가 제기한 모든 문제를 도덕적 관점에서 바라보며 검증하는 방식도 그녀와 잘 맞았다. 도덕은 영혼과 사물을 포괄하는 질서와 다르지 않기 때문이다. 따라서 어떠한 측면에서도 삶의 의지가 아직 무뎌지지 않은 젊은이들이 도덕에 관해 많은 이야기를 하는 것은 이상한 일이 아니다. 반면에 울리히와 나이가 비슷하거나 그 연배의 경험을 지닌 남자라면 약간의 설명이 필요하다. 그런 남자들은 직업적으로만, 그것도 자신들의 전문용어로만 도덕을 말하기 때문이다. 그런 경우가 아니고서는 '도덕'이라는 말은 일상의 삶에 잡아먹혀 더는 밖으로 나오지 못한다. 그래서 울리히가 도덕에 관해 말할 때 그것은 깊은 무질서를 의미했고, 울리히에게 동조한 아가테도 똑같이 거기에 이끌렸다. 그녀는 '자기 자신과 완전히 하나되어' 살고자 했던 자신의 약간 소박한 신조가 이제 부끄러워졌다. 그러려면 얼마나 복잡한 조건들이 선행되어야 하는지 들었기 때문이다. 그러면서도 그녀는 오빠가 어서 빨리 하나의 결론에 도달하길 초조하게 기다렸다. 오빠가 말하는 모든 것이 결국 바로 그 지점을 향해 가고 있다는 느낌을 받을 때가 많았기 때문이다. 그것도 끝에 갈수록 점점 더 정확해지다가 늘 문턱 바로 앞에서 걸음을 멈추고 그 시도를 포기하곤 했다.

울리히도 비켜가지 못했던, 문턱 바로 앞에서 사람을 마비시키는 이러한 전환 지점은 사실 유럽적 도덕의 모든 명제에서 가장 일반적으로 드러나는 특징이기도 했다. 유럽의 도덕적 명제는 늘 어떤 지점에 이르면 더는 나아가지 못하고 막혔다. 그래서 한 인간이 자기 자신에 대해 해명하는 경우 일단 자기 발밑에서 확고한 신념을 느끼는 동안에는 얕은 물에서 첨벙첨벙 걷는 것 같다가도 좀더 걷다보면 마치 삶의 바닥이 얕은 곳에서 바로 깊이를 알 수 없는 불안한 곳으로 곤두박질치기라도 할 것처럼 갑자기 익사에 대한 공포스러운 몸짓을 보인다. 이것은 울리히 남매가 대화를 나눌 때도 특정한 방식으로 표출되었다. 울리히는 자신이 언급한 모든 주제를 오성의 힘이 동참하는 한 차분히 설명할 수 있었다. 아가테도 귀를 기울이면서 비슷한 열의를 느꼈다. 하지만 두 사람이 말을 중단하고 침묵으로 돌아서면 그들의 얼굴에는 한층 흥분된 긴장이 찾아왔다. 그러다 한번은 그들이 지금껏 무의식적으로 지켜온 경계를 넘어선 적도 있었다. 울리히는 이렇게 주장했다. "우리 도덕의 유일한 근본 특징은 도덕적 계명이 서로 모순된다는 거야. 모든 명제 가운데 가장 도덕적인 것은 예외가 규칙을 증명해준다는 것이지!" 그를 이런 주장으로 이끈 것은 아마 어떤 것에도 굴복하지 않겠다는 듯이 굴지만 실제로는 온갖 것에 굴복당하고 마는 도덕 시스템에 대한 혐오였을 것이다. 그래서 도덕 시스템은 경험을 존중하고 그에 대한 관찰로 법칙을 추출해내는 정확한 시스템과 대척점에 있다. 그는 당연히 자연법칙과 도덕법칙의 차이를 알고 있었다. 자연법칙은 도덕과 상관없는 자연에서 유래하지만, 도덕법칙은 덜 완고한 인간 본성에 부과된다. 그러나 그가 생각하기로는 오늘날 이런 분리 속에 무언가 맞지 않는 것이 있었다. 그래서 막 이렇게 말하려고 했다. 도덕은 정신적으로 백 년 정도 시대에 뒤떨어져 있고, 그 때문에 변화된 욕구에 적응하기 어려운 거라고. 그런데 이 말을 채 꺼내기 전에 아가테가, 매우 단순해 보이지만 순간적으로 그를 사뭇 당황시킨 말을 해서 이야기를 중단시켰다.

"선하다는 건 좋은 거 아니에요?" 그녀가 물었다. 눈 속에는 예전에 아버지의 훈장과 관련해 일을 벌일 때와 비슷한 무언가가 어른거렸다. 분명 모든 사람이 좋다고는 판단하지 않을 수상한 눈빛이었다.

"네 말이 맞아." 울리히가 활기차게 대답했다. "본래의 의미를 다시 느끼려면 일단 그런 명제를 만들어봐야 해! 아이들은 단것만큼이나 선한 걸 좋아하지……"

"악한 것도요." 아가테가 보충했다.

"선하다는 건 어른들의 열정에 속할까?" 울리히가 물었다. "그건 어른들의 원칙에 속해! 어른들은 선하지 않아. 선한 것은 좀 유치해 보이거든. 그래서 그저 행동을 선하게 할 뿐이야. 선한 인간은 선한 원칙을 갖고 선한 일을 하는 사람이야. 그런 사람이 정말 구역질날 정도로 혐오스러울 수 있다는 건 정말 공공연한 비밀이지!"

"하가우어를 봐요." 아가테가 거들었다.

"그런 선한 사람들 속에는 부조리한 역설이 숨어 있어. 그들은 하나의 상태에서 도덕적 명령을, 하나의 은총에서 규범을, 하나의 존재에서 목표를 뽑아내! 선한 사람들의 가정에는 평생 먹다 남은 찌꺼기만 남아 있어. 과거 언젠가 열렸던 성대한 잔치에서 남은 찌꺼기라는 소문만 꾸준히 나돌아! 이따금 과거의 몇몇 미덕이 새로 유행하기도 하지만, 그렇게 되자마자 곧 신선함을 잃어버려."

"오빠가 언젠가 이런 말도 하지 않았어요? 동일한 행동도 맥락에 따라 선할 수도 악할 수도 있다고?"

울리히는 동의했다. 도덕적 가치들은 절대적 원칙이 아니라 기능적인 개념이라는 것이 그의 지론이었다. 그러나 세상을 도덕화하거나 보편화할 경우 우리는 그 가치들을 원래의 맥락에서 분리하게 된다. "아마 그건 미덕으로 가는 길 위에서 뭔가 어긋난 지점일 거야." 그가 말했다.

"맞아요. 그렇지 않고서야 도덕적 인간들이 어떻게 그리 지루할 수 있겠어요?!" 아가테가 보완했다. "선하려고 하는 사람들의 의도가, 상상할 수 있는 가장 황홀하고 도전적이고 즐거운 것인데도 말이에요!"

오빠는 망설였다. 그러다 갑자기 동생과 그를 특별한 관계로 이어주는 주장이 입에서 흘러나왔다. "우리의 도덕은 도덕 자체와 완전히 다른 내적 움직임의 결정체야! 사실 우리가 하는 말 중에 맞는 것은 하나도 없어! 아무 명제나 떠올려봐. 그래, 이런 말이 떠오르네. '감옥을 지배하는 것은 후회다!' 이건 우리가 흔히 하는 말이야. 하지만 이걸 말 그대로 받아들이는 사람은 없어. 그렇지 않다면 감옥에 갇힌 사람들은 모두 지옥불에 빠지게 될 테니까! 그렇다면 사람들은 이 말을 어떻게 받아들일까? 후회가 뭔지 아는 사람은 분명 거의 없어. 하지만 다들 후회가 어디서 만연한지는 쉽게 말해. 또다른 예로 무언가 너를 고양시켜주는 것을 떠올려봐. 그건 어떻게 도덕의 일부가 되었을까? 우리는 언제 그렇게 먼지 속에 코를 박고 엎어졌기에 더없이 행복한 얼굴로 일어나게 됐을까? 또는 어떤 생각이 말 그대로 너를 사로잡고 있다고 상상해봐. 네가 그걸 육체적으로 느끼는 순간 너는 이미 정신이상의 경계를 지나고 있을 거야! 그래서 모든 말은 있는 그대로 받아들여지고 싶어하고, 그렇지 않으면 거짓말로 부패하고 말아. 하지만 우리는 어떤 말도 그대로 받아들여서는 안 돼. 그렇지 않으면 세계는 정신병동이 될 거야! 일부 거대한 도취가 거기서 어두운 기억으로 피어오르고, 우리가 경험하는 모든 것이 예전에 우리가 잘못 보완한 통일적인 전체의 부서진 파편이라는 생각에 이르게 돼."

두 사람이 이런 대화를 나눈 곳은 서재였다. 울리히는 집을 나서면서 가져온 책 몇 권 앞에 앉아 있었고, 동생은 공동상속한 법학서와 철학서를 뒤적거리며 거기서 질문이 될 만한 단서를 일부 끄집어내고 있었다. 소풍을 다녀온 뒤로 남매는 거의 집을 떠나지 않고 대개 이런 식으로 시간을 보냈다. 가끔 정원으로 산책을 나가기는 했다. 겨울이 앙상한 관목들의 나뭇잎을 앗아가는 바람에 정원은 곳곳에 습기로 부풀어오른 흙이 드러나 있었다. 이런 광경을 보는 것은 고통스러웠다. 공기도 물속에 너무 오래 놔둔 물건처럼 창백했다. 정원은 크지 않았다. 길을 따라가면 잠시 후 다시 원래 자리로 되돌아왔다. 이 길을 걸으면서 두 사람은 물살이 차단물에 부딪혀 솟아올랐다가 돌 때처럼 원형으로 소용돌이치는 듯한 상태에 빠졌다. 그들이 다시 집으로 돌아왔을 때 거실은 어둡고 포근했다. 창문은 마치 얇은 상아로 이루어진 듯 연약하면서도 완고하게 햇빛이 밀고 들어오는 깊은 갱도를 닮았다. 아가테는 이제 울리히의 활기찬 발언이 끝나자 올라가 있던 서가 사다리에서 내려와 대답 없이 그의 어깨에 팔을 둘렀다. 평소 같지 않은 부드러운 애정 표현이었다. 왜냐하면 둘이 처음 만났던 날 저녁과 며칠 전 집으로 가려고 양치기의 오두막을 나설 때 나누었던 두 번의 입맞춤 말고 동기간의 자연스러운 친밀감은 아직 다정한 말이나 작은 행동 이상으로 표출되지 않았기 때문이다. 사실 두 번의 입맞춤도 그 자체의 의외성과 명랑함으로 인해 친밀한 접촉이 가진 효과는 가려져 있었다. 그러나 이번에는 달랐다. 울리히는 즉시 동생이 백 마디 말 대신 아버지의 관 속에 넣어준, 체온이 남아 있던 그 스타킹 끈이 기억났다. 머릿속으로 이런 생각도 스쳐지나갔다. '아가테한테 애인이 있는 게 분명해. 하지만 애인의 존재에 특별한 무게를 두는 것 같지는 않아. 그렇지 않다면 이렇게 태평스럽게 여기 머물 리 없을 테니까!' 이로써 분명해졌다. 아가테는 그와 무관하게 한 여자로서 살아왔고 앞으로도 그렇게 살게 되리라는 것이다. 울리히는 자신의 어깨 위에 골고루 분산된 아가테의 무게에서 그 팔의 아름다움을 느꼈다. 동생의 몸이 닿은 옆쪽으로는 금빛 겨드랑이와 젖가슴의 윤곽이 어렴풋이 느껴졌다. 그는 이렇게 가만히 앉아 동생의 조용한 포옹에 저항 없이 몸을 내맡기지 않으려고 목가까이에 얌전히 놓인 동생의 손가락을 잡았다. 이 접촉으로 다른 신체 접촉의 효과를 덮으려 했던 것이다. "우리가 지금 얘기하고 있는 게 좀 유치하다는 건 너도 알고 있지?" 그가 약간 짜증을 섞어 말했다. "세상은 적극적인 결정으로 가득차 있는데, 우리는 여기 앉아 게으름뱅이처럼 선함의 달콤함과 그것으로 가득 채울 수 있는 이론적 냄비에 대해 이야기하고 있어!"

아가테는 오빠의 손에서 손가락을 풀어 원래 자리에 다시 내려놓으며 물었다. "매일 뭘 그렇게 읽어요?"

"너도 알고 있을걸. 기회만 나면 내 등뒤에서 책을 훔쳐봤잖아!"

"본다고 다 알 만큼 똑똑하지는 않아요."

그는 책에 관한 이야기를 해야 할지 마음을 정할 수 없었다. 이제 의자까지 끌어다놓고 뒤에 쪼그리고 앉은 아가테는 마치 잠을 자듯 평안하게 그의 머리카락에 얼굴을 기댔다. 문득 울리히는 이상하게도 자신의 적수 아른하임이 팔로 자신의 어깨를 두르던 순간이 떠올랐다. 난폭하게 밀어붙이는 다른 존재의 손길이 마치 자기 안의 갈라진 틈 사이로 밀고 들어오는 것 같던 순간이었다. 그런데 지금은 자기 존재가 낯선 존재를 밀어내는 대신, 살아온 세월이 짧지 않은 한 인간의 심장을 가득 채운 불신과 혐오의 자갈더미 아래 묻혀 있던 무언가가 자기에게

다가오는 느낌이 들었다. 여동생과 여자, 타인과 친구 사이에서 떠다니지만, 어느 하나로 꼭 집어서 말할 수는 없는 아가테와의 관계는 벌써 여러 번 숙고해도 상당 수준까지 일치하는 사고와 감정에 그 본질이 있는 것이 아니었다. 그러나 이 순간 그가 깜짝 놀라면서 인지했듯이, 그것은 당장은 반복될 일 없는 무수한 인상들에서 상대적으로 얼마 안 되는 시일 내에 생겨난 다음 사실과 완전히 일치했다. 아가테의 입은 다른 요구 없이 그의 머리카락에 닿아 있었고, 그의 머리카락은 그녀의 숨결로 따뜻하고 축축해진 것이다. 육체적인 면뿐 아니라 정신적으로도 그랬다. 왜냐하면 아가테가 질문을 되풀이했을 때 신앙심이 있던 청소년기 이후로는 느낀 적이 없는 진지함이 울리히를 덮쳤기 때문이다. 그는 등뒤의 공간에서부터 생각이 머물러 있는 책까지 온몸을 감쌌던 이 가늠할 길 없는 진지함의 구름이 다시 흩어져버리기 전에 답을 했다. 내용보다는 비꼼이나 야유가 전혀 섞이지 않은 어조에 스스로 더 놀라면서. "나는 성스러운 삶의 방법을 궁리하고 있어."

그는 일어났다. 동생에게서 몇 발짝 떨어지기 위해서가 아니라 거기서 동생을 보기 위해서였다. "웃을 필요 없어. 나는 독실한 신자가 아니니까. 난 그냥 성스러움의 길을 자동차로도 달릴 수 있을까, 하는 문제를 연구할 뿐이야!"

"내가 웃은 건 오빠가 무슨 말을 하려는지 궁금해서예요. 오빠가 가져온 책들은 처음 보는 것들이지만 내가 전혀 이해하지 못할 책은 아니라고 생각해요."

"네가 그걸 안다고?" 이렇게 물으면서도 속으로 동생은 이미 안다고 확신하고 있었다. "우리는 지극히 격한 감정에 빠질 수 있어. 신과 세상 사람들이 모두 버린 무언가의 유희가 갑자기 눈에 들어오면 우리는 거기서 벗어나지 못해! 우리는 불현듯 무게와 힘도 없이 바람에 실려가는 깃털처럼 그 미세한 존재에 실려갈 거야!"

"오빠가 그렇게 강조하는 지극히 격한 감정만 빼면 무슨 말인지 알 것 같아요." 아가테는 울리히의 얼굴에 떠오른, 그의 부드러운 말과는 어울리지 않는 지독한 당혹감을 보고 다시 웃음을 지을 수밖에 없었다. "가끔 사람들은 보고 듣는 것을 잊어요. 심지어 말도 중지되죠. 바로 그럴 때 사람들은 순간적으로 자기 자신을 발견했다고 느껴요."

울리히가 활달하게 말을 이어갔다. "그건 거울같이 비추는 넓은 수면을 바라보는 것과 비슷해. 눈은 어둠을 본다고 생각해. 그만큼 모든 게 밝아. 건너편 물가에서는 사물들이 땅에 서 있지 않고 공중에 떠 있는 것 같아. 그것도 고통스럽고 혼란스러울 정도로 또렷이. 이 인상 속에는 상실과 상승이 함께 있어. 우리는 모든 것과 연결되면서도 아무것에도 다가갈 수 없어. 너는 여기 서 있고 세계는 저기 서 있어. 초자아적으로, 초대상적으로. 그러나 둘 다 고통스러울 정도로 명료해. 평소에는 섞여 있던 것을 이렇게 분리하고 연결하는 것은 눈부시게 빛나는 어둠이자, 흘러넘치는 동시에 소멸하는 것이자, 안팎으로 흔들리는 무언가야. 너희는 물속의 물고기나 공중의 새처럼 헤엄쳐. 물가는 없어. 나뭇가지도 없어. 이렇게 유영하는 것 말고는 아무것도 없어!" 울리히는 마치 시를 짓는 듯했다. 그러나 그 언어의 강렬함과 확고함은 연약하고 공허한 내용과 싸늘하게 대비되었다. 그는 평소에 그렇게 잘 유지해오던 조심성을 벗어던진 듯했다. 아가테가 놀란 눈으로 그를 바라보았는데 거기엔 불안한 즐거움도 담겨 있었다.

"그 뒤에 무언가가 있다는 뜻이에요?" 그녀가 물었다. "어떤 '변덕'이라든가 혐오스럽게도 달래려는 말 이상의 무언가가?"

"그렇게 말할 수 있지!" 그는 이전 자리에 다시 앉아 거기 놓인 책들을 뒤적거렸다. 아가테가 일어나 공간을 마련해주었다. 얼마 뒤 그는 "성자들은 그걸 이렇게 묘사해"라고 말하더니 책을 하나 펼치고는 낭독하기 시작했다. "요즘 들어 몹시 불안했다. 어떤 때는 잠시 앉아 있다가 어떤 때는 집안을 서성거렸다. 고통과도 같았다. 그런데 고통이라기보다는 달콤함이라 부르는 게 더 적합할지 모르겠다. 거기엔 불쾌감이 아닌 초자연적인 아늑함이 깃들어 있었기 때문이다. 나는 내 모든 능력을 넘어 기묘한 힘에 도달했다. 소리 없이 들었고, 빛 없이 보았다. 이어 마음은 한없이 깊어졌고, 정신은 형체가, 본성은 실체가 없어진 것 같았다." 남매에게 이 말은 그들 자신을 집과 정원으로 내몰았던 불안과 비슷하게 느껴졌다. 특히 아가테는 성자들도 한없이 깊어지는 마음과 형체 없는 정신이라고 표현하는 것에 깜짝 놀랐다. 그러나 울리히는 곧 그 특유의 반어에 다시 빠진 듯했다.

그가 설명했다. "성자들은 말해. 나는 한때 내 속에 갇혀 있었다. 그러다 내게서 빠져나와 부지불식중에 신에게 빠져들었다고. 우리의 이야기책에 나오는 황제들은 다르게 표현해. 그들은 이렇게 말해. 사냥을 나갔는데 뿔에 십자가가 달린 사슴 한 마리가 그들 앞에 나타났고, 그래서 자기도 모르게 사냥용 창을 떨어뜨렸다. 그뒤 황제들은 계속 사냥을 할 수 있도록 그 자리에 예배당을 짓게 했다고 해. 내가 교류하는 부유하고 똑똑한 부인들에게 만일 네가 묻는다면 즉시 이런 대답을 듣게 될 거야. 그런 체험을 그린 마지막 화가가 바로 반 고흐였다고. 물론 고흐의 그림 대신 릴케의 시를 댈 수도 있어. 하지만 일반적으로 그 여자들은 반 고흐를 선호해. 최고의 투자 대상인데도, 자기 그림이 사물들의 황홀함을 충분히 보여주지 못한다는 이유로 귀를 자른 고흐 말이야. 반면에 우리 민족의 다수는 귀를 자른 것이 독일적 감정 표현이 아니라고 말할 거야. 그들에게 독일적 감정 표현은 산꼭대기처럼 높은 곳에서 바라볼 때 분명히 느껴지는 허망함일 거야. 그들은 인간적인 숭고함의 정수가 고독과 작은 꽃, 졸졸 흐르는 시냇물에 있다고 생각해. 심지어 자연을 날것 그대로 즐기는 고결한 소의 세계에도 비밀스러운 두번째 삶의, 오해에 시달리는 궁극적인 영향이 스며들어 있다고 생각해. 그러니까 한마디로 그런 유의 삶은 지금도 존재하거나, 아니면 과거에 존재했던 게 분명해!"

"그렇다면 그걸 조롱하면 안 되죠." 아가테가 반박했다. 얼굴은 앎에 대한 욕구로 어두운 듯하면서도 조바심으로 환히 빛나고 있었다.

"사랑하니까 조롱하는 거야." 울리히가 짧게 대답했다.

12. 성스러운 대화. 변화무쌍한 속행

이후 책상 위에는 책이 늘 수북이 쌓여 있었다. 일부는 울리히가 집에서 가져온 것들이고, 일부는 나중에 여기서 산 것들이었다. 그는 어떤 땐 즉흥적으로 말했고, 어떤 땐 증거를 대려고, 혹은 한 구절을 글자그대로 읽어주려고 자신이 작은 쪽지로 표시해놓은 부분들 가운데 한곳을 펼치곤 했다. 그가 보는 책들은 대부분 신비주의자들의 삶이나 그들이 했던 말을 기록한 글, 또는 그들에 관한 학문적 연구였다. 그는 보통 "여기서 실제로 어떤 일이 벌어지고 있는지 가능한 한 냉철하게 한번 살펴보자"는 말과 함께 대화의 방향을 틀었다. 이는 그가 선뜻 포기하지 않았던 조심스러운 태도였다. 한번은 이런 말도 했다. "수세기 전 남자들과 여자들이 신에게 사로잡혔을 때의 황홀함에 대해 써놓은 이 글들을 아주 꼼꼼하게 읽어보면 너는 이 모든 말 사이에 진실과 현실이 있음을 알게 될 거야. 하지만 그 말들로 이루어진 주장은 지금 너의 현실감각에는 몹시 거슬릴 수 있어." 그가 말을 이어갔다. "그 사람들은 찬란하게 흘러넘치는 광채에 대해 이야기해. 광대무변의 세계와 무한한 빛의 세계에 대해 말하고, 만물과 영혼 에너지의 부유하는 '통일성', 심장이 형언할 수 없을 정도로 신비하게 부풀어오르는 상태, 너무 빨라 모든 게 동시적으로 이루어지는데다 세상에 떨어지는 불꽃 비처럼 느껴지는 깨달음에 대해서도 이야기할 거야. 다른 한편 이런 이야기도 해. 망각과 더이상 이해 불가능한 상태, 사물들의 완전한 가라앉음, 열정과 동떨어진 무한한 고요, 말이 없어지는 상태, 사고와 의도의 소멸, 사물을 또렷이 볼 수 있는 눈먼 상태, 죽어 있으면서도 초자연적으로 살아 있게 하는 명료함에 대해서 말이야. 그들은 이걸 '허물벗기'라고 부르며 예전보다 더 충만하게 살게 되었다고 주장해. 이것은 결국 표현의 어려움 때문에 가물가물 가려져 있기는 하지만 오늘날 우리가, 그들의 표현을 빌리자면 '탐욕과 포만감에 젖은' 우리의 심장이 우연히, 무한한 부드러움과 무한한 고독 사이 어딘가에 있거나 그 사이 어디에도 없는 유토피아적 영역에 들어설 때 느끼는 그런 감정과 똑같지 않을까?!"

울리히가 숙고를 위해 잠시 말을 멈춘 틈으로 아가테의 목소리가 끼어들었다. "오빠는 예전에 그걸 우리 속에 포개져 있는 두 개의 층이라고 불렀어요."

"내가? 언제?"

"오빠가 정처 없이 시내로 나갔다가 거기서 녹아 없어지는 느낌을 받았다고 했던 그때요. 오빠는 그곳이 싫다고도 했어요. 그래서 난, 나한테는 자주 있는 일이라고 말해줬죠."

"아, 그래! 그때 네가 '하가우어'라고 말했지!" 울리히가 소리쳤다. "그러고 우린 웃었어. 이제 기억이 난다. 근데 그건 진심이 아니었어. 난 그때 수컷의 원칙과 암컷의 원칙을 비롯해서 환시幻視의 주고받음, 근원적 판타지의 자웅동체 같은 이야기를 했어. 그런 이야기라면 얼마든지 할 수 있어! 마치 내 입이 달만큼이나 내게서 멀리 떨어져, 밤중에 수다를 떨 친구가 필요할 때면 언제나 그 자리에 나타나는 것처럼! 그런데 그 경건한 사람들은 자신들이 겪은 영혼의 모험을……" 이 대목에서 그의 쓰디쓴 말 속으로 객관성과 감탄이 다시 섞여들었다. "가끔 스탕달식의 가차없는 분석적 확신으로 힘차게 묘사했어. 다만……" 여기서 그는 단서를 달았다. "그들이 오직 현상에만 머물고 달콤한 확신으로 날조된 판단에 개입하지 않는 한 그들은 신을 직접 체험할 인간으로서 신에 의해 선택된 거야. 당연히 이 순간부터는 묘사하기 힘든, 명사도 동사도 없는 지각 상태를 이야기하지 않고 대신 주어와 목적어를 갖춘 문장으로 우리에게 말해. 자신들의 영혼과 신을 마치 그 사이로 기적 같은 세계가 펼쳐질 두 개의 문기둥처럼 생각하거든. 그래서 그들은 영혼이 몸에서 빠져나가 주님 속에 가라앉았다거나, 주님이 연인처럼 자기 몸속으로 들어온다고 주장하지. 혹은 신에게 잡혀 삼켜지고 눈멀고 강탈당하고 강간까지 당했다고 말해. 아니면 그들의 영혼이 주님에게로 넓혀지고 주님 속으로 밀고 들어가 주님을 맛보고 사랑으로 껴안고 주님의 목소리를 들었다는 말도 해. 여기에 세속적인 본보기가 있음은 실제로 명백해. 이런 묘사들은 이제 그 엄청난 발견을 닮은 게 아니라 단지 관능적인 시인이 하나의 견해만 허용되는 대상을 꼭 그렇게 치장해놓은 천편일률적인 이미지와 비슷할 뿐이야. 어쨌든 이런 보고는 신중함을 몸에 익혀온 나를 안달나게 해. 왜냐하면 그 선민들은 신이 말을 걸었다거나 자기가 나무와 동물의 말을 알아들었다고 장담하는 순간에도, 무슨 메시지를 전달받았는지는 이야기하려 들지 않거든. 설사 어쩌다 입을 연다고 해도 그저 개인적인 문제를 털어놓거나 익히 아는 교회 소식을 전하는 데 그쳐. 정확성을 훈련받은 연구자들이 그런 환영을 경험하지 못하는 것이 정말 유감일 따름이지!"그는 긴 대답을 이렇게 마무리했다.

"연구자들이라면 말할 수 있을 거라고 생각해요?"아가테는 울리히를 떠보았다.

울리히는 잠시 망설였다. 그러더니 신앙고백을 하는 사람처럼 대답했다.

"나도 모르겠어. 다만 나라면 할 수 있을 것도 같아!"그는 자신의 대답이 귓가에 들리자 거기에 유보의 뜻을 실으려고 미소를 지었다.

아가테도 웃었다. 자신이 갈망하던 대답을 이제 찾은 듯했다. 그녀의 얼굴에는 팽팽한 긴장감이 갑작스레 사그라들면서 생기는 당혹스러운 실망감이 일순 스쳐지나갔다. 그래서 어쩌면 그저 오빠를 또다시 자극하려고 이렇게 반박했는지 모른다. "내가 무척 종교심이 깊은 기숙학교를 다닌 건 오빠도 알고 있을 거예요. 그래서 누가 신앙적인 이상에 대해 이야기하는 걸 들으면 내 속에서는 그걸 희화화하려는 욕구가 가증스럽게 스멀거려요. 우리를 가르친 교육자들은 두 가지 색이 십자형으로 교차되는 의상을 입었어요. 하루종일 그걸 보면서 숭고한 생각을 떠올리라는 뜻이었겠죠. 그러나 우리는 조금도 그런 생각을 해본 적이 없어요. 대신 외모와 비단결처럼 나긋나긋한 목소리 때문에 그분들을 그냥 십자 무늬 왕거미라고 불렀을 뿐이에요. 그래서 나는 오빠가 그런 책들을 낭독하는 중에도 어떤 때는 울음이, 어떤 때는 웃음이 날 지경이었어요."

"그게 뭘 증명하는지 알아?" 울리히가 외쳤다. "어떤 식으로건 우리 속에 존재하는, 선함을 지향하는 힘은 우리가 그것을 단단한 형식 안에 가두려는 순간 벽을 갉아먹고, 그렇게 해서 생긴 구멍으로 악을 향해 곧바로 달아난다는 사실이야! 이 생각을 하니까 문득 내가 장교로 근무하면서 동료들과 함께 왕좌와 제단을 수호했던 시절이 떠올라. 지금껏 나는 그때 내 주변 모임 말고는 이 두 가지에 대해 그렇게 자유롭게 이야기하는 걸 들어본 적이 없어! 감정은 갇히는 걸 견디지 못해. 특히 몇몇 감정은 더욱 그렇지. 나는 너희의 그 성실한 교육자들이 너희에게 설교한 내용을 당연히 스스로도 믿고 있었다고 확신해. 하지만 믿음은 한 시간을 넘겨선 안 돼! 그게 핵심이야!"

울리히가 조바심 때문에 자기 생각을 불충분하게 표현했음에도, 아가테는 자기에게서 믿는 즐거움을 앗아간 그 수녀들의 믿음이 그저 '유리병에 밀폐 보존된 것'일 뿐이라는 사실을 알아챘다. 다시 말해, 자연 상태로 병에 넣어두어 믿음의 어떤 특성도 상실하진 않지만 그럼에도 신선하지는 않은, 그러니까 증명할 수 없는 방식으로 원래 상태와는 다른 상태로 변질된다는 것이다. 원래 상태란 성스러움에서 도망친 이 반항적인 학생의 눈앞에 지금 예감으로만 어른거리고 있었다.

그들이 앞서 도덕에 대해 이야기한 다른 모든 것도 울리히가 그녀의 마음속에 심어준, 그 매력적인 회의들 가운데 하나였다. 그러니까 그녀가 머리로는 명확하게 깨닫지 못했지만 그 이후 느낌으로 알고 있던 어떤 내적 각성의 상태에 속했다. 그녀가 의도적으로 과시했고 마음속으로 조장했던 무심함의 상태가 그녀의 삶을 항시 지배하지는 않았기 때문이다. 언젠가 고결한 감정에 신의를 지키는 것이 그녀에겐 허락되지 않은 것 같아 스스로를 하찮게 여기던 그 깊은 낙담의 상태에서 곧장 자기 형벌에 대한 욕구가 생겨난 일이 있었다. 이후 그녀는 마음의 태만함을 경멸했다. 이것은 아버지 집에서 지냈던 처녀 시절과 하가우어와의 도저히 납득할 수 없는 결혼 사이에 있었던 일로서 지금껏 울리히조차 물어볼 생각을 하지 못할 정도로 두 사건 사이의 간극은 좁았다. 그때 무슨 일이 있었는지는 곧 아가테의 입을 통해 흘러나왔다. 그녀는 열여덟 살에 나이 차이가 거의 안 나는 남자와 결혼했다. 그런데 결혼생활의 시작을 의미하는 신혼여행이 결혼생활의 끝이 되고 말았다. 남편이 여행중에 감염된 병으로 미래의 거주지를 선택할 틈도 없이 몇 주 만에 아내 곁을 떠난 것이다. 의사들은 그 병을 티푸스라 불렀다. 아가테는 이 병명을 따라 읊조리면서 겉으로는 질서를 찾을 수 있었다. 이 병명이야말로 도무지 납득이 안 되는 사건을 해석하기 위해 세상이 매끈하게 잘 다듬어놓은 통속적인 측면이었기 때문이다. 그러나 매끄럽게 다듬어지지 않은 다른 측면은 달랐다. 설명하면 이렇다. 아가테는 그때까지 세상 사람들에게 존경받는 아버지 곁에서 살았다. 그래서 의구심 속에서도 자기 역시 아버지를 사랑해야 하고 그러지 않으면 온당치 못하다고 생각했다. 자기 자신을 불확실하게 기다려야 했던 학교생활은 그녀 속에 불신을 일깨워 세계와 그녀의 관계를 공고히 해주지 못했다. 그에 반해 나중에, 그녀가 갑자기 깨어난 활력으로, 그리고 청소년기의 그 남자친구와 힘을 합쳐 몇 개월도 안 돼, 양가의 반대는 전혀 없었으나 어린 나이의 결혼에서 오는 온갖 시련을 극복하자 불현듯 더는 외롭지 않았고, 바로 그 때문에 자기 자신에 이를 수 있었다. 그건 사랑이라 할 만했다. 그런데 사랑에 빠진 이들 중에는 해를 보듯 사랑을 보는 사람들이 있다. 그런 사람은 그냥 눈이 멀 뿐이다. 반면에 사랑의 빛이 비추는 순간 처음으로 삶을 경탄스러운 눈길로 바라보는 이들도 있다. 아가테가 바로 이런 부류였다. 그런데 사랑이 비추지 않는 세계에 티푸스라 부르는 것이 찾아왔을 때 자신이 사랑한 것이 남편인지 아니면 다른 무엇인지는 결코 알 수 없었다. 그것은 삶의 낯선 영역에서 순식간에 밀어닥친 공포의 폭풍이었다. 또한 방어이자, 바람 앞에 깜박거리는 촛불이자, 소멸이자, 서로에게 악착같이 매달린 두 사람의 시련이자, 구토와 배설물, 불안 속으로 떨어지는 순진한 세계의 함몰이었다.

아가테는 자신의 감정을 절멸시키는 이 사건을 결코 인정할 수 없었다. 그래서 절망감으로 몸부림치며 남편의 침대 옆에 무릎을 꿇고 앉아 스스로를 이렇게 설득했다. 어릴 때 자신의 병을 낮게 해준 그 힘을 다시 마법처럼 불러낼 수 있을 거라고. 그럼에도 몰락의 그림자는 성큼성큼 나아갔고, 그러다 마침내 남편의 의식까지 사라졌을 때 한 낯선 호텔방에서 그녀는 죽어가는 남편의 텅 빈 얼굴을 도저히 이해할 수 없는 표정으로 멍하니 바라보다가 전염의 위험 따위는 무시하고 남편을 두 팔로 안은 채 분개한 간호사의 만류 따위엔 아랑곳없이 벌써 귀머거리가 된 남편의 귀에다 몇 시간 동안 이 말만 중얼거렸다. "죽어선 안 돼, 안 돼, 안 돼!" 모든 것이 끝났을 때 그녀는 충격 속에서 벌떡 일어났다. 그러고는 특별한 믿음이나 생각 없이, 그저 고독한 본성의 완강함과 몽상의 특별한 능력에 힘입어 공허한 놀람의 순간 이후 이 사건을 내면적으로는 마치 아직 끝나지 않은 사건처럼 다루었다. 이런 경향은 좋지 않은 소식을 믿지 않으려 하거나 돌이킬 수 없는 일이 주는 충격을 완화하려고 할 때 모든 인간에게 비슷하게 나타난다. 다만 아가테의 태도에서 특별한 점은 이 반작용의 강력함과 확장된 범위였다. 그러니까 세계에 대한 경멸감의 갑작스러운 폭발이었다. 이후 그녀는 무언가 새로운 것이 있으면 그것을 일부러 현재적인 것이라기보다는 무언가 지극히 불확실한 것으로 받아들였다. 그녀가 현실에 줄곧 느껴온 불신감 때문에 이런 태도를 취하기가 한결 쉬웠다. 반면에 과거의 일은 그녀가 겪은 충격에 깔려 뻣뻣하게 굳었고, 일반적인 기억보다 훨씬 천천히 풍화되었다. 그렇다고 의사를 불러야 할 정도로 꿈에 빠져 살거나 균형 감각을 상실하거나 자기 자신에게 지나치게 경도되는 현상은 나타나지 않았다. 오히려 그 반대였다. 겉으로 볼 때 아가테는 지극히 정상적이면서 도덕적으로도 아무 흠결 없이 살았다. 다만 어릴 때 자발적으로 걸린 이상한 열병과 비슷하게, 삶에 아무 의지가 없어 오히려 살짝 들뜬 상태로 약간 지루해했을 뿐이다. 안 그래도 한 번 받은 인상을 쉽게 일반화시키지 못하는 그녀의 기억 속에서 과거의 끔찍했던 일들은 시간이 가도 흰 천에 싸인 시체처럼 생생하게 남아 있었는데, 세세한 기억이 온갖 고통을 야기했음에도 그 때문에 지극한 행복감을 느꼈다. 왜냐하면 이것은 아직 모든 것이 끝나지 않았다고 하는 늦게나마 찾아온 비밀스러운 암시 같았을 뿐 아니라 심리적 붕괴 속에서 그녀에게 막연하지만 고결한 긴장감을 계속 유지시켜주었기 때문이다. 그런데 이 모든 것은 실제론 그녀가 다시 삶의 의미를 잃고, 의도적으로 자기 나이에 어울리지 않는 상태에 빠지는 결과로 나타났다. 지난 시절의 경험과 성공 속에 빠져 현재 일어나는 일에 무관심할 수 있는 것은 나이든 사람들뿐이기 때문이다. 다만 다행인 것은, 아가테의 연령대에서는 한번 다짐하면 마치 영원히 갈 것처럼 생각하지만 실제로는 일 년만 지나도 벌써 영원의 절반이 지난 것 같은 느낌이 든다는 점이다. 그래서 그녀에게도 시간이 얼마 지나자 억눌려 있던 본성과 묶여 있던 판타지가 격하게 뚫고 나오는 일이 생겼다. 이 일이 일어나기까지의 세세한 과정은 중요하지 않다. 다만 다른 상황에서라면 절대 그녀의 평정심을 깨뜨릴 수 없었을 한 남자가 그녀의 애인이 되는 데 성공했다. 무언가를 반복하려는 이런 시도는 무척 짧은 광적인 희망의 시간 뒤에 퍼뜩 제정신이 돌아오는 것으로 끝났다. 그러자 아가테는 현실 삶뿐 아니라 비현실적인 삶까지 자신에게 침을 뱉는 것 같았고, 고결한 뜻을 이루기엔 스스로가 충분치 않다고 느꼈다. 원래 그녀는 어느 순간 갑자기 정신적 혼란에 빠질 때까지 오랫동안 한자리에서 꼼짝 않고 기다릴 줄 아는 격정적인 인간이었다. 그래서 자신에 대한 실망감 속에서 곧 또다시 성급한 결정을 내렸다. 이 결정은 말하자면 그녀가 그전에 지었던 죄악과 상반된 방식으로, 그러니까 자신에게 어느 정도 거부감을 주는 남자와 삶을 나눠가짐으로써 스스로를 벌하려는 데 그 본질이 있었다. 자기 형벌을 위해 선택한 남자가 바로 하가우어였다.

"물론 그건 그 사람에게는 공정하지도 않고 배려 있는 행동도 아니었어요!" 아가테가 고백했다. 지금의 자기 고백이 최초라는 사실도 이 대목에서 인정해야 한다. 젊은 사람들에게 공정함과 배려는 별로 인기 있는 미덕이 아니기 때문이다. 어쨌든 거부감이 드는 남자와 함께 사는 '자기 형벌'이 결코 만만한 것이 아니라는 사실은 분명했다. 아가테는 이제 이 문제를 요모조모 뜯어보았다. 그러면서 대화에서 멀어졌고, 울리히조차 책을 뒤적거리는 것이 겉으론 이 대화를 잊은 듯했다. 아가테는 생각했다. '만일 수백 년 전에 누군가 나 같은 심정이었다면 아마 수도원에 들어갔을 거야.' 그러는 대신 자기가 결혼을 선택한 데에는, 지금까지는 미처 인지하지 못했던 순진한 희극적 요소가 없지 않았다. 그런데 과거엔 너무 어려서 깨닫지 못한 이런 희극적 요소는 오늘날의 희극과 결코 다르지 않았다. 다시 말해, 오늘날 사람들은 세상으로부터 도피하고픈 욕구를 최악의 경우 단체 여행객의 숙소에서, 그러니까 일반적으로는 알프스의 호텔에서 충족시키려 하고, 심지어 형무소까지 예쁘게 꾸미는 것으로 풀기도 한다. 이건 어떤 것도 과장하지 않으려는 유럽인들의 깊은 욕구가 반영된 것이다. 이제는 어떤 유럽인도 스스로에게 채찍질을 가하지 않고, 몸에 재를 덕지덕지 바르지 않으며, 자기 혀를 자르지 않고, 어떤 일에건 오롯이 빠지는 일이 없고, 세상을 완전히 등지지 않고, 열정에 눈멀지 않고, 사람을 수레에 묶어 갈기갈기 찢거나 죄인의 몸에 창을 쑤셔넣지 않는다. 하지만 누구나 때론 그런 욕구를 느낀다. 그래서 피해야 할 것은 어느 쪽인지, 그러니까 그런 욕구를 갖는 것인지 아니면 실제로 실천하지 않는 것인지 말하기가 어렵다. 그렇다면 모든 사람들 중에 금욕주의자만 단식을 해야 할 이유가 있을까? 그것은 금욕주의자에게 혼란스러운 환상만 안겨줄 뿐이다! 합리적 금욕은 평소에 꾸준히 영양을 잘 챙긴 상태에서 음식을 기피하는 데 그 핵심이 있다! 이런 금욕이야말로 오래갈 뿐 아니라 격한 반발 속에서도 육체에 종속되어 살 때는 누리지 못한 자유를 선사한다! 이제 아가테는 오빠에게 들은 이 씁쓸하고도 재미있는 설명으로 기분이 무척 좋아졌다. 이 설명들은 그녀가 미숙하던 시절에 마치 의무처럼 굳게 믿었던 '비극적' 요소들을 반어와 열정, 즉 이름도 목표도 없고, 그 때문에 그녀가 체험한 것으로는 결코 묶을 수 없던 열정으로 갈기갈기 찢어놓았기 때문이다.

이런 식으로 그녀는 오빠와 함께 지낸 이후 그간 시달려온 무책임한 삶과 유령 같은 판타지 사이의 커다란 간극 속으로, 과거 풀려나간 것을 다시 하나로 묶는 구원의 움직임이 다가오는 것을 인지했다. 예를 들어 이제는 그녀와 오빠 사이에 책과 기억이 깊은 침묵을 만들어낼 때면 오빠가 그전에 들려준 이야기를 숙고하곤 했다. 정처 없이 도시를 걸어가는 동안 자신이 마치 도시에 들어가듯 도시가 자기 안으로 들어왔다던 그 이야기 말이다. 그녀는 이 이야기 덕분에 몇 주 안 되는 자신의 행복했던 시간을 매우 선명하게 떠올릴 수 있었다. 또한 오빠가 이 이야기를 했을 때 그녀가 웃었던 것은, 그것도 까닭 없이 무의미하게 웃었던 것은 충분히 이해할 만했다. 왜냐하면 키스를 하기 위해 벌어진 하가우어의 두꺼운 입술에조차 세계의 이러한 뒤집기, 즉 오빠가 이야기해준 그 행복하면서도 우스운 전복의 일부가 포함되어 있음을 깨달았기 때문이다. 물론 그건 몸서리쳐지는 전율이었다. 그러나 전율은 한낮의 환한 빛 속에도 있다는 생각이 들었다. 어쩐지 자기 몫의 가능성이 전부 끝난 것은 아닌 듯했다. 과거와 현재 사이에 늘 존재하던 일종의 공백, 즉 단절이 최근에는 사라졌다. 그녀는 몰래 주위를 두리번거렸다. 여기 이 방은 그녀의 운명이 태동한 공간의 일부였다. 이 집에 도착한 이후 이런 생각을 한 것은 처음이었다. 왜냐하면 아버지가 외출했을 때 청소년기의 남자친구를 불러들인 것도 여기였고, 두 사람이 서로 사랑하기로 크나큰 결심을 한 것도 여기였으며, 또 그 '흉물스러운' 구혼자를 가끔 맞은 것도 여기였고, 분노나 절망의 눈물을 몰래 훔치며 창가에 서 있었던 것도 여기였고, 마지막으로 아버지의 후원 속에 하가우어가 구혼한 것도 여기였기 때문이다. 이 사건들의 이면을 그렇게 오랫동안 놓치고 살다가 다시 알아본 이 순간 가구와 벽, 독특하게 가둬놓은 불빛이 이상하게 손으로 만져질 듯 명료하게 느껴졌다. 그와 함께 이 공간에서 일어났던 모험적인 일들이 마치 타고 남은 재나 숯처럼 더는 막연하지 않은 물리적 과거로 되살아났다. 다만 지나간 일들에 대한 웃기면서도 그늘진 감정, 즉 푸석푸석한 먼지로 내려앉은 자신의 흔적을 보면서 느끼는, 몰아낼 수도 붙잡을 수도 없는 이상야릇한 근질거림이 견딜 수 없을 정도로 강해졌다.

아가테는 오빠가 자신에게 신경을 쓰지 않는 것을 확인하고는 조심스럽게 옷의 윗부분을 열어젖혔다. 가슴 맨살 위에, 작은 사진을 보관해둔 조개껍질처럼 생긴 갑이 드러났다. 수년 동안 몸에서 떼어놓은 적이 없던 사진이었다. 그녀는 창가로 가 밖을 보는 척하면서 조그만 금빛 갑의 날카로운 모서리 부분을 조심스레 열고는 죽은 연인을 몰래 살펴보았다. 두툼한 입술, 숱 많은 부드러운 머리, 그리고 알껍데기가 아직 다 벗겨지지 않은 스물한 살의 앳된 얼굴에서 도전적인 시선이 뿜어져나왔다. 그녀는 한참 동안 자신이 무슨 생각을 하는지 알지 못하다가 갑자기 이런 생각이 들었다. '맙소사, 스물한 살이라니!'

그렇게 젊은 사람들은 무슨 이야기를 나눌까? 자기 문제에 어떤 의미를 부여할까? 우스꽝스럽고 오만할 때는 또 얼마나 많은가! 또한 자신들이 낸 착상의 생동감을 착상의 가치로 어찌나 오인했던지! 아가테는 예전에 자신이 경이롭고 지혜로운 금언처럼 싸둔 기억의 포장지를 풀어 과거의 몇몇 말들을 호기심어린 마음으로 꺼내보았다. 이럴 수가, 모두 귀담아들을 만했다! 그런데 이 말들이 오갔던 정원이 떠오르지 않았다면 그렇게 단언할 수는 없었을 것이다. 이름 모를 특이한 꽃들이 피어 있고, 그 위에 나비들이 피곤한 술주정뱅이처럼 사뿐히 내려앉은, 하늘과 땅의 경계를 없앨 듯이 그들의 얼굴 위로 빛이 쏟아지던 그 정원 말이다! 그때에 비추어보면 지금의 그녀는 경험 많고 나이도 있는 여자였다. 실제로 지난간 햇수가 많았던 건 아니지만. 그녀는 스물일곱 살 먹은 자신이 지금껏 줄곧 스무 살 남짓의 그 남자를 사랑해왔다는 불균형을 약간 혼란스럽게 인지했다. 지금의 그녀에게는 너무 젊은 남자였다! 그녀는 스스로에게 물었다. '그렇게 앳된 남자가 스물일곱의 내게 정말 그렇게 중요한 존재라고 하면 그 감정은 어때야 할까?!' 정말 특이한 감정일 게 분명했다. 그러나 그녀에게는 아무 의미가 없는 감정이었다. 뭔가 구체적으로 떠오르는 것도 없었다. 모든 게 무無로 녹아 없어졌다.

아가테는 부풀어오르는 감정 속에서 자기 삶의 유일하게 자랑스러운 열정 때문에 실수했음을 인정했다. 실수의 핵은 건드릴 수도 잡을 수도 없는 불같은 안개로 이루어져 있었다. 믿음이 한 시간 이상 가서는 안 된다거나, 아니면 뭐라고 다르게 표현하더라도 무방했다. 둘이 함께하면서부터 오빠가 이야기한 것은 늘 이것이었다. 또한 번번이 지적인 개념으로 얼버무리고, 동생의 조바심에 비해 너무 조심하느라 느려터질 정도였음에도 그가 말한 것은 결국 늘 그녀 자신에 관한 것이었다. 그들은 줄곧 같은 대화로 되돌아왔고, 아가테 자신은 오빠의 불꽃이 수그러들지 않았으면 하는 열망으로 활활 타올랐다.

이제 그녀가 울리히에게 말을 걸었을 때 그는 대화가 한참 동안 중단된 사실을 알아차리지 못했다. 그런데 이 남매 사이에서 일어난 일을 눈치채지 못한 사람은 이 설명을 제쳐두어도 좋다. 왜냐하면 이 설명에는 그런 사람이 결코 동의할 수 없을 모험이 기술되어 있기 때문이다. 그것은 불가능성과 부자연스러움의 위험을 지나(늘 지나쳐가지는 못할 수도 있다) 가능성의 극단으로 향하는 여행이다. 나중에 울리히는 이것을 '경계사례'라고 불렀는데, 이것은 제한적이고 특수한 유효성을 지닌 것으로 수학이 진리에 이르기 위해 가끔 지극히 불합리한 영역을 활용할 때의 자유를 떠올리게 한다. 울리히와 아가테는 신에게 빠진 사람들이 하는 것과 상당히 유사한 길로 빠져들었지만, 경건함 없이, 신이나 영혼에 대한 믿음 없이, 심지어 피안이나 내생來生에 대한 믿음조차 없이 그 길을 걸었다. 그들은 이 세계의 인간으로서 그 길에 접어들어 그 길 자체를 걸었다. 바로 이것이 주목할 만한 점이었다. 아가테가 다시 말을 건 순간 울리히는 아직 그녀가 던진 문제들과 책에 몰두해 있었음에도, 수녀원 교육자들의 경건함에 대한 동생의 반발과 그 자신이 요구한 '정확한 환영幻影' 이야기에서 끊겼던 그 대화를 한순간도 잊지 않았기에 즉시 이렇게 대답했다. "꼭 성자들만 그런 걸 체험하는 건 아냐! 산중의 쓰러진 나무나 벤치에 앉아 풀을 뜯어먹는 소떼를 보면서도 한순간에 다른 삶으로 옮겨가는 듯한 특별한 경험을 할 수 있어! 자신을 잃어버리는 동시에 갑자기 자기에게 이르게 되는 순간이지. 이런 이야기는 너도 했었어!"

"하지만 그 순간에 무슨 일이 일어나는 거죠?" 아가테가 물었다.

"그걸 알려면 먼저 습관적인 것이 무엇인지 분명히 알아야 해, 이 동생 사람아!" 울리히는 너무 빠른 속도로 밀려드는 생각에 제동을 걸려고 농담을 했다. "습관적인 것이란 우리가 소떼를 보면서 풀 뜯는 소고기로만 생각하는 거야. 혹은 아름다운 배경에 그려진 그림 속 대상으로 생각하는 것도 그렇고. 소떼에 관해 거의 알지 못하는 것도 마찬가지야. 산길 가장자리의 소떼는 산길의 일부야. 소떼 자리에 커다란 전자시계나 아파트가 들어서 있을 때에야 우리는 소떼를 보면서 경험한 것을 인지할 수 있어. 그 밖에 우리는 일어나야 할지 계속 앉아 있어야 할지 고민해. 그리고 소떼 주변에 왱왱 날아다니는 파리들을 성가시게 생각하고, 소떼 중에 황소가 있는지도 살펴봐. 길이 어디로 이어지는지도 궁금해하고. 이것들은 무수한 작은 의도이자 고민이자 계산이자 인식이야. 이것들이 소떼 그림이 그려진 종이를 이루고 있다고 말할 수 있어. 다만 우리는 그 종이에 대해서는 전혀 모르고 그 위의 소떼만 알아……"

"그러다 갑자기 종이가 찢어지죠!" 아가테가 불쑥 끼어들었다.

"맞아. 그 말은 곧 우리 안의 습관이 그물망처럼 찢어지는 것을 의미해. 그렇게 되면 우리는 더이상 소떼를 먹는 음식이나 그림으로 그릴 대상이나 우리 길을 가로막는 장애물로 보지 않아. '풀을 뜯는다'는 말도 더는 만들어낼 수 없어. 이 말을 사용하려면 목적의식과 연결된 실용적인 관념들이 있어야 하는데, 종이가 찢겨나가면서 그게 갑자기 사라졌기 때문이지. 그림의 평면에 남은 것은 우선, 윤곽 없이 우리의 전 시야를 채우듯 올라갔다가 내려오거나, 숨쉬고 반짝거리는 감각들의 끊임없는 물결이라 부를 수 있어. 그 속에는 당연히 무수한 개별적인 지각들이 남아 있어. 색깔, 뿔, 움직임, 냄새를 비롯해 모든 현실적인 요소들이지. 하지만 이것들은 아직 인식된다고는 해도 그중 어떤 것도 더는 인정받지 못해. 나는 이렇게 말하고 싶어. 세부적인 것들은 더이상 우리의 관심을 끄는 이기적인 속성을 갖고 있지 않고, 대신 형제자매처럼 '내적으로' 깊이 연결되어 있다고. 또한 어떤 '그림 평면'도 더는 존재하지 않고, 어떤 식으로건 전부 경계 없이 우리 속으로 밀려와."

이제 아가테가 다시 활기차게 말을 이어받았다. "그렇다면 이제 오빠는 세부적인 것들의 이기심 대신 인간의 이기심에 관해 얘기하면 돼요." 그녀가 소리쳤다. "그리되면 무척 표현하기 어려운 것을 포착하게 돼요. 즉 '네 이웃을 사랑하라!'는 말이 너희의 모습 그대로 사랑하라는 것이 아니라 일종의 꿈의 상태를 가리키게 되죠!"

울리히도 동의했다. "그래, 모든 도덕적 명제는 묶여 있던 규칙들에서 벌써 도망쳐버린 꿈의 상태야!"

"그렇다면 선과 악은 없어요. 오직 믿음이나 의심만 있을 뿐이죠!" 아가테가 소리쳤다. 이제 그녀는 독자적인 뿌리를 갖고 있는 믿음의 본래 상태에 한층 가까워진 듯했고, 그런 믿음은 이제 도덕 안에 없다는 것을 생생하게 느끼는 것 같았다. 그 상실은 이미 오빠가 믿음이란 한 시간도 갈 수 없다고 말했을 때 언급된 적이 있었다.

"그래, 비본질적인 삶에서 벗어나는 순간 모든 게 서로 새로운 관계를 맺게 돼." 울리히가 동의했다. "하지만 이렇게도 말하고 싶어. 어떤 형태의 관계도 들어서지 않는다고. 왜냐하면 그 새로운 관계는 우리가 한 번도 경험한 적이 없는 완벽한 미지의 관계이고, 다른 모든 관계는 소멸되기 때문이지. 하지만 이런 모호함에도 불구하고 이 유일한 관계는 누구도 부인할 수 없을 정도로 명확해. 강렬하기도 하고. 그냥 강렬한 정도가 아니라 도저히 이해가 안 될 정도로 강렬해. 이렇게도 표현할 수 있을 것 같아. 보통 우리가 무언가를 본다고 한다면, 우리의 시선은 눈과 그 눈이 보는 대상이 서로 의존하는 작은 작대기나 팽팽한 실과 같아. 이런 형태의 거대한 직조물이 매 순간을 지탱하고 있어. 반대로 지금 이 순간에는 무언가 고통스러우면서 달콤한 것이 우리 눈의 광선을 잡아떼고 있어."

"그러면 세상의 어떤 것도 소유하지 않고, 어떤 것에도 집착하지 않고, 어떤 것에도 매이지 않게 되죠. 모든 게 나뭇잎 하나 흔들리지 않는 키 큰 나무와 같아요. 그 상태에서는 어떤 비열한 짓도 할 수 없어요."

"이렇게도 말하지. 그 상태에서는 그와 합치되지 않은 일은 일어날 수 없다고." 울리히가 덧붙였다. "'그 상태의 일부가 되라'는 요구만이 유일한 토대이자, 사랑 가득한 소명이자, 거기서 일어나는 모든 행위와 사고의 유일한 형식이야. 또한 그 상태는 무한한 고요이자 무한한 아우름이야. 그 상태에서 일어나는 모든 것은 차분하게 고양되는 그 상태의 의미를 증가시켜. 만일 그 의미를 증가시키지 않는다면 그건 나쁜 일이 돼. 하지만 그런 나쁜 일은 일어나지 않아. 나쁜 일이 일어나려는 순간에 고요함과 명료함이 찢어지면서 그 놀라운 상태도 중단되거든." 울리히는 동생의 눈치를 살폈다. 동생이 알아채지 못하게. 그는 대화를 끝낼 시간이 되어간다는 느낌을 줄곧 갖고 있었다. 그러나 아가테의 얼굴은 무표정했다. 그녀는 오래전에 지나간 것을 생각하고 있었다. 그녀가 대답했다. "나 스스로도 참 신기한 일이지만, 한때 질투와 악의, 허영심, 소유욕 같은 것들이 내게 전혀 없던 시절이 잠시 있었어요. 아직도 잘 믿기지 않아요. 어쨌든 당시에 난 그런 것들이 내 가슴뿐 아니라 이 세상에서도 순식간에 사라졌다는 느낌이 들었어요! 그렇다고 하면 비열한 행동을 할 수 없는 건 나뿐만이 아니라 모두 마찬가지예요. 선한 사람은 자신과 접촉하는 모든 것을 선하게 만들어요. 남들이 그에게 무슨 짓을 하든 상관없이 말이에요. 결국 어떤 것이든 선한 사람의 영역에 들어가면 그 즉시 바뀌어요!"

"아니." 울리히가 그녀의 말을 중단시켰다. "그렇지 않아. 오히려 그 반대야. 오래된 오해들 중 하나지! 사실, 선한 사람은 세계를 조금도 선하게 하지 못해. 세계의 어떤 것에도 영향을 끼치지 못하고, 다만 그 세계에서 분리되어 나올 뿐이거든!"

"그래도 여전히 세계 한가운데에 있는 것 아닌가요!?"

"물론 세계 속에 있기는 하지. 하지만 그 사람은 마치 공간이 사물들에서 떨어져나오거나 무언가 다른 상상의 일이 일어나는 것처럼 느껴. 말로는 표현하기 어려운 일이지!"

"그래도 '고매한' 사람은, 이 단어가 왜 불쑥 떠오르는지는 몰라도,

어쨌든 그런 사람은 어떤 비열한 것과도 접촉하지 않을 거라는 생각이 들어요. 터무니없는 소리처럼 들릴 수도 있지만, 경험상 그래요."

"그런 경험도 가능하지만, 그와 반대되는 경험도 있어! 너는 예수를 십자가에 못박은 군인들이 스스로를 비열하게 느끼지 않았을 거라고 생각해? 결국 그들은 신의 도구였어! 심지어 신비주의자들도 자기 속에 나쁜 감정이 있다고 증언해. 은총의 상태에서 벗어나면 형언할 수 없는 무기력 상태에 빠지고, 그때 불안과 고통, 수치심, 심지어 증오까지 느낀다고 해. 그러다 조용히 불타오르는 그 상태가 다시 찾아오면 그제야 후회와 분노, 공포, 고통이 더없는 행복으로 바뀌는 거지. 판단하기 어려운 문제야!"

"오빠는 언제 그렇게 사랑에 빠져봤죠?" 아가테가 불쑥 물었다.

"나? 응…… 그건 벌써 얘기했던 것 같은데. 난 연인에게서 아주 멀리 도망쳤어. 그 여자를 실제로 품에 안을 가능성에서 확실히 벗어났다고 느낀 순간 나는 개가 달을 보고 짖듯 그녀를 보고 짖어댔지!"

이제 아가테는 자신의 사랑 이야기를 털어놓았다. 흥분 상태였다. 그녀의 마지막 질문은 너무 팽팽한 현악기 줄처럼 막을 새도 없이 순식간에 튀어나왔다. 나머지 이야기도 그 비슷하게 이어졌다. 수년 동안 속에 품고만 있던 것을 내놓으면서 그녀는 마음속으로 떨고 있었다.

그런데 정작 울리히는 별로 충격을 받지 않았다. "보통 기억은 인간과 함께 늙어가." 그가 그녀에게 설명했다. "아무리 열정적인 사건도 시간이 지나면 마치 뒤로 잇따라 열린 아흔아홉 개의 문처럼 원뿔형으로 보이기 마련이지. 하지만 아주 강렬한 감정과 연결된 사건일 경우 개별적인 기억은 가끔 세월과 함께 늙어가지 않고 그 사건의 본질적인 층

위를 고수하곤 하지. 네 경우가 그래. 마음의 균형을 약간 일그러뜨리는 그런 지점들은 거의 모든 인간들 속에 있어. 사람의 행동은 보이지 않는 바위 위로 흐르는 강물처럼 사건들을 타고 계속 흘러가. 그런데 네 경우는 그게 너무 강해서 거의 정지 상태처럼 된 거야. 하지만 결국 너도 너 자신을 해방시킴으로써 다시 움직이기 시작했어!"

그는 직업의식의 침착성에 가까울 만큼 차분하게 설명했다. 생각의 전환이 빠른 사람이었다! 아가테는 슬펐다. 그녀가 고집스레 말했다. "당연히 나는 움직이고 있어요. 하지만 내 말은 그게 아니었다고요! 내가 궁금한 건 당시에 내가 어디에 이를 뻔했느냐는 거죠!" 그녀는 그럴 의도가 전혀 없었음에도 화가 나 있었다. 단순히 내면의 흥분을 어떤 식으로건 표현해야 했기 때문으로 보였다. 그럼에도 움직이던 방향 그대로 계속 말을 이어갔다. 부드러운 말과 그 배후의 불쾌감 사이에서 현기증이 날 지경이었다. 그래서 고조된 감수성과 예민함의 독특한 상태에 대해 이야기했다. 인상이 부풀어올랐다가 도로 가라앉고, 잔잔한 수면 위에서처럼 모든 것과 연결된 것 같고, 의지와는 상관없이 서로 주고받는 듯한 감정이 생기는 그런 상태 말이다. 여기서 이 감정은 사랑과 신비주의에서 공통적으로 드러나는, 내부와 외부의 경계가 없어지고 한없이 넓어지는 놀라운 감정이다! 물론 아가테가 이미 그 자체로 하나의 설명이 되는 그런 말로 그것을 표현한 것은 아니었고 기억의 격정적인 파편들을 나열하기만 했을 뿐이다. 그런데 그와 관련해서 벌써 많은 숙고를 했던 울리히도 이 체험들에 대해 어떤 설명도 내놓지 못했다. 특히 그 체험을 자체의 고유한 방식으로 다루어야 할지, 아니면 이성을 사용하는 일반적인 방식으로 설명해야 할지 알지 못했다.

이 두 방식은 그에게는 자연스러웠지만, 손으로 만져질 만큼 분명히 드러나는 동생의 열정에는 그렇지 않았다. 때문에 그가 대답으로 내놓은 것은 중재, 즉 여러 가능성을 시험하는 일종의 검사에 지나지 않았다. 그는 자신들이 이야기한 고양된 상태에서 나타나는 사유와 도덕 사이의 주목할 만한 유사성을 언급했다. 즉 모든 생각은 행복과 사건, 선물로 느껴지고, 뇌의 저장고 바깥에 머물며, 소유와 극복, 집착과 관찰의 감정과도 거리를 둔다. 그로써 가슴 못지않게 머릿속에서는 자기 자신을 소유하는 즐거움이 경계 없이 자신을 내주고 얽히는 것으로 대체된다는 것이다. 울리히의 말에 아가테는 놀라울 만큼 단호하게 대답했다. "살다보면 언젠가 우리가 하는 모든 일이 다른 한 사람을 위해 하는 일일 때가 있어요. 그럴 땐 하늘의 태양도 오직 그 사람을 위해 빛나는 것 같죠. 그 사람은 어디든 있지만 우리 자신은 어디에도 없어요. 그렇다고 그게 '둘만의 이기주의'는 아니에요. 상대에게도 똑같은 일이 일어날 수밖에 없거든요. 결국 두 사람이 서로를 위해 존재하기란 어려워요. 남은 건 오직 두 사람만을 위한 세계예요. 인정과 헌신, 우정, 희생으로 이루어진 세계죠!"

방의 어둠 속에서 아가테의 두 뺨은 흥분으로 인해 마치 그늘 속에 핀 장미처럼 발그레 달아올랐다. 울리히가 부탁했다. "이제 좀더 냉정하게 이야기해보자. 이 문제에는 속임수가 너무 많아!" 아가테가 보기에도 가히 틀린 말 같지 않았다. 어쩌면 그녀의 황홀감이 현실에 의해 어느 정도 밀려난 것은 아직 완전히 사라지지 않은 그 불쾌감 때문이었는지 모른다. 그러나 경계선의 불안한 떨림은 결코 불쾌하지 않았다.

울리히는 그들이 말한 체험들을, 마치 사고의 독특한 변화만 일어나는 것이 아니라 일상적인 사고 대신 초인적인 사고가 들어서는 것처럼 해석하는 못된 장난질에 대해 이야기하기 시작했다. 신적인 깨달음이라 부르건 근대풍에 따라 그냥 직관이라 부르건 그는 그것을 현실 이해의 가장 큰 걸림돌로 여겼다. 그의 확신에 따르면 꼼꼼한 검증을 버티지 못하는 환상에 굴복해서는 아무것도 얻을 수 없었다. 그것은 공중에서 녹아내리는 이카로스의 밀랍 날개와 같을 뿐이라고 그는 소리쳤다. 우리가 단순히 꿈속에서만 날고 싶은 게 아니라면 금속 날개로 나는 법을 익혀야 한다는 것이다.

잠시 후 그는 책들을 가리키며 말을 이어갔다. "저게 바로 기독교와 유대교, 인도와 중국의 증거들이야. 저 속엔 천년 넘게 시간 간격이 존재하는 것도 있지만, 그럼에도 그 모두에는 일상적인 구조에서 벗어나 그 자체로 통일적인, 내적 운동의 동일한 구조가 드러나 있어. 차이라고 해봤자, 각 민족이 안식처의 지붕으로 삼고 있는, 각각의 신학과 하늘의 지혜라는 상부구조에서 기인하는 외적 차이밖에 없어. 따라서 우리는 중요하기 이를 데 없는 제2의 이례적인 상태를 가정해도 돼. 종교보다 더 근원적인 이 상태는 인간이라면 누구나 경험할 수 있어.

다른 한편 종교적 인간들의 문명화된 공동체인 교회는 관료주의가 개인의 진취적인 시도들을 바라볼 때와 비슷한 불신의 태도로 이 상태를 대해왔어. 그러다보니 이 열정적인 체험들을 결코 유보 없이 인정한 적이 없었지. 반대로 그 자리에 납득할 수 있는 정연한 도덕을 대신 앉히려고 마땅히 들여야 할 큰 노력을 기울여왔어. 그래서 이 상태의 역사는 늪을 메우는 작업을 연상시키는 지속적인 부정 및 희석과 비슷했어.

교회의 정신적 권위와 언어적 보고가 시대에 뒤떨어졌을 때 사람들은 우리의 그 상태를 망상으로 치부해버렸어. 이해할 수 있는 일이지. 하지만 종교적 문화 대신 들어선 시민 문화는 왜 종교보다 더 종교적이 되어야 했을까?! 시민 문화는 그 다른 상태를 인식을 물고 오는 개정도로 폄하해버렸어. 오늘날엔 이성에 대해 한탄을 늘어놓고, 우리가 가장 영민한 순간에조차 사고보다 월등한 어떤 특별한 능력의 도움으로 사고를 하고 있다고 주장하는 사람들이 많아. 하지만 그건 지극히 합리주의적인 전통에서 마지막으로 남은 공공의 찌꺼기 그 자체일 뿐이야! 늪의 물을 빼고 나니 쓰레기만 남은 거지! 그래서 시詩만 제외하면 그 옛 상태는 교육받지 못한 사람들이 사랑할 때 첫 몇 주 동안 나타나는 일시적 혼란의 형태로만 허용되고 있어. 그건 침대나 강단의 목재에서 가끔 뒤늦게 싹이 트는 녹색 잎사귀와 비슷해. 하지만 그게 본래의 엄청난 성장세를 되찾을 조짐을 보이면 무자비하게 파헤쳐져 뿌리가 뽑히지!"

울리히는 대략 외과의사가 수술실에 병균을 묻혀 들어가지 않으려고 손과 팔을 꼼꼼하게 씻는 시간만큼 이야기했다. 그것도 임박한 일이 불러온 흥분과 상반되는 인내심과 몰입, 침착함의 태도로. 그는 소독이 완전히 끝난 뒤에도 약간의 감염과 열을 갈망했다. 냉정함 그 자체를 좋아한 것은 아니기 때문이다. 책을 꺼내올 때 사용하는 사다리에 앉아 있던 아가테는 오빠가 침묵하는데도 전혀 반응을 보이지 않았다. 그저 잿빛 바다 같은 무한한 하늘을 내다보며 그전에 오빠의 말에 귀를 기울인 것처럼 침묵에 귀를 기울이는 듯했다. 결국 울리히는 농담 투의 어조로도 숨길 수 없는 가벼운 저항감을 드러내며 말을 이어갔다.

"소떼가 있던 그 산의 벤치로 돌아가보자." 그가 제안했다. "한 고위 관료가 멜빵에 '그뤼스 고트'라는 인사말이 적힌 새 가죽 바지를 입고 앉아 있다고 생각해봐. 휴가중의 삶이 진짜 삶이라고 생각하는 사람이지. 때문에 자신의 실존에 대해 갖고 있는 의식도 그 순간엔 당연히 바뀌어. 예를 들어 소떼를 보고 있을 때 눈앞에서 풀을 뜯는 소들의 수를 헤아리거나 분류하지 않고, 중량을 산정하지도 않아. 또한 그 순간만큼은 적을 용서하고 가족에 대해서도 너그럽게 생각해. 실용적 대상이던 소가 갑자기 도덕적 대상으로 바뀐 거야. 물론 여전히 조금씩은 계산을 하고 분류를 하고 적을 완전히 용서하지 못할 수는 있어. 하지만 그조차도 숲의 속삭임과 졸졸 흐르는 시냇물, 햇빛에 씻겨가. 한마디로 이렇게 말할 수 있어. 그전까지 그의 삶을 이루고 있던 것이 이젠 '멀어지고' '하찮게' 여겨진다고 말이야."

"휴가 효과죠." 아가테가 기계적으로 보충했다.

"맞아! 그런데 휴가중에 일상의 삶이 하찮게 느껴진다면 그건 휴가 기간에만 그럴 뿐이야. 오늘날의 진실이 그래. 인간은 실존과 의식, 사고 영역에서 각각 두 개의 상태를 갖고, 그로써 생길 수밖에 없는 유령에 대한 치명적인 공포로부터 다음 방식으로 스스로를 지켜. 즉 한 상태를 다른 상태로부터의 휴가, 중단, 휴식, 혹은 자신이 안다고 믿는 다른 어떤 것으로 간주하는 거야. 반면에 신비주의자들은 그런 휴가를 지속시키고자 하는 쪽이야. 아까 말한 고위 관료는 그런 태도를 파렴치한 짓으로 생각하고, 휴가 말미에는 항상 그렇듯 자신의 정돈된 사무실에 진짜 삶이 있다고 느껴. 우리라고 다르게 느낄까? 우리가 무언가를 진지하게 받아들일지 말지는 결국 거기에 질서를 부여할 수 있느냐 없느

나에 항상 달려 있어. 그런데 그런 경험들에는 별로 행운이 따르지 않았어. 왜냐하면 그 경험들은 지난 수천 년 동안 그 자체의 원초적 무질서와 미완성 상태를 벗어나지 못했거든. 그런 경험들에는 늘 '망상'이라는 말이 따라붙었어. 종교적 망상이든 사랑의 망상이든. 둘 중 어느 것이든 네가 원하는 대로 선택할 수 있지만 이것 하나는 분명해. 오늘날엔 아무리 종교적인 인간이라고 하더라도 가슴 저 깊숙한 곳에서 뜨겁게 타오르는 것을 자세히 살펴볼 엄두를 내지 못할 만큼 과학적 사고방식에 전염되어 있다고 말이야. 그래서 설령 공식적으로는 다르게 부르더라도 의학적으로는 언제든 그 열망을 망상이라고 부를 채비가 돼 있어!"

울리히를 바라보는 아가테의 눈에는 빗속에서 탁탁 소리를 내며 타오르는 불꽃 같은 것이 어른거렸다. "지금 오빠는 우리를 그런 체험으로부터 빠져나오게 하려고 술책을 쓰고 있어요!" 울리히의 말이 그쳤을 때 그녀가 힐난조로 한 말이다.

"네 말이 맞아." 울리히가 시인했다. "하지만 특이한 것은 우리가 그 모든 것을 수상쩍은 냄새가 나는 우물처럼 차단해버렸는데도, 남아 있던 그 섬뜩한 기적의 물방울이 우리의 이상에다 타들어가듯 구멍을 내고 있다는 사실이야. 그런 이상들 중에 우리한테 맞는 것은 하나도 없고, 우리를 행복하게 해주는 것도 없어. 한결같이 있지도 않은 것을 가리키지. 그 점에 대해선 우리도 오늘 충분히 이야기했어. 우리의 문화는 '무방비한 망상'이라 불리는 것들의 사원이면서 동시에 보호소이기도 해. 우리는 스스로가 과잉에 시달리는지, 아니면 과소에 시달리는지 모르고 있어."

"아마 오빠는 그것에 완전히 빠지려고 한 적이 한 번도 없을 거예요." 아가테가 유감스러워하며 사다리에서 내려왔다. 두 사람은 원래 아버지가 유산으로 남긴 책들을 정리하는 중이었는데, 시간이 갈수록 점점 급해진 이 일은 처음엔 책들로 인해, 나중엔 대화로 인해 번번이 중단되곤 했다. 이제 그들은 재산분할과 관련된 규정과 기록을 다시 꼼꼼히 살피기 시작했다. 하가우어에게 약속한 날짜가 코앞으로 다가왔기 때문이다. 그런데 이 일에 진지하게 착수하기 전에 아가테가 서류에서 고개를 들더니 재차 물었다. "오빠가 한 얘기 중에서 스스로 믿는 것은 얼마나 되죠?"

울리히는 고개를 들지 않고 대답했다. "소떼 중에 나쁜 수소 한 마리가 있다고 생각해봐! 네 심장이 세상을 등진 상태에서 말이야. 네가 이야기한 그 치명적인 병이 만일 네 감정이 한시도 누그러들지 않을 경우 다르게 진행됐을 거라고 실제로 믿어봐!" 이제야 그는 고개를 들고 손 밑의 종이들을 가리켰다. "법, 정의, 척도? 이게 전부 쓸데없다고 생각해?"

"그래서 오빠는 어느 정도나 믿느냐고요?" 아가테가 반복했다.

"믿기도 하고 믿지 않기도 해."

"그럼 믿지 않는 거군요." 아가테가 결론을 내렸다.

그때 두 사람의 대화에 한 돌발사건이 끼어들었다. 울리히가 더는 대화를 재개할 마음도 없고, 그렇다고 자신의 일과 관련해서 차분하게 생각할 상황도 아니어서 앞에 펼쳐놓은 서류를 주섬주섬 챙기기 시작했을 때 바닥에 무언가 툭 떨어졌다. 온갖 것들이 담긴 느슨한 꾸러미였다. 책상 서랍 구석에서 어쩌다 유언장과 함께 딸려 나온 것이었는데, 이 물건의 주인도 이런 걸 여기 둔지 모른 채 수십 년째 방치한 것 같았다. 울리히는 바닥에서 꾸러미를 주워 올려 무심코 살펴보았다. 몇 몇 종이에 아버지의 필체가 보였다. 나이든 사람의 필체가 아니라 한창 때의 필체였다. 자세히 들여다보니 글이 적힌 종이 외에 카드와 사진, 온갖 잡동사니가 눈에 띄었다. 그는 이것들의 정체를 즉시 알아차렸다. 죽은 아버지에게 '독이 될 비밀 서랍'이었다. 상세하게 적어놓은 유머 (대부분이 음란한 농담이었다), 나체 사진, 뒤에서 벗길 수 있는 팬티를 입은 낙농가의 풍만한 처녀들 사진이 있는 봉인 엽서, 겉으로는 평범해 보이지만 빛에 비추어보면 끔찍한 것들이 그려진 카드들, 배를 누르면 온갖 것들이 몸에서 나오는 작은 남자 인형, 나머지 것들도 모두 비슷 했다. 노인네는 여기 서랍 안에 이 물건들을 둔 걸 잊은 게 틀림없었다. 그렇지 않았다면 진작 치워버렸을 테니까. 이것들은 나이든 총각과 과 부들이 이런 음란한 물건들로 몸을 달구는 한창때에 모은 것이 분명했 다. 그럼에도 울리히는 죽음이 육신으로부터 갈라놓은 아버지가 남긴 이 무방비한 판타지로 인해 얼굴이 달아올랐다. 중단된 대화와의 연관 성도 일순간 명확히 떠올랐다. 하지만 아가테가 이 물건들을 보기 전에 얼른 치우고 싶은 충동이 먼저 치밀었다. 그러나 늦은 듯했다. 그가 손 에 들고 있는 것이 심상치 않음을 아가테가 벌써 눈치챈 것 같았기 때 문이다. 결국 그는 갑자기 마음을 바꾸어 그녀를 가까이 불렀다.

울리히는 동생이 먼저 입을 열 때까지 기다리려고 했다. 그러다 문 득, 깊은 대화중에 완전히 잊었으나 아가테도 꽤나 경험이 있는 여자라 는 생각이 새삼 들었다. 그녀의 얼굴에서는 무슨 생각을 하는지 전혀 드러나지 않았다. 그저 아버지의 적절치 못한 유품을 진지하고 차분하게 살펴보기만 했다. 그러다 가끔 대놓고 웃음을 머금었지만 활기찬 느낌은 없었다. 결국 울리히가 처음 의도와는 달리 먼저 입을 열었다. "이건 신비주의의 마지막 잔재야!" 그가 짜증이 나면서도 재미있다는 듯 말했다. "엄격한 도덕적 교훈이 적힌 유언장과 이런 오물들이 서랍에 함께 들어 있어!" 그는 일어나 방안을 서성거렸다. 어떻게 말을 꺼낼까 고민하던 차에 동생의 침묵을 보면서 불쑥 다른 말을 꺼냈다.

"내가 무엇을 믿는지 궁금하다고 그랬지? 그래, 난 우리의 도덕 규정들이 모조리 야만적인 사회에 대한 고백이나 다름없다고 믿어.

또한 그중에 옳은 것은 없다고 믿어.

그 규정들 뒤에는 다른 의미가 타오르고 있어. 그것들을 녹여 다른 형태로 만들어낼 불꽃이.

나는 어떤 것도 끝나지 않을 거라고 믿어.

균형을 이루는 것은 없고 모든 것이 일단 서로를 지렛대로 들어올리려 한다고 믿어.

내가 믿는 건 그런 거야. 난 그렇게 타고났어. 아니면 그게 나처럼 타고났든가."

그는 한 문장이 끝날 때마다 걸음을 멈추었다. 큰 소리로 말하지는 않았지만 어떻게든 자신의 고백에 무게를 더하려고 했기 때문이다. 이제 그의 눈은 서가 위의 고전적 석고상으로 향했다. 미네르바상과 소크라테스상이 보였다. 문득 괴테가 실제 사람 머리보다 훨씬 큰 유노 신의 석고 두상을 자기 방에 두었던 것이 떠올랐다. 이러한 애착이 울리히에게는 불안하리만큼 아득하게 느껴졌다. 과거에 활짝 꽃피웠던 이상은 이후 생기를 잃은 의고전주의로 시들어버렸고, 아버지 시대의 법과 의무에서 뒤늦게 나타난 도그마주의로 변했다. 부질없는 짓이었다.

"이렇듯 우리에게 전해 내려온 도덕은 마치 협곡 위를 팽팽하게 가로지른, 흔들거리는 밧줄 위로 우리를 떠미는 것과 비슷해. 그러면서 우리한테는 몸을 꼿꼿이 세우라는 충고밖에 하지 않아!

난 내 의지와는 상관없이 다른 종류의 도덕을 타고난 것 같아.

너는 내게 무엇을 믿느냐고 물었어! 난 사람들이 합당한 근거를 대며 어떤 게 선하거나 아름다운지 수없이 증명할 수 있다고 믿어. 하지만 나와는 상관없는 일이야. 내가 따르는 유일한 신호는 그것에 가까워졌을 때 내가 상승하느냐 가라앉느냐야.

그게 내 생명을 깨울까, 깨우지 않을까?

내 혀나 뇌만 그에 대해 말할 뿐일까, 아니면 내 손가락 끝의 찬란한 전율이 말하게 하는 것일까?

물론 나는 이런 것들을 하나도 증명할 수 없어.

심지어 나는 뭔가에 굴복하는 사람은 지는 거라고 확신해. 그런 사람은 어둠에 빠져. 안개와 잡소리, 분절되지 않은 지루함에 빠지지.

만일 우리 삶에서 명확한 것을 빼버리면 천적 없는 잉어 못만 남게 될 거야.

그 상태에서는 지독하게 비열한 것도 우리를 지켜주는 선한 정신이 될 거라고 믿어!

그렇기에 나는 믿지 않아!

특히 우리의 잡탕 문화의 특징이라 할, 선을 통해 악을 길들인다는 생각을 믿지 않아. 역겨워!

이렇듯 나는 믿기도 하고 믿지 않기도 해!

어쩌면 나는 인간이 앞으로 한편으론 매우 지적인 인간이 되고 다른 한편으론 신비주의자가 되는 시대가 올 거라고 믿는 것 같기도 해. 어쩌면 오늘날에 벌써 우리의 도덕이 그 두 요소로 쪼개지고 있는 것 같기도 해. 이 두 요소는 이렇게도 표현할 수 있어. 수학과 신비주의, 혹은 실용적 개선과 미지의 모험!"

그는 수년간 이렇게 노골적으로 흥분한 적이 없었다. 자신이 말 중에 '어쩌면'이라는 단어를 거듭 사용한 것도 느끼지 못했다. 그만큼 그 단어가 그에게 자연스럽게 녹아든 듯했다.

그사이 아가테는 난로 앞에 쪼그리고 앉아 있었다. 사진과 종이가 담긴 꾸러미를 곁에 내려놓고 하나하나 다시 꼼꼼히 살펴보더니 불속에 넣었다. 그녀가 본 외설스러운 물건들의 저급한 관능성에 전적으로 둔감할 수는 없었다. 몸이 흥분되는 것이 느껴졌다. 이런 자신의 모습이 불모의 황야 어딘가에서 토끼 한 마리가 후다닥 지나가는 것처럼 느껴질 뿐, 자기 자신이라는 실감이 들지 않았다. 이 사실을 털어놓으면 오빠한테 부끄러움을 느낄지 알 수 없었다. 그러나 속에서 피로감이 느껴져 더는 말을 하고 싶지 않았다. 오빠의 말도 귀에 들어오지 않았다. 심장이 격하게 아래위로 널뛰며 진정될 기미를 보이지 않았다. 무엇이 옳은지는 항상 그녀보다 남들이 더 잘 알았다. 그녀는 이런 생각을 했지만, 창피했기 때문인지는 몰라도 어쨌든 은밀한 저항 속에서 금지되거나 비밀스러운 길을 떠올렸다. 이 점에서는 자신이 오빠보다 우월하다고 느꼈다. 그와 함께 그가 거센 물살처럼 자신을 휩쓸고 갔던 모든 말을 계속해서 조심스럽게 철회하는 소리가 들렸다. 그의 말들은 행복과 슬픔의 커다란 방울처럼 그녀의 귀를 때렸다.

13. 울리히는 돌아가고, 자신이 그사이 놓친 걸 장군으로부터 알게 되다

사십팔 시간 뒤 울리히는 자신의 쓸쓸한 집안에 서 있었다. 이른 오전이었다. 집은 먼지 하나 없이 광이 날 정도로 세심하게 청소되어 있었다. 책과 자료들은 집을 급히 나서기 전 책상에 올려뒀던 그대로 놓여 있었다. 주인에 대한 하인의 배려였다. 책은 펼쳐져 있거나, 이제는 영문을 알 수 없는 곳에 책갈피가 군데군데 끼워져 있었다. 심지어 그가 쥐고 있던 연필이 자료들 사이에 끼워져 있기도 했다. 하지만 모든 것은 마치 불을 때는 걸 깜박 잊어버린 용광로의 내용물처럼 서늘하고 뻣뻣하게 굳어 있었다. 울리히는 고통스러울 만큼 냉정한 심정으로 지나간 날의 이 흔적들을 이해할 수 없다는 듯 바라보았다. 그 시간을 채우고 있던 격한 흥분과 사고의 행렬이었다. 그는 자기 자신의 이 잔해와 접촉하는 것에 형언할 수 없을 만큼 거부감을 느꼈다. '이 잔해들은 집안의 모든 문과 공간을 지나 아래층 홀의 바보 같은 사슴뿔에 이르기까지 곳곳에 널려 있어.' 그는 생각했다. '대체 나는 지난 일 년 동안 어떤 삶을 살았단 말인가!' 그는 아무것도 보지 않으려고 선 채로 눈을 감았다. '동생이 금방 이리로 오면 얼마나 좋을까! 그러면 우리 둘이 여기 모든 것을 바꿀 텐데!' 그런데 그다음에는 여기서 보낸 마지막 시간들을 다시 떠올려보고 싶은 마음이 꿈틀댔다. 엄청나게 오랜 시간 여길 떠나 있었던 것 같은 기분이 들었다. 그는 비교를 해보았다. 클라리세는…… 아무것도 아니었다. 그러나 그전과 그후는…… 그가 집으로 바삐 오면서 느꼈던 야릇한 흥분, 이어 세계가 밤새 녹아내린 느낌! '이

건 엄청난 힘에 눌려 흐물흐물해진 쇠와 비슷해.' 그는 숙고했다. '흐르기 시작하더라도 쇠는 여전히 쇠야. 한 남자가 세계 속으로 힘껏 밀고 들어간다.' 눈앞에 그 모습이 아른거렸다. '갑자기 세계가 그를 에워싸고 모든 것이 달라 보인다. 연관성은 더이상 존재하지 않는다. 그가 왔던 길도 없고 가야 할 길도 없다. 조금 전에 목표를 보았던, 혹은 모든 목표 앞의 냉정한 공허함을 보았던 그 자리에서 어스름한 빛이 그를 감싸고 있다.' 울리히는 여전히 눈을 감고 있었다. 그림자 같은 감정이 천천히 되살아났다. 그가 지금뿐 아니라 당시에 서 있던 자리로 감정이 되돌아오는 듯했다. 의식 내면보다는 바깥에 더 많이 존재하던 감정이었다. 원래 그것은 감정도 생각도 아닌 하나의 섬뜩한 과정이었다. 만일 당시의 그처럼 예민하고 외로웠다면 누구든 세계의 본질이 안에서 바깥쪽으로 뒤집히는 느낌을 받았을 것이다. 문득 그는 무언가를 분명하게 깨달았다. 너무나 분명했기에 지금에야 깨달은 것을 도저히 납득할 수 없을 정도였다. 당시에 벌써 자신의 감정이 동생과의 만남을 예고하고 있었고, 그 사실이 고요하고 툭 트인 회고처럼 이곳에 펼쳐져 있었던 것이다. 왜냐하면 당시 그 순간부터 그의 정신은 이상한 힘들의 지배를 받았기 때문이다. 언제까지? 울리히는 '어제까지'라고 생각하려다가 마치 날카로운 모서리에 부딪힌 것처럼 황급히, 하지만 분명하게 기억들에서 깨어났다. 아직 생각할 준비가 되어 있지 않은 무언가가 있었다!

그는 외투를 벗지 않고 곧장 책상으로 다가가 거기 놓인 우편물을 하나하나 살펴보았다. 그중에 동생의 전보가 없는 것을 확인하고, 기대하지 않았으면서도 실망감을 느꼈다. 산더미 같은 조문 우편물 속에 학술지와 서적 홍보물이 섞여 있었다. 보나데아가 보낸 편지 두 통은 읽을 엄두가 나지 않을 정도로 두툼했다. 라인스도르프 백작의 편지도 있었다. 돌아오는 대로 자신을 찾아오라는 다급한 청이 담겨 있었다. 디오티마도 알랑거리는 투의 편지를 두 통 보냈다. 마찬가지로 돌아오는 즉시 자기 집으로 와주었으면 하는 바람이 담겨 있었는데, 좀더 유심히 살펴보니 나중의 편지에는 상냥하면서도 멜랑콜리하고, 심지어 애정마저 살짝 느껴지는 공무 외적인 뉘앙스가 담겨 있었다. 울리히는 이제 집을 비운 사이에 온 전화 메시지로 눈을 돌렸다. 슈툼 장군과 투치 국장, 라인스도르프 백작의 개인 비서가 두 통, 이름을 밝히진 않았지만 보나데아가 분명해 보이는 어떤 부인이 여러 통, 레오 피셸 이사, 그 밖에 사무적인 전화가 여러 통 와 있었다. 울리히가 책상 옆에 서서 이 메모들을 읽고 있는데 전화벨이 울렸다. 수화기를 들자 저쪽에서 몹시 당황한 듯한 목소리가 튀어나왔다. "국방성 훈련교육국 소속의 히르슈 하사입니다!" 울리히의 목소리를 기대하지 않고 있다가 기습을 당한 눈치였다. 하사는 서둘러 설명했다. 장군님께서 매일 아침 열시에 전화를 걸도록 지시하셨는데, 이제 확인이 됐으니 곧 직접 전화를 할 거라고 했다.

오 분 뒤 슈툼 장군이 전화를 걸어 이날 오전에 '정말 중요한 회의'에 참석해야 하는데 그전에 울리히와 꼭 상의할 것이 있다고 했다. 무슨 일인데 그러느냐, 전화로 할 수는 없느냐는 질문에는 수화기에 대고 푹푹 한숨을 내쉬더니 구체적인 내용은 거론하지 않고 그냥 '전달할 사항과 걱정거리, 질문들'이 있다고만 통지했다. 그리고 이십 분 뒤 국방성의 이두마차 한 대가 문 앞에 도착했고, 슈툼 장군이 부관을 대동하고 집으로 들어섰다. 부관의 어깨에는 커다란 가죽 서류 가방이 걸려 있었다. 장군의 정신적인 걱정이 담긴 가방으로서 그전에는 위대한 이념들의 행진 계획과 재고 목록이 여기서 나오기도 했다. 울리히는 이마에 주름을 잡으며 묻듯이 가방을 바라보았다. 슈툼 폰 보르트베어는 싱긋 웃더니 부관에게 마차에서 대기하라고 명령하고는 저고리 단추를 풀어 목에 걸고 있던 작은 열쇠를 꺼냈다. 그러더니 말없이 가방 자물쇠를 열었는데, 그 안에는 달랑 군용 흑빵 두 덩어리만 들어 있을 뿐 다른 건 없었다.

"우리의 새 빵입니다." 슈툼이 잠시 뜸을 들이더니 설명했다. "맛을 보라고 가져왔소!"

"참 자상하십니다." 울리히가 말했다. "밤새워 여행한 사람한테 잠을 선사하는 대신 이렇게 빵을 가져다주시다니."

"썩 괜찮은 방법이 있는데, 혹시 집에 화주가 있거든 함께 들어봐요." 장군이 받아쳤다. "꼬박 밤을 새운 다음날에는 그만한 아침식사가 없으니까. 당신이 언젠가 이런 말을 했죠, 황군에서 근무할 때 유일하게 마음에 들었던 게 배급받은 빵이었다고. 맞소. 빵에 관한 한 나는 다른 어떤 군대도 우리 오스트리아군을 따라오지 못할 거라고 장담하오. 특히 우리의 병참부에서 '1914년'형 신식 빵을 생산한 이후로는 말이오! 이게 내가 여기 온 한 가지 이유요. 당신도 알겠지만 원칙적으로 난 그런 사람이오. 하루종일 집무실에 처박혀 지내고, 이런저런 일에 보고나 하고 있지는 않는단 말이오. 당신도 참모본부가 그저 이유 없이 예수회 군단이라고 불리는 게 아니라는 걸 잘 알 거요. 누군가 외근이 잦으면 주변에서 늘 수군거리게 돼 있소. 내 상관인 프로스트 장군은 지적인 정신의 규모에 대해 그리 적절한 생각을 가진 분이 아니오. 민간의 정신 말이오. 그래서 나는 얼마 전부터 밖에 나갈 일이 있으면 항상 부관을 데리고 다니면서 가방을 들게 해요. 그리고 가방 안이 텅 비었다는 걸 부관이 눈치채지 못하게 늘 빵 두 개를 넣어두죠."

울리히는 웃을 수밖에 없었다. 장군도 흡족하게 따라 웃었다. "인류의 위대한 사상들에 대한 장군님의 관심이 예전보다 시들해진 것 같은데요?" 울리히가 물었다.

"이젠 다들 관심이 식었소." 슈툼은 주머니칼로 빵을 자르면서 설명했다. "이제는 '행동'이라는 구호가 힘을 얻고 있소."

"설명 좀 해주시죠."

"그러려고 내가 온 거요. 당신은 진정한 행동인이 아니오!"

"아니라고요?"

"그렇소."

"나는 잘 모르겠는데요!?"

"나도 잘 알지는 못하지만 사람들이 그래요."

"그 '사람들'이 누굽니까?"

"예를 들면 아른하임."

"아른하임과 친하세요?"

"물론! 우리 관계는 더할 나위 없이 좋소. 그 양반이 그렇게 대단한 식자만 아니었어도 우린 벌써 친구처럼 말도 편하게 했을 거요!"

"장군님도 유전과 관계하고 있나요?"

장군은 시간을 벌려고 울리히가 가져오게 한 화주를 들이켜더니 빵을 오물오물 씹었다. "맛이 기가 막힌걸." 그는 입안의 내용물 때문에 어렵사리 말을 내뱉고는 빵을 계속 씹었다.

"아, 그리고 보니 장군님은 당연히 유전과 관련이 있겠군요!" 울리히가 찰나의 깨달음을 얻은 사람 같은 표정을 지었다. "우리 해군이 관계되어 있군요. 군함의 연료 공급 문제로. 아른하임이 유전을 손에 넣으려면 우리 군에 석유를 싼값으로 공급하겠다는 양보안을 제시해야겠죠. 게다가 러시아와의 관계에서 갈리시아는 군사 전개 지역이자 군사적 완충지예요. 그래서 전쟁이 일어날 경우 우리 군에서는 아른하임이 개발하려는 유전 지역을 특별하게 보호할 필요가 있습니다. 그런 이유로 아른하임의 군수공장에서 생산되는 포탄이 우리 군에 제공되겠죠. 우리 군이 원하던 대로요. 내가 왜 이 생각을 진작 못했을까요! 그러니까 아른하임과 우리 군은 그야말로 천생연분입니다!"

장군은 조심성을 기하려고 빵 한 조각을 더 씹어먹었다. 그러나 이제 더는 말을 하고픈 욕구를 누르지 못해 입안의 내용물을 꾸역꾸역 삼키면서 힘겹게 대답했다. "뭐 당신 입장에서야 그렇게 쉽게 이야기할 수도 있겠지만, 그 양반이 얼마나 구두쇠 같은지 당신은 모를 거요! 말이 좀 그렇군……" 그가 표현을 수정했다. "그 사람이 이런 사업조차 얼마나 도덕적으로 품위 있게 하려는지 모를 거라는 말이오! 예를 들어 철로로 1톤을 1킬로미터 운행하는 데 드는 비용이 10헬러라면, 그게 괴테나 다른 철학서를 참고해야 할 정도의 윤리적 문제요? 나로서는 도저히 알다가도 모를 일이오!"

"장군님이 이 협상을 주도하십니까?"

장군은 화주를 한 모금 더 마셨다. "협상이 진행중이라고는 안 했소! 괜찮다면 의견 교환이라고 불러도 상관없소."

"장군님이 전권을 위임받았습니까?"

"위임받은 사람은 아무도 없소! 우린 그냥 이야기를 나누고 있는 거요. 평행운동 말고도 얼마든지 다른 이야기를 할 수 있지 않소? 어쨌든 누가 위임을 받는다고 하더라도 나는 분명 아니오. 이 일은 우리 훈련교육국 소관이 아니니까. 그런 건 좀더 높은 곳에서 다룰 일이오. 참모본부 같은 곳 말이오. 혹시라도 내가 거기 끼게 된다면 민간 문화와 정신에 대해 자문 노릇이나 하게 될 거요. 아른하임이 그런 소양을 갖춘 사람이니만큼 나는 일종의 정신적 통역사 정도 되겠지."

"장군님이 나와 디오티마를 통해 지속적으로 아른하임과 교류하기 때문이군요! 슈툼 장군님, 내가 앞으로도 계속 장군님의 위장막이 되어주길 원하신다면 진실을 털어놓으시지요!"

그사이 슈툼은 이 말에 대비하고 있었다. "어차피 알고 있으면서 뭘 묻는 거요!" 그가 격분해서 대답했다. "나를 바보로 아시오? 아른하임 그자가 당신에게 흉금을 터놓고 이야기하는 걸 내가 모를 줄 아오?!"

"나는 아는 것이 없습니다!"

"조금 전에 당신 입으로 그러지 않았소? 알고 있다고!"

"내가 안다고 한 건 유전에 관해서였습니다."

"그다음에 아른하임과 우리가 유전에 관해 공동의 이해관계를 갖고 있다고 하지 않았소? 그걸 알고 있었다고 솔직하게 털어놓으시오. 그럼 나도 전부 말해주겠소." 슈툼 폰 보르트베어가 울리히의 망설이는 손을 잡더니 눈을 빤히 들여다보며 음흉하게 말했다. "좋아요, 당신이 벌써 다 알고 있다고 맹세하는 것 같으니 나도 당신이 전부 알고 있다고 믿겠소! 됐소? 더이상은 없소. 아른하임은 우리를, 우리는 그자를

172

이용하려고 하지. 내가 디오티마 때문에 가끔 마음이 무척 복잡했다는 건 당신도 알 거요!" 그가 소리쳤다. "어쨌든 그건 절대 누설해선 안 되오. 군사기밀이니까!" 장군은 흡족한 표정을 지었다. "군사기밀이 뭔지 아시오?" 그가 말을 이어갔다. "몇 년 전 보스니아에서 전시동원령이 떨어졌을 때 국방성에서는 나를 자르려고 했소. 내가 대령이었을 때인데, 국방성은 나를 예비대 사령관에 임명했소. 여단도 지휘할 수 있는 사람을 대대로 내려보낸 거요. 내가 기병 출신인데다가 나를 자를 생각이었기 때문이지. 전쟁을 치르자면 돈이 필요하기에 부임 시기에 맞춰 국방성에서 대대 금고를 보내주었소. 혹시 군 생활할 때 당신도 그런 걸 본 적 있소? 어떻게 보면 관 같고 어떻게 보면 여물통처럼 생긴 건데, 두꺼운 나무로 만들어 테두리에 성곽처럼 쇠를 둘러놓았소. 금고에는 자물쇠가 셋 달려 있었고, 열쇠는 세 사람, 즉 사령관인 나와 금고지기 둘이 각각 하나씩 지니고 다녔소. 혼자서는 열 수 없도록 말이오. 내가 대대에 도착한 뒤로 우리 셋은 기도 시간처럼 모여 한 사람씩 차례로 자물쇠를 열고 경건한 마음으로 지폐 뭉치를 꺼냈소. 꼭 복사 두 명을 거느린 대사제가 된 기분이었소. 차이가 있다면 복음서가 아닌 국유재산대장의 숫자를 낭독하는 것뿐이었지. 어쨌든 우리는 일이 끝나면 상자를 닫고 쇠 테두리를 원위치한 뒤 자물쇠로 잠갔소. 모든 것이 처음의 역순이었죠. 그뒤에 내가 무언가 말을 했을 거요. 지금은 무슨 말이었는지 잊었지만. 어쨌든 그러고 나면 제식이 끝났소. 내 생각이 그랬다는 거요. 당신이어도 그랬을 거요. 아무튼 난 전시에도 흔들림 없이 신중하게 진행되는 군 행정에 존경심이 들지 않을 수 없었소! 그런데 당시 난 폭스테리어를 한 마리 데리고 있었소. 지금 키우는 개의 전임자 격인데, 그 자리에 배석해서는 안 된다는 규정도 없었소. 무척 영리한 녀석이었지. 다만 구멍이 있으면 미친듯이 파보지 않고는 못 배기는 녀석이었소. 한번은 내가 외출을 하려고 하는데 스폿Spot이, 영국 개라 이름이 그런데, 아무튼 녀석이 금고에 달라붙어 열심히 뭔가 씨름하는 게 아니겠소? 그렇게 한번 빠지면 떼어놓을 방법이 없는 녀석이오. 그런데 이런 이야기도 있지 않소? 충직한 개는 은밀한 모반도 잡아낸다고. 게다가 전쟁이 거의 임박해 있었으니 나는 생각했소. 스폿이 무슨 일을 벌이는지 지켜보자고. 당신 생각은 어떻소? 스폿이 뭘 했을 것 같소? 알다시피, 군보급대에서는 예비대에 신품을 보급하지 않아요. 그래서 우리 대대의 금고도 고색창연했지. 그런데 금고 뒤쪽에, 그러니까 우리 셋이 앞에서 자물쇠를 잠그는 반대편 바다 가까운 곳에 손을 집어넣을 수 있을 만한 구멍이 하나 있지 않겠소? 그런 게 있을 줄은 꿈에도 몰랐소! 나무옹이가 있던 부분이 그전의 전쟁통에 떨어져나간 것 같았소. 하지만 어쩌겠소? 우리가 요청한 새 보급품이 왔을 때는 보스니아에서의 소란도 끝나 있었는걸. 그때까지는 매주 의식을 동일하게 진행했소. 다만 스폿은 집에 두어야 했소. 녀석이 그 비밀을 누설하지 못하게 말이오. 이처럼 상황에 따라서는 이런 것도 군사기밀이 되는 법이오!"

"음…… 그런데 아직 금고 이야기만큼 솔직하지는 않으신 것 같은데요." 울리히가 대답했다. "그 거래를 정말 하실 겁니까, 안 하실 겁니까?"

"모르겠소. 다만 참모부의 명예를 걸고 말하자면 일이 아직 거기까지 진행된 건 아니오."

"라인스도르프 백작은요?"

"백작은 당연히 아무것도 몰라요. 아른하임하고 엮일 마음이 추호도 없는 양반이기도 하고. 백작이 백성들의 시위에 불같이 화를 냈다고 들었소. 당신도 현장에 있었던 그 시위 말이오. 이제 백작은 독일인들에게 완전히 등을 돌렸소."

"투치는요?" 울리히가 심문하듯이 질문을 이어갔다.

"그 사람 귀에 들어가면 끝이오! 그자는 이 계획을 즉각 파탄내버릴 사람이오. 우리 군도 당연히 누구 할 것 없이 평화를 원하지만 관료들과는 평화에 기여하는 방법이 다르오!"

"그럼 디오티마는요?"

"이봐요! 이건 전적으로 남자들의 문제요. 장갑 낀 손으로는 절대 그런 문제를 생각할 수 없소! 진실을 얘기하자면 나는 디오티마에게 부담을 주고 싶은 마음이 전혀 없소. 또한 아른하임 그자가 디오티마한테 아무 이야기를 하지 않는 것도 알 만하지. 알다시피, 그자는 말도 많은 데다가 멋들어진 말이 끊이질 않소. 그러니 한번쯤 뭔가에 대해 침묵하는 것도 즐겁겠지. 몸에 좋은 쓴 약처럼? 난 그렇게 생각해!"

"그사이 장군님이 악당 같은 인간으로 변한 걸 알고 계십니까?! 그런 장군님을 위하여!" 울리히가 잔을 들었다.

"아니, 난 악당이 아니오." 장군이 방어에 나섰다. "나는 각료회의의 일원이오. 회의에서는 각자 자기가 원하고 옳다고 생각하는 걸 제안하고, 그러다 마지막에는 누구도 진정 바란 적이 없는 것이 도출되오. 그게 결론이 되고. 당신이 내 말을 이해할지는 모르겠지만 이보다 더 적절하게 표현할 재주는 없소."

"당연히 무슨 말인지 압니다. 그럼에도 디오티마에 대한 당신들의 태도는 저급합니다."

"그건 나도 유감이오. 하지만 알다시피 사형집행인에 대한 평판은 좋지 않소. 그건 누구도 반박하지 못할 거요. 반면에 형무소 당국에 밧줄을 공급하는 밧줄 공장주는 고상한 윤리적 사회의 일원으로 대접받소. 당신은 그 점을 충분히 고려하지 않은 거요."

"그 화법은 아른하임의 영향으로 보이는군요!"

"그럴 수도. 하지만 잘 모르겠소. 어쨌든 오늘날 인간의 정신은 이처럼 아주 복잡해요." 장군이 솔직하게 하소연했다.

"그래서 내가 뭘 해야 합니까?"

"거야 뭐, 내가 생각을 좀 해봤는데 당신은 전직 장교였고……"

"그렇죠. 하지만 그게 '행동인'하고 무슨 상관이죠?" 울리히가 기분이 상한 듯 물었다.

"행동인?" 장군이 깜짝 놀라며 반문했다.

"내가 행동인이 아니라는 말에서부터 이 모든 이야기가 시작되지 않았습니까!?"

"아, 그랬죠. 그건 당연히 이것과 아무 상관이 없소. 그냥 그 이야기에서부터 시작한 것뿐이니까. 내 말은 아른하임이 당신을 행동인으로 생각하지 않는다는 거요. 그 사람이 직접 그런 말도 했고. 당신은 할일이 없는 사람이다, 그래서 생각을 하게 된다, 뭐 그런 이야기였소."

"쓸데없는 생각을 하게 된다는 말인가요? '힘의 영역으로 진입할' 수 없는 생각? 그저 생각을 위한 생각? 한마디로 진실하고 독립적인 생각이요? 그런 뜻인가요? 아니면 '세상과 동떨어진 탐미주의자'처럼 생각한다는 건가요?"

"뭐 그 비슷한 얘기요."슈툼 폰 보르트베어가 외교적으로 답변했다.

"뭐하고 비슷하다는 거죠? 꿈과 유전, 이 둘 중에서 정신에 더 위험한 것은 뭐라고 생각하십니까? 입에다 자꾸 그렇게 빵을 꾸역꾸역 집어넣을 필요는 없습니다. 그만두세요! 아른하임이 나를 어떻게 생각하건 그건 아무 상관 없어요. 다만 장군님은 처음에 이렇게 말씀하셨죠. '예를 들면 아른하임'이라고 말입니다. 그렇다면 또 누가 나를 행동인이 아니라고 생각하죠?"

"적지 않지. 내가 이야기했잖소. 이제는 행동이 강력한 구호가 되었다고!"

"무슨 뜻이죠?"

"나도 정확히는 모르겠소. 다만 라인스도르프 백작이 이런 말을 했지. 이젠 뭔가 일어나야 한다고! 그게 시작이었소."

"디오티마는요?"

"디오티마도 그게 새로운 정신이라고 말했죠. 이제는 회의석상에서 그렇게 말하는 사람들이 많아요. 당신도 이런 느낌을 아는지 궁금한데, 아름다운데다 머리까지 뛰어난 여자를 보면 뱃속에서부터 울렁거리지 않소!?"

"그럴 수 있겠네요." 울리히는 일단 이렇게 장단을 맞춰주고는 슈툼이 본론에서 벗어나지 못하도록 말을 이어갔다. "아무튼 이젠 디오티마가 그 새로운 정신에 대해 뭐라고 했는지 말씀해주시죠."

"뭐, 사람들이 하는 말이죠. 지성회의에서 사람들이 말해요. 시대에 새로운 정신이 깃들 것이다. 지금 당장은 아니더라도 몇 년 안에는. 그전에 특별한 일만 일어나지 않는다면. 이 정신에는 생각이 많이 담겨서는 안 된다. 이제는 감정도 시대에 맞지 않다. 생각과 감정, 이건 할일 없는 사람에게나 어울릴 뿐이다. 한마디로 우리의 시대정신은 행동의 정신이라는 겁니다. 이상은 나도 몰라요. 다만 가끔……" 이 대목에서 장군은 잠시 생각에 잠기더니 덧붙였다. "그게 결국 군의 정신 아닌가 하는 생각이 들어요?!"

"하나의 행위에는 하나의 의미가 있어야 합니다!" 울리히가 요구했다. 순간 바보처럼 잡탕이 돼버린 이 대화 저편으로 스웨덴 성채에서 이 문제에 관해 아가테와 나눈 첫 대화가 좀더 진지한 마음의 소리처럼 떠올랐다.

장군도 그 말에 동의했다. "나도 그런 말을 했소. 할일이 없고 무엇을 어떻게 해야 할지 모를 경우 실행력이 생긴다고. 그러면 고래고래 고함을 지르고 술을 퍼마시고 싸우고 말과 사람을 학대하게 되지. 하지만 다른 한편으로 자신이 원하는 걸 정확히 아는 사람이 위선자가 될 수 있다는 건 당신도 인정할 거요. 입술을 꾹 다문 채 몰트케 장군 같은 표정을 짓는 한 젊은 참모부 장교를 떠올려보시오. 십 년 후에는 군복 단추 아래 장군 특유의 똥배가 나오겠지. 그것도 나처럼 점잖은 배가 아니라 독이 가득 든 똥배 말이오. 그래서 한 행위에 얼마나 많은 의미를 담아도 되는지는 결정하기 어렵소." 그는 숙고하더니 다시 덧붙였다. "그걸 제대로 이해하는 사람은 군대에서 배울 게 많소. 요즘 나는 그런 확신이 점점 강해지고 있소. 하지만 이른바 위대한 이념이라는 것을 찾는 게 가장 간단한 방법이라고 생각하지 않소?"

"아뇨. 말도 안 되는 소립니다." 울리히가 반대했다.

"그렇긴 하지만, 나중에 실제로 남는 건 행동뿐이오." 슈툼이 한숨을 지었다. "이 이야기는 내가 진작 설명한 것 같은데…… 예전에 내가 이모든 과도한 사유들은 결국 쳐죽이는 행위로 이어질 뿐이라고 경고한 적이 있는데, 기억하시오? 우리가 막아야 할 게 바로 그거요!" 그가 단언했다. "그러려면 그 일을 이끌 사람이 필요하지!" 그가 구슬렸다.

"황송하게도 장군님께서는 제게 어떤 역할을 주실 생각인가요?" 울리히는 이렇게 물으며 보란듯이 하품을 했다.

"난 곧 갈 거요." 슈툼이 약속했다. "우리가 마음을 터놓고 대화를 나눈 뒤 당신이 진정한 동지가 될 마음이 있다면 중요한 임무를 맡게 될거요. 디오티마와 아른하임의 사이가 좀 삐걱거리고 있어요!"

"그럴 리가요!" 집주인의 얼굴에 약간 생기가 돌았다.

"당신도 곧 알게 될 거요. 내가 지금 굳이 얘기하지 않아도! 디오티마는 나보다 당신을 더 믿으니까."

"디오티마가 당신도 믿는다고요? 언제부터요?"

"그 사람이 나한테 좀 익숙해졌지." 장군이 자랑스럽게 말했다.

"축하합니다."

"고맙소. 근데 백작한테도 곧 가봐야 할 거요. 프로이센인들에 대한 백작의 반감이 이만저만이 아니거든."

"안 갑니다."

"이보슈! 당신이 아른하임을 좋아하지 않는 건 알지만 그래도 가야지."

"그 때문이 아닙니다. 이제는 라인스도르프 백작한테 가고 싶지 않습니다."

"아니 왜? 백작은 고상한 신사 아닌가? 좀 거만해서 그렇지. 나는 견디기 어려운 유형이지만 당신한테는 좋지 않나?"

"예전의 그 일로 돌아가고 싶은 마음이 없습니다."

"그렇지만 백작이 당신을 놓아두지 않을 거요. 디오티마도 마찬가지고. 나 역시 그렇고! 설마 나 혼자 내버려둘 생각은 아니겠지?!"

"모든 게 너무 어리석게 느껴져요."

"예전에도 그랬지만 당신은 항상 지극히 옳은 소리만 하지. 하지만 어리석지 않은 게 뭐가 있겠소?! 봐요, 나도 어리석기 짝이 없소. 당신이 없으면. 그러니까 나를 위해서라도 라인스도르프 백작한테 가봐요."

"그런데 디오티마와 아른하임에 관한 이야기는 뭐죠?"

"그건 말해줄 수 없소. 말해주면 디오티마한테도 안 가려고 할 테니까!" 장군은 갑자기 뭔가 좋은 생각이 떠오른 모양이었다. "당신이 원한다면 라인스도르프 백작이 조수를 하나 붙여줄 수도 있을 거요. 당신이 싫어하는 일을 대신 처리해줄 조수 말이오. 아니면 내가 국방성에서 사람을 하나 내줄 수도 있소. 그러니까 당신은 원하는 만큼 뒤로 빠져도 된다는 소리요. 대신 앞으로도 나를 좀 계속 이끌어주고!"

"일단 잠 좀 잡시다." 울리히가 부탁했다.

"약속해주기 전까지는 가지 않을 거요."

"알았습니다, 밤새 숙고해보죠." 울리히가 약속했다. "참, 가방에 군사학의 열매인 그 빵 챙겨가는 거 잊지 마십시오!"

14. 발터와 클라리세에게서 새로 일어난 일. 한 떠돌이 공연자와 관객들

저녁 무렵 울리히가 발터와 클라리세에게 간 것은 마음을 들쑤시는 불안 때문이었다. 가는 길에 클라리세의 편지를 떠올려보려고 애썼다. 편지는 짐 사이에 마구 쑤셔넣는 바람에 못 찾은 게 아니면 잃어버렸을 것이다. 세세한 내용은 기억나지 않았고, "하루빨리 돌아왔으면 좋겠다"는 마지막 문장과 발터와 먼저 이야기를 나눠봐야겠다는 느낌만 대략적으로 기억났다. 거기에는 미안함과 거북함뿐 아니라 발터에 대한 고소한 감정도 함께 섞여 있었다. 그는 어떤 의미도 부여할 수 없는 이 순간적이고 무의식적인 감정을 떨쳐내는 대신 계속 거기에 머물렀다. 그러고 있자니 몸을 낮추어 안정을 찾는 어지럼증 환자와 비슷한 무언가가 느껴졌다.

집으로 꺾어들자 클라리세가 복숭아나무 가지시렁 옆벽에 햇볕을 받으며 서 있는 것이 보였다. 그녀는 뒷짐을 지고 잘 휘어지는 덩굴에 몸을 기댄 채 멍하니 앞을 바라보고 있었다. 그래서 그가 들어오는 것을 알아채지 못했다. 그녀의 태도에는 자신을 잊고 뻣뻣하게 굳어버린 느낌이 있었다. 동시에 그녀의 특성을 아는 가까운 사람만 감지할 수 있는, 거의 눈에 드러나지 않은 연극적인 요소도 담겨 있었다. 마치 자신의 내면을 다룬 의미심장한 공연에 동참하던 중에 누군가에게 붙잡혀 빠져나오지 못하는 듯했다. 문득 그녀의 말이 떠올랐다. "당신 아이를 갖고 싶어요!" 오늘은 이 말이 그날 들었을 때처럼 그렇게 불쾌하게 느껴지지 않았다. 그는 나직이 클라리세를 부르고는 기다렸다.

그러나 클라리세는 자기만의 생각에 빠져 있었다. '마인가스트가 이번엔 우리집에서 변신하고 있어!' 그의 인생에는 특이한 변신이 여러 번 있었다. 그는 발터의 상세한 답장에는 아무런 대꾸가 없더니, 어느 날 갑자기 그저 오겠다던 예고를 실현해버렸다. 그날 이후 클라리세는 마인가스트가 자신들의 집에서 즉각 착수한 일들이 변신과 관련이 있다고 확신했다. 정화 전에는 늘 어딘가에 들른다는 한 인도 신에 대한 기억 속의 이야기가 그녀의 마음속에선 동물들이 고치가 되려고 특정한 장소를 선택한다는 이야기와 섞여 있었다. 클라리세는 지극히 건강하고 견실한 인상을 주는 이 생각에 이끌려 햇볕 따스한 담장에서 익어가는, 관능적 향기를 내뿜는 복숭아나무 시렁에 이르렀다. 이 모든 것의 논리적 결과로 그녀는 지금 이렇게 불타는 저녁 햇살을 받으며 창문 아래 서 있었고, 반면에 그 선지자는 창문 안쪽의 그림자 동굴로 사라지고 없었다. 그 전날 마인가스트는 그녀와 발터에게, 크네히트 또는 영어로 '나이트'라고 하는 것이* 원래 젊은이, 소년, 시종, 싸울 수 있는 남자, 영웅이라고 설명했다. 이제 그녀는 스스로에게 말했다. '나는 그의 크네히트야!' 그녀는 그를 모셨고 그의 일을 수호했다. 거기엔 더 이상 말이 필요 없었다. 그저 눈부신 얼굴로 꼼짝 않고 햇빛을 견딜 뿐이었다.

울리히가 말을 걸자 그녀는 뜻밖의 목소리가 들린 쪽으로 얼굴을 천천히 돌렸다. 순간 그는 예전과 달라졌음을 직감했다. 그를 향한 눈 속엔 차가움이 담겨 있었다. 낮의 해가 식은 다음 자연의 색이 발산하는

---

* '기사'를 뜻하는 영어 '나이트'는 '머슴' 혹은 '기사의 종자'를 뜻하는 독일어 '크네히트'와 어원이 같다.

차가움과 비슷했다. 그는 즉시 알아차렸다. 이젠 그녀가 자신에게 원하는 것이 없음을! 그녀의 시선에는 어떤 흔적도 남아 있지 않았다. 그녀가 그를 받치고 있던 '단단한 바위에서 밀어버리려고' 한 흔적도, 그를 위대한 악마나 신이라 여긴 흔적도, '음악의 구멍'으로 그와 함께 도망치려고 한 흔적도, 자신을 사랑해주지 않으면 그를 죽이려고 한 흔적도 남아 있지 않았다. 그건 아무래도 상관없었다. 누군가의 시선에서 이기심의 열기가 사라진 것을 발견하는 것은 지극히 사소한 일상의 경험일 수 있었다. 그럼에도 그건 공허한 무관심으로 내다보던 삶의 베일에 난 작은 균열 같았다. 게다가 이것은 나중에 일어난 여러 가지 일의 원인이 되기도 했다.

울리히는 마인가스트가 집에 있다는 말을 듣고, 사정을 이해했다. 두 사람은 발터를 부르려고 조용히 집안으로 들어갔다. 그러고는 마찬가지로 조용히 셋이서 밖으로 나왔다. 일에 열중하고 있는 사람을 방해하고 싶지 않았던 것이다. 나오다가 울리히는 열린 문 너머로 마인가스트의 등을 두 번 흘낏 바라보았다. 마인가스트는 이 집의 일부이기는 하지만 나머지 공간과 분리된 휑한 방에 묵고 있었다. 클라리세와 발터는 그를 위해 어딘가에서 철제 침대를 하나 구해 왔다. 부엌용 의자와 양은 대야는 세숫대야와 그것을 받치는 용도로 사용했다. 이 비품들 말고는 창문 커튼도 없는 이 방에는 책을 넣어둔 찬장과 페인트칠을 하지 않은 연한 목재로 만든 작은 책상이 하나 있을 뿐이었다. 마인가스트는 이 책상에 앉아, 지나가는 사람들에게는 고개조차 돌리지 않고 글만 썼다. 이 모두 울리히가 직접 본 것과 두 친구에게 들은 것을 합친 이야기였다. 두 친구는 자신들이 사용하는 공간보다 훨씬 누추한 곳에 스승이 묵는 것에 전혀 양심의 가책을 받지 않았다. 오히려 모종의 이유에서 스승이 그런 환경을 즐기는 것을 뿌듯하게 여겼다. 그것은 감동적이었고, 그들에겐 편했다. 발터는 마인가스트가 없을 때 그 방에 들어가면 마치 고결하고 에너지 넘치는 손을 품은 다 해진 낡은 장갑에서처럼 형언할 수 없는 무언가가 풍겨나오는 것 같다고 했다. 실제로 마인가스트는 전사戰士의 소박함이 물씬 풍기는 이런 환경에서 일하는 것에 큰 만족감을 느꼈고, 거기서 종이에 자신의 생각을 글로 풀어낼 의지가 생겨났다. 게다가 클라리세가 아까처럼 자기 방의 창문 밑이나 그 위의 계단참에 서 있거나, 아니면 그녀의 고백대로 '보이지 않는 북극광의 외투에 감싸여' 자기 방에 그저 있기만 해도 그에게 매인 이 야심만만한 여제자가 주는 기쁨은 컸다. 그러면 펜은 착상의 춤을 추었고, 날카로운 코는 떨렸으며, 그 위의 크고 짙은 눈은 달아오르기 시작했다. 이런 상황에서 그가 끝내려고 마음먹은 글은 새 책 안에서도 정말 중요한 장이 될 터였다. 아니, 책이라 부르기보다 새로운 남자들의 정신을 향한 전투준비 명령이라 불러 마땅할 것이다! 클라리세가 서 있는 곳에서 낯선 남자의 목소리가 그의 방까지 올라왔을 때 그는 글쓰기를 잠시 중단하고 조심스레 창밖을 내려다보았다. 울리히를 알아보지는 못했지만 어렴풋이 기억이 나기는 했다. 계단을 올라오는 발소리가 들렸으나 그에게는 문을 닫을 이유도, 글에서 고개를 돌릴 이유도 되지 못했다. 저고리 밑에 두툼한 양모 재킷을 껴입고는 그저 날씨와 사람에 무심함을 내보일 뿐이었다.

울리히는 산책을 따라나섰고, 그사이 집에서 작품 집필에 전념하고 있는 스승에 대한 친구들의 열광적인 찬사를 들었다.

발터가 말했다. "마인가스트 같은 사람과 교류하게 되면 우리가 평소에 얼마나 타인에 대한 혐오감으로 괴로워했는지 깨닫게 돼! 그 사람과 함께 있으면, 그러니까 뭐랄까, 회색은 사라지고 모든 게 천연색으로 나타나는 느낌이야." 클라리세가 말했다. "마인가스트와 함께 있으면 우리에게 하나의 운명이 있다는 감정이 솟구쳐요. 지극히 개인적이고 환한 빛을 받으며 서 있는 느낌이에요." 발터가 보완했다. "오늘날엔 모든 게 수백 개의 층으로 쪼개져 있고, 불투명하고 흐릿한 상태야. 반면에 그 사람의 정신은 유리 같아!" 울리히가 두 사람에게 대답했다. "세상에는 늘 죄악의 양†과 미덕의 양이 존재해. 게다가 그 둘을 필요로 하는 양도 있고!"

발터가 받아쳤다. "그 사람이 자네하곤 안 맞을 줄 진작 알았지!"

클라리세가 소리쳤다. "예전에 당신은 이런 말을 했어요. 우리는 이상에 따라 살 수 없다고. 기억나요? 마인가스트는 그렇게 할 수 있어요!" 발터는 좀더 신중하게 말했다. "당연히 그 사람한테도 반박할 거리는 있어." 클라리세가 그의 말을 중단시켰다. "그 사람 말을 듣고 있으면 마음속에서 빛의 전율이 느껴져요." 울리히가 대꾸했다. "정말 잘생긴 남자들은 보통 멍청해. 정말 심오하다고 하는 철학자들도 보통 얕아. 문학에서도 평균을 살짝 넘을 뿐인 작가들이 동시대인들로부터 위대한 작가로 경탄받아."

경탄이란 참으로 이상한 현상이다. 개인의 삶에서는 단순히 '발작'과도 같은 것으로 국한된다면 집단의 삶에서는 항구적으로 제도화되어 있다. 원래 발터는 자신과 클라리세가 존경하는 마인가스트의 자리를 자신이 대신했더라면 더 만족했을 것이다. 왜 그렇게 되지 못하는지는 본인도 알지 못했다. 그런데 거기에도 작은 이점이 있었다. 그렇게 아낀 감정은 낯선 아이를 자기 자식으로 받아들일 때처럼 마인가스트에게로 향했다. 바로 이런 점 때문에 마인가스트에 대한 경탄은 결코 순수하고 건전한 감정이 아니었고, 발터 자신도 그것을 알고 있었다. 그것은 오히려 마인가스트에 대한 믿음에 자신을 맡겨버리려는 과도하게 자극적인 욕망이었다. 이 경탄 속에는 고의적인 면도 있었다. 그것은 전적인 확신 없이 미친듯 포효하는 '피아노 건반의 감정'이었다. 울리히도 그것을 간파하고 있었다. 오늘날 삶을 파편화하고 식별하지 못할 정도로 뒤섞어버린 열정의 원초적인 욕구 하나가 여기서 귀로를 찾고 있었다. 왜냐하면 발터는 극장에서 관객들이 본래 판단했던 범위를 넘어 자신들에게 박수를 유도하는 상투적인 것에 박수갈채를 보낼 때와 비슷하게 맹렬한 기세로 마인가스트를 찬미했기 때문이다. 그는 보통 축제와 기념일, 위대한 동시대인이나 이상, 명예에 바쳐지기 마련인 경탄의 순간처럼 그에게 경탄했다. 그런 순간에 사람들은 그에 동참하면서도 자신이 누구에게, 혹은 무엇에 경탄하는지 제대로 알지 못한다. 속으로는 그런 자신을 질책하지 않으려고 다음날엔 예전보다 두 배는 더 비열해질 준비를 하면서. 울리히는 두 친구에 대해 이렇게 생각했고, 때로 마인가스트에게 독설을 퍼부으며 두 사람의 마음을 움직이려 했다. 눈 밝은 사람이라면 누구나 그렇듯, 그 역시 거의 항상 대상을 잘못 짚는데다 무관심 속에 살아남은 나머지조차 말살해버리는, 동시대인들의 경탄 능력에 벌써 수도 없이 화가 났기 때문이다.

그들이 이런 대화를 나누며 집으로 돌아왔을 때 사위는 벌써 어둑어둑해져 있었다.

"마인가스트 그자는 예감과 믿음이 혼동되는 오늘날의 상황 덕분에 먹고사는 사람이야." 마지막으로 울리히가 말했다. "과학 외에 거의 모든 것을 우린 그저 예감만 할 수 있을 뿐이야. 그건 열정과 조심성이 필요한 일이지. 그래서 우리가 모르는 영역의 방법론은 삶의 방법론과 거의 비슷해. 그런데도 너희는 마인가스트 같은 사람한테 바로 '믿음'을 바쳐! 모든 사람이 그래. 하지만 그 믿음이란, 알지 못하는 내용물을 까보려고 알이 담긴 광주리 위로 너희의 귀중한 몸과 마음을 내던지는 것과 다를 바 없는 재앙이야!"

그들은 계단 발치에 서 있었다. 불현듯 울리히는 자신이 여기에 왜 왔고, 왜 두 사람과 예전처럼 다시 대화를 나누고 있는지 깨달았다. 그래서 발터의 다음 대답도 전혀 놀랍지 않았다. "그럼 자네 방법론이 완성되기 전까지 세계는 정지해야 한다는 건가?" 그들은 울리히의 말을 진지하게 받아들이지 않는 것이 분명했다. 지식의 확실성과 예감의 안개 사이 어딘가에 자기 자리를 요구하는 믿음의 이 영역이 얼마나 황량한지 그들은 이해하지 못했던 것이다! 이전의 관념들이 울리히의 머릿속에서 덩어리져 뭉쳐졌다. 관념들의 쇄도로 생각은 질식해버렸다. 그럼에도 그는 깨달았다. 꿈으로 감각이 마비된 양탄자 직조공처럼 처음부터 다시 시작할 필요가 없어졌음을. 그리고 자신이 다시 여기 서 있는 이유가 오직 그 때문임을. 최근에는 모든 것이 훨씬 단순해졌다. 지난 열나흘의 시간은 예전의 모든 것을 무효화했고 내적 움직임의 선들을 강력한 매듭으로 묶어버렸다.

발터는 울리히에게서 자신을 화나게 할 대답이 나오기를 기대했다. 그뒤엔 두 배로 갚아줄 생각을 하면서! 그가 속에 품고 있던 대꾸는 마인가스트와 같은 사람들은 구원자라는 말이었다. '구원은 원래 완전하다는 뜻이야.'* 발터는 생각했다. '구원자도 실수를 저지를 수 있지만 우리를 완전하게 해줘!' 이 말 다음엔 이렇게 덧붙이려고 했다. '자네는 아마 그런 생각을 꿈에도 못할걸?' 순간 발터는 치과에 갈 때와 비슷한 반감을 울리히에게 느꼈다.

그러나 울리히는 무심코 이렇게 묻기만 했다. 마인가스트가 최근 몇 년 동안 무엇을 썼고, 무엇을 했는지.

"거봐!" 발터가 실망스럽게 말했다. "자네는 그것도 모르면서 비난만 하고 있어!"

"아, 그건 굳이 알 필요가 없어. 그냥 몇 줄만 보면 알아!" 울리히는 계단에 발을 올렸다.

그때 클라리세가 울리히의 저고리를 잡아당기며 속삭였다. "그 사람 이름은 사실 마인가스트가 아니에요!"

"당연히 아니겠지. 근데 그게 비밀인가?"

"어느 날 마인가스트가 되었어요. 지금 우리집에서 또 새로 변신하고 있어요!" 클라리세는 격하고 비밀스럽게 속삭였다. 이 속삭임에는 갑자기 솟구치는 불꽃 비슷한 것이 담겨 있었다. 발터는 그 불길을 끄려고 황급히 달려들었다. "클라리세!" 그가 애원했다. "클라리세, 제발 쓸데없는 소리 좀 그만해!"

클라리세는 입을 닫더니 미소를 지었다. 울리히는 계단을 앞서 올라

---

* 구원자라는 뜻의 독일어 'Heilbringer'에서 'heil'은 '몸이 훼손되지 않은 상태로 성하다' '무사하다'는 의미를 담고 있다. 그래서 직역하면 구원자는 '성하게 해주는 사람' '온전하게 해주는 사람'이라는 뜻이다.

갔다. 이제 드디어 차라투스트라의 산에서 발터와 클라리세의 집으로 내려온 그 사자使者를 만나볼 생각이었다. 위에 도착했을 때 발터는 울리히뿐 아니라 마인가스트에게도 화가 나 있었다.

마인가스트는 어두운 집안에서 자신의 경탄자들을 맞았다. 그들이 오는 것을 보고 있었던 것이다. 클라리세는 즉시 잿빛 창유리 앞에 서 있는 그에게로 다가갔다. 크고 마른 그림자 옆에 작고 뾰족한 그림자가 하나 더 생겼다. 소개는 없었다. 아니, 한쪽의 일방적인 소개만 있었다. 스승의 기억을 일깨우려고 울리히의 이름이 언급된 것이다. 이어 모두 침묵했다. 울리히는 이 상황이 어떻게 전개될지 궁금했기에 비어 있는 두번째 창문 앞으로 가 섰다. 발터도 울리히 쪽에 합류했다. 예상치 못한 일이었다. 어차피 똑같은 반감이라면 유리창을 덜 가린 덕에 조금이라도 빛이 더 들어오는 쪽에 마음이 끌렸을지 모른다.

달력은 3월을 가리키고 있었다. 그러나 기상학은 항상 믿을 만하지는 않다. 가끔은 6월의 저녁이 달력보다 먼저 찾아오기도 하고 늦게 찾아오기도 한다. 클라리세는 그렇게 생각했다. 창문 앞의 어둠이 꼭 여름밤 같다고 느끼면서. 가스등 불빛이 떨어지는 창밖의 밤은 래커칠을 한 듯 옅은 노란색으로 빛났다. 그 옆의 덤불은 흘러넘치는 검정덩어리로 보였다. 이 덤불에서 빛이 걸쳐진 부분은 정확히 표현하기는 어려우나 초록색이나 희끄무레한 색으로 비쳤고, 이파리 안쪽으로 물결무늬를 만들었으며, 마치 잔잔하게 흘러가는 물에 빨래를 넣고 헹구는 것처럼 가스등 불빛 속에 아스라이 떠 있었다. 질서를 기억하라는 암시이자 경고에 불과한 작달막한 말뚝 위의 길쭉한 쇠띠는 덤불 아래 잔디를 따라 한동안 길게 이어지다가 어둠 속으로 사라졌다. 클라리세는 저 앞쪽 어딘가에 그 띠가 끝나는 지점이 있다는 사실을 알고 있었다. 예전에 이 일대를 조경 차원에서 단장하려는 계획을 세웠다가 곧 무산됐는지도 모른다. 클라리세는 마인가스트 쪽으로 바짝 다가갔다. 그가 서 있는 창가 모서리에서는 길이 좀더 멀리까지 보였기 때문이다. 그녀는 유리창에 코가 닿을 만큼 바짝 창문에 붙어섰다. 두 몸은 마치 그녀가 계단에서 종종 팔을 뻗을 때처럼 여러 곳이 단단히 맞닿았다. 게다가 마인가스트의 긴 손가락은 비단 손수건을 문 지극히 산만한 독수리의 강인한 부리처럼 그녀의 오른팔 팔꿈치를 붙잡고 있었다. 클라리세는 조금 전부터 한 남자를 주시하고 있었다. 이유는 알 수 없지만 뭔가 정상이 아닌 듯했다. 남자는 머뭇거리며 걷다가도 어떤 땐 조심성 없이 아무렇게나 걸었다. 마치 걸으려는 의지에다 뭔가를 둘둘 싸맨 것 같은 인상을 풍겼다. 그러다보니 그것을 찢어낸 뒤에야 그는 매번 조금씩 나아갔다. 서두르지도 않지만 멈추지도 않는 평범한 발걸음이었다. 이 불규칙한 움직임의 리듬이 클라리세를 사로잡았다. 남자가 가로등 밑으로 지나갈 때 그녀는 그의 얼굴을 유심히 살펴보았다. 무감각하고 퀭한 얼굴이었다. 그런데 끝에서 두번째 가로등쯤 갔을 때는 보잘것없고 불쾌하고 소심한 얼굴 같다고 생각했다. 그런데 그녀의 창문 바로 아래쪽에 있는 마지막 가로등에 이르렀을 때는 또 달랐다. 무척 창백했고, 빛 속에 이리저리 떠다니는 듯했다. 마치 어둠 속에서 빛이 유영하듯. 그래서 그 옆의 얇은 가로등 철 기둥은 오히려 한층 더 꼿꼿하고 흥분한 듯한 인상을 풍겼고, 원래보다 더 강렬한 연녹색으로 눈에 와 박혔다.

언제부터인가 네 사람 모두 이 남자를 서서히 관찰하기 시작했다. 자신을 지켜보는 눈이 있을 줄 꿈에도 모르는 남자는 이제 빛을 뒤집어쓴 덤불을 알아보았다. 덤불을 보는 순간 문득 여자 속치마의 물결무늬가 떠올랐다. 이제껏 본 적이 없지만 한 번쯤 보고 싶었을 화려한 속치마였다. 순간 그는 뭔가 결심이 섰는지, 낮은 울타리를 타고 넘어 장난감 상자 속 나무 밑의 녹색 톱밥을 연상시키는 잔디 위에 서서 잠시 어리둥절해하며 발밑을 내려다보다가 조심스럽게 주위를 둘러보는 자기 머리에 정신이 번쩍 들어 습관처럼 그늘 속으로 몸을 숨겼다. 따뜻한 날씨에 끌려 야외에 나갔던 사람들이 집으로 돌아오고 있었다. 그들의 유쾌한 목소리가 벌써 멀리서부터 들려왔다. 그 소리에 마음이 불안해진 남자는 더더욱 속치마 같은 덤불 속으로 숨어들어갔다. 클라리세는 여전히 남자가 왜 저러는지 알 수 없었다. 남자는 한 무리의 사람들이 지나가고 가로등 불빛으로 어둠에 눈이 멀 때마다 밖으로 나왔다. 그러고는 발을 들어올리지 않고 둥근 형태의 빛으로 접근했다. 마치 얕은 물가에서 발바닥까지만 물에 들어가는 사람처럼. 클라리세는 남자가 몹시 창백한 것을 보았다. 얼굴이 빛바랜 원반처럼 일그러져 있었다. 그녀는 격한 연민을 느꼈다. 그런데 남자가 특이한 느낌으로 조금씩 움직였다. 한참 동안 그 움직임을 이해하지 못하던 그녀는 갑자기 붙잡을 것을 찾아야 할 정도로 경악했다. 하지만 마인가스트가 여전히 팔을 잡고 있어서 자유롭게 움직일 수 없는 상황이었다. 그래서 그의 넓은 바지를 잡았고, 폭풍 속의 깃발처럼 그의 다리를 잡아매고 있는 그 천에 보호를 구하는 마음으로 꽉 매달렸다. 그렇게 두 사람은 서로를 붙잡고 서 있었다.

창문 밑의 이 남자가 성생활의 규범을 어김으로써 정상적인 사람들의 성적 호기심을 강하게 불러일으키는 환자라는 생각을 가장 먼저

한 사람은 울리히였다. 그는 동요하기 쉬운 클라리세가 이 상황을 어떻게 받아들일지, 잠시 쓸데없는 걱정을 했다. 그러다 곧 그것을 잊어버렸고, 이제는 이런 사람의 내면에서 무슨 일이 벌어지는지 궁금해졌다. 그 변화는 남자가 울타리를 넘는 순간 이미 완전히 이루어졌고 그렇기에 세부적인 것을 일일이 묘사하기는 어려웠다. 어쨌든 그에 맞춰 자연스럽게 남자의 현상태에 대한 적절한 비유가 떠올랐다. 한 가수의 모습이었다. 먹고 마시던 것을 막 끝내고 피아노 앞으로 다가가 두 손을 배 위에 포갠 채 노래를 부르려고 입을 벌리는 가수는 본래의 자신과 다른 사람이기도 했고 그렇지 않기도 했다. 라인스도르프 백작 각하도 떠올랐다. 종교적 윤리적 인간이면서 동시에 속물적인 은행가의 회로에 아무 거리낌 없이 접속할 수 있는 사람이었다. 내면에서 일어나지만 바깥세상의 승인으로 확인되는 이러한 변신의 완벽성이 매혹적으로 느껴졌다. 아래에 있는 저 남자가 어떤 심리적 과정을 거쳐 지금의 상태에 이르게 되었는지는 아무래도 상관없었다. 다만 울리히의 머릿속에 또렷이 그려지는 것이 있었다. 남자의 머리가 서서히 공기를 주입하는 풍선처럼 긴장으로 채워진다. 아마 며칠에 걸쳐 서서히 채워졌을 것이다. 그러나 풍선은 여전히 단단한 바닥에 연결된 줄에 묶여 흔들린다. 그러다 갑자기 미지의 명령에 의해, 우연한 원인에 의해, 혹은 방금 일어난 어떤 일이 계기가 된 특정 시간의 경과에 의해 줄은 풀리고, 그 사람의 머리는 인간 세상과의 연결고리를 잃은 채 텅 빈 부자연스러운 세계 속으로 부유한다. 실제로 퀭하고 보잘것없는 얼굴의 저 남자는 덤불에 몸을 숨긴 채 맹수처럼 잠복하고 있었다. 마음먹은 것을 실행에 옮기려면 야외에 나갔다 돌아오는 사람들이 점점 줄고 그로써 이 일대가 그에게 좀더 안전한 곳이 될 때까지 기다려야 했다. 그런데 무리들 중간중간에 여자 혼자 지나가거나, 가끔 무리 한가운데에서 한 여자만 유독 활달하게 웃으면서 춤을 추듯 걸어가면, 남자에게 그들은 인간이 아니라 자신의 의식을 미치게 만드는 인형으로 보였다. 그의 머릿속은 그 인형들을 향한 살인자의 무자비함으로 가득찼다. 죽음에 대한 그들의 공포 따위는 전혀 문제되지 않았다. 다만 그 자신이 완전히 인사불성에 빠지기 전에 그들에게 발각되어 개처럼 쫓길 수도 있다는 상상으로 살짝 고통을 느끼기는 했다. 입안의 혀가 불안으로 파르르 떨었다. 그는 머리가 하얘진 상태로 기다렸다. 황혼의 마지막 불꽃이 시나브로 스러지기 시작했다. 마침내 혼자 걸어가는 여자가 그의 은신처로 점점 다가왔다. 여자와 가로등 몇 개를 사이에 두고 서게 되었을 때 남자는 주변 환경에서 여자만 떼어내 인지할 수 있었다. 밝음과 어둠의 물결 속에서 오르내리는 여자는 가까이 오기 전까지는 빛에 젖은 시커먼 덩어리였다. 울리히도 형체 없이 접근해 오는 여자가 중년임을 알아보았다. 몸은 자갈을 가득 채운 자루 같았고, 얼굴은 호감이 가지 않는 고압적인 싸움닭 같았다. 그러나 덤불 속의 창백하고 호리호리한 남자는 여자가 위험을 감지하기 전에 해치우는 방법을 알고 있을 것이다. 어쩌면 그의 살 속에서는 벌써 여자의 눈과 다리가 둔하게 움찔거리고 있을지도 몰랐다. 남자는 여자가 방어할 새도 없이 기습할 채비를 했다. 기습당한 여자 속으로 밀고 들어가 여자가 얼마나 발버둥을 치든 그 속에 자신의 모습을 영원히 새겨놓을 채비를. 이런 흥분으로 그의 무릎과 손, 목구멍은 미친듯이 소용돌이쳤다. 최소한 울리히는 그렇게 느꼈다. 남자가 어스름한 불빛에 젖은 덤불 일부를 더듬거리는 모습을 보면서.

남자는 결정적인 순간에 튀어나가 모습을 드러낼 준비를 마쳤다. 이 가없은 남자는 나뭇가지의 마지막 가벼운 저항에 기댄 채 몽롱한 상태로 환한 불빛 속에서 일렁거리듯이 다가오는 못생긴 여자의 얼굴을 빤히 바라보았다. 그의 호흡은 낯선 인간이 보이는 리듬에 맞춰 헐떡거렸다. '여자가 비명을 지를까?' 울리히는 생각했다. 저 투박한 여자라면 놀라 뒤로 물러나는 대신 분노에 휩싸여 즉각 공격에 나설 수도 있었다. 그러면 정신 나간 비겁자는 도망칠 것이고, 남자는 좌절된 육욕을 이기지 못하고 뭉툭한 손잡이가 달린 칼을 제 살에 쑤셔넣을 것이다! 그런데 이 긴장된 순간에 울리히의 귀에 길을 따라오는 두 남자의 떠들썩한 목소리가 들렸다. 울리히가 유리창 너머로 확인한 바에 따르면 그들도 방금 여기서 모종의 들끓는 흥분을 감지한 듯했다. 왜냐하면 창문 밑의 남자가 거의 다 열어젖힌 덤불 장막을 조심스럽게 다시 내리더니 소리 없이 어둠 속으로 사라졌기 때문이다.

바로 그 순간 클라리세가 옆에 있던 마인가스트에게 속삭이듯 말했다. "저런 개자식!" 격분한 목소리는 결코 아니었다. 마인가스트도 예전에 변신하기 전의 자유분방한 행동 때문에 그녀에게서 이런 말을 여러 번 들었다. 그래서 이건 나름의 맥락이 있는 말이었다. 클라리세는 마인가스트가 변했음에도 여전히 이것을 기억하고 있으리라 짐작했다. 그리고 실제로 이 말에 답하듯 그의 손가락이 그녀의 팔 위에서 미세하게 꼼지락거리는 것이 느껴졌다. 이날 저녁 우연하게 일어난 일은 없었다. 그 남자가 하고많은 장소 중에 하필 클라리세의 창문 밑에 서 있었던 것도 단순히 우연으로만 볼 수는 없었다. 자기가 어딘가 정상이 아닌 남자들을 강력하게 끌어들인다고 믿는 그녀의 생각은 확고했고 벌써 여러 번 사실로 증명되기도 했다! 전체적으로 보자면 그녀의 생각들은 혼란스럽지 않았다. 오히려 연결고리가 생략되거나, 특정 상황에서 남들에게는 없는 내면의 원천이 뿜는 강한 정조情調에 푹 젖을 뿐이었다. 예전에 마인가스트를 근본적으로 변화시킨 사람이 자신이라는 확신도 그 자체로 믿지 못할 이야기는 아니었다. 게다가 떨어진 거리가 멀고 수년 동안 접촉이 없었던 만큼 그 변화가 독립적으로 이루어졌음을 고려하면, 또 천박한 속물을 일약 선지자로 만들 만큼 그 변화가 얼마나 큰 것이었는지를 고려하면, 그리고 마지막으로 마인가스트가 떠나자마자 발터와 클라리세의 사랑이 만들어낸 불협화음이 현재 정점에 올랐음을 고려하면, 마인가스트를 그렇게 높이 비상시키기위해 변신 전의 그가 저지른 죄악을 두 사람이 떠맡을 수밖에 없었다는 클라리세의 짐작 역시 오늘날 사람들이 믿는 수없이 많은 유력한 생각들보다 근거가 없지 않았다. 바로 여기서 클라리세가 돌아온 마인가스트를 스승으로 모시는 기사도적인 관계가 나왔다. 지금 단순히 '변화'라고 표현하는 대신 새로운 '변신'을 이야기하는 것도 그 이후 그녀가 처한 행복한 상태에 적절한 말을 찾은 것뿐이었다. 뭔가 중대한 관계 속에 있다는 의식이 클라리세를 말 그대로 행복하게 했다. 우리는 성자들을 구름 위에 서 있는 존재로 그려야 할지, 손가락 길이만큼 공중에 떠 있는 존재로 그려야 할지 제대로 알지 못한다. 마인가스트가 어쩌면 정말 깊은 배경이 있을지도 모를 자신의 위대한 작업을 실행에 옮길 장소로 그녀의 집을 택한 이후 클라리세의 현재 상황이 꼭 그랬다. 그녀는 그를 여자로서 사랑한 것이 아니라 스승에게 경탄하는 소년처럼 사랑했다. 스승과 똑같은 방식으로 모자를 쓰는 데 성공하면 무한한 행복감에 젖고, 속으로는 스승을 뛰어넘을 야심을 품은 소년처럼 말이다.

발터도 그걸 알고 있었다. 클라리세가 마인가스트와 속삭이는 말을 들을 수 없고, 창문의 어스름한 빛 속에 진득하게 녹아든 그림자 덩어리 말고는 두 사람이 보이지 않았지만 모든 것을 빠짐없이 꿰뚫어보고 있었다. 덤불 속의 남자한테 일어난 일도 간파하고 있었다. 이 방을 장악한 정적이 몹시 무겁게 그를 짓눌렀다. 그는 옆에 서 있는 울리히가 미동도 없이 긴장한 표정으로 창밖을 지켜보는 것을 알아차렸다. 그건 다른 창가의 두 사람도 마찬가지일 거라고 생각했다. '왜 아무도 이 침묵을 깨지 않는 거지?!' 그는 생각했다. '왜 아무도 창문을 열고 저 불한당을 쫓아버리지 않는 거지?!' 경찰에 신고해야겠다는 생각이 퍼뜩 들었지만 집에는 전화기가 없었다. 게다가 세 사람에게 비웃음을 살 짓을 감행할 용기도 없었다. 그는 '격분한 속물'이 되고 싶지 않았다. 그저 화만 치솟을 뿐이었다! 마인가스트에 대한 아내의 '기사도적인 관계'는 그도 충분히 이해할 수 있었다. 클라리세는 사랑에서도 노력 없는 행복이란 불가능하다고 생각하는 사람이었기 때문이다. 그녀는 행복을 육체적 쾌락에서 찾는 것이 아니라 오직 야심에서 찾았다. 문득 그는 자신이 미술 작업을 하고 있을 때 그녀가 가끔 그의 품안에서 얼마나 소름 끼치게 살아 움직였는지 기억났다. 그러나 그런 우회로 말고는 그녀가 그렇게 뜨거웠던 적은 없었다. '어쩌면 인간은 누구나 오직 야심에서만 실질적인 행복을 느끼는 것일까?' 그는 반신반의했다. 클라리세는 마인가스트가 집필할 때면 그의 위대한 생각이 뭔지도 모르면서 그 생각을 몸으로 지키겠다며 보초를 서곤 했다. 그가 이미 눈치채고 있던 일이었다. 발터는 덤불 속의 고독한 이기주의자를 고통스러운 마음으로 지켜보았다. 저 가엾은 남자는 마음이 너무 고립되면 인간이 어떻게 황폐해지는지 경종을 울리는 것 같았다. 그런데 클라리세가 지금 바깥을 지켜보면서 느끼는 것을 정확히 알고 있는 것도 그에게는 고문이었다. '클라리세는 계단을 재빨리 오를 때처럼 가벼운 흥분 상태일 거야.' 그는 생각했다. 그 자신도 눈앞의 장면을 보면서 마치 고치 형태로 돌돌 싸인 무언가가 껍질을 찢으려고 하는 듯한 압박을 느꼈다. 그리고 클라리세도 느끼고 있을 이 비밀스러운 압박감 속에서 그냥 이렇게 지켜만 볼 것이 아니라 즉시, 이제 곧, 그 무언가를 해방시키기 위해 행동에 나서 지금 벌어지고 있는 일에 직접 개입하려는 의지가 움직이는 것도 느꼈다. 그러나 다른 사람 같았으면 삶에서 생각이 나오지만, 클라리세의 경우는 늘 생각에서 삶이 나왔다. 정말 질투가 날 정도로 독특했다! 사실 발터는 신중하고 냉정하다고 여기는 친구 울리히의 사유보다는 정신병을 앓는 것처럼 보이는 아내의 이런 과대망상에 더 끌렸다. 그에게는 어쩐지 터무니없고 비합리적인 것이 더 편했을 뿐 아니라 자신을 침해하지도 않는 듯했고, 게다가 그의 연민까지 자극했다. 가만히 보면 인간은 어려운 사유보다 기발한 사유를 더 좋아하는 법이다. 심지어 발터는 울리히가 내팽개쳐져 말없는 그림자처럼 자기 옆에 서 있고, 클라리세는 어둠 속에서 마인가스트와 귀엣말을 나누는 상황에 모종의 희열을 느끼기도 했다. 이는 울리히가 마인가스트에게 패배했음을 의미했다. 하지만 클라리세가 갑자기 창문을 열어젖히거나 계단을 지나 덤불로 급히 내려갈지도 모른다는 생각이 발터를 괴롭히기도 했다. 그는 이렇게 그림자처럼 서서 점잖지 못한 시선으로 묵묵히 창밖의 광경을 지켜보는 두 남자가 끔찍이 싫었다. 이들로 인해 정신의 유혹에 고스란히 내맡겨진, 발터의 보호를 받는 그 작고 가련한 프로메테우스의 상황이 시시각각 더 위험해졌기 때문이다.

그 시각, 덤불 속으로 숨어든 병든 남자의 내면에서는 부끄러움과 좌절된 쾌락이 실망감으로 합쳐져 텅 빈 육신을 쓸쓸한 덩어리처럼 채우고 있었다. 그는 맨 안쪽의 어둠에 이르자 털썩 주저앉았고, 머리는 이파리처럼 목에서 축 늘어졌다. 세상이 그에게 벌을 주는 것 같았다. 그는 지나가던 두 남자가 그를 발견했다면 그들의 눈에 자기가 어떻게 비쳤을지 대충 짐작할 수 있었다. 그런데 메마른 눈으로 한동안 눈물을 삼키다가 처음의 그 변화가 다시 나타나기 시작했다. 심지어 이번에는 반항과 복수심까지 더해진 채로. 그러나 그 시도도 실패하고 말았다. 어딘가에 갔다가 늦은 것처럼 보이는 열다섯 살쯤 된 소녀가 지나갔다. 남자의 눈에는 급히 서둘러 가는 사랑스럽고 앙증맞은 하나의 이상처럼 보였다. 타락한 남자는 이제 밖으로 튀어나가 소녀에게 다정히 말을 걸어야겠다고 생각했다. 그런데 그 생각이 그를 극도의 공포에 빠뜨렸다. 여자만이 연상할 수 있는 온갖 가능성을 거짓으로 꾸며내던 그의 판타지도 무방비 상태로 다가오는 어린 존재의 사랑스러움에 경탄할, 유일하게 자연스러운 가능성 앞에서는 두렵고 무방비했던 것이다. 소녀가 그의 대낮 자아의 마음에 들수록 그의 그림자 자아가 느끼는 즐거움은 점점 줄어들었다. 소녀를 사랑할 수 없다면 미워하려고 애썼으나 헛된 일이었다. 이렇듯 그는 빛과 어둠의 경계에 어정쩡하게 선 채 자신을 노출시켰다. 소녀가 그의 비밀을 알아챘을 때는 이미 남자를 지나 여덟 걸음 정도 떨어져 있었다. 처음엔 덤불 속의 한 지점이 살며시 움직이는 것만 보였다. 무슨 일인지는 알지 못했다. 그러다 움직임의 실체를 간파했을 때는 이미 더는 극도의 공포를 느끼지 않아도 될 만큼 안전하게 떨어져 있었다. 아마 소녀의 입은 한동안 벌어져 있었을 것이다. 그러다 소녀는 날카롭게 비명을 지르며 달리기 시작했다. 심지어 이 장난꾸러기는 뒤를 돌아보며 즐기는 듯했다. 남자는 수치심에 멍하니 서 있기만 했다. 소녀의 눈에다 독을 한 방울 떨어뜨려 차츰 심장에까지 파고들게 하고 싶을 정도로 분노에 휩싸인 채.

비교적 무해하고 우습게 끝난 이 결말은, 사건이 이런 식으로 후딱 끝나지 않았더라면 이번에야말로 진짜 개입할 생각이었던 관객들의 인간성에 어느 정도 부담을 덜어주었다. 이런 느낌에 사로잡혀 그들은 아래쪽 일이 어떻게 정리되었는지 거의 간파하지 못했다. 다만 발터가 표현한 대로 수컷 '하이에나'가 한순간에 사라졌음을 눈으로 보고 상황이 종료되었음을 확인했다. 남자의 의도가 마침내 성공한 것은 모든 면에서 평범하기 짝이 없는 한 여자가 다가왔을 때였다. 여자는 혐오감이 담긴 눈으로 그를 멍하니 바라보다가 일순 자기도 모르게 겁에 질려 걸음을 멈추고는 마치 아무것도 눈치채지 못한 것처럼 행동하려고 애썼다. 순간 남자는 자신이 나온 거꾸로 뒤집힌 세계와 덤불 장막과 함께 무방비 상태인 여자의 저항 섞인 시선 속으로 깊이 미끄러져가는 것을 느꼈다. 실제로 그랬을 수도 있고, 아닐 수도 있었다. 클라리세는 주의를 기울이지 않았었다. 마인가스트와는 아까부터 서로에게서 손을 뗀 상태였다. 그녀는 안도의 한숨을 깊이 내쉬며 앞으로 구부리고 있던 몸을 쭉 폈다. 갑자기 공중에서 나무 바닥에 쿵 떨어진 느낌이었다. 그와 함께 형언할 수 없는 끔찍한 쾌감의 소용돌이가 몸안에서 진정되었다. 방금 일어난 모든 일이 오직 그녀를 위해 특별한 의미가 있다고 굳게 믿었다. 이상하게 들릴 수도 있지만 그녀는 이 역겨운 사건을 통해 자신이 방금 세레나데를 들은 신부가 된 느낌을 받았다. 머릿속에서는 그녀가 실행하려던 의도들이 새로운 의도들과 뒤섞여 어지럽게 춤을 추고 있었다.

"재미있군!" 어둠 속에서 울리히가 불쑥 말했다. 네 사람 중에서 처음으로 침묵을 깬 것이다. "자기가 이렇게 몰래 관찰되고 있다는 걸 알았다면 저 인간이 느낀 즐거움이 싹 달아났을 거라고 생각하니 그것도 참 웃기고 복잡하군!" 마인가스트의 그림자가 허공에서 떨어져나오더니 울리히의 목소리를 향해 길쭉하게 응축된 어둠처럼 멈춰 섰다. "사람들은 성적인 것에 너무 과도한 의미를 부여하고 있어요." 스승이 말했다. "실제로는 시대의 욕망이 펄쩍펄쩍 뛰는 숫염소 놀이에 불과할 뿐인데." 그러고는 말이 없었다. 그러나 울리히의 말을 들으면서는 불쾌감에 움찔했던 클라리세는 마인가스트의 말을 통해서는 앞으로 한 걸음 더 나아간 듯한 느낌을 받았다. 이런 어둠 속에서는 어디가 앞인지 알 수가 없었지만.

15. 유언장

울리히는 방금 겪은 일로 그전보다 훨씬 큰 불만에 휩싸여 집으로 돌아왔을 때 모종의 결정을 더는 미루고 싶지 않았다. 그래서 기억력을 총동원해 '돌발사건'을 정확히 떠올려보았다. 아가테와 깊은 대화를 나누고 며칠 뒤, 그러니까 동생과 헤어지기 얼마 전에 있었던 그 일을 완곡하게 부른 표현이었다.

당시 울리히는 늦은 시각에 도시를 지나가는 침대차를 이용하려고 이미 짐을 모두 꾸려놓은 상태였다. 남매는 저녁에 만나 마지막 식사를 했다. 아가테는 조만간 오빠를 뒤따라가기로 이야기가 끝난 상태였다. 정해진 것은 아니지만, 대략 닷새에서 열나흘 정도 헤어져 있게 될 거라고 서로 생각하고 있었다.

식탁에서 아가테가 말했다. "그전에 꼭 해야 할 일이 있어요!"

"뭐?" 울리히가 물었다.

"유언장의 내용을 바꿔야 해요."

당시 울리히는 전혀 놀라는 기색 없이 동생을 바라보았던 걸로 기억했다. 둘이 나눈 그 모든 이야기에도 불구하고 이제 동생의 입에서 농담이 나오리라 기대했다. 그러나 아가테는 접시만 내려다보더니 콧부리 위에 예의 그 익숙한 숙고의 주름을 잡았다. 그러더니 천천히 말했다. "그 사람한테는 실오라기 하나 태우고 남은 재만큼의 재산도 넘기고 싶지 않아요……!"

지난 며칠 사이 아가테의 내면에서 뭔가 격한 일이 벌어진 게 분명했다. 울리히는 하가우어에게 손해를 입히려는 그런 생각은 법적으로 허용되지 않고, 그래서 다시는 그 문제에 대해 이야기하고 싶지 않다고 말하려 했다. 그런데 바로 그때 아버지의 비서이자 늙은 하인이 요리를 날라 왔다. 결국 남매는 직접적인 표현을 숨기고 에둘러 대화를 나누었다.

"말비네 고모는……" 아가테가 오빠를 보고 생긋 웃었다. "말비네 고

모 기억하죠? 고모는 전 재산을 우리의 여자 사촌한테 다 물려줄 생각이었어요. 그건 모두가 아는 약속된 일이었죠! 하지만 사촌은 그 대신 부모의 유산 중에서 최소한의 유류분만 빼고 나머지는 모두 자기 오빠한테 돌아가게 했어요. 아버지가 똑같이 사랑했던 남매 중에 더 많이 받는 사람이 없도록 하기 위해서였죠. 기억하죠? 아가테, 아니 오빠의 사촌 알렉산드라가⋯⋯" 그녀가 웃으면서 수정했다. "결혼 이후에 받았던 연금은 그 유류분에서 제하는 식으로 지급됐어요. 복잡한 문제였죠. 말비네 고모가 아직 돌아가시기 전이었고⋯⋯"

"무슨 말인지 모르겠어." 울리히가 투덜거렸다.

"아주 간단해요! 이제 말비네 고모는 돌아가셨어요. 그런데 돌아가시기 전에 전 재산을 잃었어요. 심지어 남한테 도움까지 받아야 하는 처지였죠. 아빠는 모종의 이유에서 유언장에 수정한 내용을 되돌리는 걸 깜박 잊은 거예요. 그래서 알렉산드라는 아무것도 받지 못하게 된 거죠. 결혼할 때 부부의 모든 재산을 공동 소유하기로 약정했더라도 말이에요!"

"모르겠어. 난 아무리 생각해도 회의적이야!" 울리히가 불쑥 내뱉었다. "그랬다면 분명 아버지의 확약이 있었을 거야. 아버지가 사위와 사전 협의 없이 일을 그렇게 처리할 수는 없어!" 그랬다, 그는 당시 자신이 이런 말을 한 것이 너무 또렷이 기억났다. 동생의 위험한 실수를 도저히 간과할 수 없었기 때문이다. 이 말에 이어 그를 향해 짓던 동생의 미소도 눈앞에 생생했다. "아빠는 그런 사람이죠!" 그녀는 잠시 생각에 잠긴 눈치였다. "아빠한테 어떤 일에 대해 논거를 댈 때는 마치 그게 피와 살로 이루어진 구체적인 사례가 아니라 보편적인 것인 것처럼 설명하면 돼요. 아빠는 소처럼 코뚜레로 잡아끌 수 있는 사람이에요!" 이어 그녀는 짧게 물었다. "그런 약속이 서면으로 존재할까요?" 그러고는 직접 대답했다. "그런 이야기는 못 들어봤어요. 그런 게 있다면 다른 사람은 몰라도 나는 분명히 알고 있어야 해요! 물론 아빠는 모든 점에서 특이한 사람이지만."

그때 하인이 다시 들어왔다. 그녀는 울리히의 난감한 상황을 틈타 다음 말을 덧붙였다. "구두 약속은 얼마든지 문제삼을 소지가 있어요. 만일 말비네 고모가 모든 재산을 잃고 난 이후에 유언장이 다시 변경되었다면 모든 정황으로 봐서 그에 관한 내용이 사라졌다고 볼 수 있어요!"

울리히는 동생의 오류를 다시 바로잡으려고 했다. "어찌됐건 적지 않은 액수의 유류분이 남아 있어. 그건 친자식에게서 박탈할 수 없어!"

"하지만 이미 말했듯이 유류분은 아빠 생시에 벌써 다 지불되었어요! 알렉산드라는 두 번 결혼했다고요!" 순간 하인이 방을 나갔고, 그 틈을 이용해 아가테가 급히 덧붙였다. "나는 그 대목을 꼼꼼히 읽어봤어요. 몇 단어만 고치면 돼요. 그러면 내 유류분이 예전에 벌써 다 지불된 것처럼 만들 수 있어요. 그런다고 누가 알겠어요?! 고모가 돌아가시자 아빠는 우리한테 재산을 균등하게 배분한다는 내용의 유언 보충서를 작성한 거고, 그건 없애버릴 수 있어요. 게다가 내 유류분도 포기할 수 있어요. 이런저런 이유를 달아 오빠에게 넘기면 그만이에요!"

울리히는 어이없는 표정으로 동생을 바라보았고, 그 때문에 동생의 터무니없는 생각에 답할 기회를 놓치고 말았다. 그가 막 대답을 하려고 할 때 하인이 들어왔다. 울리히는 다시 우회적으로 말했다.

"정말로, 그런 생각을 해서는 안 돼!" 그는 머뭇거리듯이 말문을 열었다.

"왜 안 되죠?!" 아가테가 반문했다.

이런 질문은 속에만 품고 있으면 무척 간단하지만 일단 고개를 꼿꼿이 쳐들면 순진한 척 똬리를 틀고 있는 무시무시한 뱀이 된다. 울리히는 이런 대답을 했던 것으로 기억했다. "니체조차 '자유로운 정신'이 내적 자유를 위해 모종의 외적 규칙을 존중하도록 가르치고 있어!" 당시 그는 웃으면서 이 말을 했지만, 타인의 말 뒤에 숨는 것이 좀 비겁하다는 느낌이 들었다.

"그건 빈약한 원칙이에요!" 아가테는 단정했다. "나도 그런 원칙에 따라 결혼했어요!"

울리히는 생각했다. '맞아, 실제로 이건 빈약한 원칙이야.' 까다로운 질문에 뭔가 새롭고 혁명적인 답변을 해야 하는 사람은 우선 실내화를 신은 신실한 도덕적 삶을 가능케 하는 다른 모든 것들과 타협해야 하는 것처럼 보인다. 무엇보다 바꾸고 싶은 하나만 빼고 다른 모든 조건들을 그대로 유지하기 위한 그런 방법은 그에게 친숙한 사고의 창조적 경제학과 전적으로 맞아떨어졌기 때문이다. 울리히도 이 방법을 늘 느슨하다기보다는 엄정한 것으로 여기고 있었다. 그런데 당시 동생과 대화할 때는 한 대 얻어맞은 기분이었다. 자신이 사랑하던 우유부단함을 더는 견딜 수가 없었다. 그리고 바로 아가테가 자신을 여기로 이끌 사명을 부여받은 것 같았다. 그럼에도 그가 동생에게 자유로운 정신의 규칙을 제시하자 아가테는 웃으면서 물었다. 그가 보편적인 규칙을 만들려고 하는 순간, 그의 자리에 다른 사람이 들어서는 것을 알아채지 못했느냐고.

"오빠가 그 타인을 아무리 분명하고 타당하게 경탄하더라도 그 사람은 원칙적으로 오빠하고 아무 상관이 없어요!"아가테는 이렇게 주장하면서 짓궂고 도발적인 시선으로 오빠를 바라보았다. 그는 또다시 대답을 저지당한 기분이 들었고, 언제든 방해가 올 것을 예상하면서 침묵했다. 그러나 대화를 중단하고 싶지는 않았다. 이 상황이 아가테에게 용기를 주었다. "우리가 함께 지낸 짧은 시간 동안 오빠는 내 인생에 대해 내가 지금껏 생각해보지 못한 놀라운 조언들을 해줬어요. 하지만 그러고 나면 항상 그 조언들이 과연 진리에 부합하는지 의문을 품곤 했어요! 내가 보기에 오빠가 사용하는 진리는 인간을 학대하는 것 같은데요!?"

아가테는 오빠를 이렇게 비난할 권리가 어디서 왔는지 몰랐다. 그녀 자신의 삶은 오히려 침묵해야 할 정도로 무가치하게 느껴지지 않았던가! 그러나 그녀는 오빠 자신에게서 용기를 길어냈다. 이는 그도 느꼈듯, 오빠를 공격하면서 오빠에게 기대는 이상야릇한 여성적 상태였다.

"너는 인간의 사고를 잘 정리된 거대한 덩어리로 통합하려는 욕구에 대해 전혀 몰라. 정신의 전투도 안 겪어봤을 테고. 너는 그 속에서 보조를 맞추며 걸어가는 행렬만 볼 뿐이야. 먼지 구름처럼 진리를 일으키는 수많은 발들의 비개인적인 것만을!" 울리히가 말했다.

"하지만 오빠는 오빠 자신을 살아가게 하는 두 상태에 대해 나로서는 도저히 상상도 못할 만큼 상세하고 명확하게 설명해주지 않았어요?!" 그녀가 대답했다.

빠르게 경계가 변하는 뜨거운 열정의 구름이 그녀의 얼굴 위로 지나갔다. 오빠를 더는 되돌아올 수 없을 만큼 멀리 데려갈 생각이었다. 그녀는 이 생각으로 들떠 있었지만 그만큼의 용기가 있는지는 아직 몰라 식사를 질질 끌기만 했다.

이 모든 걸 울리히는 알고 있었다. 아니, 짐작하고 있었다. 이제 정신을 가다듬고 자신의 입장을 밝혔다. 그는 동생 앞에 앉아 있었다. 초점 없는 눈에, 입은 억지로 말하려고 벌리면서. 그 자신이 아닌 것 같았다. 자기 뒤에 숨어 자신이 말하는 대로 읊어대는 느낌이었다. "이렇게 가정해봐. 내가 여행중에 어떤 낯선 사람의 금으로 만든 담배 케이스를 훔치고 싶어해. 너한테 물어보지. 그게 가능한 일이라고 생각해?! 네 앞에 아른거리는 결심이 고도의 정신적 자유로 정당화될 수 있느냐 없느냐에 대해서 이야기하려는 게 아냐. 심지어 하가우어한테 해를 가하는 것도 정당할 수 있어. 하지만 생각해봐! 나는 호텔비가 없을 정도로 돈이 궁하지도 않고, 직업적인 도둑도 아니고, 정신적으로건 육체적으로건 장애가 있는 정신이상자도 아니고, 히스테리 성향이 있는 어머니나 알코올중독자 아버지가 있는 것도 아니고, 다른 것으로 나쁜 낙인이 찍히거나 착란 상태에 있는 사람도 아냐. 그런데도 그걸 훔친다고 해봐. 반복하자면 세상 어디에도 그런 일은 없어! 그냥 있을 수가 없어! 과학적으로 절대 불가능한 일이라고!"

아가테는 밝게 웃었다. "하지만 울로! 그럼에도 그런 일이 일어나면요?!"

예상치 못한 대답에 울리히도 웃을 수밖에 없었다. 그는 벌떡 일어나 급히 의자를 뒤로 뺐다. 자신의 동의가 동생에게 용기를 주지 않도록. 아가테도 식탁에서 일어났다. "그 일을 해선 안 돼!" 울리히가 간청했다. "하지만, 울리." 아가테가 대답했다. "오빠는 꿈속에서 생각해요? 아니면 뭔가가 일어나는 꿈을 꾸는 거예요?"

이 물음에 그는 며칠 전 자신이 했던 주장이 떠올랐다. 모든 도덕적 요구는 제기되자마자 그 요구 자체에서 도망쳐버리는 일종의 꿈 상태를 가리킨다는 주장이었다. 이제 아가테는 말을 끝내고 아버지 서재로 갔다. 열어놓은 두 문으로 서재에 불이 켜지는 것이 보였다. 울리히는 동생을 따라가지 않았다. 다만 아가테가 그런 구도로 서서 종이 한 장을 빛에 대고 읽는 것을 보았다. '아가테는 자신이 무엇을 떠안으려는 건지 전혀 모른단 말인가?!' 그는 궁금했다. 그렇다고 신경증적인 열등감이나 탈락증상, 정신박약 같은 시대적 개념들로는 아가테의 상태를 적절히 설명할 수도 없었다. 더구나 범죄를 저지르는 중에도 아름다운 그녀의 모습에서는 탐욕도 복수심도, 다른 내적인 증오의 흔적도 발견할 수 없었다. 울리히는 이런 개념들을 통해 정신적으로 다소 문제가 있는 사람이나 범죄자의 행위를 웬만큼 통제 가능하고 문명화된 것으로 보았음에도(일상적인 삶의 왜곡되고 전이된 동기가 깊은 곳에서 어른거리기 때문이다) 순수함과 범죄가 구별 없이 뒤섞인 동생의 부드러우면서도 난폭한 결연함이 순간적으로 그의 말문을 막아버렸다. 그는 공공연히 나쁜 짓을 저지를 채비를 하는 동생이 나쁜 인간일 수 있다고 생각하고 싶지 않았다. 그래서 아가테가 책상에서 서류를 한 장씩 집어올려 숙독하고는 다시 제쳐두고, 진지하게 특정 자료를 찾는 모습을 지켜보기만 했다. 그녀의 결연함은 마치 다른 세계에서 일상적인 결정의 영역으로 내려앉은 듯한 인상을 풍겼다.

동생을 관찰하던 울리히는 왜 자신이 하가우어를 구슬려 희망을 안고 떠나게 했을까 하는 생각에 마음이 무거워졌다. 게다가 자신이 처음부터 마치 동생의 의지를 수행하는 도구인 양 행동했다는 생각이 들었다. 그는 동생의 생각에 동의하지 않았음에도 마지막까지 오히려 동생이 앞으로 나아가도록 돕는 대답을 하고 말았다. 진리는 인간을 학대한다고, 동생은 말했었다. '말은 잘하는군. 하지만 아가테는 진리가 무슨 뜻인지 전혀 몰라!' 울리히는 생각했다. '그것은 세월의 흐름과 함께 인간들에게 뻣뻣한 통풍을 남겨. 젊을 때야 사냥과 항해의 삶이겠지만!' 이런 생각과 함께 다시 자리에 앉았었다. 그런데 이제 갑자기 깨달았다. 아가테가 진리에 대해 말했던 것만 어떤 식으로건 그에게서 가져왔던 게 아니라 그녀가 옆방에서 했던 행동도 그의 모범을 따랐다는 것을. 그는 이렇게 말했었다. 인간의 가장 고결한 상태에는 선과 악이란 없고, 믿음이나 의심만 있을 뿐이다. 확고한 규칙은 도덕의 내밀한 본질에 위배되고, 믿음은 기껏해야 한 시간밖에 가지 않는다. 믿는 상태에서는 어떤 비열한 짓도 할 수 없다. 그리고 예감이 진리보다 열정이 넘치는 상태라고 말이다. 이제 아가테는 도덕적 울타리를 넘어, 비상하느냐 추락하느냐의 결정밖에 남지 않은 무한하게 깊은 세계로 과감하게 나아가려 하고 있었다. 그전에 아버지의 훈장을 바꿔치기하려고 망설이는 울리히의 손에서 훈장을 뺏은 것도 그런 행동의 일환이었다. 그때 울리히는 동생의 그런 양심 없는 행동에도 불구하고 야릇한 감정으로 동생을 사랑하게 되었다. 처음에는 자신의 생각이 자신에게서 동생에게 흘러갔지만, 이제는 숙고의 내용은 좀 빈약해졌지만 야생의 존재처럼 자유의 향내를 풍기며 동생에게서 다시 그에게로 돌아오고 있다는 야릇한 감정이었다. 그는 자제하려고 애쓰느라 몸을 떨면서 동생에게 신중하게 제안했다. "내가 출발을 하루 미루고 공증인이나 변호사를 찾아가 이 문제에 대해 좀 알아볼게. 네가 지금 하려는 일은 너무 뻔히 보여!"

그러나 아가테는 아버지가 생전에 이용하던 공증인이 이제 이 세상 사람이 아니라는 사실을 벌써 알았던 모양이다. "이 일에 대해 잘 아는 사람은 이제 남아 있지 않아요. 그러니까 그냥 내버려둬요!"

울리히는 동생이 종이 한 장을 집어들고 아버지 필체를 연습하고 있음을 알아챘다.

그에 이끌려 그도 가까이 다가가 동생 뒤에 섰다. 책상 위엔 아버지의 살아 있던 손이 움직이던 종이가 가득했다. 지금도 그 움직임이 느껴지는 듯했다. 여기서 아가테는 배우의 모방처럼 거의 똑같은 필체를 마술처럼 불러내고 있었다. 그것을 지켜보고 있자니 기분이 묘했다. 이런 일을 하는 목적, 즉 이것이 위조에 이용될 거라는 생각은 사라졌다. 실제로 아가테도 그런 생각을 전혀 하지 않았다. 그녀 주위엔 논리 대신 불꽃이 일렁이는 정의의 아우라가 떠 있었다. 선함, 예의, 준법정신, 그러니까 그녀가 주변 사람들, 특히 하가우어 교수에게 배운 이런 미덕들은 단지 옷에서 제거해야 할 얼룩처럼 느껴졌다. 반면에 이 순간 그녀 주위에 떠 있는 불의는 마치 일출의 빛에 푹 잠긴 세계와 같았다. 그녀는 정의와 불의가 더는 보편적인 개념이나 수백만 명을 위해 고안된 타협이 아니라 너와 나의 마법 같은 만남, 무엇과도 비교할 수 없고 어떤 척도로도 잴 수 없는 원초적 창조의 광기처럼 느껴졌다. 그녀는 자신을 오빠 손에 오롯이 맡김으로써 오빠에게 하나의 범죄를 선사했다. 울리히가 자신의 무분별함을 이해해줄 거라는 기대감에서. 이것은 선물하고 싶어도 가진 것이 없는 어린아이에게 정말 예기치 않게 떠오른 기발한 착상과 비슷했다. 울리히는 이 모든 것을 대부분 짐작하고 있었다. 동생의 움직임을 눈으로 좇는 것은 이제껏 경험해본 적이 없는 즐거움을 안겨주었다. 그 속에는 다른 존재의 행위에 아무 경고 없이 완전히 굴복해버리는 동화 같은 부조리가 담겨 있었기 때문이다. 동시에 이것이 제삼자에게 해를 끼치는 일이라는 생각이 퍼뜩 떠올랐다. 하지만 그 생각은 손도끼처럼 한순간 번쩍였을 뿐 그냥 지나가고 말았다. 그는 동생이 여기서 하는 일이 누구하고도 상관없는 일이라는 생각으로 재빨리 스스로를 안심시켰다. 동생이 저렇게 아버지 필체를 연습한다 해도 실제로 쓰이게 될지는 아직 모를 일이었다. 아가테가 여기 사방이 막힌 방안에서 하고 있는 일은 그 영향이 집밖으로 나가지만 않는다면 혼자만의 문제일 뿐이었다.

그녀는 이제 오빠를 부르면서 몸을 돌렸다. 순간 울리히가 등뒤에 서 있는 것을 보고 깜짝 놀랐다. 무언가에서 깨어난 표정이었다. 쓰려고 했던 걸 다 썼는지, 이젠 그 문서를 낡아 보이게 하려고 결연한 표정으로 촛불에 그슬렸다. 그러면서 다른 한 손을 오빠에게 뻗었다. 울리히는 그 손을 잡아주지는 않았지만 얼굴에 근심의 주름을 잡지도 않았다. 이어 그녀가 말했다. "들어봐요! 만일 어떤 것이 모순이라면, 그리고 오빠가 그 양쪽 면을 다 사랑한다면, 그것도 정말로 사랑한다면, 원하든 원하지 않든 모순은 그걸로 벌써 상쇄되는 거 아니에요?!"

"너무 경솔하게 물었어." 울리히가 투덜거렸다. 그러나 아가테는 오빠가 '두번째 생각'에서 그에 대해 어떤 판단을 내릴지 알고 있었다. 그녀는 깨끗한 종이를 한 장 집더니 그사이 자신이 연습한 고풍스러운 필체로 활달하게 글을 써 내려갔다. "나의 나쁜 딸 아가테는 나의 착한 아들 울로에게 불리하도록 상기 규정들을 바꿔야 할 이유가 없다!" 그런데 이것만으로는 만족스럽지 않은지 다른 종이에다 또 이렇게 썼다. "내 딸 아가테는 착한 내 아들 울리에게 얼마간 교육을 받아야 한다."

이것이 당시에 있었던 일이다. 하지만 그 일을 상세한 것까지 불러냈음에도 무엇을 해야 할지는 처음과 마찬가지로 여전히 오리무중이었다.

그는 이 상황을 정리하지 않고는 떠날 수가 없었다. 그것은 두말할 필요조차 없었다. 이 시대에 유행하는 미신, 즉 어떤 것도 너무 진지하게 받아들여서는 안 된다는 미신이 그에게 장난을 치는 게 분명했다. 이 미신은 그에게 당분간 여기서 물러나라고, 문제 많은 그 돌발사건의 의미를 감정적인 저항으로 확대하지 말라고 속삭였다. 어떤 음식도 펄펄 끓인 뒤 바로 먹을 수는 없다. 아무리 심한 과장이라도 사람들에게 받아들여지게 되면 거기서 차츰 새로운 평균이 나오는 법이다. 만일 과도한 가능성을 저절로 비개연적인 것으로 만드는 평균의 법칙을 신뢰하지 않는다면 기차를 탈 수도 없을 테고, 거리에서도 항상 안전장치를 푼 권총을 들고 다녀야 할 것이다. 울리히는 모든 의구심에도 불구하고 집으로 떠나오면서 유럽의 이 경험주의적 믿음에 복종했다. 마음속으로는 아가테가 다른 면모를 보여준 것이 기쁘기까지 했다.

그럼에도 이 문제는 울리히가 지금 당장, 최대한 서둘러서 그사이 방치했던 일들을 늦게라도 처리하는 것 말고는 적절한 해결책이 없어 보였다. 그렇다면 동생에게 지체 없이 특급우편을 보내거나 전보를 쳐야 할 것 같았다. 거기에 담을 내용으로 대략 다음과 같은 말이 떠올랐다. '나는 어떤 것도 너와 함께할 마음이 없어. 만일 네가 그런 짓을……!' 그러나 그는 이렇게 쓸 마음이 추호도 없었다. 어쨌든 지금은 불가능했다.

게다가 그들은 그 숙명적인 사건 이전에 벌써, 향후 몇 주 안에 함께 살기 시작하거나 최소한 같은 곳에서 지내보기로 결정을 내린 상태였다. 그래서 작별을 얼마 안 남기고는 주로 그 이야기를 했다. 일단 아가테가 조언과 안식처를 확보할 수 있도록 '이혼에 이르는 동안까지' 함께하기로 합의했다. 그런데 울리히는 이제 이 기억을 불러내면서 동생이 예전에 "하가우어를 죽이고" 싶다고 했던 말이 떠올랐다. 이 '계획'은 동생의 마음속에서 진행중이고 새로운 형태를 띠게 된 것이 분명했다. 동생은 가족 소유의 부동산을 빨리 팔아버리자고 줄기차게 주장했다. 다른 이유에서라도 그게 바람직해 보였지만 어쨌든 그녀는 상속받은 재산을 증발시키려는 의도를 갖고 있는 것 같았다. 남매는 이 문제를 부동산 회사에 맡기기로 결정하고 조건까지 확정지었다. 따라서 울리히는 이제 자신이 어쩌다 얼마간 빠져 있었고 스스로 승인하지 않은 삶으로 돌아간 연후에 동생은 어떻게 될 것인지 생각해보아야 했다. 지금 상황 그대로는 지속될 수 없었다. 둘이 그렇게 짧은 시간 안에 놀랄 정도로 가까워졌음에도, 또 이 상황이 갖가지 독립적인 일들로 가능해졌다고는 하나 울리히의 눈에는 마치 운명의 교접으로 비치고, 반면에 아가테의 눈에는 공상에 가까운 무언가처럼 비쳤음에도 말이다. 두 사람은 공동의 삶을 좌우하는 다양한 표면적인 관계 속에서 서로에 대해 아는 것이 별로 없었다. 동생에 대해 이렇게 객관적으로 생각하면서 울리히는 미해결 상태의 많은 문제들을 발견했고, 그녀의 과거에 관해서 조차 명확하게 판단할 수 없었다. 다만 동생에 대한 다음의 추측이 가장 큰 자료가 되어주는 듯했다. 즉 아가테는 자신에게 일어나거나 자신 때문에 일어난 모든 일을 아무렇게나 다루는 경향이 농후하고, 실제 삶과 나란히 동행하는 판타지 속에서 매우 애매하게 살아가고 있다는 것이다. 이런 설명은 그녀가 그렇게 오래 하가우어와 살았으면서도 하루 아침에 그와의 관계를 끊으려고 한다는 점에서도 충분히 설득력이 있어 보였다. 동생이 미래를 경솔하게 다루는 것도 그 추측에 부합했다. 그녀는 집을 떠났고, 우선은 그 점에 만족스러워하는 것 같았다. 하지만 이후에 일어날 문제들은 외면하고 있었다. 울리히 역시 동생이 이제 남편 없이 혼자서 젊은 처녀처럼 막연한 기대만 갖고 사는 모습을 상상할 수 없었고, 동생에게 어떤 남자가 어울릴지도 감이 잡히지 않았다. 그는 작별하기 전에 동생에게 이 이야기를 했다.

아가테는 깜짝 놀라며, 아니 어쩌면 일부러 바보같이 그런 표정을 지으며 울리히의 얼굴을 바라보다가 차분하게 이렇게 반문했다. "그냥 아무 결정도 내리지 않은 상태로 당분간 오빠 집에 가서 살 수는 없어요?"

이렇게 해서 남매는 어떤 것도 더 명확하게 정해놓지 않은 채, 함께 살기로 확정했다. 하지만 울리히는 이것으로 '휴가중인 삶'이라는 자신의 시도가 끝날 수밖에 없음을 깨달았다. 그것이 어떤 결과로 나타날지는 생각하고 싶지 않았다. 다만 자신의 삶에 앞으로 어떤 확실한 제약이 생긴다는 사실이 싫지 않았다. 그는 이제 처음으로 그 모임과 특히 평행운동의 여자들을 다시 떠올렸다. 모든 것과 단절하고 새로운 변화로 나아가겠다는 생각만으로도 황홀한 느낌이었다. 방안의 사소한 몇 가지 변화만으로 지루한 소리가 멋진 공명으로 다시 태어나듯 상상 속에서는 벌써 그의 작은 집이 도시의 찰랑거림을 멀리서 흐르는 강물소리처럼 들려줄 소라껍데기로 바뀌고 있었다.

이 대화가 끝나갈 무렵에 또 아주 특별한 대화가 짧게 이어졌다.

"우리는 은자처럼 살게 될 거예요." 아가테가 싱긋 웃으며 말했다. "물론 사랑 문제는 각자 알아서 자유롭게 해요. 최소한 오빠는 방해를 받지 않을 거예요!" 그녀가 약속했다.

울리히가 그에 대한 대답으로 이렇게 말했다. "혹시 이거 알아? 우리가 천년제국으로 들어가고 있다는 거?"

"그게 뭐죠?"

"우리는 시냇물처럼 하나의 목표를 향해 흐르는 것이 아니라 바다처럼 하나의 상태를 이루고 있는 사랑에 대해 벌써 많은 이야기를 나누었어! 솔직히 말해봐. 너도 학교에서 배웠을 거야. 천국에서는 천사들이 늘 주님만 바라보고 주님을 찬양하는 것 말고는 아무 일도 하지 않아. 그렇게 아무 일도 하지 않고, 아무 생각도 하지 않는 복된 상태를 상상해봤어?"

"좀 지루할 거라고 생각했어요. 내가 부족해서 그렇겠지만." 아가테의 대답이었다.

"우리가 지금껏 의견 일치를 본 모든 것에 따르면, 너는 이제 그 바다를 수정처럼 순수하고 영속적인 사건들로 가득찬, 움직임 없는 은둔의 상태로 상상해야 돼. 어떤 시대건 지상에서의 그런 삶을 상상하려고 노력해왔어. 그것이 천년제국이야. 우리가 아는 어떤 형태의 제국도 아닌, 오직 우리 자신에 의해 그 형태가 만들어지는 제국이지! 우리는 그렇게 살 거야! 모든 이기심을 버리고, 재물이나 지식, 연인, 친구, 원칙, 심지어 우리 자신에게조차 연연해하지 않을 거야. 그런 연후에야 우리의 감각은 열리고, 인간 및 동물과의 경계는 허물어지고, 우리가 더는 우리로 남지 않고 오직 모든 세계와 어우러짐으로써 우리를 유지하는 그런 방식으로 펼쳐지게 될 거야!"

짧게 끼어든 이 대화는 농담이었다. 울리히는 종이와 연필을 들고 메모를 하면서 대화 중간중간에 집과 가구를 파는 문제를 두고 동생과 상의했다. 그는 여전히 짜증이 나 있었고, 자신이 불경한 말을 하는지 공상을 하는지 스스로도 알지 못했다. 이 모든 것 때문에 그들은 유언장에 대해 진지하게 대화를 나누지 못했다.

오늘까지도 울리히가 적극적인 후회에 이르지 못한 것은 아마 이런 여러 가지 일 때문일 것 같았다. 동생의 기습 공격에는 그 자체로 마음에 드는 요소가 많았다. 자신이 기습을 당한 장본인이었음에도. 그는 인정할 수밖에 없었다. 그를 통해, "자유로운 정신의 규칙에 따라" 살아가는, 자기 속에서 과도한 안락함을 누리고 살아가는 그 사람이 갑자기 진지한 현실의 토대가 되는, 깊이 확정되지 않은 사람과 심각한 모순에 빠져들었음을. 그는 신속하고도 일상적인 방식의 보상책으로 이 일을 피해가고 싶지는 않았다. 하지만 그렇게 하려니 규칙이 없었다. 그저 일이 알아서 발전해가도록 내버려둘 수밖에 없었다.

16. 외교적인 디오티마 남편과의 재회

이튿날 아침에도 여전히 마음을 정하지 못한 울리히는 오후 늦게야 문명으로부터 영혼을 해방시키려는 일에 매진하는 사촌을 찾아가기로 결심했다. 자신을 짓누르던 진지함의 무게를 덜려는 마음에서.

디오티마에게 그의 방문을 알리러 간 라헬이 돌아오기 전에 의외로 투치 국장이 그를 맞았다. "아내가 오늘 몸이 안 좋습니다." 노련한 남편이 몸에 밴 부드러운 목소리로 설명했다. 그 부드러움은 월례적인 사용을 통해 가정의 내부 비밀을 노출하는 하나의 공식이 되어 있었다. "아내가 당신을 맞을 수 있을지 모르겠습니다." 그는 외출 복장을 하고 있었지만, 얼마든지 울리히의 말벗이 되어줄 수 있다는 태도를 내비쳤다.

울리히는 이 기회를 이용해 아른하임에 대해 물었다.

"아른하임은 영국에 갔습니다. 지금은 페테르부르크에 있고요." 투치가 이야기했다. 자신의 체험으로 침울해져 있던 울리히는 이 의미 없고 뻔한 소식을 들으며 마치 세계, 충만함, 움직임이 자신에게로 돌진해 오는 듯한 기분이 들었다.

"아주 좋은 일이지 않습니까?" 외교관이 말했다. "그 사람은 열심히 여행이나 다니라고 하세요. 그러다보면 뭔가 관찰도 하고 갖가지 정보도 얻고 그러겠죠."

"당신은 여전히 아른하임이 차르로부터 평화적 임무를 띠고 온 사람이라고 믿고 있는 겁니까?" 울리히가 재미있다는 듯 물었다.

"예전보다 더 믿죠." 오스트리아-헝가리제국 외교정책의 실무를 책임진 부서장이 확신에 차서 대답했다. 하지만 울리히는 순간적으로 투치가 정말 아무것도 모르고 있는지, 또는 그런 척하면서 자신을 놀리고 있는지 의심이 들었다. 그래서 약간 화가 나서 아른하임 문제는 내버려두고 다른 질문을 했다. "듣기론 내가 없는 사이 평행운동 모임에서 '행동'이라는 구호가 등장했다면서요?"

투치는 평행운동이라는 말이 나올 때마다 늘 그러듯 이번에도, 순진한 척하면서도 알 건 다 아는 사람의 이중역할을 즐기는 듯했다. 그는 어깨를 으쓱하더니 싱긋 웃었다. "아내가 할말을 내가 선수를 칠 수는 없죠. 아내가 당신을 맞을 수 있는 상황이라면 들어가서 직접 들으세요!" 그런데 잠시 후 그의 그리 많지 않은 콧수염이 움찔거리는가 싶더니 가죽 같은 갈색 얼굴에 박힌 크고 짙은 눈이 모호한 고통으로 반짝거렸다. 이윽고 그가 망설이듯 입을 열었다. "당신은 박식한 율법학자 같은 사람이니까, 남자한테 영혼이 있다는 게 무슨 뜻인지 설명 좀 해주실 수 없겠소?"

투치는 정말 이 문제가 궁금한 모양이었다. 이 문제로 그가 스트레스를 받고 있다는 인상은 그의 불안한 태도에서 확연히 드러났다. 울리히가 즉답을 하지 않자 그의 말이 이어졌다. "누군가를 보고 영혼이 있다고 말한다면, 그건 충직하고 성실하고 정직한 사람이라는 뜻이겠죠. 우리 부처에도 그런 부서장이 있죠. 하지만 그건 결국 하위직 사람들의 특성 아닙니까? 아니면 영혼은 여자들의 특성이기도 하고요. 남자들보다 쉽게 울고 쉽게 얼굴이 빨개지는 특성 말입니다……"

"국장님의 부인에겐 영혼이 있습니다." 울리히는 마치 디오티마가 밤처럼 까만 머리를 갖고 있다는 사실을 확인해주듯 진지하게 그의 말을 바로잡았다.

투치의 얼굴 위로 파리한 빛이 휙 지나갔다. "내 아내에게 있는 건 정신입니다." 그가 느릿느릿 말했다. "지성미가 넘치는 여자는 맞아요. 내가 가끔 지분거리며 탐미주의자라고 나무라면 아내는 화를 내죠. 그걸 영혼이 있다고는 할 수 없습니다……" 투치는 잠시 생각에 잠겼다. "혹시 여자 점쟁이한테 가본 적이 있습니까?" 그가 물었다. "사람의 손바닥이나 머리카락으로 미래를 읽는데, 때로는 정말 기가 막히게 잘 맞죠. 특별한 재능이 있거나, 아니면 속임수일 겁니다. 생각해보세요. 예를 들어 누군가 우리의 영혼이 감각의 중개 없이 서로를 알아볼 수 있는 시대가 오는 중이라는 징후가 있다고 말한다면 그걸 의미심장하게 받아들일 수 있겠습니까? 덧붙이자면……" 그는 재빨리 보충했다. "비유적 표현으로만 볼 게 아니라, 만일 당신이 좋은 사람이 아니라고 하면 어떤 행동을 하건 지금은 이미 각성한 영혼의 시대이기 때문에 과거의 어떤 세기보다 사람들이 당신의 그런 면을 훨씬 더 분명하게 느낄 수 있다는 것인데, 당신은 그걸 믿을 수 있겠습니까?"

투치의 빈정거림이 자기 자신을 향한 것인지, 아니면 듣는 사람을 향한 것인지 그의 말만으로는 알 수 없었다. 울리히는 어느 경우든 답이 되는 말을 했다. "내가 국장님이라면 어떻게 되나 한번 시험해보겠는걸요!"

"이보시오, 농담하지 말아요. 자기 일이 아니라고 그리 쉽게 말하는 건 고상하지 못해요." 투치가 투덜거렸다. "어쨌든 아내는 내가 그런 말들을 진지하게 이해해주길 원해요. 사실 나는 결코 찬동할 수 없는데도 말입니다. 나는 방어 한 번 제대로 못해보고 항복해야 할 판입니다. 이런 난감한 상황에서 당신이 박학다식한 사람이라는 기억이 났죠."

"내 기억이 틀리지 않다면 둘 다 마테를링크의 주장입니다." 울리히가 도와주었다.

"그래요!? 누구라고……? 예, 뭐 그렇다 칩시다. 그럼 혹시 사랑에 빠진 사람들만 빼고 나머지 사람들에게는 진실이라는 게 존재할 수 없다고 주장한 것도 그 사람인가요?! 그러니까 우리가 누군가를 사랑하게 되면 평범한 진실보다 깊은 신비로운 진실에 직접적으로 관여하게 된다. 반면에 정밀한 인간 인식과 관찰에 기초한 말은 당연히 아무 가치가 없다. 이것도 마…… 뭔가 하는 사람의 말인가요?"

"정확히는 모르지만 아마 그럴 겁니다. 그 인물이 할 법한 말이니까요."

"나는 그게 아른하임이 한 말이라고 생각했습니다."

"아른하임은 그 인물한테서 많은 영향을 받았죠. 마테를링크도 또다른 사람들한테서 많은 영향을 받았고요. 둘 다 특출한 절충론자죠."

"그래요? 그럼 진부한 것들 아닌가요? 그런 생각들이 대체 오늘날 어떻게 책으로 나올 수 있는지 설명 좀 해주시겠어요?" 투치가 부탁했다. "아내는 내 말에 이렇게 대답하더군요. '이성은 결코 아무것도 증명하지 못하고 사고는 우리의 영혼에 이르지 못한다!' 또 이런 말도 했어요. '정확성 너머에 지혜와 사랑의 나라가 존재한다. 그 나라를 이성적인 말로 재단하는 것은 그 나라에 대한 훼손이자 모독이다!' 나는 아내가 어떻게 그런 생각을 갖게 되었는지 알 것 같습니다. 아내도 어쩔 수 없는 여자죠. 그래서 남성적 논리를 그런 식으로 방어하는 겁니다! 남자라면 어떻게 그런 말을 하겠어요?!" 투치는 몸을 가까이하더니 울리히의 무릎에 손을 올렸다. "진실은 보이지 않는 원칙 속에서 한 마리 물고기처럼 유영하고 있다. 우리가 끄집어내자마자 그 물고기는 죽어버린다. 이 말은 어떻게 생각하십니까? 이게 혹시 '에로티스트'와 '섹슈얼리스트'의 차이와 관련이 있는 겁니까?"

울리히가 싱긋 웃었다. "정말로 그걸 듣고 싶으신 겁니까?"

"그럼요. 정말 궁금합니다!"

"어떤 말로 시작해야 할지 모르겠군요."

"거봐요! 남자들은 그런 말을 입에 담지 않습니다. 만일 당신한테 영혼이 있다면 당신은 이제 내 영혼을 그냥 관찰하고 경탄하면 되겠지요. 우리는 생각도 말도 행위도 없는 경지, 오직 신비스러운 힘과 가슴 뭉클한 침묵만 존재하는 경지에 이를 겁니다! 영혼이 담배를 피워도 되나요?" 그는 이렇게 묻더니 담배에다 불을 붙였다. 그런 뒤에야 손님에 대한 주인의 도리가 떠올랐는지 울리히에게도 담배를 권했다. 기본적으로 그는 그사이 아른하임의 책들을 읽어둔 걸 약간 자랑스럽게 생각하고 있었다. 게다가 그에게는 여전히 견디기 어려운 내용이었기에 책속의 부풀린 표현 방식을 불가해한 외교적 의도들에 유익하게 전용할 가능성을 포착한 개인적 발견에 뿌듯해했다. 실제로 어떤 사람도 그런 힘든 일을 헛되이 하려고 하지는 않을 것이다. 그와 같은 위치에 있는 사람이라면 누구나 한동안 그걸 실컷 비웃다가도 잠시 후에는 이런저런 문장을 시험해보거나, 어차피 정확하게 말할 수 없는 것에 짜증스러울 정도로 모호하지만 새로운 사유의 옷을 입히고 싶은 유혹에 굴복할 것이다. 이런 일은 대개 마지못해 일어난다. 그런 새 옷은 사람들의 감각에는 아직 우스꽝스럽게 느껴지기 때문이다. 그러나 사람들은 그 옷에 재빨리 길들여지고, 시대정신은 그 옷을 이리저리 응용하면서 눈에 띄지 않게 바뀌어간다. 그래서 특히 아른하임이라면 자신을 숭배하는 인간들을 새로 얻을 수 있을 것이다. 투치조차 모든 원칙적인 적대성에도 불구하고 영혼과 경제를 통합해야 한다는 요구 아래 경제심리학과 같은 새로운 무언가를 인정할 준비가 되어 있었다. 사실 투치가 아른하임의 영향으로부터 자신을 확고부동하게 지킬 수 있었던 것은 디오티마 덕분이었다. 그녀와 아른하임 사이에는 당시 이미 모두가 알고 있듯이 싸늘한 기운이 흐르고 있었기 때문이다. 거기엔 아른하임이 예전에 영혼에 대해 말한 모든 것이 사실 하나의 핑계일 뿐이었다는 의심도 작용했다. 어쨌든 이런 사정으로 투치는 아른하임의 말들을 예전보다 더 짜증스럽게 받아들였다. 상황이 이런 만큼 투치가 아내와 그 이방인의 관계를 아직 상승 국면으로 판단하는 것도 이해할 만했다. 물론 그 관계가 남편으로서 무언가 조치를 취해야 할 그런 연애 관계가 아니라 일종의 '사랑의 상태'이자 '머리로 하는 사랑'이라고 하더라도 말이다. 모든 저급한 의심을 뛰어넘는 그런 숭고함에 대해선 디오티마는 그로부터 받은 영감을 직접 언급한 바 있고, 심지어 최근에는 투치도 그 관계에 정신적으로 동참해야 한다고 꽤 단호하게 요구하기도 했다.

그는 그늘과 피난처를 찾는 데 꼭 필요한 태양의 위치도 모른 채 그저 사방으로 쏟아지는 햇빛에 눈이 멀 것 같은 상태에 처한 자신이 무척 곤혹스럽고 과민하게 느껴졌다.

투치의 귀에 울리히가 말하는 소리가 들려왔다. "우선 제가 말씀드릴 이야기를 깊이 한번 생각해보실 것을 부탁드립니다. 우리 안에서는 대개 체험의 끊임없는 유입과 유출이 일어납니다. 우리 안에 형성되는 자극들은 외부에서 야기되어 행동이나 말의 형태로 다시 외부로 흘러나가죠. 기계적인 유희와 비슷하다고 생각하시면 됩니다. 그런데 그것이 방해를 받고 있다고 가정해보십시오. 그러면 물꼬가 막히는 것처럼 정체 현상이 생길 수밖에 없겠죠? 강기슭이 물에 잠기는 것 같은 형태가 될 수도 있고요. 경우에 따라서는 단순히 가스로 인해 부푸는 정도일 수도 있습니다……"

"말도 안 되는 얘기지만 어쨌든 앞뒤가 맞게는 말씀하시는군요……" 투치가 인정한다는 듯이 말했다. 하지만 이 이야기가 실제로 자신의 문제와 어떤 관련이 있는지는 바로 알아차리지 못했다. 그럼에도 기존의 태도를 견지했다. 속으로는 비참한 기분을 느끼고 있었지만 겉으로는 자부심에 가득차 입가에 악의적인 미소를 띠면서 언제든 웃을 채비를 하고 있었던 것이다.

울리히의 말이 이어졌다. "생리학자들은 이렇게 말하죠. 우리가 의식적인 행위라고 부르는 것은 단순히 반사궁을 통해 유입되었다가 유출되는 자극의 결과가 아니라 우회로로 갈 수밖에 없는 자극의 결과다. 그럴 경우 우리가 경험하는 세계와 우리가 행동하는 세계는 설령 우리 눈에 동일하게 비치더라도 실은 물레방아 위와 아래에 있는 물과 비슷하고, 일종의 정체된 의식의 저수지를 통해 연결되고, 유입과 유출의 조절은 그 저수지의 수위와 동력, 그 밖의 다른 요소에 좌우됩니다. 달리 말해서, 만일 유입과 유출 둘 중 하나에 이상이 생기면, 즉 세계에 거리감이 생기거나, 행동할 마음이 전혀 생기지 않으면 그를 통해 좀더 높은 두번째 의식이 생성될 수 있다는 추정이 충분히 가능하다. 어떻습니까, 국장님 생각은? 그럴 것 같지 않습니까?"

"나요? 솔직히 말해서 그런 건 나하고 아무 상관 없어요. 그런 걸 중요하게 생각하는 교수들끼리 알아서 해결할 문제라고 생각합니다. 하지만 현실적인 측면에서 말하자면……" 그가 생각에 잠긴 표정으로 담배를 재떨이에 짓이겨 끄더니 화난 듯 눈을 치켜뜨고 울리히를 바라보았다. "세계를 결정하는 건 두 가지 정체 현상을 겪는 사람입니까, 아니면 한 가지만 정체된 사람입니까?"

"국장님은 그런 생각들이 어떻게 생겨나는지 제 의견을 물으셨던 같은데, 아니었던가요?"

"그 이야기를 하고 있던 거라면 안타깝게도 난 당신 말을 제대로 이해하지 못했습니다."

"아주 간단한 얘기예요. 국장님에겐 두번째 정체가 일어나지 않습니다. 다시 말해 지혜의 원칙을 갖고 있지 않아서 영혼 있는 사람이 하는 말을 한마디도 알아듣지 못한다는 겁니다. 축하드립니다!"

울리히는 이런 무례한 형태로, 그것도 이렇게 기묘한 기회에 자신이 털어놓고 있는 말들이 실은 자신의 마음을 모호하게 휘저어놓은 그 감정들을 설명하기에 영 부적절하지는 않다는 생각을 서서히 하고 있었다. 감수성이 무척 고조될 경우에는 감각들을 수면처럼 부드럽고 무한하게 모든 사물과 연결시키는 경험의 팽창과 수축이 생겨날 수도 있을 것 같았다. 이런 추측을 하다가 울리히는 아가테와 나눴던 긴 대화를 다시 떠올렸다. 그의 얼굴은 자신도 모르는 사이 굳고 쓸쓸한 표정을 띠고 있었다. 투치는 눈꺼풀을 천천히 들어올려 울리히의 빈정거리는 양태를 지켜보고는, 원치 않은 방식으로 '정체된' 사람이 이 자리에 자기 혼자가 아니라는 사실을 내심 눈치채고 있었다.

두 사람은 라헬이 얼마나 오랫동안 돌아오지 않고 있는지 거의 의식하지 못했다. 라헬을 붙잡은 건 디오티마였다. 그러니까 병실이 되어버린 방을 격식까지 차리지는 못해도 손님을 맞기에 부족함이 없도록 재빨리 꾸미고 자기 몸을 치장하는 데 라헬이 필요했던 것이다. 이제 하녀가 내려와 울리히더러 가지 말고 조금만 더 기다려달라는 주인의 전갈을 전하고는 다시 급히 주인에게 돌아갔다.

"국장님이 언급하신 인용문은 당연히 모두 알레고리입니다." 울리히가 라헬의 개입으로 끊긴 대화를 속행했다. 말동무가 되어준 집주인에게 이렇게라도 보답을 하고 싶어서였다. "일종의 나비 언어죠! 아른하임과 같은 사람들을 보고 있으면 소량의 꿀로 게걸스럽게 배를 채우려한다는 느낌이 듭니다! 그러니까……" 울리히는 재빨리 덧붙였다. 디오티마까지 싸잡아 모욕해서는 안 된다는 생각이 퍼뜩 떠올랐기 때문이다. "아른하임이 바로 그런 사람입니다. 물론 거기다 자신의 영혼을 가슴에 지갑처럼 지니고 다니는 사람이라는 인상도 함께 갖고 있지만요!"

투치는 아까 라헬이 들어올 때 집어들었던 서류 가방과 장갑을 도로 내려놓으며 격하게 대꾸했다. "그게 뭔지 압니까? 당신이 무척 흥미롭게 설명한 것 말입니다. 그건 바로 평화주의 정신입니다!" 그는 이 말의 효과가 충분히 퍼질 수 있도록 잠시 뜸을 들였다. "아마추어의 손에서 놀아나는 평화주의는 극히 위험합니다." 그가 의미심장하게 덧붙였다.

울리히는 웃음이 나오려고 했지만 투치는 더할 나위 없이 진지했다. 물론 울리히 역시 예전에는 서로 먼 친척뻘인 사랑과 평화주의를 하나로 연결시켰다. 둘 다 똑같이 어설픈 아마추어의 방종과 같은 인상을 불러일으킨다는 이유로 서로 연결시키는 것이 참으로 웃기는 짓이라고 여겼음에도 말이다. 그래서 울리히는 뭐라 대답해야 좋을지 몰랐다. 다만 지성회의에서 최근에 도출된 것이 행위의 구호가 아니냐고 반박함으로써 이것을 평행운동 이야기로 돌아가는 기회로 삼았다.

"그건 라인스도르프의 생각이죠!" 투치가 경멸하듯이 내뱉었다. "당신이 떠나기 직전에 이 집에서 열렸던 마지막 회의를 기억하십니까? 라인스도르프가 이렇게 말했죠. 이젠 뭔가 일어나야 한다고요. 그게 전부예요. 그걸 갖고 사람들이 행위의 구호니 뭐니 얘기하는 겁니다! 아른하임은 당연히 그 구호 속에 자신의 러시아 평화주의를 슬쩍 밀어넣으려고 하죠. 내가 경고했던 거 기억나십니까? 사람들이 내 말을 두고두고 기억할 일이 생길까봐 걱정입니다. 어쨌든 우리처럼 외교정책이 어려운 데는 없습니다. 나는 당시에 이런 말을 했죠. 누군가 오늘날 정치적 근본이념을 실현하겠다고 나서려면 도박꾼과 범죄자 기질이 어느 정도 있어야 한다고요!" 이번에는 투치도 속내를 솔직하게 털어놓고 있었다. 아마 울리히가 언제 아내에게 불려갈지 모르는데다, 이 대화에서 자기만 줄곧 가르침을 받는 입장이고 싶지는 않았기 때문일 것이다. "평행운동은 국제적 불신을 낳고 있습니다. 국내에서 이 운동이 반독일과 반슬라브적 슬로건으로 여겨지는 점도 대외 관계에 좋지 않은 영향을 끼치고 있습니다. 아마추어적 평화주의와 전문가적 평화주의의 차이를 정확히 설명해드리죠. 오스트리아는 영불협상*에 가입할

---

* 끊임없는 반목과 불신, 전쟁으로 앙숙 관계였던 영국과 프랑스가 1904년에 맺은 화친 조약. 앙탕트 코르디알이라고도 한다. 이 조약을 계기로 영국은 이집트와 나일강 지역을, 프랑스는 모로코를 상호간의 개입 없이 손에 넣게 되었다. 전쟁이 아닌 외교를 통한 분쟁 해소의 원칙을 보여주는 조약이다.

경우 최소 삼십 년은 전쟁을 피할 수 있습니다! 제국 수립 기념일과 결부시키면 당연히 비할 바 없이 훌륭한 평화주의적 제스처를 대외적으로 내보일 수 있고, 독일을 향해서는 우리의 형제애를 자신 있게 확약할 수도 있습니다. 그들이 화답을 하건 안 하건 상관없어요. 아마 우리 민족 대다수가 환호할 겁니다. 우리는 프랑스와 영국으로부터 싸게 돈을 빌려 독일이 우리를 위협할 수 없을 만큼 강한 군대를 만들 수 있습니다. 게다가 이탈리아로부터도 완전히 벗어날 수 있죠. 그리고 프랑스는 우리 없인 아무것도 할 수 없을 겁니다. 한마디로 우린 평화와 전쟁의 열쇠를 쥐게 되고, 큰 규모의 정치적 거래도 주도할 수 있습니다. 나는 지금 당신에게 비밀을 누설하고 있는 게 아닙니다. 이건 상무관 정도라면 누구나 할 수 있는 외교적 계산에 지나지 않으니까. 하지만 왜 그렇게 되지 않고 있는 걸까요? 궁정의 불확정 요소들 때문이죠. 궁정에서는 황제를 별로 좋아하지 않는 만큼 황제에게 굴복하는 것을 품위 없게 여겨요. 군주제는 오늘날 단점이 많습니다. 위신이니 품위니 하는 것들이 체제를 짓누르기 때문이죠! 그것 말고 이른바 여론이라고 하는 불확정 요소도 있습니다. 평행운동과 연결되는 지점이죠. 그런데 평행운동은 왜 여론을 교육하지 않는 거죠?! 왜 대중에게 객관적으로 사물을 보는 법을 가르치지 않는 거냐고요? 생각해보십시오." 그런데 여기서부터 투치의 말은 약간 설득력을 잃고 오히려 고통을 감추고 있다는 인상을 풍겼다. "아른하임 그 사람은 저술로 내게 즐거움을 주고 있습니다! 그건 그가 고안한 것이 아닙니다. 최근에 늦게 잠든 날 나는 이 문제에 관해 약간 숙고할 기회가 있었습니다. 소설을 쓰거나 희곡을 쓰는 정치인들은 항상 있었습니다. 예를 들어 클레망소가 그랬고 디즈레

일리가 그랬죠. 물론 비스마르크는 아닙니다. 그는 파괴자였죠. 그 밖에 요즘 프랑스의 키를 쥐고 있는 그 법률가들을 보세요. 정말 부럽죠! 정치적으로 폭리를 취하는 사람들이지만 탁월한 직업외교관들의 조언을 지침으로 삼고 있습니다. 그 정치인들은 언젠가 한 번은 아무 거리낌 없이 희곡이나 소설을 썼습니다. 최소한 젊었을 때는 말입니다. 물론 여전히 책을 쓰기도 하고요. 그 책들이 뭔가 가치가 있다고 생각하세요? 나는 아니라고 생각합니다. 어제저녁에 생각한 건데, 우리의 외교관들은 분명코 뭔가를 놓치고 있습니다. 책을 쓰지 않기 때문이죠. 그렇게 생각한 이유를 말씀드리겠습니다. 첫째, 외교관은 당연히 운동선수와 마찬가지로 몸안에 넘치는 수분을 땀으로 배출해야 합니다. 둘째, 그것이 공공의 안전을 강화합니다. 유럽의 균형이 뭐라고 생각하십니까?……"

그들의 대화는 디오티마가 울리히를 기다리고 있다는 라헬의 전갈로 중단되었다. 투치는 모자와 외투로 손을 뻗었다. "당신이 애국자라면……" 그는 라헬이 뒤에서 들고 있던 외투 소매에 팔을 끼우며 말했다.

"내가 어떻게 해야 하나요?" 울리히는 이렇게 물으며 라헬의 까만 눈동자를 바라보았다.

"당신이 애국자라면 내 아내나 라인스도르프 백작에게 그런 어려움에 대해 이야기를 좀 해주세요. 내가 직접 할 수는 없습니다. 남편이라는 자가 그런 말을 하면 괜한 트집이나 잡는 속 좁은 인간으로 비칠 테니까."

"하지만 지성회의에서는 아무도 나를 진지하게 생각하지 않습니다." 울리히가 차분하게 대꾸했다.

"아, 그런 말씀 마세요!" 투치가 소리쳤다. "거기선 다들 서로 그러는 것만큼 당신을 진지하게 생각하지 않는 건 맞지만, 오래전부터 당신을 무척 두려워하고 있어요. 당신이 라인스도르프 백작에게 정말 정신 나간 충고나 하지 않을까 하는 두려움이죠. 유럽의 균형이 뭔지 아십니까?!" 투치가 집요하게 물었다.

"어느 정도는요."

"축하드릴 일이군요!" 투치가 화난 목소리로 불만스럽게 대답했다. "직업 외교관이라고 해서 모두가 그걸 알지는 못합니다. 유럽의 균형이란 다 같이 물고 뜯는 일이 없도록 서로를 건드리지 않는 겁니다. 물론 건드리지 말아야 할 것이 무엇인지는 누구도 정확히 모릅니다. 하지만 최근 몇 년 사이 우리 주변에서 일어났거나 현재 진행중인 일들을 떠올려보세요. 이탈리아—터키전쟁, 모스크바의 푸앵카레, 바그다드 문제, 리비아 무력 침공, 오스트리아와 세르비아 사이의 긴장, 아드리아해 문제…… 이게 균형입니까? 길이길이 기억될 우리의 에렌탈 남작께서는…… 그만해야겠군요. 계속 당신을 잡아둘 수는 없으니!"

"아쉽군요." 울리히가 말했다. "유럽의 균형을 그렇게 파악하신다면 그 속에 유럽의 정신이 가장 잘 표현되어 있다고도 할 수 있겠군요!"

"예, 흥미로운 일이죠." 벌써 문가까지 가 있던 투치가 관대한 미소를 지으며 대답했다. "그런 의미에서 평행운동의 정신적 업적은 결코 과소평가될 수 없죠!"

"왜 그걸 저지할 생각은 안 하시죠?"

투치는 어깨를 으쓱했다. "라인스도르프 백작 정도의 지위가 되는 남자가 뭘 하겠다는데 이 나라에서 누가 막겠습니까? 막을 방법이 없죠. 그저 예의 주시할 뿐입니다!"

"잘 지냈어요?" 투치가 나간 뒤 이제 그를 디오티마에게로 인도하는, 검정과 흰색이 섞인 옷을 입은 어린 보초에게 울리히가 말을 건넸다.

17. 디오티마가 읽는 책을 바꾸었다

"아, 내 친구, 어서 오세요." 울리히가 방에 들어서자 디오티마가 말했다. "말도 나눠보지 않고 보낼 수는 없었어요. 하지만 이런 꼴로 맞을 수밖에 없는 걸 이해해줘요!" 그녀는 네글리제를 입고 있었는데, 품이 넓은 옷으로 인해 우아한 몸이 어떤 자세에서는 임신부 같은 인상을 살짝 풍겼고, 아직 한 번도 출산한 적이 없는 도도한 몸에서 임산부의 고통을 품은 사랑스러운 뻔뻔함이 새어나오는 듯했다. 그녀 옆의 소파 위에는 털목도리가 놓여 있었다. 조금 전까지 보온을 위해 목에 두르고 있었던 게 분명했다. 편두통 때문에 이마에는 두건을 둘렀다. 그녀는 이것이 그리스 머리띠 장식 같아 보인다는 것을 잘 알고 있었기에 그대로 두었다. 늦은 시각임에도 방에는 불을 켜지 않았다. 방안의 공기에는 정체 모를 병에 대한 치료약과 원기 회복제 냄새가 강한 향수 냄새와 뒤섞여 있었다. 아니, 향수 냄새가 모든 개별적인 냄새를 담요처럼 덮고 있었다.

　울리히는 고개를 깊이 숙여 디오티마의 손에 입을 맞추었다. 마치 그녀의 팔에서 풍기는 향기를 통해 그가 없는 동안에 일어난 변화를 감지하려는 듯. 그러나 그녀의 살갗에서는 여느 때와 다름없이 잘 먹고 잘 씻은 냄새만 진하게 풍겨나왔다.

"내 친구." 디오티마가 같은 말을 반복했다. "다시 돌아와서 반가워요. 아!" 갑자기 그녀가 웃으면서 신음을 내뱉었다. "위경련이 아주 심해요!"

보통 사람의 입에서 나왔다면 날씨 이야기처럼 평범했을 이 말이 디오티마의 입에서 흘러나오자 육신의 붕괴와 고백의 인상을 강하게 자아냈다.

"사촌?!" 울리히는 이렇게 외치고는 웃으면서 그녀의 얼굴을 보려고 몸을 숙였다. 투치가 걱정스럽게 아내의 좋지 못한 몸 상태를 암시했던 것이 지금 이 순간에는 디오티마가 임신을 한 게 아닌가 하는 추측과 혼란스럽게 뒤섞였다. 만약 그게 사실이라면 이 집에 일대 전기가 찾아온 것이나 다름없었다.

울리히의 생각을 반쯤 읽은 디오티마는 부정의 뜻으로 힘없이 손을 내저었다. 사실 이건 생리통일 뿐이었다. 물론 이제까지는 없던 일이었다. 어쩌면 몇 개월 전부터 아른하임과 남편 사이에서 갈피를 잡지 못하던 마음과 연관이 있을 듯했다. 그런 그녀에게 울리히의 귀환 소식은 하나의 위안이었고, 그녀는 투쟁 동지로서 그를 환영했다. 그것이 그를 굳이 기다리게 하면서까지 만난 이유였다. 그녀는 반쯤 눕다시피 소파에 앉아 있었다. 울리히와 함께 있으니 배를 쥐어뜯는 듯한 통증 속에서도 울타리나 출입금지 표지판이 없는 자유로운 자연의 일부가 된 듯했다. 이런 느낌은 드물었다. 어쨌든 그녀는 과민한 체질임을 나타내는 신경성 위경련을 둘러대면 울리히가 믿어줄 거라 예상했다. 그게 아니었다면 그를 들이지도 않았을 것이다.

"약을 좀 드시지 그래요." 울리히가 제안했다.

"아," 디오티마가 한숨을 내쉬었다. "그냥 흥분해서 그래요. 요즘은 신경이 흥분을 오래 견디질 못해요!"

대화가 잠시 끊겼다. 울리히는 사실 아른하임에 대해 물어보려고 했지만, 자신과 관련된 이야기가 먼저 듣고 싶어져 출구를 제때 찾지 못했다. 마침내 그가 입을 열었다. "문명으로부터 영혼을 해방시키는 작업이 어려움에 처했다면서요?" 이어 이렇게 덧붙였다. "이런 말을 하기 좀 미안하지만, 예전에 이미 나는 정신을 세계 속으로 들여보낼 길을 내려는 당신의 시도가 비참한 종말을 맞게 될 거라고 예언한 적이 있습니다!"

디오티마는 회의중에 도망쳐 울리히와 대기실 신발장에 앉아 있던 기억이 떠올랐다. 당시에도 지금과 거의 비슷하게 낙담했지만 그사이에는 무수한 희망의 오르내림이 있었다. "지금 생각하면 우리가 위대한 이념을 아직 믿고 있었을 때가 얼마나 좋았는지 몰라요!" 그녀가 말했다. "돌이켜보면 이렇게 말할 수 있을 것 같아요. 세계가 귀를 기울였다고 하지만 나는 무척 실망했어요!"

"이유가 뭐죠?" 울리히가 물었다.

"나도 모르겠어요. 아마 내 탓이겠죠."

그녀는 아른하임에 관한 이야기를 덧붙이려고 했지만 울리히는 그 대규모 시위 사태가 어떻게 해결되었는지 궁금해했다. 울리히가 마지막으로 기억하는 건, 라인스도르프 백작의 지시로 디오티마를 찾아가 시위 사태에 단호한 개입을 준비시키는 동시에 안심시키려고 했으나 결국은 만남이 이루어지지 못했다는 사실이었다.

디오티마는 거만한 몸짓으로 말했다. "경찰이 젊은이를 몇 명 체포했다가 도로 풀어줬어요. 라인스도르프는 무척 화를 냈지만 어쩌겠어요?! 백작은 이제 비스니츠키를 붙들고 뭔가 일어나야 한다고 독려하고 있어요. 하지만 비스니츠키도 명확한 명분이 없는 한 조직적으로 홍보에 나설 수가 없어요!"

"행동이라는 구호가 명분이 되어야 한다는 제안이 있었던 걸로 들었습니다." 울리히가 끼어들었다. 비스니츠키 남작은 게르만 민족주의 정파의 반발로 장관 자리에서 물러난 인물이었다. 때문에 평행운동의 아직 드러나지 않은 위대한 애국 이념에 뜻을 함께할 사람들을 모으는 위원회의 수장에 그를 지명하는 행위는 격렬한 불신을 불러일으킬 수밖에 없었다. 울리히는 이 인물의 이름을 듣고는 비스니츠키의 임명으로 결실을 맺은 백작의 정치적 지배력을 체감했다. 무엇에도 얽매이지 않은 라인스도르프 백작의 사고 과정은 가장 뛰어난 지성들의 협업을 통해 조국의 정신, 아니 더 나아가 전 유럽의 정신을 깜짝 놀라게 하려던 시도가 전부 실패하리라는 예감에 자극받아, 이제 그 정신에 어떤 식으로건 타격을 주는 것이 최선이라는 인식에 다다르게 되었다. 어쩌면 뭔가에 홀린 것들은 가끔 무자비하게 호통을 치거나 먹살을 잡고 흔들면 도움이 된다는 경험에 영향을 받았을지 모른다. 그러나 디오티마의 대답을 듣기도 전에 울리히의 이 성급한 추측성 사고 흐름은 그녀의 대답으로 중단되었다.

이번에도 그녀는 '내 친구'라는 호칭을 다시 사용했다. "내 친구, 거기엔 진실한 것이 담겨 있어요! 우리 세기는 행동에 목말라 있다고요. 행동은……"

"어떤 행동요? 어떤 종류의 행동이냐고요?!" 울리히가 그녀의 말을 잘랐다.

"어떤 행동이건 상관없어요! 행동에는 말에 대한 훌륭한 비관주의가 깔려 있어요. 과거에는 항상 말만 했다는 사실을 우리 부정하지 말아요. 우리는 영원하고 위대한 말과 이상을 위해 살았어요. 인간적인 것의 가치를 높이기 위해, 우리의 가장 내밀한 특성을 위해, 생을 더욱 충만하게 하기 위해 살았죠. 또한 우린 종합을 추구했고, 새로운 미적 향유와 행복의 새로운 기준을 위해 살았어요. 진리 자체가 되려는 엄청난 의지에 비하면 진리 탐구라는 것은 어린애 장난 같다는 생각을 부인하고 싶지 않아요. 하지만 현재 영혼 속에 현실이 지극히 빈약하다는 점을 고려하면 우리는 지나치게 욕심을 냈어요. 그러니까 아무것도 얻지 못한 채 그저 꿈같은 갈망 속에서 살았죠!" 디오티마는 줄기차게 팔꿈치로 버티고 누워 이야기했다. "오늘날에는 파묻힌 영혼의 입구 찾기를 포기하고 대신, 있는 그대로의 삶을 내적으로 극복해내는 편이 건강하다고 생각해요!" 그녀가 말을 맺었다.

이제 울리히는 행동이라는 구호와 관련해 추측했던 라인스도르프의 생각 외에 또하나의 공인된 해석을 갖게 되었다. 디오티마는 그사이 읽던 책을 바꾼 것 같았다. 그는 이 방에 들어올 때 그녀 주변에 책이 많이 쌓여 있던 것이 기억났다. 다만 방안이 너무 컴컴해서 제목은 알아볼 수 없었다. 이 책들 중 일부를 관조적인 젊은 여인의 몸이 마치 한 마리 굵은 뱀처럼 깔고 누워 있었다. 지금은 좀더 몸을 일으킨 채 기대에 찬 눈으로 그를 바라보고 있었지만. 디오티마는 아이티를 벗기 시작하면서부터 주로 감상적이고 주관주의적인 책들로 정신의 양식을 쌓왔다. 그런데 울리히가 지금 그녀의 말에서 유추해보건대, 그녀는 지속적으로 작용하는 정신의 혁신성에 사로잡힌 게 분명해 보였다. 그것은 그녀가 지난 이십 년 동안 책에서 얻은 개념들로는 알 수 없었고, 앞으로 또 이십 년이 더 지나도 알 수 없을 것이다. 심지어 역사 속의 거대한 정세 전환들도 거기서 생겨났을지 모른다. 휴머니즘과 잔인성, 폭풍 같은 분노와 무관심 또는 원인을 정확히 지목할 수 없는 모순들 사이에서 왔다갔다하는 역사의 전환들 말이다. 순간 아가테와 많은 이야기를 나누었던, 모든 도덕적 체험 속에 남아 있는 불확실성의 해명되지 않은 자잘한 찌꺼기들이 이런 인간적 불안정성을 낳는 것인지도 모르겠다는 생각이 퍼뜩 머릿속을 스치고 지나갔다. 그런데 그는 그 대화를 떠올리면 느껴지는 행복감을 이 자리에 불러내고 싶지는 않았기에 생각을 억지로 슈툼 장군에게로 틀었다. 현재 이 시대에 새로운 정신이 생겨나고 있다고 자신에게 처음 얘기해주었고, 그것도 매혹적인 의심을 자아내지 않는 건강한 분노의 톤으로 이야기했던 그 장군 말이다. 생각을 장군에게로 돌리자 디오티마와 아른하임 사이의 뒤틀린 관계를 바로잡아달라는 그의 부탁도 함께 떠올랐다. 그래서 울리히는 영혼에 고하는 디오티마의 고별사에 이렇게 간단히 대답했다. "'무한한 사랑'은 당신과 잘 안 맞나보네요?!"

"또 그 이야기! 당신은 늘 똑같아요!" 사촌은 한숨을 내쉬며 쿠션 위로 몸을 풀썩 누이더니 눈을 감았다. 울리히가 없는 동안에는 이런 직설적인 질문을 받은 적이 없기에 일단 그에게 어디까지 속마음을 털어놓았는지는 생각할 시간이 필요했기 때문이다. 그러다 갑자기 그가 곁에 있다는 것을 느끼며 잊고 있던 것이 슬며시 다가왔다. '무한한 사랑'

에 대해 울리히와 나눈 대화가 어렴풋이 떠오른 것이다. 이 주제는 둘이 마지막으로 같이 있을 때, 아니면 바로 그 직전의 만남에서 나왔던 것인데, 그때 그녀는 이렇게 장담했다. 영혼은 육신의 감옥에서 나올 수 있다. 아니 최소한 반쯤은 육신에서 밖으로 자기를 내밀 수 있다고 했다. 이 말에 울리히는 이렇게 대답했다. 그건 굶주린 사랑의 섬망 현상이고, 그녀는 아른하임이나 울리히, 또는 다른 누군가에게 자신을 허락해야 한다고. 그와 관련해서 울리히는 심지어 투치도 언급했는데, 그 기억이 다시 새록새록 되살아났다. 이런 형태의 제안은 울리히 같은 사람의 입에서 나온 다른 어떤 말보다 쉽게 기억되는 법이다. 디오티마는 당시 그의 말을 당연히 뻔뻔한 것으로 여겼다. 그러나 과거의 고통은 현재의 고통에 비하면 천진난만한 오랜 친구 같기에, 이제는 오히려 어릴 적의 친숙한 기억처럼 느껴지는 장점이 있었다. 그래서 디오티마는 다시 눈을 뜨고 말했다. "아마 지상에서는 완벽한 사랑을 할 수 없을 거예요!"

그녀는 미소를 띠고 있었지만, 머리띠 아래로 근심스러운 주름이 잡혀 있는지 얼굴에 기괴하게 찡그린 표정이 어렴풋이 드러났다. 디오티마는 개인적으로 깊은 충격을 받은 문제에서는 초월적 가능성을 믿기도 했다. 심지어 지성회의에 슈툼 장군이 불쑥 나타난 일조차 귀신의 농간인가 싶어 깜짝 놀랐다. 어릴 때는 제발 죽지 않게 해달라고 기도를 올리기도 했다. 이런 점 때문에 그녀는 아른하임과 자신의 관계에도 한결 수월하게 초월적인 믿음을 부여할 수 있었다. 그 믿음은 좀더 정확히 말하자면 오늘날 신앙과 관련해서 근본적인 태도에 해당하는, 완벽하지 않은 불신앙의 신앙이자, 어떤 가능성도 배제하지 않는 태도다.

만일 아른하임이 그녀와 5미터 거리만큼 떨어져 있어도 허공에서 서로 부딪치는 뭔가 보이지 않는 것을 자기들의 영혼에서 끄집어내는 것 이상을 할 수 있었다면, 혹은 그들의 시선이 만나 유형의 무언가, 예를 들어 커피콩 하나, 곡식 알갱이 하나, 잉크 얼룩, 모종의 사용 흔적, 심지어 자그마한 발전이라도 남겨놓았다면 디오티마는 그다음엔 어느 날이 관계가 훨씬 높아질 거라고 기대했을 것이다. 대부분의 현세적 관련들과 마찬가지로 정확하게 떠올릴 수는 없는 어떤 초월적 관련 속에서 말이다. 그녀는 아른하임이 최근 들어 예전보다 더 빈번하게 여행을 하고 체류 기간이 더 길어진 것도, 심지어 돌아온 뒤 정신을 차리지 못할 만큼 일에 치여 지내는 것도 참고 견딜 수 있었다. 또한 자신을 사랑하는 것이 여전히 아른하임의 삶에서 하나의 큰 사건이라는 사실도 전혀 의심하지 않았다. 그래서 단둘이 다시 만나게 되면 영혼의 수준이 순식간에 비약적으로 상승하고, 그들의 접촉도 본질적인 의미를 띠게 될 거라고 믿었다. 감정들이 깜짝 놀라 침묵할 만큼, 그리고 비개인적인 것에 대해 말할 기회가 없으면 씁쓸함에 탈진하게 하는 진공상태가 생길 만큼 말이다. 이것이 육체적 열정일 가능성도 배제할 수 없었지만, 모든 이성적인 전제조건에 어긋나는 무언가가 뒤이어 생길 가능성도 배제할 수 없었다. 이런 생각은 실질적이지 않은 모든 것은 어차피 믿음의 대상, 즉 그 불안한 불신앙의 대상일 뿐이라는 시대적 분위기에 길들여진 결과이기도 했다. 그런데 그녀가 눈을 뜨고, 어두운 형체로만 인지될 뿐 아무 대답이 없는 울리히를 빤히 바라보는 순간 속에서 이런 의문이 일었다. '내가 지금 무엇을 기다리는 거지? 무슨 일이 일어나길 기대하는 거지?'

마침내 울리히가 입을 열었다. "아른하임은 당신과 정말 결혼하고 싶답니까?!"

디오티마는 다시 팔로 버티고 일어나며 대답했다. "이혼하거나 결혼하는 것으로 사랑 문제를 해결할 수 있을까요?!"

'임신했다는 건 착각이었어.' 울리히는 사촌의 말에 뭐라고 대답해야 할지 몰라 속으로 이렇게 혼잣말을 했다. 그러다 불현듯 도발적으로 말을 꺼냈다. "예전에 난 아른하임을 조심하라고 경고했어요!" 순간 자신이 아는 사실, 즉 그 부호가 장삿속에서 두 사람의 영혼을 연결시키고자 한다는 사실을 그녀에게 알려줘야 한다는 의무감이 든 것 같았지만, 곧 그 생각을 떨쳐버렸다. 이 대화 속의 모든 말은 마치 그가 집에 돌아왔을 때 일 분 정도 잠시 죽었다 깨어난 것처럼 먼지 하나 없이 정성스럽게 청소된 서재의 사물들과 마찬가지로 고유의 할당된 위치가 있는 것 같았기 때문이다. 디오티마가 그를 나무랐다. "우리 사이를 그렇게 가볍게 생각하지 말아요. 아른하임과 나 사이에는 깊은 우정 같은 게 존재해요. 그럼에도 가끔 내가 커다란 불안이라고 부르고 싶은 무언가가 이 관계에 있다면 그건 바로 우리의 솔직함 때문이에요. 나는 당신이 그런 경험이 있는지, 아니면 그럴 능력이나 있는지 잘 모르겠어요. 정서적 교감이 일정한 단계에 이른 두 사람 사이에는 어떤 형태의 거짓말도 불가능해요, 서로 말을 안 하면 안 했지!"

울리히의 섬세한 귀는 이 질책에서 사촌의 영혼으로 들어가는 문이 예전보다 자신에게 좀더 열려 있음을 알아차렸다. 거짓말을 하지 않고는 아른하임과 이야기를 할 수 없을 거라는 그녀의 의도치 않은 고백으로 그는 몹시 흥겨워져서 마찬가지로 입을 다무는 형태로 얼마간 자신의 솔직함을 과시했다. 그러다 그사이 다시 몸을 눕힌 디오티마에게로 몸을 숙여 다정하고 부드럽게 손등에 입을 맞추었다. 그녀의 손은 그러고 나서도 딱총나무 고갱이처럼 가볍게 그의 손안에 가만히 머물러 있었다. 그의 손가락 끝까지 맥박이 고동쳤고, 부드러운 파우더 향이 작은 구름처럼 그의 얼굴에 어른댔다. 한 마리 짐승이 물에 비친 자기 모습이 보이지 않을 만큼 가까이 붙어 물을 마시는 것처럼 한 타인에게 바짝 몸을 숙인 이 정중한 입맞춤은 그저 장난에 불과했지만 부정한 행위 뒤에 남은 욕망의 씁쓸한 뒷맛과 비슷했다. "무슨 생각을 해요?" 디오티마가 물었다. 울리히는 그냥 고개를 저었는데, 그녀에게는 이제 비단결 같은 미광만 남은 어둠 속에서 침묵의 의미를 새롭게 비교할 기회가 되었다. 문득 그녀의 머릿속에 한 놀라운 문장이 떠올랐다. '절세의 영웅조차 감히 침묵을 지키지 못하게 하는 사람들이 있다.' 정확한지는 몰라도 어쨌든 그 비슷한 내용이었다. 그녀는 이것을 인용문으로 기억하고 있었다. 아른하임이 이 말을 꺼냈고, 그녀는 이 말을 자신에게 적용했다. 결혼하고부터는 아른하임 말고 다른 남자의 손에 자신의 손을 2초 이상 맡긴 적이 없었는데 지금 울리히와 그런 일이 생겼다. 그녀는 자기 속에 푹 빠져 있어서 일이 어떻게 되어가는지 간과했다. 하지만 잠시 뒤, 자신에게 앞으로 찾아올 수도 있고 영원히 불가능할 수도 있을 최고의 사랑을 완전히 손 놓고 기다리는 대신, 결정을 미적거리는 동안 남편에게 좀더 헌신한 것이 전적으로 옳았음을 유쾌한 심정으로 확신했다. 결혼한 사람들은 참 편리하다. 남들이라면 연인에게 부정을 저질렀다고 할 순간에 자기들은 여전히 의무를 기억하고 있다고 말할 수 있기 때문이다. 디오티마는 어떤 일이 닥쳐도 운명이 자신을 내려놓은 지점에서 당분간 자신의 의무를 다해야 한다고 말해왔기에 남편의 결점을 고치고 어떻게든 남편에게 영혼을 좀더 많이 불어넣으려고 노력했다. 한 시인의 말이 불쑥 떠올랐다. 대충 이런 말이었다. 사랑하지 않는 사람과 한 운명으로 엮이는 것만큼 절망스러운 일은 없다. 이 역시 운명이 두 사람을 갈라놓지 않는 이상 투치에게 감정을 느끼려고 노력해야 한다는 사실을 증명해주고 있었다. 그녀는 남편을 오랫동안 고통에 빠뜨린 그 헤아릴 길 없는 영혼의 사건들과는 대조적으로 그 작업을 체계적으로 해왔다. 깔고 누운 책들이 자부심으로 다가왔다. 결혼의 생리학 및 심리학과 관련된 책들이었다. 어쩐지 모든 게 서로 조화를 이루고 있는 듯했다. 이 방이 어두운 것도, 책이 옆에 있는 것도, 울리히가 자신의 손을 잡고 있는 것도, 그녀가 그에게 대단한 비관주의를 언급한 것도. 이 비관주의는 머지않아 공식 석상에서 그녀의 입을 통해 이상의 포기라는 의미로 표현될 듯했다. 디오티마는 이런 생각들을 하면서 이따금 울리히의 손을 힘주어 잡았다. 마치 기존의 모든 것들로부터 작별을 고하려고 짐이라도 싸놓은 것처럼. 그녀의 입에서 나직이 신음이 새어나왔다. 몸에서는 고통의 미세한 파장이 변명처럼 뿜어져나왔다. 울리히는 달래듯이 손가락에 힘을 주는 것으로 대꾸했다. 이런 일이 몇 번 반복되자 디오티마는 이제는 정말 도를 넘었다고 생각했지만, 손을 뺄 용기를 내지 못했다. 그의 손안에 있는 자신의 손이 너무 가볍고 건조하게 느껴졌을 뿐 아니라 심지어 가끔 파르르 떨기까지 했기 때문이다. 이 떨림은 사랑의 생리학의 금지된 신호처럼 느껴져, 어설픈 도주 동자으로 그것을 들키고 싶지 않았다.

이 상황에 종지부를 찍은 사람은 '라셸'이었다. 얼마 전부터 이상하게 버릇이 없어진 그녀가 옆방에서 열심히 뭔가를 하는 척하면서 열린 문 하나로 연결된 건너편 방에 갑자기 불을 켠 것이다. 디오티마는 울리히에게서 얼른 손을 뺐다. 그전까지 무중력 상태였던 울리히 손안의 공간이 한순간 그 상태로 유지되었다. "라셸!" 디오티마가 속삭이듯이 불렀다. "여기도 불을 켜줘!" 불이 켜지자 그 빛 아래 두 사람의 머리는 마치 어둠이 아직 완전히 마르지 않은 것처럼 깊은 곳에서 솟아오른 느낌이 났다. 디오티마의 입술은 언저리에 내려앉은 그늘로 촉촉하고 풍성해 보였다. 그전에는 연인들을 즐겁게 해주려고 만들어진 것 같던 뺨 밑과 목의 진주층 색깔의 불룩한 부분은 리놀륨 인쇄판처럼 딱딱하고 잉크로 거칠게 음영을 그려넣은 듯했다. 울리히의 머리도 익숙하지 않은 빛 속에서 희고 검게 솟은 것이 전쟁터로 나가는 원시인처럼 보였다. 그는 눈을 끔벅거리며 디오티마를 에워싼 책들의 제목을 살펴보고는 그 취향에서 드러난, 영혼과 육체의 위생법을 배우려는 사촌의 지식욕에 깜짝 놀랐다. '언젠가 이 남자는 내게 무슨 짓인가를 할 거야!' 그녀는 그의 시선을 따라가며 불안함을 느끼고는 불쑥 이런 생각을 했다. 하지만 이 생각이 이 문장 그대로 그녀의 의식 속에 떠오른 것은 아니었다. 그녀는 지금 이렇게 밝은 곳에서 그의 시선 아래 훤히 누워 있는 자신이 너무 무방비한 상태로 느껴졌다. 그래서 좀더 안정된 자세를 취할 필요를 느꼈다. 그래서 우월한 느낌을 자아내는 몸짓으로, 존재하는 모든 것으로부터 '독립적인' 여자에게나 어울릴 법한 몸짓으로 책들을 둥글게 가리키며 가능한 한 사무적인 어조로 말했다. "불륜이라는 게 가끔 부부 갈등의 지극히 간단한 해결책으로 느껴진다면 믿으시겠어요?"

"어쨌든 가장 소모가 적은 일이죠!" 울리히는 이 대답에 비꼬는 어조를 실음으로써 그녀의 화를 돋웠다. "어떤 경우에도 해가 되지는 않을 거라고 말씀드리고 싶습니다."

디오티마는 질책의 시선을 던지며 옆방에서 라헬이 듣고 있을지도 모른다고 눈치를 주었다. 그러고는 큰 소리로 말했다. "나는 그런 뜻으로 말한 게 아니에요!" 그녀는 곧 몸종을 불렀다. 라헬은 뚱한 표정으로 나타나서는 괴로운 질투심에 사로잡힌 채 방에서 나가라는 주인의 지시를 받아들였다. 그리고 이 우발적 사건 덕에 이전의 감정들은 정리되었다. 딱히 실체가 있는 것은 아니고 그 대상이 된 사람도 없었지만 둘이 작은 부정不貞을 저질렀다는, 어둠에 의해 조장된 이 상상은 환한 빛 속에서 연기처럼 사라졌다. 이제 울리히는 떠나기 전에 사무적으로 처리해야 할 일을 언급하려 했다.

"아직 못한 말이 있어요. 사무총장직을 그만두겠습니다." 그가 말을 꺼냈다.

그런데 디오티마는 벌써 어디선가 이 말을 들었는지 곧장, 그가 계속 그 자리를 맡아주어야 하고 그 밖에 다른 방법은 없다고 설명했다. "우리가 해야 할 일은 여전히 엄청나게 많아요. 조금만 참으세요. 곧 해결책이 나올 테니까! 당신한테 비서를 하나 붙여줄 거예요."

누가 자신에게 그런 비서를 붙여준다는 것인지 궁금해진 울리히는 좀더 캐물었다.

"아른하임이 자청해서 당신에게 자기 비서를 내주겠다고 했어요."

"사양하겠습니다. 그게 전혀 사심이 없는 제안이라고 생각하지 않습니다." 순간 그는 유전과의 관련성을 디오티마에게 설명하고픈 유혹을 다시 느꼈다. 그러나 그녀는 그 대답에 담긴 수상쩍은 표현을 눈치채지 못하고 자기 할말만 계속해나갔다.

"게다가 내 남편도 자기 직원 하나를 당신한테 붙여줄 용의가 있다고 했어요."

"그래도 상관없어요?"

"솔직히 말해서 썩 내키지는 않아요." 이번에는 디오티마가 자신의 의견을 좀더 명확히 밝혔다. "특히 우리한테 다른 가능성이 없는 게 아니잖아요. 참, 당신 친구인 그 장군도 자기 부서에서 사람을 보내 당신을 돕게 할 수 있다고 했어요."

"라인스도르프는요?"

"우리 쪽에서 요구하지도 않은 세 가지 가능성을 갖고 있는데 굳이 라인스도르프 백작에게까지 물어볼 이유는 없었죠. 하지만 백작도 말만 하면 분명 주저 없이 사람을 내줄 거예요."

"다들 나한테 잘 보이려고 애쓰는군요." 이 말과 함께 울리히는 아른하임과 투치, 슈툼이 보인 그런 의외의 기꺼운 태도를 큰 부담 없이 평행운동 전체에 일정한 영향력을 확보하려는 의도로 요약했다. "어쨌든 당신 남편의 측근을 쓰는 게 가장 현명할 것 같군요."

"친구, 그래도 그건……" 디오티마는 여전히 그에 대해 거부반응을 보였지만 어떻게 말로 풀어내야 할지 몰랐다. 말이 뒤엉켜서 나온 것도 그 때문인 듯했다. 그녀는 다시 팔꿈치로 버티고 일어나 생기 있게 말했다. "나는 불륜을 부부 갈등의 너무 서툰 해결책으로 삼는 걸 거부해요. 그건 당신한테 벌써 얘기했어요! 그럼에도 충분히 사랑하지 않는 사람과 하나의 운명으로 엮이는 것만큼 힘든 일은 없어요!"

이것은 자연의 비자연스러운 외침이었다. 울리히는 그에 흔들리지 않고 자신의 결정을 꿋꿋하게 밀어붙였다. "투치 국장은 의심할 바 없이 이런 식으로 당신이 하는 일에 영향력을 확보하고 싶은 거예요. 하지만 그건 나머지 사람들도 마찬가지예요! 그들 세 남자 모두 당신을 사랑하고 있고, 어떤 식으로건 그 사랑을 각자 맡고 있는 업무상의 의무와 연결시키고자 해요." 그는 디오티마가 사실의 언어든 논평의 언어든 이해하지 못하는 것이 정말 의아했다. 그래서 떠나려고 일어나면서 한층 더 반어적으로 말을 끝맺었다. "당신을 사심 없이 사랑하는 사람은 나 하나뿐이에요. 나는 맡은 일도 없고, 그래서 그에 따른 의무도 없기 때문이죠. 하지만 분산될 곳 없는 감정은 파괴적이에요. 그건 당신도 그사이 직접 경험했을 겁니다. 당신은 지금껏 줄곧 본능적이고도 합당한 불신을 갖고 나를 대해왔습니다."

디오티마는 정확한 이유를 알 순 없었지만, 바로 그런 은밀한 호감 때문에 울리히가 비서를 쓰는 문제에서 자기 집 편을 드는 것이 좋았는지도 모른다. 그녀는 울리히가 작별의 뜻으로 내민 손을 잡고 놓지 않았다.

"'그' 여자와는 어떻게 돼가요?" 디오티마가 울리히의 말을 받아 최대한 장난스럽게 물었다. 그러나 그녀의 그런 태도는 마치 역도선수가 펜대를 들어올리는 것처럼 어울리지 않았다.

울리히는 디오티마가 말한 여자가 누구인지 알 수 없었다.

"당신이 나한테 소개시켜줬던 그 법관 아내 말이에요!"

"당신도 그걸 알고 있었어요?!"

"아른하임 박사한테 들었죠."

"그래요? 그런 말로 당신 앞에서 내 체면을 깎을 생각을 하다니 참으로 영광이네요. 그 부인은 당연히 나와 아무 관계가 없어요. 아주 깨끗한 사이라는 말이죠!" 울리히는 전통적인 방식으로 보나데아의 명예를 지켜주었다.

"당신이 없는 동안 두 번이나 당신 집을 찾아간 여자인데도요!" 디오티마가 웃었다. "처음에 우린 그 여자분이 지나가는 걸 우연히 봤고, 두 번째는 다른 경로로 그 사실을 알게 되었어요. 그러니 부인할 필요 없어요. 사실, 당신을 이해하고 싶지만 이해가 안 돼요!"

"다른 사람도 아니고 당신한테 이걸 어떻게 설명해야 할지!"

"설명해봐요!" 디오티마는 '공무상의 불결한' 표정을 지으며 명령했다. 이것은 정숙한 부인으로서 그녀의 영혼에 원래는 금지되어 있는 것을 정신의 요구로 듣거나 말해야 할 때 그녀가 짓는, 일종의 안경을 걸친 것과 비슷한 표정이었다. 그러나 울리히는 거부했고, 자신은 그저 보나데아의 마음을 짐작만 할 뿐이라고 재차 반복했다.

"좋아요." 디오티마는 인정했다. "하지만 당신의 여자친구는 수상쩍은 냄새를 물씬 풍기고 다녔어요! 뭔가 부당한 일이 있어 내 앞에서 자기변호를 해야겠다고 생각하는 것 같기도 했어요! 어쨌든 정 그렇다면 당신이 그 여자에 대해 짐작하는 거라도 말해봐요!"

이제 울리히는 알고 싶은 욕구가 동했고, 보나데아가 벌써 몇 차례 디오티마를 찾아왔다는 이야기를 듣게 되었다. 그것도 단순히 평행운동이나 자기 남편의 지위와 관련된 문제로만 찾아온 것이 아니었다. "아름다운 여자더군요. 그건 나도 인정하지 않을 수 없어요. 게다가 놀랄 정도로 이상주의적인 사고를 하고요. 사실 나는 화가 나요. 당신은 내게 믿어달라고 요구하면서도 나에 대한 믿음은 여전히 유보하고 있다는 게!"

순간 울리히는 두 여자 모두 지옥에나 빠졌으면 하는 심정이었다. 디오티마는 겁을 줘서 쫓아버리고 싶었고 보나데아는 그 집요함에 죄를 묻고 싶었다. 아니면 흘러가는 대로 두었던 삶과 자기 자신 사이에 엄청난 괴리감을 느끼기도 했다. "그래, 들어봐요." 그가 짐짓 어두운 표정을 지으며 말했다. "그 여자는 색정증이에요. 나로서는 어찌해볼 도리가 없어요!"

디오티마는 색정증이 무엇인지 '학술적으로' 알고 있었다. 잠시 침묵이 이어지다가 그녀가 말을 길게 끌며 대답했다. "불쌍한 여자군요! 당신은 그런 여자가 좋아요?!"

"바보 같은 소리 말아요!" 울리히가 말했다.

디오티마는 '좀더 자세히' 듣고 싶어했고, 그는 '이 딱한 현상'에 대해 설명하면서 이 병을 '인간적으로 이해'시키려고 노력했다. 깊게까지 들어가 설명하지는 않았음에도 그녀는 서서히 내적 만족감에 휩싸였다. 자신은 그런 여자가 아니라는, 신에게 흔히들 느끼는 감사에 뿌리를 둔 만족감이었다. 그렇지만 그 만족감은 감정적 정점을 지나 공포와 호기심으로 퇴색해버렸고, 울리히와의 관계에도 어느 정도 영향을 끼치게 되었다. 디오티마는 생각에 잠긴 표정으로 말했다. "내적 확신 없이 누군가를 품에 안는 건 참 끔찍한 일이 분명해요!"

"정말 그렇게 생각하세요?" 사촌이 솔직한 심정으로 물었다. 디오티마는 이 빈정거리는 투에 자존심이 상하고 화가 치밀었지만 그런 감정을 드러내지는 않았다. 다만 이제 그의 손을 놓고는 그만 가보라는 몸짓과 함께 다시 쿠션에 몸을 눕히는 것으로 만족했다. "당신은 내게 해서는 안 되는 얘기를 했어요." 그녀가 누운 채 말했다. "방금 당신은 그 불쌍한 여자한테 못할 짓을 한 거예요. 입이 가벼운 사람이에요, 당신은!"

"난 입이 가볍지 않아요!" 울리히는 이렇게 부인하면서 그저 웃음을 터뜨릴 수밖에 없었다. "당신은 정말 불공평해요. 내가 다른 여자 이야기를 고백한 사람은 당신이 처음이에요. 그것도 당신이 유도했잖아요!"

디오티마는 우쭐해졌다. 정신적 변신을 하지 않는 것은 자기 자신을 가장 심하게 속이는 일이라는 식의 말을 하려다 마지막 순간에 갑자기 너무 개인적인 것 같아 말을 삼켰다. 대신 자기 주변에 널려 있던 책 하나가 생각나, 공적 검열을 거친 안전한 대답을 내놓았다. "당신은 모든 남자들이 저지르는 잘못을 저질렀어요." 그녀가 질책했다. "연인을 동등한 인간으로 대하지 않고 단순히 자기 자신을 보완하는 수단으로만 다루고 있어요. 그러니 실망감이 생기는 거죠. 당신은 오직 엄격한 자기 수양을 통해서만 활기차고 조화로운 에로티시즘에 도달할 수 있을 거라는 생각을 해본 적이 없나요?!"

그는 놀란 입을 거의 다물지 못했지만 결국 이 현학적인 공격에 반사적인 방어기제로 답했다. "오늘 투치 국장도 영혼의 교육 가능성과 생성 가능성에 대해 내게 물은 것을 알고 있습니까?!"

디오티마는 몸을 벌떡 일으켰다. "뭐라고요? 투치가 당신한테 영혼 이야기를 했다고요?" 그녀가 놀라 물었다.

"맞아요, 그랬어요. 투치 국장은 그게 뭔지 정말 궁금해했어요." 울리히가 확언했다. 그러나 이젠 출발을 늦출 어떤 이유도 남지 않았다. 다만 그는 다음 기회에 비밀 엄수의 의무를 깨고 그에 관해 좀더 자세히 이야기해주겠다고 약속했다.

18. 편지 쓰길 어려워하는 도덕주의자

고향집에서 돌아온 뒤 울리히가 줄곧 빠져 있던 불안 상태는 디오티마를 방문한 것과 함께 끝을 맺었다. 벌써 다음날 저녁에 그는 책상에 앉았고, 이 행위만으로도 책상은 다시 예전처럼 친숙해졌다. 아가테에게 편지를 쓰기 시작했다.

울리히는 동생의 경솔한 시도가 한없이 위험하다는 사실을 가끔 찾아오는 바람 한 점 없는 날처럼 가볍고 분명하게 깨닫고 있었다. 그 일은 아직까지는 그와 동생만 관련된 무모한 장난에 지나지 않았고, 그게 장난으로 남으려면 실제 현실이 되기 전에 없던 일로 만들어야 했다. 그런데 날이 갈수록 그 위험은 점점 커져만 갔다. 울리히는 그런 내용으로 편지를 쓰다가 문득 이렇게 노골적으로 쓴 편지를 우편으로 부치는 것에 의구심이 들자 편지 쓰기를 중단했다. 그러고는 편지 대신 자신이 직접 가장 이른 열차를 타고 동생한테 가는 것이 여러모로 더 적절하지 않을까 생각했다. 그러나 벌써 며칠 동안 이 문제를 내팽개치고 허송세월했던 것을 감안하면 그건 당연히 앞뒤가 맞지 않았고, 게다가 어차피 가지 않을 것도 이미 알고 있었다.

그는 이 뒤에 뭔가 하나의 결정처럼 확고한 것이 있음을 알아차렸다. 그러니까 자신은 그 돌발사건에서 파생된 일을 그냥 흘러가는 대로 내버려두고 지켜만 보고 싶었다. 결국 그가 당면한 문제는 실제로 어느 선까지 용인할 수 있느냐는 것이었고, 그런 생각을 하고 있자니 그의 머릿속에서는 갖가지 광범한 생각들이 지나갔다.

일례로 그는 자신이 지금껏 '도덕적'으로 행동할 때마다 사람들이 보통 '부도덕하다'고 표현하는 행위나 생각을 할 때보다 정신 상태가 더 안 좋아졌음을 사고의 첫 단계에서 곧장 인지했다. 이는 일반적 현상이다. 왜냐하면 주변 환경과 갈등을 일으키는 사건들 속에서 생각과 행위는 자신의 역량을 전부 펼쳐 보이는 반면, 의무만 다하면 그만인 곳에서는 세금을 납부할 때와 다를 바 없는 움직임을 보이기 때문이다. 그 결과 모든 악은 적잖게 판타지와 열정을 동반하는 반면에 선은 명백한 슬픔과 감정 결핍이 그 특징으로 나타난다. 울리히는 동생이 이 도덕적 딜레마를, 선하다는 것은 더는 선이 아닌 거냐는 정말 거리낌없는 질문으로 표현했던 기억이 났다. 그녀는 이게 어렵고도 흥분되는 일이라고 주장했고, 그럼에도 왜 도덕적 인간들이 거의 언제나 지루한지 모르겠다며 의아해했다.

그는 흐뭇하게 웃으며 아가테와 자신이 하가우어를 상대로 빚어낸 특별한 대립 구도를 의식하며 자신의 생각을 계속 엮어나갔다. 이는 대략, 선한 방식으로 악한 사람들과 악한 방식으로 선한 한 남자의 대립이라 할 수 있었다. 어머니 치마폭을 떠난 이후로는 선이니 악이니 하는 보편적인 말이 머릿속에 더는 떠오르지 않는 인간들이 삶의 넓은 중간 지대를 차지하면 오늘날엔 의도적으로 도덕적 수고를 들이는 두 극단만 남는다. 악하면서 선한 인간과 선하면서 악한 인간이 그들이다. 그중 첫번째 부류는 선이 날아가는 것을 본 적이 없고 선이 노래하는 것을 들은 적이 없어 모든 동시대인들에게 함께 도덕적 자연에 열광하자고 요구한다. 박제 새가 인공 나무에 앉아 있는, 그런 도덕적 자연에 말이다. 반면에 두번째 집단인 선하면서 악한 인간들은 경쟁자에게 자극받아 최소한 생각으로는 열심히 악에 대한 애착을 보인다. 선한 행위가 밑천을 다 드러낸 것과 달리 악한 행위만큼은 아직 도덕적 활력으로 실룩거리고 있다고 확신하는 것처럼. 당연히 울리히는 아직 이 전망을 완전히 의식하지 못하고 있었지만, 당시 세계는 이런 식으로 흘러가고 있었다. 마비된 도덕에 침몰할 것인지, 아니면 활기찬 비도덕주의자들에 의해 침몰할 것인지 하는 선택만 남아 있었고, 오늘까지도 결국 그중 어느 것이 압도적인 선택을 받았는지 모르고 있는 듯하다. 단, 도덕 일반에 신경쓸 겨를이 없는 대다수 사람들이 자신들을 둘러싼 상황에 신뢰를 잃고 그 결과 다른 몇몇 믿음까지 잃으면서 특별한 계기에만 도덕에 주목하게 되는 경우가 아니라면 말이다. 이유는 분명하다. 모든 것에 대한 책임을 손쉽게 돌릴 수 있는 악하고 악한 인간은 당시 그때도 벌써 오늘날만큼 드물었고, 선하고 선한 인간은 아득한 성운처럼 동떨어진 사명을 대변할 뿐이었기 때문이다. 울리히는 바로 이 사람들을 생각하고 있었고, 그 외 나머지는 설령 생각하는 것처럼 보여도 사실 전혀 관심이 없었다.

그는 '하라!'는 요구와 '하지 마라!'는 요구 사이의 관계를 선과 악에 대입함으로써 자신의 생각에 또하나의 좀더 일반적이고 비개인적인 형식을 부여했다. 이웃사랑의 정신이든 훈족의 정신이든, 한 도덕이 상승중인 한, '하지 마라!'는 '하라!'의 이면이자 자연스러운 결과일 뿐이기 때문이다. 행위와 행위하지 않음은 발갛게 타오르고, 그것에 결함이 있더라도 문제시되지 않는다. 영웅과 순교자들의 결함이기 때문이다. 이 상태 속에서 선과 악은 온전한 한 인격의 행복과 불행을 닮았다. 그러나 논쟁적이던 것이 주도권을 잡아 확산되고 특별한 어려움 없이 실행되면 그 즉시 요구와 터부 사이의 관계는 필연적으로 하나의 결정적인 상태를 지나가게 된다. 즉, 의무가 매일 새롭고 활기차게 생성되는 것이 아니라 침출되어 '만약'과 '불구하고'의 논리로 해체되고 다양하게 사용될 준비를 갖추게 되는 것이다. 그와 함께 하나의 과정이 시작되고, 이후의 경과 속에서 미덕과 악덕은 규칙, 법칙, 예외, 제한의 영역에서 드러나는 태생적 동일성으로 인해 서로 점점 비슷해지다가 결국에는 경이롭지만 근본적으로는 참을 수 없는 자기모순이 생겨난다. 울리히의 출발점이기도 한 이 자기모순의 본질은 이렇다. 순수하고 깊고 원래적인 행동방식들의 즐거움, 즉 허용된 사건과 마찬가지로 허용되지 않은 사건에서 또한 튀어오를 수 있는 불꽃과도 같은 즐거움과 비교하면 선악의 구분은 의미가 없다는 것이다. 실제로 누구든 선입견 없이 자기 속을 들여다보면 도덕의 이런 금지적 성격이 도덕의 정언적 요구보다 그런 긴장을 훨씬 많이 품고 있음을 깨달을 공산이 크다. 타인의 재산을 점유하거나 감각적 쾌락에 탐닉하는 것처럼 우리가 '악하다'고 하는 특정 행위를 저질러서는 안 된다거나, 설령 저질렀다고 해도 최소한 그러지 말았어야 했다고 말하는 것은 상대적으로 자연스럽게 여겨지는 반면, 그에 상응하는 긍정적인 도덕적 전통, 예를 들어 자신의 것을 온전히 내놓는 기부나 세속적 쾌락의 자제 같은 전통은 벌써 거의 없어졌다. 그래서 그런 전통을 아직 이어가는 사람은 바보나

괴짜, 아니면 창백한 피부의 도덕군자연하는 인간 취급을 받는다. 미덕이 쇠하고, 그래서 도덕적 행동이 주로 부도덕한 행동을 통제한 결과로 나타나는 상황에서는 부도덕한 것이 도덕적인 것보다 더 근원적이고 강력할 뿐 아니라, 이렇게 말해도 된다면 실제로 더 도덕적으로 비치기도 한다. 법과 규범의 측면이 아니라 양심의 문제가 불러일으키는 열정을 기준 삼아 얘기한다면 말이다. 그런데 우리에게 남은 영혼의 찌꺼기로 열렬히 선을 찾아 헤매기 때문에 우리 내면이 오히려 악으로 기운다는 것보다 모순적인 것이 또 있을까?!

울리히는 점점 아치형처럼 커지는 자신의 성찰이 다시 아가테에게 이른 이 순간만큼 그 모순을 강하게 느낀 적이 없었다. 그들이 임시로 만들어낸 말을 또 한번 빌리자면, 선하면서 악한 방식으로 행동하려는 그녀의 타고난 성향, 특히 아버지의 유언장에 손을 댄 행위에서 구체적으로 드러난 그 성향은 마찬가지로 울리히의 타고난 성향에 상처를 입혔다. 사제의 악마 찬양처럼 사고로만 존재하면서, 실제로 한 인간으로서는 그럭저럭 삶을 꾸려나갈 줄 알 뿐 아니라 그런 삶이 방해받는 것을 원치 않는 그의 성향이 말이다. 그는 반어적인 명료함만큼이나 슬픈 만족감으로, 악에 관한 자신의 이론적 작업이 근본적으로 악한 사건을 유발한 악한 인간들로부터 그 사건을 지키고자 한다는 것을 확인했다. 갑자기 선에 대한 갈망이 치솟았다. 쓸데없이 타향을 떠도는 사람이 언젠가 집으로 돌아가 곧장 마을 우물에서 물부터 길어 마시는 꿈을 꾸는 것처럼. 만일 이 비유에 빠지지 않았다면 그는 아마 간파했을 것이다. 아가테를 이 시대가 양껏 만들어내는 도덕적 혼재형 인간으로 보려는 시도가 훨씬 더 놀라운 전망을 못 보게 하려는 구실일 뿐이라는 사실을. 왜냐하면 객관적으로 보면 사람들로부터 질책을 받을 수밖에 없을 동생의 행동이 이상하게도 함께 꿈꿀 땐 즉시 황홀한 매력을 발산하기 때문이다. 온갖 갈등과 분열이 사라지고, 현재의 생기 없는 일상적 형식들에 견주자면 한눈에 봐도 태곳적의 악덕처럼 보이는, 열정적이고 긍정적이고 행위를 유도하는 선의 인상이 생겨났다.

울리히는 그런 감정의 고양을 쉽게 인정하는 사람이 아니었다. 무엇보다 지금 쓰려고 하는 편지에서는 절대 그러지 않으려고 자신의 생각을 재차 일반적인 것으로 유도했다. 그의 생각들은 만일 그가 다음의 사실을 기억하지 못했다면 완벽하지 못했을 것이다. 즉, 그가 함께 겪어온 시대에는 절대적 의무에 대한 갈망이 현존하는 개별 미덕의 저장고에서 어떤 때는 이것, 어떤 때는 저것을 끄집어내 시끄러운 찬양의 중심에 두도록 하는 것이 어찌나 쉽고 또 자주 있는 일인지 모른다는 것이다. 국가적 미덕, 기독교적 미덕, 휴머니즘적 미덕이 차례로 돌아가면서 그 역할을 맡았다. 또한 특수강이 그 자리에 들어설 때도 있었고, 그다음에는 친절함이, 어떤 때는 개성이, 또 어떤 때는 공동체 정신이, 오늘은 10분의 1초가, 하루 전에는 과거의 유유자적이 거기에 서기도 했다. 공적인 삶에서의 분위기 전환은 근본적으로 그런 주도적인 개념들의 변화에 좌우된다. 그러나 울리히는 그런 것엔 늘 무관심했고, 자신과는 거리가 먼 이야기라는 느낌만 받았다. 지금도 단순히 일반적인 이미지의 보충처럼 느껴질 뿐이었다. 왜냐하면 고도로 복잡해지는 단계에 이른 삶의 도덕적 불가해성을 이미 그 안에 내재하는 여러 해석들 가운데 하나로 해결할 수 있을 거라고 믿는 것은 어설픈 통찰이기 때문이다. 그런 시도들은 마비 증상으로 침상에서 움직이지 못하는

병자가 걷잡을 수 없이 마비가 진행되는 동안에도 끊임없이 자세를 바꾸려고 하는 것과 비슷하다. 울리히는 확신했다. 그런 시도들을 불러일으키는 상태는 불가피할 뿐 아니라 문명이 추락하기 시작하는 지점에 해당한다는 것을. 지금껏 어떤 문명도 잃어버린 내적 긴장을 새로운 긴장으로 대체할 능력이 없었기 때문이다. 또한 그는 기존의 모든 도덕에 일어났던 일이 다가올 모든 도덕에도 똑같이 일어날 거라고 확신했다. 도덕적 에너지의 쇠약은 계명과 계명의 준수라는 영역과는 아무 관련이 없기 때문이다. 다시 말해 도덕적 쇠퇴는 계명들의 차이에 좌우되지 않고, 엄격한 외적 규율에 영향받지 않으며, 모든 행위의 의미가 퇴색되고 그 책임의 통일성에 대한 믿음마저 퇴색되는 순수 내적인 과정이다.

이렇게 해서 울리히의 생각은 의도치 않게 자신이 예전에 라인스도르프 백작에게 넌지시 조롱조로 '정확성과 영혼의 세계사무국'이라고 불렀던 그 아이디어로 되돌아갔다. 물론 이제까지 농담조로 거만하게 언급해왔을 뿐이지만 이제야 그는 자신이 어른이 된 뒤로 그런 사무국이 늘 가능성의 영역에 있는 것처럼 행동해왔음을 깨달았다. 그 변명을 하자면, 아마 사유가 넘치는 인간이라면 누구나 자기 속에 그런 질서의 이념을 갖고 있을 것이다. 성인 남자들이 어릴 적 어머니가 목에 걸어준 성자의 사진을 품속에 지니고 다니는 것처럼. 누구도 진지하게 생각하지 않으면서도 감히 쉽게 떼어내지 못하는 이 질서의 이미지는 대략 다음과 같다. 그것은 한편으론 올바른 삶의 법칙에 대한 동경을 애매하게 표현한다. 그 법칙은 청동처럼 단단하고 자연스럽고, 어떤 예외도 허용하지 않고 어떤 반박도 내놓지 않으며, 술에 취한 듯 흐물흐물하면서도 진리처럼 명징하다. 하지만 다른 한편으로 그것은 다음의 확신을 피력한다. 그런 법칙은 인간의 눈에는 보이지 않고 인간의 머리로는 결코 생각할 수 없다. 뿐만 아니라 한 개인의 전도나 힘으로는 만들어지지 않고, 그게 환영幻影이 아니라면 오직 모두의 노력으로만 불러올 수 있다. 울리히는 한순간 망설였다. 그가 아무것도 믿지 않는 독실한 인간임은 의심할 필요가 없었다. 그러니까 지금껏 아무리 학문에 매진해왔어도 인간의 아름다움과 선함이 그들이 믿는 것에서 오는 것이지 결코 그들이 아는 것에서 오는 것이 아니라는 사실이 머릿속에서 떠나지 않았던 것이다. 그런데 그 믿음은 항상 앎과 연결되어 있었다. 비록 태초의 마법 같은 창조 이래 스스로 안다고 착각하는 지식에 불과하더라도 말이다. 이 낡은 지식은 이미 오래전에 부식되었고, 그와 함께 믿음까지 동일한 상태의 부패로 몰아넣었다. 그렇다면 오늘날에는 이 둘의 연결을 새롭게 정립할 필요가 있다. 물론 믿음을 단순히 '지식의 수준'으로 끌어올리는 방식은 아니다. 하지만 믿음을 그 높이에서 날아오르게 하는 방식일 수는 있다. 앎을 뛰어넘는 기술을 새로 연마해야 한다. 이것은 한 사람이 할 수 있는 일이 아니기에 모두가 함께 힘을 쏟아야 한다. 평소에 무슨 뜻을 품고 있든 상관없이. 이 순간 울리히는 인류가 아직 실제로 잘 알지 못하는 목표에 매진하려고 스스로 고안한 십년 계획, 백년 계획, 천년 계획을 떠올렸고, 그러자 자신이 벌써 오래전부터 갖가지 이름하에 그것을 진정 실험적인 삶으로 여겨왔음을 어렵지 않게 깨달았다. 왜냐하면 그가 사용한 '믿음'이라는 말은 발육 부진 상태의 지식욕, 즉 흔히들 생각하는 '쉽게 믿어버리는 무지'가 아니고, 예감 상태의 앎(이것은 아직 지식이 아니고 알고 있다고 믿는 착각도 아닌 상태다)이나 믿음도 아니라 이런 개념들에서 벗어난 '다른 무언가' 를 의미했기 때문이다.

그는 재빨리 편지를 끌어당겼다가 바로 밀쳐버렸다.

그의 얼굴에 뜨겁게 달아오른 열기는 다시 식었다. 그가 즐겨하던 위험한 생각이 가소롭게 여겨졌다. 마치 급히 열어젖힌 창문으로 보이는 풍경처럼 자신을 실제로 둘러싼 것들이 느껴졌다. 대포와 유럽의 사업 같은 것들이었다. 이런 식으로 살아가는 사람들이 정신적 운명체의 항법장치로 함께 나아갈 수 있으리라고는 상상할 수 없었다. 울리히는 역사 발전도 개인의 정신 속에서 궁여지책으로 이념들이 결합한 그런 조직적인 형태로 이루어지는 것이 아니라 마치 거친 도박꾼의 주먹을 테이블 위로 내동댕이치듯 늘 소모적이고 낭비적임을 인정할 수밖에 없었다. 심지어 약간 부끄러운 마음까지 들었다. 그가 조금 전까지 생각했던 모든 것이 수상쩍게도 '참여 집단들의 소망을 확인하고 주된 결의를 채택하기 위한 설문조사'를 연상시켰다. 그가 지금 하고 있는 도덕적 성찰, 즉 촛불로 자연을 관찰하려는, 이런 이론적 방식에 따른 사유가 지극히 부자연스럽게 느껴졌다. 그에 반해 태양처럼 분명한 것에 길들여진 단순한 이들은 늘 바로 옆에 있는 것에만 손을 뻗고, 그것을 실행하고 감행할 수 있느냐의 문제 말고는 다른 문제에는 결코 관심을 보이지 않는다.

순간 울리히의 생각은 다시 일반적인 것에서 자신에게로 돌아왔다. 동생이 자신에게 어떤 의미가 있는지 느껴졌다. 그는 동생에게 기이하고 무한할 뿐 아니라 믿기도 잊기도 어렵고, 그 안에서는 모든 것이 하나의 긍정인 상태를 가르쳐주었다. 이는 도덕적인 움직임 말고 다른 어떤 정신적 움직임도 불가능한 상태이자, 언제까지고 하나의 도덕만 존재하는 유일한 상태였다. 비록 모든 행위가 근거 없이 허공에 떠 있는 것이 그 상태의 본질일지언정. 아가테는 그저 그리로 손을 뻗을 뿐이었다. 그녀는 손을 뻗는 인간이었고, 울리히의 성찰이 있던 자리를 현실 세계의 몸과 구성물로 채웠다. 그는 자신이 지금껏 생각한 모든 것이 이제 단순한 지체와 이행移行으로 느껴졌다. 그는 아가테의 착상에서 생겨난 것에 '모험을 걸고' 싶었다. 순간 신비스러운 약속이 일반의 눈으로 볼 때 도덕적으로 비난받을 행위에서 출발했다는 사실도 전혀 문제되지 않았다. 다만 이제는 '상승과 하강'의 도덕이 정직함의 단순한 도덕과 마찬가지로 여기에 적용될 수 있는지 지켜볼 일만 남았다. 그는 동생의 격정적인 질문이 기억났다. 그가 한 말을 스스로도 믿느냐는 질문이었다. 그때와 마찬가지로 믿는다고 답할 수는 없었다. 다만 이 문제에 답하기 위해 아가테를 기다리고 있다고 스스로 인정했다.

그때 전화기가 날카롭게 울렸다. 전화선 너머에서 갑자기 발터가 급히 긁어모은 조각말로 허둥지둥 이유를 밝히며 말을 쏟아냈다. 울리히는 무덤덤하면서도 기꺼운 마음으로 이야기를 들어주었다. 수화기를 내려놓고 몸을 일으켰을 때에도 멈춘 벨소리는 여전히 울리는 느낌이었다. 깊음과 어둠이 그 주위로 기분좋은 느낌으로 돌아오고 있었다. 그러나 그게 소리나 색조 차원에서 일어난 일이라고는 말할 수 없었다. 깊은 감각 속에서 일어난 일 같았다. 그는 싱긋 웃으며 동생에게 쓰던 편지를 집어들고 느릿느릿 잘게 찢은 뒤 방을 나갔다.

19. 모스브루거 앞으로!

같은 시각, 발터와 클라리세, 그리고 선지자 마인가스트는 방울무와 귤, 견과류, 치즈, 말린 터키 자두가 가득한 큰 그릇을 가운데 두고 이 건강하고 훌륭한 음식으로 저녁식사를 하고 있었다. 선지자는 앙상한 상체에 또다시 털 재킷만 입은 채 식탁에 차려진 자연의 이 귀한 음식들에 대해 이따금 찬사를 늘어놓았다. 식탁에서 조금 떨어진 곳에서는 클라리세의 오빠 지크문트가 모자를 쓰고 장갑을 낀 채 정신병원 조교수인 프리덴탈 박사와 재차 상담한 이야기를 하고 있었다. 모스브루거를 만나고 싶다는, '완전히 정신 나간' 여동생의 소원을 들어주기 위해서였다. "프리덴탈 박사는 여전히 지방법원의 허가가 있어야만 가능하다는 입장을 고수하고 있어." 지크문트가 털어놓았다. "또 지방법원에서는 내가 애써 마련한 복지 재단 '마지막 시간'의 청원서만으로는 부족하다면서 대사관 추천서를 요구해. 클라리세가 외국 작가라고 거짓말을 하는 바람에 생긴 일이지. 이제 도리가 없어. 마인가스트 박사님이 내일 스위스 대사관으로 가는 수밖에!"

지크문트는 여동생과 닮았다. 얼굴이 좀더 무표정한 것만 빼면. 남매를 나란히 관찰해보면 클라리세는 파리한 얼굴의 코와 입, 눈이 마른 땅의 균열 같다면, 콧수염만 남기고 깨끗이 면도한 지크문트는 같은 곳이 풀로 뒤덮인 땅의 약간 희미해진 선들처럼 보였다. 그의 외모에서는 동생만큼 시민적 특성이 그리 많이 깎여나가지 않아서 철면피처럼 철학자연하는 순간에도 아주 천진한 자연스러움이 배어나오고 있었다. 지크문트의 말 때문에 방울무가 든 그릇에 천둥 번개가 쳤어도 아무도 놀라지 않았을 것이다. 그러나 그 위대한 선지자는 지크문트의 외람된 요구를 관대하게 받아들이며(그의 숭배자들은 속으로 이런 태도를 또 하나의 위대한 일화로 간주했다) 옆 가지에 앉아 있는 참새 한 마리를 묵묵히 인내하는 독수리와 같은 눈빛으로 고개만 끄덕거렸다.

어찌됐건 준비도 안 된 상태에서 갑자기 찾아온 이 긴장으로 발터는 자제력을 잃고 말았다. 접시를 물리더니 새벽 구름처럼 얼굴이 벌게져서는, 의사나 간호인이 아닌 이상 정신이 멀쩡한 인간이 정신병원에 갈 일은 없다고 강력히 주장한 것이다. 이 말에도 스승은 보일 듯 말 듯 고개를 끄덕여 동의를 표했다. 살아오면서 많은 것을 체득한 지크문트는 이 동의의 표시를 위생학적인 언어로 보완했다. "정신병자와 범죄자 속에 무언가 악마적인 것이 있다고 생각하는 건 부유한 시민계급의 역겨운 습관이죠." "그럼 설명해봐." 발터가 소리쳤다. "당신들은 왜 납득하지도 못하면서 클라리세를 도우려는 거지? 아내를 한층 더 신경과민 상태로 몰아갈 뿐인 걸 몰라!?"

클라리세는 이 질문에 답할 가치를 느끼지 못했다. 그녀는 두려움이 들 만큼 현실에서 동떨어진 불쾌한 표정만 짓고 있었다. 코를 따라 길게 두 개의 도도한 선이 그려졌고, 턱은 딱딱하고 뾰족한 점이 되었다. 지크문트는 다른 사람들 대신 자신이 입을 열 의무나 권리가 있다고 생각하지 않았다. 그래서 발터의 질문에 짧은 정적이 흐르다가 마침내 마인가스트가 차분한 어조로 나직이 말했다. "클라리세는 너무 강한 인상에 시달리고 있어요. 그걸 그대로 방치할 수는 없어요."

"언제 받은 인상 말입니까?" 발터가 큰 소리로 물었다.

"얼마 전이죠, 저녁 무렵 창가에서."

발터는 창백해졌다. 자기만 그걸 지금에야 알게 되었기 때문이다. 클라리세가 마인가스트에게 속마음을 털어놓은 게 분명했다. 심지어 자기 오빠에게도. '그래, 원래 그런 여자지!' 그는 생각했다.

그럴 만한 상황이 아니었음에도 그는 갑자기 채소가 담긴 그릇 너머로 그들 모두 십 년 전쯤으로 돌아간 듯한 느낌이 들었다. 마인가스트가 아직 변신 전의 모습이었을 때인데, 그가 떠나자 클라리세는 발터를 선택했다. 나중에 그녀는 마인가스트가 자신을 이미 포기했을 때도 여러 번 키스를 하고 몸을 건드렸다고 고백했다. 이 기억은 그네의 움직임과 비슷했다. 발터는 점점 높이 올라갔다. 그사이 여러 번 추락도 있었으나 당시엔 모든 것이 성공적이었다. 그때도 클라리세는 마인가스트가 옆에 있으면 발터와 이야기를 나누지 못했다. 그는 다른 사람을 통해서야 그녀가 무슨 생각을 하고 무슨 행동을 했는지 알게 될 때가 많았다. 발터 곁에서는 그녀의 몸은 딱딱하게 굳어버렸다. "당신이 건드리면 나는 뻣뻣해져요!" 그녀가 당시에 한 말이었다. "내 몸은 엄숙해져요. 그것이 마인가스트와 다른 점이에요!" 그가 처음으로 키스했을 때 그녀는 이렇게 말했었다. "이런 짓은 절대 하지 않겠다고 엄마한테 약속했어요!" 물론 나중에 고백하기를 마인가스트가 당시에도 늘 식탁 밑으로 몰래 그녀의 발을 건드렸다고 했다. 이것이 발터에게 영향을 끼쳤다! 자신이 클라리세에게 불러일으킨 풍부한 내적 발전이 그녀의 자유로운 움직임을 저지하고 있다고 이해한 것이다.

문득 당시 클라리세와 주고받았던 편지들이 떠올랐다. 그는 어떤 문헌을 뒤져도 둘의 열정과 개성에 비길 만한 것은 찾기 어려울 거라고 지금도 믿고 있었다. 그 폭풍 같은 시기에 발터는 클라리세가 마인가스트에게 곁을 주면 바로 도망쳤다. 그녀에 대한 벌이었다. 그런 다음 편지를 한 통 썼다. 그러면 그녀는 여러 통의 답신을 보냈다. 발터에 대한 지조를 지키겠다고 확언하면서도 또다시 마인가스트가 스타킹 사이로 자기 무릎에 입을 맞추었다는 사실을 솔직하게 고백하는 편지였다. 당시 발터는 이 편지들을 책으로 출간하고 싶었다. 지금도 가끔 언젠가는 그래야겠다고 생각하곤 했다. 하지만 안타깝게도 지금까지는, 초기에 클라리세의 여자 가정교사가 오해한 일 말고는 성사된 것이 없었다. 그것도 파장이 큰 오해였다. 설명하자면 이렇다. 어느 날 발터가 그 가정교사에게 말했다. "곧 제가 잘되는 것을 볼 수 있을 겁니다!" 이 말의 뜻은 이랬다. 클라리세와 주고받은 '편지'를 출간해서 유명해지면 지금까지의 모든 불신을 씻고 가족들에게 당당하게 인정받게 될 거라는 생각이었다. 사실 엄밀히 말해서, 당시만 해도 클라리세와 발터 사이는 지금과 같은 모습으로 발전할 낌새가 아직 없었다. 그런데 그 가정교사, 그러니까 은퇴 뒤 엄마 노릇을 해주겠다는 근사한 핑계를 대며 클라리세의 집에 눌러앉은 이 먼 친척은 발터의 말을 자기 식으로 잘못 이해함으로써 곧 집안에 이런 소문이 돌았다. 발터가 클라리세에게 청혼하기 위해 일을 시작하려고 한다는 것이다. 이런 말이 나오면서 아주 독특한 행복과 강요가 생겨났다. 잠들어 있던 현실 삶이 한순간에 깨어난 것이다. 발터의 아버지는 아들이 스스로 밥벌이를 하지 못하면 더는 돌봐주지 않겠다고 선포했다. 장인 될 사람은 발터를 아틀리에로 불러 성스럽기만 한 순수예술의 어려움과 환멸에 대해 이야기해주었다. 조형예술이건 음악이건 문학이건 상관없이. 이윽고 발터와 클라리세에게 독립적인 경제력과 자식, 그리고 공식적으로 함께 지낼 침실에 대한 생각이 갑자기 구체화되어 몸속에서 근질거리기 시작했다. 자기도 모르게 계속 긁는 바람에 낫지 않는 피부의 부스럼처럼. 어쨌든 이렇게 해서 발터는 그 말을 성급하게 뱉은 지 몇 주 되지 않아 실제로 클라리세와 약혼했다. 약혼으로 두 사람은 무척 행복했지만 무척 긴장되기도 했다. 이제 삶의 새로운 정착지를 찾는 작업을 시작해야 했기 때문이다. 이 작업에는 서구 문명의 문제점들이 고스란히 담겨 있었다. 발터가 정처 없이 찾아 헤맨 일자리는 수입으로만 결정할 것이 아니라 인생의 여섯 가지 주요소, 즉 클라리세, 발터 자신, 성애, 문학, 음악, 미술에 미치는 영향도 함께 고려해야 했던 것이다. 사실 그들은 그 늙은 가정교사와 같이 있으면 수다에 압도당해 빠져버린 연쇄적인 소용돌이에서 얼마 전에야 벗어났다. 그러니까 그가 문화재청에 일자리를 얻고 클라리세와 함께 앞으로의 운명을 결정지을 이 소박한 집으로 이사오고 난 뒤에야 말이다.

기본적으로 발터는 운명이 이쯤에서 그쳐주면 좋겠다고 생각했다. 그러면 끝은 비록 시작할 때 바랐던 대로는 안 되겠지만, 사과가 익으면 나무 위가 아니라 땅으로 떨어지는 것처럼은 되리라고 생각한 것이다.

발터가 이런 생각을 하고 있는 사이 맞은편에 건강한 채소들이 담긴 알록달록한 그릇 끄트머리 위로 아내의 작은 머리가 올라와 있었다. 클라리세는 마인가스트의 설명을 보충하려 애쓰고 있었다. 가능한 한 그만큼 객관성을 유지하려고 노력하면서. "그때의 인상을 조각내려면 뭔가 하지 않을 수가 없어요. 그 인상은 마인가스트 선생님께서 말씀하신 대로 너무 강렬했어요." 그녀는 이렇게 설명하고는 자기 말을 덧붙였다. "그 남자가 내 창문 바로 아래쪽 덤불에 숨었던 건 분명 우연이 아니에요!"

"말도 안 되는 소리!" 발터는 잠자는 사람이 얼굴 주위에서 왱왱거리는 파리를 쫓듯 손을 휘저으며 반발했다. "그건 내 창문이기도 해!"

"그래요, 우리 창문요!" 클라리세가 수정했다. 입을 살짝 벌리고 짓는 미소가 씁쓰레함을 드러내는 것인지, 아니면 비아냥을 표현하는 것인지는 쉽게 구분이 되지 않았다. "우리가 그 남자를 끌어들였어요. 그 남자의 행동을 뭐라고 불러야 할지 말해볼까요? 그 남자는 성욕을 훔친 거예요!"

발터는 머리가 지끈 아파왔다. 머릿속은 과거로 가득차 있었고, 현재가 그 사이로 비집고 들어와 과거와 현재가 명확히 구분되지 않았다. 발터의 머릿속에는 환한 나뭇잎으로 덮인 덤불이 아직 남아 있었다. 덤불 사이로 자전거 길이 나 있었는데, 그 길을 따라 대담하게 오래 산책을 하거나 자전거를 탄 것은 요즘과 마찬가지로 아침 시간의 일이었다. 그의 머릿속에서는 다시 처녀들의 치마가 펄럭거렸다. 그 시절 이 새로운 스포츠를 즐기는 젊은 여자들이 처음으로 대담하게 발목을 드러내고 흰 속치마의 솔기가 거품 일듯 나부끼게 달렸다. 당시에 발터가 자신과 클라리세 사이에 있던 일 중 이런저런 것이 '다르게 되었어야 했다'고 생각했다면 그건 상당히 미화된 표현일지 모른다. 왜냐하면 엄밀히 말해서, 그들이 약혼한 해 봄에 그렇게 자전거를 탈 때는 실제로 한 젊은 처자가 숫처녀 그대로 남는 선에서 일어날 수 있는 모든 일이 있었기 때문이다. '정숙한 처녀에게는 거의 상상할 수도 없는 일이지.' 발터는 그때 일을 황홀한 느낌으로 기억하면서 이렇게 생각했다. 클라리세는 그것을 '마인가스트의 죄악을 떠맡는 일'이라고 불렀다. 마인가스트가 아직 다른 이름으로 불렸고, 막 외국으로 나갔던 시절의 일이었다. "마인가스트가 그런 사람이었던 만큼 관능에 빠지지 않는 건 비겁한 일일 거예요!" 클라리세는 이렇게 설명하고는 다음과 같이 덧붙였다. "하지만 우리 사이는 정신적이었으면 해요!" 발터는 때로 이 일들이 사라진 지 얼마 안 된 그 남자와 아주 관련이 깊다는 사실을 걱정했다. 그러나 클라리세가 대답했다. "뭔가 큰일을 하려는 사람은, 예를 들어 예술 분야에서 큰 성취를 이루려는 사람은 이런저런 다른 것을 걱정해서는 안 돼요." 그와 함께 발터는 그들이 과거를 새로운 정신 속에서 반복함으로써 얼마나 열심히 과거를 깨부수려고 했는지, 그리고 금지된 육체적 즐거움에 초월적 사명을 부여함으로써 그것을 옹호하는 마법적 힘을 발견하고 얼마나 흡족해했는지 기억났다. 그가 보기에, 사실 클라리세는 당시의 육욕에서도 훗날의 육체적 거부에서와 같은 강한 실행력을 보였다. 순간 아무 관련도 없이 어떤 완강한 생각이 그에게 이렇게 말하고 있었다. 그녀의 가슴은 지금도 당시와 똑같이 뻣뻣하게 굳어 있다고. 그건 그녀가 옷을 입고 있어도 누구나 알 수 있었다. 마인가스트는 심지어 그녀의 가슴을 노골적으로 바라보기도 했다. 하지만 그는 어쩌면 못 알아챘는지 모른다. '클라리세의 가슴은 과묵해!' 발터는 이게 마치 꿈이나 시라도 되는 것처럼 수많은 관련을 떠올리며 속으로 읊조렸다. 그사이 현재마저 감정의 속살 사이로 파고들었다.

"클라리세, 당신이 생각하는 것을 말해봐요!" 의사나 교사처럼 클라리세에게 용기를 북돋워주려는 마인가스트의 목소리가 들렸다. 이 남자는 다시 돌아온 뒤로 어떤 이유에서인지 가끔 클라리세에게 정중한 어투로 말하곤 했다.

발터는 클라리세가 무슨 말이냐는 듯 마인가스트를 바라보는 것을 인지했다.

"모스브루거라는 사람에 대해서 얘기했잖소. 직업은 목수고……"

클라리세는 여전히 마인가스트를 바라보았다.

"목수가 그 사람 말고 또 있소? 당신이 구원자라고 하지 않았소? 심지어 그 남자 때문에 영향력 있는 사람한테 편지까지 썼다면서?"

"그만해요!" 발터가 격하게 소리쳤다. 머릿속이 빙빙 돌았다. 그렇지만 이렇게 불쾌감을 드러내자마자 자신은 이 편지에 대해 한 번도 들은 적이 없다는 사실을 깨닫게 되었다. 발터는 힘 빠진 목소리로 물었다. "편지라니, 그게 무슨 말이죠?!"

아무도 대답하지 않았다. 마인가스트는 발터의 질문을 무시하고 말했다. "그건 우리 시대에 가장 맞는 생각 중 하나요. 우린 우리 자신을 해방시킬 수 없소. 그건 의심할 바 없이 분명한 사실이오. 우린 그걸 민주주의라고 부르지. 하지만 민주주의는 '이렇게 할 수도 있지만 다르게 할 수도 있다'는 우리의 심리 상태를 정치적으로 표현한 것뿐이오. 우리는 투표용지의 시대에 살고 있소. 매년 우리의 성적 이상과 미의 여왕을 벌써 투표용지로 결정하고 있어요. 우리가 경험과학을 정신적 이상으로 삼았다는 건 우리 대신 선택하라며, 이른바 사실이라는 것에 투표용지를 쥐여준 것이나 다름없소. 우리 시대는 비철학적이고 비겁해요. 가치 있는 것과 가치 없는 것이 무엇인지 결정할 용기가 없어요. 민주주의는 한마디로 '일어나는 대로 살라!'로 정리할 수 있소. 덧붙이자면 그건 인류 역사상 가장 수치스러운 순환논법 중 하나일 거요."

선지자는 화난 표정으로, 그전에 깨뜨려서 껍질까지 벗겨둔 호두를 이제야 입에 넣었다. 누구도 그의 말을 이해하지 못했다. 그는 턱뼈를 천천히 움직여 씹느라 잠깐 말을 멈추었다. 끝이 살짝 봉긋한 코도 그 움직임에 동참하고 있었는데, 그것만 빼고는 나머지 얼굴은 금욕 수행을 하듯 전혀 움직임이 없었다. 하지만 그의 시선은 클라리세에게서 떨어지지 않았고, 그것도 그녀의 가슴 부근에 머물렀다. 다른 두 남자의 눈도 무의식적으로 마인가스트의 얼굴을 떠나 그 멍한 시선을 따라갔다. 클라리세는 한참 동안 자신에게 고정된 이 여섯 개의 눈이 마치 자신을 자리에서 들어올릴 것만 같은 강한 흡인력을 느꼈다. 스승은 남은 호두를 꿀꺽 삼키고는 가르침을 이어갔다.

"클라리세는 기독교 성담에서 구원자가 목수였다는 사실을 발견했소. 하지만 그건 틀린 말이오. 목수는 단지 구원자의 양부였을 뿐이니까. 게다가 클라리세의 눈에 띈 한 범죄자가 우연히 목수라는 사실에서 그런 결론을 도출하는 것도 전혀 맞지 않소. 이성적으로 보면 터무니없는 소리고, 도덕적으로 보면 경솔한 생각이오. 하지만 용기 있는 행동이에요. 그건 확실해요!" 마인가스트는 '용기'라는 말의 효과가 퍼지도록 잠시 말을 멈추었다. 그러고는 다시 차분하게 말을 이었다. "우리도 같이 겪은 일이지만 얼마 전 클라리세는 한 노출증 환자를 봤고, 그녀는 그 일을 과대평가하고 있소. 사실 오늘날엔 성적인 것 자체가 무척 과대평가되고 있지. 어쨌든 클라리세의 얘기는 이렇소. 그 남자가 자신의 창문 밑에 나타난 것은 우연이 아니라고. 이제 그걸 제대로 한번 분석해보면 어떨까? 그래, 클라리세의 생각은 틀렸소. 인과론적으로 그런 만남은 당연히 우연일 수밖에 없으니까. 그럼에도 클라리세는 스스로에게 말하지. 모든 것을 설명 가능한 것으로 본다면 인간은 결코 세계를 바꿀 수 없을 거라고. 한 살인자가, 내 기억이 잘못되지 않았다면 이름이 모스브루거일 텐데, 아무튼 그 살인자가 하필 목수였다는 사실을 클라리세는 설명할 수 없는 일로 여기고 있소. 또한 성적 장애를 겪는 미지의 정신질환자가 하필 자신의 창문 아래에 나타난 것도 설명할 수 없는 일로 여기고 있고. 이렇듯 클라리세는 자신에게 닥친 많은 일들을 설명할 수 없는 일로 여기는 데 길들여져 있소. 그 때문에⋯⋯" 마인가스트는 다시 한번 청중들을 잠시 기다리게 했다. 그의 목소리는 조심조심 발끝으로 다가오는 남자의 결연한 움직임을 떠올리게 했다. 그러다가 이제 확 달려들었다. "그 때문에 클라리세는 무언가를 하려는 겁니다!" 마인가스트가 단호하게 설명했다.

이 말에 클라리세는 소름이 돋았다.

마인가스트가 말했다. "반복하자면 그런 일은 지적인 눈으로 비판할 수 없소. 알다시피 지성은 말라비틀어진 삶의 표현이자 도구일 뿐이니까. 반면에 클라리세가 표현하는 것은 다른 영역, 의지의 세계에서 온 거요. 클라리세는 자신에게 일어난 일을 앞으로도 결코 설명할 수 없을 테지. 하지만 해결은 할 수 있을 거요. 클라리세는 정말 적절하게도 그걸 '구원'이라고 부르고 있소. 본능적으로 올바른 말을 찾아낸 거요. 우리 중 누군가는 그게 망상 장애 같다거나 클라리세가 신경과민증을 앓고 있다고 쉽게 말할 수도 있겠지. 하지만 다 쓸데없는 짓이오. 현재의 세계는 무언가를 사랑해야 하는지 미워해야 하는지 아무것도 모를 정도로 망상에서 벗어나 있으니까. 모든 것에 이중적 가치가 있고, 그 때문에 모든 사람은 신경쇠약증 환자이자 약골이요. 한마디로⋯⋯" 선지자가 갑자기 결론을 내렸다. "철학자가 인식을 포기하기란 쉽지 않지만, 그렇게 해야 한다는 것이 20세기의 점점 커져가는 위대한 인식일 거요. 오늘날엔 분석가 루소가 제네바에서 사유 작업을 했다는 사실보다 프랑스인 복싱 트레이너가 그곳에 있다는 사실이 정신적으로 더 중요하다고 생각하오!"

마인가스트는 한번 흐름을 탔기에 더 많은 이야기를 할 수도 있었다. 첫째로 구원의 사유가 항상 반지성적이었다는 사실에 대해 말하고 싶었다. '오늘날 우리 세계에는 강하고 건강한 망상만큼 필요한 것이 없다.' 이 말이 목구멍까지 올라왔지만 다른 결론을 위해 꾹 삼켰다. 둘째로 '구원'이라는 말에 부수적으로 함유된 물리적 의미에 대해 말하고 싶었다. 구원은 '느슨하게 해주다'와 비슷한 핵심 단어 '풀다, 또는 해결하다'와 결합되어 있는데,* 이로써 유추할 수 있는 것은 오직 행위를 통해서만 구원이 이루어질 수 있다는 것이다. 여기서 행위란 피부와 머리카락을 가진 온전한 인간과 연결된 체험을 말한다. 셋째로 남자의 지성이 과한 수준에 이르면 경우에 따라 여자가 행위의 본능적 주도권을 넘겨받을 수 있을 거라고 이야기하고 싶었다. 그에 대한 좋은 예가 클라리세였다. 끝으로 하고 싶었던 이야기는 '구원'이라는 이념의 변천사였다. 거기다 이 역사에서 수백 년 동안 패권을 쥐고 있던 믿음이 현재 무엇에 밀려나고 있는지 덧붙이고 싶었다. 즉 구원이란 그저 종교적 감정에서 만들어진 개념이었다가 결연한 의지를 통해, 아니 필요하다면 심지어 폭력을 써서라도 불러와야 한다는 인식에 자리를 내주고 있었다. 폭력을 통한 세계의 구원은 현재 그의 중심 생각이었다. 그런데 클

---

* 독일어로 구원을 뜻하는 'Erlösung'은 접두사(er)에 '느슨하게 하다, 풀다, 해결하다'의 의미를 담은 'lösen'이 결합된 말이다.

라리세는 그사이 자신을 빨아들일 듯 바라보는 세 사람의 시선을 더는 견딜 수 없어 미미한 저항의 표시로 지크문트에게 얼굴을 돌려 큰 소리로 다음과 같이 말함으로써 스승의 말을 잘라버렸다. "내가 그랬잖아요. 우리는 함께 경험한 것만을 이해할 수 있다고. 그래서 우리가 정신병원에 직접 가야 해요!"

평정심을 잃지 않으려고 귤을 까던 발터는 순간적으로 귤 속에 너무 깊이 손가락을 넣는 바람에 신 귤즙이 눈에 튀었다. 그는 화들짝 뒤로 몸을 빼며 손수건을 찾았다. 늘 신경써서 옷을 입는 지크문트는 처음엔 귤즙의 자극이 매제에게 끼치는 영향을 전문가의 눈으로 관찰하다가 나중엔 정중한 정물화처럼 둥글고 뻣뻣한 모자와 함께 자신의 무릎 위에 놓여 있는 가죽장갑으로 눈을 돌렸다. 동생의 시선이 계속 자신의 얼굴을 향해 있는데다 자기 대신 대답해주려는 사람도 없어서 그는 진지하게 고개를 끄덕거리면서 눈을 들고 태연하게 중얼거리듯이 말했다. "난 우리 모두에게 정신병원이 어울린다는 것을 한 번도 의심해본 적이 없어."

이제 클라리세가 마인가스트에게 고개를 돌려 말했다. "제가 언제 평행운동에 대해 말한 적이 있을 거예요. 그 운동은 우리 세기의 죄악인 '이렇게도 할 수 있고, 저렇게도 할 수 있다'는 경향을 일소할 엄청난 기회이자 의무예요!"

스승은 웃으면서 손을 내저었다.

클라리세는 자신의 중요성에 흠뻑 취해 앞뒤 맥락 없는 말을 완강하게 소리쳤다. "남자한테 마음대로 하라고 자신을 맡김으로써 그 사람의 정신을 허약하게 하는 여자도 욕정 살인자나 마찬가지예요!"

마인가스트가 타일렀다. "보편적인 측면만 생각하도록 해요! 그건 그렇고, 당신을 안심시킬 한 가지 사실이 있소. 죽어가는 민주주의로 거대한 사명을 태동시키려는 그 가소로운 모임에 난 벌써 오래전부터 내 측근과 간자들을 심어놓았소!"

클라리세는 모골이 송연해지는 느낌이었다.

발터는 일의 진행을 저지하려고 다시 한번 시도했으나 실패하고 말았다. 마인가스트에 대한 존경심과 맞서 싸우며, 가령 울리히에게 했던 것과는 완전히 다른 어조로 마인가스트에게 말했다. "선생님이 말씀하신 건 제가 오래전부터 해온 말과 똑같아 보입니다. 우리는 순수한 원색으로만 그림을 그려야 한다는 것이죠. 이제 부서지고 흐릿해진 것들을 끝장내야 합니다. 사물 하나하나에 고유색과 확고한 윤곽이 있다는 사실을 인정할 용기가 없는 소심한 시각과 공허함을 끝장내야 합니다. 저는 이것을 회화 용어로 말하고, 선생님은 철학적으로 말합니다. 하지만 우리의 의견이 같더라도……" 발터는 갑자기 당황했고 클라리세와 그 정신병자의 접촉이 두려운 이유를 남들에게 발설할 수 없음을 느꼈다. "안 됩니다, 저는 클라리세가 그러기를 원치 않습니다!" 그가 소리쳤다. "내가 거기 동의하는 일은 없을 겁니다!"

스승은 온화한 표정으로 듣더니 마치 발터의 결연한 말이 한마디도 귀에 들어오지 않았다는 듯이 마찬가지로 온화하게 대답했다. "그건 그렇고, 클라리세가 아주 아름답게 표현한 말이 있소. 우리 모두에게는 현실 삶의 토대를 이루는 '죄악에 물든 모습' 말고 '순진무구한 모습'이 있다는 것이지. 거기에 담긴 의미를 근사하게 풀이하자면, 우리의 상상은 보잘것없는 경험세계에 좌우되지 않고 아주 멋진 세계로 입장할 수 있다는 거요. 머릿속이 맑아지는 순간이면 우리의 이미지가 천차만별의 동력으로 움직이는 것처럼 느껴지는 멋진 세계지. 클라리세, 당신은 그걸 어떻게 표현했지?" 그는 그녀에게 고개를 돌리며 고무적인 어조로 물었다. "이렇게 주장하지 않았소? 만일 혐오감을 극복하고 그 형편없는 인간을 옹호할 수 있다면, 그래서 그의 감방으로 들어가 밤낮없이 지치지 않고 피아노를 연주할 수만 있다면 그 인간의 죄악을 내면에서 끄집어내 대신 짊어지고 그 죄악들과 함께 하늘로 올라갈 수 있을 거라고?! 물론 이것도……" 마인가스트는 다시 발터에게로 고개를 돌렸다. "말 그대로 받아들여서는 안 되지. 그 남자에 대한 우화로 표현된 것일 뿐 클라리세의 의지에 영감을 준 시대 영혼의 심층부에서 일어나는 과정으로 읽어야 하고, 또……"

그 순간 마인가스트는 클라리세와 구원사敎援史의 관계에 대해 좀더 이야기를 해야 할지, 아니면 그녀와 둘만 있을 때 다시 한번 선도의 사명을 설명해주는 것이 더 매력적일지 가늠할 수 없었다. 그때였다. 그녀는 지나치게 고무된 아이처럼 자리에서 벌떡 일어나더니 주먹 쥔 팔을 공중으로 힘껏 들어올리며 약간 부끄러워하면서도 거리낌없이 웃으면서 자신을 높이 사는 스승의 말을 다음의 날카로운 외침으로 잘라버렸다. "모스브루거 앞으로!"

"하지만 우리가 그 사람을 만날 수 있도록 주선해줄 사람이 아직 없어." 지크문트의 말이었다.

"나는 가지 않겠어!" 발터가 단호하게 말했다.

"나는 자유와 평등의 국가로부터 어떤 형태의 호의든 누릴 생각이 없어요!" 마인가스트가 설명했다.

"그럼 울리히한테 부탁해요!" 클라리세가 소리쳤다.

다른 두 사람도 이 결정에 흔쾌히 동의했다. 이미 충분히 골머리를 썩였던 터라 그러자고 동의함으로써 당분간은 이 문제에서 벗어나게 된 것이다. 심지어 거부감을 표한 발터조차 마침내 가까운 상점에서 전화를 빌려 이 일을 도와줄 사람으로 지목된 친구에게 연락하는 임무를 받아들였다. 그가 전화를 했을 때 울리히는 아가테에게 쓰려고 했던 편지를 완전히 중단한 상태였다. 그는 발터의 목소리에 깜짝 놀라며 용건을 들었다. 이어 발터는 자신의 생각을 덧붙였다. 클라리세의 계획에 대해선 사람마다 생각이 다를 수 있다. 하지만 그걸 단순히 일시적인 변덕으로 치부할 수만은 없다. 그건 분명하다. 어쩌면 실제로 무언가를 시작하는 것이 중요하고, 그게 무엇인지는 별로 중요하지 않다. 모스브루거라는 인물이 그런 맥락에서 부각된 것도 당연히 우연일 뿐이다. 그러나 클라리세는 그 인물과 이상하게 직접적인 관련이 있어 보인다. 그녀의 사고는 늘 섞이지 않은 원색으로 그린 새로운 그림처럼 보인다. 냉혹하고 뒤틀려 있지만 일단 그 방식에 적응하고 나면 놀랄 정도로 정확한 그림일 때가 많다. 전화상으로는 모든 걸 충분히 설명할 수 없다. 울리히가 자신을 외면하지 않았으면 좋겠다, 등등.

울리히는 자신에게 연락 준 것을 반가워하며 그 제안을 받아들였다. 클라리세와 십오 분도 채 안 되는 대화를 나누려고 먼길을 직접 찾아가야 했음에도. 클라리세는 부모님 집에 저녁식사 초대를 받아 발터와 지크문트와 함께 가야 했기 때문이다. 차를 타고 가는 동안 울리히는 자신이 그렇게 오랫동안 모스브루거를 잊고 있었고, 매번 클라리세를 통해서 그를 다시 떠올리게 된 것을 의아하게 생각했다. 예전에는 모스브루거가 그의 생각 속으로 거의 쉴새없이 찾아오지 않았던가! 전차 종점에서 친구들의 집으로 걸어가는 어둠 속에도 이제 그런 허깨비를 위한 공간은 없었다. 울리히가 빠져 있던 허공은 닫혔다. 그는 흡족하게, 그리고 자신에게 희미한 불확실성을 느끼며 그 점을 인지했다. 일어난 변화 때문에 느낀 불확실성인데, 특히 원인에 비해 결과가 분명해서 그랬다. 그는 머뭇머뭇 다가오는 발터를 보고는 좀더 짙은 검은색 몸으로 좀더 옅은 어둠 속을 기분좋게 가로질렀다. 발터는 이런 외딴 곳에 나와 있는 것이 내키지 않았지만 다른 사람들과 합류하기 전에 울리히와 먼저 몇 마디를 나누고 싶었다. 발터는 아까 통화하다가 중단된 지점에서부터 생기 있게 이야기해갔다. 자신뿐 아니라 클라리세에 대한 오해를 막으려고 꺼낸 말 같았는데 내용은 이랬다. 클라리세의 착상들은 아무 연관이 없는 것처럼 보여도 그 이면 곳곳에는 이 시대가 발효시킨 병적인 요인이 숨어 있다. 그것은 클라리세만이 가진 아주 특이한 능력이다. 그녀는 숨은 수맥을 탐지하는 막대기 같다. 이 경우, 현대인의 수동적이고 지적이기만 한 합리적인 태도를 '가치들'로 대체할 필요가 있다. 이 시대의 합리적 지성은 어느 영역에서도 더는 확고한 지점을 남겨놓지 않고 파괴해버렸다. 그렇다면 의지만이, 달리 방법이 없다면 폭력만이 이 가치들의 새로운 위계질서를 만들어낼 수 있다. 그리고 인간은 그 안에서 내적 삶을 위한 처음과 끝을 찾게 될 것이다…… 발터는 마인가스트가 한 말을 주저하듯 반복하면서도 스스로 감탄했다.

울리히는 그런 발터의 마음을 짐작하고 언짢게 물었다. "왜 그렇게 과장해서 얘기하지? 혹시 선지자라는 사람이 그러던가? 예전에 자네는 참 단순하고 자연스러운 사람 아니었나!"

발터는 클라리세 때문에 이 말을 참고 넘겼다. 괜히 도발했다간 울리히가 도움을 철회할 수도 있었다. 그러나 달이 없는 이 밤중에 빛 한 줄기만 있었어도 발터가 무기력하게 드러낸 이가 번쩍거리는 것을 볼 수 있었을 것이다. 그는 아무 대답을 하지 않았다. 다만 꾹 누른 화가 그를 약하게 만들었고, 이렇게 약간 겁나는 장소로부터 그를 지켜줄 것 같은 근육질 친구와 같이 있는 것이 그를 부드럽게 했다. 그러다 갑자기 입을 열었다. "자네가 한 여자를 사랑한다고 상상해봐. 이후 경탄스러운 남자를 만나고, 너의 여자도 그 남자를 경탄하고 사랑하는 걸 알게 돼. 그러면 두 사람은 이제 도무지 따라갈 수 없는 그 남자의 우월함을 사랑과 질투, 경탄의 감정으로 느끼고……"

"그런 상상은 하고 싶지 않아!" 그의 말을 경청해야 했지만 울리히는 오히려 웃음을 띠고 어깨를 쭉 펴면서 그의 말을 중단시켰다.

발터는 울리히에게 독기어린 시선을 쏘아 보냈다. 사실 그는 '그럴 경우 자네는 어떻게 할 텐가?' 하고 물을 생각이었다. 하지만 어린 시절의 놀이가 반복되었다. 어스름한 계단 현관을 지날 때 발터가 소리쳤다. "위장하지 마. 자네는 그렇게 둔감해도 될 만큼 잘난 인간이 아냐!" 그러더니 계단을 뛰어올라가 울리히를 붙잡고는 그가 미리 알고 있어야 할 정보를 알려주었다.

"발터가 뭐라고 그랬어요?" 위에 도착하자 클라리세가 물었다.

"원하는 건 내가 해줄 수 있어." 울리히는 단도직입적으로 말했다. "그런데 그게 이성적인 일인지는 사실 의문스러워."

"들었죠? 이 사람의 첫 마디가 '이성적'이라는 말이에요!" 클라리세가 웃으면서 마인가스트에게 소리쳤다. 그녀는 옷장과 세면대, 거울, 그리고 그녀의 방과 남자들이 있는 방을 잇는 반쯤 열린 문 사이를 급히 오갔다. 그녀의 모습은 가끔 나타났다. 어떤 때는 젖은 얼굴에 치렁치렁 내려온 머리, 어떤 때는 곱게 빗어 올린 머리, 어떤 때는 맨다리, 어떤 때는 신발 없이 스타킹만 신은 다리, 밑에는 치렁치렁한 야회복에 위에는 정신병원의 흰 가운처럼 보이는 화장용 덧옷…… 그녀는 이렇게 사라졌다가 다시 나타나는 놀이가 즐거운 모양이었다. 의지가 관철된 뒤로 그녀의 모든 감정은 가벼운 육욕에 빠진 듯했다. "나는 빛의 밧줄 위에서 춤을 추고 있어요!" 그녀가 남자들이 있는 방을 향해 소리쳤다. 남자들은 미소를 지었다. 지크문트만 시계를 보며 사무적으로 얼른 서두르라고 재촉했다. 그의 눈에는 이 모든 광경이 체조 연습처럼 보였다.

이윽고 클라리세는 '빛줄기'를 타고 방 한구석으로 미끄러져가더니 침실용 협탁에서 브로치를 꺼내고는 서랍을 쾅 닫았다. "나는 남자보다 옷을 더 빨리 입어요!" 그녀는 옆방의 지크문트에게 이렇게 소리치고는 갑자기 '옷을 입는다'는 말의 중의적 의미로 인해 멈칫했다. 이 순간 그녀에게 '옷을 입는다'는 것이 신비스러운 운명에 '끌린다'*는 의미처럼 느껴졌기 때문이다. 그녀는 급히 옷을 입고는 문틈으로 고개를 빠끔 내밀며 진지한 표정으로 친구들의 얼굴을 하나씩 차례로 바라보았다. 이것을 장난으로 여기지 않는 사람은 평범하고 건강한 얼굴에 어울릴 표정이 이 진지한 얼굴 속에는 없는 것에 섬뜩함을 느낄 수도 있었을

* 동사 'anziehen'은 '옷을 입는다'는 뜻과 '끌어당기다, 유혹하다'는 뜻을 함께 갖고 있다.

것이다. 그녀는 친구들에게 허리를 숙이더니 엄숙히 말했다. "이제 난 운명의 옷을 입었습니다!" 이 말과 함께 허리를 폈을 때는 다시 평소대로 돌아와 있었다. 심지어 무척 매혹적으로 보이기까지 했다. 지크문트가 소리쳤다. "앞으로! 행진! 아버지는 식사 시간에 늦는 사람을 별로 안 좋아하셔!"

넷이서 전차를 타러 가는 동안(마인가스트는 그들이 집에서 나오기 전에 이미 사라졌다) 울리히는 일부러 약간 뒤처져 걸으면서 지크문트에게, 혹시 최근 들어 클라리세가 조금 걱정되지 않는지 물었다. 발갛게 달아오른 지크문트의 담배가 어둠 속에서 천천히 포물선을 그리며 올라갔다. "클라리세는 두말할 필요 없이 비정상이죠." 그가 대답했다. "하지만 마인가스트는 정상인가요? 아니면 발터는? 피아노 연주는 정상인가요? 손목과 발목의 근육 떨림과 연결된 이례적인 흥분 상태죠. 의사의 눈엔 정상적인 것이 없어요. 하지만 당신이 정말 진지하게 묻는 거라면, 내 동생은 신경과민 상태가 맞아요. 위대한 스승이라는 그 작자가 떠나야 동생의 증세가 호전될 거라고 믿어요. 당신은 그 사람을 어떻게 생각합니까?" 지크문트는 약간의 악감정과 함께 '떠난다'와 '호전될 거'라는 두 단어에 강세를 실어 말했다.

"떠버리죠!" 울리히가 말했다.

"그렇죠?!" 지크문트가 반갑게 소리쳤다. "그것도 역겨운 떠버리죠, 역겨운!"

"하지만 그 사람의 사유는 흥미로워요! 그걸 완전히 부정하고 싶지는 않아요!" 지크문트는 잠시 후 덧붙였다.

20. 라인스도르프 백작이 자본과 문화에 의구심을 품다

이렇게 해서 울리히는 다시 라인스도르프 백작을 찾아가게 되었다.

백작은 정적과 몰입, 엄숙함, 아름다움에 둘러싸여 책상 위 서류 더미에 신문을 올려놓고 읽고 있었다. 황실 직속의 백작은 울리히에게 다시 한번 조의를 표한 뒤 걱정스럽게 고개를 저었다. "자네 부친은 자본과 문화의 마지막 진정한 대변자 중 한 분이셨지. 난 아직도 보헤미아 지방의회에서 자네 부친과 함께 의정 생활을 했던 시절이 생생히 기억나네. 언제나 우리 모두의 신뢰를 받고도 남을 분이셨어!"

울리히는 예의상 자신이 없는 동안에 평행운동이 어떤 진전을 이루었는지 물었다.

"자네도 겪은 일이지만 내 집 앞에서 폭도들이 그렇게 고함을 친 덕분에 우리는 이제야 정말 '국내 행정 개혁과 관련한 백성들의 소망 수렴 위원회'를 발족할 수 있게 되었네. 총리조차도 당분간 우리가 그 위원회를 맡아줬으면 하고 바라셨어. 우리의 애국운동이 제법 폭넓게 신뢰를 받고 있다는 이유를 들더군."

울리히는 진지한 얼굴로, 어쨌든 위원회의 이름이 아주 좋고 확실한 효과가 나타날 거라고 장담했다.

"그렇지, 올바른 이름이 무척 중요하지." 백작은 생각에 잠긴 표정으로 이렇게 대답하더니 갑자기 물었다. "트리에스테의 공무원 채용 일은 어떻게 생각하나? 내 생각에는 중앙정부에서 단호한 태도를 취할 절호의 기회가 온 것 같은데!" 그는 울리히가 들어올 때 접었던 신문을 건네줄 것 같더니 마지막 순간에 마음이 바뀌었는지 신문을 다시 펼쳐들고는 긴 기사를 활기차게 읽기 시작했다. "이런 일이 세상 또 어느 나라에서 가능하다고 생각하나?!" 백작이 신문 낭독을 끝내고 물었다. "오스트리아의 도시 트리에스테는 수년 전부터 그렇게 해오고 있네. 이탈리아 왕의 신민인 이탈리아인들만 자치단체의 공무원으로 채용해왔단 말일세. 한마디로 자기들은 여기가 아니라 이탈리아 소속이라는 걸 강조하자는 게 아닌가? 나는 예전에 황제 탄신일 때 거기 간 적이 있는데, 도시를 통틀어 총독부 건물과 세무서, 감옥, 그리고 몇몇 병영만 빼고는 국기가 게양된 곳을 본 적이 없네! 반면에 이탈리아 왕의 생일에 트리에스테 관청에 가면 상의 단추에 꽃을 달지 않은 공무원은 볼 수가 없을 걸세!"

"정부는 지금까지 왜 묵인했습니까?" 울리히가 물었다.

"묵인하지 않으면 어쩔 텐가?!" 백작이 언짢게 대답했다. "정부가 지방자치단체에 외국인 공무원들을 해고하라고 압력을 가하면 곧장 우릴 보고 게르만 동화 정책을 쓴다고 비난하지 않겠나? 모든 정부가 바로 그런 비난을 두려워하는 걸세. 우리의 황제 폐하께서도 그건 원치 않으시네. 우린 프로이센이 아니지 않은가!"

울리히는 해안 도시이자 항구도시인 트리에스테가 베네치아공화국의 팽창 정책에 의해 슬라브족의 땅에 세워졌고, 오늘날엔 슬라브계 주민들도 많이 살고 있다는 사실을 기억해냈다. 그래서 이 도시가 오스트리아제국의 동방무역을 위한 관문이고, 도시의 번영이 전적으로 이 제국에 달려 있음을 차치하더라도 이 도시를 단순히 주민들의 사적 사안으로만 간주해보자면 다음 사실을 피해갈 수는 없었다. 즉 슬라브 계열의 수많은 하층민들이 이 도시를 자신들의 소유물로 간주하려는 이탈리아 상류층의 권리에 이의를 제기하고 있다는 것이다. 울리히는 이 점을 지적했다.

"맞는 말일세." 라인스도르프 백작이 말했다. "하지만 우리가 게르만 동화 정책을 쓰게 되면 슬라브인들은 즉시 이탈리아와 연대할 걸세. 평소에는 그렇게 서로 못 잡아먹어 안달이던 인간들이! 게다가 그럴 경우 이탈리아인들은 다른 소수민족들의 지원도 받게 될 걸세. 그건 이미 충분히 경험한 일이지. 현실 정치적으로 보면 우리가 원하든 원치 않든 우리 제국 내의 화합을 가장 위협하는 세력은 바로 독일인일세!" 백작은 이렇게 결론내리더니 한동안 깊은 생각에 잠겼다. 지금까지 구체화되지 않고 마냥 마음을 짓누르기만 하던 거대한 정치적 계획이 다시 떠올랐기 때문이다. 그러던 그가 갑자기 활기를 되찾더니 한결 가벼운 얼굴로 말을 이어갔다. "어쨌든 이번에는 그 일당들에게 아주 제대로 호통을 쳤네!" 백작은 조급함으로 허둥대며 또다시 안경을 코에 걸치더니 흡족한 어조로 신문에 실린 트리에스테 황국 총독부의 포고문 중에서 특히 마음에 드는 부분을 낭독했다. "'국가 감독 당국의 반복된 경고도 소용이 없었다……우리 백성들에게 해를 끼쳤고……당국의 법령을 완강하게 무시하는 이런 태도와 관련해서 이제 트리에스테 총독부는 부득이 기존의 법적 규정을 강제로 준수하도록 하는 조치를 취할 수밖에 없다……' 자네가 보기엔 어떤가? 아주 품위 있는 표현 아닌가?" 백작은 잠시 말을 중단하고 고개를 들더니 바로 다시 고개를 숙였다. 그의 관심은 벌써 관의 세련된 품위, 미적인 만족감이 담긴 목소리로 강조해야 할 결론 지점에 가 있었기 때문이다. "'더 나아가, 황국 총독부는 언제든 공공기관 종사자들의 개별 귀화 신청에 대해, 특히 근무 기간이 오래되어 예외적으로 배려해야 할 가치가 있다고 판단될 경우 호의적으로 심사할 준비가 되어 있고, 그럴 경우 적합하다고 판단되는 시점과 환경이 조성되기까지 해당 조치의 즉각적인 시행을 유보할 용의가 있다.' 정부가 진작 이렇게 나왔어야지!" 백작이 소리쳤다.

"각하께서는 이 결론 부분과 관련해서……결국 모든 게 다시 예전으로 돌아간다고 생각하지 않으십니까?!" 얼마 뒤 능구렁이 같은 관료적 표현의 꼬리가 그의 귀에서 완전히 사라졌을 때 울리히가 물었다.

"바로 그걸세!" 백작은 이렇게 대답하더니, 풀리지 않는 문제로 고민할 때면 늘 그렇듯 일 분가량 엄지손가락을 다른 손 엄지손가락 주위에다 빙빙 돌렸다. 그러고는 속마음을 떠보듯 울리히를 빤히 바라보며 말문을 열었다. "우리가 경찰 전시회에 갔을 때 내무장관이 '협력과 엄격함'의 정신을 약속했던 거 기억나나? 그래, 난 내 집 앞에서 그렇게 고함을 질러대던 선동 분자들을 모조리 잡아들이라고 요구하는 게 아닐세. 다만 장관이 그 사건과 관련해 의회에서 품위 있는 말로 내 체면을 지켜줄 줄 알았지!" 백작이 상처받은 사람의 표정으로 말했다.

"저는 제가 없는 동안에 당연히 그렇게 되었을 줄 알았습니다만!?" 울리히가 아무 내색 없이 짐짓 놀라는 표정을 지으며 소리쳤다. 자신에게 호의적인 친구의 마음에 참담한 아픔이 일렁이는 것을 알아챘기 때문이다.

"아무 일도 없었네!" 백작은 또다시 걱정을 담은 돌출한 눈으로 울리히를 유심히 바라보았다. "하지만 이젠 뭔가 일어날 걸세!" 그는 허리를 펴더니 묵묵히 의자에 등을 기댔다.

백작은 눈을 감았다가 다시 뜨고는 차분한 어조로 설명하기 시작했다. "친구, 1861년에 제정된 우리 헌법은 실험적으로 도입한 국가 운영의 지침을 독일적 요소, 특히 그 가운데에서도 자본과 문화에 일임하는 내용을 담고 있네. 그 선물로 황제 폐하의 관대함과 확신은 증명됐겠지만, 어쩌면 시대에는 안 맞았을지도 몰라?!" 라인스도르프 백작은 한 손을 들더니 다시 다른 손 위에 체념적으로 내려놓았다. "황제 폐하께서는 1848년에 보위에 오르셨네. 올뮈츠에서였지. 그러니까 망명 상태에서 즉위하신 걸세……" 백작은 천천히 말을 이어가다가 갑자기 불안하고 초조한 기색을 띠더니 떨리는 손으로 저고리 주머니에서 자신의 구상을 적은 종이를 꺼냈다. 그리고는 흥분 상태로 코안경의 위치를 여러 번 고치더니 줄곧 손글씨를 판독하려고 애쓰면서 초안을 큰 소리로 읽기 시작했다. 군데군데 감동으로 목소리가 떨렸다. "……황제 폐하께서는 여러 민족의 노도와 같은 자유의 갈망에 둘러싸이셨고, 그 기운이 넘쳐흐르는 것을 저지하는 데 성공하시었다. 또한 몇 차례 민족들의 의지에 양보하셨지만 결국엔 승리자로 우뚝 서셨다. 그것도 신민들의 과오를 용서하고, 그들도 바라 마지않을 평화를 위해 기꺼이 손을 내미신 은혜롭고 자애로운 승자의 모습이셨다. 헌법과 다른 자유들은 비록 여러 사건들의 압력에 의해 하사되었지만 어쨌든 폐하의 자유로운 의사에 따라 결정된 일이자 폐하의 지혜와 자비, 그리고 민족 문화의 발전을 희망하는 마음이 만들어낸 결실이었다. 허나 황제 폐하와 백성들 간의 이 아름다운 관계가 최근 몇 년 사이 극단적인 선동 분열 분자들에 의해 퇴색되었다……" 이 대목에서 백작은 정치사를 훑은 초고의 낭독을 중단했다. 단어 하나하나에 세심한 숙고와 정성스러운 퇴고의 흔적이 담긴 초고였다. 그는 이제 생각에 잠긴 얼굴로 정면 벽에 걸린 선조의 초상화를 바라보았다. 마리아 테레지아의 기사단 일원이자 대원수를 역임한 선조였다. 계속 읽어주길 원하는 울리히의 시선이 마침내 그에게서 떨어져나간 순간 백작이 말했다. "아직 여기까지밖에 쓰지 못했네."

백작이 설명했다. "자네도 알다시피 난 최근에 그 관련성을 심사숙고했네. 내가 자네한테 읽어준 건 내무장관이 나를 겨냥한 시위와 관련해서 의회에서 했어야 할 답변의 첫 부분이었네. 그자가 자기 직무에 충실했더라면 말이지! 어쨌든 난 그 문제를 차근차근 숙고했네. 자네한테 털어놓자면 이 글이 완성되면 폐하께 보여드릴 기회도 있으리라 믿네. 알다시피 1861년의 헌법이 아무 의도 없이 자본과 문화에 국가의 강령을 넘긴 건 아니었으니까. 국가의 미래를 담보해달라는 뜻이었지. 하지만 지금 자본과 문화가 대체 어디에 있나?!"

그는 내무장관에게 무척 화가 난 것 같았다. 울리히는 백작의 관심을 돌리려고 천진하게 말했다. 어찌됐건 오늘날 자본은 은행 외에 봉건 귀족의 검증된 손에 있다고도 할 수 있다는 것이었다.

"나는 유대인들에게 결코 적대감이 없네." 백작이 난데없이 말했다. 마치 울리히가 이런 식의 부인을 요구하는 말이라도 한 것처럼. "유대인들은 똑똑하고 근면하고 신용이 있는 사람들이지. 하지만 우리는 그 사람들한테 부적절한 이름을 붙임으로써 큰 실수를 저질렀네. 예를 들어 로젠베르크나 로젠탈은 귀족의 성씨지. 뢰베나 베어* 같은 동물은 귀족 가문의 문장 동물이고. 마이어는 토지 소유와 관련이 있고, 겔프, 블라우, 로트, 골트**는 문장 색깔이네." 백작은 울리히가 깜짝 놀랄 설

---

* '뢰베'는 사자, '베어'는 곰을 뜻한다.
** 차례로 노란색, 파란색, 빨간색, 황금색을 의미한다.

명을 하고 있었다. "이 모든 유대 이름은 귀족에 대한 우리 관료주의의 오만함 그 자체일세. 관료주의가 들이받은 건 사실 유대인이 아니라 귀족들이었네. 때문에 유대인에게는 그런 이름들 말고 아벨레스니 위델이니 트뢰펠마허 같은 이름도 주어졌지. 옛 귀족들에 대한 우리 관료들의 이런 반감은 자네가 그걸 꿰뚫어볼 눈이 있다면 아마 오늘날에도 드물지 않게 관찰할 수 있을 걸세." 백작은 음습하고도 완강하게 예언했다. 마치 중앙 행정주의와 봉건주의의 싸움이 역사에 의해 추월당해 살아 있는 사람들의 시야에서 완전히 사라진 것이 얼마 안 된 일이라는 듯이. 사실 백작은 푹센바우어니 슐로서니 하는 그런 천한 이름을 가진 것들이 고위 관료랍시고 사회적 특권을 누리는 것만큼 진심으로 화나는 일이 없었다. 라인스도르프는 꽉 막힌 귀족이 아니었고 시대 변화에 맞게 생각하려는 사람이었다. 의원이나 행정부 장관, 혹은 영향력 있는 사인私人이 그런 이름을 사용하는 것은 아무 상관 없었다. 심지어 그는 시민계급의 정치경제적 영향력을 막을 생각도 없었다. 다만 평민 이름을 가진 고위 관료들만큼은 도저히 견딜 수 없었다. 그것은 품위와 위신을 강조하는 귀족적 전통의 마지막 잔재이기도 했다. 울리히는 라인스도르프 백작의 이런 언급이 혹시 디오티마의 남편 때문에 유발된 것인지 궁금했다. 그것도 배제할 수 없었다. 그러나 백작은 계속 말을 이어갔고, 여느 때와 마찬가지로 곧 자신이 오랫동안 관심을 가져온 한 이념에 생각이 미치자 개인적인 문제를 전부 접어두게 되었다. "이른바 유대인 문제라고 하는 것도 유대인들이 히브리어를 사용하고 자신들의 옛 이름을 되찾고 동방풍의 옷을 입는 순간 흔적도 없이 사라질 걸세. 솔직히 최근에 빈에서 부자가 된 한 갈리시아 출신의 유대인이 이

슐의 광장에서 알프스 영양 털이 달린 티롤 민속 의상을 입고 돌아다니는 건 별로 좋아 보이지 않네. 하지만 다리까지 덮는 길고 비싼 그들의 드레스를 입혀보게. 그러면 그 사람의 얼굴뿐 아니라 생동감 넘치는 움직임까지도 그 옷에 얼마나 잘 어울리는지 알게 될 걸세! 그래야 사람들이 하는 농담도 맞아떨어지지. 그 사람들이 즐겨 끼는 고급 반지도 빼놓을 수 없지. 난 영국 귀족들이 추진하는 그런 식의 동화 정책에는 반대하네. 그건 지지부진하고 불안한 과정일세. 반면에 유대인들에게 그들 고유의 본질을 돌려줘보게. 그러면 그들이 얼마나 보석 같은지, 황제 폐하의 보좌 주위에 감사한 마음으로 모여드는 민족들 가운데 얼마나 특별한 귀족이 되는지 알게 될 걸세. 혹시 그걸 일상적이고 좀더 확실한 모습으로 떠올려보고 싶다면 빨간 모자를 쓴 이슬람 신도, 양털 옷을 두른 슬로바키아인, 또는 맨다리를 드러낸 티롤 사람이 우리의 링 슈트라세 거리를 한가하게 거닐고 있다고 상상해보게. 서유럽의 우아함이 정점에 달한 거리에서 그런 모습을 보는 건 정말 세상 어디에도 없는 독특한 일 아니겠나!"

울리히는 백작의 날카로운 시각에 경탄할 수밖에 없었다. 백작의 말대로 하자면 '진짜 유대인'을 찾아내는 건 일도 아니었다.

"그래, 자네도 알다시피 진정한 가톨릭 신앙은 우리에게 그들을 실제 모습 그대로 보도록 가르치네." 백작이 자애롭게 설명했다. "자네는 내가 어떻게 이런 생각을 갖게 되었는지 짐작하지 못할 걸세. 아른하임 덕분은 아니네. 게다가 지금은 그 프로이센인에 대해 이야기하고 싶지 않네. 어쨌든 내가 아는 은행가가 하나 있네. 당연히 모세 신앙을 가진 사람인데, 오래전부터 금융 문제로 정기적으로 상담을 하는 사이지.

그런데 처음엔 그 작자의 억양이 상당히 거슬렸어. 이야기에 제대로 집중하지 못할 정도로. 그 작자는 꼭 내 숙부처럼 말을 하네. 그러니까 방금 말에서 내린 사람이나 꿩 사냥에서 돌아온 사람처럼 말한다는 거지. 짧지만 근사하게 말하는 것이 우리 민족과 똑같네. 그런데 그러다가도 가끔 흥분하면 말투가 달라지네. 뭐랄까, 꼭 유대인처럼 말한다고 할까! 처음에 얘기한 것 같은데, 그런 상황이 생기면 난 무척 혼란스러워지네. 게다가 항상 업무상 중요한 이야기를 하는 순간에 그런 일이 생겼고, 그러다보면 나도 모르게 그걸 기다리느라 다른 문제에는 제대로 집중하지 못하거나 시종 중요한 얘기를 하고 있다고 생각하게 되었네. 그러다 마침내 그 작자가 지금 히브리어로 말하고 있다고 상상하는 지경에 이르게 되었지. 그랬더니 그 말이 얼마나 편하게 들리는지 아나? 자네도 들어봤어야 하는데! 정말 매혹적이지. 교회의 언어이기도 하고, 멜로디가 좋은 노래 같기도 하고…… 덧붙이자면 난 무척 음악적인 사람이네. 어쨌든 한마디로, 그때부터는 그 사람이 아주 심각한 이자나 어음 문제를 마치 피아노 소리처럼 내 귀에 불어넣는 느낌이었네." 순간 백작의 얼굴에 어떤 이유에서인지 우수에 젖은 미소가 피어올랐다.

외람되게도 울리히는 백작의 호의적인 관심을 누려온 사람들이 그의 제안을 거부할 가능성이 높다는 점을 지적했다.

"당연히 그 사람들은 원치 않겠지! 하지만 그들 자신을 위해서라도 따르게 만들어야지! 우리 제국은 세계적 사명을 완수할 책임이 있네. 다른 이들이 원하든 말든 그건 중요하지 않네. 자네도 알다시피 우리는 그런 식으로 이미 여러 가지를 밀어붙여야 했어. 그런데 다음 사실도 고려할 필요가 있네. 그러니까 우리가 제국 내 독일인들과 프로이센과 연합할 필요 없이 나중에 우리의 은혜를 입은 유대 국가와 동맹을 맺는다고 생각해보란 말일세! 우리의 트리에스테는 이른바 지중해의 함부르크가 아닌가! 우리가 교황뿐 아니라 유대인까지 한편으로 끌어 들인다면 외교적으로 누구도 넘볼 수 없게 된다는 사실은 차치하더라 도!"

백작이 불쑥 덧붙였다. "내가 지금 통화 문제에도 관심을 갖고 있다 는 사실을 자네는 기억해야 하네." 그는 또다시 특유의 우수에 젖은 명 한 미소를 지었다.

울리히의 방문을 재차 독촉해온 백작이 마침내 모습을 드러낸 울리 히에게 그날의 문제에 대해서는 언급하지 않고 자신의 생각만 폭발적 으로 토로한 것은 주목할 만한 일이었다. 어쩌면 울리히가 없는 동안에 그 많은 생각들이 생겨났는지 모른다. 그것은 뿔뿔이 흩어져 날아다니 다가 시간에 맞춰 꿀을 모아 오는 벌들의 소란과 비슷해 보였다.

울리히는 아무 말도 안 했지만 백작이 다시 말문을 열었다. "자네는 아마 내가 예전엔 지속적으로 금융에 대해 부정적인 생각을 내비치지 않았느냐고 반박할지 모르겠네. 그래, 그건 부인하지 않겠네. 금융이 너무 비대해진 건 사실이니까. 오늘날 우리의 삶에는 자본이 너무 많 네. 하지만 바로 그 때문에라도 우리는 자본에 관심을 가져야 하네! 잘 보게, 문화는 자본에 균형을 맞추지 못하고 있어! 이게 1861년 이후 우 리 사회의 발전을 꿰뚫는 비밀일세! 그렇기 때문에 우리는 자본 문제 를 다루어야 하네." 백작은 잠시 말을 끊었다. 눈에 띄지 않을 만큼 짧 은 시간이었지만 이제 자본의 비밀에 관한 이야기가 나올 거라고 예상 하기에는 충분한 시간이었다. 백작이 음습하고 은밀한 냄새를 풍기며 말을 이어갔다. "문화에서 가장 중요한 측면이 뭔지 아나? 인간들에게 하지 말라고 가르치는 것이네. 문화에 맞지 않는 것이 있으면 즉시 배척해버리지. 예를 들어 교양 있는 사람은 절대 나이프로 소스를 떠먹지 않네. 이유는 아무도 모르지만. 그런 건 학교에서도 가르치지 않네. 그냥 예절이라고 할 수 있지. 예절은 문화가 우러러보는 특권층에 뿌리를 두고 있네. 문화의 모범이 되는 사람들인데, 괜찮다면 그냥 간단히 귀족이라고 부르고 싶네. 하지만 솔직히 우리의 귀족계급은 항상 모범이 되지는 못했어. 1861년에 제정된 헌법의 혁명적인 실험도 바로 그런 문제점에서 출발했지. 즉 자본과 문화는 귀족계급과 제휴하게 되어 있었어. 그런데 그게 잘됐을까? 폐하께서 자비롭게 용인하신 그 좋은 기회를 귀족들이 적절히 살렸을까?! 나는 자네도 매주 자네 사촌 집에서 열린 그 대규모 모임에서 겪은 일들이 그런 희망에 부합한다고 보지는 않을 거라고 확신하네!" 백작의 목소리에서 다시 활기가 묻어났다. "자네 아나? 오늘날 정신이라 불리는 것들이 얼마나 흥미로운지? 최근에 난 뮈르츠슈테크에서 사냥중에 추기경에게 그 문제에 관해 이야기했네. 참, 그게 아니라 뮈르츠브루크였지. 호스트니츠 딸의 결혼식이었으니까. 내 말을 듣고 추기경은 박수를 치면서 웃더니 이렇게 말하더군. '그건 매년 달라지지요! 그걸 보면 우리가 얼마나 대단할 게 없는지 알수 있죠. 근 이천 년 전부터 우리는 사람들에게 늘 똑같은 것만 얘기해오고 있어요!' 정말 맞는 말이었네! 그러니까 믿음의 본질은 사람들이 항상 예전과 똑같은 것을 믿는 데 있네. 그게 이단이라고 하더라도 말일세. 그때 추기경이 이런 말을 하더군. '난 항상 사냥을 나갑니다. 레오폴트 폰 바벤베르크 치하에서부터 내 전임자들도 사냥에 따라나섰기 때문이죠. 하지만 난 동물을 죽이지 않습니다.' 사실 추기경은 사냥을 나가서도 총을 쏘지 않는 걸로 유명한 사람이네. '나는 동물을 죽이는 것이 내가 입은 옷과 어울리지 않는다는 심리적 거부감이 있습니다. 내가 각하께 이런 말을 할 수 있는 건 우리가 어릴 때 함께 춤을 배운 오랜 친구 사이이기 때문이지요. 하지만 공개석상에서는 사냥을 나가 총을 쏘아서는 안 된다고 말하지 못합니다! 그게 정말 맞는 말인지 어떻게 알겠습니까마는 어쨌든 교리에는 그런 내용이 없습니다. 각하의 여자 친구 집에서 모이는 사람들은 뭔가 생각이 떠오르면 바로 공공의 이슈로 만들지요! 그렇다면 각하는 오늘날 사람들이 정신이라고 부르는 것을 아는 겁니다!' 추기경은 이렇게 말하며 싱긋 웃더군." 라인스도르프 백작은 이제 자기 이야기를 해나갔다. "추기경이라는 직책은 영속적이기 때문이지. 그러나 우리 속인들은 끊임없는 변화 속에서 선을 찾아야 하는 어려운 과제를 짊어지고 있네. 추기경에게도 그 이야기를 했지. 그러면서 물었어. '왜 신은 기본적으로 따분하기 그지없는 문학이니 회화니 하는 것들을 만드셨느냐?!' 그러자 추기경은 아주 흥미로운 설명을 해주더군. '혹시 정신분석에 관한 이야기를 들어보셨는지요?' 추기경이 묻더군. 내가 대답을 못하자 추기경이 말했네. '각하는 정신분석을 개수작이라 생각하고 계실지도 모르죠. 그걸 갖고 논쟁하고 싶지는 않습니다. 다들 하는 소리니까요. 그런데도 사람들은 우리 성당의 고해소보다 이 신식 의사들을 더 자주 찾아갑니다. 거짓말이 아닙니다. 정말 떼 지어 몰려갑니다. 육신은 약하기 때문이지요! 사람들은 의사들에게 자신의 은밀한 죄악을 털어놓고 상담합니다. 그러고 나면 만족감이 찾아오지요. 심지어 그 의사들은 환자들이 욕하는 것까지도 다 들어줍니다! 나는 그 불경한 의사들이 스스로 발명했다고 믿는 것이 따지고 보면 우리 교회가 초창기에 했던 것과 다르지 않다는 점을 증명할 수도 있습니다. 악마를 몰아냄으로써 귀신들린 사람들을 치료하는 방법 말입니다. 정신분석학도 엑소시즘의 제식과 세세한 부분까지 일치합니다. 의사들이 자기들만의 수단을 이용해서 귀신들린 사람으로 하여금 자기 안에 숨은 것을 털어놓게 하는 것처럼요. 이건 교회에서도 악마가 처음으로 막 달아나려고 하는 전환점으로 봅니다! 다만 우리는 시대적 변화에 따라 달라진 수요에 제때 적응하지 못해, 악마니 오물이니 하는 말 대신 정신병이니 무의식이니, 혹은 오늘날 유행하는 여타 개념으로 이야기하는 법을 모를 뿐입니다.' 어떤가? 퍽 흥미로운 설명 아닌가?" 백작이 물었다. "하지만 어쩌면 이보다 더 흥미로운 게 있네. 추기경이 이렇게 말했거든. '하지만 우리 교회에서는 육신의 약함만 거론하지 않고 우리 정신의 약함에 대해서도 이야기합니다! 우리 교회의 현명하고 꼼꼼한 부분이지요! 그러니까 인간은 육신 속으로 파고드는 악마를 두려워하고 악마와 맞서 싸우는 것처럼 굴지만, 정신에서 온 깨달음만큼 두려워하지는 않습니다. 각하는 신학을 공부하지 않았지만 최소한 신학에 대한 존중감은 갖고 계시지요. 눈먼 세속적 철학보다 더 많은 것을 얻을 수 있는 태도입니다. 나는 이렇게 말씀드리고 싶습니다. 신학은 십오 년 동안 오직 그거 하나만 파고들어도 단 한 글자도 제대로 아는 것이 없다는 사실만 알게 될 만큼 어렵습니다! 그리고 그게 근본적으로 그렇게 어렵다는 것을 알게 된다면 당연히 어떤 인간도 신학을 믿지 않을 겁니다. 오히려 다들 우리를 욕하겠지요! 그 사람들을 욕할 때와 마찬가지로요. 누군지 아시겠습니까?' 추기경이 음흉하게 물었네. '책을 쓰고 그림을 그리고, 이론을 주장하는 사람들이죠. 그들을 욕하듯 우리를 욕한다는 겁니다. 오늘날 우리는 기꺼운 마음으로 그 사람들의 불손함을 묵인합니다. 이유를 말씀드리면 이렇습니다. 그들 중 누군가가 자기 일을 점점 진지하게 받아들일수록, 그리고 단순히 남을 즐겁게 하거나 돈을 벌려는 데서 점점 관심이 멀어질수록, 그러니까 잘못된 방식으로 신에게 봉사하려고 할수록 점점 지루해지고 욕을 먹게 된다는 것이지요. 그건 삶이 아니라고 사람들은 말하지만 우리는 진정한 삶이 무엇인지 잘 알고 있습니다. 진정한 삶을 사람들에게 보여주기도 하고요. 또 우리는 기다리는 일밖에 할 수가 없기에 가만히 기다리다보면 그들은 우리에게로 다시 헐레벌떡 달려옵니다. 똑똑한 척 떠들어댔던 헛된 시간들에 분노하면서 말입니다. 그건 오늘날 우리의 가정에서도 관찰할 수 있습니다. 우리 아버지들의 시대에는 천국을 대학으로 탈바꿈시킬 생각까지 했었죠!'"

이 대목에서 라인스도르프 백작은 추기경 말의 인용을 끝내고 다른 이야기로 넘어갔다. "추기경 말을 곧이곧대로 받아들일 필요는 없다고 생각하네. 아무튼 뮈르츠브루크의 호스트니츠 집에는 라인 지방의 유명한 와인이 있었네. 마르몽 장군이 1805년 급히 빈으로 진군하는 바람에 거기 남겨두었다가 나중에 까맣게 잊은 와인이라고 하더군. 결혼식 때 그 와인을 조금씩 나누어 마셨네. 추기경은 대체로 방향은 제대로 잡았네. 지금 와서 그것을 어떻게 이해해야 할까 생각해보니 이렇게 말할 수 있을 것 같아. 그게 옳은 건 분명하지만 들어맞지는 않는 것이지. 결혼식에 초대받은 사람들, 즉 우리 시대의 정신이라고 하는 사람들이 현실 삶과 아무 상관이 없다는 건 분명하네. 교회 입장에서야 그 사람들이 돌아오길 차분히 기다릴 수 있겠지만 우리 민간 정치인들은 기다릴 수가 없네. 어떻게든 현실 삶에서 선을 짜내야 하니까. 인간은 빵만으로는 살 수 없고 영혼으로도 살아가네. 말하자면, 빵을 제대로 씹어서 소화하게 하는 것이 영혼이지. 그게 바로 영혼이 필요한 이유네……" 백작은 정치가 영혼을 추동해야 한다는 의견이었다. "간단히 말해서 이제는 뭔가 일어나야 하네. 그게 우리 시대의 요구일세. 오늘날에는 정치인뿐 아니라 모든 사람이 그런 느낌을 갖고 있네. 시간에는 잠정적인 성격이 있어서 누구도 무한히 견딜 수 없으니까." 백작은 이념들의 흔들리는 균형에 자극을 주어야 한다는 생각을 갖고 있었다. 유럽 열강들의 흔들리는 균형 때문에 이념들의 균형까지 흔들리고 있다는 것이다. "어떤 종류의 자극인지는 별로 중요하지 않네!" 백작의 말에 울리히는 짐짓 놀라는 투로, 자신이 없는 사이 백작이 혁명가가 다 되었다고 말했다.

"그러면 안 될 이유가 있겠나!" 백작이 우쭐한 표정으로 대답했다. "추기경도 당연히 우리가 폐하를 설득해서 내무장관을 교체할 수 있다면 작지만 긍정적인 발걸음이 될 거라고 생각했네. 물론 꼭 필요한 일이긴 하지만 그런 작은 개혁만으로는 장기적으로 큰 효과가 없겠지. 자네 혹시, 내가 요즘 혼자 이리저리 생각해보면서 사회주의자들을 떠올리곤 하는 걸 알고 있나?!" 백작은 울리히에게 순간적인 충격에서 벗어날 시간을 주더니 결연하게 말을 이어갔다. "장담컨대, 진정한 사회주의는 세간에서 생각하는 것만큼 그리 두렵고 끔찍한 것이 아닐세. 자네는 어쩌면 사회주의자들은 공화주의자가 아니냐고 반박할 수도 있겠지. 물론 그자들이 하는 말을 귀담아들을 필요는 없네. 하지만 현실 정치 차원에서 보자면 강력한 군주가 꼭대기에 군림하는 사회민주주의 공화국도 결코 불가능한 국가 형태는 아니라고 생각하네. 내 개인적인 생각인데, 그자들은 요구만 약간 들어주면 막무가내식 폭력 사용을 흔쾌히 포기하고 자신들의 사악한 원칙에 스스로 놀라 움찔할 거라고 나는 확신하네. 게다가 현재 사회주의자들은 어차피 계급투쟁이라든지 사유재산 폐지라든지 하는 요구를 완화하는 방향으로 나아가고 있네. 실제로 그들 중에는 당보다 국가를 우선시하는 사람들도 있네. 반면에 시민계급은 과거 몇 번의 선거 이후 다른 어떤 것보다 민족적 대립 문제로 과격해질 대로 과격해지지 않았나? 이제 황제 폐하 문제로 돌아가보세." 백작은 친밀함을 담은 저음으로 말을 계속했다. "예전에 잠시 언질을 준 것 같은데, 우리는 국민경제적 측면에서 사고하는 법을 배워야 하네. 일방적인 소수민족 정책은 우리 제국을 황폐화시켰네. 지금 황제 폐하께서는 우리 제국 내의 체코인과 폴란드인, 독일인, 이탈리아인들이 자치권을 얻겠다며 엉망진창을 만들어놓은 문제에 대해, 어떻게 표현해야 할지 잘 모르겠으나…… 일단 이렇게 말해두지, 정말 발톱의 때만큼도 관심이 없으시네. 폐하께서 진심으로 신경을 쓰는 문제는 강한 제국을 건설할 수 있게 국방 예산이 한 푼도 삭감 없이 통과되었으면 하는 소망뿐이지. 거기다 심중에 한 가지가 더 있다면 중산계급의 이념을 파는 장사치들의 방자함에 대한 강력한 혐오감일 걸세. 아마 1848년의 사건으로 가슴에 깊이 새겨지지 않았나 싶네. 어쨌든 이 두 가지 감정으로 인해 폐하께서는 이 나라 최고의 사회주의자나 다름없다네. 이제 자네도 내가 말한 장대한 미래 구상을 알아챘을 거라고 믿네! 남은 건 도저히 해결할 수 없을 대립이 존재하는 종교 문제인데, 이와 관련해서는 나중에 추기경과 한번 더 만나 얘기해볼 생각이네."

　백작은 묵묵히 역사, 특히 조국의 역사가 비생산적인 민족주의의 수렁에 빠져 있지만 분명 머지않아 미래로 한 걸음을 뗄 거라는 자기 확신 속에 잠겼다. 그런 점에서 그는 역사의 본질을 이렇게 떠올리고 있었다. 역사란 다리가 둘 달려 있으면서도 다른 한편으론 철학적 필연성이라고 말이다. 그래서 백작이 갑자기, 그리고 너무 깊숙이 들어간 잠수부처럼 충혈된 눈으로 다시 수면 위로 올라온 것은 충분히 납득이 갔다. "어쨌든 우리는 의무를 다할 준비를 하고 있어야 하네!"

　"그렇다면 각하께서는 현재 우리의 의무가 뭐라고 생각하십니까?" 울리히가 물었다.

　"우리의 의무가 뭐냐고? 의무를 다하는 것이 우리의 의무지! 언제나 그렇듯 우리가 할 수 있는 것이라고는 그것뿐이네! 하지만 화제를 바꾸자면……" 백작은 주먹 밑에 깔린 신문과 서류 더미를 다시 떠올린 듯했다. "여길 보게, 백성들은 오늘날 강력한 손을 원하고 있네. 강력한 손에는 아름다운 말이 필요하고. 그렇지 않으면 백성들은 그 손을 참아내지 못하거든. 자네, 그러니까 정말 자네야말로, 그런 점에서 아주 출중한 재주가 있어. 예를 들어 지난번에, 그러니까 자네가 여길 떠나기 전 자네 사촌 집에서 우리 모두가 모였을 때, 이런 말을 했던 것 혹시 기억하나? 행복을 사유 속의 세속적 정확함과 일치시키려면 우린 이제 영원한 행복을 위한 중앙위원회를 발족해야 한다고. 사실 그게 그리 쉬운 일이 아니라는 건 알지만 내가 그 이야기를 하자 추기경은 웃음을 터뜨리더군. 그래서 내가 핀잔을 좀 줬지. 하지만 추기경이 항상 그런 식으로 모든 것을 조롱함에도 불구하고 나는 그게 비장에서 나온 건지,

심장에서 나온 건지 잘 분간한다네. 아무튼 핵심은 자네가 우리한테 없어서는 안 될 존재라는 거지……"이날 라인스도르프 백작의 다른 발언들은 복잡하게 뒤엉킨 꿈의 성격을 띠고 있었던 반면에, 평행운동의 명예 사무총장직을 그만두려는 울리히에게 '최소한 당분간은 그런 생각을 완전히 버리라'는 요구만큼은 그렇게 분명하고 경쾌할 수가 없었다. 백작은 기습적으로 울리히의 팔에 손을 올렸다. 이 갑작스러운 행동에 울리히는 백작의 앞선 그 장황한 열변이 단지 계산된 것일 뿐이고, 생각했던 것보다 훨씬 더 교활하게 자신의 경계심을 누그러뜨리려는 장치였다는 불쾌한 느낌마저 받았다. 순간 자신을 이런 상황으로 내몬 클라리세에게 정말 화가 치밀었다. 그러나 대화중에 생긴 첫 공백을 이용해 클라리세 대신 올린 청이 중단 없이 계속 말을 하고 싶어하는 높으신 양반에 의해 아주 따뜻한 방식으로 받아들여졌기에 울리히로서도 내키지는 않지만 백작의 만류를 따를 수밖에 없었다.

"투치 국장이 그러더군." 백작이 흡족해하며 대답했다. "자기 사무실 직원 하나를 자네에게 붙여 자질구레한 일들을 대신 처리하게 해줄 거라고. 그래서 내가 그랬지. 좋은 생각이라고. 그런 식으로라도 자네를 그 자리에 묶어둘 수만 있다면 말일세. 게다가 우리가 자네에게 주려고 하는 사람은 관료의 서약을 한 사람이 아닌가! 나도 자네에게 비서를 내줄 수야 있지만 안타깝게도 내 비서는 아주 굼뜨고 답답한 작자야. 어쨌든 그 친구한테 중요한 정보는 내주지 않는 것이 좋을 걸세. 아무리 자네 일을 돕는다고 해도 결국은 투치 사람 아닌가! 그런 자한테 우리 속을 다 보이는 건 유쾌한 일이 아니지. 나머지는 자네 편할 대로 하게!"이렇게 해서 백작은 이 성공적인 대화를 마무리지었다.

21. 네가 가진 것은 신발까지 모두 불속으로 던져버려라

그사이 아가테는 혼자 남겨진 순간부터 모든 관계를 끊은 채 무엇을 하겠다는 의지도 없이 우수에 젖어 살았다. 이 상태는 저멀리 푸른 하늘만 보이는 높은 허공에 떠 있는 것과 비슷했다. 그녀는 기분전환삼아 날마다 도시를 잠깐씩 돌아다녔다. 집에 있을 때면 책을 읽고 다른 볼일을 보았다. 이처럼 그녀는 소소하고 안온하게 살아가는 것을 감사한 마음으로 즐겼다. 그 무엇도 이 상태를 위협하지 못했다. 과거에 대한 집착도, 미래에 대한 중압감도 없었다. 혹시 어쩌다 그녀의 시선이 주변의 한 사물로 향하면 그것은 마치 한 마리 어린양을 불러들이는 느낌이었다. 그러면 사물은 부드럽게 다가오거나, 아니면 그녀를 무시하거나 했다. 그런데 그녀는 결코 의도를 갖고 그러는 게 아니었다. 여기서 의도란 사물들에 내재한 행복을 쫓아버림으로써 모든 차가운 이해에 무언가 폭력적이지만 헛된 것을 부여하는 내적 통제의 움직임을 뜻한다. 아가테는 이런 식으로 주변의 모든 것을 예전보다 훨씬 더 잘 이해해나갔다. 하지만 지금도 여전히 그녀는 주로 오빠와 나눈 대화에 몰두했다. 어떤 형태의 의도와 선입견으로도 형체를 허물어뜨릴 수 없는 그녀의 특이하고 비상한 기억력 덕분에 이제 그 대화중에 오갔던 말들과 나직한 놀라움이 담긴 억양, 표정이 생생히 떠올랐다. 물론 어떤 연관이 있어서 떠오른 것은 아니었다. 그저 아가테가 아직 제대로 이해하지 못하고 대화가 어디로 흘러갈지 알지 못했던 그 상태 그대로 떠올랐을 뿐이다. 그럼에도 대화의 모든 것이 그녀에게는 지극히 의미심장했다. 그렇게 자주 후회가 만연하던 기억이 이번에는 고요한 애착으로 넘쳤다. 과거의 시간은 예전처럼 헛되이 보낸 삶을 위한 혹한과 어둠 속으로 사라지는 대신 육신의 온기를 느끼려는지 기분좋게 달라붙어 있었다.

이렇게 해서 보이지 않는 한줄기 빛에 감싸인 아가테는 변호사와 공증인, 상인들과도 만나 대화를 나누었다. 누구도 그녀를 거절하지 않았다. 사람들은, 아버지의 이름이 곧 추천장이나 다름없는 이 매력적인 젊은 여인의 요구를 다 들어주었다. 그녀 자신은 기본적으로 무심한 듯 거리를 두면서도 자신감 있게 행동했다. 그러니까 자신이 무엇을 원하는지 분명히 알고 있었던 것이다. 결정은 자기 외부에서 일어나는 듯했지만. 게다가 삶에서 획득한 경험들(마찬가지로 그녀의 인격과 구분되는 그 무엇이다)이 마치 맡은 일에 내재하는 모든 이점을 태연히 이용하는 약아빠진 일꾼처럼 결심에 계속 작용했다. 자기가 하는 모든 행동이 남들을 속일 준비 작업에 해당한다는 사실(이런 행동의 의미는 제삼자에겐 너무나 분명했다)이 그 일을 하면서 결코 마음속에 인지되지 못했다. 양심의 통일성이 그런 생각을 배제해버린 것이다. 그럼에도 불꽃의 핵처럼 그 한가운데에 있는 검은 점은 양심의 환한 광채로 뒤덮여 있었다. 이것을 어떻게 표현해야 할지는 아가테 자신도 몰랐다. 다만 의지의 힘으로 이런 추악한 의도로부터 하늘만큼 멀리 떨어진 상태 속에 있었다.

아가테는 오빠가 떠난 다음날 아침에 벌써 자기 자신을 유심히 관찰했다. 우연히 본 거울 속 얼굴에서부터 시작된 일이었다. 한번 그리로 향한 시선이 더는 거울에서 돌아오지 않았기 때문이다. 그녀는 가끔 걷고 싶은 마음이 없는데도 반복해서 백 걸음을 떼고, 또 백 걸음을 떼다가 마지막에 한 사물이 눈에 들어오면 등을 돌리려고 걸음을 멈추는 사람처럼 그렇게 거울 앞에 붙박여 있었다. 그녀를 붙잡아둔 것은 거울 유리의 숨결 아래 있는 자아의 풍경이었다. 그 모습에선 허영기라고는 전혀 보이지 않았다. 그녀는 여전히 환한 우단 같은 머리카락을 보았다. 거울상의 목깃을 풀고 어깨에서부터 옷을 내렸다. 그러다 마침내 옷을 다 벗고는 몸을 하나하나 꼼꼼히 살펴보았다. 몸의 끝에 있어서 몸의 일부라기엔 애매한 분홍색 손발톱까지. 아직 모든 것이 하늘 꼭대기로 접근중인 반짝거리는 한낮 같았다. 상승중에 있고, 순수하고, 정확했다. 그리고 최고점에 아직 못 미쳐 살짝 아래 위치한 공처럼 뭐라 형언하기 어려운 방식으로 한 인간이나 어린 짐승에게서 발견되는 오전의 성장 상태였다. '어쩌면 그 공은 바로 지금쯤 최고점을 지나고 있을지 몰라.' 아가테는 생각했다. 그러자 덜컥 겁이 났다. 하지만 최고점까지는 아직 얼마간의 시간이 남았는지 모른다. 그녀는 이제 겨우 스물일곱 살이었다. 운동이나 마사지로 관리한 것도 아니고 출산이나 육아와도 무관한 그녀의 몸은 오직 자신의 성장을 통해서만 형태가 만들어졌다. 만일 하늘 쪽 높은 산맥에서 내려다보이는 거대하고 쓸쓸한 풍경 속에 이 벌거벗은 몸을 내려놓으면 그것은 이교도의 여신처럼 드넓고 황량한 산줄기의 물결에 떠받쳐지는 듯 보일 것이다. 이런 유의 자연에서 정오는 빛과 열기의 기운을 아래로 쏟아붓지 않고, 하늘 꼭대기를 넘어 얼마간 올라가다가 유영하듯 가라앉는 아름다운 오후로 살그머니 넘어간다. 이제 특정하기 어려운 이 시간의 약간 섬뜩한 감정이 거울에서 다시 돌아오고 있었다.

순간 아가테는 울리히도 마치 영원히 지속될 것처럼 삶을 흘려보내고 있다는 생각이 들었다. '어쩌면 우리가 노인이 되기 전에 만난 게 실수일지 몰라.' 그녀는 이렇게 독백하고는 저녁 무렵 대지로 깔리는 두 개의 안개구름이 눈앞에 슬프게 떠오르는 것을 느꼈다. '안개구름은 햇빛 찬란한 정오만큼 아름답지 않아.' 그녀는 생각했다. '하지만 형체도 없는 이 두 개의 회색 안개는 사람들이 무슨 느낌을 받든 관심이나 있을까! 안개의 시간이 찾아왔고, 그것은 뜨겁게 타오르는 시간처럼 부드러워!' 그녀는 이제 거울에서 등을 거의 다 돌렸다가 마지막 순간에 돌연 자신의 기질에 내재한 과장의 경향 때문인지 다시 거울 쪽으로 돌아서야 될 것 같은 느낌을 받았다. 그와 함께 몇 해 전 마리엔바트 온천지에서 뚱뚱한 두 손님이 정말 달콤하고 부드럽게 서로 애무하는 광경을 초록색 벤치에 앉아 관찰하던 때를 떠올리며 웃음을 지었다. '저런 지방덩어리 한가운데에도 고동치는 심장은 날씬하겠지! 저 사람들은 서로의 내면 풍경에 푹 잠겨 있어서 외적 풍경이 얼마나 재미를 주는지 전혀 모를 거야.' 아가테는 그 장면을 떠올리고는 황홀한 표정을 지었다. 자신의 몸을 뚱뚱하게 부풀려서 상상의 지방 주름 속으로 밀어넣으려고 하면서. 발작과도 같은 이런 들뜬 상태가 지나고 나자 마치 두 눈에 분노의 미세한 눈물이 몇 방울 맺힌 듯했다. 그녀는 다시 냉정하게 정신을 차리며 자기 몸을 자세히 관찰하기 시작했다. 기본적으로 날씬한 몸이라고 생각하고 있었음에도 팔다리를 보면서 무거워질 가능성이 있는지 걱정스럽게 관찰했다. 가슴도 너무 넓적한 듯했다. 낮에 타오르는 촛불처럼 금발의 노란빛으로 약간 짙어진 무척 흰 얼굴에서는 코가 너무 넓게 솟아 있었고, 고전적인 콧선은 끝부분이 안쪽으로 살짝 들어가 있었다. 기본적으로 불꽃처럼 생긴 체형 속에는 좀더 넓고 우울한 또다른 형체가 도처에 숨어 있는 듯했다. 월계수 가지들 사이로 삐져나온 보리수 잎처럼. 아가테는 마치 자기 몸을 이제야 처음 제대로 본 사람처럼 몸에 호기심을 느꼈다. 그녀와 관계했던 남자들은 그 몸을 쉽게 볼 수 있었겠지만 정작 본인은 자기 몸에 대해 아는 것이 없었다. 섬뜩한 느낌이었다. 그러나 그에 대한 해명으로 자신의 기억을 불러오기 전에 모종의 판타지가 발동되어, 자신이 겪어온 모든 것들 뒤에서 항상 그녀를 특이하게 흥분시킨 당나귀의 길고 애타는 구애의 울음소리가 들렸다. 정말 바보 같고 추악한 소리였지만, 바로 그 때문에 아마 그만큼 절망적으로 달콤한 사랑의 영웅주의는 다른 어디에도 없을 듯했다. 그녀는 자신의 삶에 어깨를 으쓱하고는 확고한 의지로 다시 거울 상으로 시선을 돌려 벌써 세월의 무게에 무릎을 꿇으려는 지점들을 찾아보았다. 눈과 귀 근처에 뭔가 잠들어 있는 것처럼 보이는 것을 필두로 변화의 조짐이 보였다. 또 가슴 안쪽 아래의 둥근 부분도 본래의 모습을 잃어가고 있었다. 지금 이 순간엔 거기서 변화를 알아낸 것이 기쁨을 주고 평화를 약속하는 듯했다. 하지만 다른 어떤 곳에서도 그런 변화는 보이지 않았고, 몸의 아름다움은 거울 속 깊은 곳에서 거의 으스스한 느낌으로 부유하고 있었다.

이 순간 아가테는 자신이 하가우어 부인이라는 사실이 참으로 이상하게 느껴졌다. 그와 연결된 명확하고 친밀한 관계들과 거기서부터 그녀의 내면으로 깊숙이 뻗어 있는 불확실성의 차이는 너무 컸다. 그녀 본인은 몸 없이 여기 서 있고, 몸은 거울 속 하가우어 부인의 것처럼 보일 정도로. 그 부인은 이제야 그 몸에 대응하는 방법을 아는 듯했다. 몸은 그 품위 밑에 있는 상황들에 묶여 있었기 때문이다. 그 속에도 무언가 가끔 공포 같기도 한 삶의 향유가 떠다니고 있었다. 급히 옷을 다시 입은 아가테가 맨 처음 마음먹었던 일은 침실로 가서 짐 속의 작은 케이스를 찾는 것이었다. 하가우어와 결혼한 이후 늘 곁에 두었던 이 작은 밀봉 금속성 용기에는 사람들이 치명적인 독이라고 장담하는 칙칙한 색의 물질이 소량 들어 있었다. 아가테는 이 금지된 물질을 입수하기까지 들였던 노력이 떠올랐다. 이 물질에 대해 그녀가 아는 것이라고는 사람들이 말해준 효과와 무슨 마법의 주문처럼 들리는 화학 관련 이름뿐이었다. 문외한은 무슨 뜻인지도 모르면서 그저 외우는 수밖에 없는 이름이었다. 그런데 독과 흉기의 소지나 지속적인 위험의 발견처럼 종말을 약간 앞당겨주는 모든 수단은 분명 삶의 낭만적인 즐거움에 속했다. 사람들의 삶은 대부분 그렇게 침울하고, 불안하고, 밝음 속에서도 많은 어둠을 갖고 있고, 전체적으로 그렇게 전도되어 흘러가는지 모른다. 또한 삶을 끝내려는 먼 가능성을 통해서야 삶에 내재된 기쁨이 해방되는지도 모른다. 아가테는 자기 앞에 놓인 불확실성 속에서 행운을 갖다줄 부적 같은 이 작은 금속성 물건에 눈이 닿는 순간 마음이 편안해지는 것을 느꼈다.

그렇다고 아가테가 그 무렵에 벌써 자살할 생각을 품고 있었다는 뜻은 아니다. 아니, 오히려 반대였다. 그녀는 다른 모든 젊은이들처럼 죽음을 두려워했다. 예를 들어 즐겁게 하루를 보낸 한 젊은이가 침대에 누워 잠들기 전에, 나도 언젠가 어쩔 수 없이 이처럼 아름다운 날에 죽게 될 거라는 생각에 섬찟하는 것처럼. 또한 다른 사람이 죽어가는 걸 지켜본 사람도 죽을 마음이 싹 달아난다. 아가테에게도 아버지의 죽음은 크나큰 고통으로 다가왔고, 그 고통의 전율은 오빠가 떠나고 혼자 남게 되었을 때 재차 찾아왔다. 그럼에도 자신이 벌써 약간 죽어 있다는 느낌을 자주 받았다. 그것도 자신의 건강하고 균형 잡힌 몸을 이제 막 깨달은 순간, 그러니까 죽음 속 원소들의 붕괴만큼이나 불가해하게 살아 있을 때 원소들의 신비한 결합으로 나타나는 팽팽한 아름다움을 막 깨달은 순간에, 행복한 확신의 상태에서 벗어나 두려움과 놀람, 침묵의 상태로 쉽사리 빠져들어간 것이다. 마치 떠들썩한 생기로 가득한 공간에서 갑자기 별빛이 반짝거리는 곳으로 나왔을 때의 느낌처럼. 내면에서 꿈틀거리는 결심에도 불구하고, 또 빗나간 삶에서 스스로를 구해낸 것에서 느끼는 만족감에도 불구하고 그녀는 이제 자기 자신에게서 약간 떨어져 불분명한 경계 안에서 스스로와 연결된 기분이었다. 그녀는 냉정하게 죽음을 온갖 간난과 환상으로부터 벗어난 상태로 생각했다. 또한 신의 손안에서 내적인 영면을 취하는 것으로 상상하기도 했는데, 그 손은 나무 두 그루 사이에 걸려 살랑거리는 바람에 가볍게 흔들리는 해먹과 비슷했다. 그 밖에 그녀는 죽음을 모든 욕망과 노력, 모든 관심과 숙고로부터 해방된 크나큰 안정과 고단함의 상태로 생각하기도 했다. 여전히 손에 꽉 쥐고 있던 세상의 마지막 물건을 잠이 들면서 스르르 놓을 때 손가락에 느껴지는 기분좋은 이완 상태라고 할까! 이로써 그녀는 의심할 바 없이 죽음을 되는대로 편하게 생각하게 되었는데, 그것은 삶의 노력 따위를 썩 높이 사지 않는 사람에게 딱 적합했다. 그러다 마침내 그녀는 이런 생각이, 자신이 누워서 책을 읽기 위해 아버지의 엄격한 살롱에 터키식 소파를 옮겨놓은 그 일, 즉 자신이 자력으로 이 집에서 감행했던 유일한 변화와 얼마나 일치하는지 떠올리면서 즐거워했다.

그럼에도 아가테에게 삶을 포기하려는 생각은 결코 단순한 장난이 아니었다. 그녀는 삶의 실망스러운 번잡함이 지나가고 나면 일종의 육체적 성격을 띨 수밖에 없는, 더없이 행복한 휴식의 상태가 찾아오리라는 말이 꽤 그럴듯해 보였다. 그녀는 그런 식으로 느꼈다. 세계가 개선되리라는 짜릿한 환상은 필요 없었기 때문이다. 또한 편안한 방식으로만 일어난다면 언제든 세상에서 자기 역할을 완전히 포기할 준비가 되어 있었기 때문이다. 게다가 그녀는 어린아이에서 처녀로 넘어가는 경계에서 앓았던 그 특이한 병으로 죽음과의 특별한 경험을 갖고 있었다. 당시 그녀의 몸에서는 날마다 점점 더 많은 부분들이 떨어져나가 해체되었다. 전체적으로는 걷잡을 수 없이 빠른 진행이었지만 초 단위로 서서히 밀려든, 눈에 띄지 않을 만큼 점진적으로 기력이 쇠해가는 과정이었다. 그런데 삶의 이런 붕괴 및 누수와 때맞춰 하나의 목표를 향해 나아가려는 새롭고도 강렬한 노력이 그녀 속에서 깨어났다. 이 노력은 병으로 유발된 불안과 동요를 몰아냈을 뿐 아니라 점점 불안에 떠는 주변 어른들에게 모종의 지배권을 행사할 수 있는 독특하고 실질적인 상태로 변해갔다. 그녀가 이런 인상적인 상황에서 알게 된 그런 이점이 훗날 그녀 영혼의 준비 상태를 형성했으리라는 추정도 결코 배제할 수 없다. 그러니까 모종의 이유에서 기대에 어긋나버린 삶에서 그때와 유사한 방식으로 벗어나려는 마음의 준비 말이다. 하지만 그보다 가능성이 더 큰 것은 그 반대였다. 다시 말해 그녀에게 학교와 아버지 집의 요구들을 벗어나게 해준 그 병이 그녀와 세계의 관계, 즉 그녀에게는 낯선 한 감정적 빛이 스며든 투명한 관계를 보여주는 첫 표현이라는 것이다. 왜냐하면 아가테는 자기 자신을 따뜻하고 활기차고, 심지어 쾌활하고 쉽게 만족하는, 단순하고 원초적인 기질의 소유자로 느끼고 있었기 때문이다. 사실 그녀는 삶의 아주 복잡한 상황에서도 붙임성 있게 잘 적응했을 뿐 아니라 여자들이 더는 환멸을 참지 못할 때 종종 무관심으로 빠져드는 것 같은 일을 겪은 적이 없었다. 하지만 그 때문에 줄곧 이어지는 관능적 모험의 동요나 웃음 속에는 육체의 열기를 지치게 하고, 무無라 부르는 것이 가장 적합해 보이는 다른 무언가를 동경케 하는 각성이 내재했다.

그런데 이 무는 뭐라 규정할 수 없음에도 명확한 내용을 갖고 있었다. 그녀는 오랫동안 기회 있을 때마다 노발리스의 말을 읊조려왔다. "그렇다면 풀리지 않는 수수께끼처럼 내 속에 있는 이 영혼을 위해 나는 무엇을 할 수 있을까? 그것은 통제할 수 없다는 이유로, 눈에 보이는 사람에게 가장 큰 전횡을 허용하는데?" 그런데 이 말의 깜박거리는 불빛은 일순간 번갯불처럼 그녀를 밝혀주고 나면 바로 꺼져버림으로써 그녀를 매번 다시 어둠 속에 남겨두었다. 영혼의 불빛이 너무 오만하고 명확하게 느껴져 그녀는 영혼 자체를 믿지 않았기 때문이다. 하지만 이 땅의 세속적인 것도 믿을 수 없기는 마찬가지였다. 이것을 제대로 이해하려면, 초월적인 질서에 대한 믿음이 없더라도 얼마든지 세속의 질서로부터 등을 돌릴 수 있다는 사실만 떠올려보아도 된다. 왜냐하면 모든 사람의 머릿속에는 외부 상황의 거울상에 해당하는, 단순하면서도 엄격한 질서 관념을 갖춘 논리적 사고 외에 감정적 사고가 작동하고 있기 때문이다. 이 감정적 사고의 논리학은(이것을 논리학이라고 표현해도 된다면) 감정과 열정, 기분의 특성과 일치한다. 그래서 이 두 사고의 법칙은 대충 다음 둘의 관계와 비슷하다. 즉 통나무를 사각형으로 잘라 나르기 쉽게 차곡차곡 쌓아놓은 목재 집하장의 법칙과 신비스러운 움직임 및 바스락거림이 있는 어둠에 휘감긴 숲의 법칙 사이의 관계 말이다. 우리 사고의 대상들은 그 사고의 상태와 결코 무관하지 않기에 이 두 사고방식은 모든 인간 속에서 서로 섞일 뿐 아니라 두 세계를 어느 정도까지 대립시켜 보여줄 수도 있다. 최소한 '말로 표현할 수 없는 그 신비스러운 첫 순간' 직전과 직후에 말이다. 이것은 한 유명한 종교 사상가가 주창한 것으로, 감정과 인상이 서로 분리되어 사람들에게 익숙한 자리를 차지하기 전에 모든 감각적 지각 속에 나타나는 순간을 가리킨다. 공간 속의 한 사물로서, 관찰자 속의 한 생각으로서.

그래서 문명인의 원숙한 세계관에서 사물과 감정의 관계가 어떤 성격을 띠든 모든 사람은 물과 땅이 갈라지기 전처럼 아직 분열이 일어나지 않은 그 황홀한 순간들을 안다. 거기서는 감정의 파도들이 사물의 형체를 결정하는 산과 골짜기와 동일한 지평에 있다. 아가테가 그런 순간들을 이례적으로 자주, 그리고 강하게 체험했다고 생각할 필요는 없다. 그녀는 다만 그 순간들을 좀더 생생하게, 혹은 이런 표현을 원한다면 좀더 미신적인 형태로 인지했을 뿐이다. 왜냐하면 그녀는 늘 세계를 믿으면서도 또다시 믿지 않을 준비가 되어 있었기 때문이다. 그런 태도는 학창시절부터 유지되어왔고, 나중에 남성적 논리와 좀더 밀접한 접촉을 가졌을 때도 바뀌지 않았다. 이것이 독선이나 변덕과 혼동되어서는 안 된다는 의미에서 아가테의 자기 확신이 좀더 강했더라면 자신을 모든 여자들 가운데 가장 비논리적인 여자라 부르라고 요구할 수 있었을 것이다. 그러나 자신이 겪은 그 소외감을 결코 개인적인 괴팍함 이상으로 생각하지 못했다. 그러다가 오빠와 만나고 나서야 내면에 변화가 생겼다. 얼마 전까지도 영혼 깊숙한 곳까지 파고들던 대화와 유대감으로 가득차 있었지만 지금은 고독함의 그늘에 완전히 잠긴 텅 빈 방들 속에는 육체적 분리와 정신적 임재 사이의 구분이 부지불식간에 사라졌다. 아가테는 하루하루 특별한 흔적도 없이 흘러가는 동안 지금껏 그 어느 때보다 강렬하게, 느낌의 세계가 인지의 세계로 넘어가는 것과 연결된 편재와 전능의 독특한 매력을 느꼈다. 그녀의 관심은 이제 감각이 아니라 자체의 빛 외에는 어떤 빛도 새어 들어오지 않는 마음속 깊은 곳으로 향해 있는 듯했다. 그녀는 평소에 한탄했던 자신의 무지에도 불구하고 오빠로부터 들은 말들을 떠올리며, 깊이 숙고하지 않고도 그 말들의 핵심을 이해할 것 같았다. 이런 식으로 그녀의 정신은 아무리 생기 있는 착상에조차 소리 없이 부유하는 기억이 담겨 있을 정도로 자기 자신으로 가득차 있었다. 그와 함께 그녀가 만났던 모든 것이 경계 없는 현재로 확장되었다. 그녀가 무엇을 하건 그걸 실행하는 그녀와 일어나는 일 사이에는 경계선이 녹아 없어졌다. 그녀가 팔을 뻗으면 그 움직임이 곧 사물들 자체가 다가오는 길이 되는 듯했다. 그런데 대체 무엇을 하고 있느냐고 스스로에게 웃으면서 물어봤을 때, 이 부드러운 힘과 그녀의 앎, 생생하게 말을 걸어오는 세계는 넋 나감과 무기력, 정신의 깊은 침묵과 거의 구분되지 않았다. 감정을 약간 과장하자면 아가테는 이제 더는 자신이 어디에 있는지 모르겠다고 말할 것 같았다. 그녀는 사방으로 정지된 무언가 속에 있었다. 떠오르는 것과 동시에 사라지는 느낌 속에서. 이렇게 말할 수도 있을 것 같았다. '나는 사랑에 빠졌어. 상대가 누군지는 모르겠지만.' 그녀는 그전에는 없어서 아쉬웠던 명확한 의지로 가득찼다. 하지만 그런 선명한 의지로 무엇을 해야 할지는 몰랐다. 지금껏 살아오면서 선과 악으로 생각해온 모든 것이 이제 아무 의미가 없었기 때문이다.

아가테는 독이 든 케이스를 관찰하면서 이런 생각뿐 아니라 매일 죽고 싶다는 생각을 했고, 또 오빠를 뒤쫓아가게 될 날을 기다리는 이 나날의 행복과 죽음의 행복이 비슷하리라는 생각도 했다. 그것도 오빠가 제발 하지 말라고 간곡히 부탁한 바로 그 일을 하면서. 그녀는 제국 수도에 있는 오빠 집에 가면 무슨 일이 일어날지 상상이 가지 않았다. 거기 가면 자신이 성공하게 될 것이고 머잖아 새 남편 아니면 최소한 새 애인이라도 만나게 될 거라는 기대를 가끔 태연하게 내비치던 오빠를 책망하듯이 떠올렸다. 그런 일이 일어나지 않으리라는 사실은 자신이 더 잘 알고 있었다. 사랑, 아이, 아름다운 나날, 즐거운 사교 생활, 여행, 약간의 예술 활동, 이런 좋은 삶은 무척 단순하다. 그녀는 그런 생활의 매력을 알고 있었고, 그 매력에 둔감하지도 않았다. 다만 스스로를 쓸모없는 인간으로 여길 준비가 되어 있었다고는 해도, 타고난 반골 기질 탓에 이 쉬운 길에 경멸감을 품고 있었다. 이런 쉬운 삶은 사기 같았다. 충실한 삶이라는 것은 '운韻이 맞지 않은' 삶이고, 끝에 가서는, 그것도 사실상의 끝인 죽음에 가서는 항상 뭔가가 빠진 삶일 수밖에 없을 것 같았다. 그녀가 방금 찾은 표현에 따르면 그것은 어떤 상위의 원칙으로도 정리할 수 없을 마구잡이로 쌓은 물건들과 비슷했다. 그건 충만함 속의 부족함이자, 소박함의 반대이자, 사람들이 습관의 기쁨으로 받아들이는 뒤죽박죽일 뿐이었다! 그녀의 생각이 돌연 옆길로 샜다. '그건 우리가 몸에 밴 다정함으로 바라보는 낯선 아이들의 무리와 비슷해. 그 가운데서 자기 아이를 찾지 못해 점점 불안해하면서!'

그녀는 만일 다가올 새 국면도 별반 다르지 않다면 생을 마감하겠다고 결심함으로써 스스로를 안심시켰다. 발효중인 와인처럼 마음속에서는 죽음과 공포가 진실의 마지막 말이 아닐 거라는 기대가 일었다. 하지만 그 문제를 깊이 숙고할 욕구는 생기지 않았다. 심지어 울리히가 부추기길 좋아하던 그 욕구에 대한 공포심마저 들었다. 그것도 공격성으로 불타는 공포였다. 왜냐하면 자신을 그렇게 강력한 힘으로 움직인 모든 것이 결국 허상일 뿐이라는 끊임없는 암시로부터 완전히 자유로울 수 없음을 스스로 알았기 때문이다. 그러나 그 허상 속에도 분명 유동적이고 흐물흐물한 현실이 담겨 있었다. 어쩌면 아직 땅으로 단단히 굳지 못한 현실이 말이다. 게다가 그녀가 서 있는 장소가 녹아 없어지는 것 같은 그 놀라운 순간에는 자기 뒤에, 그러니까 사람들이 절대 볼 수 없는 공간 속에 어쩌면 신이 서 있으리라는 믿음이 생겼다. 물론 이렇게 너무 멀리 나아간 것에 덜컥 겁이 났다! 갑자기 전율을 일으킬 만큼 텅 빈 광대함이 안으로 밀고 들어왔고, 끝없는 빛이 그녀의 정신을 어둡게 하고 심장을 불안으로 몰아넣었다. 경험 부족에서 오는 그런 불안에 쉽게 넘어가는 그녀의 청춘이 속삭였다. 자신이 지금 내면에서 점점 커져가는 광기의 싹을 허용할 위험에 처해 있다고. 그녀는 뒷걸음질치려고 했다. 자신이 결코 신을 믿지 않는다는 사실을 격정적으로 떠올리려고 했다. 실제로 그녀는 사람들이 자신에게 신을 믿으라고 가르쳤을 때부터 신을 믿지 않았다. 그것은 사람들이 그녀에게 가르친 모든 것에 가졌던 불신의 일부였다. 초월적인 것에 대한 확신이나, 최소한 도덕적 확신을 가져야 한다는 의미에서 보자면 그녀는 결코 종교적인 인간이 아니었다. 하지만 얼마 뒤 피곤한 듯 파르르 몸을 떨면서 재차 고백할 수밖에 없었다. 뒤에서 외투를 입혀주는 남자처럼 자신이 '신'을 선명하게 느끼고 있음을.

그녀는 이것을 충분히 숙고하고 다시 냉정을 찾은 뒤 자신이 겪은 일의 의미가 결코 자신의 육체적 감각을 덮친 그 '일식' 속에 있는 것이 아니라 주로 도덕적 문제라는 사실을 발견했다. 가장 내밀한 상태 속의 갑작스러운 변화, 그리고 그에 따른 세계와의 모든 관계의 변화는 그녀에게 순간적으로 '감각과 양심의 통일'을 선사했다. 지금껏 아가테가 좋은 행동을 하든 나쁜 행동을 하든, 익숙한 삶에 무언가 황량하고 슬픈 열정 같은 것만 남기고 떠날 만큼 희미한 암시로만 알고 있던 통일이었다. 그녀는 이 변화가 엄청난 분출처럼 느껴졌다. 그녀에게서 주변으로 나가는 것과 마찬가지로 주변에서 그녀에게로 흘러들어오는 분출 말이다. 또한 이 변화는 사물들과 거의 구분이 안 되는 정신의 지극히 작은 움직임과 지극히 높은 의미의 합일이기도 했다. 감정은 사물 속으로 스며들고, 사물은 감정 속으로 스며들었다. 그것도 아가테가 지금껏 확신이라는 말을 쓸 때와는 비교도 안 될 만한 그런 확신에 차서. 그것은 일상적 견해에 따르면 확신의 여지가 없을 상황에서 일어난 일이었다.

이렇듯 그녀가 고독한 가운데 경험했던 것의 의미는 심리학적으로 쉽게 자극받거나 파괴될 수 있는 인격을 암시하는 역할에 있지 않았다. 왜냐하면 그 의미는 개인 속에 있는 것이 아니라 일반적인 것, 또는 개인과 일반의 관련 속에 있었기 때문이다. 아가테는 이것을 제법 일리 있게 도덕적 관련이라 불렀다. 그것도 스스로에게 실망한 젊은 여자가 늘 예외의 순간처럼 살려고 애쓰고 또 그렇게 계속 살 수 있을 만큼 너무 약하지 않다면 세계를 사랑하고 세계에 흔쾌히 순응할 수밖에 없으리라는 의미에서 그렇게 불렸다! 이제 그 상태로 돌아가고 싶다는 격렬한 갈망이 마음속에 가득했다. 그러나 그런 식의 지극히 고조된 순간들은 억지로 다시 불러낼 수 없다. 아가테는 해가 떨어진 뒤의 빛바랜 세계 속의 명료함으로 그런 격렬한 노력이 헛된 것임을 인지하고, 자신이 지금 실제로 할 수 있는 일이라고는 고독감에 가려져 있던 조급함을 안고 예전에 오빠가 반쯤 농담으로 언급하고 설명했던 그 '천년제국'을 기다리는 일밖에 없음을 깨달았다. 그는 어쩌면 그 말 대신 다른 표현을 선택할 수도 있었을 것이다. 아가테는 거기서 다가오고 있는 무언가를 설득력 있고 낙관적으로 표현했다는 느낌을 받았을 뿐이기 때문이다. 다만 그녀는 그런 주장을 할 엄두가 나지 않았을 것이다. 지금도 그것이 진정 가능한 일인지 확신하지 못했고, 그것이 무엇인지도 전혀 알지 못했다. 순간 그녀의 정신을 빛나는 안개로 가득 채운 그 무언가 뒤에 무한의 가능성이 뻗어 있음을 증명하기 위해 오빠가 했던 말들을 모두 잊어버렸다. 하지만 오빠와 함께 있을 때에는 그의 말이 마치 하나의 나라를 만들어낸 것 같은 기분이 들었다. 그것도 그녀의 머릿속이 아니라 발밑에서 실제로 생겨난 느낌이었다. 오빠가 그런 말을 반어적으로 말한 적이 많았다는 사실, 그리고 냉정과 감정 사이를 오감으로써 그녀를 자주 혼란에 빠뜨렸던 오빠의 태도가 지금의 외로운 아가테에게는 기쁘게 느껴졌다. 그녀는 이것을 모든 비우호적인 영혼 상태가 황홀경에 빠진 영혼 상태보다 더 우월하다는 일종의 보증으로 받아들였다. '어쩌면 나는 오빠의 말이 충분히 진지하지 않을까봐 두려워서 죽음을 생각했을 뿐인 것 같아.' 그녀는 스스로에게 고백했다.

아가테는 멍하게 보낸 그 마지막날이 문득 떠올랐다. 집안은 이미 치울 것들은 다 치우고 정리할 것들은 다 정리된 상태였다. 이젠 열쇠를 늙은 하인 부부에게 넘기는 일만 남았다. 하인 부부는 유언장에 명시된 대로 이 부동산이 새 소유주를 만날 때까지 기존 거처에 머물 것이다. 아가테는 호텔에 들어가길 거부했고, 이른아침에 출발하는 기차를 탈 때까지 이 집에 묵을 생각이었다. 집안의 짐들은 다 싸놓았고 포장도 끝났다. 방에는 갓 없이 알전구만 밝혀졌고, 쌓아놓은 상자들이 식탁과 의자 역할을 했다. 그녀는 상자로 둘러싸인 협곡 같은 곳에 저녁식사를 차리게 했다. 아버지의 늙은 하인은 쟁반을 들고 조심스레 균형을 잡으며 빛과 어둠 사이를 지나갔다. 사실 하인과 그의 아내는 자신들의 집에서 식사를 하자고 고집했었다. 어여쁜 아기씨(그들은 아가테를 이렇게 불렀다)가 부모님 집에서 마지막으로 식사를 하는데, 이렇게 불편해서는 안 된다는 것이다. 갑자기 아가테는 지난 며칠 동안 빠져 있던 심리 상태에서 완전히 벗어나면서 이런 생각이 들었다. '혹시 이 사람들이 뭔가를 눈치챈 건 아닐까?!' 그녀가 유언장을 수정하기에 앞서 아버지의 필체를 연습했던 종이를 미처 다 처리하지 못했을 수도 있었다. 그녀는 공포심에 소름이 일면서 팔다리에 악몽처럼 끈적거리는 무거움이 달라붙는 것을 느꼈다. 그것은 정신에 아무것도 주지는 않고 오직 받기만 하는, 현실의 인색한 공포였다. 순간 내면에서 강렬한 삶에 대한 욕구가 새로 일었다. 그 욕구는 방해가 끼어들 가능성에 맹렬히 저항했다. 그녀는 하인이 돌아왔을 때 그의 표정을 유심히 살폈다. 그러나 그는 수상쩍은 기색 없이 은은한 미소를 지으며 자기 할일만 했다. 무언가 이상하고 숙연한 낌새를 느끼면서. 그녀는 마치 벽을 보듯 그의 속을 거의 들여다볼 수 없었고, 이 눈먼 광채 뒤에 무엇이 숨어 있는지 알아내지 못했다. 그녀 또한 이제 무언가 발설되지 않는 것, 숙연한 것, 슬픈 것을 느꼈다. 그는 늘 주인의 아이들에 대해 뭔가 아는 비밀이 있으면 주인에게 바로 알려줄 준비가 돼 있는 충실한 심복이었다. 아가테는 이 집에서 태어났고, 그 이후 일어난 일은 오늘로 전부 끝났다. 자신과 하인이 이제 숙연함 속에 혼자라는 사실이 가슴 뭉클하게 다가왔다. 그녀는 그에게 특별히 얼마라도 돈을 줄 결심을 했다. 게다가 갑자기 마음이 약해지면서 그 일이 하가우어 교수의 지시로 이루어진 일이라고 말할 생각을 했다. 그것도 교활함이 아니라 속죄의 심정으로 그런 생각을 했다. 그리고 그게 불필요하고 미신적이라는 사실을 분명히 알고 있음에도 결코 그만두지 않으려는 의도에서 그렇게 했다. 그녀는 노인이 다시 돌아오기 전에 서로 다른 케이스 두 개를 꺼냈다. 하나에는 잊을 수 없는 연인의 사진이 들어 있었다. 그녀는 이마에 주름을 잡으며 사진 속의 남자를 마지막으로 찬찬히 살펴보더니 헐렁하게 못박힌 한 상자의 뚜껑 아래로 집어넣었다. 언제까지 여기에 있어야 할지 알 수 없는 이 상자 속에는 주방 그릇이나 조명 기구가 들어 있는 듯했다. 나무에서 가지가 떨어지듯 금속끼리 부딪치는 소리가 들렸다. 독이 든 케이스는 이제 그전까지 사진을 보관하던 자리에 넣어두었다.

'나라는 인간은 얼마나 비현대적인지!' 그녀는 웃으면서 생각했다. '사랑의 경험보다 분명 더 중요한 것들이 있을 텐데!' 그러나 그녀는 그것을 믿지 않았다.

이 순간 그녀가 오빠와의 금지된 관계를 원했다고 표현하기는 어렵지만 마찬가지로 그 관계를 거부하고 있다고도 표현할 수 없을 것이다. 그것은 앞으로 두고 볼 일이었다. 현재로선 그 문제를 명확히 판단할 어떤 근거도 없었다.

그녀가 앉은 곳에 널린 널빤지들이 빛을 받아 환한 흰색과 깊은 검은색으로 선명하게 대비되었다. 지금은 기억도 나지 않는 한 여자의 몸을 빌려 올리히뿐 아니라 자신까지 태어난 집에서 마지막 밤을 보내고 있다고 생각하니, 슬픈 빛이 그 생각에 아로새겨져서인지 별것 아닌데도 왠지 으스스한 느낌이 따라붙었다. 아주 오래된 인상이 엄습했다. 이상한 도구를 들고 너무나 진지한 표정을 짓고 있는 광대들이 그녀 주위에 서 있었다. 광대들은 놀이를 하기 시작했다. 아가테는 그 속에서 어린 시절의 백일몽을 다시 알아보았다. 음악은 들리지 않았지만 광대들은 모두 그녀를 보고 있었다. 그녀는 스스로에게 말했다. 이 순간 자신의 죽음은 그 누구에게도, 그 무엇에도 상실이 아닐 것이고, 그녀 자신에게도 내적 소멸의 외적 종결을 의미할 뿐이라고. 광대들이 음량을 최대로 올리는 동안 그녀는 그렇게 생각했다. 그녀가 앉아 있는 곳은 톱밥이 깔린 서커스 공연장 바닥으로 보였다. 손가락 위로 눈물이 떨어졌다. 소녀 시절에 자주 느꼈던 깊은 공허감이었다. 그녀는 생각했다. '나는 오늘까지도 아직 어린아이로 남아 있는 게 아닐까?' 하지만 이것이 눈물 때문에 엄청나게 커 보이는 사물처럼, 오빠와 처음 재회한 순간에 각자 그런 광대복을 입고 나타났다는 기억을 막지 못했다. '하고많은 사람들 중에 내 마음속 문제와 연결된 사람이 하필 오빠라는 사실이 의미하는 게 뭘까?' 그녀는 자문했다. 그러다 갑자기 울음이 더졌다. 이런 일이 일어난 이유에 대해서는 마음대로 움직이는 심장의 작용 외에 다른 이유는 찾을 수 없을 것 같았다. 그녀는 갈라놓을 수도 한데 모을 수도 없는 뭔가가 머릿속에 들어 있기라도 한 것처럼 격하게 머리를 흔들었다.

아가테는 타고난 단순한 기질에 맞게 이 모든 문제에 대한 답을 울리히가 분명 찾아줄 거라고 생각했다. 이런 생각에 젖어 있는데 늙은 하인이 다시 들어오더니 감정이 북받친 주인집 딸을 마찬가지로 감정이 북받친 표정으로 바라보았다. "어여쁜 아기씨……!" 그 역시 고개를 흔들며 말했다. 아가테는 혼란스러운 얼굴로 하인에게 눈을 돌렸다. 그러더니 어린아이같이 슬퍼하는 자기 모습이 불러온 이 연민에 담긴 오해를 깨닫는 순간 청춘의 생기가 그녀 속에서 되살아났다. "네가 가진 것은 신발까지 모두 불속으로 던져버려라! 더이상 남은 게 없다면 수의조차 잊고 벌거벗은 채 불속으로 뛰어들어라!" 그녀가 말했다. 이것은 울리히가 황홀한 표정으로 그녀에게 읽어준 옛 금언이었다. 늙은 하인은 아가테가 눈물로 뜨겁게 불타는 눈으로 읊조린 이 말에 담긴 엄숙하면서도 부드러운 뉘앙스에 은은한 미소를 지었다. 말을 하지 않아도 이해한다는 듯한 미소였다. 오도誤導를 통해 하인의 이해를 도와주려고 아가테가 손을 들어 높이 쌓인 상자들을 가리켰고, 하인도 그 손이 가리키는 곳으로 눈을 돌렸다. 화장하려고 쌓아놓은 장작더미처럼 보이는 상자들이었다. 늙은 하인은 '수의'라는 말에 이해한다는 듯 고개를 끄덕였다. 그녀의 말이 낸 길이 약간 고르지 못한 느낌이 들지만 기꺼이 따르겠다는 표정으로. 하지만 아가테가 다시 그 금언을 되풀이했을 때 그는 '벌거벗은 채'라는 말에 몸이 뻣뻣하게 굳어 공손한 하인의 가면을 썼다. 자신은 볼 수도 들을 수도 없고, 판단할 마음도 없는 사람임을 장담하는 그런 가면이었다.

돌아가신 옛 주인을 모시는 동안에는 한 번도 들은 적이 없는 말이었다. 기껏해야 '탈의'라는 말을 들었을 뿐이다. 그러나 요즘 젊은 사람들은 달랐다. 그는 이제 젊은 주인들을 흡족하게 모실 수 없을 것 같다는 생각을 했고, 저녁의 안식이 찾아들면서 자신의 역할도 끝났음을 느꼈다. 반면 출발하기 전 아가테의 마지막 생각은 이것이었다. '울리히는 정말 모든 것을 불속에 던져버릴까?'

22. 다니엘리 명제에 대한 코니아토프스키의 비판에서부터 원죄까지. 원죄에서 여동생의 감정적 수수께끼까지

울리히가 라인스도르프 백작의 궁전을 나와 거리로 진입할 때의 상태는 명징한 허기의 감각과 비슷했다. 그는 벽보판 앞에 걸음을 멈추고 일상적 시민 세계에 대한 허기를 광고와 포고문으로 메웠다. 몇 미터 길이의 벽보판은 수많은 말로 뒤덮여 있었다. '사실 도시 구석구석에서 반복되는 이런 말들이야말로 인식적 가치가 있을지 몰라.' 그의 머리에 떠오른 생각이었다. 이 말들은 인기 소설의 등장인물들이 인생의 중요한 순간에 내뱉는 상투적인 표현들과 유사해 보였다. 그는 벽보를 읽었다. "토피남 실크 스타킹만큼 편안하고 실용적인 스타킹을 신어보셨나요?" "전하도 즐겨 찾습니다." "성 바르톨로메오의 밤, 개정판 출시." "여흥을 즐기시려면 슈바르첸 뢰슬로 오세요." "뜨거운 에로틱과 댄스는 로텐 뢰슬에서." 그 옆에는 '범죄적 담합'에 대한 정치적 대자보가 붙어 있었다. 평행운동에 관한 것은 아니고 빵 가격에 항의하는 글이었다. 울리히는 등을 돌려 몇 걸음 걸어가다가 서점의 진열창으로 시선을 돌렸다. 일렬로 늘어선 열다섯 권의 같은 책 옆에 "위대한 작가의 신작"이라고 적힌 판지 홍보 문구가 붙어 있었다. 판지 맞은편의 진열창 다른 구석에는 또다른 책을 선전하는 글이 있었다. "남자건 여자건 똑같은 긴장감으로 '사랑의 바벨탑'으로 빠져들게 하는……"

'위대한 작가?' 울리히는 이 사람의 책을 한 권 읽은 적이 있는데, 다시는 그의 책을 읽지 않으리라 결심했던 기억이 났다. 그럼에도 이 남자는 이후 유명해졌다. 울리히는 진열창의 이 독일 지성을 보면서 오래전의 군대 농담이 떠올랐다. 군복무 시절 부대원들은 인기 없는 사단의 한 장군을 '모르타델라'라고 불렀다. 인기 있는 이탈리아 소시지 이름인데, 어떻게 이런 이름이 붙게 되었는지 궁금해서 물어보면 이런 답이 돌아왔다. "둘 다 일부는 돼지고, 일부는 당나귀거든." 그때 한 부인이 방해하지 않았다면 울리히는 계속 흥미롭게 이 비교를 해나갔을 것이다. 그 부인은 이렇게 말을 걸었다. "당신도 여기서 전차를 기다리시나봐요!" 그제야 울리히는 자기가 이제 서점 앞에 있지 않다는 것을 알아차렸다.

그는 자신이 어느새 전차 정류장에 와서 꼼짝 않고 서 있었는지 몰랐다. 그걸 알아차리게 해준 부인은 륙색을 메고 안경을 쓰고 있었다. 그도 아는 천문학자이자 연구원으로, 이런 남성적인 분과에서 꽤 중요한 업적을 낸 보기 드문 여성 중 하나였다. 그는 그녀의 코와 눈두덩 아래 불룩한 살을 보았다. 깊이 생각할 때면 습관적으로 잡히는 눈 밑의 처진 살은 고무질의 겨드랑이 땀받이와 비슷해 보였다. 그의 시선이 그녀를 위아래로 훑었다. 그녀는 방수 모직으로 된 짧은 치마를 입고, 지적인 얼굴 위에는 검은 수탉 깃털이 꽂힌 초록색 모자를 쓰고 있었다. 그가 웃으며 물었다. "산에 가시나봐요?"

슈트라스틸 박사는 사흘 일정으로 산에 '머리를 식히러' 가는 길이라고 했다. "코니아토프스키의 연구에 대해선 어떻게 생각하세요?" 그녀가 물었다. 울리히는 아무 말도 하지 않았다. "크네플러는 화가 날 거예요." 그녀가 말했다. "하지만 다니엘리 명제의 크네플러식 추론에 코니아토프스키가 비판한 내용은 흥미로워요. 그렇게 생각하지 않으세요? 그런 추론이 가능하다고 생각하세요?"

울리히는 어깨를 으쓱했다.

그는 논리학자라 불리는 수학자의 부류에 속했다. 어떤 것도 올바른 것은 없다고 생각하면서 새로운 이론적 토대를, 근본적인 이론을 구축하려는 수학자에 속했다. 그러나 그는 그 논리학자들의 논리학도 완전히 옳다고 여기지는 않았다. 아마 연구를 계속했더라면 그는 다시 한번 아리스토텔레스로 돌아갔을 것이다. 그는 이 모든 것에 관해 자기만의 견해를 갖고 있었다.

"그럼에도 나는 크네플러식 추론이 목표에서 빗나갔다기보다 그냥 틀렸다고 생각해요." 슈트라스틸 박사가 고백했다. 그런데 그녀는 이 추론이 비록 빗나간 것으로 보이지만 본질적으로는 틀리지 않았다고 말할 수도 있었을 것이다. 그녀는 자신이 무슨 뜻으로 말했는지 알고 있었지만, 말의 경계가 정확하지 않은 일상어로는 누구도 명확하게 표현할 수 없는 법이다. 그녀가 휴가 언어로 말을 하는 동안 그녀의 여행 모자 아래서는 갇혀 살던 수도사가 부주의하게 세속의 감각적 문화와 접촉해서 생겨나는 소심한 도도함 같은 것이 일렁이고 있었다.

울리히는 슈트라스틸 양과 함께 전차에 올랐다. 왜 그랬는지는 알 수 없었다. 어쩌면 그녀가 크네플러에 대한 코니아토프스키의 비판을 중요하게 생각해서 그랬을 수도 있고, 어쩌면 그가 그녀와 순수문학에 대해, 그러니까 그녀가 전혀 모르는 영역에 대해 대화를 나누고 싶었을 수도 있다. "산에서 뭘 하실 건가요?" 그가 물었다.

그녀는 호흐슈바프산에 오를 생각이라고 했다.

"거긴 아직 눈이 많을 겁니다. 하지만 스키를 타고 올라가기엔 너무 늦었고, 스키를 타지 않고 가기엔 너무 일러요." 그 산에 대해 잘 아는 울리히가 만류했다.

"그럼 산 아래 고원에 묵으면 됩니다. 정상으로 오르다 보면 페르젠 목장이 있는데, 예전에도 거기 오두막에서 사흘간 머문 적이 있어요. 나는 약간의 자연만 있으면 돼요!"

이 뛰어난 천문학자가 '자연'이라는 말을 하면서 지었던 표정이 울리히로 하여금 왜 자연을 원하느냐는 질문을 던지게 했다.

슈트라스틸 박사는 화가 치밀었다. 사실 자신은 사흘 동안 꼼짝도 않고 목장에 누워 있을 수도 있었던 것이다. 바윗덩어리처럼 말이다! 그녀가 그렇게 대답했다.

"그건 당신이 과학자이기 때문입니다!" 울리히가 반박했다. "농부라면 지루해서 견딜 수가 없을 겁니다!"

슈트라스틸 박사는 그렇게 보지 않았다. 휴일만 되면 도보나 자전거로, 아니면 배를 타고 자연으로 가는 수많은 사람들에 대해 이야기했다.

울리히는 도시에 끌려 농촌을 떠나는 농부들에 대해 이야기했다.

슈트라스틸 양은 울리히가 인간들의 원초적 욕구를 제대로 이해하고 있는지 의심스러워했다.

울리히는 원초적 욕구란 먹는 것과 사랑을 빼면 편안함이지, 고원을 찾아 올라가는 것이 아니라고 주장했다. 사람들을 그리로 내모는 자연스러운 감정은 오히려 현대판 루소주의다. 즉 복잡하게 뒤엉킨 감상적 태도라는 것이다. 그는 자신이 말을 잘하고 있다고 느끼지 않았다. 다만 무슨 말을 하건 상관없었다. 속에서 끄집어내려는 이야기가 아직 나오지 않았기 때문에 말을 이어갈 뿐이었다. 슈트라스틸 양은 그에게 불신의 시선을 던졌다. 그의 말을 이해할 수 없었다. 이미 충분히 습득한 추상적 사고도 전혀 도움이 되지 않았다. 그녀는 울리히가 저글링을 하듯 민첩하게 던져놓은 관념들을 나눌 수도 통합할 수도 없었다. 그저 그가 아무 생각 없이 말하고 있다고 추측했다. 그렇다보니 지금 자신이 그런 말을 모자의 수탉 깃털로 듣고 있다는 생각이 유일한 기쁨이었을 뿐 아니라 휴가지에서 앞으로 누리게 될 고독함에 대한 기대를 배가시켜주었다.

순간 울리히의 시선이 옆 남자의 신문으로 향했다. 큼직한 글자로 인쇄된 광고 제목이 눈에 띄었다. "시대는 문제를 던지고 답도 준다." 이것은 신발 안창의 광고일 수도 있었고, 강연 광고일 수도 있었다. 오늘날 그런 건 더이상 구분이 안 된다. 갑자기 그의 생각이 원래 찾고 있던 궤도로 펄쩍 뛰어올랐다. 동행하던 여자는 객관성을 유지하려고 노력하면서 망설이듯이 고백했다. "아쉽게도 나는 문학에 대해 잘 몰라요. 우리 같은 사람은 문학을 접할 시간이 없죠. 어쩌면 제대로 된 문학을 모르기 때문일 수도 있고요. 하지만 예를 들어……" 그녀가 인기 있는 한 작가의 이름을 댔다. "그 사람은 내게 말할 수 없을 만큼 많은 것을 주었어요. 한 작가가 우리를 그렇게 살아 있는 존재로 느끼게 할 수 있다면 그건 정말 대단하다고 생각해요!" 그러나 울리히는 슈트라스틸 박사의 정신 속에 상존하는, 고도로 발달한 추상적 사고와 영혼적 이해 측면의 현저한 지체가 결합된 상태를 실컷 봤다고 생각했기에 즐겁게 자리에서 일어나며 그 여자 동료에게 터무니없는 아부를 떤 뒤 급히 내렸다. 벌써 두 정거장이나 지나쳤다는 핑계를 대면서. 그가 밖에 서서 다시 한번 인사를 하는 순간 슈트라스틸 양은 그제야 최근에 그의 연구를 폄하하는 말을 들은 기억이 나면서, 그가 할 법하지 않은 호의적인 작별의 말에 홍조가 번지며 인간적으로 가슴이 뭉클해지는 것을 느꼈다. 그러나 그는 이제야 알 것 같았다. 그의 생각이 왜 문학 언저리에서 빙빙 돌고 있는지, 그리고 아까 중단된 모르타델라 비유에서부터 선량한 슈트라스틸을 무의식적으로 그런 고백으로 이끈 일까지 자신의 생각이 어딜 향해 있는지. 사실 스무 살에 마지막 시를 쓴 뒤로 문학은 이제 더는 그와 상관이 없었다. 그전에는 한동안 상당히 규칙적으로 남몰래 글을 썼다. 그러다 문학을 포기한 것은 그가 점점 나이가 들어가거나 재능이 별로 없다고 느껴서가 아니라, 현재의 인상으로는 수많은 노력 끝에 결국 공허로 귀결되는 상황을 표현할 모종의 말을 찾고 싶어서였다.

울리히는 쓰기와 읽기가 전체적으로 성가신 일이라고 느끼기에 더는 책을 읽을 생각이 없는 책 애호가 부류에 속했다. '슈트라스틸처럼 이성적인 사람을 살아 있듯 강렬하게 느끼게 하려면……' 그는 생각했다. ('이 말은 그녀의 말이 맞다! 만일 내가 반박을 했다면 그녀는 음악을 비장의 카드로 내밀었을 것이다!') 그전에도 있었던 일이지만 그는 부분적으론 말로 생각했고, 부분적으론 숙고가 말없는 반박으로서 의식에 영향을 끼쳤다. 그러니까 슈트라스틸 박사처럼 이성적인 사람을 살아 있듯 강렬하게 느끼게 하려면 모두가 예술로부터 바라는 것, 즉 감동받고 압도되고 즐거워하고 깜짝 놀라고 고귀한 생각이 드는 것, 한마디로 정말 무언가를 '체험하고', 그것도 스스로 살아 있는 '체험'이 되게 해야 했다. 울리히도 여기에 반기를 들 생각은 전혀 없었다. 그는 곁가지로 가벼운 감동과 반어적 저항의 혼합으로 끝나는 무언가를 생각하고 있었다. '감정은 충분히 드물다. 느낌이 식는 것을 막는 것은 분명 모든 정신적 발전을 태동시키는 부화의 온기를 지키는 것을 의미한다. 만일 한 인간이 자신을 무수한 낯선 대상들과 연결시키는 합리적인 의도들의 혼란에서 빠져나와 순간적으로 아무 목적 없이, 예를 들어 음악을 들으면서 고양되면 비와 햇빛을 받는 꽃의 생물학적 상태와 비슷해진다.' 울리히는 인간 정신이 활동할 때보다 휴식 혹은 정지 상태에 있을 때 더 영속적인 영원성을 지닌다는 사실을 인정하고 싶었다. 하지만 이제 그는 어떤 때는 '감정'을, 어떤 때는 '체험'을 생각하고 있었다. 그것이 모순을 끌어들였다. 의지의 체험도 있었기 때문이다! 정점에 달한 행위의 체험도 있었다! 각각의 체험이 최고조로 빛나는 씁쓸한 상태에 도달하면 그야말로 감정 그 자체가 된다는 것은 받아들일수 있었으나 그리되면 거대한 모순이 생겨났다. 즉 완벽하게 순수한 상태의 감정은 행위의 '정지'이자 가라앉음이 아닐까?! 하지만 그렇더라도 모순은 아닌 걸까? 가장 강렬한 활동의 핵심에 움직임이 없도록 하는 기이한 관련이 있을까? 그러나 이 지점에서 울리히는 이 연속된 착상들이 곁가지를 쳤다기보다는 반갑지 않은 한 생각으로 수렴한다는 것을 깨달았다. 왜냐하면 그 착상들의 감상적인 전환에 갑자기 저항감이 일면서 그가 빨려들어가 있던 생각의 궤도를 지워버렸기 때문이다. 그는 결코 특정 상태에 대해 숙고할 의도가 아니었고, 감정에 대해 숙고하더라도 감정에 빠질 생각은 없었다.

문득 울리히는 자신이 흠잡았던 이것을 사람들은 단도직입적으로 아주 기꺼이 문학의 영원한 순간성이니 헛된 실재성이라 부를 수도 있음을 깨달았다. 문학에 어떤 결과가 있을까? 문학은 체험에서 체험으로 엄청난 우회로를 거쳐 결국 자기 자신에게로 돌아가는 것이거나, 아니면 어떤 방식으로도 특정한 무언가를 이끌어내지 못하는 흥분 상태의 전형이다. 그는 생각했다. '깊이 면에서 물웅덩이는 바다보다 사람에게 훨씬 자주 더 강렬한 인상을 준다. 물웅덩이를 마주할 기회가 바다보다 더 많다는 단순한 이유에서다.' 감정도 이와 비슷할 듯했다. 같은 이유로 일상적 감정이 더 깊이 있는 감정으로 간주되니까. 감정보다 느낌 자체를 중시하는 것(이는 감정이 풍부한 이들의 특징이다)은 남을 느끼게 하고 느낄 수 있게 되려는 소망(이는 모든 감정 생활방식의 공통점이다)과 비슷하게, 감정이 나타나는 개인적 순간에 비해 감정의 서열과 본질을 과소평가하는 경향으로 나타난다. 그리고 거기서 더 나아가 일반적인 예에서 충분히 보게 되는 천박함과 발육 부진, 완벽한 무의미함으로 치닫기도 한다. 울리히는 속으로 이렇게 보충했다. '이런 견해는 당연히 사람들의 반발을 불러일으킬 거야. 깃털 속의 수탉처럼 자신들의 감정 속에서 편안함을 느끼고, 각자의 인격에서 영원성이 처음부터 다시 시작한다고 자부하는 사람들에게는 말이야!' 그는 전 인류 차원에서 나타나는 이런 엄청난 전도성顚倒性을 명확하게 파악하고 있었지만, 그것을 스스로 만족할 만한 방식으로 표현할 수는 없었다. 그 관련들이 너무 복잡하게 얽혀 있었기 때문이다.

울리히는 이런 생각들을 하면서 지나가는 전차를 관찰했고, 최대한 시내 가까이까지 가는 전차를 기다렸다. 오르내리는 사람들이 보였다. 기계를 얼마간 이해하는 그의 시선 속에 단조와 주조, 압연, 리벳접합, 설계, 제작으로 이어지는 일련의 과정과 사람들이 이용하는 저 바퀴 달린 막사의 발명을 가능케 한 역사적 발전 및 현대의 기술과 관련된 광경이 산만하게 어른거렸다. 그는 생각했다. '마지막엔 교통국 직원들이 공장으로 와서 전차에 사용할 베니어판, 페인트 색깔, 좌석 쿠션, 의자 팔걸이, 재떨이 등을 결정한다. 바로 이러한 자잘한 것들이 중요하다. 외관을 빨간색으로 칠할지 녹색으로 칠할지도 중요하다. 또한 사람들이 발판을 딛고 올라설 때의 곡선적 움직임은 수많은 사람들의 기억을 형성한다. 그것이 그들의 성격을 만들고 그 성격에 신속함이나 편안함을 부여하고, 그들로 하여금 빨간 전차를 고향으로, 파란 전차를 낯선 것으로 느끼게 하고, 각 세기의 의상에 달라붙은 자잘한 것들의 혼동할 수 없는 냄새를 이룬다.' 그것은 부인할 수 없었고, 울리히 생각의 주된 흐름을 형성하는 다른 것과 갑자기 연결되었다. 즉 인생도 대부분 통속적 리얼리티로 귀결되고, 아니면 과학기술적으로 표현하자면 영혼의 작용 계수가 매우 작다는 것이다.

울리히는 자신이 직접 그런 곡선적 움직임으로 전차에 오르면서 갑자기 이런 생각을 했다. '아가테한테도 일러줘야겠어. 도덕이란 우리 삶의 모든 순간적인 상태를 지속 상태 속에 끼워넣는 것이라는 사실을!' 불현듯 떠오른 이 문장은 일종의 정의와도 같았다. 그런데 너무 반짝거리게 다듬은 이 생각 이전에는 다른 착상들이 있었고, 그것들이 잇따르면서 이 생각을 보완했다. 그렇다면 감정 문제를 순진하게 다룬 그 작업에는 엄격한 견해와 과제 설정, 진지한 위계질서가 간략하게 축약된 형태로 예정되어 있었다. 즉 감정은 끝 모르고 커져 아직은 규정할 수 없는, 망망대해처럼 거대한 상태에 기여하는 것이거나 아니면 거기 속한다는 것이다. 이것을 아이디어라고 불러야 할까, 동경이라고 불러야 할까? 울리히는 여기서 생각을 멈출 수밖에 없었다. 동생의 이름이 머릿속에 떠오른 순간 그녀의 그림자가 그의 생각을 어둡게 했기 때문이다. 동생을 떠올리면 언제나 그렇듯, 그녀와 함께 지낼 때 자신의 정신상태가 평소와 달랐다는 생각이 들었다. 자신이 그 상태로 돌아가기를 열렬히 원하는 것도 알고 있었다. 하지만 바로 그 기억이 그를 수치심으로 몰아넣었다. 몽롱한 상태에서 타인들 앞에 무릎을 꿇는 바람에 다음날 고개를 못 드는 사람처럼 우스꽝스럽게, 또 취한 듯 굴었다는 데서 오는 수치심이었다. 남매간의 통제되고 절제된 정신적 교류를 고려하면 이것은 엄청난 과장이었다. 물론 완전히 근거가 없다고만 여기지 않는다면 아직 꼴을 갖추지 못한 감정들에 대한 반작용으로 볼 수도 있었다. 그는 아가테가 며칠 안에 이리 올 걸 알고 있었다. 막을 수 있는 것은 없었다. 동생이 해서는 안 될 그 짓을 했을까? 충동이 사그라들면서 모든 계획을 철회했을 가능성도 있었다. 하지만 명징한 예감이 말하는 것은 분명했다. 아가테는 결코 자신의 의도를 포기하지 않으리라는 것이다. 동생에게 직접 물어볼 수도 있었다. 그렇다면 편지를 써서 경고를 해야 하지 않을까 하는 생각이 다시 들었다. 그러나 이것을 진지하게 고민할 겨를도 없이, 무엇이 아가테를 그런 터무니없는 행동으로 몰아갔는지 생각하게 되었다. 그는 그 행동을 동생이 신뢰를 표하면서 스스로를 그의 손에 맡기고자 한, 믿을 수 없을 만큼 격한 몸짓으로 보았다. '아가테는 현실감각이 너무 없어.' 그는 생각했다. '하지만 정말 놀라운 방식으로 자신이 원하는 걸 하고 있어. 경솔하다고도 할 수 있지만 똑같은 이유로 결코 식지 않는다고도 할 수 있어! 만일 아가테가 화를 내면 세상은 빨갛게 보일 거야!' 그는 다정하게 미소 지으며 전차 안 승객들을 둘러보았다. 저들도 모두 나쁜 생각을 갖고 있다. 그건 분명했다. 하지만 다들 그것을 억눌렀고, 누구도 그 생각을 너무 나쁘게 여기지 않았다. 그런 생각을 자기 바깥에 갖고 있는 사람은 없기 때문이다. 그러니까 자신들에게 꿈속 체험의 마력 같은 접근 불가능성을 부여하는 그런 생각을 타인의 형태로 갖고 있는 사람은 없다.

울리히는 동생에게 쓰려고 했던 편지를 끝까지 마무리하지 못한 뒤로 이제야 처음으로, 자신에게 더는 선택의 여지가 없고 자신이 들어가길 머뭇거리던 그 상태 속에 벌써 들어가 있음을 깨달았다. 그 상태의 법칙에 따르면(그는 이 법칙들을 '성스럽다'고 부를 만큼 모호한 자부심에 차 있었다) 아가테의 잘못은 후회로 되돌릴 수 있는 것이 아니라 뒤따르는 일들을 통해서만 바로잡을* 수 있었다. 이는 정화의 불꽃이자 손상되지 않은 상태를 가리키는 '후회'의 원래적인 의미와도 일치했다. 아가테가 거북하게 생각하는 남편에게 배상하거나 손해를 끼치지 않는 것은 오직 손해의 원상 복구, 즉 내적으로 제로 상태로 만드는 일

---

* 동사 '바로잡다(gutmachen)'를 문자 그대로 해석하면 '선하게 만들다'는 뜻이다.

상적인 선한 행동의 상쇄적 이중부정뿐이었다. 하지만 다른 한편으로, 하가우어에게 임박한 짐을 '상쇄하기' 위해 필요한 일은 그에 대한 호감을 상당 수준으로 끌어올리는 것이었다. 경악 없이는 생각할 수 없는 일이었다. 이렇듯 울리히가 받아들이려고 애쓰는 논리학에 따르면 손해는 원래의 그것과 다른 무언가로 보상될 수 있을 뿐이었다. 그는 자신과 동생의 삶이 그래야 한다는 점을 한순간도 의심하지 않았다. 그는 생각했다. '외람되게 말하자면, 바울은 이전 죄악들을 전부 일일이 보상하지 않고도 사도바울이 되었다!' 그러나 이 독특한 논리학을 향해 감정과 확신이 습관적으로 반기를 들었다. 그러니까 일단 매제와의 계산을 바로잡은 뒤 새 삶을 계획하는 것이 어쨌든 더 예의바르고 나중의 발전 가능성에도 지장을 안 줄 것이다. 울리히를 이런 식으로 유혹한 그런 도덕은 돈 문제나 거기서 파생된 갈등들을 정리하기에는 결코 적합하지 않았다. 때문에 이런 다른 삶과 일상적 삶의 경계에는 해결할 수 없고 모순적인 사례들이 생겨날 수밖에 없었다. 그런 사례는 가능하면 경계사례가 되지 않도록 하고, 사전에 예의범절이라는 일상적이고 메마른 방식으로 제거하는 편이 낫다. 그런데 울리히는 이제 다시 느꼈다. 절대적인 선의 영역으로 과감하게 밀고 들어가려면 선의 일상적인 조건들을 지켜서는 안 된다는 사실을. 새로운 영역으로 들어가라는, 그에게 맡겨진 사명은 한 치의 망설임도 허용하지 않는 듯했다.

그를 지켜주는 마지막 보루는 그 자신이 애용해온 자아, 감정, 선, 또다른 선, 악 같은 관념들이 무척 개인적인 동시에 무척 도도하고 가벼운 보편적 추상화의 개념이라는 사실에 대한 격한 반감이었다. 사실 이것은 무척 젊은 사람들의 도덕적 숙고에나 일치하는 것이었다. 그의 이야기를 따라가는 일부 사람들에게도 분명 일어날 법한 일이 그에게 일어났다. 그는 화가 나서 몇 마디를 골라내어 자신에게 물었다. "'감정의 생성과 결과?' 이 얼마나 기계적이고 합리적이고, 인간적으로 비현실적인 견해인가! '모든 개별 상태를 포괄하는 지속 상태의 문제로서의 도덕.' 그래 또 뭐가 있지? 이 얼마나 비인간적인가!" 이성적인 인간의 눈으로 보게 되면 이 모든 것은 엄청나게 전도된 것으로 비쳤다. '도덕의 본질은 중요한 감정들이 늘 변함없이 제자리를 지킨다는, 바로 그 점에 있다.' 울리히는 생각했다. '여기서 개인이 할 수 있는 것은 그 감정들에 따라 행동하는 것뿐이다!' 바로 그때 그를 에워싸고 있던, 직각자와 컴퍼스로 만들어낸 굴러가는 공간이 한 지점에 멈춰 섰고, 이 현대 교통수단의 몸체에서 빠져나왔음에도 본의 아니게 이 설비의 일부가 되어버린 울리히는 한 석조 기둥으로 눈을 돌렸다. 이 기둥은 바로크시대부터 길가에 서 있어서 무의식적으로 받아들인, 잘 계산된 인공물의 기술적 편리함이 갑자기 석화된 복통과 닮은 점이 있는 고대적 몸짓에서 분출되는 열정과 충돌을 일으켰다. 이러한 시각적 충돌은 울리히가 막 벗어나고자 했던 그 생각들의 강력한 확증이었다. 이 우연한 시선이 일으킨 작용보다 더 선명하게 삶의 혼란스러움을 보여주는 것이 있을까? 그의 정신은 보통 과거와 현재를 취향 면에서 비교할 때 자주 일어나는 일처럼 어느 한쪽을 편들지 않고 한 치의 망설임도 없이 새 시대건 옛 시대건 양쪽으로부터 자신이 혼자 내버려졌다고 느꼈다. 그리고 그 속에서 근본적으로 도덕의 문제로 보이는 한 문제의 강렬한 암시만 보았다. 그는 사람들이 양식, 문화, 시대 의지 혹은 삶의 감정이라 여기고 그 자체로 경탄하는 것의 덧없음이 결국 도덕적 허약함을 가리킨다는 사실을 조금도 의심하지 않았다. 왜냐하면 시대의 큰 잣대든 개인적 삶의 작은 잣대든 도덕적 허약함은 다르지 않기 때문이다. 특히 개인적 삶에서, 사람들이 자신의 능력을 오직 일면적으로만 발전시키고, 지나친 과장 속에서 스스로를 분산시키고, 의지의 척도를 얻지 못하고, 한 번도 전인적인 인격체를 형성하지 못하고, 아무 연관 없는 열정 속에서 어떤 때는 이렇게, 어떤 때는 저렇게 행동할 때면 말이다. 때문에 그는 시대의 변화니 진보니 하는 것들도, 결국 어떤 형태의 시대적 실험도 모두가 합의하는 지점, 달리 말하자면 전체를 아우르는 확신에까지는 이르지 못한 상황을 지칭하는 말처럼 느껴졌다. 아울러 끊임없는 발전과 지속적인 향유, 그리고 오늘날엔 그저 가끔 우리의 삶에 그늘을 드리울 뿐인 위대한 아름다움의 가능성으로 나아가지 못한 상황을 가리키는 표현일 수도 있었다.

당연히 울리히는 모든 것을 사실상 무나 다름없다고 생각하는 것이 도를 넘는 오만함이라 여겼다. 그러나 그것은 무였다. 존재로서의 무한함이었고, 의미로서의 혼란스러움이었다. 어쨌든 그 결과에 비추어보면 그것은 현재의 영혼을 만들어낸 것 이상은 아니었다. 그러니까 정말 적었다. 울리히는 마치 그의 이런 관점이 허락하는 삶의 마지막 식사를 음미하듯 이 '적음'에 즐겁게 빠져들었다. 그는 전차에서 내려 도심으로 향하는 지름길로 접어들었다. 지하실에서 빠져나온 것 같은 느낌이 들었다. 거리는 흥겨움의 새된 비명을 질렀고, 때 이른 여름날처럼 열기로 가득차 있었다. 입에서는 자신과 대화를 나누는 달콤한 독성의 맛이 입에서 새어나왔다. 울리히는 거의 모든 진열창 앞에 멈춰 섰다. 색색의 작은 병들, 좋은 냄새가 나는 뚜껑 달린 향수병, 무수한 종류의 손톱깎이들, 심지어 미용실에조차 얼마나 천재적인 물건들이 즐비한가! 또 장갑가게는 어떤가! 염소 가죽이 여성들의 손에서 원래보다 더 고결한 물건으로 탈바꿈하기 전에 얼마나 많은 관련과 발명들이 거기에 담겨 있는가! 그는 이러한 자명성, 즉 편안한 삶의 무수한 앙증맞은 잡동사니들을 마치 난생처음 보듯 경탄스러운 눈길로 바라보았다. 잡동사니*, 이 얼마나 매력적인 단어인가! 이 어떤 행복이고, 이 어떤 동거同居의 엄청난 합일인가! 이곳에는 삶의 지각地殼을 느끼게 하는 것이 없었다. 열정의 비포장도로도, 한 걸음 더 나아가 영혼의 문명화되지 않은 본성을 느끼게 하는 것도 없었다. 과일, 보석, 천, 형태, 유혹, 즉 부드럽지만 강렬한 눈길을 온갖 색상 속으로 끌어당기는 유혹으로 이루어진 꽃밭 위로 사람들의 관심이 밝고 좁게 미끄러졌다. 당시에는 사람들이 흰 피부를 좋아해서 햇빛을 가리는 것이 유행이었기에 벌써 인파 위로 알록달록한 양산이 드문드문 떠 있었고, 여자들의 창백한 얼굴 위로 비단결 같은 그늘을 드리웠다. 울리히는 심지어 지나가면서 한 술집 유리창으로 그늘과의 경계 지점이 푸르게 보일 정도로 희디흰 테이블보 위에 놓인 빛바랜 황금빛 맥주를 보면서도 황홀감에 빠졌다. 이어 추기경의 마차가 그 옆을 지나갔다. 내부가 붉은색과 보라색으로 장식된, 부드럽게 굴러가는 육중한 마차였다. 추기경이 분명했다. 왜냐하면 울리히의 시선이 뒤따라간 마차는 전형적인 교회 스타일이었고, 경찰관 두 명이 갑자기 차렷 자세를 취하더니 그리스도의 후계자에게 거수경례를 했기 때문이다. 그 옛날 자신의 선조들이 그리스도의 갈비뼈 사

---

* 잡동사니 'Habseligkeit'는 문자 그대로 풀어쓰면 '지극히 큰 행복감을 안겨주는 물건'이라는 뜻이다.

이로 창을 찔러넣은 것도 잊은 채.

그는 얼마 전 스스로 '삶의 헛된 실재성'이라 부른 인상들에 푹 빠져들었다. 그것도 이 세계에 서서히 물리면서 이전의 혐오감이 다시 생길 만큼 강렬하게. 이제 울리히는 자신의 성찰 어디에 약점이 있는지 정확히 알았다. '사유의 이런 독선적 성격을 고려하면 이 모든 것 뒤에, 위에, 혹은 밑에 존재하는 하나의 결과를 요구하는 것이 무슨 의미가 있을까?' 그는 스스로에게 물었다. '이게 철학일까? 모든 것을 아우르는 확신일까? 법칙일까? 혹은 신의 손가락일까? 그게 아니라면 도덕에 지금까지 귀납적인 성격이 부족했다는 추정일까? 혹은 선하게 행동한다는 것이 일반적인 예상보다 훨씬 더 어렵고, 그렇게 살려면 다른 모든 과학적 연구처럼 끝없는 협업이 필요하다는 것일까? 나는 도덕이란 없다고 생각한다. 왜냐하면 도덕은 불변의 것에서 추론될 수 있는 것이 아니고, 덧없는 상태의 무익한 유지를 위한 법칙들뿐이라고 믿기 때문이다. 나는 깊은 도덕 없이는 깊은 행복도 없다고 생각한다. 그런데 이것을 사색하는 것이 내게는 부자연스럽고 창백한 느낌을 준다. 그건 내가 원하는 것이 아니다!' 어떤 면에서 그는 이보다 한층 단순한 질문을 스스로에게 던질 수 있었을 것이다. 즉 '나는 무엇을 떠맡았는가?' 그는 이제 실제로 이렇게 질문했다. 그런데 이 질문이 자극한 것은 그의 사고보다 감성이었다. 그러니까 이 질문은 그의 사고를 중단시켰고, 작전 계획 세우는 일에 늘 깨어 있는 활발한 욕구를 그에게서 조금씩 앗아갔다. 그가 그 질문을 파악하기도 전에. 이 질문은 처음엔 그를 따라다니는 하나의 희미한 소리처럼 귓전에 맴돌았다. 그러다 그 소리가 그의 내면으로 들어왔다. 다만 다른 모든 것들보다 한 옥타브 낮은 소리였다. 이제 울리히는 마침내 그 물음과 하나가 되었고, 그로써 자신이 이 밝고 단단한 세계 속에서 폭넓은 음정으로 둘러싸인 하나의 야릇한 깊이를 품은 소리처럼 느껴졌다. 그렇다면 그가 정말 떠맡은 것은 무엇이고, 약속했던 것은 무엇일까?

그는 깊은 사색에 빠졌다. 비유였을 뿐이지만 자신이 '천년제국'이라는 표현을 사용한 것이 단순히 농담만은 아니라는 사실을 알고 있다. 이 약속을 진지하게 받아들인다면 그것은 다음의 소망으로 귀결되었다. 즉 상호간의 사랑으로 초월적이면서도 세속적인 상태 속에서 살아가고, 오직 이 상태를 고양시키고 지속시키는 느낌과 행동만 있었으면 하는 소망이었다. 그는 인간의 이런 상태에 대한 암시가 존재한다고 확신했다. 그것은 '소령 부인과의 연애 사건'에서부터 시작되었고, 이후의 경험들도 그렇게 대단하진 않았지만 늘 그랬다. 이 모든 것을 종합하면 울리히가 '원죄'와 '인간의 타락'을 믿는다는 말은 사실과 그리 동떨어진 것이 아니었다. 그 말은 곧, 울리히의 생각은 인간 행동의 근본적인 변화가 언젠가 존재했다는 쪽으로 흐르고 있다는 것이다. 이 변화는 거칠게 비유하자면 사랑에 빠진 사람이 사랑의 도취에서 깨어나는 것과 비슷했다. 그렇게 깨어난 사람은 온전한 진실을 본다. 하지만 무언가 좀더 큰 것은 찢어졌고, 진실은 흩어진 자투리를 다시 꿰어놓은 것에 지나지 않는다. 어쩌면 인간의 정신 속에서 그런 변화를 일으키고 인류를 본래의 상태에서 내쫓은 것은 '인식'의 사과일 것이다. 여기서 그 본래의 상태는 인간이 무한한 경험과 죄악이 지나간 뒤에야 정신을 차려 다시 돌아갈 길을 찾으려는 그런 상태였다. 그런데 울리히는 이런 이야기를 전해 내려오는 방식대로 믿지 않았고, 오직 자신의 사고 속에서 발견한 대로만 믿었다. 즉 감정들의 체계를 앞에 펼쳐두고, 그중에서 어떤 것도 옳다고 할 수 없다는 사실에서 필연성을 도출해내고, 그 본질을 예감으로만 인식할 수 있는 하나의 환상적인 가설을 상정한 계산가처럼 믿은 것이다. 이건 결코 하찮은 것이 아니었다! 그는 이와 비슷한 생각을 자주 해왔지만, 자신의 생을 거기에 걸어야 할지, 혹은 며칠 안에 결정을 내려야 할지에는 아직 이르지 못했다. 모자와 목깃 아래로 가볍게 땀이 찼다. 거칠게 밀치고 지나가는 사람들의 근접이 신경에 거슬렸다. 그가 지금 하는 생각은 살아가면서 맺는 대부분의 관계로부터의 작별을 의미했다. 그는 그런 관계들에 어떤 환상도 없었다. 오늘날 우리는 분열된 채 살고, 분열된 뒤에는 타인들과 얽혀 있다. 우리가 꿈꾸는 것은 꿈꾸는 행위, 그리고 타인들이 꿈꾸는 것과 관련이 있다. 우리가 하는 것은 물론 내적인 관련도 있지만 타인들의 행동과 관련이 더 크다. 우리가 무엇에 대해 확신하느냐는 아주 미미하더라도 우리가 내면에 갖고 있는 확신들과 관련이 있다. 그래서 자기만의 개인적인 현실에서 행동하라고 하는 것은 전적으로 비현실적인 요구다. 특히 확신을 타인과 나누어야 하고, 큰 성취를 얻기 위해서는 도덕적 모순들 한가운데서 살아갈 용기를 내야 한다는 생각에 평생 사로잡혀 있던 울리히 같은 사람에게는 더욱 그렇다. 그렇다면 그는 최소한 다른 형태로 살아가는 것의 가능성과 의미에 대해서는 확신을 갖고 있을까? 아니었다! 그럼에도 마치 수년 동안 기다려온 한 사실의 오인할 수 없는 조짐이 바로 눈앞에 있다는 듯 감정이 반응하는 것까지는 막을 수 없었다.

이 지점에서 그는 스스로에게 물어야 했다. 진정한 나르시시스트와 비슷하게, 자신이 무슨 권리로 자신의 영혼을 움직이지 않는 일을 다시는 하지 않아도 될까? 이런 생각은 오늘날 모든 사람들이 따르는 사회 생활의 원칙에 맞지 않았다. 그런 노력은 신을 확신하는 시대에도 발전할 수 있었지만, 점점 강해지는 태양빛으로 수그러드는 여명처럼 힘을 잃기 마련이다. 울리히는 점점 취향에서 멀어지는 은둔과 달콤함의 향기를 느꼈다. 그래서 자신의 일탈적인 생각들에 가능한 한 빨리 고삐를 매려고 애썼다. 그러면서 아주 솔직하지는 않았으나 스스로에게 이렇게 말했다. 기이한 방식으로 동생에게 제시했던 천년제국의 약속이 이성적으로 보자면, 그저 사람의 마음을 편안하게 해주는 약속에 지나지 않는다고. 아가테와의 교류는 아마 지금껏 그에게는 너무나 부족했던 부드러움과 이타심을 요구할 것이다. 그는 하늘 위로 지나가는 투명하기 짝이 없는 한 점 구름을 떠올리듯 동생과 함께 보낸 몇몇 순간들을 떠올렸다. 그때도 이미 그런 식이었다. '천년제국의 내용은 어쩌면 처음엔 두 사람 사이에서만 나타나다가 급기야 모든 이들의 보편적 공동체로 발전시키는 그 힘의 급증을 의미하는 것인지도 모른다.' 그는 약간 쑥스럽게 이런 생각을 하면서 다시 기억에서 불러낸 '소령 부인과의 연애 사건'에서 조언을 구했다. 일탈의 원인이 미숙함에 있었기에 그 사랑의 환상은 제쳐두고 그는 당시 외로움 속에서 자신이 할 수 있었던 자상한 배려와 경배의 관대한 감정에만 온 신경을 집중했다. 신뢰와 애정을 느끼거나 한 타인을 위해 산다는 것이 눈물겹도록 행복한 일이라는 사실이 저녁의 평화로 뜨겁게 잠기는 한낮의 태양처럼 아름다웠고, 또 약간은 울음이 터져나올 것 같은 쾌락의 결핍과 정신의 고요함으로 느껴졌다. 왜냐하면 자신이 하려고 했던 것들이 이제는, 가령 노총각 둘이 같은 집에서 사는 것처럼 아주 우습게 느껴지기도 했기 때문이다. 그런 판타지의 경련 속에서 그는 자신을 채울 상상으로 형제애라고 하는 것이 얼마나 부적절한지 실감했다. 또한 약간 무심한 상태에서 스스로에게 이렇게 고백했다. 아가테와 자신의 관계에는 처음부터 비사회적인 요소가 상당히 포함되어 있었다고. 하가우어와 유언장에 관한 일뿐 아니라 감정의 전체적 울림까지도 뭔가 격렬한 것을 암시하고 있었다. 의심할 바 없이, 남매간의 이런 우애에는 서로에 대한 사랑이 나머지 세계를 배격하는 마음만큼도 담겨 있지 않았다. '그래, 그건 아냐!' 울리히는 생각했다. '한 타인을 위해 살고자 하는 것은 동업자의 가게 옆에 나란히 새 가게를 여는 이기적인 파탄을 의미하는 거야!'

그런데 이런 놀랍도록 잘 다듬어진 통찰력에도 불구하고 그의 집중력은 그가 자신을 희미하게 채우고 있던 빛을 세속의 등불에 가두려는 유혹에 빠지는 순간 벌써 정점을 지났다. 그것이 오류였음이 드러났을 때 그의 생각에서는 결정을 내리려는 의지마저 사라졌다. 그는 흔쾌한 심정으로 다른 데로 주의를 돌렸다. 바로 그때 그의 곁에서 두 남자가 길을 가다가 부딪쳤고, 마치 주먹질이라도 할 듯 욕을 하고 고함을 질러댔다. 울리히는 시들어버린 관심을 되살려 그 장면을 지켜보았다. 그러다 눈을 돌리는 순간 꽃자루 위에서 고개를 끄덕이는 두툼한 꽃 같은 여자와 눈이 마주쳤다. 바깥을 향한 관심과 감정이 동일한 정도로 섞인 이 유쾌한 기분 속에서 그는 이웃을 사랑하라는 현실 인간들 사이의 이상적 요구에는 두 측면이 있음을 알아차렸다. 첫번째 측면은 인간은 자신의 이웃을 좋아할 수 없다는 것이고, 두번째는 인류의 절반과 성관계를 맺는 걸로 첫번째를 보완한다는 것이다. 울리히도 생각을 멈

332

추고 몇 걸음 뒤 그 여자를 따라가려고 등을 돌렸다. 시선이 만나면서 생긴 지극히 기계적인 행동이었다. 그는 옷 아래 여자의 몸매를 살펴보았다. 수면 가까이서 유영하는 크고 흰 물고기 같았다. 그는 작살을 던져 버둥거리는 물고기를 보고 싶은 남성적 충동을 느꼈다. 그것은 강렬한 욕망이기도 했고 강렬한 혐오감이기도 했다. 거의 알아채기 힘든 신호에서 그는 여자가 자신의 미행을 알고 있고 그것을 용인하고 있음을 확신했다. 여자의 사회계층을 짐작해보았다. 중산층 중에서도 위쪽에 속할 듯했다. 하지만 정확히 어떤 위치인지는 가늠하기 어려웠다. '상인 가정일까? 공무원 가정일까?' 그 외 다양한 이미지도 무작위로 떠올랐다. 심지어 그중에는 약사의 이미지도 있었다. 집으로 돌아가는 이 여자 남편의 톡 쏘듯이 달콤한 냄새도 느껴졌다. 조금 아까 강도의 손전등이 훑고 지나갈 때의 경련 같은 건 전혀 남아 있지 않은 단란한 가정의 분위기였다. 이것은 의심할 바 없이 혐오스러우면서도 파렴치하게 유혹적이었다.

여자를 계속 뒤쫓던 울리히는 여자가 한 진열창 앞에 멈추는 순간을 상상하며 바보같이 그녀를 지나쳐 가야 할지, 아니면 말을 걸어야 할지, 정말 선택해야 하는 상황이 올까 두려웠다. 이런 생각을 하는 동안 그의 내면에는 여전히 다른 무엇으로도 관심이 돌려지지 않은, 또렷이 깨어 있는 것이 있었다. '아가테가 내게 진짜 원하는 것이 무엇일까?' 그는 처음으로 스스로에게 이런 질문을 던졌다. 답은 찾을 수 없었다. 다만 자신이 동생에게 원하는 것과 비슷할 거라는 생각이 들었다. 물론 느낌상 그랬다. 모든 일이 이렇게 예기치 않게 급속도로 진행된 것이 놀랄 법도 하지 않을까? 그는 어린 시절의 몇몇 기억 말고는 동생에 대해 아는 것이 없었다. 그리고 몇 년 동안 하가우어와 관계를 유지해왔다는 사실처럼 나중에 동생에 대해 알게 된, 몇 안 되는 이야기들도 그리 좋게 다가오지 않았다. 그는 이제 아버지의 집으로 가면서 느꼈던, 반감에 가까운 독특한 망설임이 기억났다. 갑자기 그의 내면에 이런 생각이 퍼뜩 둥지를 틀었다. '아가테에 대한 내 감정은 환상에 지나지 않아!' 그는 이제 다시 진지하게 생각했다. 늘 주변과는 다르기를 원하고, 늘 혐오감만 느낄 뿐 애정에는 이르지 못하는 남자의 내면에서 일상적인 호의와 인간적인 따뜻한 선의는 쉽게 분해되어 비개인적인 사랑의 안개가 떠 있는 차가운 무정함으로 변하고 만다. 그는 예전에 이것을 '치품천사의 사랑'이라고 불렀는데, 어쩌면 상대 없는 사랑이라고 표현할 수도 있을 것 같았다. 혹은 성행위가 없는 사랑이라고 부를 수도 있었다. 오늘날 인간들은 성적으로만 사랑한다. 같은 성끼리는 서로를 견디지 못하고, 이성끼리는 그런 강요의 과대평가에 반발심을 키워가면서 서로 사랑한다. 그러나 치품천사의 사랑은 이러한 두 결함 있는 방식으로부터 자유롭다. 또한 사회적이고 성적인 혐오의 역류로부터 자유로운 사랑이다. 현대적 삶의 잔인성이 있는 곳 어디서든 느낄 수 있는 이 사랑은 형제애에는 어떤 공간도 허용하지 않는 시대의 진정한 자매애적 사랑이라 부를 수 있다. 그는 이렇게 독백했다. 짜증스럽게 몸을 움찔거리면서.

그런데 그는 마지막으로 이런 생각을 하고 있었음에도 그 생각과 나란히, 그리고 번갈아가며 도저히 어떤 식으로도 도달할 수 없는 한 여자를 꿈꾸었다. 그 여자는 공기 속에 죽을 만큼 흘린 피 냄새가 담겨 있지만 색깔은 지극한 열정으로 뜨겁게 타오르는 산속의 늦가을날처럼 그의 눈앞에 아른거렸다. 그는 신비스러울 만큼 다양한 농도와 질감으로 끝없이 펼쳐진 머나먼 푸른 풍경을 바라보았다. 이제 그는 자기 앞에서 걸어가는 현실 속의 여자를 완전히 잊었고, 모든 욕망에서 멀어졌다. 대신 사랑에는 가까워졌을지 모른다.

울리히는 다른 여자의 지속적인 시선을 느끼고서야 퍼뜩 정신이 들었다. 그 시선은 첫 여자와 비슷했지만 그렇게 노골적이고 끈적거리지 않았고, 오히려 파스텔톤처럼 은은하게 사회적인 품위를 갖추고 있으면서도 찰나의 순간에 강렬한 인상을 풍겼다. 그는 시선을 들어 내적 탈진 상태 속에서 한 아름다운 부인을 알아보았다. 보나데아였다.

그녀는 화사한 날씨에 이끌려 거리로 나왔다. 울리히는 시계를 보았다. 산책한 지 십오 분밖에 지나지 않았다. 라인스도르프 백작의 궁전을 나온 지도 사십오 분이 채 되지 않았다. 보나데아가 말했다. "오늘은 시간이 없어요." 울리히는 생각했다. '아, 이 시간과 비교해보면 하루는 얼마나 긴가? 일 년은? 하물며 인생은?' 그것은 가늠할 수 없었다.

23. 보나데아 또는 재발再發

그리고 얼마 지나지 않아 울리히는 자신이 버린 그 애인의 방문을 받았다. 거리에서의 만남은 너무 짧아 그뿐 아니라 그녀에게도 충분치 않았기 때문이다. 그의 입장에서는 보나데아가 디오티마에게 접근하려고 자신의 이름을 팔았던 일을 질책할 시간이 필요했고, 그녀 입장에서는 그의 긴 침묵을 책망할 시간이 필요했을뿐더러 자신의 무분별한 행동을 변호하고 디오티마를 '비열한 뱀'이라고 불렀던 점에 대해 증거를 대며 해명해야 했는데, 그러기엔 시간이 너무 부족했던 것이다. 그래서 그녀와, 심적으론 이미 퇴직 상태에 있던 그녀의 애인은 다시 만나 이야기를 나누기로 서둘러 합의를 보았었다.

그런데 그의 집에 나타난 사람은 예전에 눈을 끔벅거리며 거울 앞에서 디오티마와 똑같이 순수하고 고결한 모습이 되려고 양손으로 머리를 감아쥐고 약간 그리스풍의 외모로 꾸미려던 그 보나데아가 아니었고, 그 나쁜 습관을 치료하겠다면서도 밤이면 미친듯이 악을 쓰며 자기 우상을 향해 여자라서 더 잘할 수 있는 파렴치한 욕을 늘어놓던 그 보나데아도 아니었다. 이제 그녀는 다시 유행에 따라 어떤 때는 별로 똑똑하지 않은 이마 위로 앙증맞은 곱슬머리를 내리고, 어떤 때는 올리는 평소의 그 사랑스러운 보나데아로 돌아와 있었다. 눈 속에도 모닥불 위로 피어오르는 희미한 연기 같은 것이 끊임없이 어른거렸다. 울리히는 자신과의 관계를 디오티마에게 누설한 사실을 언급하며 보나데아를 책망하기 시작했다. 그사이 그녀는 거울 앞에서 신중하게 모자를 벗었다. 대체 어디까지 이야기했는지 그가 정확히 알고 싶어하자 그녀는 흡족한 표정으로 적당히 꾸며서 이야기했다고 단언했다. 그러니까 자신은 모스브루거가 사람들에게 잊히지 않도록 신경써줄 것을 당부하는 울리히의 편지를 받았고, 그래서 고매한 인격의 소유자라고 그가 자주 이야기하던 디오티마를 찾아가는 것 말고는 다른 좋은 방법이 떠오르지 않았다고 했다는 것이다. 그러더니 그녀는 울리히가 앉아 있던 의자의 팔걸이에 걸터앉아 그의 이마에다 입을 맞추며, 어쨌든 편지 이야기만 빼면 모든 게 사실 아니냐고 태연스레 말했다.

그녀의 젖가슴에서 온기가 물씬 전해져 왔다. "그럼, 내 사촌을 보고 는 왜 뱀이라고 불렀지? 뱀은 당신이잖아!" 울리히가 말했다.

보나데아는 생각에 잠긴 표정으로 그에게서 눈을 돌려 벽을 바라보 았다. "그건 나도 모르겠어요. 그 여자는 아주 친절히 대해줬어요. 나한 테 관심을 보이기도 했고!"

"무슨 뜻이지?" 울리히가 물었다. "당신도 이제 선과 진리, 아름다움 을 추구하는 그 여자의 활동에 동참이라도 하겠다는 건가?"

보나데아가 대답했다. "디오티마가 그랬어요. 어떤 여자도 온 힘으로 자신의 사랑을 위해 살지는 못한다고. 그건 자기도 마찬가지래요. 그래 서 모든 여자는 운명이 자신을 데려다놓은 자리에서 의무를 다해야 한 다고 했어요. 참 품위 있는 여자였어요." 보나데아는 한층 신중하게 말 을 이어갔다. "그 여자는 나보고 남편을 관대하게 대하라고 타일렀어 요. 강한 여성은 결혼생활을 스스로 통제함으로써 커다란 행복을 얻을 수 있고, 그게 어떤 형태의 불륜보다 훨씬 가치 있다고 했어요. 실제로 나도 항상 그렇게 생각해왔어요!"

지금 이 말은 정말 진실이었다. 보나데아는 한 번도 이와 다르게 생 각한 적이 없었기 때문이다. 다만 항상 생각과 다르게 행동했을 뿐이었 고, 그래서 거리낌없이 그 말에 동의할 수 있었다. 울리히가 그 점을 지 적하는 순간 그녀는 다시 한번 그에게 입을 맞추었다. 이번에는 이마보 다 좀더 아래쪽에. "당신은 나의 복혼複婚적 균형을 깨뜨리고 있어요!" 그녀는 자신의 생각과 행동 사이에 존재하는 이런 모순에 대한 사과의 뜻으로 엷게 한숨을 내뱉으며 말했다.

중간에 끼어들어 여러 가지를 질문한 끝에 그녀가 복혼적 균형이라는 말로 의도한 것이 '다선多腺성 균형'임이 드러났다. 당시에는 전문가들이나 사용하는 이 생리학적 용어는 '체액의 균형'으로 번역할 수 있는데, 거기엔 이런 전제가 깔려 있다. 즉 피에 작용하는 특정 샘들이 있어 그 활동과 장애가 성격, 특히 기질에 영향을 끼친다는 것이다. 보나데아의 경우엔 특정 상황에서 고통을 불러일으킬 만큼 많이 가진 그 기질이 여기에 해당된다.

울리히는 이마에 주름을 잡으며 호기심을 드러냈다.

보나데아가 말했다. "그러니까 그건 우리 몸의 분비샘과 관련이 있어요. 그 샘의 작용은 우리가 막을 수 있는 것이 아니라는 사실을 인정하는 게 좋아요!" 그녀는 자신을 버린 연인에게 비애에 젖은 미소를 지었다. "그리고 그 균형을 잃으면 섹스를 하다가 실패하는 일이 생기기 쉬워요!"

"보나데아, 지금 무슨 말을 하는 거야?" 울리히가 놀라서 물었다.

"배운 대로 말하는 거예요. 당신 사촌 말로는, 당신은 실패한 성적 체험이래요. 하지만 그 여자가 이런 말도 했어요. 우리가 하는 어떤 일도 단순히 우리 자신만의 개인적 사안이 아니라는 사실을 명심하면 충격적인 육체적 심리적 결과들에서 벗어날 수 있다고요. 나하고 아주 잘 맞는 여자더군요. 나에 대해서는 이렇게 말했어요. 내 개인적 실수는 내가 사랑의 문제에서 한 가지 측면에만 너무 집착한다는 거예요. 사랑을 전체적으로 보지 못하고요. 이해하겠어요? 그 여자는 그 한 가지를 '상스럽고 조야한 경험'이라고 불렀어요. 그 여자의 설명으로 알게 된 것들은 무척 흥미로웠어요. 하지만 한 가지는 마음에 안 들었어요. 강한 여자는 일부일처제에서 인생 최고의 의미를 찾아야 하고, 예술가처럼 사랑해야 한다고 하면서도 자기는 정작 남자 셋, 당신을 포함하면 남자 넷을 예비로 갖고 있으니까요. 나는 이제 내 행복을 위해 필요한 남자가 하나도 없는데!"

자신에게서 도망친 이 예비병을 살피는 그녀의 눈길은 따뜻하면서도 수상쩍었다. 울리히는 그 눈길을 애써 모른 척했다.

"둘이서 내 이야기도 한 건가?" 울리히가 불길한 예감으로 물었다.

"가끔요. 당신 사촌이 예를 들거나, 당신의 친구라는 장군이 있을 때면 그랬죠."

"그럼 아른하임도 같이 있었겠군?!"

"그 사람은 고결한 부인들의 대화를 기품 있게 듣기만 했죠." 보나데아가 그를 비꼬았다. 그새 은근히 남을 비꼬는 재주도 배운 모양이었다. 하지만 곧 진지하게 덧붙였다. "그 남자가 당신 사촌을 대하는 태도는 마음에 들지 않았어요. 대개 타지로 떠나 자리를 비울 때가 많았지만, 여기 있을 때는 모두의 대화 상대를 하느라 바빠요. 당신 사촌이 폰 슈테른 부인을 인용하면……"

"폰 슈타인 부인 아닌가?" 울리히가 물음으로 수정했다.

"맞아요. 당연히 슈타인 부인이죠. 그분은 슈타인 부인 이야기를 자주 하니까. 어쨌든 슈타인 부인과 다른 부인, 불…… 뭐라더라? 좀 외설스러운 이름이었는데……?"

"불피우스*."

---

* 슈타인 부인은 괴테의 삶과 예술에 많은 영향을 끼친 연인이었던 데 반해, 불피우스는 괴테 집의 가정부로 들어가 나중에 괴테와 결혼까지 했지만 어울리지 않는 신분과 교양 수준으로 동시대인들로부터 많은 수모와 비아냥거림을 받았던 인물이다.

"맞아요. 그 사람이에요. 외래어를 어찌나 많이 들었던지 아주 간단한 것도 기억이 나지 않아요! 어쨌든 디오티마가 슈타인 부인과 불피우스의 관계를 이야기하면서 두 사람을 비교할 때면 아른하임이라는 사람은 자신의 숭배자에 대면 마치 내가 방금 말한 그 여자라도 되는 것처럼 계속 쳐다보곤 했어요!"

이제 울리히는 새로운 변화는 어떻게 된 건지 설명을 요구했다.

이야기인즉슨, 보나데아가 울리히의 가까운 지인이라는 지위를 이용함으로써 빠른 속도로 디오티마에게 신뢰를 얻은 것으로 드러났다.

울리히가 홧김에 경솔하게 누설한 보나데아의 색정증이 디오티마에게 강한 인상을 남긴 모양이었다. 그녀는 보나데아를 두루뭉술한 방식으로 인간의 복지를 위해 활동하는 부인으로 소개하면서 자신의 모임에 끌어들인 뒤 이 신참을 몇 번 몰래 유심히 관찰했다. 디오티마 집의 인테리어를 압지처럼 부드러운 눈으로 쭉쭉 빨아들이던 이 불청객은 아주 묘한 인상을 자아냈을 뿐 아니라 전율과 같은 여성적 호기심을 그녀의 내면에서 불러일으켰다. 진실을 말하자면, 디오티마는 '성병'이라는 말을 언급했을 때 마치 이 새로운 지인이 실제로 했던 일을 상상하는 것 같은 막연한 느낌이 들었고, 점차 횟수가 거듭될수록 양심이 편치 않으면서도 말도 안 되는 행동과 수치스럽고 치욕스러운 일을 기대하게 되었다. 그런데 보나데아는 자신에 대한 이런 불신을, 도덕적 경쟁심을 유발하는 환경을 조성함으로써 버릇없는 아이들의 행동을 좋은 방향으로 이끌려는 야심찬 태도로 누그러뜨렸다. 심지어 자신이 디오티마를 질투하고 있다는 사실도 잊어버렸다. 디오티마는 이 불안한 제자가 자기만큼이나 이상에 빠져 있는 것을 보고 깜짝 놀랐다. 그래서 '사도에 빠진 자매'(디오티마는 보나데아를 이렇게 생각했다)를 자신의 보호하에 두고는 곧 각별한 관심을 보였다. 이유는 분명했다. 보나데아가 처한 색정증이라는 상스러운 비밀 속에서 '다모클레스 검'* 의 여성적 버전을 보았기 때문이다. 디오티마는 절개를 지킨 걸로 유명한 게노베바조차도 머리 위에 그 검이 얇은 실로 매달려 있었을지 모른다고 했다. "그래, 알아요. 내 말 잘 들어봐요." 디오티마는 나이가 엇비슷한 보나데아를 어르듯이 가르쳤다. "내적으로 확신이 가지 않는 남자의 품에 안기는 것만큼 슬픈 일은 없어요!" 이어 그녀는 엄청난 용기를 내어 보나데아의 불결한 입에다 키스를 했다. 마치 피에 굶주린 사자의 뻣뻣한 수염 사이로 입술을 밀어넣을 때만큼 강한 용기가 필요한 일이었다.

당시 디오티마가 처한 상황은 아른하임과 투치 사이에서 시소를 타는 것과 비슷했다. 비유적으로 표현하자면 한쪽에 체중이 너무 많이 실렸고, 다른 쪽에는 실리지 않았다. 장례식에서 돌아온 뒤 울리히가 처음 본 것도 머리에 두건을 두르고 배에 따뜻한 수건을 올린 디오티마의 모습이었다. 그런데 영혼으로부터 받은 모순적인 지침들에 몸이 항의한 것으로 이해할 수 있는 이런 여성적 괴로움은 디오티마 속에 또다른 고결한 결심을 불러일으켰다. 다른 여자들처럼 살고 싶지 않다는 의지가 반영된 특유의 결심이었다. 물론 처음에는 그 사명을 영혼과 육체 중 어느 쪽에서부터 시작해야 할지, 또 아른하임이나 투치에 대

---

* 고대 그리스신화에 나오는 이야기로, 시라쿠사의 왕은 왕위를 부러워하는 신하 다모클레스에게 왕좌 위에는 언제 떨어질지 모르는 칼이 늘 매달려 있음을 보여줌으로써 왕위의 무상함과 위험을 경고하고자 했다.

한 태도를 바꿈으로써 그 사명에 대한 답을 찾는 것이 더 나을지 결정 내리기가 쉽지 않았다. 그 결정에 도움을 준 것은 세상이었다. 그러니까 영혼과 사랑의 수수께끼가 마치 맨손으로 잡으려는 물고기처럼 그녀에게서 빠져나간 뒤로 고통스럽게 답을 찾던 이 여자는 놀랍게도 시대정신을 다룬 책들에서 유익한 조언을 얻어, 남편으로 대변되는 육체적인 대척점에서 운명을 움켜잡기로 처음 결심한 것이다. 그녀는 성적性的이라기보다 종교적인 개념에 더 가깝다는 이유로 열정적인 사랑의 개념과 거리를 둔 우리 시대가 사랑 문제로 여태 골치를 썩이는 것을 유치하다며 경멸하고, 대신 결혼의 자연스러운 과정을 온갖 변형을 포함해 단계별로 세세하게 조사하는 데 전력을 기울이고 있음을 미처 몰랐다. 당시에는 이미 체육 교사의 순수한 시각에서 '성생활의 혁명'에 대해 이야기하고, 결혼한 사람에게도 성생활의 즐거움을 알게 해주려는 책들이 많이 나와 있었다. 이런 책들에서 남편과 아내는 단순히 '남성적 여성적 생식 능력을 가진 사람'이나 '섹스 파트너'로 나올 뿐이었고, 그들 사이에서 온갖 정신적 육체적 부담으로 인해 생겨난 지루함에 '성적 문제'라는 딱지가 붙었다. 디오티마는 이런 서적에 빠져들어갔을 때 처음엔 이마에 주름이 잡혔지만 곧 펴졌다. 자신이 시대정신의 새로운 거대한 흐름을 지금껏 알아채지 못했다는 사실이 그녀의 야망을 자극했기 때문이다. 그러다 마지막에는 황홀한 표정으로 다음 사실에 깜짝 놀라며 이마를 쳤다. 자신이 세계에 하나의 목표를 선사할 수 있을 것 같았지만(물론 그 목표가 아직 어떤 것인지는 결정되지 않았다), 사람을 지치게 하는 결혼생활의 여러 불편한 일들을 우월한 정신으로 처리할 수 있을 거라고는 생각지 못했다는 놀라움 때문이었다. 이 가능성은 그녀의 성향에 딱 맞았을 뿐 아니라 지금껏 고통으로만 느꼈던 남편과의 관계를 갑자기 하나의 과학과 예술로 다룰 수 있는 전망을 제공했다.

"선이 그렇게 가까운 곳에 있다면 멀리서 방황할 이유가 있을까요?" 보나데아는 상투어와 인용문에 대한 개인적 선호를 담아 이렇게 말했다. 그러고 얼마 지나지 않아 그녀는 수호천사를 자처하는 디오티마의 제자로서 그런 문제들을 다루게 되었다. 이것은 가르치면서 배우는 교육학적 원칙에 따라 진행되었다. 다시 말해, 이 일은 디오티마가 한편으론 새로운 책에서 얻은, 아직은 불분명하고 제대로 정리되지 않은 느낌들로부터 확고한 확신과도 같은 것을 찾아내는 데 지속적인 도움을 주었다. 여기서 그녀를 이 길로 이끈 것은 '직관'의 행복한 비밀이었다. 뭔가에 대해 오랫동안 이야기하다보면 어느 순간 자기도 모르게 깨달음을 얻게 되는 그런 능력 말이다. 다른 한편으론 보나데아의 반응도 이 과정에서 도움이 되었다. 아무리 훌륭한 스승이라도 학생이 아무 반응이 없으면 얻을 게 없고, 학생 입장에서도 별무소득이기 때문이다. 보나데아의 풍부한 실용적 지식은 그녀가 아무리 조심스럽게 내놓더라도 이론가인 디오티마에게는 불안해하면서도 관찰하게 되는 정보의 원천과도 같았다. 투치 부인이 책의 힘을 빌려 결혼생활의 발전 양상을 바로잡으려고 한 뒤로는 말이다. "나는 확실히 그 여자보다 훨씬 덜 똑똑해요." 보나데아가 설명했다. "그 여자의 책들 속에는 나도 전혀 모르고 있던 것들이 적혀 있을 때가 많아요. 그걸 보면서 디오티마는 가끔 낙담했죠. 그래서 깊은 유감을 담아 이렇게 말했어요. '그건 결혼 침대의 녹색 테이블에서 판명될 수 있는 것이 아니죠. 안타깝게도 거기에 필요한 것은 살아 있는 대상으로 훈련한 섹스 경험과 섹스 실습이에요!"

"맙소사!" 순결한 디오티마가 '섹스학' 속에서 길을 잃었다는 상상에 웃음을 참지 못하고 있던 울리히가 탄성을 질렀다. "대체 그 사람이 원하는 게 뭐지?"

보나데아는 기억력을 총동원해서 시대의 과학적 관심과 생각이 결여된 표현 방식 사이의 행복한 결합에 대해 이야기했다. "자신의 성적 본능을 어떻게 최상으로 발전시키고 관리할지가 핵심이죠." 보나데아가 스승의 정신을 대신해서 대답했다. "디오티마는 혹독한 자기 교육을 통해 활기차고 조화로운 에로티시즘으로 가는 길이 열릴 거라는 확신을 갖고 있어요."

"당신들 둘이 서로를 교육한다고? 그것도 혹독하게!? 아주 멋진 말이군!" 울리히는 다시 탄성을 질렀다. "혹시 괜찮다면, 디오티마가 뭣때문에 자기를 교육시키겠다는 것인지 설명해줄 수 있겠어?"

"맨 먼저 교육시키는 건 당연히 남편이죠!" 보나데아가 울리히의 말을 고쳐주었다.

'불쌍해라!' 자기도 모르게 울리히의 머릿속에 떠오른 생각이었다. "그걸 어떻게 하겠다는 건지 궁금하군. 주저하지 말고 털어놔봐요!"

실제로 보나데아는 이어지는 울리히의 질문에 마치 시험을 치르는 우등생처럼 잘하고 싶다는 욕망으로 부담을 느끼고 있었다. "디오티마의 섹스 환경은 아주 엉망이에요." 그녀가 조심스럽게 설명해나갔다. "이런 환경을 개선하려면 반드시 투치와 디오티마가 서로의 행동을 면밀하게 검토하는 방법밖에 없어요. 일반적인 규칙은 없어요. 사랑을 나누면서 상대방의 반응을 잘 관찰하도록 노력해야 해요. 제대로 관찰하려면 성생활에 대한 어느 정도의 지식이 있어야 해요. 또 현실에서 얻은 경험을 이론적인 연구 결과와 비교할 수도 있어야 하고요. 디오티마가 한 말이에요. 요즘 여자들은 섹스 문제와 관련해서 변화된 새 가치관을 갖고 있어요. 그러니까 남편에게 단순히 행동을 요구하는 것이 아니라 여성적인 것에 대한 올바른 이해에서 우러난 행동을 요구하는 거죠!" 그녀는 울리히의 주의를 돌리려고, 아니면 자기가 즐거우려고 명랑하게 덧붙였다. "그게 남편한테 어떤 영향을 끼칠지 상상이 가요? 이런 이야기에 대해선 전혀 모르고 있다가 침실에서 옷을 벗을 때 듣게 되면 남편은 어떨까요? 예를 들어 디오티마가 머리를 반쯤 풀어헤치고 머리핀을 찾다가 속치마를 다리 사이에 끼운 채 갑자기 그런 이야기를 하면 어떤 일이 벌어질까요? 내 남편에게 그걸 시험해봤어요. 남편은 졸도하려고 하더군요. 당신도 이거 하나는 인정해야 해요. '장기간 결혼생활'이 유지되면 최소한 삶의 파트너에게서 성적 가능성을 전부 끌어낼 수 있다는 장점이 있다는 거요. 디오티마가 좀 투박한 남편을 상대로 노력하는 것도 바로 그거예요."

"당신들의 남편들에게 가혹한 시간이 시작되었군!" 울리히가 그녀를 놀렸다.

보나데아는 웃었다. 순간 그는 그녀가 때로 사랑의 교실의 짓누르는 듯한 진지함에서 벗어나고 싶어한다는 것을 알아차렸다.

울리히의 궁금증은 아직 식지 않았다. 그는 다른 사람으로 변한 옛 연인의 마음속에 실은 훨씬 더 이야기하고 싶은 게 있는데, 그걸 아직 꺼내지 않았음을 직감으로 느꼈다. 그가 친숙하게 반박했다. 들리는 애기에 따르면, 뜻하지 않게 피해를 보게 된 그 두 남편의 잘못은 오히려 지금껏 그런 '성적 가능성'을 너무 과도하게 사용한 것이 아니냐는 것이다.

"역시 당신은 늘 그런 식으로만 생각하는군요!" 보나데아가 책망했다. 그녀의 날카로운 시선 끝에는 갈고리가 달린 듯했는데, 그것은 그녀가 획득한 결백함에 유감을 표현한 걸로 해석할 수 있었다. "당신은 여자의 생리학적 심신미약을 악용하고 있어요!"

"내가 뭘 악용했다고? 우리 사랑의 역사에 대해 아주 멋진 표현을 찾아냈군!"

보나데아는 그의 뺨을 살짝 때리더니 부산한 손짓으로 거울 앞에서 머리를 매만졌다. 그러고는 거울 속에서 그를 바라보며 말했다. "책에 나오는 이야기예요!"

"물론. 그것도 아주 유명한 책이지."

"하지만 디오티마는 그 책의 내용에 동의하지 않아요. 다른 책에서 또다른 내용을 발견했거든요. '남자의 생리학적 열등함'에 관한 책인데 여자가 썼어요. 당신은 정말 그게 그렇게 중요하다고 생각해요?"

"모르겠어. 무슨 이야기를 하는지도 모르는데 내가 무슨 대답을 할 수 있겠어?"

"그럼 잘 들어봐요! 디오티마의 출발점은 '여성들의 상시적인 섹스 준비 태세'라고 그 자신이 명명한 것이었어요. 그게 뭔지 이해하겠어요?"

"디오티마라면 상상이 안 가!"

"그렇게 함부로 말하지 말아요!" 그녀가 질책했다. "그 이론은 무척 섬세해요. 쉽지는 않겠지만, 내가 당신과 단둘이 당신 집에 있는 상황에서 당신이 잘못된 결론을 끄집어내지 않도록 이 이론을 잘 설명해볼게요. 그러니까 이 이론의 근거는 이래요. 여자는 본인이 원치 않을 때도 남자와 관계를 맺을 수 있다는 거예요. 이제 이해하겠어요?"

"이해해."

"안타깝지만 그건 부인할 수 없는 사실이죠. 반면에 남자는 사랑하고 싶어도 사랑할 수 없을 때가 무척 많아요. 디오티마의 말에 따르면 그건 과학적으로도 증명된 거래요. 당신도 그렇게 생각해요?"

"그럴 수 있지."

"나는 모르겠어요." 보나데아가 회의를 표했다. "하지만 디오티마가 그러더군요. 과학적으로 보면 그건 자연스럽게 이해된다고요. 왜냐하면 여성의 상시적인 섹스 준비 태세와 대조적으로 남자는, 그러니까 간단히 말해서 남자의 가장 남성적인 신체 부위는 쉽게 위축될 수 있기 때문이죠." 거울에서 돌아서는 보나데아의 얼굴이 이제 구릿빛을 띠고 있었다.

"투치가 그렇다는 말인지 궁금하군." 울리히가 슬쩍 비틀었다.

"예전에는 그러지 않았을 거라고 생각해요. 그건 지금 일이고, 그 이론의 뒤늦은 확증이에요. 왜냐하면 디오티마가 매일 남편에게 그 이론을 가르치고 있으니까요. 그녀는 그걸 '성불능' 이론이라고 불러요. 남성 성기는 무척 쉽게 불능 상태에 빠지고, 어떤 식으로건 여성의 영혼적 우월함을 두려워할 필요가 없을 때만 성적으로 안전하다고 느끼기 때문이죠. 그래서 남자들은 인간적으로 동등한 여자와 관계할 용기를 거의 내지 못해요. 대신 그런 여자를 만나면 즉시 짓누르려고 하죠. 디오티마의 말에 따르면 남성적 사랑 행위의 주 모티브, 특히 남성적 오만함의 주 모티브는 불안이래요. 위대한 남자들은 그걸 직접 드러내죠. 그러니까 아른하임은 말이에요. 반면에 소심한 남자들은 그 불안을 잔인한 육체적 공격성 뒤에 숨기고 여자의 영혼적 삶을 악용해요. 그게 당신이죠! 디오티마에게는 투치일 테고. 당신들이 우리를 그렇게 자주 굴복시키는 수단으로 사용하는 '지금 아니면 영영'이라는 모토도 단지 일종의 과잉충……" 그녀가 과잉충동이라고 말하려는 것을 울리히가 '과잉보상'으로 바로잡아주었다.

"맞아요. 어쨌든 그런 식으로 당신들은 당신들의 육체적 열등감에서 벗어나려고 해요!"

"그래서 당신들은 뭘 하기로 결심했지?" 울리히가 온순하게 물었다.

"남자들을 친절하게 대하기로 했어요! 내가 당신한테 온 것도 그 때문이고요. 우리는 당신이 친절을 어떻게 받아들이는지 두고 볼 거예요!"

"디오티마도?"

"맙소사, 대체 디오티마가 당신하고 무슨 상관이죠? 아른하임은 디오티마가 정신적으로 최상위에 있는 남자들이 안타깝게도 열등한 여자에게서만 완벽한 쾌감을 얻는 반면에 영혼적으로 동등한 여자에게서는 실패한다고 말하면 달팽이처럼 눈이 튀어나온대요. 어쨌든 그건 슈타인 부인과 불피우스라는 여자를 통해서도 이미 과학적으로 증명된 사실이에요. 봐요, 이제는 그 여자 이름을 내가 아주 자연스럽게 부르죠? 불피우스 그 여자가 나이든 문학적 거장의 유명한 섹스 파트너였다는 건 나도 당연히 알고 있었다고요!"

울리히는 대화가 자신에게 집중되는 것을 막으려고 화제를 다시 투치에게로 돌리려 했다. 보나데아는 웃기 시작했다. 퍽 마음에 드는 남자였던지라, 그 외교관의 가련한 상황에 연민의 감정이 없지는 않았던 것이다. 그러면서도 투치가 영혼의 채찍 아래서 고통받은 것을 공모자의 심정으로 고소하게 생각했다. 보나데아의 이야기는 다음과 같이 이어졌다. 디오티마는 남편을 다룰 때 원칙이 있다. 남편을 그녀에 대한 두려움에서 해방시켜야 하고, 그러다보니 남편의 '성적 잔인성'도 어느 정도 받아들일 수 있게 되었다는 것이다. 게다가 디오티마는 자기 삶의 실수가 우월감을 느끼려는 남편의 소박한 욕구에 비해 자신이 너무 큰 인물임을 깨달았다는 데 있다고 고백했다. 그래서 이제 자신의 영혼적 우월성을 적절한 관능적 교태 뒤에 숨김으로써 어느 정도 완화하려 한다고 했다.

울리히는 설명 중간에 보나데아가 그 말을 어떻게 이해하고 있는지 강렬한 호기심으로 물었다.

보나데아의 눈이 그의 얼굴을 뚫어지게 바라보았다. "예를 들어 디오티마는 남편에게 이렇게 말해요. '우리의 삶은 지금껏 사회적 인정을 받으려는 서로의 경쟁으로 망가졌어요.' 그다음엔 남편에게 이렇게 시인하는 거죠. 사회적 인정을 받으려는 남성적 중독성이 전 사회의 공적인 삶에도 팽배해 있다고."

"하지만 그건 교태도 관능도 아니지 않을까?!" 울리히가 반박했다.

"아니에요, 맞아요! 정말 열정적인 남자는 마치 사형집행인이 사형수를 대하듯 여자를 대하는 것을 당신도 알아야 해요. 그건 요즘 사람들이 말하는 것처럼 사회적 인정 욕구에 해당해요. 게다가 다른 한편으론 성욕이 여자들에게도 중요하다는 사실을 당신 역시 부인할 수 없지 않아요?!"

"그야 물론이지!"

"좋아요. 그런데 행복한 성관계가 이루어지려면 동등한 상태에서 주고받는 것이 필요해요. 사랑의 파트너에게서 행복한 포옹을 끌어내려면 파트너를 동등한 권리가 있는 사람으로 여겨야 해요. 아무 의지 없는 보완물이 아니라." 그녀는 스승의 표현 방식을 빌려 마치 미끄러운 표면 위에서 불안해하며 무의식적으로 자기 움직임에 끌려가는 사람처럼 말을 이어갔다. "어떤 인간관계도 지속적인 압박과 피압박을 견디지 못한다면 성적인 관계는 얼마나 더 어려워지겠어요……?!"

"오!" 울리히는 동의하지 않았다.

보나데아는 그의 팔을 잡았다. 두 눈은 떨어지는 별처럼 반짝거렸다. "아무 말 말아요!" 그녀가 소리쳤다. "당신들 남자는 여자의 마음을 몰라요! 직접 경험할 수가 없기 때문이죠. 당신 사촌에 대한 이야기를 계속 듣길 원한다면……" 그런데 그때 그녀의 힘이 급속하게 소진되었다. 이제 그녀의 눈은 마치 고기를 들고 우리를 지나가는 사육사를 보는 암호랑이의 눈처럼 반짝거렸다. "아뇨, 이젠 내가 그 이야기를 더는 듣고 싶지 않아요!" 그녀가 불쑥 소리쳤다.

"디오티마가 정말 그렇게 말했어?" 울리히가 물었다. "정말 그런 말을 했다고?"

"나는 매일 섹스 실습과 행복한 포옹, 사랑의 핵심 원칙, 분비샘, 분비물, 억압된 욕망, 성애적 훈련, 성충동의 통제 같은 말밖에 못 들어요! 모든 사람에겐 마땅히 누려야 할 성욕이 있다고 당신 사촌은 말해요. 그런데 왜 하필 나만 그렇게 성욕이 강한 거죠?!"

그녀의 시선이 울리히의 시선을 잡고 놓아주지 않았다.

"나는 당신이 그렇다고 생각하지 않아." 울리히가 느릿느릿 말했다.

"어쩌면 나처럼 체험 능력이 강한 것을 생리학적 우월성으로 해석할
수도 있지 않을까요?" 보나데아는 이중적 의미를 담은 유쾌한 웃음을
터뜨리며 물었다.

대답은 돌아오지 않았다. 그렇게 시간이 제법 지나 울리히 안에 저
항감이 일었을 때 커튼 사이로 생동감 넘치는 햇빛이 새어 들어왔다.
그것을 보고 있자니 어두컴컴한 방은 식별할 수 없을 정도로 쪼그라든
어떤 감정의 무덤 같았다. 보나데아는 눈을 감고 거기 누워 있었다. 살
아 있다는 느낌은 전혀 없었다. 지금 그녀가 자신의 몸에 대해 느끼고
있는 것은 매질로 반항심이 꺾인 어린아이의 느낌과 어느 정도 비슷해
보였다. 포만감에 젖고 기진맥진한 그녀의 몸은 이제 세포 하나하나가
부드러운 도덕적 용서를 구하고 있었다. 누구에게? 그녀가 누운 이 침
대의 주인은 분명 아니었다. 그전에 그녀는 남자에게 자기를 죽여달라
고 애원했다. 아무리 반복하고 자극을 키워도 욕구는 충족되지 않았기
때문이다. 그녀는 남자를 보지 않으려고 계속 눈을 감고 있었다. 다만
생각을 하려고 시도했다. '나는 그의 침대에 누워 있어!' 그리고 '이제
다시는 여기서 쫓겨나지 않을 거야!' 조금 전에 그녀가 속으로 외친 말
이었다. 이 말은 임박한 고통의 과정 없이는 빠져나올 수 없는 상황을
표현한 것에 지나지 않았다. 보나데아는 생각이 끊긴 지점을 찾아 굼뜨
고 느리게 다시 생각들을 연결했다.

디오티마가 떠올랐다. 서서히 그녀의 말들도 함께 찾아왔다. 온전한

문장, 문장들의 파편…… 그러나 가장 많이 떠오른 것은 전체 대화 과정에서 호르몬이나 림프샘, 염색체, 접합자, 내분비물 같은 이해도 쉽지 않고 기억도 잘 나지 않는 말들이 바람처럼 귓전을 스쳐지나갈 때 느꼈던, 자기 실존에 대한 만족감이었다. 스승의 순결함은 경계를 몰랐다. 어떤 경계든 과학적 조명으로 지워졌다. 그랬기에 디오티마는 청중들 앞에서, "성생활은 배워서 익힐 수 있는 기술이 아닙니다. 그건 언제나 우리의 삶에서 습득할 수 있는 최고의 예술로 남을 것입니다!"라고 말할 수 있었지만, '기준점' 또는 '중심점'에 대해 열심히 설명할 때와 마찬가지로 거기서 비과학적인 것을 스스로 느끼지는 못했다. 이제 그녀의 제자는 그런 표현들을 정확히 기억해냈다. 포옹의 비판적 분석, 체위의 육체적 정화, 성감대, 여자를 최고로 만족시키는 길, 파트너에 대한 배려가 몸에 밴 남자…… 그런데 보나데아는 한 시간 전쯤에 그 전까지는 그렇게 열광하던 이 과학적이고 지적이고 고결해 보이던 표현들에 지극히 비열한 방식으로 속았다는 느낌이 들었다. 그녀는 감시받지 않은 감정적 측면에서 불꽃이 날름거리는 순간 이 용어들이 과학뿐 아니라 감정에도 의미가 있음을 그제야 분명히 깨닫고는 깜짝 놀랐다. 감정적인 측면에서 그녀는 디오티마를 미워했었다. '이런 이야기를 어떻게 그 즐거움을 깡그리 잃어버리도록 말할 수 있을까!' 그녀는 디오티마에게 끔찍한 복수심을 느끼며, 남자가 넷이나 있는 디오티마가 자신에게는 어떤 것도 허락하지 않으면서 의도적으로 자신을 이런 식으로 속였다고 생각할 수밖에 없었다. 그렇다. 보나데아는 섹스학으로 어두운 섹스 과정을 제거해버린 그 계몽적 가르침을 디오티마의 술수로 간주했다. 그녀는 이제 울리히를 향한 열정적인 욕망만큼이나 그것을 이해할 수 없었다. 자신의 모든 생각과 감정이 미쳐 날뛰던 순간들을 떠올려보려 했다. 이는 피를 철철 흘리는 사람이 자신을 묶은 붕대를 스스로 찢게 하는 조급함을 회상하려고 애쓰는 것만큼이나 이해가되지 않았다! 보나데아는 라인스도르프 백작을 생각했다. 결혼을 고위 관직이라 부르며 결혼에 관한 디오티마의 책들을 직무 절차의 매뉴얼과 비교했던 사람이다. 이번에는 아른하임이 떠올랐다. 이 세계적인 갑부는 몸의 이념에 기초해서 결혼의 정조를 복원하는 것을 이 시대에 진정 필요한 일이라 여겼다. 그녀는 자신이 알고 있는 이 시대의 다른 유명한 남자들도 여럿 생각했다. 다리가 긴지 짧은지, 혹은 뚱뚱한지 말랐는지는 전혀 기억나지 않았다. 그들에 대해 알고 있는 것이라고는 명성의 찬란한 개념들뿐이었기 때문이다. 이 개념에 사람들이 구운 새끼 비둘기의 연약한 몸속에다 야채를 가득 채워 형체를 부여하는 것과 비슷하게 모호한 육체적 덩어리가 보충되었다. 이런 기억 속에서 보나데아는 앞으로 다시는, 위아래를 뒤죽박죽으로 만들어버리는 이 시대적 돌풍의 제물이 되지 않겠다고 맹세했다. 그것도 아주 굳게 다짐했다. 이 결심을 엄격하게 지킬 때의 이야기지만, 어쨌든 자신의 위대한 친구인 디오티마를 찬미하는 남자들 가운데 가장 세련된 남자를 골라 육체적 결합 없이 정신의 연인으로 삼겠다고 생각할 정도로 말이다. 그러나 그녀가 거의 옷을 입지 않은 채 눈을 감고 울리히의 침대에 누워 있다는 사실은 당장은 부인할 수 없는 사실이기에 이러한 기꺼운 회오의 감정은 계속 자기 위안으로 발전하는 대신 비참하고 도발적인 분노로 바뀌었다.

보나데아의 삶을 그런 대립적 요소로 분열시킨 열정의 가장 깊숙한 뿌리는 관능이 아니라 야망이었다. 자신의 연인을 잘 아는 울리히는 이 점에 대해 숙고했지만 질책하고 싶어하는 마음을 다시 일깨우지 않으려고 그 말은 꺼내지 않고, 그저 시선을 숨기고 있는 그녀의 얼굴만 관찰했다. 그가 보기에 그녀에게 모든 욕망의 원형은 잘못된 경로, 즉 말 그대로 잘못된 신경 경로로 빠져버린 명예욕인 듯했다. 사실 예전에는 맥주를 가장 많이 마시거나 가장 큰 보석을 목에 걸고 다녀도 승리의 월계관이 씌워졌는데, 그렇다면 사회적 신기록을 깨뜨리려는 공명심이 보나데아의 경우 색정증으로 표출되지 말아야 할 이유가 있을까? 그런데 그게 실제로 표출되고 나자 그녀는 그 방식을 후회하며 철회했다. 울리히는 그런 내막을 꿰뚫고 있었다. 또한 디오티마의 정교한 인위성이 항상 안장도 올리지 않은 맨 살덩어리 위에 악마를 태운 보나데아에게 마치 천국과 같은 인상을 심어주었다는 사실도 정확히 꿰뚫어보았다. 그는 안와 속에 흥분이 식어 무겁게 가라앉은 그녀의 안구를 살펴보았다. 그리고 뾰족한 끝을 향해 결연하게 달려가는 황갈색의 코와 그 속의 날카로운 분홍빛 콧구멍도 보았다. 이 몸의 여러 선들이 약간 혼란스럽게 다가왔다. 둥글고 큰 가슴과 갈비뼈를 곧게 감싼 코르셋의 선, 엉덩이에서 움푹 파인 등으로 올라가는 선, 부드러운 손끝을 덮은 날카롭고 딱딱한 손톱이 그리는 선. 마지막으로 그의 눈앞에 누워 있는 연인의 콧구멍에서 삐죽 나온 코털 몇 가닥을 한참 동안 혐오스럽게 바라보는 동안 이 사람이 얼마 전까지 그의 욕망을 얼마나 유혹적으로 부추겼는지 떠올랐다. 보나데아가 이 대담 자리를 위해 들어오면서 지었던 밝고 이중적인 의미의 웃음, 모든 비난을 받아넘기거나 아른하임의 최근 소식을 전할 때의 자연스러운 태도, 그리고 이번에는 재치가 넘친다고 해야 할 관찰의 정확성까지 그녀는 정말 좋은 쪽으로 바뀌었다. 심지어 예전보다 좀더 독립적으로 변했고, 스스로를 위로 올리고 밑으로 내리는 힘도 자유자재로 균형을 갖춘 듯했다. 이러한 도덕적 무거움의 결핍은 최근에 자신의 진지함에 무척 시달렸던 울리히에게 기분좋은 상쾌함을 제공했다. 이제야 그는 그녀의 말을 듣는 것도, 해와 파도 같던 그녀의 얼굴에서 유희하듯 바뀌는 표정을 관찰하는 것도 얼마나 즐거웠는지 새삼 느꼈다. 그러다 이제 언짢게 변한 보나데아의 얼굴을 보면서, 사실 진지한 인간만 악할 수 있다는 생각이 퍼뜩 들었다. '가볍고 명랑한 인간은 악의 유혹으로부터 안전하다고 할 수 있어.' 그는 생각했다. '오페라에서 악당은 항상 베이스로 노래를 부르는 것처럼.' 어쩐지 그에게도 '깊이'와 '어둠'이 서로 연결되어 있는 듯한 석연치 않은 느낌이 들었다. 왜냐하면 명랑한 인간이 '가볍게' 저지른 죄는 분명 쉽게 경감되기 때문이다. 다른 한편으로 이건 오직 사랑의 영역에만 해당되는 것으로, 똑같은 짓을 하더라도 진지한 유혹자가 경솔한 인간들보다 훨씬 파괴적이고 용서받지 못할 수도 있다. 울리히는 이런저런 생각을 하면서 가볍게 시작한 사랑의 시간이 슬픔으로 끝난 것에 실망만 한 것이 아니라 예기치 않은 활력도 얻었다.

이런 생각에 빠져 그는 현재의 보나데아를 잊었다. 어떻게 그랬는지는 모르면서. 그는 팔로 머리를 베고, 벽을 지나 머나먼 사물들에 시선을 향한 채 보나데아에게 등을 돌리고 생각에 잠겼다. 완벽한 정적에 끌려 보나데아의 눈이 떠졌다. 순간 그의 머릿속에 자기도 모르게 이런 생각이 떠올랐다. 예전이었다. 그는 기차를 타고 가다가 목적지에 닿기 전에 내렸다. 투명한 날 덕에 신비하게 베일을 벗은 매력적인 풍경에 이끌려 무작정 걷고 싶었던 것이다. 그렇게 해질녘에 짐도 없이 정거장을 떠나 몇 시간 거리는 됨직한 작은 마을에 도착했다. 그는 기약 없이 오랫동안 어딘가로 갔다가 결코 똑같은 길로는 돌아오지 않는 특성을 가졌던 기억이 나는 듯했다. 그러다 갑자기 유년 시절의 기억으로 보이는, 그전에는 결코 도달한 적이 없던 아주 머나먼 기억이 그의 삶을 비추었다. 아주 작은 시간의 틈으로 신비스러운 갈망이 다시 느껴지는 듯했다. 어린아이를 눈앞에 보이는 대상으로 이끌고, 그것을 잡거나 입에 넣게 함으로써 막다른 골목처럼 마법이 끝날 때의 갈망이었다. 마찬가지로 잠시, 그는 머나먼 것을 가까운 것으로 바꾸기 위해 자신들을 먼 곳으로 몰아가는 어른들의 갈망도 결코 더 좋거나 더 나쁜 것이 아니라는 생각이 들었다. 그 자신을 지배하는 이 갈망은 호기심의 가면을 썼을 뿐 분명 하나의 강요였고, 아무 내용이 없는 것이 특징이었다. 둘 중 누구도 원치 않았지만 보나데아와의 재회가 만든 이 조급하고 실망스러운 사건 속에서 기본적인 이미지는 마침내 세번째로 바뀌었다. 이제 그는 한 침대에 이렇게 나란히 누워 있는 것이 몹시 유치하게 느껴졌다. '그런데 이런 모습의 반대, 즉 초가을날처럼 형체가 느껴지지 않고 움직임도 없고, 공기처럼 고요한 그런 머나먼 사랑은 무슨 의미일까?' 그는 자문했다. '어쩌면 그건 아이들 장난의 변형일 뿐일지 몰라.' 그는 의심스럽게 생각했다. 어릴 적 지금의 연인보다 더 지극한 마음으로 사랑했던 알록달록하게 인쇄된 동물들이 떠올랐다. 그때, 자신의 불행을 가늠할 만큼 충분히 오랫동안 그의 등을 바라보고 있던 보나데아가 이런 말을 던졌다. "당신 탓이에요!"

울리히는 웃으면서 고개를 돌려 별생각 없이 대답했다. "며칠 안에 내 여동생이 여기 와서 같이 살게 될 거야. 말했었나? 동생이 오면 우린 만나기 힘들 거야."

"얼마나 있을 건데요?" 보나데아가 물었다.

"계속." 울리히는 이렇게 대답하며 다시 웃었다.

"그래요? 그런데 당신 동생이 오는 거랑 우리가 못 만나는 게 무슨 상관이죠? 당신한테 연인이 생기는 걸 동생이 허락해주지 않을 거라는 뜻이 아니고서야!"

"바로 그 말이야."

보나데아가 웃었다. "나는 오늘 정말 아무 사심 없이 당신한테 왔어요. 그런데 당신은 내 말을 끝까지 들으려고 하지 않았어요!!" 그녀가 질책했다.

"나는 삶의 가치를 끊임없이 무효화하는 기계와 같은 인간이야!" 울리히가 대답했다. 그녀는 이 말을 도저히 이해할 수 없었지만 그래서 오히려 반항적으로 자기가 울리히를 사랑하고 있음을 느끼게 되었다. 갑자기 그녀는 더이상 불안에 떠는 신경성 허깨비의 모습이 아닌 확신에 찬 자연스러운 모습으로 이렇게 툭 던졌다. "당신 동생과 관계를 시작했군요!"

울리히는 보나데아를 꾸짖었다. 의도했던 것보다 더 진지하게. "나는 이제 한동안 동생을 사랑하는 식이 아니라면 어떤 여자도 사랑하지 않기로 했어." 그는 이렇게 말하고는 침묵했다.

길어진 침묵은 보나데아에게 말보다 더 단호한 인상을 주었다.

"당신은 정말 변태야!" 갑자기 그녀가 다가올 일을 경고하는 어조로 소리를 지르고는 침대를 뛰쳐나갔다. 뉘우침으로 새 기운을 얻은 제자에게 문이 활짝 열려 있는 디오티마의 사랑의 교실로 황급히 돌아가기 위해.

24. 아가테가 실제로 도착하다

그날 저녁 전보가 도착했고 이튿날 아가테가 왔다.

울리히의 동생은 모든 걸 두고 떠나기로 마음먹은 대로 가방 몇 개만 달랑 들고 나타났다. 물론 가방의 숫자는 '네가 가진 것은 신발까지 모두 불속으로 던져버려라!'라는 수칙과 일치하지 않았다. 울리히는 동생에게 그 수칙을 듣고는 웃었다. 모자만 따로 넣어둔 상자 두 개도 그 불길을 모면한 듯했다.

아가테의 이마에 상심과 헛된 숙고의 사랑스러운 고랑이 잡혔다.

울리히가 근사하고 매력적인 어떤 감정의 불완전한 표현을 흠잡은 것이 옳았는지는 불확실했다. 아가테가 그 질문에 침묵했기 때문이다. 그녀의 도착으로 저절로 생겨난 쾌활함과 어수선함이 취주악 주변에서 흔들리는 춤처럼 그녀의 눈과 귀 속에서 소란스럽게 일렁거렸다. 그녀는 무척 즐거우면서도 약간 실망했다. 애초에 특별히 기대한 것도 없었고, 심지어 이리 오는 동안 일말의 기대가 이는 것을 일부러 눌러왔음에도 말이다. 그러다 갑자기 지난밤을 뜬눈으로 지새운 기억이 나면서 피곤기가 한꺼번에 몰려들었다. 그래서 울리히가 얼마 뒤, 그녀의 전보가 도착한 시점에는 오늘 오후에 잡힌 약속을 도저히 변경할 수 없었다고 고백하자 그녀는 오히려 잘됐다 싶었다. 그는 한 시간 뒤에 돌아오겠다고 약속하고는 서재에 있는 소파에 웃음이 나올 만큼 정성껏 동생을 눕혔다.

아가테가 깼을 때 약속한 시간은 벌써 지나 있었지만 울리히는 없었다. 깊은 어스름에 잠겨 있는 방은 기대하던 새로운 삶의 한가운데에 들어와 있다는 생각에 덜컥 겁이 날 정도로 낯설게 느껴졌다. 눈에 보이는 건 온통 책으로 도배된 벽뿐이었다. 예전에 아버지의 서재나 책상과 비슷했다. 호기심에 그녀는 문을 열고 옆방으로 들어갔다. 거기엔 옷장을 비롯해 신발 상자, 펀칭볼, 아령, 늑목이 있었다. 그녀는 계속 걸었고 다시 책을 만났다. 그러다 향수와 입욕제, 칫솔, 빗이 놓인 욕실, 오빠의 침대, 현관의 사냥 장신구에 이르렀다. 그녀의 흔적은 방에 켜졌다 다시 꺼지는 불빛으로만 남았다. 그런데 우연의 조화인지, 집에 벌써 와 있던 울리히는 동생이 그러고 있는 걸 전혀 눈치채지 못했다. 그는 동생을 좀더 쉬게 하고 싶어 나중에 깨울 생각이었다. 그러다 이제 별로 사용한 적이 없는 지하 부엌에서 올라오다가 층계참에서 동생과 마주쳤다. 혹시 동생에게 줄 간식이라도 없는지 둘러보고 올라오는 길이었다. 동생이 이렇게 급작스럽게 오리라고는 예상하지 못한 바람에 이날 집에는 시중들 사람도 없었기 때문이다. 둘이 나란히 섰을 때 아가테는 지금껏 무질서하게 받아들인 인상들이 이제야 하나로 합쳐지는 느낌이 들었다. 그러면서 지금 당장 도망치는 것이 최선인 것처럼 그녀를 겁먹게 하는 불쾌감도 찾아들었다. 그녀에게 이렇게 달아나고 싶은 기분이 들게 한 것은 이 집에 쌓여 있는 무언가 무관심하고 냉담한 분위기였다.

그것을 눈치챈 울리히는 그에 대해 사죄하며 농담조로 설명을 덧붙였다. 우선 자신이 이 집에 어떻게 들어오게 되었는지를 언급하면서 이 집의 내력에 대해 상세히 이야기했다. 사냥을 나가지 않는데도 어쩌다 그의 손에 들어오게 된 사슴뿔에서부터 아가테 앞에서 주먹으로 통통 튕겨 보인 펀칭볼에 이르기까지. 아가테는 어딘가 불안하게 하는 진지함으로 모든 것을 다시 한번 살펴보았고, 심지어 한 곳에 머물다 떠날 때마다 검사하듯 뒤를 돌아보았다. 울리히는 이 시험을 즐겁게 치르려고 했지만 자꾸 반복되자 이 집이 불쾌하게 느껴졌다. 그러다 그전까지는 습관에 의해 가려져 있었으나, 그가 꼭 필요한 공간들만 사용하고 나머지는 방치된 장식처럼 덜렁대고 있는 것이 드러났다. 집을 둘러보고 둘이 함께 앉았을 때 아가테가 물었다. "마음에 들지 않는데 이 집에 왜 들어왔어요?"

오빠는 동생에게 차를 비롯해 이 집에서 내올 수 있는 모든 것을 내놓았고, 그 외에 주인으로서 할 수 있는 최선을 다해 편의를 제공하려 했다. 이 두번째 만남이 물질적 안락함 면에서 첫번째보다 못하지 않게 하기 위해서였다. 그는 이리저리 거닐며 단언했다. "모든 게 경솔했고 실수투성이였어. 이 집은 나와 아무 관련이 없다는 느낌이 들도록 꾸며져 있어."

"다 좋은데 뭐." 아가테가 이제 오빠를 위로했다.

울리히는 만일 자신이 다르게 꾸몄다면 훨씬 더 별로였을지 모르겠다고 대답했다. "나는 자기 영혼의 치수에 딱 맞게 꾸며진 집을 좋아하지 않아. 꼭 나 자신을 인테리어업자한테 주문한 것 같은 기분이 들거든!"

아가테가 말했다. "나도 그런 집들은 꺼려져요."

"그래도 지금 이대로 계속 갈 순 없어." 울리히가 바로잡았다. 그는 이제 동생과 한 테이블에 앉았다. 앞으로 항상 식사를 함께 해야 한다는 사실은 벌써 많은 문제를 야기했다. 이젠 정말 많은 것이 달라질 수밖에 없다는 생각에 그는 깜짝 놀랐다. 그것은 정말 이례적인 수고를 요하는 도전으로 느껴졌다. 하지만 일단 신참답게 열의에 차 있었다. 그는 그냥 있는 그대로 내버려두라는 동생의 너그럽고 흔쾌한 태도에 이렇게 답했다. "혼자 사는 사람은 약점이 있어도 크게 문제되지 않아. 약점은 나머지 성격들과 섞이면서 녹아들거든. 하지만 둘이서 약점을 나누면 그건 공유되지 않은 특성들과 비교할 때 배나 눈에 잘 띄고 공개적인 고백에 가까워져."

아가테는 그렇게 생각하지 않았다.

"달리 말해서 우리 개인에게는 허용되지만 남매로서는 함께할 수 없는 일들이 많을 거야. 우리가 함께 살게 된 것도 그 때문이고."

아가테는 이 말이 마음에 들었다. 그럼에도 뭔가를 하지 않기 위해 같이 산다는 이 부정적인 표현이 좀 아쉽게 들렸다. 얼마 뒤 그녀는 고급 가구점에서 들인 가구 이야기로 돌아갔다. "난 아직 이해가 안 돼요. 그게 맞다고 생각하지도 않으면서 왜 그런 가구들을 사들인 거죠?"

울리히는 동생의 명랑한 시선을 받아들이면서 아직 그녀가 입고 있는 약간 구겨진 여행복 위로 솟은 얼굴을 살펴보았다. 불현듯 은처럼 매끄럽게 느껴지는 얼굴이 이상하도록 생생했다. 멀리 있으면서도 가까이 있는 듯했고, 혹은 마치 달이 갑자기 하늘 저멀리 이웃집 지붕 뒤에서 나타나는 것처럼 가까움과 멂이 이 생생한 현재성 속에서 상쇄되는 듯했다. "내가 왜 그랬을까?" 울리히는 웃으면서 반문했다. "그건 나도 기억이 안 나. 얼마든지 다르게도 할 수 있으니까 그런 게 아닐까. 책임감은 못 느꼈어. 오늘 우리가 삶을 시작하면서 느끼는 이 무책임성이 새로운 책임의 첫 단계일 수 있다고 설명하고 싶은 건지는 잘 모르겠어."

"어떤 식으로요?"

"여러 가지 방식으로. 너도 알고 있을 거야. 개인의 삶이 어쩌면 지극히 개연적인 평균치의 가벼운 편차일 뿐이라는 걸. 아니면 그 비슷한 거겠지."

아가테는 분명히 이해할 수 있는 것만 새겨들었다. "그러면서도 '무척 훌륭하다' 혹은 '정말 훌륭하다'는 말이 나오죠. 자신이 얼마나 혐오스럽게 사는지는 더이상 느끼지 못해요. 그건 가끔 마치 영안실에서 가사 상태로 눈을 뜨는 것만큼 끔찍한 일이에요!"

"전에 살던 집은 어떻게 꾸몄어?" 울리히가 물었다.

"속물적으로요. 하가우어식으로. '아주 예쁘게.' 오빠처럼 가짜로요!"

그사이 울리히는 연필을 집어들고 식탁보 위에다 이 집의 평면도와 새로 분할한 공간 배치도를 그렸다. 그것도 아주 간단하고 빠르게 그리는 바람에 아가테가 식탁보를 보호하려는 가정주부의 마음으로 뻗은 손이 너무 늦어 오빠의 손 위에 헛되이 멈추고 말았다. 또다시 두 사람은 이 집을 새로 꾸미는 원칙의 문제에 부딪혔다. "우리는 이제 집이 한채 있고, 그 집을 우리 두 사람을 위해 다른 식으로 꾸며야 해. 그런데 전체적으로 보면 오늘날 이건 시대에 뒤떨어진 한가한 문제야. '집을 짓는다'는 건 눈에 보이는 표면을 그럴싸하게 만든다는 거야. 그 표면 뒤에는 아무것도 존재하지 않아. 사회적이고 개인적인 관계는 이제 집을 지탱할 만큼 견고하지 않아. 집은 이제 인간들에게 내구성과 영속성을 외부로 표현하는 즐거움도 선사하지 않지. 옛날 사람들은 그렇게 했고, 방과 하인, 손님의 수로 자기가 누군지 보여줬어. 오늘날엔 거의 모든 사람이, 형식 없는 삶이 인생의 다양한 의지와 가능성들에 부합하는 유일한 형식이라고 느껴. 젊은 사람들은 가구가 없는 극장 같은 적나라한 단순성을 사랑하거나, 아니면 옷장식 트렁크, 봅슬레이 선수권대회, 테니스 컵, 그리고 골프장 풍경이 펼쳐지고 방마다 음악을 틀 수 있는 큰 도로변의 고급 호텔을 꿈꿔." 그는 마치 낯선 사람을 마주하고 있는 것처럼 대화 투로 얘기하는 듯했지만, 실은 피상적인 수준으로 얘기하고 있을 뿐이었다. 이렇게 둘이 함께, 한 상태의 종국과 새로운 시작을 맞는 것이 당혹스러웠기 때문이다.

그녀는 오빠의 말을 끊지 않고 끝까지 듣고 나서 물었다. "우리가 호텔에서 살아야 한다는 얘기예요?"

"그건 절대 아냐!" 울리히가 서둘러 단언했다. "여행중에 가끔은 몰라도."

"나머지 시간을 보낼 곳으로 섬에 나뭇잎 집이나 산중에 통나무집을 짓고 싶어요?"

"우린 당연히 여기 살 거야." 울리히는 본래 이 대화에 어울릴 톤보다 좀더 진지하게 대꾸했다. 대화는 잠시 끊겼고, 그는 자리에서 일어나 방안을 서성거렸다. 아가테는 옷의 솔기에서 삐져나온 실오라기라도 떼어내려는 듯 옷단을 만지작거렸다. 그러다 지금껏 둘의 시선이 일직선으로 만난 지점 바깥으로 고개를 돌렸다. 갑자기 울리히가 걸음을 멈추더니 목에 뭔가 걸린 것처럼, 그러나 단도직입적으로 말했다. "아가테, 질문들의 원이 하나 있어. 무척 크지만 중심이 없는 원이지. 이 질문들은 모두 이런 식이야. '나는 어떻게 살아야 할까?'"

그사이 아가테도 일어났다. 하지만 여전히 그를 보지는 않았다. 그녀는 어깨를 으쓱하더니 말했다. "일단 살아봐야 해요!" 그녀의 이마로 피가 솟았다. 고개를 들자 생기발랄한 눈이 반짝거렸다. 다만 두 뺨에만 지나가는 구름처럼 홍조가 머뭇거리고 있었다. 그녀가 말했다. "우리가 같이 지내려면 일단 내가 짐을 풀어 정리하고 옷 갈아입는 걸 오빠가 도와줘야겠어요. 어딜 봐도 이 집엔 하녀가 없는 것 같으니까."

그제야 양심의 가책이 울리히의 팔다리로 파고들면서 아가테의 인솔과 도움하에 그간의 부주의를 만회하기 위해 감전된 듯 바삐 움직였다. 일단 그는 사냥꾼이 동물 내장을 꺼내듯 장롱을 비우고는 동생에게 자기 침실을 흔쾌히 내주었다. 이제부터 이 방은 아가테의 방이고, 자신은 아무 소파나 쓰면 된다는 것이다. 그는 활기차게 여기저기서 일상생활에 필요한 물건들을 끌어모았다. 지금껏 화단의 꽃처럼 조용히 자기 자리를 지키며, 운명이 변할 유일한 가능성으로서 주인의 선택을 기다리던 물건들이었다. 의자 위에는 울리히의 정장이 쌓였고, 욕실의 유리 선반에는 몸단장에 필요한 물건들을 조심스럽게 밀어넣음으로써 남성용과 여성용 칸을 따로 만들었다. 모든 질서가 적잖이 무질서로 바뀌었을 때 마지막으로 울리히의 빛나는 가죽 슬리퍼만 쓸쓸히 바닥에 놓여 있었다. 바구니에서 내던져져 상처 입은 애완견처럼 보이는 이 슬리퍼는 편안하지만 동시에 보잘것없는 그 본질 면에서 보자면 파괴된 편리함의 가련한 상징 같았다. 그러나 이것에 마음 쏠 시간이 없었다. 이제 벌써 아가테의 트렁크를 정리할 차례가 되었기 때문이다. 트렁크

는 몇 개 되지 않았지만 그 안에서 곱게 접은 물건이 끝없이 나왔을 뿐
아니라 나오면서 펼쳐지더니 마치 마술사의 모자에서 나온 장미 백 송
이처럼 공기 중에 만개했다. 물건들은 어디 걸거나 놓거나 아니면 흔들
어 털거나 포개놓아야 했고, 울리히가 거들면서 일은 돌발 사건과 웃음
속에 진척되었다.

　일을 하는 동안 그의 머릿속에는 오직 한 가지 생각밖에 없었다. 자
신은 평생, 불과 몇 시간 전까지도 혼자였다는 생각이었다. 그런데 이
제 아가테가 왔다. '아가테가 왔다'는 이 짧은 문장은 물결처럼 반복되
었고, 마치 장난감 선물을 받아든 아이의 들뜬 기분을 떠올리게 했다.
이 문장 속에는 정신을 억제하는 뭔가가 담겨 있으면서도 다른 한편으
론 헤아릴 길 없이 강렬한 현존성이 담겨 있었다. 요컨대 이 표현은 다
시 그 짧은 문장으로 소급되었다. '아가테가 왔다.' '아가테는 키 크고
날씬할까?' 울리히는 이렇게 자문하면서 동생을 몰래 관찰했다. 동생
은 결코 그렇지 않았다. 그보다 작았고, 어깨는 튼튼해 보일 만큼 적당
히 넓었다. '그럼 우아할까?' 그는 또 스스로에게 물었다. 그것도 그렇
다고 말하긴 곤란했다. 예를 들어 당당한 코는 옆에서 보면 끝부분이
약간 들렸다. 우아함보다는 훨씬 강렬한 매력이 뿜어져나오는 코였다.
'그럼 아가테는 아름다울까?' 울리히는 자문했다. 이것은 약간 특이한
물음이었다. 왜냐하면 모든 인습적인 면을 도외시하면 아가테도 그에
겐 타인일 뿐이었으나 그래도 그 질문을 던지는 것이 쉽지 않았기 때
문이다. 혈연으로 연결된 여성을 남성적 사랑의 시각으로 보지 말아야
한다는 내면의 금지는 원래 존재하지 않는다. 그건 그저 관습의 문제이
거나, 도덕과 우생학의 우회로에서 그 근거를 찾을 수 있을 뿐이다. 그

들이 함께 성장하지 않았다는 사실도 울리히와 아가테 사이에 유럽의 가정에서 일반적으로 살균 소독된 오누이 감정이 생기는 것을 방해했다. 그럼에도 태생과 서로를 향한 감정만으로도, 동생의 아름다움을 판단하는 그런 악의 없는 질문의 뾰족한 끝이 무뎌지기에 충분했다. 어쨌든 이 순간 울리히는 동생의 아름다움을 떠올리면서도 전혀 흥분되지 않는 자신을 발견하고 뚜렷한 당혹감을 느꼈다. 무언가를 아름답게 여긴다는 것은 무엇보다 그 무언가를 찾아야 한다는 것을 의미한다. 풍경이 됐건 사랑하는 사람이 됐건 우선 대상이 있어야 한다. 이어 대상은 기쁨에 겨워하는 발견자의 시선을 반갑게 받아들인다. 오직 그 사람을 기다려왔다는 듯이. 이제 울리히의 것이 된 아가테가 그에게 발견되길 기다리고 있었음에 황홀해하면서 그는 동생이 무한정 마음에 들었다. 그러나 그는 생각했다. '자기 동생을 진실로 아름답게 여길 수는 없어. 기껏해야 남들이 동생을 마음에 들어하는 것을 보고 기뻐할 뿐이지.' 이어 예전에는 정적만 흐르던 집에 몇 분 동안 그녀의 목소리가 들렸다. 그 목소리는 어땠을까? 그녀의 옷이 움직일 때마다 향기가 물결처럼 퍼져나갔다. 냄새는 어땠을까? 그녀는 어떤 때는 무릎을, 어떤 때는 부드러운 손가락을, 어떤 때는 억센 고수머리를 움직였다. 이 모든 것에 대해 할 수 있는 유일한 한마디는, '무언가가 있다'였다. 그전에 아무것도 없던 곳에 무언가가 있었다. 울리히가 아버지의 집에 혼자 두고 온 동생을 떠올릴 때의 그 선명한 순간과 현재의 지극히 공허한 순간 사이의 간극은 크고 뚜렷한 즐거움을 선사했다. 마치 그늘진 장소가 태양의 온기와 봉오리를 벌리는 식물 향기로 가득차는 것처럼!

아가테도 오빠가 자신을 관찰하고 있음을 인지했다. 그러나 모른 척했다. 말과 대답이 마치 엔진 정지로 깊고 위험한 웅덩이로 미끄러져 들어가는 자동차처럼 더디게 진행되는 동안, 정적이 흐르면 오빠의 시선이 자신의 움직임을 따라오는 것을 느낀 그녀도 이 재회와 연결된 실존의 과잉과 고요 속의 폭풍을 즐기고 있었다. 짐 정리를 끝내고 아가테가 욕조에 들어갔을 때 평화로운 초원으로 살그머니 침입하는 늑대처럼 모종의 모험이 찾아올 조짐을 보였다. 왜냐하면 그녀는 지금 울리히가 담배를 피우면서 그녀가 남긴 물건들을 지키고 있는 방에서 속옷까지 모두 벗고 있었기 때문이다. 물을 끼얹으면서 그녀는 어떻게 해야 할지 숙고했다. 이 집에 하녀는 없었다. 그렇다고 종을 치는 것도 소리쳐 부르는 것만큼이나 소용없어 보였다. 그렇다면 남은 건 벽에 걸린 울리히의 목욕가운을 걸치고 문을 노크해서 오빠를 방에서 나가게 하는 방법밖에 없었다. 그러나 아가테는 아직 그들 사이에 자리잡지 않았지만 곧 진지한 친밀함이 싹틀 것을 고려하면, 자신이 마치 젊은 귀부인인 것처럼 굴면서 울리히의 퇴거를 요청하는 것이 과연 온당한 일인지 쾌활하게 의심했고 마침내 모호한 여성성의 껍데기를 벗고, 그가 동반자의 어떤 모습에도 익숙해질 수 있게 옷을 별로 걸치지 않은 채 오빠 앞에 자연스럽게 나타나기로 마음먹었다.

그러나 그녀가 결연하게 그 앞에 나타났을 때 두 사람은 예기치 않은 심장의 움직임을 느꼈다. 남매는 당황하지 않으려고 애썼다. 하지만 그러면서도 해변에서는 반라의 몸이 허용되지만 방안에서는 짧은 반바지와 속옷의 가장자리 선조차 낭만적 친밀감의 비밀 통로로 만들어버리는 이 관습적인 모순에서 일순간 자유롭지 못했다. 울리히는 아가테가 뒷공간에서 들어오는 빛을 받으며, 흰 안개에 휩싸인 은빛 조각상처럼 열린 문틈에 서서 자신을 바라보는 순간 어색하게 웃었다. 그녀는 너무 자연스러워서 오히려 어색한 느낌이 드는 목소리로 옆방에서 스 타킹과 옷을 갖다달라고 부탁했다. 울리히는 동생을 옆방으로 안내했고, 은밀한 황홀감으로 동생이 약간 소년 같은 느낌으로 성큼성큼 걸어가는 것을 지켜보았다. 동생은 여자들이 치마로 보호받지 않고 있다고 느낄 때 흔히 그러듯 일종의 반항심을 만끽하고 있는 듯했다. 얼마 뒤 아가테가 옷을 반쯤 입었을 때 새로운 일이 시작되었다. 옷 입는 것을 도와달라고 울리히를 부른 것이다. 오빠가 등뒤에서 손을 놀리는 동안 그녀는 여자 옷을 아주 잘 다루는 오빠를 보면서 여동생으로서의 질투심보다는 오히려 편안함 같은 것을 느꼈다. 그래서 이 과정이 요구하는 자연스러운 몸짓으로 적극 화답했다.

울리히는 동생의 부드럽지만 윤기 있는 어깨로 고개를 숙이고 얼굴까지 빨개진 채 이 예사롭지 않은 일에 열중하면서 정말 말로는 표현할 수 없는 감정으로 어루만져지는 것을 느꼈다. 그전에 이렇게 가까이서 자신의 몸을 침범한 여자는 없었던 것 같았다. 물론 이렇게도 표현할 수 있었다. 그가 의심의 여지 없이 자기 다리로 서 있지만 그럼에도 훨씬 아름다운 또다른 몸이 자신에게 덧씌워지는 느낌이라고.

때문에 그가 다시 허리를 펴고 동생에게 꺼낸 첫마디는 이랬다. "이제 나는 네가 누군지 알겠어. 너는 내 자기애自己愛야!" 이 말은 기이하게 들릴 수도 있지만 어쨌든 그가 이것으로 마음의 움직임을 표현한 것은 사실이었다. "어떤 의미에서 난 남들에겐 항상 충분했던 제대로 된 자기애가 없었어." 그가 설명했다. "그런 자기애가 지금 실수나 운명에 의해 내가 아닌 네 속에 구현되어 있는 게 분명해!" 그가 간단히 덧붙였다.

이것이 이날 저녁 동생의 도착에 담긴 의미를 평가하려고 한 첫 시도였다.

25. 샴쌍둥이

저녁 늦게 그는 다시 한번 그 이야기를 꺼냈다.

"너도 이건 알아야 해." 그가 동생에게 이야기하기 시작했다. "나는 자기애라는 걸 모르는 사람이야. 대부분의 사람에게는 자연스러워 보이는, 자신에 대한 애정이랄 게 없다는 거지. 이걸 어떻게 해야 잘 설명할 수 있을지는 모르겠어. 그래, 이렇게 한번 설명해보지. 나는 항상 나와 불화 관계에 있는 연인만 있었어. 그 여자들은 갑작스러운 착상에 대한 일종의 삽화였어. 내 기분의 캐리커처라는 말이지. 그러니까 사실 타인과 자연스러운 관계를 맺지 못하는 내 무능력의 보기일 뿐이야. 그건 자기와 어떤 관계인지에 달려 있어. 기본적으로 나는 항상 내가 좋아하지 않는 여자만 골라왔어……"

"그건 잘못된 게 아니에요!" 아가테가 오빠의 말에 끼어들었다. "내가 남자였다면 여자들과 별 신뢰 없이 관계를 맺는 것에 전혀 양심의 가책을 느끼지 않았을 거예요. 그냥 심심하거나 궁금해서 여자를 갈망할 수도 있잖아요!"

"아, 정말? 그렇게 말해주니 고맙군!"

"여자들은 하찮은 기생충이에요. 남자의 인생을 개와 나눠갖죠!" 아가테의 말에는 도덕적인 분노 같은 건 전혀 없었다. 그녀는 나른한 고단함에 눈을 감고 있었다. 그전에 아가테는 시간에 맞춰 잠자리에 들었다. 울리히는 취침 인사를 하러 들어갔다가 동생이 자기 침대에 대신 누워 있는 것을 보았다.

서른여섯 시간 전에는 보나데아가 누워 있던 침대이기도 했다. 울리히가 다시 자신의 연인 이야기로 돌아간 것도 아마 그 때문일 것이다. "나는 아까 나 자신과 어느 정도 납득할 수 있는 관계를 맺는 것에 무능력하다는 걸 말하고 싶었을 뿐이야." 그가 웃으면서 반복했다. "뭔가가 내 관심을 끌려면 어떤 맥락의 일부여야 하고, 어떤 이념의 통제하에 있어야 해. 사실 난 경험 그 자체는 내 뒤에 갖고 싶어. 그러니까 기억으로 갖고 싶다는 뜻이지. 나는 경험이 요구하는 실질적인 감정 소비가 편치 않아. 가소로울 만큼 부적절해 보이기도 하고. 나 자신을 가차 없이 묘사하면 그렇다는 말이야. 사람들이 좀 젊을 때 갖는 지극히 본능적이고 단순한 이념은, 세상이 기다려온 새롭고 지독한 놈이 바로 자기라는 거야. 하지만 그런 이념은 삼십이 넘어서까지 지속되지는 않아!" 그는 잠시 생각하더니 말했다. "아냐! 자기 자신에 대해 말하는 건 정말 어려워. 사실 나는 내가 계속해서 한 이념의 통제를 받아오지 않았다고 말하고 싶었어. 그런 이념은 없었어. 사람은 이념을 여자처럼 사랑해야 해. 그리로 돌아가면 몹시 행복해지지. 인간에게 이념은 항상 자기 속에 있어! 그런데도 자기 밖의 온갖 것에서 이념을 찾으려고 해! 나는 절대 그런 이념들을 찾았던 게 아냐. 이른바 위대하다고 하는 이념들과 나의 관계는 항상 남자 대 남자의 관계였어. 아마 진짜 위대한 이념들과의 관계도 마찬가지였을 거야. 나는 천성이 뭔가에 종속되는 걸 싫어해. 이념들은 내게 자신을 무너뜨리고 다른 이념을 자기 자리에 놓도록 자극했어. 그래, 나를 과학으로 이끈 것도 바로 그런 질투심이었을 거야. 사람들이 그 법칙을 공동으로 찾으면서도 불변의 것으로 여기지 않는 과학 말이야!" 그는 이 대목에서 다시 말을 멈추고 웃었다. 자기 때문일 수도 있고 자신의 설명 때문일 수도 있었다. 그는 진지하게 말을 이어갔다. "하지만 그건 그렇고, 어쨌든 나는 어떤 이념과도 연결되지 않거나, 아니면 모든 이념과 연결되는 방식에 의해 삶을 진지하게 받아들이는 법을 잊어버렸어. 그래서 하나의 관점에 묶인 소설을 읽을 때 삶으로부터 훨씬 더 큰 자극을 받아. 하지만 삶을 현실에서 온전하게 경험하게 되면 삶은 항상 낡은 방식으로 장황하고, 케케묵고, 생각의 알맹이 면에서 시대에 뒤떨어지는 것으로 여겨져. 나한테 문제가 있다고는 생각하지 않아. 요즘 사람들은 대부분 다 비슷하니까. 많은 사람들이 마치 초등학생에게 꽃들 사이로 즐겁게 뛰어놀라고 가르치는 방식으로 삶의 절박한 기쁨이 있는 것처럼 가장해. 하지만 거기엔 항상 어떤 의도가 있고, 느껴지기도 하지. 진실을 말하자면 그들은 서로 진심으로 잘 지내는 것만큼이나 얼마든지 서로를 냉혈한처럼 죽일 수 있어. 우리 시대는 분명 이 시대에 가득한 사건과 모험을 진지하게 생각하지 않아. 사건이 일어나면 사람들은 호들갑을 떨어. 그리고 그것들은 즉시 새로운 사건들을 조장해. 이전에 일어난 사건들에 대한 피의 보복이지. 누군가 A를 말했기에 B에서 Z까지 강박적으로 나열하게 되는 격이고. 어쨌든 우리 삶의 이런 사건들에는 삶이 책에서보다 적게 들어 있어. 거기엔 일관성 있는 의미가 없어서 그래."

울리히는 이렇게 말했다. 여유 있게. 분위기를 바꾸어가며. 아가테는 어떤 대답도 하지 않았다. 다만 눈은 감고 있어도 얼굴은 웃고 있었다.

울리히가 말했다. "내가 지금 무슨 이야기를 하는지 모르겠군. 처음 이야기로 돌아갈 방법을 찾지 못한 것 같아."

그들은 한동안 침묵했다. 이제 그는 동생의 얼굴을 유심히 관찰할 수 있었다. 눈을 감은 아가테의 얼굴은 그의 시선에 무방비했다. 얼굴은 목욕탕에 들어간 여자들에게서 보듯 벌거벗은 몸의 일부로서 누워 있었다. 남자를 위해 연출되지 않은 이 얼굴에 담긴 무방비 상태의 여성적인 자연스러운 냉소는 지금도 여전히 울리히에게 독특한 영향을 끼치고 있었다. 물론 동생을 처음 만난 날만큼 그렇게 격한 영향은 아니었지만. 그날 아가테는 가능한 한 에두르지 않고 말할 누이의 권리를 즉시 요구했었다. 오빠는 자신에게 남자가 아니기 때문이다. 그는 문득 소년 적에 길거리에서 임산부나 아이에게 젖을 물리는 여자를 보았을 때의 공포와 뒤섞인 충격이 떠올랐다. 소년에게 세심하게 가려져 있던 비밀이 갑자기 백주대낮에 툭 불거진 것이다. 그는 아마 오랫동안 그 인상들의 찌꺼기를 품어왔는지 모른다. 이제야 그것들에서 완전히 자유로워진 느낌이 들었다. 아가테가 여자이고, 그것도 이미 경험 많은 여자일 거라는 생각이 그에게는 편하고 기분좋게 느껴졌다. 그녀와 이야기할 때는 어린 처녀와 이야기할 때처럼 그렇게 조심할 필요가 없었다. 한 여자의 모든 것이 도덕적으로 좀더 헐거워졌다는 사실이 감동적일 만큼 자연스럽게 느껴졌다. 그는 동생을 보호하고, 어떤 식의 호의로건 동생에게 뭔가를 보상해주고픈 욕구도 느꼈다. 또한 자신이 할 수 있는 일이라면 동생을 위해 무엇이건 해주고 싶었다. 심지어 남자를 찾아줄 수도 있었다. 이런 호의에 대한 욕구가 이는 순간 그는 대화의 잃어버린 실마리를 되찾았다.

"아마 성적인 성숙 시기에는 우리의 자기애도 바뀔 거야." 그가 불쑥 입을 열었다. "어떤 특정한 충동에 먹이를 대려고 그전까지 뛰놀던 애정의 초원에서 풀을 베거든."

"그래야 소가 젖을 만들죠!" 일 초도 지나지 않아 아가테가 당돌하면서도 품위 있게 보충했다. 여전히 눈을 감은 채로.

"그래, 모든 건 연결되어 있지. 우리의 삶에서 애정이 사라지는 순간이 있어. 이 애정은 이제 딱 한 곳에만 집중해. 그리되면 당연히 그곳에만 애정이 과도하게 실리겠지. 예를 들면 이런 식이야. 지구 곳곳에 끔찍한 가뭄이 만연한데 딱 한 곳에만 끊임없이 비가 내리는 거야. 그런 것 같지 않아?!"

"나는 어떤 남자도 어릴 때 갖고 놀던 인형만큼 뜨겁게 사랑한 적이 없다는 생각이 들어요. 오빠가 떠나고 난 뒤 다락방에서 어릴 적 인형 상자를 발견했죠."

"그걸로 뭘 했는데? 나눠주기라도 했어?"

"나눠줄 사람이 어디 있다고. 아궁이 불에 장사지냈어요."

울리히가 생기 있게 대답했다. "아주 어린 시절을 떠올려보면 당시에는 내면과 외면이 아직 거의 분리되지 않았다고 할 수 있어. 내가 무언가로 기어가면 그 무언가는 내게 날아왔어. 우리에게 뭔가 중요한 일이 일어나면 우리만 흥분한 게 아니라 사물들도 흥분으로 들끓기 시작했지. 우리가 나중보다 그때 더 행복했다고 말하려는 건 아냐. 우리는 아직 우리 자신을 갖고 있지 않았어. 사실 우린 아직 존재하지 않았다고 할 수도 있어. 우리의 개인적 상태들이 외부 세계와 아직 명확하게 분리되지 않았으니까. 이상하게 들릴 수도 있지만, 우리의 감정과 욕망, 그래, 바로 우리 자신이 아직 우리 속에 완전히 존재하지 않았어. 더 이상하게 들릴 수도 있지만 이렇게 표현할 수도 있어. 그때까지는 우리 자신과 완전히 멀어지지 않았었다고. 너 자신을 완전히 갖고 있다고 믿는 지금, 새삼스럽게 네가 정말 누구냐고 스스로 묻게 되면 그걸 알게 될 테니까. 너는 항상 너 자신을 외부 사물처럼 밖에서 바라볼 거야. 어떤 때는 화를 내고 어떤 때는 슬퍼하고 있는 너 자신을 인지할 거야. 마치 한번은 비에 젖어 축축하고 한번은 햇볕에 뜨거워진 네 외투처럼. 어떤 형태의 관찰로도 너는 기껏해야 네 뒤로나 돌아갈 수 있을 뿐 네 속으로 들어갈 수는 없어. 무엇을 하건 넌 네 밖에 머물러 있어. 다만 남들이 너에 대해, 네가 너 자신 바깥에 있다고 말해주는 몇 안 되는 순간만 예외일 거야. 그런데 성인으로서 우리는 언제든 '내가 존재한다'고 생각함으로써 그에 대한 보상을 받으려고 해. 그게 내킬 때면 언제든 말이야. 너는 자동차를 한 대 보고 있어. 그때 넌 어슴푸레 '내가 차를 보고 있구나' 하고 생각해. 또한 너는 사랑할 수도 있고 슬퍼할 수도 있어. 너는 그러고 있는 너를 보지. 그러나 온전한 의미에서 보면 차는 없고, 너의 슬픔이나 사랑도 없고, 너 자신도 온전하게 존재하지 않아. 어린 시절만큼 그렇게 온전한 것은 어디에도 없어. 대신 깊은 내면까지 포함해서 네가 접촉하는 모든 것은 네가 '개성'을 얻는 순간부터 어느 정도 굳어버려. 남는 것은 지극히 외적인 존재에 둘러싸인, 자기 확신과 모호한 자기애의 희뿌연 실오라기뿐이야. 뭐가 잘못됐을까? 사람들은 아직 뭔가를 원상회복할 수 있을 거라고 느껴! 하지만 어린애가 어른과 완전히 다르게 경험한다고 주장할 수는 없어! 그에 대해 이런저런 생각이 있기는 하지만 난 결정적인 대답을 알지 못해. 다만 오래전부터 이런 식의 '내 존재'와 이런 식의 세계에 대한 사랑을 잃어버렸다고 답해왔어."

울리히는 아가테가 자신의 말을 끊지 않고 유심히 들어준 것이 반가웠다. 왜냐하면 자신에게도 그랬지만 아가테에게도 대답을 기대하지 않았을 뿐 아니라 이미 동생에게 말한 것처럼 지금은 누구도 그 대답을 해줄 수 없을 거라고 확신했기 때문이다. 그러면서도 자신의 말이 동생에게 너무 어려울 수 있을 거라는 걱정은 하지 않았다. 그는 자신의 말을 어려운 철학으로 여기지 않았고, 특이한 대화 소재로 생각지도 않았다. 비슷한 상황에서 한 젊은이가 다른 이의 자극으로 '너는 누구냐? 이것이 나다!'라는 영원한 질문에 관해 의견을 교환할 때 표현의 어려움으로 어렵게 생각하는 경우를 상상하기 힘들듯이. 그는 동생이 자신의 말을 철저하게 따라가고 있음을 논리적 분석이 아닌 그녀의 현존재에서 확신했다. 그의 시선은 그녀의 얼굴에 머물렀다. 그 얼굴에는 그를 행복하게 하는 무언가가 있었다. 눈을 감은 얼굴은 어떤 반응도 없었다. 다만 바닥을 알 수 없는 매력을 발산했다. 마치 끝이 보이지 않는 심원으로 끌어당기는 것 같다고 할까? 그는 이 얼굴에 푹 빠졌다. 사랑에 빠진 자가 다시 마른 땅으로 올라가려고 발을 차는, 저항이 용해된 진흙바닥은 어디서도 발견되지 않았다. 그런데 그는 여성에 대한 애정을 인간에 대한 혐오를 억지로 뒤집은 형태로 경험하는 데 익숙해 있었기에(그는 인정하지 않으려 해도 바로 이 점이 그녀에게 빠지지 않게 하는 모종의 담보로 작용했다) 자기도 모르게 호기심으로 점점 깊어져가는 이 순수한 쏠림에 마치 갑작스럽게 균형을 잃은 듯 깜짝 놀라 움찔했다. 그래서 곧 이 상태에서 벗어나, 조금 전까지의 행복을 피해 소년의 장난기 속으로 도주했다. 아가테를 일상적 삶으로 다시 불러들이려고 한 것이다. 그는 최대한 조심스럽게 동생의 몸을 건드려 눈을 뜨게 했다. 아가테는 웃으면서 눈을 뜨더니 말했다. "오빠의 자기 애라고 하는 사람한테 너무 거칠게 구는 거 아니에요?!"

이 대답은 그의 공격만큼이나 소년 같았다. 그들의 시선은 싸우고 싶지만 그러기엔 너무 즐거워서 싸울 수 없는 두 소년처럼 과장되게 맞부딪쳤다. 그러다 갑자기 아가테가 시선을 풀면서 진지하게 물었다.

"고대의 몇몇 원전에 근거해서 플라톤이 이야기했던 그 신화 알아요? 원래 온전했던 인간이 신들에 의해 여자 남자 둘로 나뉘었다는 얘기 말이에요." 그녀는 팔꿈치로 버티고 일어났는데, 갑자기 얼굴이 붉어졌다. 보편적으로 잘 알려져 있는 이 이야기를 울리히에게 아느냐고 물은 것이 좀 미련하게 느껴졌기 때문이다. 그래서 결연하게 말을 이었다. "그 이후 불쌍한 반쪽들은 자신의 반쪽과 합치기 위해 온갖 바보 같은 짓을 저지르죠. 이 내용은 고학년 교과서라면 어디에든 나오지만 정작 그게 잘 안 되는 이유는 나오지 않아요!"

"이렇게 설명해볼까?" 울리히는 동생이 자신의 말을 정확히 이해한 것을 알고 무척 기뻤다. "무수히 떠도는 반쪽들 가운데 어떤 게 자신의 반쪽인지 아는 사람은 없어. 그래서 일단 그렇게 여겨지는 반쪽을 잡은 다음 그것과 하나가 되려고 온갖 쓸데없는 노력을 기울여. 그러다 마침내 그게 부질없는 일이라는 걸 알게 되지. 또 그러다 아이가 생기면 두 반쪽은 처음 몇 해 동안은 최소한 이 아이 속에서 하나가 되었다고 믿어. 하지만 그 아이는 세번째 반쪽일 뿐이야. 머잖아 다른 두 반쪽으로부터 가능한 한 멀리 떨어져 네번째 반쪽을 찾으려는 그런 존재 말이야. 이렇듯 인류는 생리학적으로 계속 이등분되고, 원래의 하나됨은 침실 창문 앞의 달처럼 멀리 떨어져 있어."

"하지만 형제자매라면 절반은 왔다고 생각할 수 있잖아요!" 아가테가 쉰 듯한 목소리로 반박했다.

"쌍둥이라면 그럴지도 모르지."

"우린 쌍둥이가 아니에요?"

"물론!" 울리히는 갑자기 얼버무렸다. "쌍둥이는 드물어. 성별이 다른 쌍둥이는 더더욱 드물고. 거기다 우리처럼 나이가 다르고 서로 오랫동안 쌍둥이라는 걸 알아보지 못했다면 그건 정말 하나의 현상이지!" 그는 이렇게 설명하고는 좀더 피상적인 명랑함으로 돌아가려고 했다.

"하지만 우린 쌍둥이로 만났어요!" 아가테는 미동도 없이 오빠를 도발했다.

"우리가 예상치 않게 비슷한 옷을 입고 나타난 걸 얘기하는 거야?"

"어쩌면요. 하지만 꼭 그것만은 아니에요! 그걸 우연이라고도 할 수 있겠죠. 하지만 우연이라는 게 뭐죠? 난 우연이 바로 운명이나 섭리, 혹은 그 비슷한 것들이라고 생각해요. 오빠가 다른 사람도 아니고 하필 오빠로 태어난 것도 우연이잖아요? 우리가 남매로 태어난 것은 더더욱 말할 것도 없고요!" 아가테는 상세히 설명했고, 울리히는 동생의 지혜에 굴복했다. "그래, 우린 쌍둥이라고 하자!" 그가 동의했다. "변덕스러운 자연의 대칭적 존재인 거지. 우리는 앞으로 계속 똑같은 나이에 똑같은 키에 똑같은 머리에 똑같은 줄무늬 옷에, 턱밑에 똑같은 나비넥타이를 매고 사람들 사이를 지나다닐 거야. 그런데 미리 경고해두자면 사람들은 그런 우리를 반은 감동적으로, 반은 비웃으면서 돌아볼 거야. 자기들의 태생의 비밀을 떠올려볼 때면 늘 그렇듯이 말이야."

"우린 정반대로 옷을 입을 수도 있어요." 아가테가 재미있어하며 대꾸했다. "한 사람이 파란색 옷을 입으면 다른 사람은 노란색을 입고, 아니면 하나는 초록색 옷을 입고 다른 하나는 빨간색 옷을 입을 수도 있어요. 머리는 보라색이나 자색으로 염색하고. 또 나는 등이 나오고 오빠는 배가 나올 수도 있어요. 그래도 우린 쌍둥이예요!"

그사이 농담은 고갈되고 내세울 구실도 소진되면서 두 사람은 한동안 침묵에 잠겼다. 그러다 울리히가 불쑥 입을 열었다. "우리가 얘기한 게 무척 진지한 사안이라는 걸 알고 있어?!" 그가 이렇게 말하는 순간 동생은 눈 위의 부채 같은 속눈썹을 내리깔더니 잠자코 그의 말을 들을 채비를 했다. 하지만 어쩌면 그냥 눈을 감은 것뿐인지도 몰랐다. 방은 어두웠고, 켜놓은 불은 사물의 윤곽 위에 밝은 얼룩을 만들어내는 것 이상으로 사물을 뚜렷이 보여주지 못했다. 울리히가 말했다. "둘로 분리된 인간에 관한 신화와 비슷한 것으로 우리는 피그말리온이나 헤르마프로디토스, 또는 이시스와 오시리스를 떠올려볼 수도 있어. 똑같은 것의 다양한 버전이니까. 이성異性 속에서 자신의 도플갱어를 찾는 것은 아주 오래된 이야기야. 그 갈망은 우리와 똑같이 생겼지만 우리와 다른 존재일 수밖에 없는 한 타인의 사랑을 요구해. 이 존재는 마법의 형체야. 그러니까 우리 자신이면서도 마법의 존재로 남을 수밖에 없고, 우리가 꿈꾸는 모든 것들에 비해 독립성과 의존성의 호흡에서 더 우월한 신비스러운 존재라는 말이지. 육체 세계의 한계에 구속되지 않고, 똑같이 생겼으면서도 상이한 이 두 형체 속에서 만나는 이런 본질적인 사랑의 꿈은 고독한 연금술의 인간 두뇌 시험관 속에서 이미 무수히 쏟아져나왔어……"

여기서 그는 말이 막혔다. 그를 혼란스럽게 하는 무언가가 떠오른 게 분명했다. 마침내 그는 퉁명스럽다고 할 만한 감정으로 말을 맺었다. "지극히 일상적인 사랑의 상황에서도 그 흔적은 찾아볼 수 있어. 그러니까 온갖 변화와 변신의 매력 속에 남아 있기도 하고, 또 타인 속에서 이루어지는 합일과 자아 반복의 의미 속에 남아 있기도 해. 점잖은 부인의 벗은 몸을 처음 보건, 아니면 알몸의 소녀가 처음으로 기품 있는 드레스를 입은 모습을 보건 자잘한 매력은 항상 똑같아. 반면에 크고 가차없는 사랑의 모든 열정은 가장 내밀한 자아가 타인의 눈으로 커튼 뒤에서 자신을 염탐하고 있다는 상상과 연결되어 있어."

이 말은 마치 그들이 말한 것을 너무 과대평가하지 말라고 동생에게 부탁하는 것처럼 들렸다. 그렇지만 아가테는 그들이 비슷한 실내복을 입고 처음 만났을 때 느꼈던 놀라움의 섬광 같은 감정을 불현듯 다시 떠올리고 있었다. 그래서 이렇게 대꾸했다. "그건 수천 년 전부터 있어왔어요. 이것을 두 개의 기만으로 이해하는 게 더 쉽지 않을까요?!"

울리히는 침묵했다.

얼마 뒤 아가테가 즐겁게 말했다. "꿈에서도 그런 일이 있어요! 자신이 다른 무언가로 변해 있는 것을 가끔 보게 되죠. 아니면 한 남자가 된 자신을 만나기도 하고. 그 경우 실제 자신한테는 베푼 적이 없는 친절을 그 남자한테 베풀어요. 그걸 성적인 꿈이라고 말할 수도 있겠죠. 하지만 난 차라리 그보다 훨씬 오래된 꿈이라고 말하고 싶어요."

"그런 꿈을 사주 꿔?"

"가끔요. 아니, 드물게요."

"나는 거의 꾼 적이 없어." 그가 고백했다. "그런 꿈을 꾼 것도 아주 오래됐고."

"예전에 오빠가 이런 설명을 한 적이 있죠." 아가테가 말했다. "우리 가 예전의 그 집에서 만난 직후의 일인데, 수천 년 전 사람들은 지금과 아주 다른 체험을 알았을 거라고 했죠!"

"아, '주는' 시각과 '받는' 시각을 말하는 거야?" 울리히는 되묻고는 싱긋 웃었다. 아가테가 그 웃음을 볼 수 없었지만. "정신의 '포옹'과 '안 김'을 말하는 거지? 그래, 영혼의 비밀스러운 양성성에 대해서도 당연 히 말했겠지! 우리가 무슨 이야기를 안 했겠어?! 우리가 했던 모든 이 야기 속엔 그 부분이 어른거려. 모든 비유에도 그런 마법의 찌꺼기가 남아 있고. 같으면서도 같지 않은 찌꺼기지. 그런데 넌 깨닫지 못했어? 우리가 말한 그 모든 행위들, 그러니까 꿈과 신화, 시, 어린 시절, 심지 어 사랑에서도 감정의 상당 부분은 이해 부족의 대가, 다시 말해 현실 부족의 대가로 얻는다는 걸?"

"정말 그렇게 믿는 건 아니죠?" 아가테가 물었다.

울리히는 대답하지 않았다. 그러다 잠시 후 입을 열었다. "오늘날 모 든 사람에게 깜짝 놀랄 정도로 부족한 이것을 우리 시대의 끔찍한 표 현 방식으로 옮기자면, 개인적 체험과 행위에 대한 백분율적 참여도라 고 부를 수 있어. 꿈속에서 그 참여도는 백 퍼센트인 것 같지만, 깨어 있을 때는 그 절반도 안 돼! 너도 오늘 내 집에서 그걸 바로 알아챘겠 지만, 네가 앞으로 만나게 될 사람들과 내 관계가 바로 그래. 나는 그걸 예전에, 그러니까 내 기억이 정확하다면 아주 적절한 시점에 한 여자와 대화를 나눌 때 일어난 일인데, 그때 난 그것을 공허의 음향학이라고도 불렀어. 예를 들어 텅 빈 방안에서 바늘이 하나 바닥에 떨어지면 그 소리는 엄청나게 과하고 불균형적인 것으로 들려. 사람들 사이의 공허도 마찬가지야. 그 경우 사람들은 누가 비명을 지르는지, 아니면 죽음과도 같은 침묵이 흐르고 있는지 알지 못해. 왜냐하면 부적절하고 삐딱한 모든 것에 대해 어떤 형태의 대응책도 발견하지 못하는 순간 그것들에 대한 엄청난 유혹의 매력이 생기기 때문이지. 너도 그렇게 생각하지 않아? 아, 미안." 그가 말을 중단했다. "피곤할 텐데, 내가 쉬지도 못하게 했네. 이 집의 환경과 내 사회적 교류의 많은 부분이 네 마음에 안 들 것 같아 걱정이야."

아가테는 이미 눈을 뜨고 있었다. 한참 동안 감춰져 있던 그녀의 시선은 뭐라 규정하기 어려운 것을 표현하고 있었는데, 울리히는 그 무언가가 자신의 온몸에 호의적으로 퍼지는 것을 느꼈다. 그가 불쑥 다시 입을 열었다. "지금보다 더 젊었을 때 난 바로 거기에 강함이 있다고 생각하고 싶었어. 우리에겐 삶에 대항할 방법이 전혀 없는 걸까? 그래, 삶은 인간을 내팽개치고 자기 일 속으로 도망쳐버려! 나는 대충 그렇게 생각했어. 우리가 사는 이 세계의 냉혹함과 무책임성에는 뭔가 폭력적인 요소도 있다고 생각했고. 그 속에는 적어도 성장기의 인간 같은 철부지 세기世紀 같은 게 있어. 나도 처음엔 다른 모든 청년들처럼 일과 연애, 유흥에 푹 빠졌어. 전력을 다하는 한 무엇을 하건 상관이 없는 것 같았지. 혹시 예전에 우리가 '성취의 도덕'에 대해 얘기했던 거 기억나? 우린 그 도덕을 타고났고, 그 도덕을 기준으로 살아가. 하지만 나이가 들수록 점점 더 뚜렷이 알게 되는 게 있어. 다시 말해 모든 것 속의 과잉, 독립성과 유연성, 그리고 추진하는 부분들과 부분 동인들의 절대 주권(이건 너 자신과의 관계에서뿐 아니라 세계에도 해당되는 거야), 짧게 말해, 우리가 '현재의 인간'으로서 우리 종 자체의 충분한 특성과 하나의 에너지로 간주했던 모든 것이 근본적으로 보면 부분들에 대한 전체의 약점에 지나지 않는다는 거야. 손을 쓰고 싶어도 열정과 의지로 는 할 수 있는 게 없어. 네가 뭔가에 온전히 뛰어들려고 하자마자 너는 벌써 다시 가장자리로 씻겨나가. 그게 오늘날 우리가 모든 경험들 속에 서 겪는 일이야!"

아가테는 이제 뜬눈으로 오빠의 목소리에 변화가 생기길 기다렸다. 그러나 그런 일은 일어나지 않고 오빠의 말이 큰길에서 갈라졌다가 더 는 돌아오지 않는 골목처럼 끊긴 순간 스스로 말문을 열었다. "그러니 까 오빠의 경험에 따르면 우리는 절대 확신에 따라 행동할 수 없고, 앞 으로도 그럴 수 없을 거라는 거죠. 다시 말해……" 그러고는 고쳐 말했 다. "우리는 확신을 갖고 학문을 할 수 없고, 사람들이 우리에게 가르친 도덕적 훈련도 할 수 없다는 거죠. 그보다는 자기 자신뿐 아니라 모든 타인에게서도 오롯이 자신을 느끼고, 뭔가 꽉 찬 것 같다가도 다시 텅 비어버리고…… 어딘가에서 출발했다가 어딘가로 다시 돌아오고…… 아, 내가 지금 무슨 말을 하고 있는지 모르겠어요." 그녀가 급격하게 말 을 끊었다. "오빠가 그걸 설명해줄 거라고 기대하고 있었어요!"

"네가 말하려고 한 건 우리가 대화했던 것과 일치해." 울리히가 부드 럽게 대답했다. "내가 이런 문제에 대해 이야기할 수 있는 사람은 네가 유일해. 하지만 매력적인 말 몇 마디를 덧붙이려고 다시 처음부터 시 작하는 건 별 의미가 없어. 오히려 '삶의 속살', 그러니까 삶의 파괴되지 않은 '내밀한' 상태, 이 말은 감상적인 의미로 받아들여서는 안 되고 우리가 막 이야기한 맥락에서 이해해야 해, 어쨌든 그런 상태는 합리적 사고로는 포착될 수 없다는 점을 지적하고 싶어." 그는 몸을 숙여 동생의 팔을 건드리며 눈을 한참 들여다보았다. "그건 어쩌면 인간 혐오일 거야." 그가 나직이 말했다. "우리가 인간 혐오를 정말 뼈저리게 필요로 한다는 것, 이것만은 사실이야! 일상적인 사랑의 부가물인 남매간의 사랑에 대한 요구도 아마 그와 관련이 있을 거야. 낯섦과 무정함을 어떤 형태로도 섞지 않은 사랑을 향한 상상의 방향 속에서 말이야." 잠시후 그가 덧붙였다. "어린 남매와 관련된 것들이 침대에서 얼마나 인기가 있는지 너도 알 거야. 친남매를 살해할 수 있는 사람들도 한 이불 아래서는 다정한 남매처럼 누워 노닥거릴 수 있어."

울리히의 얼굴이 자조하듯 어스름 속에서 실룩거렸다. 그런데 아가테가 믿은 것은 혼란스러운 오빠의 말이 아니라 바로 이 얼굴이었다. 예전에 이와 비슷하게 실룩거리던 얼굴을 본 적이 있었다. 아래로 뛰어내리기 직전의 얼굴이었다. 이 얼굴은 가까이 다가오지 않고, 무한히 먼 곳에서 엄청난 속도로 움직이는 듯했다. 그녀는 아주 짧게 대답했다. "남매로는 충분하지 않아요!"

"우리는 쌍둥이 남매라고 했잖아." 울리히는 이렇게 대꾸하고는 소리 없이 일어났다. 이제 엄청난 피로가 동생을 완전히 장악한 것을 눈치챘기 때문이다.

"샴쌍둥이여야 해요!" 아가테가 말했다.

"그래, 샴쌍둥이!" 오빠가 반복했다. 그는 동생의 손을 떼어놓은 뒤 조심스럽게 그녀를 이불에 뉘었다. 그의 말은 그가 방을 나간 뒤에도 무중력상태로 가볍게 방안에 퍼져나가는 듯했다.

아가테는 웃으면서 고독한 슬픔 속으로 서서히 빠져들었고, 슬픔의 어둠은 곧 수면의 어둠으로 넘어갔다. 너무 피곤해서 스스로 잠이 드는 줄도 모른 채. 그사이 조용히 서재로 들어간 울리히는 거기서 두 시간 동안 일도 하지 않은 채 몸이 고단해질 때까지 있으면서, 배려로 속박된 상태가 무엇인지 알게 되었다. 그러면서 이 시간 동안 자신이 얼마나 소음을 내려고 하면서도 동시에 억누르려고 하는지를 알고 깜짝 놀랐다. 처음 있는 일이었다. 타인과 이렇게 실제로 접합되는 것을 호의적으로 그려보려고 했음에도 어느 정도 마뜩잖은 기분이 드는 것이 사실이었다. 그는 한 잎자루에 달린 두 꽃잎처럼 달라붙어 있으면서, 혈액 작용뿐 아니라 서로 완벽히 종속적인 작용을 통해 연결된 두 신경체계의 작동 원리에 대해 아는 것이 별로 없었다. 다만 한 영혼의 흥분은 다른 영혼도 함께 느낄 거라고 생각해왔다. 그것을 야기하는 과정은 주로 자기 몸이 아닌 타인의 몸에서 일어나지만. '예를 들면 포옹이 그래. 너는 타인의 몸에 안겨.' 그는 생각했다. '너는 어쩌면 동의하지 않을 수도 있지만 너의 또다른 자아가 동의의 거센 물결을 네 속으로 들이닥치게 한 거야! 아가테한테 누가 키스를 하건, 그게 너하고 무슨 상관이겠어? 다만 동생의 흥분은 네가 함께 사랑해야 해! 혹은 사랑하는 사람이 너라면 이제 어떻게든 동생을 그 사랑에 동참시켜야 해. 무의미한 생리적 과정으로 동생을 내동댕이칠 수는 없으니까……!?' 울리히는 이런 생각을 하면서 강한 흥분과 동시에 강한 불쾌감을 느꼈다. 새로운 관점과 왜곡된 일상적 관점, 이 둘 사이에 올바른 경계를 긋는 것은 힘들게 여겨졌다.

26. 채소밭의 봄

마인가스트에게서 받은 칭찬과 새로운 생각은 클라리세에게 깊은 인상을 남겼다.

그녀를 가끔 불안에 떨게 한 정신적 동요와 예민함은 수그러들었지만, 이번에는 이전과 달리 불쾌감과 좌절, 절망으로 대체되지 않고 이례적으로 팽팽한 명징함과 투명한 내적 분위기로 대체되었다. 그녀는 다시 한번 스스로를 통찰했고 비판적으로 평가했다. 자신이 특별히 똑똑한 인간이 아니라는 사실을 나름의 만족과 함께 기꺼이 수긍했다. 자신은 충분히 배우지 못했던 것이다. 반면에 이런 비교 검토를 할 때면 늘 떠오르는 울리히는 정신의 빙판 위를 자유자재로 미끄러지는 스케이트 선수였다. 그가 하는 말은 늘 출처를 알 수 없었다. 또는 그가 웃을 때도, 화를 낼 때도, 눈을 반짝거릴 때도, 아니면 방안에서 넓은 어깨로 발터의 공간을 휘저을 때도 그는 결코 쉽게 이해할 수 있는 사람이 아니었다. 그가 호기심으로 고개를 젖힐 때도 목의 힘줄은 바람을 타고 먼 곳으로 달려가는 범선의 굵은 밧줄처럼 팽팽했다. 이렇듯 그에게는 항상 닿을 수 없는 무언가가 있었다. 그리고 온몸을 그에게 던지라는 욕구를 선연하게 불러일으키는 무언가도 존재했다. 그런데 그전에 몇 번 일었다가, 한번은 오직 울리히의 아이를 갖고 싶다는 소망만 남겨놓은 소용돌이가 이제는 멀리 지나가버렸고, 열정이 가라앉은 뒤 불가해하게 기억을 뒤덮고 있던 파편 역시 흔적조차 남지 않았다. 클라리세는 울리히의 집에서 실패했던 일이 떠오르면 기껏해야 짜증만 날 뿐, 자신감은 온전하고 생기 넘쳤다. 모두 철학적 스승이 그녀에게 제공해준 새로운 관념 덕분이었다. 훌륭한 쪽으로 변신한 스승과의 재회를 통해 빠져든 직접적인 흥분은 차치하더라도 말이다. 이렇듯 다양한 긴장 속에서 많은 날이 지나갔고, 그사이 모든 이들은 벌써 봄 햇살이 가득한 이 작은 집에서 울리히가 과연 모스브루거의 섬뜩한 거처를 방문해도 좋다는 허가를 받아올지 궁금해했다.

이런 맥락에서 클라리세가 중요하게 여긴 것은 주로 다음 생각이었다. 스승이 세계를, 세상 어떤 것에 대해서도 사랑해야 할지 미워해야 할지 더는 모를 정도로 철저하게 '환상이 벗겨진 곳'이라 부른 것이다. 이후 클라리세는 환상을 느끼게 해주는 은총을 받으면 그 환상에 자신을 오롯이 맡겨야 한다고 확신했다. 환상 그 자체가 이미 은총이기 때문이다. 만일 발터처럼 사람을 협소하게 하는 직업을 갖고 있지 않는 한, 혹은 클라리세처럼 지루하기 짝이 없는 부모나 형제자매와 약속이 잡혀 있지 않는 한 집을 나서서 오른쪽으로 가야 할지 왼쪽으로 가야 할지 아는 사람이 이제 누가 있겠는가! 그런데 환상 속에서는 다르다! 삶은 현대식 주방처럼 효율적으로 꾸며져 있다. 중앙에 앉은 사람은 거의 움직일 필요도 없이 그 자세로 모든 주방 도구를 사용할 수 있다. 이건 클라리세가 늘 갖고 있던 생각이었다. 게다가 그녀는 환상을 사람들이 의지라 부르는 것과 다를 바 없이 이해했다. 그것도 특히 강렬한 의지라고 생각했다. 지금껏 클라리세는 세계에서 일어나는 일들 중에 제대로 설명할 수 있는 것이 별로 없다는 사실에 위축되어 있었다. 하지만 마인가스트와의 재회 이후 자신이 재량껏 자유롭게 사랑하고 미워하고 행동하는 데 특별한 장점이 있음을 알게 되었다. 스승의 말에 따르면 인류에게 의지만큼 필요한 것은 없기 때문이다. 이후 강렬한 욕망을 품은 '의지'라는 이 재화는 그녀의 소유가 되었다! 이 생각을 하노라면 클라리세는 기쁨으로 차가워졌다가 책임감으로 뜨거워졌다. 이때의 의지는 당연히 피아노곡을 배우거나 싸움에서 승리를 거두려는 음습한 노력이 아닌 삶의 강력한 지휘를 따르는 일이자, 스스로에게 느끼는 감동이자, 행복 속의 질주였다.

마침내 그녀는 발터에게도 이런 이야기를 하지 않을 수 없었다. 그런데 자신의 양심이 날마다 더 강해지는 것 같다고 말하는 순간 발터는 그녀를 이렇게 만든 주범으로 보이는 마인가스트에 대해, 평소 경탄해왔음에도 불구하고 격분해서 소리쳤다. "울리히가 허가를 못 받은 것 같으니 정말 얼마나 다행인지 모르겠어!"

클라리세의 입술 위에 분노의 전율이 파르르 흘렀지만, 거기엔 발터의 무지와 저항에 대한 연민이 담겨 있었다.

"대체 당신은 우리 모두와 조금도 상관이 없는 그 범죄자한테서 뭘 바라는 거야!?" 발터가 흥분해서 물었다.

"그건 거기 가면 생각날 거예요." 클라리세가 차분하게 답했다.

"그건 지금 알고 있어야지!" 발터가 남자답게 말했다.

그의 어린 아내는 남편에게 깊은 상처를 주기 전에 늘 그랬던 것처럼 싱긋 웃었다. 그러나 이번에는 그냥 이렇게 말하고 말았다. "뭔가를 할 거예요."

"클라리세! 당신은 내 허락 없인 아무것도 해선 안 돼. 나는 법적으로 당신 남편이자 당신 보호자라고!"

클라리세가 처음 듣는 어조였다. 그녀는 그에게서 몸을 돌리더니 당황한 표정으로 몇 걸음 떨어졌다.

"클라리세!" 발터가 이름을 부르며 그녀를 따라가려고 일어났다. "나는 이 집에 감도는 광기를 어떻게든 막을 거야!"

순간 그녀는 자신의 결심에 깃든 치유력이 벌써 발터의 힘을 강화하는 형태로 나타나고 있음을 알아차렸다. 그녀가 몸을 홱 돌렸다. "그래서 뭘 하려고요?!" 그녀의 찡그린 눈에서 발산된 섬광이 그의 축축하고 놀란 갈색 눈으로 파고들었다.

"그게 말이야……" 그는 달래듯이 말하며 뒤로 주춤 물러났다. 이렇게 구체적인 답변을 요구하는 클라리세의 모습에 깜짝 놀랐기 때문이다. "우리 모두의 내면에는 건강하지 못한 것, 소름 끼치는 것, 문제적인 것에 대한 지적인 애착이 있어. 우리 같은 정신적인 인간들은 말이야. 하지만……"

"속물은 속물의 길을 가라고 하세요!" 클라리세가 의기양양하게 발터의 말을 무질렀다. 이제 뒤쫓는 사람은 그녀였다. 그것도 그를 계속 노려보면서. 그녀는 자신의 치유력이 그를 어떻게 휘감고 얼마나 강력하게 옥죄고 있는지 느꼈다. 갑자기 그녀의 심장이 말할 수 없는 기묘한 기쁨으로 가득찼다.

"우린 그 일에 너무 큰 의미를 둘 필요가 없어." 발터는 못마땅한 표정으로 중단된 문장을 중얼거리듯 끝맺었다. 그런데 등뒤에서, 저고리 솔기에서 무언가 저항이 느껴졌다. 뒤로 손을 뻗어보니 다리가 얇은 여러 가벼운 탁자들 가운데 하나의 모서리인 듯했다. 이것들은 집에 늘 있는 물건이었지만 갑자기 유령처럼 느껴졌다. 이대로 계속 뒷걸음질치다가는 탁자가 우스꽝스럽게 뒤로 미끄러질 게 분명했다. 그래서 그는 이 싸움에서 도망치고 싶다는, 갑작스레 깨어난 욕구에 반기를 들었다. 깊은 초록의 들판으로, 꽃피는 과일나무 아래로, 그리고 건강한 쾌활함으로 그의 상처를 씻고 정화해주는 사람들 사이로 도망치고픈 욕구에 반항한 것이다. 그것은 그의 말에 귀기울이고 이를 찬미하며 감사해하는 여자들에 의해 미화된 조용하고 진한 소망이기도 했다. 클라리세가 다가오는 순간 그녀가 꿈속에서 자신을 계속 성가시게 쫓아다니며 괴롭히는 존재로 느껴졌다. 그런데 놀랍게도 클라리세는 그에게 비겁한 인간이라고 하지 않고 이렇게 말했다. "발터? 우리는 왜 불행하죠?!"

그는 이 유혹적이고 혜안이 깃든 목소리에서 클라리세와의 불행이 다른 어떤 여자와의 행복으로도 대체될 수 없음을 느꼈다. "우린 불행해야 해!" 그도 그녀와 비슷하게 고양된 목소리로 답했다.

"아뇨, 우린 그래선 안 돼요!" 클라리세는 양보조로 이렇게 확언하고는 고개를 한쪽으로 기울인 채 그를 납득시킬 무언가를 찾았다. 실상 그것이 무엇인지는 중요하지 않았다. 두 사람은 줄지 않고 계속 매시간 불을 전달하는 저녁 없는 낮처럼 서로 마주보고 서 있었다. "당신도 이건 인정해야 해요." 그녀가 마침내 수줍은 듯하면서도 고집스러운 어조로 말했다. "진짜 큰 범죄는 그것을 저질러서 생기는 것이 아니라 그것을 허용함으로써 생긴다는 걸!"

이제 발터는 대화가 어떻게 흘러갈지 알고 크게 실망했다. "젠장!" 그가 참지 못하고 소리쳤다. "나도 오늘날 사람들이 스스로 양심의 부담을 덜려고 취하는 무관심하고 편리한 태도가 개인들의 악의보다 인간 삶을 더 크게 파탄시키는 걸 알아! 그래서 어떤 일을 하기 전엔 항상 양심을 벼려야 하고 매 단계를 아주 꼼꼼히 점검해야 한다는 말이

하고 싶은 거라면 정말 훌륭해."

클라리세는 무슨 말을 할 것처럼 입을 벌림으로써 그의 말을 중단시켰지만, 마음이 바뀌어 답을 하지 않았다.

"나도 이 세상에서 줄곧 묵인되는 모든 형태의 부패와 가난, 기아에 대해 생각해. 혹은 행정 당국의 안전조치가 허술했던 탓에 광산이 붕괴한 사고에 대해서도 생각해." 발터가 작은 목소리로 말을 이어갔다. "이런 것들에 대해선 당신 의견에 모두 동의한다고."

"그렇다고 하더라도 두 연인이 '순수한 행복' 상태에 있지 않다면 두 사람은 결코 사랑해서는 안 돼요." 클라리세가 말했다. "그런 연인들이 있는 한 세계도 결코 개선되지 않을 거고요!"

발터는 손을 마주쳤다. "그렇게 거대하고 현란하고 순수한 요구가 삶에 얼마나 부당한 것인지 알기나 해!" 그가 소리쳤다. "회전반 위에서 돌아가듯 당신의 머릿속에 가끔 나타나는 그 모스브루거라는 인간도 그래! 사람들이 그런 불쌍한 인간 짐승들을 어떻게 다루어야 할지 몰라서 그냥 죽이는 거라면 가만있어서는 안 된다는 당신 말은 옳아. 하지만 그런 문제로 지나치게 가책을 받지 않으려는 건강한 일상적 양심은 훨씬 더 옳아. 건강한 사유 방식의 특징은 분명 존재해. 증명할 수는 없지만 우리 핏속에 있어!"

클라리세가 대꾸했다. "당신 핏속에 항상 있다는 말은 원래 없다는 뜻이에요!"

발터는 모욕을 당한 듯 고개를 흔들어 그녀의 말에 답하지 않겠다는 뜻을 드러냈다. 일방적 사고가 위험하다는 사실을 알리는 경고자의 역할을 하는 것도 이제는 지친 듯했다. 어쩌면 시간이 흐르면서 본인도 확신을 잃었는지 몰랐다.

클라리세는 그전에도 그를 거듭 놀라게 한 예민한 촉수로 그의 생각을 읽었고, 고개를 꼿꼿이 세우는 것과 함께 모든 중간 단계를 뛰어넘어 나직하지만 절박한 질문으로 곧장 이야기의 절정에 도달했다. "당신은 예수를 광산 소장으로 상상할 수는 없어요?" 그녀의 얼굴에는 그녀가 예수라는 말로 실은 발터를 의미하고 있음이 드러나 있었다. 물론 그건 과도한 상상이었다. 그런 식의 상상 속에서는 사랑도 광기와 구별되지 않았다. 그는 격분하면서도 겁먹은 동작으로 손을 내저었다. "클라리세, 그렇게 직설적으로 말하지 마!" 그가 애원했다. "그렇게 직설적으로 말해선 안 돼!"

"아뇨!" 클라리세가 받아쳤다. "직설적이어야 해요! 우리가 예수를 구원할 힘이 없으면 우리 자신을 구원할 힘도 갖지 못할 거예요!"

"예수가 돼지는 게 뭐 어때서!" 발터가 격하게 소리쳤다. 그는 이 거친 대답으로 혀끝에서 삶의 해방감을 느낀 듯했다. 죽음의 맛, 그리고 그와 연관해서 클라리세가 암시적으로 불러낸 파멸의 맛과 기가 막히게 뒤섞인 해방감의 맛이었다.

클라리세는 그를 바라보며 기다렸다. 그러나 발터는 이 감정적 폭발로 충분하다고 생각했는지, 아니면 무슨 말을 해야 할지 모르겠는지 더는 입을 열지 않았다. 결국 클라리세가 무적의 마지막 카드를 내도록 강요당한 사람처럼 입을 열었다. "나는 신호를 받았어요!"

"그건 당신 착각이야!" 발터가 하늘을 대변하는 방의 천장을 올려다보며 소리쳤다. 그러나 클라리세는 무게가 느껴지지 않는 이 마지막 말을 끝으로 그의 곁을 떠났고, 더는 한마디도 들으려 하지 않았다.

반면에 얼마 뒤 발터는 그녀가 마인가스트와 열띤 대화를 나누는 것을 보았다. 마인가스트는 근시라 멀리 볼 수가 없어 정확한 것을 확인할 수는 없었지만 발터가 지금 자신들을 관찰하고 있다는 느낌에 불편함을 느꼈고, 그 느낌은 실제로 옳았다. 발터는 그사이 찾아온 처남 지크문트의 정원 일에 정말로 동참하지 않았던 것이다. 지크문트는 소매를 걷어붙이고 밭고랑에 쪼그려앉아 무언가 열심히 일을 하고 있었다. 우리가 단순히 원예 서적의 납작한 책갈피가 아닌 인간이라면 봄철에 해야 할 일이라고 발터가 진작 주장했던 바로 그런 일이었다.

어쨌든 발터는 정원 일을 거들지 않고 열려 있는 텃밭의 맞은편 구석에서 대화를 나누고 있는 마인가스트 쌍을 힐끔힐끔 건너다보았다.

그는 자신이 지금 관찰하는 정원 구석 자리에서 뭔가 금지된 일이 일어나고 있다고는 생각하지 않았다. 그럼에도 봄기운에 내맡겨진 그의 두 손과, 그가 가끔 지크문트에게 지시를 내리려 무릎을 꿇고 쪼그려앉는 바람에 축축한 얼룩이 생긴 두 다리에서는 부자연스러운 서늘함이 느껴졌다. 그는 거만한 태도로 지크문트와 얘기했다. 마치 굴욕을 당한 심약한 인간이 자기 기분을 마음껏 분출해도 되는 상대와 얘기할 때처럼. 그는 자신을 깊이 존경하는 처남이 결코 쉽게 그 존경심을 떨쳐내지 못하리라는 걸 알고 있었다. 그럼에도 클라리세가 자기 쪽으로는 전혀 눈길을 주지 않고 오직 마인가스트에게만 집중하는 것을 관찰하면서 그가 느낀 것은 일몰 후의 외로움과 무덤의 냉기였다. 그런데 그러면서도 뿌듯함을 느꼈다. 그는 마인가스트가 자기 집에 묵고부터 이 집에 생겨난 틈들을, 그 틈들을 메우려는 노력만큼이나 자랑스러워했다. 이제 그는 선 자세에서 쪼그려앉은 지크문트를 내려다보며 말했다. "우리 모두는 당연히 문제적인 것과 병적인 것에 대한 동경을 느끼고 또 알고 있어!" 발터는 비열한 겁쟁이가 아니었다. 클라리세가 바로 이 말 때문에 그를 속물이라 부른 지 얼마 지나지 않아 그는 '삶의 작은 오욕'이라는 새로운 표현을 고안해냈다. "한 점의 작은 오욕은 달콤하건 시큼하건 괜찮아." 그는 이제 처남을 가르쳤다. "하지만 건강한 삶에 명예로운 일이 될 때까지 그것을 우리 속에서 정제할 의무가 있어! 나는 그런 작은 오욕을 죽음과의 동경에 찬 계약으로 이해해. 그건 트리스탄 음악을 들을 때 우리를 사로잡는 것이기도 한데, 우리가 그 매력에 굴복하지는 않는다 해도 대부분의 성범죄에 내재한 은밀한 매력처럼 우리를 사로잡지! 난 그걸 수치스럽고 반인간적인 것이라 불러. 그건 삶에 폭력을 가하고 싶어하는 과장된 정신적인 것과 양심적인 것이기도 하고, 궁지와 질병 속에서 우리를 지배하는 삶의 근본 요소이기도 해. 우리에게 그어진 경계를 넘어서려는 모든 시도는 수치스러운 거야! 그래서 신비주의도 자연을 수학 공식으로 환원할 수 있을 거라는 환상만큼이나 수치스러워! 그리고 모스브루거를 찾아가려는 의도 역시……" 이 지점에서 발터는 최상의 표현을 찾기 위해 잠시 말을 중단하더니 곧 다음 말로 끝맺었다. "병상에서 신을 애타게 부르는 것만큼이나 수치스러운 짓이야!"

그의 말 속에는 분명 무언가가 있었다. 심지어 놀랍게도, 클라리세의 계획과 그가 설명한 과장된 동기가 허용 범위를 넘은 것에 대해 지크문트가 의사로서 직업적이고 반사적인 휴머니즘을 발휘해주기를 기대하는 마음도 담겨 있었다. 아무튼 지크문트와 비교하면 발터는 천재였다. 그런 천재성은 발터가 건강한 사고에 이끌려 어느 순간 갑자기 전혀 다른 생각을 고백하는 데서 드러났다. 반면에 훨씬 더 건전한 사고의 소유자인 처남은 이런 수상쩍은 이야깃거리에 대해 확고하게 입을 다물었다는 데서 그 건강성이 표출되었다. 지크문트는 입을 꾹 다문 채 손으로 흙을 돋우면서 가끔 고개만 이쪽저쪽으로 기울였다. 마치 시험관의 내용물을 따르려는 듯, 아니면 한쪽 귀로 듣는 것만으로도 충분하다는 듯. 발터의 말이 끝나자 지독하게 깊은 정적이 흘렀고, 이 정적 속에서 발터의 귀에 한 문장이 들렸다. 클라리세가 그에게 소리친 적이 있는 문장이 분명했다. 이 문장은 환청처럼 생생하지는 않았지만 흡사 정적 속에 파묻어놓은 말처럼 들렸다. "니체와 예수는 불완전성 때문에 파멸했어요!" 이 말은 '광산 소장'을 떠올리게 하는 약간 섬뜩한 방식으로 그의 마음을 우쭐하게 했다. 건강함 자체인 발터가 여기 이 서늘한 정원에서 오만한 표정으로 내려다보고 있는 한 남자와 팬터마임처럼 몸짓 연기를 펼치는, 부자연스럽게 흥분한 두 남녀를 양쪽에 두고 서 있는 상황은 퍽 독특했다. 그는 두 남녀를 깔보면서도 동경하듯 건너다보았다. 클라리세는 그의 건강함이 시들지 않기 위해 필요한 작은 오욕이었기 때문이다. 속에서 은밀한 목소리가 이렇게 말하고 있었다. 지금 막 마인가스트가 허락된 이 작은 오욕을 극도로 확장하려 든다고. 발터는 친척 사이에서 유명하지 않은 사람이 유명한 사람에게 갖는 감정으로 마인가스트에 경탄했다. 클라리세가 그와 귀엣말을 속삭이는 것을 지켜보면서 그의 가슴속에서 일어난 것은 질투보다는 오히려 부러움이었다. 즉 내적으로 한층 더 큰 타격을 주는 감정이었다. 하지만 그것은 그를 일으켜세우기도 했다. 자존감을 의식하는 상태에서는 결코 화를 내고 싶지 않았고, 저쪽으로 건너가 두 사람을 방해하는 것도 스스로 금지했으며, 두 사람의 흥분을 보면서 자신이 더 우월하다고 느꼈다. 그러다 종래에는, 어쩌다 그랬는지는 모르지만 어떤 논리학으로도 설명되지 않는 한 모호한 생각이 생겨났다. 즉 저 건너편의 두 사람은 거침없이, 비난받아 마땅한 방식으로 신을 부르고 있다는 것이다.

기괴하게 뒤섞인 이런 상태도 하나의 생각이라고 부른다면 그건 어떤 형태로도 표현될 수 없는 생각이었다. 그런 모호한 생각의 화학적 특성은 언어의 명확성으로 순식간에 망가지기 때문이다. 지크문트에게 했던 발터의 발언에서 알 수 있듯이 그는 어떤 형태의 믿음도 결코 '신'이라는 말과 연결시키지 않았다. 그 말이 머릿속에서 떠오를 때면 그 말 주위에는 쭈뼛거리는 공허가 생겨났다. 이렇게 해서 긴 침묵 끝에 발터가 처남에게 다시 꺼낸 첫마디는 이것과는 아무 상관이 없는 얘기였다. "처남은 바보야!" 그가 비난했다. "클라리세가 그 인간을 면회하지 못하도록 적극 말릴 권리가 스스로에게 없다고 생각하다니, 그러고도 당신이 의사야?!"

지크문트는 이 말을 결코 기분 나쁘게 받아들이지 않았다. "클라리세와 그 문제를 해결 지을 사람은 매제 한 사람밖에 없어." 그는 차분하게 고개를 들고 답하더니 다시 하던 일로 돌아갔다.

발터는 한숨을 쉬었다. "당연히 클라리세는 아주 특이한 인간이야!" 그는 다시 말을 시작했다. "난 클라리세를 아주 잘 알아. 심지어 클라리세의 엄밀한 의견이 틀렸다고 할 수 없다는 점도 인정해. 이 세상에 만연한 가난과 기아, 그리고 온갖 부패를 생각해보라고! 예를 들어 행정당국의 안전조치 미비로 일어난 광산 붕괴 사고 같은 거 말이야……!"

지크문트는 그런 것을 생각하고 있다는 어떤 표시도 하지 않았다.

"클라리세는 그런 것들을 생각해!" 발터가 준엄하게 말을 이어갔다. "그런 그녀가 난 아주 멋지다고 생각해. 우리 나머지 인간들은 그런 일들을 너무 무심하게 넘겨버리거든. 클라리세가 우리보다 나아. 우리 모두가 바뀌어야 하고, 우리 모두가 좀더 적극적인 자세로 양심을, 무한한 양심을 지켜야 한다고 요구하니까. 하지만 내가 처남한테 묻고 싶은 건, 그게 어쩌면 지나친 양심이 도덕적 망상으로 나아가지 않을까 하는 거지. 그건 처남이 판단할 수 있겠지?!"

이 도전적인 요구에 지크문트는 한쪽 다리에 체중을 실으며 발터를 뜯어보았다. "미쳤군! 그건 의학적 측면에서 결정할 수 있는 문제가 아냐."

"그럼 이건 어떻게 생각해?" 발터는 자신의 우월한 위치를 잊고 말을 이어갔다. "클라리세가 모종의 신호를 받았다고 주장하는 건?"

"자기 입으로 신호를 받았다고 하던가?" 지크문트가 의심스럽게 물었다.

"물론이지! 예를 들어 그 미치광이 살인자가 신호라는 거지! 얼마 전 우리 창문 밑의 그 미친 개새끼도!"

"개새끼?"

"노출증 환자 같은 놈 있어."

"그래?" 지크문트는 잠시 생각에 잠겼다. "매제도 그림 그릴 대상을 발견하면 신호를 받았다고 할 수 있어. 클라리세는 다만 매제보다 더 열렬하게 표현한 것뿐이고." 그가 결론을 내렸다.

"그럼 클라리세가 그 인간들의 죄악뿐 아니라 내 죄악, 처남의 죄악, 거기다 누군지 모를 인간들의 죄악까지 전부 자기가 떠안아야 한다고 주장하는 건 어떻게 생각해?" 발터가 몰아붙였다.

지크문트는 일어나 손에서 흙가루를 떨어냈다. "자기가 남의 죄악을 지고 있다고 생각한다고?" 그는 쓸데없이 한번 더 묻더니 점잖게 동의했다. 매제의 의견에 마침내 찬성할 수 있어 기쁘다는 듯이. "그건 증상이군!"

"증상이라니?" 발터가 얼굴을 찡그리며 물었다.

"죄악망상은 증상이야." 지크문트는 전문가의 무미건조한 어조로 확언했다.

"하지만 그건 이래." 발터는 자신이 야기한 그 판단에 즉각 이의를 제기했다. "먼저 처남 스스로에게 질문을 던져봐야 해. 죄악이 있을까? 당연히 죄악은 존재하지. 그렇다면 망상이 아닌 죄악망상도 있어. 처남은 아마 그걸 이해 못할 거야. 그건 경험 저편에 있는 거니까! 그건 더 높은 삶을 향한 인간의 상처받은 책임감이야!"

"하지만 클라리세가 신호를 받았다고 했다면서?" 지크문트도 지지 않고 꿋꿋하게 반박했다.

"처남 입으로 나도 신호를 받을 수 있다고 했잖아!" 발터가 격하게 소리쳤다. "나는 가끔 내 운명 앞에 무릎을 꿇고 제발 나를 평화롭게 내버려달라고 애원하고 싶어. 하지만 운명은 항상 나한테 신호를 보내. 웅장한 신호는 클라리세를 통해 주고!" 그는 이제 좀더 차분해진 목소리로 말을 이어갔다. "예를 들어 클라리세는 지금 이렇게 주장해. 모스브루거라는 인간은 '죄악의 몸' 속에 갇혀 있는 우리, 즉 그녀와 나를 대변하고, 우리에게 경고하기 위해 보내졌다고. 그건 이렇게 이해할 수 있어. 그러니까 우리가 우리 삶의 더 높은 가능성들, 다시 말해서 삶의 빛나는 모습을 등한시한 것에 대한 상징이라는 거지. 수년 전 마인가스트가 우리를 떠났을 때……"

"하지만 죄악망상은 특정 장애 증상이 맞아!" 지크문트는 필사적으로 전문가적 평정심을 지키며 말했다.

"처남은 당연히 증상만 알겠지!" 발터는 자신의 클라리세를 적극 변호했다. "다른 건 처남의 경험을 넘어서는 것일 테니까. 하지만 어쩌면 지극히 일상적인 경험에 일치하지 않는 모든 것을 장애로 간주하는 바로 이 미신이 우리 삶의 죄악이자 죄악의 형상일 수 있어! 클라리세는 그에 대항하는 영적인 운동을 요구해. 수년 전에 벌써, 그러니까 마인가스트가 우리를 떠났을 당시 우리는……" 그는 클라리세와 자신이 마인가스트의 죄악을 어떻게 떠안게 되었는지가 떠올랐지만 지크문트에게 정신적 각성의 과정까지 설명하는 것은 무의미하다고 생각하고, 그냥 애매하게 다음 말로 결론을 내렸다. "그러니까 모든 이들의 죄악을 자신에게로 돌리거나 자기 속에 농축한 상태로 갖고 있는 사람들이 항상 존재했다는 사실은 처남도 부인할 수 없겠지?!"

지크문트가 그를 만족스럽게 바라보았다. "바로 그거야!" 그가 다정하게 답했다. "내가 처음에 주장한 것을 매제가 지금 스스로 증명하고 있어. 클라리세가 죄악으로 짓눌린 느낌을 갖는 건 특정 장애에서 나타나는 전형적인 양상이야. 물론 삶에는 비전형적인 양상도 있지. 내가 말한 게 바로 그거라고."

"그럼 클라리세가 이 모든 일의 진행에서 드러낸 그 과장된 엄격함은?" 발터가 잠시 후 한숨을 쉬며 물었다. "그런 엄숙주의는 정상이라고 부르기 어렵지 않을까?"

그 사이 클라리세도 마인가스트와 중요한 대화를 나누고 있었다. "선생님이 그러셨죠." 그녀가 예전 일을 상기시켰다. "스스로 세계를 설명할 수 있고 이해하고 있다고 자부하는 사람은 결코 세계를 바꾸지 못할 거라고."

"그랬지." 스승이 대답했다. "'참'과 '거짓'이라고 하는 것은 결코 하나의 결정에 이르고 싶어하지 않는 사람들의 핑계일 뿐이에요. 왜냐하면 진리는 끝이 없으니까."

"그 때문에 선생님은 '가치'와 '무가치' 사이에서 결정을 내릴 용기가 필요하다고 말씀하셨지요?!" 클라리세가 그의 얼굴을 유심히 살폈다.

"그랬지." 스승이 약간 지루하다는 듯이 말했다.

"선생님이 내세우신 그 공식, 즉 오늘날의 삶에서는 인간들이 단지 일어나는 일만 하게 된다는 그 표현도 정말 놀랄 정도로 경멸스러워요!" 그녀가 소리쳤다.

마인가스트는 걸음을 멈추고 바닥을 내려다보았다. 어떻게 보면 귀를 기울이는 것 같고, 어떻게 보면 오른편 길가의 작은 돌을 관찰하는 것 같았다. 그러나 클라리세는 그에게 달콤한 찬사를 안겨주지 않았다. 그녀도 이제 고개를 숙였고, 그 바람에 턱이 목구멍 쪽에 거의 닿을 듯했다. 그녀의 시선은 마인가스트의 뾰족한 부츠 끝 사이의 땅속으로 뚫고 들어갔다. 그녀는 파리한 얼굴에 옅은 홍조를 띠며 조심스레 목소리를 깔았다. "선생님은 모든 섹슈얼리티가 뜀틀운동에 지나지 않는다고 말씀하셨어요!"

"그랬지, 특정한 맥락에서 그렇게 말했죠. 의지 면에서 여러 가지로 부족한 우리 시대는 이른바 과학적 활동을 차치하면 섹슈얼리티에 온 힘을 쏟아요!"

클라리세는 잠시 망설이다가 말했다. "나는 의지가 많아요. 하지만 발터는 뜀틀운동을 해요!"

"둘 사이에 무슨 일이 있어요?" 스승이 호기심어린 표정으로 묻더니 곧 눈살을 찌푸리며 덧붙였다. "그래, 알 것 같아요. 당연히."

그들은 봄볕이 완연한 나무 없는 정원의 한구석에 있었다. 대각선에 가까운 맞은편 구석에는 지크문트가 쪼그려앉아 있고, 발터는 그 옆에 서서 활기차게 말을 건네고 있었다. 정원은 집의 길쭉한 담벼락을 따라 직사각형으로 조성되어 있었고, 직사각형의 화단과 텃밭 둘레에는 자갈길이 있었으며, 자갈이 깔린 두 중앙로는 아직 풀이 나지 않은 땅 위에서 환하게 교차하고 있었다. 클라리세가 건너편의 두 남자를 조심스럽게 염탐하며 대답했다. "그이는 아마 어쩔 도리가 없을 거예요. 선생님도 알고 계셔야 해요, 내가 그이를 옳지 않은 방식으로 끌어당긴다는 걸."

"상상할 수 있어요." 이번에는 스승도 공감어린 눈길로 대답했다. "당신한테는 소년 같은 점이 있어."

이 칭찬에 클라리세는 마치 톡톡 튀는 우박처럼 행복감이 혈관 속을 뛰어다니는 것을 느꼈다. "선생님은 내가 남자보다 더 빨리 옷을 입는 것을 '그때' 보았죠?!" 그녀가 민첩하게 물었다.

자애롭게 주름 잡힌 철학자의 얼굴 위로 영문을 모르겠다는 듯한 표정이 피어올랐다. 클라리세가 키득거렸다. "이중적인 말이에요."* 그녀

---

* 앞서 독일어 'anziehen'에는 '끌어당기다'라는 뜻 외에 '옷을 입다'는 뜻이 있다고 했는데, 클라리세는 이 단어의 이중적 의미를 언어유희처럼 사용하고 있다. 즉 위에서는

가 설명했다. "다른 단어도 있어요. 예를 들어 욕정 살인처럼."

이제 스승은 어떤 것에도 놀란 티를 내지 않는 것이 현명하다고 판단한 듯했다. "아, 그래, 알아요. 예전에 당신이 이렇게 주장했죠. 일상적인 포옹에서 사랑을 지우는 것이 욕정 살인이라고." 그런데 그는 그녀가 무슨 뜻으로 '옷을 입는다'는 표현을 사용했는지 알고 싶어했다.

"마음대로 하게 내버려두는 것은 살인이에요." 클라리세가 매끄러운 바닥에서 재주를 부린 뒤 너무 잽싸게 움직이는 바람에 결국 미끄러지고 마는 사람의 민첩성으로 설명했다.

"이젠 정말 무슨 소릴 하는지 모르겠군." 마인가스트가 고백했다. "그 인간 얘기나 해봐요. 그 목수 말이오. 그 인간한테 원하는 게 뭐죠?"

클라리세는 생각에 잠긴 듯 발끝으로 자갈 바닥을 긁었다. "똑같은 거예요." 그녀는 이렇게 대답하고는 갑자기 다시 스승을 올려다보았다. "발터가 나를 부정하는 법을 배웠으면 좋겠어요." 그녀가 앞뒤 다 자르고 불쑥 꺼낸 말이었다.

"그건 내가 판단할 수 없는 문제 같군." 마인가스트는 그녀의 말이 이어지길 헛되이 기다리다가 마침내 다시 입을 열었다. "하지만 분명한 건 극단적인 해결책이 항상 나은 법이지."

그는 일반적으로 통용될 이야기를 했을 뿐이다. 하지만 클라리세는 이제 다시 고개를 숙였고, 마인가스트의 양복 어딘가에 시선을 고정시켰다. 얼마 뒤 그녀의 손이 천천히 그의 아래팔로 접근하더니 넓은 소맷부리 속의 딱딱하고 깡마른 팔을 잡았다. 그전에 목수에 대해 했던

같은 단어로 발터를 옳지 않은 방식으로 '끌어당겼다'고 표현하고, 지금은 '옷을 입는다' 고 표현하고 있다.

모든 계몽적인 말을 잊은 듯이 구는 스승을 도발하려는 걷잡을 수 없
는 욕구가 갑자기 치솟은 것이다. 이 일이 일어나는 동안 그녀 속에서
는 자신의 일부가 그에게로 밀려가는 느낌이 팽배했다. 또한 그녀의 손
이 천천히, 그것도 물이 넘칠 때처럼 천천히 그의 소매 속으로 사라지
는 순간 묘한 쾌감의 파편들이 소용돌이쳤다. 스승이 걸음을 멈추고 그
녀의 손길을 허락했음을 의식한 데서 오는 쾌감이었다.

그런데 마인가스트는 어떤 이유에서인지, 마치 다리가 많이 달린 동
물이 암컷 몸 위로 올라타는 것처럼 팔을 움켜잡고 기어오르는 그녀의
손을 멍하니 내려다보았다. 이 작은 여인의 내려앉은 눈꺼풀 아래에서
무언가 이상한 것이 움찔거렸다. 그는 그녀의 이런 공공연한 행동에 동
요했고, 이 일이 다른 사람들의 눈에 수상쩍게 비칠 수 있다는 것도 알
아차렸다. "이리로 가요!" 그가 그녀의 손을 다정하게 떼어내면서 제안
했다. "여기 계속 서 있으면 남들 눈에 너무 쉽게 띄어요. 다시 이리저
리 걷도록 해요!"

정원을 거닐면서 클라리세가 이야기했다. "나는 옷을 빨리 입어요.
필요할 경우는 남자보다 더 빨리 입죠. 뭐라 표현해야 할지 모르겠지
만, 옷이 내 몸으로 날아오는 느낌이에요. 내가…… 일종의 전기 같다
고 할까요? 나는 나에게 속하는 것들을 끌어당겨요. 보통은 재앙을 품
은 끌어당김이지만."

마인가스트는 아직도 이해할 수 없는 이 언어유희에 미소를 지으며
마음속으로 아무거나 인상적인 응수를 찾았다. "그러니까 당신은 영웅
이 자기 운명을 끌어당기듯 옷을 입는다는 말인가?" 그가 대답했다.

순간 놀랍게도 클라리세는 걸음을 멈추더니 탄성을 질렀다. "맞아요,

바로 그거예요! 그렇게 사는 사람은 옷과 신발, 칼, 포크에서도 그걸 느껴요!"

"그래, 일리 있는 말이지." 스승은 이 애매하게 설득력 있는 주장에 맞장구를 쳐주었다. 그러고는 단도직입적으로 물었다. "발터하고는 그걸 어떻게 해요?"

클라리세는 알아듣지 못했다. 다만 그의 눈에서 사나운 바람이 일으킨 듯한 누런 구름을 문득 보았다. 마인가스트가 망설이듯 말을 이어갔다. "당신은 발터를 옳지 않은 방식으로 끌어당겼다고 했어요. 여자한테 옳지 않은 방식이라는 건가? 어떻다는 거지? 당신은 혹시 남자들에게 불감증인가?"

클라리세는 불감증이라는 말을 몰랐다.

마인가스트가 설명했다. "남자들의 품안에서 즐거움을 느끼지 못하는 걸 불감증이라고 해요."

"나는 발터밖에 몰라요." 클라리세가 소심하게 이의를 제기했다.

"물론 그렇겠지. 하지만 당신이 말한 바에 따르면 그렇게 봐야 하지 않을까?"

클라리세는 당황한 기색이 역력했다. 깊이 생각해도 알 수가 없었다. "내가요? 나는 그래선 안 돼요. 그런 일이 있으면 막아야 해! 그렇게 되도록 놔둬서는 안 된다고요!"

"설마!" 이제 스승은 음탕하게 웃었다. "당신 스스로 뭔가 느끼는 것을 막는다고? 혹은 발터가 만족하지 못하도록 막는다고?"

클라리세는 얼굴이 빨개졌다. 그러나 이제 자신이 무슨 말을 해야 할지도 점점 분명해졌다. "만약 우리가 굴복하면 쾌락에만 빠지게 돼요." 그녀가 진지하게 답했다. "나는 남자의 쾌락이 자기를 떠나 내 쾌락이 되는 걸 원치 않아요. 내가 소녀 때부터 남자들을 끌어당긴 건 그 때문이에요. 남자들의 쾌락에는 뭔가 문제가 있어요."

마인가스트는 이제 여러 가지 이유로 이 문제를 깊이 파고들지 않기로 했다. "그만큼 스스로를 통제할 수 있어요?" 그가 물었다.

"그럴 때도 있고 아닐 때도 있어요." 클라리세가 솔직하게 대답했다. "하지만 예전에 선생님한테 이런 말을 한 적이 있죠. 만일 그이를 하고 싶어하는 대로 내버려두면 난 욕정 살인자가 될 거라고!" 그녀는 점점 열을 냈다. "내 친구들은 남자의 품에서 완전히 '자기가 녹아 없어지는' 경험에 대해 이야기해요. 하지만 난 그걸 몰라요. 지금껏 남자의 품안에서 그걸 경험한 적이 없었으니까요. 오히려 남자한테 안기지 않은 상태에서 그런 경험을 한 적이 있어요. 그건 선생님도 분명 알고 계실 거예요. 예전에 선생님 입으로 그러셨잖아요. 이 세상은 환상이 너무 부족하다고……!" 마인가스트는 마치 그녀가 자신의 말을 오해라도 했다는 듯 손을 내저었다. 그러나 그녀는 이제 그것을 더더욱 확신하는 듯했다. "예를 들어 선생님이 우리는 높은 가치를 위해 낮은 가치를 포기해야 한다고 말하신다면 그건 가능할 수 없는 무한한 쾌락의 삶이 존재한다는 뜻이에요! 물론 그것은 성적인 쾌락이 아니라 천재의 쾌락이에요! 내가 막지 않으면 발터는 천재의 쾌락을 배신하게 돼요!"

마인가스트는 고개를 저었다. 이렇게 변형되고 격정적으로 재현된 자신의 말을 듣고 있자니 내면에서는 부정의 목소리가 울려퍼졌다. 그것은 혼란스럽고 겁에 질린 부정이었다. 그는 여기에 담긴 모든 의미 중에서 가장 피상적인 말을 선택했다. "그렇다고 발터가 달라질 것 같지는 않은데!"

클라리세는 바닥에 뿌리를 내린 사람처럼 뚝 멈춰 섰다. "달라져야 해요!" 그녀가 소리쳤다. "그래야 한다고 가르친 사람은 바로 선생님이에요!"

"그건 맞아요." 스승이 망설이듯 인정하고는 걸음을 뗐다. 계속 걸어가자는 뜻을 행동으로 보였지만 그녀는 움직이지 않았다. "당신이 진정으로 원하는 게 뭐죠?"

"선생님이 오기 전까지 내가 원했던 건 없어요. 아세요?" 클라리세가 나직이 말했다. "그런데 거대한 바다와도 같은 삶의 쾌락에서 오직 약간의 성적 쾌락만 길어올리는 이 삶이 너무 끔찍해요! 그래서 이제는 원하는 게 있어요."

"내가 묻고 있는 게 바로 그거 아닌가." 마인가스트가 거들었다.

"사람은 세상에서 하나의 목적이 되어야 해요. 그리고 뭔가에 '좋은' 존재가 되어야 해요. 그렇지 않으면 모든 게 정말 끔찍할 정도로 혼란스러울 거예요."

"당신이 원하는 게 모스브루거와 관련있나요?" 마인가스트가 캐물었다.

"그건 설명하기 어려워요. 어떻게 될지 지켜봐야 해요!" 클라리세는 이렇게 대답하고는 생각에 잠긴 표정으로 덧붙였다. "나는 그 사람을 납치할 거예요. 그래서 스캔들을 일으킬 거예요!" 이 말을 할 때 그녀의 얼굴에는 신비스러운 빛이 어른거렸다. "나는 선생님을 관찰해왔어요." 그녀가 갑자기 말했다. "비밀에 싸인 사람들이 선생님을 보러 들락거리는 걸 봤어요! 우리가 집에 없을 것 같으면 선생님은 그 사람들을 초대하셨죠. 소년과 젊은 남자들을요! 그 사람들이 무엇을 원하는지 선생님은 말하지 않고 있어요!" 마인가스트는 말문이 막혀 그녀를 멍하니 바라보기만 했다. "선생님은 뭔가를 준비하고 있어요." 클라리세가 말을 이어갔다. "뭔가를 진행하고 있다고요! 나도……" 갑자기 그녀의 목소리가 속삭임으로 변했다. "여러 명과 동시에 친교를 맺을 수 있을 정도로 강한 사람이에요. 남자의 성격과 책임감도 있어요! 게다가 발터와 지내면서 남성적인 감성도 습득했어요!……" 그녀가 다시 마인가스트의 팔을 잡았다. 정작 본인은 의식하지 못하는 게 분명했다. 그녀의 손가락이 동물의 발톱처럼 소매에서 툭 튀어나와 있었다. "나는 이중적인 존재예요." 그녀가 속삭였다. "선생님도 그걸 아셔야 해요! 쉽지 않은 일이지만. 어쨌든 선생님의 말씀이 옳아요. 폭력을 사용하는 걸 두려워해선 안 돼요!"

마인가스트는 여전히 당혹스럽다는 듯 그녀를 바라보고 있었다. 이런 상태의 클라리세는 처음이었다. 그녀의 말들 사이에 놓인 연관은 여전히 오리무중이었다. 이 순간 클라리세에게는 이중적 존재라는 개념보다 자명한 것은 없었다. 그런데 마인가스트는 그녀가 혹시 자신의 비밀스러운 교류를 눈치채고 넌지시 떠보는 것은 아닌지 의문이 들었다. 그러나 짐작할 만한 일은 아직 그리 많지 않았다. 자신의 '남성 철학'에 걸맞게 감각 속에 변화가 생긴 것을 알고 젊은 남자들을 제자라는 선을 넘겨 끌어들이기 시작한 것이 불과 얼마 전의 일이었다. 어쩌면 그가 거처를 이리로 옮긴 것도 그 때문일 수 있었다. 여기를 감시로부터 안전한 곳이라 느꼈던 것이다. 어쨌든 그는 아직 한 번도 클라리세에게서 그런 가능성을 생각해보지 않았다. 그런데 섬뜩하게 변한 이 작은 여인이 자기에게 무슨 일이 있었는지 예감하는 것처럼 보였다. 그녀의 팔이 묘한 방식으로 옷소매에서 점점 길어졌다. 팔로 연결된 두 몸 사이의 거리가 멀어지지는 않았다. 마인가스트를 건드리는 그녀의 손과 함께 이 앙상한 맨살의 아래팔은 순간적으로, 이 남자의 상상 속에서 이전에는 경계가 있던 모든 것을 뒤죽박죽으로 만들어버릴 만큼 특이한 모양을 띠었다.

클라리세는 막 하려고 하던 말을 더는 입 밖에 내놓지 않았다. 이중 언어는 비밀스러운 길을 표시하려고 바닥에 뿌려놓은 나뭇잎이나 부러뜨린 가지처럼 언어 속에 흩뿌려놓은 상징이었다. '욕정 살인'과 '끌어당기다', 심지어 '빠르다'라는 말, 그 외 많은 단어들, 아니 어쩌면 모든 단어에 두 가지 의미가 담겨 있고, 그중 하나가 비밀스럽고 개인적인 의미다. 이중 언어는 두 개의 삶을 가리키기도 한다. 일상적인 언어는 죄악의 삶이고, 비밀스러운 언어는 빛의 형상을 띤 삶이 분명하다. 예를 들어 '빠르다'는 죄악의 형체일 때는 일상적으로 몰아치는 습관적인 서두름이고, 반면에 기쁨의 형체일 때는 모든 것이 일상적 서두름에서 뛰쳐나와 기쁨에 겨워 통통 튀어다닌다. 그래서 기쁨의 형체에는 힘의 형체니 순진무구함의 형체니 하는 말을 붙일 수 있고, 반면에 죄악의 형체에는 비천한 삶의 낙담, 무기력, 우유부단과 관련된 모든 이름을 붙일 수 있다. 이것은 사물과 자아 사이의 이상야릇한 관련이었고, 그래서 사람들이 하는 일은 예상치 못한 곳에 영향을 미치곤 한다. 클라리세가 이 모든 것을 발설하지 않을수록 그 말들은 내면에서 더욱 생기 있게 발전했고 처음 그러모았을 때보다 더 빨리 나아갔다. 그런데 그녀는 벌써 오래전부터 한 가지 확신을 갖고 있었다. 즉 의무, 특권, 그리고 사람들이 양심, 허상, 의지라고 부르는 것들의 임무란 강력한 형체, 빛의 형체를 발견하는 것이라는 사실이다. 그 안에선 어떤 것도 우연일 수 없고 어떤 공간도 흔들리지 않는 형체이자, 행복과 강제가 일치하는 형체 말이다. 다른 사람들은 그것을 '본질적으로 살아가는 것'이라 불렀고, '물자체로서 인간의 자유의지'에 대해 이야기했으며, 본능을 순진무구함으로, 지력을 죄악으로 명명했다. 클라리세는 그런 식으로 생각하지는 못했지만, 진작 발견한 것이 있었다. 우리는 하나의 사건을 일으킬 수 있고, 그러고 나면 빛의 형체 일부가 가끔 저절로 그 사건에 묶이면서 그런 식으로 형체를 이루어간다는 것이다. 감정이 풍부한 발터의 무위無爲와 주로 관련해서였지만 다른 한편으로는 항상 충족시킬 수단이 부족한 영웅적인 야망 때문에 그녀는 다음 생각에까지 이르렀다. 즉 모든 인간은 단호한 행동으로 자기만의 기념비를 세울 수 있고, 그다음엔 이 기념비가 이끄는 대로 살 수 있다는 것이다. 이런 까닭에 모스브루거와 관련해 구체적으로 무엇을 하려는지는 스스로도 전혀 몰랐고, 그래서 마인가스트의 질문에 어떤 대답도 할 수 없었다.

게다가 그녀는 대답을 하고 싶지 않았다. 발터는 그녀에게 스승이 다시 변신한다는 얘기를 입에 올리지 못하게 했지만, 그의 정신이 모종의 행위를 위한 비밀스러운 준비 단계로 넘어가고 있다는 사실만큼은 의심할 여지가 없었다. 모르긴 몰라도 그 행위는 그의 정신만큼이나 훌륭할 것 같았다. 그러니까 스승은 아닌 척하면서도 실은 그녀의 말을 이해하는 게 분명했다. 그녀는 말수가 적어질수록 자신이 아는 것을 더 많이 드러냈다. 이제 그를 잡을 수도 있었고, 그는 그런 그녀를 막을 수가 없었다. 결국 그는 그녀의 의도를 용인했고, 그녀는 그의 의도 속으로 뚫고 들어가 거기에 합류했다. 이것도 일종의 이중 존재였다. 그것도 그녀 자신은 분명하게 알지 못하는 강력한 이중 존재였다. 가늠할 길 없는 에너지가 그녀의 팔을 통해 봇물처럼 비밀스러운 친구에게로 넘어가면서 그녀는 사랑의 모든 감정을 능가하는, 골수가 텅 비는 느낌과 실신 상태 속에 남겨졌다. 이제 그녀는 그저 웃으면서 자기 손을 내려다보거나 그의 얼굴을 번갈아 바라볼 수밖에 없었다. 마인가스트도 그녀와 그녀의 손을 번갈아가며 바라보는 것 말고는 달리 할 수 있는 것이 없었다.

그때였다. 처음에는 예기치 않은 상태에서 충격을 줬으나 곧 클라리세를 술에 취한 듯한 황홀경의 소용돌이로 몰아넣는 일이 갑자기 발생했다. 설명하자면 이렇다. 마인가스트는 그녀에게 불안감을 들키지 않으려고 일부러 우월해 보이는 미소를 지으려 애썼다. 하지만 불안감은 시시각각 점점 커져나갔고, 뭔가 이해할 수 없는 것 속에서 계속 생겨났다. 일이 자연스럽게 진행될 때는 잘 안 드러날지 몰라도, 원래 의심으로 시작된 모든 행위 이전에는 행위 후 후회의 순간과 일치하는 나약함의 시점이 존재하기 때문이다. 이 시점에선, 완결된 행위를 보호하고 정당화할 확신과 강렬한 환상이 아직 완전한 꼴을 갖추지 못한 채, 합류한 열정 속에서 불안하고 불확실하게 요동친다. 나중에 역류하는 후회의 열정 속에서 떨거나 붕괴되는 것과 비슷하게. 마인가스트는 자기 의도의 이런 상태에 충격을 받았다. 두 가지가 그를 괴롭혔다. 하나는 과거였고, 다른 하나는 그가 지금 발터와 클라리세에게서 누리고 있는 명망이었다. 모든 격한 흥분은 현실 이미지의 의미를 바꾸고, 그로써 흥분은 새롭게 치솟는다. 마인가스트가 느끼는 섬뜩함은 클라리세를 섬뜩하게 했고, 공포가 그녀에게 공포를 안겼으며, 현실을 냉정하게 생각하려는 시도는 그 무기력함으로 인해 당혹감만 증폭시켰다. 이렇게 해서 마인가스트의 미소는 우월한 평정심을 거짓으로 드러내는 대신 갈수록 점점 굳어졌다. 그러니까 얼굴 위에서 뭔가 딱딱하게 떠 있는 것 같다가 결국엔 죽마를 탄 것처럼 뻣뻣하게 굳어버렸다. 순간 스승은 마치 눈앞에 애벌레나 두꺼비, 뱀처럼 감히 덤벼들 엄두가 나지 않는 낯선 작은 동물을 본 덩치 큰 개처럼 행동하고 말았다. 즉 긴 다리로 점점 몸을 꼿꼿이 세우며 입술을 비틀고 등을 구부렸는데, 그러다 갑자기 불쾌감의 강을 타고 그 기원이 되는 곳을 서둘러 떠나버린 것이다. 말로든 몸짓으로든 자신의 도주를 가장하지는 못한 채.

클라리세는 그런 그를 놓아두지 않았다. 그가 망설이듯 첫걸음을 뗐을 때 그를 붙잡는 그녀의 몸짓은 악의 없는 만류와 비슷했다. 나중에 그는 그녀를 떠밀어 함께 걸어가면서 이 순간에 필요한 변명을 간신히 찾아냈다. 그러니까 급히 방에 가서 해야 할 일이 있다고 설명한 것이다. 그녀에게서 완전히 해방된 것은 현관에서였다. 거기까지는 오직 도망쳐야 한다는 욕구밖에 없었다. 클라리세의 말은 귀에 들어오지 않았고, 동시에 발터와 지크문트에게 이런 모습을 들키지 않도록 신경쓰느라 질식할 듯했다. 실제로 발터는 이 과정을 일반적인 패턴으로 짐작하고 있었다. 보아하니 클라리세가 마인가스트에게 뭔가를 열정적으로 요구했고, 그는 이것을 거부한 듯했다. 두 가지 질투가 두줄나사처럼 가슴을 후벼팠다. 클라리세가 마인가스트에게 호의를 베풀고 있다는 생각도 정말 뼈아픈 고통이지만, 스승이 그녀를 경멸스럽게 바라보는 것은 더 큰 모욕이었다. 감정을 끝까지 밀고 나가면 마인가스트에게 클라리세를 가지라고 억지를 쓰게 되겠지만, 그리되면 그는 똑같은 내적 움직임의 힘에 의해 절망에 빠져버릴 것이다. 그는 우수에 빠졌고 영웅적인 흥분을 느꼈다. 클라리세가 저렇게 운명의 칼날 위에 서 있는 동안 지크문트의 질문을 듣고 있어야 하는 것은 참을 수 없었다. 꺾꽂이 가지를 부드러운 땅에 꽂아야 할지, 아니면 주변 땅을 다져야 하는지 지크문트가 물은 것이다. 발터는 뭔가 말해야 했다. 자신이 마치 열개의 손가락이 미친듯이 건반을 내려치는 순간과 울부짖음 사이의 그 짧은 시간 속에 존재하는 피아노 같다는 느낌이 들었다. 그의 목구멍에 빛이 있었다. 모든 것을 평소와는 완전히 다르게 표현해야 할 말이었다. 하지만 그가 뱉어낸 유일한 말은 완전히 달랐다. "더는 못 참겠어!" 그가 반복했다. 지크문트보다는 정원을 향해.

그런데 겉으로는 꺾꽂이와 흙을 돋우는 문제에만 관심이 있는 것처럼 굴던 지크문트도 그 과정을 지켜보았으며, 심지어 그에 대한 생각까지 하고 있었음이 이제 드러났다. 일어나 무릎을 털더니 매제에게 이런 충고를 했던 것이다. "앞으론 클라리세가 너무 멀리 나아간다 싶으면 다른 생각거리를 주도록 해." 지금껏 발터가 털어놓은 이야기를 의사의 책임감으로 내내 유심히 듣고 있었음이 자연스레 드러나는 어조였다.

"그걸 어떻게 하라는 거지?!" 발터가 어리둥절한 얼굴로 물었다.

"남자라면 누구나 하는 방법대로. 여자들의 아픔과 분노는 항상 동일한 지점에서 치유가 되거든. 왜, 그런 말이 있지 않나!"* 그는 지금껏 발터를 많이 참아왔다. 삶은 누군가가 반기를 들지 못하는 다른 누군가

---

* 괴테의 『파우스트』에서 메피스토펠레스가 이와 비슷한 말을 했다.

를 굴복시켜 쫓아내는 그런 관계들로 가득차 있다. 엄밀히 말해서, 또는 지크문트의 소신에 따르면 건강한 삶이 바로 그렇다. 생각해보라. 만일 모든 사람이 결사 항전의 태세로 마지막 피 한 방울 남을 때까지 버티려 했다면 인류는 민족대이동의 시기에 벌써 파멸해버리지 않았을까? 그러나 그 대신 약자들은 항상 순순히 다른 곳으로 떠나 자신들이 내쫓을 수 있는 다른 이웃을 찾았다. 인간관계는 오늘날까지도 상당 부분 이런 틀에 따라 움직이고, 시간이 가면서 아주 자연스럽게 자리잡았다. 지크문트는 발터를 천재로 여기는 집안에서 항상 어느 정도 돌대가리로 간주되어왔고, 본인도 그것을 인정했다. 지금도 가족 내 위계질서가 문제될 때는 항상 양보하고 복종해야 할 사람은 그였다. 수년 전부터 이러한 낡은 위계질서는 새로 생겨난 삶의 관계들과 비교해서 그 중요성을 잃었지만, 오히려 바로 그런 점 때문에 질긴 인습처럼 남았다. 지크문트는 아주 유능한 의사였을 뿐 아니라(의사는 관료와는 달리 타자의 권력이 아닌 자신의 개인적 능력으로 힘을 갖게 되는 직업이어서, 사람들이 자발적으로 그에게 도움을 청하고 그의 말을 순순히 따른다) 단기간에 세 자녀를 안겨준 재산 많은 아내도 있었다(물론 자주는 아니지만 정기적으로 다른 여자들과 외도도 했다). 어쨌든 그런 까닭에 그는 내키면 발터에게 자기 확신에 찬 믿을 만한 충고를 할 수 있었다.

그 순간 클라리세가 집에서 다시 밖으로 나왔다. 집안으로 득달같이 뛰어들어가면서 했던 말은 더이상 기억하지 못했다. 다만 스승이 자신에게서 도망쳤다는 사실만 어렴풋이 기억났다. 하지만 이 기억도 세부적으로 떠올릴 수는 없었고, 접히고 닫히는 형태에 그쳤다. '무언가 일어났다'는 것이 이 기억 속의 유일한 생각이었다. 이 생각과 함께 클라리세는 자신이 뇌우에서 빠져나와 온몸에 아직 감각적인 에너지가 가득한 사람처럼 느껴졌다. 그녀가 올라선 작은 돌계단 발치에서 몇 미터 떨어지지 않은 곳에 빨간 주둥이를 가진 새까만 지빠귀 한 마리가 앉아 통통한 벌레를 잡아먹고 있었다. 이 새, 또는 두 개의 상반된 색깔 속에 엄청난 에너지가 있었다. 클라리세가 이것을 보면서 무언가를 생각했다고는 말할 수 없었다. 오히려 그녀 뒤 사방에서 무언가 답을 했다. 검은 지빠귀는 폭력을 저지르는 죄악의 형체였고, 벌레는 한 마리 나비의 죄악의 형체였다. 운명이 그녀의 길 위로 이 두 동물을 보냈다. 이제 행동을 해야 한다는 신호였다. 지빠귀가 불타는 듯 빨간 주둥이로 벌레의 죄악을 몸속에 받아들이는 것이 보였다. 저 새는 '검은 천재'가 아닐까? 비둘기가 '하얀 정신'인 것처럼? 이 신호들은 사슬처럼 연결되어 있지 않을까? 그 노출증 환자가 모스브루거와 스승의 도주와 연결된 것처럼? 이런 생각들 중 어떤 것도 그녀 속에 명확한 형태로 들어 있지 않았다. 이 생각들은 집의 벽 속에 보이지 않게 잠겨 있었고, 부름에 아직 대답을 내놓지 않았다. 하지만 클라리세가 계단에 서서 벌레를 먹는 그 새를 보았을 때 실제로 느낀 것은 내적 사건과 외적 사건의 형언할 수 없는 일치였다.

이것은 이상한 방식으로 발터에게 전이되었다. 그가 받은 인상은 그 자신이 '신을 불렀다'고 표현한 것에 즉각 맞아떨어졌다. 이번에는 아무런 불안감 없이 그에 이르렀다. 발터는 클라리세 속에서 무슨 일이 일어나고 있는지 알 수 없었다. 그러기에는 거리가 너무 멀었다. 그는 수영장의 계단을 내려가면 물속에 이르는 것처럼 작은 계단으로 이어진 세계 앞에 선 그녀의 자세에서 우연적이지 않은 무언가를 인지했다. 그것은 고매한 무엇이었고, 일상적인 삶의 자세가 아니었다. 그는 불현듯 우연적이지 않은 이것이 예전에 클라리세가 표현하고자 했던 바로 그 의미임을 깨달았다. "그 남자가 내 창문 밑에 나타난 건 결코 우연이 아니에요!" 발터는 아내를 바라보면서 낯선 힘들의 압력이 그녀의 현상 속으로 흘러들어가 이를 가득 채우는 것을 느꼈다. 그는 자기도 모르게 정원의 세로축으로 시선을 향했다가 클라리세를 좀더 선명하게 보려고 눈을 돌린 상태였다. 이제 그는 여기 서 있고, 그녀는 대각선으로 저기 서 있다는 사실, 그러니까 이 단순한 관계 속에서 갑자기 삶의 말없는 강조가 자연스러운 우연성을 압도했다. 눈앞으로 몰려드는 수많은 이미지들에서 기하학적이고 직선적이면서 무언가 이례적인 것이 솟구쳐올랐다. 이렇듯 클라리세는 창문 밑에 서 있던 남자가 또다른 목수일지 모른다는 상황처럼 실체가 거의 없는 이런 상관성 속에서 하나의 의미를 발견할 수도 있었다. 그러면 사건들은 일상적인 방식과는 다르게 쌓였고, 하나의 낯선 전체에 편입되어 기대하지 않았던 측면들을 드러냈다. 은밀한 은신처에서 그 측면들이 끌려나온 만큼, 사건을 끌어들인 것이 자기 자신이라는 클라리세의 주장도 뒷받침되었다. 이것을 객관적으로 표현하기는 힘들었지만, 발터는 문득 이것이 자신에게 무척 익숙한 그 무언가와 아주 비슷하다는 생각이 들었다. 즉 그림을 그릴 때 일어나는 일과 비슷하다는 것이다. 구체적으로 설명할 순 없지만, 하나의 그림도 기본 구도, 양식, 팔레트에 맞지 않는 색과 선은 모두 배제한다. 그리고 다른 한편으론 자연의 일반 법칙과는 다른 천재적인 법칙의 힘으로 화가의 손에서 그림에 필요한 것을 끄집어낸다. 그때

화가에게는, 쓸 만한 무언가를 찾아 삶의 종양들을 세심히 조사하는 편안하고 건강한 감정은 더이상 남아 있지 않다. 조금 전까지만 해도 그렇게 찬양하던 감정임에도. 대신 화가가 느끼는 것은 용기가 없어 놀이에 참가하지 못하는 소년의 고통이다.

그런데 지크문트는 일단 손에 집어든 것을 쉽게 내려놓는 사람이 아니었다. "클라리세는 너무 예민해." 그가 단언했다. "항상 머리로 벽을 뚫으려고 하는데, 지금은 그중 하나에 머리가 단단히 박혀 있어. 클라리세가 아무리 저항해도 매제가 꽉 붙잡아야 돼!"

"당신들 의사는 인간의 영혼적 과정에 대해 아는 게 정말 하나도 없어!" 발터가 소리쳤다. 또다른 공격 지점을 찾은 것이다. "처남은 '신호'에 대해 이야기해." 그는 클라리세에 대해 이야기할 수 있다는 즐거움으로 자신의 언짢은 감정을 덮고 말을 이어갔다. "처남은 신호들이 언제 장애를 일으키고 언제 장애를 일으키지 않는지 세심하게 검사해. 하지만 난 이렇게 말하고 싶어. 모든 것이 신호인 상태가 바로 인간의 진짜 상태라고! 모든 것이 말이야! 처남은 어쩌면 진실을 직시할 수도 있어. 하지만 진실은 절대 처남을 직시하지 못해. 이 신성하고 불안한 감정을 처남은 절대 알지 못할 거라고!"

"둘 다 미쳤군!" 지크문트가 무덤덤하게 말했다.

"맞아, 당연히 우린 둘 다 미쳤어!" 발터가 소리쳤다. "하지만 처남은 창조적인 사람이 아냐. '자기를 표현한다는 것'이 무슨 의미인지 몰라. 예술가들에게 그건 일단 '이해한다'는 의미야! 우리가 사물에 부여하는 표현이 그 사물들을 올바로 받아들일 감각을 발전시켜. 나는 나 자신이나 타인이 무엇을 원하는지, 그것을 해보고 나서야 이해해! 그게 처남의 죽은 경험과 대조적인, 우리의 살아 있는 경험이야! 처남은 당연히 그게 역설이고, 원인과 결과의 혼동이라고 말하겠지. 처남같이 의학적 인과율로 똘똘 뭉친 사람은!"

그러나 지크문트는 그런 말을 하지 않았고 줄기차게 앞서 했던 말만 반복했다. "매제가 더는 오냐오냐 다 받아주지 않는 것이 클라리세한테 분명 더 좋을 거야. 예민한 인간들한테는 어느 정도 엄격함이 필요하거든."

발터는 처남의 경고를 흘려듣는 척하면서 물었다. "내가 창문을 열고 피아노를 칠 때 무슨 생각을 하는지 아나? 창문 아래로 사람들이 지나다녀. 그중에는 아가씨들도 있겠지. 누군가 마음이 내키면 걸음을 멈추고 내 음악을 들어. 나는 젊은 연인이나 외로운 노인을 위해 연주해. 똑똑한 사람도 있고 멍청한 사람도 있겠지. 나는 그 사람들한테 이성을 전달하지 않아. 내가 연주하는 건 이성이 아냐. 나는 그 사람들한테 나를 전달해. 내 방 보이지 않는 곳에 앉아 신호를 보내. 몇 개의 선율로. 당신들의 삶이 있고, 내 삶이 있다고. 처남은 분명 이것도 미쳤다고 생각하겠지만!……" 갑자기 그가 말을 뚝 멈추었다. '나는 너희 모두에게 뭔가를 말해줄 수 있다'는 감정, 그러니까 창작 재능은 어중간하면서도 무언가를 전달해야 한다는 관념에 사로잡힌 인간의 야심찬 기본 욕구가 무너져내린 것이다. 발터가 열어놓은 창문 안쪽의 말랑하게 텅 빈 공간에 앉아, 얼굴도 모르는 수많은 사람들을 기쁘게 해주고 있다는 예술가의 뿌듯한 자의식으로 선율을 공중으로 실어보낼 때면 그 감정은 마치 팽팽하게 펼친 우산 같았다. 그러다 연주가 끝나면 감정은 즉각 헐렁하게 접은 우산처럼 변해버렸다. 그러면 이전의 모든 경쾌함은 사라지고, 있었던 일이 마치 없었던 일처럼 느껴졌다. 이럴 때 그가 할 수 있는 것이라고는 예술이 대중과의 관련성을 잃었으며 모든 것이 잘못되었다는 말뿐이었다. 이런 생각이 떠오르면서 그는 의기소침해졌다. 저항하려고도 해보았다. 예전에 클라리세는 이런 말을 했다. 음악은 '끝까지' 연주해야 한다. 우리는 뭔가에 동참하는 동안만 그것을 이해할 수 있다! 심지어 이런 말도 했다. 그 때문에 우리는 정신병원에 가야 한다! 발터의 '내면에 있는 우산'은 반쯤 접힌 채 불규칙한 돌풍 속에서 팔락거리고 있었다.

지크문트가 말했다. "신경이 과민한 사람들은 확실하게 이끌어줄 손이 필요해. 그게 당사자한테도 좋아. 매제는 더이상 참지 않겠다고 자기 입으로 말했어. 내가 의사로서, 남자로서 하는 조언은 똑같아. 매제가 남자라는 걸 클라리세한테 보여줘. 물론 처음엔 저항하겠지. 하지만 곧 정신을 차릴 거야!" 지크문트는 마치 믿을 만한 기계처럼 지치지 않고 자기가 도출한 '결과'를 반복해서 말했다.

발터는 '폭풍'처럼 쏟아냈다. "정돈된 성생활에 대한 의학적인 과대평가는 이제 한물간 이야기야! 나는 연주를 하거나 그림을 그리거나 사색을 할 때면 남들한테 준 것을 빼앗지 않으면서도 가까이 있는 사람이건 멀리 있는 사람이건 영향을 끼쳐. 반대로, 이 말은 꼭 해주고 싶어. 오늘날 개인적인 인생관은 결코 어디서도 정당화되지 못해! 결혼생활에서도 물론이고!"

그런데 압력의 무게 추는 지크문트 쪽에 있었다. 이 대화중에도 클라리세에게서 눈을 떼지 않고 있던 발터는 바람을 안고 그녀에게 건너갔다. 남들이 그를 두고 남자가 아니라고 말할 수도 있다는 사실이 불쾌했다. 그는 이런 생각에 힘입어 클라리세에게로 둥둥 떠내려감으로써, 그 생각에 등을 돌렸다. 반쯤 갔을 때 불안스레 드러낸 이 사이로 대화를 시작할 질문이 무엇인지 느꼈다. 당신은 무슨 뜻으로 신호들에 관해 이야기했느냐고.

클라리세는 그가 오는 것을 보았다. 그가 오다가 멈춰 섰을 때부터 망설임이 느껴졌다. 그의 발은 간신히 바닥에서 떨어져 그의 몸뚱이를 실어날랐다. 클라리세는 거친 쾌감으로 그 걸음과 함께했다. 지빠귀가 후다닥 놀라 벌레를 급히 입에 물고 날아올랐다. 이제 이 길엔 그녀의 끌어당김에 걸림돌이 될 만한 것은 없었다. 그런데 클라리세는 갑자기 생각을 바꾸어, 발터에게서 고개를 돌리지 않고 천천히 집 담벼락을 따라 옥외로 향함으로써 그와의 만남을 피했다. 망설이듯 다가오는 이 남자가 텔레파시의 영역에서 직접적인 대면의 영역으로 들어오는 것보다 더 빠른 걸음으로.

27. 얼마 지나지 않아 아가테가 슈툼 장군으로 인해 모임에 모습을 드러내다

아가테가 오빠와 합류한 이후, 투치 집을 들락거리는 많은 사람들과 울리히를 연결시켰던 관계들은 이제 그에게 시간을 내줄 것을 요구하고 있었다. 왜냐하면 봄이 임박해 있음에도 다른 계절보다 활발한 겨울의 사교적 분위기가 아직 끝나지 않았을 뿐 아니라, 부친의 죽음과 관련해서 사람들이 보인 따뜻한 관심에 이제 울리히 입장에서도 아가테를 사람들 앞에 내보이는 것으로 답례할 시간이 되었기 때문이다. 물론 사람들과 어울리기에는 아직 애도의 의무에서 완전히 해방된 것은 아니라고 하더라도 말이다. 사실 울리히가 애도 기간이 제공하는 이점을 충분히 활용할 생각이었다면 남들과의 모든 만남을 좀더 오랫동안 기피하고, 그가 기이한 상태에서 어울리게 되었을 뿐인 그 인간 무리로부터 아예 벗어나는 것도 충분히 가능했을 것이다. 그러나 아가테가 삶을 자신에게 맡긴 이후 울리히는 자신의 감정과 반대로 행동했고, '오라비의 의무'라는 인습적 딱지에 어울리는 결정에 자신의 일부를 맡겼다. 그가 못마땅하게 생각하지는 않았지만 자신의 전인격으로 보자면 선뜻 내리지 못할 결정들이었다. 오라비의 의무는 우선 남편의 집을 나온 아가테의 도주가 더 나은 남자를 만나는 것으로 귀결되도록 하는 것이었다. 그는 둘이 함께 사는 것에 규칙 같은 것이 필요하지 않겠냐는 이야기가 나오면 즉시 이렇게 말하곤 했다. "그냥 이렇게 가다보면 곧 너한테 결혼 신청이나, 아니면 최소한 교제 신청이라도 들어오게 될 거야." 아가테가 몇 주 이상 넘어가는 계획을 세울 때도 이렇게 대답했다. "하지만 그때가 되면 상황이 완전히 달라져 있을 수도 있어." 만일 이런 말을 하는 오빠의 마음에도 갈등이 있음을 인지하지 못했더라면 아가테는 이 말에 큰 상처를 받았을 것이다. 어쨌든 눈치채고 있었기에 그녀는 앞으로 만나게 될 사람들의 범위를 최대한으로 넓히는 게 좋겠다는 오빠의 생각에 당분간은 딱히 저항하지 않기로 마음먹었다. 이렇게 해서 아가테의 도착 이후 남매는 울리히가 혼자 있을 때보다 훨씬 더 활발하게 사람들과 섞이게 되었다.

그전까지 사람들이 울리히 하나만 알고, 그에게서 여동생에 관한 이야기는 전혀 듣지 못했던 만큼 남매의 동반 등장이 불러일으킨 센세이션은 결코 작지 않았다. 어느 날 슈툼 폰 보르트베어 장군이 부관을 대동하고 울리히의 집에 나타났다. 이번에도 서류 가방 속에 둥근 빵을 챙겨왔다. 그는 응접실에 들어서더니 수상쩍은 표정으로 코를 킁킁거렸다. 공기 중에 뭔가 설명하기 어려운 냄새가 배어 있었던 것이다. 곧이어 슈툼은 의자 등받이에 걸린 여자 스타킹을 발견하고는 비난조로 말했다.

"역시 젊긴 젊군!" "여동생 겁니다." 울리히가 설명했다. "무슨 소리! 당신한테 무슨 여동생이 있다고!" 장군이 나무랐다. "남들은 정말 중요한 걱정으로 애가 타는데 당신은 여기서 이렇게 여자하고 노닥거리고 있으니……" 그때였다. 아가테가 들어왔다. 장군은 어안이 벙벙했다. 둘의 유사성과 아가테의 태연함을 보니 울리히의 말이 사실일지 몰랐다. 하지만 그러면서도 자기 앞에 있는 여자가 어이없고 헷갈릴 정도로 닮은 울리히의 애인이라는 느낌을 떨쳐버릴 수 없었다. 나중에 그는 디오티마에게 이렇게 이야기했다. "그 순간 나한테 무슨 일이 일어났는지는 정말 모르겠지만, 울리히가 갑자기 내 앞에 다시 사관후보생이 되어 서 있는 것 같은 기분이 들었습니다, 부인." 슈툼은 아가테가 엄청나게 마음에 들었기에 그녀의 모습을 보면서 혼미 상태에 빠졌다. 이것은 그가 깊은 감동의 신호로 이해하도록 배운 상태였다. 그의 포동포동한 몸과 예민한 성격은 이런 난처한 상황에서 그를 도주에 가까운 후퇴로 기울게 했다. 그래서 울리히가 아무리 만류해도 장군을 자리에 앉힐 수 없었고, 그래서 교육받은 장군을 이리로 이끈 그 중요한 걱정거리에 대해 많은 이야기를 들을 수 없었다.

"아니오!" 장군이 자책했다. "당신들을 이렇게 방해해도 될 만큼 중요한 일은 없소!"

"방해한 게 아닙니다!" 울리히가 웃으면서 장담했다. "대체 뭘 방해한다는 말입니까!?"

"아, 물론 그런 게 아니죠!" 슈툼도 맞장구를 쳤다. 무척 당황스러워하면서. "아니, 그런 뜻이 아니라…… 어쨌든 그래도…… 다음에 다시 오는 게 좋겠소!"

"그래도 굳이 가시겠다면 최소한 여기 온 이유나 말씀하시고 가시죠!" 울리히가 요청했다.

"아무것도 아니오! 진짜로! 그냥 사소한 일이오!" 슈툼은 이대로 도망치려는 강한 욕구 속에서 짧게 말했다. "이제 '위대한 사건'이 시작되려는 것 같소!"

"말 한 마리! 말 한 마리! 배를 타고 프랑스로!" 울리히가 명랑하게 아무 말이나 소리쳤다.

아가테는 의아한 표정으로 울리히를 바라보았다. 그러자 장군이 그녀에게 몸을 돌리며 말했다. "죄송합니다. 아가씨께서는 지금 우리가 무슨 말을 하는지 전혀 모르실 겁니다."

"평행운동이 최상위 이념을 발견했어!" 울리히가 보충했다.

"아뇨, 난 그렇게 말하지 않았소." 장군이 항변했다. "내가 말하고 싶었던 건 모두가 기대하던 사건이 이제 만들어지기 시작했다는 것이오!"

"그래요?" 울리히가 말했다. "하지만 그건 처음부터 그랬죠."

"아뇨, 지금은 달라요." 장군의 표정이 진지했다. "지금은 뭔지 몰라도 무언가 결정적인 것이 명확히 드러나고 있소. 다음번에 당신 사촌 집에서 만사를 결정짓는 회합이 열릴 거요. 드랑잘 부인이……"

"그게 누굽니까?" 울리히는 새로운 이름을 듣는 순간 슈툼의 말허리를 잘랐다.

"이것 보라니까! 그만큼 당신이 우리하고 얼마나 소원했는지 알겠소?" 장군이 유감스럽다는 듯 울리히를 슬쩍 비꼬고는 방금 자신의 이 태도를 만회하려는 듯 아가테에게 몸을 돌렸다. "드랑잘 부인은 시인 포이어마울의 후원자죠. 그 시인이 누군지도 모르죠?" 장군은 울리히 쪽에서 어떤 식의 반응도 오지 않자 둥글둥글한 몸을 다시 뒤로 돌리며 물었다.

"압니다. 서정시인이죠."

"맞아요, 그런 시를 쓰죠." 장군이 말했다. 익숙하지 않은 단어는 의심스럽다는 듯이 피하면서.

"그냥 쓰는 게 아니라 잘 쓰죠. 게다가 희곡도 다양하게 쓰고요."

"그건 모르겠소. 게다가 내 자료도 가져오지 않았고. 어쨌든 포이어마울은 '인간은 선하다'고 말하는 사람이오. 한마디로 그 드랑잘 교수가 후원하는 게 바로 그 테제요. 인간이 선하다는 거 말이오. 사람들은 그게 유럽의 테제라고 말하죠. 포이어마울은 미래가 아주 탄탄하다고들 하고. 드랑잘 교수는 세계적으로 유명한 의사의 과부인데, 그 배경으로 포이어마울을 유명인으로 만들려고 해요. 어찌됐건 당신 사촌이 지도력을 잃고 드랑잘 부인의 살롱이 그걸 넘겨받을 위험이 상존해요. 그 집 살롱에도 유명한 사람들이 죄다 들락거리고 있으니까."

장군이 이마의 땀을 닦았다. 울리히는 그 전망도 결코 나쁘지 않다고 생각했다.

"무슨 말이오!" 슈툼이 질책조로 말했다. "당신도 당신 사촌에게 경탄하지 않소? 그런 사람이 어떻게 그런 말을 할 수 있죠? 그렇게 생각하시지 않습니까, 아가씨?" 슈툼이 아가테에게로 고개를 돌렸다. "경탄하는 부인에 대한 그런 태도는 지극히 불충하고 배은망덕하지 않나요?!"

"나는 그 사촌을 전혀 몰라요." 그녀가 고백했다.

"오!" 슈툼은 기사도적인 의도와 아가테의 모호한 고백에 의도하지 않은 무례함이 뒤섞인 말로 이렇게 덧붙였다. "하지만 당신 사촌은 최근에 힘이 좀 떨어졌죠!"

울리히도 아가테도 이 말에 아무 대답을 하지 않았다. 장군은 무언가 설명이 필요하다는 느낌을 받았다. "당신도 그 이유를 알지 않소!" 슈툼이 울리히를 보고 의미심장하게 말했다. 그는 디오티마가 섹스학에 빠져 평행운동에서 점점 마음이 멀어지고 있는 것이 영 탐탁지 않았고, 거기다 아른하임과 그녀의 관계까지 개선되지 않고 있어 걱정이 컸다. 하지만 아가테가 있는 데서 이런 문제를 어디까지 솔직하게 털어놓아도 되는지 알 수 없었다. 아가테의 표정은 점점 싸늘해지고 있었다. 그에 반해 울리히는 차분하게 대꾸했다. "우리의 디오티마가 아른하임에게 더는 이전과 같은 영향력을 행사할 수 없다면 장군님의 석유 관련 문제도 진전이 없겠군요?"

슈툼은 마치 귀부인 앞에서 어울리지 않는 농담을 하는 울리히를 말리려는 것처럼 불쌍하게 애원하는 표정을 지으면서도 동시에 준엄한 경고의 빛을 그에게 쏘아보냈다. 그러고는 젊은 사람처럼 날랜 동작으로 둔중한 몸을 들어올리더니 두 손으로 군복 상의를 평평하게 잡아당 겼다. 아가테의 태생에 대한 원초적 불신이 컸던 터라 그런 사람 앞에 서 국방성의 비밀을 누설하고 싶지 않았던 것이다. 슈툼은 대기실에 나와서야 울리히의 팔을 꽉 잡으며, 얼굴에 웃음을 띠면서도 쉰 목소리로 속삭였다. "대체 그렇게 노골적으로 국가반역에 해당하는 말을 하면 어 쩌자는 거요!" 이 말 다음에 그는 아무리 친동생이라고 하더라도 유전 에 관한 이야기는 단 한마디도 꺼내선 안 된다고 엄하게 경고했다. "알 겠습니다." 울리히가 약속했다. "하지만 내 쌍둥이 여동생입니다." "쌍 둥이 여동생이라도 안 되지!" 장군이 다시 못을 박았다. 동생이라는 것 도 믿기 어려운데 쌍둥이 여동생이라는 것은 더더욱 믿지 못하는 사람 이었다. "약속해주시오!" "그런 약속은 받아내도 소용없습니다." 울리히 는 약간 흥분했다. "우린 삼쌍둥이니까요. 무슨 말인지 아시겠습니까?" 이제야 슈툼은 어떤 것에 대해서도 그냥 '예'라고 말하지 않는 울리히 가 자신을 그런 식으로 놀리고 있음을 깨달았다. "아무리 당신 여동생 이라고 하더라도 저렇게 매력적인 여자와 한몸으로 붙어 있다는, 그 런 밥맛없는 이야기를 할 정도로 농담을 못하지는 않았잖소!" 그는 이 런 식으로 울리히를 질책했다. 그런데 이것이 울리히의 침거에 품은 강 렬한 불신에 다시 불을 지폈기에 그는 울리히의 활동을 확인하려는 몇 가지 질문을 연이어 던졌다. 새 비서가 벌써 생겼느냐? 디오티마의 집 에는 갔느냐? 라인스도르프 백작한테 가겠다고 한 약속은 지켰느냐? 그사이 디오티마와 아른하임 사이에 무슨 일이 있었는지 아느냐? 그 런데 의심 많은 이 투실투실한 장군은 당연히 이 모든 걸 다 알고 있었 다. 울리히의 진실성을 떠보려고 물었던 것뿐이었는데, 결과는 만족스러웠다. "그럼 나한테 호의를 베푼다고 생각하고, 운명의 회의가 열리는 그날 늦지 않게 참석해주시오." 그가 외투 단추를 채우면서 부탁했다. 외투 소매에 힘들게 팔을 끼우느라 아직도 숨을 약간 헐떡거리면서. "그전에 내가 다시 전화하겠소. 그때 내 차로 같이 갑시다. 그게 좋겠소!"

"그 지루한 회의는 대체 언제 열립니까?" 울리히가 썩 내키지 않는다는 듯 물었다.

"아마 열나흘 안에 열릴 거요. 우리는 다른 정파를 디오티마의 집에 데려갈 생각이오. 아른하임이 꼭 있어야 하는데. 지금은 출타중이거든." 장군은 외투 주머니에 매달린 금술 장식을 손가락으로 톡톡 두드렸다. "그 사람이 없으면 '우린' 재미가 없죠. 무슨 뜻인지 당신도 알 거요. 하지만 솔직히 말하자면……" 그가 한숨을 내쉬었다. "내가 개인적으로 바라는 건, 그럼에도 당신 사촌이 우리의 정신적 지도자 역할을 계속 맡는 것 하나뿐이오. 완전히 새로운 상황에 다시 적응해야 하는 건 너무 끔찍한 일이니까!"

그러니까 이 방문 때문이었다. 울리히가 혼자 떠났던 사회적인 관계 속으로 동생과 함께 다시 돌아가게 된 것은. 이 방문 이후 그로서는 결코 달가운 일이 아니었지만 예전의 사회적 교류를 재개할 수밖에 없었다. 왜냐하면 이제는 하루라도 더 아가테와 숨어 있는 일이 불가능해졌으며, 이렇게 대단한 이야깃거리를 발견한 슈툼이 입을 다물리라고는 생각할 수 없었기 때문이다. '샴쌍둥이'가 디오티마의 집을 방문했을 때 디오티마는 이 수상쩍고 이상한 별칭에 대해 벌써 들어서 알고 있었다. 아직은 그리 매력적으로 느껴지지 않는 별칭이었다. 사실, 그녀의 집에 가면 언제든 만날 수 있는 명망 높고 뛰어난 사람들 덕분에 유명해져서 여신으로까지 추앙받는 디오티마는 예고도 없이 찾아온 아가테를 처음엔 무척 기분 나쁘게 생각했다. 마음에 안 드는 여자 친척은 남자 사촌보다 디오티마의 입지에 훨씬 더 큰 위협이 될 수 있었기 때문이다. 게다가 이 새로운 사촌에 대해, 자신이 예전에 울리히에 대해 아는 것이 없었던 만큼 거의 알지 못한다는 사실도 모든 것을 알고 있어야 하는 디오티마로서는 화나는 일이었다. 그것도 슈툼 장군에게 그 사실을 자인할 수밖에 없게 되었으니 말이다. 때문에 디오티마는 아가테에게 '고아 여동생'이라는 명칭을 준비해두고 있었다. 한편으론 그녀 자신을 위한 위무 효과도 있고, 다른 한편으론 이 모임의 사람들이 아가테를 그리 부르도록 하기 위해서였다. 그녀는 대충 그런 마음으로 울리히 남매를 맞았다. 디오티마는 아가테가 보여준 흠잡을 데 없는 사교적 매너에 기분좋게 놀랐다. 기독교 기숙학교에서의 훌륭한 교육을 잊어버리지 않은, 경탄하고 비꼬면서도 삶을 오는 대로 받아들이는 태도(그녀가 항상 울리히에게 한탄하는 태도였다)가 몸에 밴 아가테는 첫 순간부터 거의 의도하지 않게 힘있는 젊은 여성들의 자애로운 애정을 확보했다. 물론 이 여자들의 크나큰 야망은 아가테로선 도저히 이해할 수 없고 심드렁한 것이었지만. 아가테는 마치 빛을 전파하는 신비스러운 일을 아무 간섭 없이 해내는 거대한 변전소에 경탄하듯 디오티마에게 놀라워했다. 아가테가 처음에는 디오티마의 마음을 끌었고, 그다음엔 곧 모든 사람들의 마음을 사로잡았기에 디오티마는 아가테의 사회적 성공을 키우는 데 열심이었고, 자신의 명예를 위해서라도 점점 더 그 일에 열을 올렸다. '고아 여동생'은 호의적인 관심을 불러일으켰다.

가까운 지인들 사이에서 지금껏 그녀에 대해 아무것도 알지 못한 것에 대한 솔직한 놀람에서 시작된 이 관심은 교류의 범위가 점점 넓어지면서 새롭고 놀라운 것에 사람들이 갖게 되는 막연한 호감으로 바뀌어갔다. 제후 가문과 언론 가문 사이에 존재하는 호감과 비슷하게 말이다.

하고많은 가능성들 중에서 공적인 성공을 보장하는 최악의 가능성을 충동적으로 선택하는 예술가적 능력을 지닌 디오티마는 이제 울리히와 아가테가 상류사회의 뇌리에서 잊히지 않게 수완을 발휘했다. 두 사람의 후원자로서 그녀는 갑자기 처음에 들었던 그 이야기가 황홀하게 느껴졌고, 남들에게도 그 사연을 하나의 황홀한 사건으로서 적극 전파하기 시작했다. 그러니까 거의 평생을 떨어져 지내다가 낭만적인 상황에서 다시 합치게 된 사촌 남매가 그때부터 스스로를 삼쌍둥이라 부르고 있다는 이야기 말이다. 지금까지는 운명의 눈먼 의지에 따라 그와 거의 반대되는 삶을 살아왔음에도 말이다. 아무튼 이것이 왜 디오티마의 마음을 필두로 나중에는 다른 모든 사람들의 마음까지 사로잡았는지, 그리고 같이 살기로 한 남매의 결심을 어떻게 그렇게 이례적이면서도 자연스럽게 비치게 했는지는 말하기 쉽지 않아 보인다. 하지만 분명 그것이 바로 디오티마의 지도자적 재능이었다. 왜냐하면 그 두 가지 일은 어쨌든 실제로 일어났을 뿐 아니라 그녀가 경쟁자들의 책략에도 불구하고 여전히 부드러운 권력을 행사하고 있음을 증명했기 때문이다. 외국에서 돌아와 그 이야기를 들은 아른하임은 정선된 구성원들 앞에서 귀족적으로 대중적인 힘에 대한 경외심을 강조하는 장황한 강연을 했다. 심지어 나중에는 어떤 경로를 통해, 아가테가 외국의 유명한 학자와 불행한 결혼생활을 하다가 오라버니에게 도망친 거라는 소문까지 돌았다. 당시 사회 지도층에서는 지주들의 원칙에 따라 이혼을 좋지 않게 생각했고 간통으로 그럭저럭 결혼을 유지했기 때문에 많은 나이든 사람들은 아가테의 결심을 의지력과 경건함이 뒤섞인, 좀더 높은 삶의 이중적 빛 속에서 바라보았다. 이 이중적 빛에 대해서는 울리히 남매에게 특히 호의를 보인 라인스도르프 백작이 언젠가 다음과 같은 말로 분석한 적이 있었다. "우리 극장들은 항상 끔찍하게 과도한 열정들만 상연하고 있어. 하지만 이제는 우리의 부르크테아터 극장도 그런 것들을 예로 삼아야 해!"

백작이 이 말을 할 때 그 자리에 있었던 디오티마는 이렇게 답했다. "많은 사람들이 유행에 따라 인간은 선하다고 말하지요. 하지만 지금 제가 연구로 깨달은 것처럼 성생활의 혼란과 분란을 깨닫게 되면 사람들도 그런 예가 얼마나 드문지 알게 될 거예요!" 그녀는 이 말로 백작이 베푼 칭찬에 제동을 걸려고 했을까, 강조하려고 했을까? 그녀는 아직 울리히를 용서하지 않고 있었다. 아가테의 임박한 도착과 관련해 자신에게 한마디도 하지 않은 그를 믿지 못할 사람이라 불렀던 것이다. 그러나 그녀는 자신이 관여한 남매의 성공에 뿌듯해했고, 그 뿌듯함이 그녀의 대답에 섞여 있었다.

28. 너무 지나친 명랑함

아가테는 사교 생활이 제공하는 이점을 자연스러운 능숙함으로 충분히 활용했다. 오빠는 지극히 교만한 집단 내에서 자신감 있게 행동하는 동생의 태도가 마음에 들었다. 지방 중학교 교사의 아내였던 시절은 이제 그녀에게서 떨어져나가 흔적조차 남지 않은 듯했다. 하지만 울리히는 그 결과를 어깨를 으쓱하며 다음 말로 요약했다. "우리의 고위 귀족들은 사람들이 우리를 샴쌍둥이라 부르는 것을 재미있어해. 귀족들은 항상, 예를 들면 예술보다 동물 쇼에 관심이 더 많은 사람들이거든."

남매는 일어나는 모든 일을 암묵적인 동의하에 단순히 하나의 막간극으로 다루었다. 살림살이와 관련해서 많은 것을 바꾸거나 새로 조정할 필요가 있음을 둘 다 첫날부터 명확히 깨달았지만 실행에 옮기지는 않았다. 어디까지 뻗어나갈지 모를 대화를 또다시 반복하고 싶지는 않았기 때문이다. 동생에게 침실을 내준 울리히는 아가테의 욕실을 경계로 나누어진 드레스룸을 침실로 썼다. 게다가 옷장도 대부분 동생에게 내주었다. 때문에 동생이 오빠의 불편한 상황을 동정하자 그는 성 라우렌티우스의 석쇠를 언급하며 손사래를 쳤다. 사실 아가테는 자신이 오빠의 독신생활을 방해했을 수도 있다는 생각을 결코 진지하게 해보진 않았다. 왜냐하면 오빠가 무척 행복하다고 장담했던데다 그가 이전에 누렸던 행복이 어느 정도였는지 그저 모호하게 짐작만 했기 때문이다. 이제 그녀는 이 집이 좋아졌다. 인습에 얽매이지 않은 방식도 마음에 들었고, 지금은 물건들로 가득찬 몇 안 되는 쓸 만한 방들 주위에 즐비한 장식 공간과 부속실도 마음에 들었다. 이 집에는 지난 시절의 형식적인 정중함이 있었다. 현재의 막돼먹고 위압적이고 방종한 것에 무방비하게 내맡겨진 공손함이었다. 가끔 무질서한 침입에 아름다운 공간들이 제기하는 묵묵한 항의는 슬퍼 보였다. 마치 우아하게 깎은 공명동共鳴胴 위에 끊어지고 뒤엉킨 현絃만 걸려 있는 것처럼. 아가테는 오빠가 말은 그렇게 했어도, 거리에서 동떨어진 이 집을 결코 애정과 이해 없이 선택하지는 않았음을 알아차렸다. 오래된 벽에서는 완전히 침묵하지도 않고 완전히 들려주지도 않는 열정의 언어가 흘러나왔다. 아가테와 울리히가 진심으로 좋아한 것은 정돈되지 않은 것의 향유였다. 그들은 불편하게 살았고, 아가테가 이 집에 불쑥 들어온 뒤로는 호텔에서 음식을 시켜 먹었으며, 모든 것에서 지극히 과도한 명랑함을 찾아냈다. 소풍을 가서 식탁보다 불편하게 풀밭 위에서 식사를 할 때처럼.

환경이 이렇다보니 이 집에는 당연히 제대로 시중들 사람이 없었다. 울리히가 이 집에 들어올 때 단기로 고용한(벌써 은퇴를 준비하던, 정리해야 할 일만 남은 노인이었기 때문이다) 그 경험 많은 하인에게는 많은 걸 기대할 수 없었다. 울리히는 가능한 한 그에게 일을 시키지 않았다. 그래서 동생의 몸종 역할도 자신이 맡아야 했다. 제대로 된 하녀를 들이려면 일단 기거할 방을 마련해야 했는데, 그 일은 다른 모든 일과 마찬가지로 여전히 계획의 영역에만 머물러 있었다. 물론 그런 영역을 넘어 몇 번 현실적으로 시도해본 적은 있으나 좋은 결과를 얻지 못했다. 어쨌든 울리히는 사교계 공략에 나선 여기사의 종자로서 제 할 일을 잘해나가고 있었다. 게다가 아가테는 그사이 자신이 가진 의상에서 빠진 것들을 보충하기 시작했고, 그렇게 구입한 옷들이 집에 넘쳐났다. 그런데 이 집은 어디에도 여성을 위한 공간이 따로 마련되어 있지 않아서 그녀는 이 집 전체를 탈의실로 사용하는 버릇이 붙었고, 그로써 울리히는 원하든 원치 않든 새로 산 물건들에 관여할 수밖에 없었다. 방 사이의 문들은 열려 있었고, 그의 운동 기구들은 이제 스탠드나 옷걸이로 사용되었다. 그는 책상에 앉아 있다가도 옷에 관한 결정을 위해 밖으로 불려나가야 했다. 마치 밭에서 쟁기를 갈다가 불려간 고대 로마의 킨키나투스처럼. 울리히는 아직 남아 있는 연구 작업의 욕구에 대한 이런 방해를, 이것도 언젠가 끝나리라는 희망 속에서 참아냈을 뿐 아니라 그 자체가 회춘과 같은 새로운 즐거움을 안겨주기도 했다. 동생의 나태한 활력은 마치 식어버린 화로 속에서 타닥거리는 삭은 불꽃처럼 울리히의 외로움 속에서 타올랐다. 우아한 명랑함의 환한 물결과 인간적인 신뢰의 짙은 물결이 그가 사는 공간들에 가득 넘쳤고, 그가 지금껏 마음대로 해왔던 특성을 이 공간들에서 빼앗아갔다. 하지만 무엇보다 무궁무진한 샘과 같은 이 타자의 존재가 그를 가장 놀라게 했던 것은 그 무궁무진함을 구성하는 합산되지 않는 자질구레한 것들이 전체적으로는 전혀 다른 엄청난 것을 만들어내고 있다는 독특함이었다. 즉 시간을 낭비하고 있다는 초조함, 그러니까 아무리 위대하고 중요한 일에 몰두하더라도 평생 그에게서 떠나지 않았던, 결코 충족되지 않을 것 같은 그 느낌이 놀랍게도 흔적도 없이 사라진 것이다. 이렇게 해서 그는 처음으로 자신의 일상적 삶을 아무 생각 없이 사랑하게 되었다.

심지어 그는 아가테가 구입한 수많은 매력적인 옷들을 여성 특유의 진지함으로 그의 경탄을 사기 위해 내놓을 때면 숨이 턱 막힐 것 같은 기쁨을 과장해서 표현했다. 마치 여자의 진기한 본성이 그렇게 강요하는 듯했다. 사실 지력이 동일한 수준이라면 여성의 본성이 남성보다 더 섬세하고, 바로 그 때문에 남성의 경우보다 계획적인 인간성에서 훨씬 멀리 떨어진 대담한 방식으로 자신을 치장하려는 생각에 쉽게 빠져든다. 어쨌든 울리히의 경우는 어쩌면 여자의 그런 진기한 본성이 실제로 그의 참여를 강요했을지 모른다. 왜냐하면 그가 관련을 맺게 된 많은 자잘하고 사랑스럽게 우스꽝스러운 생각들, 예를 들면 인조 진주 장식, 인두로 지진 머리, 선이 바보처럼 처리된 레이스와 자수, 가차없는 유혹색, 오락 사격장의 별들을 닮았고 모든 똑똑한 여자들이 또렷하게 그 매력을 알아보는 이런 아름다운 것들이 울리히를 빛나는 광기의 실로 옭아매기 시작했기 때문이다. 바보 같은 것이든 몰취미한 것이든, 세상의 그 어떤 것이든 사람들이 그것과 진지하게 관계하고 눈높이를 맞추면 자기만의 편안한 질서와 자기애의 뇌쇄적 향기, 그리고 함께 놀고 기쁘게 해주려는 타고난 의지를 드러내기 시작한다. 이런 일이 동생의 새 옷 장만하는 일을 거들던 울리히에게도 일어났다. 그는 옷을 이리저리 날랐고, 감탄하고 감정했으며, 필요한 경우에는 조언하고 옷을 입어보는 것을 도왔다. 그는 아가테와 함께 거울 앞에 섰다. 여자의 외모가 꼭 오븐에 들어갈 준비를 끝낸, 털 뽑힌 닭을 연상시키는 요즘에는 억눌러온 식욕을 세차게 자극하던 예전 모습을 상상하기란 어렵다. 그런 식욕은 그사이 가소로운 수준으로 식어버렸다. 겉보기엔 재단사가 땅바닥에 꿰매버린 것 같은데도 기적처럼 움직이는 긴 치마는 우선 가볍고 비밀스러운 속치마를 에워싸고 있었다. 천연색 비단 꽃잎 같은 이 속치마의 하늘거리는 움직임은 갑자기 좀더 부드러운 하얀 천 조직으로 옮겨가면서 부드러운 기포를 일으키며 처음으로 몸과 접촉했다. 유혹적으로 눈길을 끌면서도 동시에 그런 시선을 뿌리치는 양면성을 지닌 점에서 물결과 비슷한 이 옷은 솜씨 있게 경이로운 신체 부위 주변에 진을 친 중간 기착지 및 중간 요새의 정교한 시스템이기도 했고, 또한 자연에 어긋나는 성격에도 불구하고 숨막히는 어둠을 상상의 흐릿한 빛으로 밝히는, 영리하게 장막을 친 성애 극장이기도 했다. 이제 울리히는 '준비'라는 개념의 이러한 진수가 흡사 내면에서 진행되듯 허물어지고 분해되는 것을 날마다 보았다. 평생을 마치 대기실이나 앞마당을 건너듯 급히 여자들의 신비스러움을 건너왔기에 여자의 비밀이 이제 더는 신비스러움이 아니었음에도, 통로와 목표가 없는 지금에 이르러서는 그 비밀들도 그에게 완전히 다른 의미로 다가왔다. 여자들의 옷에 내재된 긴장이 반격에 나섰다. 그것이 어떤 변화였는지 울리히는 말하기 어려웠을 것이다. 다만 당연한 말 같지만, 스스로를 남자처럼 느끼는 사람이라고 생각했고, 자신이 그렇게 자주 갈망했던 것을 이제 다른 측면으로도 바라보게 하는 유혹이 이해되었다. 그것은 가끔 섬뜩한 느낌으로 다가오기도 했지만, 그는 웃으면서 떨쳐냈다.

"간밤에 여학교 기숙사의 담벼락이 내 주변에 치솟더니 나를 완전히 에워싼 것 같아!" 그가 항변했다.

"그게 끔찍해요?" 아가테가 물었다.

"모르겠어." 울리히가 대답했다.

이어 그는 동생을 육식성 식물로, 자신은 그 빛나는 꽃받침 속으로 기어들어간 불쌍한 곤충이라 불렀다. "네가 나를 꽃받침 속에 넣고 닫아버렸어." 그가 말했다. "이제 난 색깔과 향기, 광채 속에 갇혀, 내 본성에 반해 벌써 너의 일부가 되어 우리가 유혹할 수컷들을 기다리고 있어!"

그는 동생이 남자들에게 얼마나 강렬한 인상을 주는지 보고 있으면 정말 기분이 묘했다. '동생에게 남편을 찾아주는 것'이 가장 큰 걱정거리인 사람이 말이다. 그렇다고 질투를 하는 것은 아니었다. 그의 성격 어디에 그런 면이 숨어 있겠는가?! 그는 자기 행복보다 동생의 행복을 먼저 생각했고, 하가우어와의 이혼으로 처하게 될 과도기 상태에서 동생을 구해줄 기품 있는 남자가 곧 나타나길 희망했다. 그럼에도 구애하는 남자들에게 둘러싸인 동생을 볼 때면, 또는 거리에서 누군가 동생의 미모에 빠져 동행자는 신경도 안 쓰고 얼굴을 빤히 바라보면 울리히는 자신의 마음이 어떤지 알 수가 없었다. 다만 남자로서 느끼는 단순한 질투가 그에게는 허락되지 않았기에, 아직 들어가보지 못한 어떤 세계에 갇힌 기분이 들 때가 많았다. 그는 경험상 여자들의 좀더 신중한 연애 기술만큼이나 남자들의 구애 행위도 정확히 알고 있었고, 아가테를 그런 상황에 내맡기고 그런 세계에서 움직이게 하는 것이 괴로웠다. 마치 말이나 쥐들의 구애 행위를 보는 느낌이었다. 코를 씩씩거리고 히잉 울고, 입을 내밀고 이를 드러내는 것, 즉 낯선 사람들이 서로 자존감과 상대에 대한 존중을 드러내는 이런 표현이 아무 공감 없이 그것을 관찰하는 그에게는 마치 몸안에서 솟구쳐오르는 진득한 마비처럼 역겨웠다. 그럼에도 깊은 감정적 욕구가 요구하는 것처럼 동생의 입장이 되려고 애쓰다보면, 그 인내에 혼란스러워져 간혹 당사자도 아닌 사람이 뭔가 핑계를 대면서 접근할 때 보통 느끼는 부끄러움을 겪는 일도 생겼다. 그가 이런 속내를 솔직히 털어놓자 아가테는 웃었다. "우리 모임에는 오빠한테 무척 관심이 많은 여자도 몇 명 있어요." 그녀의 대답이었다.

지금 여기서 무슨 일이 진행되고 있는 것일까?

울리히가 말했다. "기본적으로 그건 세계에 대한 항의야!"

이런 말도 했다. "너도 발터를 알 거야. 우린 오래전부터 서로를 좋아하지 않아. 하지만 내가 발터 때문에 화가 나고, 발터도 나 때문에 화가

난다는 걸 알면서도 그 친구를 보고 있으면 마치 우리가 서로를 이해하지 못하는 것만큼이나 서로를 완벽하게 이해하는 것 같은 사랑스러운 느낌이 들 때가 많아. 봐, 사람은 서로 이해하기로 동의하지 않고도 다들 얼마만큼씩 이해를 하고 살아. 때문에 누군가를 이해하기 전에 이미 그 사람과 합의가 되어 있다는 건 동화처럼 아름답고 무의미한 이야기야. 마치 봄철에 물이 사방에서 계곡으로 흘러들듯이!"

그는 '지금이 그렇다!'고 느꼈고, 또 이렇게 생각했다. '아가테에 대해 내가 어떤 형태의 사심과 이기심, 또 어떤 형태의 추악하고 심드렁한 감정도 갖지 않는 데 성공하면 아가테는 즉시 마치 자석 산이 배의 못을 끌어당기듯 내게서 모든 특성들을 끄집어낼 거야! 도덕적으로 나는 나 자신도 아니고 아가테도 아닌 그런 원초적 원자 상태로 해체될 거야! 혹시 더없는 행복이라는 것이 이런 게 아닐까?!'

그러나 그는 이렇게만 말했다. "너를 지켜보는 게 아주 재미있어!"

아가테는 얼굴이 새빨개져서 말했다. "그게 왜 '재미'있죠?"

"나도 몰라. 너는 가끔 내 앞에서 부끄러워해. 그러다가도 내가 '그냥 네 오빠일 뿐'이라는 사실을 기억해내. 또 어떤 때는 다른 남자가 보면 무척 흥미로웠을 장면을 나한테 들켜도 너는 부끄러워하지 않아. 내 눈엔 그게 별게 아닐 거라는 생각이 너한테 퍼뜩 드나봐. 물론 나는 급히 눈을 돌리지만……"

"그게 왜 재미있죠?" 아가테가 물었다.

"이유는 모르지만 다른 사람을 눈으로 좇는 것이 행복해서 그럴 거야. 그건 자기 물건에 대한 아이들의 사랑과 비슷해. 아이들의 지적인 무력함은 빼고……"

"어쩌면 오빠한테 '오누이 놀이'가 재밌어서 그런 게 아닐까? '여자 남자 놀이'에는 질렸을 테니까!"

"그렇기도 하지." 울리히는 이렇게 말하며 동생을 유심히 바라보았다. "사랑은 원래 단순한 접근 충동이자 장악 본능이야. 사람들은 사랑을 신사 숙녀라는 양극으로 나누었고, 그 두 극 사이에서는 광기의 긴장과 압박, 경련, 변성이 생겨났어. 오늘날 우리는 음식학처럼 우스꽝스러워진 이 과장된 이데올로기에 물렸어. 아가테, 나는 대부분의 사람이 피부 자극과 전체 인간 사이의 이러한 연결이 다시 철회된다면 무척 반가워할 거라고 확신해! 조만간 단순한 성적 동지애의 시대가 찾아올 거야. 예전에는 남자와 여자를 만들었던 망가진 낡은 태엽 더미 앞에 이제 소년 소녀들이 영문도 모르고 사이좋게 서 있는 시대지!"

"하가우어와 내가 그런 시대의 선구자였다고 말한다면 오빠는 또 기분 나빠하겠죠!" 아가테가 설탕이 들어가지 않은 질 좋은 포도주처럼 텁텁한 웃음을 지으며 대꾸했다.

"나는 이제 어떤 것에도 반감을 갖지 않아." 그가 옅은 웃음을 지었다. "갑옷의 버클을 푼 전사라고 할 수 있지! 그 전사는 태고 이래 처음으로 살갗에 담금질한 철 대신 자연의 공기를 느끼고, 자기 몸이 새의 등에 탈 수 있을 만큼 가볍고 지쳐 있다고 생각해!" 그가 확언했다.

그는 웃음 그치는 걸 마냥 잊은 사람처럼 여전히 웃으면서 동생이 테이블 모서리에 앉아 검은 비단 스타킹을 신은 다리를 대롱대롱 흔들고 있는 모습을 관찰했다. 그녀는 셔츠와 짧은 반바지만 입고 있었다. 그녀의 원래 모습과는 동떨어진, 파편화된 그림 같은 느낌이 들었다. '아가테는 내 친구이면서 동시에 황홀한 여자의 표상이야.' 울리히는

생각했다. '아가테가 실제 여자라는 게 얼마나 뒤엉킨 현실인지!'

아가테가 물었다. "사랑이라는 건 정말 없어요?"

"있어! 하지만 사랑은 예외 사건이야. 이 사건은 구분해야 해. 우선 그 성격상 피부 자극 계통의 육체적 경험이 있어. 이것은 어떤 형태의 도덕적 부속품이나 감정 없이 일깨워지는 순수한 만족감이야. 두번째로는 일상적인 마음의 움직임이 있어. 이것도 육체적 경험과 밀접하게 연결되어 있지만 모든 사람이 거의 차이가 없을 정도로 똑같아. 그래서 이런 필연적인 유사성 속에서 사랑의 주요 순간들을 나는 영혼의 영역보다 육체적이고 기계적인 것의 영역에 포함시키고 싶어. 마지막으로, 사랑의 영적 경험이 있어. 그건 다른 두 영역과 반드시 관련이 있다고 할 수는 없어. 예를 들어 우리는 신을 사랑할 수 있고, 세계를 사랑할 수 있어. 아니, 어쩌면 신이나 세상만 사랑할 수 있을지도 몰라. 어찌됐든 우리가 한 인간을 사랑할 필요는 없어. 그런데도 만일 한 인간을 사랑하게 된다면 육체적인 것이 온 세상을 탈취해서 모든 것이 뒤집혀버려." 이 대목에서 울리히가 말을 멈추었다.

아가테의 얼굴이 검붉게 물들었다.

만일 울리히가 이 말과 불가피하게 연결된 사랑의 육체적 행위를 아가테에게 연상시킬 목적으로 일부러 위선적으로 그런 말을 했다면 성공한 게 분명했다.

그는 두리번거리며 성냥을 찾았다. 자기 발언의 의도치 않은 결과를 주의력 분산을 통해 무효화하기 위해서였다. "아무튼 사랑은, 그게 사랑이 맞다면, 예외적 사건이고, 그래서 일상적 사건들의 모범이 될 수 없어."

아가테는 식탁보의 끝을 잡아 자기 다리를 감았다. "남들이 지금 우리가 나누고 있는 대화를 들으면 자연의 본성에 어긋난 비뚤어진 감정이라고 얘기하지 않을까요?" 그녀가 갑자기 물었다.

"터무니없는 소리! 우리가 각자 느끼는 것은 상반된 본성 속 그림자 같은 각자의 이중적 모습이야. 나는 남자고 너는 여자야. 흔히 이렇게들 말해. 어떤 성격의 인간이든 자기 속에 그림자 성향의 반대 성격이나 억눌러진 반대 성격이 있다고. 어쨌든 인간은 자기 자신에 대해 도무지 만족하지 못할 때 그 반대 성격에 대한 동경을 느껴. 그래서 나의 드러난 반대 인간은 네 속으로 미끄러져 들어가고, 너의 것은 내 속으로 들어와. 그것들은 바뀐 몸속에서 굉장히 편안해해. 이유는 간단해. 예전의 환경과 거기서 바라보던 관점을 그다지 존중하지 않기 때문이지!"

아가테는 생각했다. '예전에 오빠는 이 모든 것에 대해 훨씬 더 강하게 얘기했는데, 지금은 왜 이렇게 누그러진 걸까?'

울리히가 말한 것은 남들과의 교제에서 틈날 때면 가끔 그들이 한 남자와 한 여자인 동시에 쌍둥이라는 사실에 서로 놀라워하는 두 동무처럼 살아온 삶에 맞는 이야기였다. 두 사람 사이에 그런 일치가 존재한다면 개인으로서 세계와 그들의 관계는 보이지 않는 숨바꼭질 놀이의 매력뿐 아니라 상대의 몸과 옷으로 바꿔 입는 매력, 또 아무것도 모르는 남들을 상대로 두 종류의 마스크 뒤에서 '하나에 둘이 들어가는' 속임수를 펼치는 매력을 얻게 된다. 그러나 아이들이 가끔 그 자체로 소음이 아니라 소음을 만들어내는 것처럼, 이런 유희적이고 너무 강조된 쾌활함은 상당한 높이에서 떨어지는 그림자가 이따금 의도치 않게 남매의 심장을 침묵하게 만드는 진지함에는 어울리지 않았다. 이렇게 해서 어느 날 저녁, 그들이 침대로 가기 전에 우연히 다시 한번 대화를 나누었을 때 울리히는 긴 잠옷을 입은 동생을 보고 농담삼아 말했다. "백 년 전이었다면 나는 '오 나의 천사여!' 하고 소리쳤을 거야. 그런데 지금은 이 말이 안타깝게도 시대에 뒤떨어진 말이 되어버렸어!" 순간 그는 입을 다물더니 당혹스럽게 생각에 잠겼다. '이게 내가 동생에게 해야 할 유일한 말이 아닐까?! 애인이라고 할 수도 없고 아내라고 할 수도 없어! 사람들은 그대, 천상의 존재여, 하고 말하기도 해. 이건 우스꽝스러울 정도로 과장되긴 했지만 자기 자신을 믿을 용기가 없는 것보다는 나아!'

아가테는 이렇게 생각하고 있었다. '잠옷을 입은 남자는 천사처럼 보이지 않아!' 그는 어깨가 넓고 사나운 인간처럼 보였다. 문득 그녀는 형클어진 머리에 둘러싸인 이 강한 얼굴이 자신의 눈 위에 그림자를 드리웠으면 하는 소망이 부끄러워졌다. 육체적으로 순진무구한 방식으로 관능이 달아올랐고, 피는 격한 파도가 되어 몸을 타고 흘러 내면에서 모든 힘을 빼앗으며 살갗으로 퍼져나갔다. 그녀는 오빠만큼 광적인 인간이 아니었기에 자신이 느끼는 것을 그대로 느끼고 있었다. 그래서 부드러우면 실제로 부드러웠다. 그러나 생각 면에서는 밝지 않았고 도덕 면에서는 명쾌하지 않았다. 오빠의 그런 면을 싫어하는 것만큼이나 사랑했음에도.

울리히는 날마다 반복해서 모든 것을 생각으로 정리했다. 기본적으로 이것은 삶에 대한 항의였다! 그들은 팔짱을 끼고 시내를 돌아다녔다. 키도 어울리고, 나이도 어울리고, 성향도 어울렸다. 둘은 나란히 걸

느라 서로를 잘 볼 수 없었다. 서로에게 편안함을 선사하는 이 키 큰 두 형체는 기쁜 마음으로 거리를 거닐었고, 발걸음을 뗄 때마다 주변의 낯선 사람들 한가운데에서 서로의 몸이 닿는 숨결을 느꼈다. 우리는 하나다! 전혀 이상할 것 없는 이 감정으로 그들은 행복해했다. 울리히는 어느 정도는 이 감정 속에서, 어느 정도는 이 감정에 저항하면서 말했다. "우리가 오누이인 것에 이렇게 만족하는 것은 참 웃겨. 세상은 보통 이걸 평범한 관계로 여기지만 우리는 뭔가 특별한 것으로 만들고 있잖아!?"

어쩌면 아가테는 오빠의 이 말에 상처를 받았을지 모른다. 그래서 그가 덧붙였다. "하지만 그건 내가 항상 원해온 거였어. 어렸을 때 난 어린 여자아이를 데려다 키워서 나중에 결혼까지 하는 꿈을 갖고 있었어. 많은 남자들이 실제로 그런 판타지를 갖고 있다고 생각해. 진부한 생각이지만. 그런데 어른이 돼서 난 정말 그런 아이에게 사랑에 빠진 적이 있어. 불과 두세 시간 동안이지만!" 그가 이야기를 이어갔다. "전차에서 있었던 일이었어. 한 소녀가 내 쪽으로 올라탔어. 열두 살쯤 돼 보였는데, 동행이 있었어. 아주 젊은 아빠이거나 나이 차이가 많은 오빠처럼 보였지. 소녀가 차에 타서 자리에 앉고, 차장에게 두 사람분의 차비를 무심히 건네는 모습은 다 큰 숙녀와도 같았어. 그렇다고 유치하게 어른티를 내려고 하는 기색도 전혀 없었지. 소녀가 동행인에게 말을 하거나 그 사람의 말을 묵묵히 듣는 모습도 마찬가지로 어른스러웠어. 정말 아름다운 소녀였어. 불그스름하고 도톰한 입술, 짙은 눈썹, 끝이 약간 올라간 코, 짙은 머리…… 폴란드나 남슬라브 출신 같았어. 옷도 외국의 민속 의상과 비슷했던 걸로 기억해. 허리가 잘록한 긴 저고리, 그리고 목과 손목의 레이스와 주름 장식도 그 작은 인격체의 어른 스러움과 완벽하게 일치했어. 혹시 알바니아 사람이었을지도 몰라. 나는 너무 멀리 앉아 있어서 소녀의 말을 들을 수 없었어. 소녀의 진지한 얼굴선은 원래의 나이를 훌쩍 뛰어넘어 완전히 성숙한 어른 같았지. 물론 그렇다고 난쟁이의 얼굴은 아니었어. 두말할 필요 없이 아직 어린아이의 얼굴이었지. 하지만 다른 한편으로 보자면 이 아이 얼굴은 어른이 되기 전의 미성숙한 단계도 아니었어. 뭐라고 할까? 열두 살로 완성된 여자 얼굴이라고 할까? 마치 장인이 그린 첫 스케치처럼 영혼적으로도 완벽해서 나중에 덧붙여진 다른 모든 부분이 원래의 위대함을 망치겠다 싶을 정도였어. 사람들은 이런 경이로운 존재를 보면 열정적인 사랑에 빠질 수 있어. 그것도 치명적으로, 어떤 형태의 육체적 욕망도 없이. 나는 소심하게 다른 승객들을 둘러보았던 걸로 기억해. 마치 모든 질서가 내게서 물러나는 것 같았기 때문이지. 그러다 나는 소녀를 따라 내렸고, 거리의 인파 속에서 놓치고 말았어." 그는 자신의 짧은 이야기를 끝냈다.

아가테는 잠시 기다렸다가 웃으면서 물었다. "그 이야기는 사랑의 시대가 지나고 대신 섹스와 우애만 남은 것과 어떻게 연결되죠?"

"전혀 관계없어!" 울리히가 웃으면서 소리쳤다.

동생은 잠시 생각에 잠기더니 떨떠름한 티를 확실히 드러내며 말했다. 둘이 재회한 날 저녁에 오빠가 사용했던 말을 의도적으로 반복하는 것처럼 들렸다. "남자는 누구나 '어린 형제자매 놀이'를 좋아해요. 정말 바보 같아요. 그 형제자매들은 얼큰하게 취하면 서로 엄마 아빠라고 불러요."

울리히는 멈칫했다. 아가테의 말이 맞았을 뿐 아니라 재능 있는 여자들은 자신을 사랑하는 남자들의 가차없는 관찰자이기도 한 것이다. 이런 여자들은 이론이 없어서 자신들의 발견을 사용하지 못할 뿐이다. 그렇게 부추겨질 때를 빼고는. 울리히는 약간 마음이 상했다. "당연히 그에 관한 심리학적인 설명이 있지." 그가 망설이듯이 말했다. "우리 둘이 심리학적으로 의심스러운 건 분명한 사실이야. 근친상간적 성향은 반사회적 성향이나 삶에 대한 반항적 태도처럼 아주 어린 시절에 나타나는 속성이지. 심지어 하나로 굳어지지 못한 성 정체성도 마찬가지일 거야. 물론 나는 아니……"

"나도 아니에요!" 아가테가 강하게 받아치며 다시 웃었다. 일부러 그러려던 것은 아니었음에도. "나는 여자를 좋아하지 않아요!"

"그건 상관없어." 울리히가 말했다. "기껏해야 영혼의 뱃속 이야기니까. 너도 이렇게 말할 수 있을 거야. 나머지 세계를 배제한 채 오직 혼자만 경배하고 혼자만 경배받아야 하는 술탄의 욕구가 존재한다고. 고대 오리엔트에서는 그런 욕구가 하렘을 만들어냈고, 오늘날엔 그 때문에 가족과 사랑, 개가 존재하지. 나는 이렇게 말하고 싶어. 남들이 감히 넘볼 수 없도록 한 인간을 오직 혼자서만 소유하려는 병적 욕망은 인간 공동체 내 개인적인 고독의 표지라고. 그건 사회주의자들조차 부인하기 어려워. 네가 그걸 그런 식으로 보려고 한다면 우린 그저 시민적인 탈선일 뿐이야. 저기 봐, 얼마나 멋지니!……" 울리히가 말을 중단하고 동생의 팔을 잡아끌었다.

그들은 오래된 건물들 사이에 위치한 작은 장터 가장자리에 서 있었다. 어느 위인의 의고전주의적 입상 둘레에 알록달록한 채소들이 놓여 있었고, 가판대에는 굵은 삼베로 만든 커다란 파라솔이 펼쳐져 있었으며, 가끔 과일들이 굴러떨어졌고, 누군가는 광주리를 질질 끌고 갔고, 누군가는 어슬렁거리면서 펼쳐놓은 귀한 상품에 눈독을 들이는 개들을 쫓아내고 있었다. 거친 사람들의 불그레한 얼굴도 보였다. 대기는 열심히 소리치는 인간들의 목소리로 찢어질 듯 울리고 떨렸으며, 대지의 모든 것에 내리쬐는 태양의 냄새가 배어 있었다. "우리가 단순히 세상을 보고 냄새를 맡기만 한다면 세상을 사랑할 수밖에 없지 않을까?!" 울리히가 감격스럽게 물었다. "하지만 우리는 세상의 머릿속에서 진행되는 것에 동의하지 않기에 세상을 사랑할 수 없어……" 그가 덧붙였다.

이것은 아가테의 취향에 맞는 구분이 아니었다. 그녀는 대답하지 않았다. 대신 오빠의 팔을 꾹 힘주어 잡았다. 두 사람은 이 몸짓을 마치 그녀가 그의 입에다 부드럽게 손을 갖다대는 것처럼 이해했다.

울리히가 웃으면서 말했다. "나도 그건 좋아하지 않아! 그건 항상 남욕할 거리를 찾을 때 일어나는 일이지. 하지만 나도 뭔가를 사랑할 수 있어. 나도 아니고 자기 자신도 아니면서, 자신만큼이나 나이기도 한 샴쌍둥이 여동생은 모든 것의 유일한 교차점이 분명해!"

그는 다시 유쾌해졌다. 그의 기분은 대개 아가테에게도 그대로 전염되었다. 그들은 이제 재회의 첫날밤이나 그전처럼은 이야기하지 않았다. 그것은 마치 구름 성처럼 사라졌다. 한적한 시골이 아닌 도시의 생기 넘치는 거리 위에 떠 있다면 믿기 어려웠을 그런 구름 성 말이다. 어쨌든 그런 대화가 사라진 것은 울리히가 자신을 움직인 체험들에 얼마만큼 실질적 가치를 부여해야 할지 알지 못했기 때문인 듯했다. 그런데

아가테는 오빠가 그 체험들을 단순히 과도한 판타지로만 여기고 있다고 생각할 때가 많았다. 그렇지 않다고 증명해 보일 수도 없었다. 그녀는 항상 오빠보다 말을 적게 했고, 말을 하더라도 정곡을 찌르지 못했으며, 그렇게 할 수도 없다고 생각했다. 다만 오빠가 결정을 피하고 있고, 그래선 안 된다는 것만 느꼈다. 이렇듯 두 사람은 깊이도 무게도 없는 농담 같은 이 행복 속에 자신들을 숨기고 있었다. 때문에 아가테는 날이 갈수록 점점 슬퍼졌다. 오빠만큼 자주 웃기는 했어도.

29. 하가우어 교수가 펜을 들다

이런 상황은 여러 측면에서 무시당한 느낌을 받고 있던 아가테의 남편 때문에 바뀌었다.

어느 날 아침, 이런 즐거운 나날에 마침표를 찍는 일이 일어났다. 흰 글자로 '○○시 제국–왕국 루돌프 김나지움'이라고 찍힌, 크고 둥글고 노란 인장으로 마무리된 관청 서식의 두툼한 편지 한 통이 아가테에게 배달되어왔다. 그녀가 편지를 개봉하지 않고 손에 들고 있는데 갑자기 집들이, 이층집들이 스르르 떠올랐다. 입을 꾹 다물고 있는 것 같은 깨끗한 유리창, 날씨를 알아보려고 각층에 하나씩 설치해놓은 갈색 테두리의 흰 온도계, 그리스식 박공지붕, 창문 위의 바로크풍 가리비 장식, 집 벽에 튀어나오게 조각한 두상頭像, 그리고 가구 공예점에서 만들어 돌처럼 색칠한 듯한 신화 속의 보초병들…… 시내 도로들은 외부에서 들어온 국도와 마찬가지로 수많은 바큇자국과 함께 갈색으로 축축하게 도시를 지나갔고, 도로 양쪽으로는 최신 쇼윈도로 치장한 상점들이 서 있었다. 이것들은 마치 긴 치마를 들어올린 채 인도에서 더러운 거리로 뛰어들 결심을 하지 못하는 서른 전의 부인들처럼 보였다. 이것이 바로 아가테의 머릿속에 있는 그 지방 풍경이자, 머릿속의 허깨비이자, 그녀가 영원히 벗어났다고 믿었음에도 어찌된 영문인지 완전히 지워지지 않는 그 무엇이었다! 하지만 그보다 더 이해가 안 되는 것은 애초에 그것과 연결되어 있다는 사실이었다?! 그녀의 집 현관문에서 익숙한 집들의 벽을 따라 학교로 가는 길이 눈앞에 떠올랐다. 남편 하가우어가 하루에 네 번 다니는 길이자, 그녀도 처음엔 집에서 일터까지 남편을 동행하면서 자주 오갔던 길이다. 물론 그녀가 쓰디쓴 치료약을 한 방울도 흘리지 않고 정성스럽게 마시던 시절의 일이었다. '하가우어는 지금쯤 점심을 먹으러 호텔로 가고 있을까?' 그녀는 궁금해했다. '예전에는 내가 매일 아침에 찢던 일력 낱장을 이젠 하가우어가 직접 찢고 있을까?' 이 모든 것이 갑자기 다시는 사라지지 않을 듯 초현실적으로 생생하게 되살아났다. 그녀는 고요한 전율 속에서 너무도 익숙한 위축감이 내면에 이는 것을 알아챘다. 무관심, 용기 상실, 넘치는 염증, 오락가락하는 변덕으로 이루어진 감정이었다. 그녀는 남편이 보낸 두툼한 편지를 일종의 갈망 비슷한 심정으로 개봉했다.

하가우어 교수가 장인 장례식과 수도에서의 짧은 볼일을 끝내고 다시 가정과 일터로 돌아왔을 때 주변 세계는 이전의 짧은 여행 때와 다를 바 없이 그를 맞아주었다. 임무를 무사히 마침으로써 이제 여행 신발을 벗고 두 배로 일을 잘하게 해주는 실내화를 신게 됐다는 편안한 마음과 함께 그는 다시 익숙한 환경으로 돌아갔다. 일터인 학교에 갔더

니 수위가 공손하게 맞아주었다. 부하 교사들도 그를 반갑게 환영하는
듯했다. 교장실에는 그의 부재 동안 누구도 감히 처리할 수 없었던 서
류와 일들이 그를 기다리고 있었다. 그가 복도를 급히 지나갈 때면 그
의 발걸음이 학교 건물에 날개를 달아주고 있다는 느낌이 들곤 했다.
고틀리프 하가우어는 대단한 인물이었고, 그 자신도 그걸 알고 있었다.
그의 이마에서 뿜어져나온 격려와 쾌활함이 학교 건물을 감싸고 있는
듯했다. 학교 밖에서 누군가 아내의 안부와 소재지를 물으면 그는 훌륭
한 결혼생활을 하고 있는 남자의 태연함으로 대답했다. 남자라는 동물
은 생식능력이 아직 남아 있는 한 결혼생활 중의 짧은 공백을 마치 가
벼운 굴레를 잠시 벗듯 느끼는 것이 보통이다. 실제로 그 틈을 타서 나
쁜 짓을 저지르지는 않는다고 해도 말이다. 어쨌든 그런 공백기가 끝나
면 남자는 원기를 되찾고, 행복은 다시 시작된다. 하가우어 역시 처음
엔 아가테의 부재를 그런 식으로 순진하게 받아들임으로써 아내가 얼
마 동안 집을 비웠는지도 전혀 눈치채지 못하고 있었다.

아가테의 기억 속에 하루하루 찢겨져가는 낱장과 함께 삶의 끔찍한
상징이 되었던 그 일력은 어느 날 실제로 하가우어의 관심을 끌기 시
작했다. 그가 어느 문구점으로부터 신년 선물로 받아 학교에서 집으로
가져온 뒤로 다이닝룸의 벽에 어울리지 않는 얼룩처럼 찰싹 달라붙어
있고, 그 삭막함 때문에 아가테가 견딜 수 없어하면서도 직접 관리할
수밖에 없었던 일력이었다. 아내가 떠난 뒤로 낱장 찢어내는 일을 하가
우어 자신이 맡는 것이 그의 성품에 전적으로 일치했을 것이다. 벽의
일부를 저렇게 계속 무질서하게 방치하는 것은 그의 습관에 맞지 않았
기 때문이다. 하지만 다른 한편으로 그라는 사람은 영겁의 바다에서 자

기가 위치한 달과 주의 위도를 날마다 정확히 파악하고 있는 남자였다. 게다가 교장실에 어차피 달력이 하나 더 있기도 했다. 그럼에도 자신의 집에서 이 시간 계측기의 질서를 맞추려고 손을 올리는 순간 멈칫하고 말았다. 특이한 느낌의 이 저항은 나중에 밝혀지듯이 운명이 예고한 여러 충동들 가운데 하나였다. 즉 처음에는 하가우어가 단지 기사도적인 부드러운 감정으로 치부하고 스스로 놀라워하면서 만족스러워한 그런 충동이었다. 그래서 그는 아가테가 집을 떠난 날에 멈춰 있는 일력을 아내가 돌아오기 전까지 경의와 기억의 의미로 건드리지 않기로 마음먹었다.

이렇게 해서 일력은 시간이 가면서 하가우어에게는 그것을 볼 때마다 아내가 얼마나 오랫동안 집을 기피하고 있는지 떠올리게 하는 곪은 상처가 되었다. 그는 가정이나 감정에 관한 언급을 자제하면서 아내에게 엽서를 썼다. 자신의 근황을 전하다가 점점 절박한 심정으로 언제 돌아올지 물었다. 그러나 답장은 오지 않았다. 그는 이제 지인들이 안타까운 표정으로 그의 아내가 애도의 의무를 지키기 위해 집을 비우는 게 더 길어질지 물으면 더는 예전처럼 환한 표정으로 대답할 수 없었다. 하지만 다행히 항상 너무 바빴다. 학교 일과 그가 속한 여러 협회일 말고도 초대와 문의, 독자들의 경탄과 비난 편지, 교정지, 잡지, 중요한 책들이 날마다 우편으로 도착했기 때문이다. 하가우어는 비록 몸은 변방, 그것도 낯선 여행자들에게 별로 좋은 인상을 주지 않는 변방에 살고 있지만 정신만큼은 유럽의 아성이었다. 그로 인해 그는 오랫동안 아가테의 부재가 진정으로 의미하는 바를 알아차리지 못했다. 그러던 어느 날 우편물 사이에 울리히의 편지 한 통이 끼어 있었다. 편지에는 꼭 할 말만 건조한 어조로 적혀 있었다. 아가테는 하가우어에게 돌아갈 마음이 없으니 이혼에 동의해줬으면 한다는 내용이었다. 편지는 정중한 형식에도 불구하고 어찌나 가차없고 간결하던지, 하가우어는 울리히가 마치 나뭇잎에 달라붙은 벌레 한 마리를 떼어내듯 편지를 읽게 될 자신의 감정을 배려하지 않은 것에 분노가 치솟았다. 그러면서도 마음속에서 일어난 자기방어의 첫 움직임은 이랬다. 아가테의 변덕에 따른 일이니 진지하게 받아들이지 말자는 것이다. 울리히의 편지는 날마다 쌓여가는 미룰 수 없는 대낮의 일과 쇄도하는 세상의 영광스러운 인정 속에서 마치 사람을 헷갈리게 하는 도깨비불 같았다. 저녁이 되어서야 하가우어는 텅 빈 집의 책상에 앉아 기품 있는 간결함으로, 울리히의 말은 못 들은 걸로 하겠다는 내용의 편지를 써 보냈다. 곧 울리히의 답장이 도착했다. 하가우어의 의견을 받아들일 수 없고, 이혼하고 싶어하는 아가테의 갈망을 그녀 모르게 되풀이하면서 좀더 정중하고 상세한 말로 필요한 모든 법률적 절차를 수월하게 해줄 것을 요청했다. 그것이 하가우어처럼 도덕적으로 성숙한 남자에게 어울릴 뿐 아니라 이 일로 공연히 분란을 일으켜 불미스러운 상황이 생기는 것보다 좋지 않겠느냐는 것이다. 그제야 하가우어도 사태의 심각성을 깨달았고, 나중에 후회하지도 비난받지도 않을 답장을 쓰기까지 사흘이 걸렸다.

그는 이 사흘 중 이틀을 마치 누군가 자신의 심장을 찌르는 것 같은 고통을 느꼈다. "이건 악몽이야!" 그는 이 말을 몇 번이고 애처롭게 되뇌었다. 정신을 똑바로 차리지 않으면 그 요구의 현실성도 전혀 실감이 나지 않았다. 이 며칠 동안 그의 가슴속에서는 상처받은 사랑과 똑같은 깊은 불쾌감이 존재했고, 거기다 모호한 질투심까지 일었다. 아가테

행동의 원인으로 추정되는 어느 정부를 향한 것이 아니라 자신을 이렇게 뒷전으로 밀어내버린, 도저히 이해할 수 없는 어떤 것에 대한 질투심이었다. 그것은 지극히 착실하고 정돈된 남자가 무언가를 부수거나 잊어버렸을 때 느끼는 수치심과 비슷했다. 기억이 나지 않을 만큼 아득한 시절부터 그의 머릿속에 확고하게 자리잡고 있던 무언가가 갑자기 쪼개져버렸다. 이제는 그런 게 있는지 의식조차 못하지만 많은 것을 좌우하는 무언가였다. 하가우어는 아름답지 않다는 이유로 과소평가되어서는 안 될 현실적인 고통 속에서 창백하고 심란한 얼굴로 이리저리 돌아다녔다. 하지만 되도록 사람을 피함으로써 꼭 해야 할 설명과 참아내야 할 굴욕으로부터 벗어나고자 했다. 셋째 날에야 마침내 이런 상태가 안정되었다. 하가우어는 울리히가 갖고 있는 반감만큼이나 자신도 자연스럽게 그에게 반감을 갖고 있었다. 그런데 아가테의 행동에 대한 책임을 직관적 예감에 따라 처남에게 모두 돌리고 나니, 지금까지 구체적으로 드러나지 않았던 그 반감이 이제야 갑자기 명확하게 표출되었다. 집시풍의 불안정한 오빠의 영향으로 아가테의 머리가 돈 게 분명하다고 생각한 것이다. 하가우어는 책상에 앉아 짧은 말로 아내의 즉각적인 귀환을 요구했다. 모든 문제를 남편인 자신이 아내와 직접 논의해 처리하겠다고 단호히 선언하면서.

울리히로부터도 마찬가지로 간결하고 단호한 거부 의사가 담긴 답장이 왔다.

하가우어는 이제 아가테에게 직접 호소하기로 마음먹었다. 그래서 울리히와 주고받은 편지들에다 자신이 쓴 신중하고 긴 편지까지 동봉해서 아내에게 부쳤다. 아가테가 관의 직인이 찍힌 큰 봉투를 개봉했을 때 쏟아진 것이 바로 그 편지들이었다.

하가우어 자신은 이 모든 것이 실제로 일어난 일이라고 믿을 수가 없었다. 그날 저녁 학교에서 '황량한 집'으로 돌아와, 같은 시각 다른 공간의 울리히처럼 편지지 한 장을 앞에 두고 책상에 앉았지만 무슨 말로 시작해야 할지 난감했다. 그런데 하가우어의 삶에서는 여러 번 탁월하게 효과가 입증된 '단추의 방법'이 있었고, 이번에도 그는 이 방법을 사용했다. 이 방법의 본질은 여러 가지 문제에 대한 체계적인 접근이다. 휘발성이 강한 문제라도 상관없다. 여기엔, 시간 낭비를 싫어하는 사람이 더 빨리 옷을 벗을 수 있도록 쓸데없는 단추를 없애고 꼭 필요한 지점에만 단추를 다는 것과 비슷한 원칙이 작동한다. 예를 들어 영국 작가 서웨이(하가우어가 서웨이의 연구를 끌어온 것은 이런 근심 속에서도 그것을 자신의 관점과 비교하는 것이 중요해 보였기 때문이다)는 성공적인 사고 과정에서 다섯 개 단추를 구분한다. 1) 한 사건에 대한 면밀한 관찰. 그러나 이 관찰만으로는 사건이 즉각적으로 해석되지 않고 어려움이 야기된다. 2) 이런 난관들에 대한 좀더 명확한 경계 짓기와 정의 내리기. 3) 가능한 해답의 추정. 4) 이 추정 결과들의 논리적 발전. 5) 추정의 수용이나 거부뿐 아니라 사고의 성공을 위한 또다른 관찰. 하가우어는 론테니스(국가공무원 클럽에서 배웠다) 같은 세속적인 일에 그 비슷한 방법을 적용해서 이득을 본 경험이 있었고, 그뒤로 이 놀이에 아주 큰 정신적 매력을 느꼈다. 하지만 순수 감정적 사안에서는 아직 한 번도 사용한 적이 없었다. 왜냐하면 그의 일상적 내면의 삶이란 대부분 직업적인 일과 관련되어 있을 뿐 아니라 개인적인 일일 경우에도 백인종에게나 가능하고 관습적으로 받아들여지는 감정

450

들의 혼합인 이른바 '건강한 감정'으로 이루어져 있었기 때문이다. 지역과 직업, 신분에 따른 감정에 편향된 채 말이다. 따라서 이혼을 원하는 아내의 요구처럼 비상식적인 상황에 그 단추들을 적용하는 것은 실습의 부족으로 쉽지 않은 일이었다. 심지어 '건강한 감정'조차 개인적인 일과 관계된 어려움에 부딪히면 쉽게 분열되는 특성을 드러내기 마련이다. 건강한 감정은 한편으론 하가우어에게 이렇게 말했다. 그처럼 시대에 맞게 사는 사람은 신뢰 관계의 해체를 원하는 그런 요구를 막아서서는 안 될 의무가 여러 면에서 많다. 하지만 다른 한편으로는 이렇게도 말하고 있었다. 그게 마뜩잖으면 그런 의무를 파기해버릴 이유도 충분하다는 것이다. 왜냐하면 오늘날 이런 문제들에 있어 만연한 경솔함은 결코 인정될 수 없기 때문이다. 하가우어도 잘 알듯이 이럴 경우, 현대인은 긴장을 풀어야 한다. 그러니까 주의력을 분산시키고, 편한 자세를 취하고, 내면 가장 깊은 곳에서 들려오는 소리에 귀를 기울여야 한다는 것이다. 그는 조심스럽게 숙고를 멈추고 보호자를 잃은 일력을 빤히 바라보면서 내면으로 귀를 기울였다. 얼마 뒤 의식적인 사고보다 더 깊은 내면에서 올라오는 목소리가 그에게 답했다. 그도 벌써 생각하고 있던 것이었다. 그러니까 아가테의 요구처럼 근거 없는 그런 부당한 요구는 전혀 받아들일 필요가 없다는 것이다!

그와 함께 하가우어 교수의 정신은 부지불식중에 벌써 서웨이의 1번부터 5번까지 이어지는 단추들이나 그와 상응하는 일련의 단추들 앞에 내려앉아 그가 관찰해야 할 사건의 해석에 존재하는 난관을 새삼 느끼고 있었다. 하가우어는 스스로에게 물었다. '이 고통스러운 사건은 나 고틀리프 하가우어의 책임인가?' 그는 스스로를 검증했고, 자신이 무슨 잘못을 했는지 어떤 단서도 찾지 못했다. '그렇다면 아내가 사랑한 다른 남자가 원인인가?' 그는 가능한 해답을 계속 추측해나갔다. 그러나 그것은 받아들이기 어려운 추측이었다. 아무리 객관적으로 생각해봐도 다른 남자가 자기에 비해 어떤 더 나은 것을 아가테에게 제공할 수 있을지 도무지 이해가 되지 않았기 때문이다. 어쨌든 이 물음은 개인적인 허영심에 의해 다른 어떤 물음보다 더 쉽게 논점이 흐려졌다. 때문에 그는 이 문제를 아주 상세히 다루기로 마음먹었고, 그 과정에서 아직 한 번도 생각해보지 못한 전망이 열렸다. 하가우어는 불현듯 서웨이의 3번 항목에서 4번과 5번을 지나 계속 이어갈 잠재적인 해답의 흔적을 발견했다. 그가 아는 한, 이성에 대한 사랑이 결코 깊거나 열정적이지 않은 여자들에 의해서만 보고되는 일련의 현상들이 결혼 후 처음으로 떠오른 것이다. 아내와 관련해서, 그 옛날 총각 시절에 의심할 바 없이 관능적인 삶에 빠진 여자들에게서 경험했던, 꿈에 취한 듯 완전히 열린 탐닉의 증거는 그의 기억 속 어디서도 발견할 수 없었고, 그것은 뼈아픈 일이었다. 하지만 이것은 이제 그가 학문적인 평정심으로 제삼자에 의해 결혼생활의 행복이 파괴될 가능성을 배제하는 데 도움이 되었다. 이로써 아가테의 행동은 절로 이런 행복에 대한 순수 개인적인 반란으로 격하되었다. 특히 그녀가 일말의 징후도 내비치지 않은 채 집을 떠났고, 또 떠나 있는 동안 설득력 있는 이유로 생각을 바꾸었다고 하기에는 그 시간이 너무 짧았기에 하가우어는 이제 더는 의심할 여지가 없는 확신에 이르렀다. 그러니까 아가테의 이해할 수 없는 행동은 서서히 축적되어온, 삶의 부정으로 이끄는 유혹들 중 하나로만 설명될 수 있다는 것이다. 그리고 삶에 대한 이런 태도는 흔히 자기가 무엇을 원하는지 모르는 사람들에게서 나타나는 걸로 알려져 있었다.

그렇다면 아가테는 정말 그런 성격의 소유자일까? 이것은 좀더 검증해볼 필요가 있었다. 하가우어는 생각에 잠긴 얼굴로 펜대로 수염을 쓸었다. 그의 표현에 따르면 그녀는 평소에 '사이좋은 동료'로 사는 것만으로 충분하다는 인상을 풍겼다. 그러면서도 그가 가장 많은 관심을 보이는 문제들에는 태만하다기보다 그냥 무심했다. 실제로 그녀의 내면에는 그와 타인들, 그리고 그들의 관심과 맞지 않는 무언가가 있었다. 물론 그렇다고 그로 인해 충돌을 일으키지는 않았고, 그래야 할 자리에서는 남들과 함께 웃거나 진지하게 굴 줄도 알았다. 그러나 하가우어가 곰곰이 생각해보니, 그녀는 긴 세월 동안 늘 약간 산만한 인상을 풍겼다. 사람들이 전달하는 이야기나 논쟁거리에도 귀를 기울이기는 했으나 그걸 믿는 것 같지는 않았다. 이런 면들을 면밀히 관찰해보면 그녀는 정말 건강하지 못한 무심한 사람처럼 여겨졌다. 심지어 가끔은 자신의 주변을 결코 진지하게 생각하지 않는다는 인상을 풍기기도…… 이런 생각 중에 갑자기 그의 펜이 자신도 모르게 특색 있는 필치로 종이 위에서 재빨리 움직이기 시작했다. "뭐가 됐든 당신은 환상을 믿고 있는 거요." 그는 이렇게 써나갔다. "내가 제공할 수 있는 이 삶, 그러니까 검소하지만 순수하고 완벽한 이 삶을 사랑할 수 없을 만큼 스스로를 훌륭하게 여긴다면 말이오. 지금 생각해보니 당신은 늘 부젓가락으로 삶을 건드리는 사람이었소. 당신은 소박한 삶도 제공할 수 있는 인간미와 도덕적 풍요로움을 거부했소. 당신이 설사 뭔가를 통해 그럴 권리가 있다고 느끼더라도, 그로써 도덕적인 변화 의지를 등한시한 채 예술적이고 환상적인 해결책을 선택한 거요!"

그는 다시 한번 숙고했다. 이번에는 자신에게 유익한 정보를 줄 사례를 찾으려고 자신의 손을 거쳐간 학생들을 꼼꼼히 검사해보았다. 그런데 이것을 제대로 시작하기도 전에 자신의 숙고에서 빠진 부분이 저절로 떠올랐다. 지금껏 모호한 불쾌감 속에서 계속 찾고 있던 부분이었다. 이 순간 아가테는 그에게 접근할 일반적인 경로가 없는 완전히 개인적인 사례가 결코 아니었다. 왜냐하면 그녀가 특정 열정에 현혹되지 않은 상태에서 자신을 얼마나 쉽게 포기할 준비가 되어 있는지 생각해보면 그의 입장에서는 반갑게도 현대 교육학이 잘 알고 있는 근본적인 가정에 불가피하게 이르렀기 때문이다. 즉 그녀에게는 주관을 뛰어넘는 사유 능력과 외부 세계와의 확고한 정신적 교류가 없다는 것이다! 하가우어는 빠르게 써내려갔다. "당신은 지금 당신이 하려는 일조차 그게 어떤 건지 분명하게 알고 있지 못한 게 틀림없소. 당신이 번복할 수 없는 결정을 내리기 전에 경고하겠소! 당신은 삶에 정통하고 삶에 대처하는 법을 잘 아는 부류, 그러니까 나로 대변되는 그런 인간들과는 정반대 부류일 거요. 바로 그 때문에 당신은 내가 제공하는 지지대를 경솔하게 포기해선 안 될 것이오!" 사실 하가우어는 다른 말을 쓰려고 했다. 왜냐하면 인간의 지능은 폐쇄적이거나 독자적인 능력이 아니고, 지능의 결핍은 도덕의 결핍을 불러오고, 그러면서도 우리가 도덕적 백치라고 말할 때면 주목을 덜 받기는 하지만 도덕적 결핍이 지능의 힘을 자기가 원하는 방향으로 돌리거나 현혹시킬 수 있기 때문이다! 하가우어의 정신적 눈앞에 한 확고한 유형이 나타났다. 그가 기존의 규정에 기초해 '특정한 결락缺落 현상에서만 나타나는 도덕적 백치의 충분히 지적인 특수 형태'라고 부르고 싶은 유형이었다. 그런데 그는 이러한 적확한 표현을 사용할 수 없었다. 한편으론 도망친 아내를 더욱더 자극하는 일은 피하고 싶었고, 다른 한편으론 문외한들에게 사용하면 오해를 살 수 있는 표현이었기 때문이다. 그럼에도 객관적으로는 그런 결함 있는 현상들이 전체적으로 폭넓게 퍼져 있는 저능아 종에 속하는 것은 변함없었다. 마침내 하가우어는 양심과 기사도 정신 사이의 이런 대립에서 하나의 해결책을 떠올렸다. 아내에게 관찰되는 그런 변칙적 결락 현상은 널리 퍼져 있는 여성적 열등함에 기대어 사회적 정신박약으로도 불릴 수 있었기 때문이다. 이런 견해 속에 그는 감정적인 말로 편지를 끝냈다. 하가우어는 멸시받은 연인이자 교육학자의 예언적 분노에 차서, 아가테를 공동체 정신이 없는 반사회적인 인간으로, 위험한 그녀의 기질을 '부정적 별종'으로 묘사했다. 이런 별종은 '오늘날의 시대'가 '오늘날의 인간들에게' 요구하는 것과는 달리 삶의 문제들에 한 번도 과감하고 창의적으로 맞부딪치지 않고 '유리창 하나로 현실과 분리된 채' 항상 병적인 위험의 가장자리에 서서 스스로 선택한 자기 고독을 고수하는 유형이었다. "만일 내게 마음에 안 드는 것이 있었다면 직접 맞서 싸웠어야 했소." 그는 이렇게 썼다. "하지만 당신의 기질은 현실 에너지를 감당하지 못하고 현실 도전도 기피하지. 그게 진실이오! 나는 당신의 그런 성격에 대해 경고했소." 그는 다음과 같이 마무리했다. "반복하자면 당신은 남들보다 믿을 만한 지지대가 더 절실한 사람이오. 이제 자기 자신을 위해서라도 나는 당신에게 지체 없이 돌아올 것을 요구하고, 당신 남편으로서 내가 짊어진 책임감이 당신의 소망을 들어주는 것을 금지하고 있음을 명확히 밝히오."

하가우어는 편지에 서명하기 전에 다시 한번 숙독했고, 문제적 인간

유형에 관한 표현이 무척 불완전하다는 느낌이 들었지만 아무것도 수정하지 않았다. 다만 아내를 생각하는 일에 따르는 이 이례적이고 자랑스럽게 극복한 부담감을 콧수염 밑으로 힘차게 한숨을 내쉬는 것으로 풀어버린 뒤 '새 시대'의 문제에 대해서도 얼마나 하고 싶은 말이 많은지 숙고하면서 편지 말미에, 그러니까 '책임감'이 나오는 그 문장 다음에 공경하는 장인이 자신에게 남긴 귀한 유산에 대해 정중한 감사의 인사만 덧붙였다.

아가테가 이 모든 것을 읽고 났을 때 기이한 일이 일어났다. 편지 내용이 그녀에게 뭔가 영향을 끼친 듯했다. 그녀는 앉을 새도 없이 선 채로 다시 한번 한마디 한마디 꼼꼼히 읽어내려가더니 편지 든 손을 천천히 내렸고, 동생의 심적인 동요를 기이하게 관찰하고 있던 울리히에게 편지를 건넸다.

30. 울리히와 아가테가 이유를 하나 더 찾다

울리히가 편지를 읽는 동안 아가테는 소심하게 그의 표정을 살폈다. 편지 위로 숙인 그의 얼굴에는 비웃음과 진지함, 걱정, 경멸 중에서 어떤 표정을 지을지 결정을 내리지 못하는 망설임이 담겨 있는 듯했다. 순간 무언가 묵직한 것이 그녀의 마음속에 내려앉았다. 마치 주변 공기가 처음에는 부자연스러운 가벼움으로 가득차 있다가 이내 참을 수 없을 정도로 답답하고 농밀해지듯이 사방에서 밀려들었다. 아가테가 아버지의 유언장에 손을 댄 이후 처음으로 느끼는 양심의 가책이었다. 하지만 이것을 두고 그녀가 실제로 무슨 잘못을 저질렀는지 갑자기 깨닫게 되었다고 말하는 것은 충분치 않아 보인다. 오히려 그녀는 오빠를 비롯해 모든 것과의 관계에서 자신의 잘못을 느꼈다. 뭐라 표현할 수는 없지만 정신이 번쩍 드는 느낌이었다. 자신이 저지른 모든 일이 도무지 이해되지 않았다. 그녀는 남편을 죽이겠다고 말했고, 아버지의 유언장을 위조했으며, 오빠의 삶에 방해가 되는지 묻지도 않고 오빠 집에 눌러앉았다. 모두 자기만의 환상에 취해 저지른 일이었다. 이 순간 그녀가 특히 부끄러웠던 것은 그런 행동을 할 때 정말 자연스럽고도 자명한 그 생각을 하지 못했다는 점이다. 다른 여자들은 자기가 좋아하지 않는 남자를 떠나면 당연히 더 나은 남자를 찾거나, 아니면 뭔가 다른 모험을 통해 자연스럽게 스스로에게 보상을 하려고 들기 때문이다. 울리히조차 그런 부분을 숱하게 지적했지만 그녀는 그 말을 전혀 들으려 하지 않았다. 계속 같은 자세로 서 있던 아가테는 오빠가 무슨 말을 할지 알 수 없었다. 그녀의 행동은 그녀라는 인간을 자기 방식으로 비난한 하가우어의 말이 옳다고 인정해야 할 정도로 온전히 책임능력이 있는 사람의 행동이 아니었다. 지금 울리히의 손에 들려 있는 편지는 어차피 지금 야단을 맞고 있는 사람에게 도착한, 그의 과거 행실을 혹평하는 예전 교사의 편지만큼이나 당혹스러웠다. 당연히 그녀는 지금껏 자신이 하가우어에게서 영향을 받았다고 한 번도 인정한 적이 없었다. 그런 그가 지금 마치 이렇게 속삭이듯이 그녀에게 영향을 끼치고 있었다. '내가 당신을 잘못 봤어!' 또는 '미안하지만 난 당신을 잘못 본 적이 없고, 항상 당신이 나쁜 종말을 맞게 되리라 느끼고 있었어!' 이런 터무니없고 걱정스러운 감정을 떨쳐낼 목적으로 그녀는, 여전히 주의깊게 편지를 들여다보고 있으면서 도저히 편지 읽기를 끝낼 것 같지 않은 울리히를 조바심어린 말로 중단시켰다.

"그 사람이 나를 아주 제대로 묘사했어요." 그녀가 말했다. 겉으로는 태연했지만, 그렇지 않다는 소리를 듣고 싶은 소망이 뚜렷한 목소리였다. "그 사람이 그런 말을 하지 않았더라도 그건 사실이에요. 마땅한 이유 없이 그 사람과 결혼한 예전의 내가 책임능력이 없었든지 아니면 마땅한 이유가 없는데도 그 사람을 떠나려는 지금의 내가 책임능력이 없든지 둘 다 마찬가지예요."

특유의 상상력이 부지불식중에 동생과 하가우어의 긴밀한 관계의 목격자로 만들어버린 편지 대목을 세번째로 숙독하고 있던 울리히는 대답으로 뭔가 알아들을 수 없는 말을 무심코 중얼거렸다.

"내 말 좀 들어요!" 아가테가 부탁했다. "내가 경제적 혹은 정신적으로 활동을 하는 신식 여성인가요? 아니에요. 딴 남자와 사랑에 빠졌나요? 그것도 아니에요. 그럼 모든 일을 단순화하고, 거친 문제들을 쉽게 조종하고, 가정을 따뜻한 보금자리로 만드는 훌륭한 아내이자 엄마인가요? 당연히 아니죠. 그럼 뭐가 남아 있죠? 나는 세상에 왜 태어난 거죠? 솔직히 말해서, 난 기본적으로 우리가 일상적으로 빠져 있는 사회생활에는 전혀 관심이 없어요. 게다가 음악과 문학, 미술에 교양 계층을 매료시키는 무언가가 있다고 생각하지만 그런 것 없이도 잘 살 수 있어요. 하지만 예를 들어 하가우어는 안 그래요. 하가우어는 인용과 참조를 위해서라도 그런 게 꼭 필요해요. 게다가 수집하는 것도 즐기고 좋아하죠. 그런 사람이 나더러 아무 일도 하지 않으면서 '미와 도덕의 부富'를 거부한다고, 기껏해야 하가우어 교수에게서 이해와 관용을 구할 수 있을 거라고 질책한다면 그 말도 옳지 않을까요?!"

울리히는 편지를 돌려주면서 차분하게 대답했다. "이 사안을 직시하자면, 넌 한마디로 정말 사회적 정신박약이야!" 그는 웃으면서 말했지만, 어조에는 이 친밀한 편지를 들여다보는 동안 그의 마음속에 남겨진 언짢음 같은 것을 느낄 수 있었다.

아가테는 오빠의 대답이 마뜩잖았다. 그게 오히려 그녀의 근심을 키웠다. 이제 그녀는 슬쩍 비꼬면서 물었다. "오빠는 왜 나한테는 일언반구도 없이 내가 이혼을 할 것이고 내 유일한 보호자를 잃게 될 거라고 주장한 거죠?"

"아, 그건 아마……" 울리히는 회피하듯이 대답했다. "확실히 남성적인 어조로 대거리를 하는 게 간단할 것 같아서 그랬을 거야. 일단 내가 주먹으로 테이블을 쾅 내려치면 상대방도 주먹으로 쾅 내려쳐. 그다음에는 당연히 내가 두 배로 세게 쾅 내려치고. 그러다보니 그리된 것 같아."

지금껏 아가테는 불쾌한 마음에 그걸 깨닫지 못하고 있었음에도, 오빠가 농담으로 '오누이 놀이'를 언급할 때 노골적으로 드러낸 것과 반대되는 행동을 몰래 한 것에 대해 격하게 기뻐하고 있었다. 왜냐하면 오빠가 하가우어에게 모욕을 준 데에는 퇴로를 막는 바리케이드를 동생 등뒤에 설치하려는 목적밖에 없어 보였기 때문이다. 그런데 이제 그 숨겨진 즐거움의 자리에조차 공허한 상실감이 들어서 있었다. 아가테는 침묵했다.

"우리는 하가우어가 나름대로 너를, 이렇게 말해도 된다면, 거의 적확하게 오해하는 데 성공한 것을 간과해서는 안 돼." 울리히가 말을 이어갔다. "생각해봐, 하가우어는 탐정 사무소의 도움도 없이 그냥 자기 방식대로 인류를 대하는 네 약점에 대해 숙고하기 시작함으로써 네가 아버지의 유언장에 손을 댄 것도 밝혀낼 사람이야. 이제 너를 어떻게 보호해야 할까?"

그들이 다시 합친 이후 남매 사이에서 아가테가 하가우어를 상대로 저지른 지극히 즐거우면서도 끔찍한 그 장난에 대해 말이 나온 것은 이번이 처음이었다. 아가테는 격하게 어깨를 들어올리며 애매한 방어 몸짓을 취했다.

"당연히 하가우어가 옳아." 울리히는 부드럽게 힘을 주어 말했다.

"그 사람은 옳지 않아요!" 동생이 격렬하게 대답했다.

"그래, 그럼 부분적으로 옳아." 울리히가 타협했다. "이런 위험한 상황에서는 냉철한 자기 고백에서부터 시작해야 해. 네가 저질렀던 일로 우린 감옥에 갈 수도 있어."

아가테는 깜짝 놀란 듯 눈을 동그랗게 뜨고 그를 바라보았다. 사실 그녀도 속으로는 그걸 알고 있었지만, 지금까지는 그게 이렇게 명확한 말로 표출되지는 않았다.

울리히는 다정한 몸짓으로 대답했다. "아직 그게 최악은 아냐. 네가 저지른 일을 비롯해서 네가 택한 방식까지 어떻게 하면 비난을 피할 수 있을까? 그게……" 그는 스스로 만족할 만한 표현을 찾았지만 마땅히 떠오르는 것이 없었다. "그래, 그냥 이렇게 말해보자. 그건 하가우어가 생각하는 것과 어느 정도 비슷하고, 어두운 쪽으로 기울어. 그러니까 결락 현상, 즉 뭔가가 부족한 데서 생기는 과오로 기울어. 하가우어가 세상의 목소리를 대변하는 건 사실이야. 그게 그의 입을 통해서 나오면 우스꽝스럽게 들리기는 하지만."

"이제 그 담배 케이스 이야기가 나오겠군요!" 아가테가 작은 목소리로 소리쳤다.

"물론이지. 그 이야기가 나와야지." 울리히가 확고하게 말했다. "오랫동안 내 마음을 짓누르고 있던 문제를 말해야겠어."

아가테는 울리히가 말을 하게 내버려두지 않았다. "우리가 그걸 없었던 일로 만드는 게 더 낫지 않을까요? 예를 들어 내가 하가우어를 만나 좋게 이야기하면서 사과 같은 걸 하면 어떨까요?"

"그러기엔 너무 늦었어. 게다가 이제 하가우어는 그걸 오히려 너를 자기에게 돌아오게 만들 수단으로 삼을 수도 있어."

아가테는 침묵했다.

울리히는 한 부유한 남자가 호텔에서 담배 케이스를 훔치는 경우에 대해 이야기하기 시작했다. 그의 이론에 따르면 그런 절도 행각에는 세 가지 이유만 있었다. 궁핍, 직업, 그리고 그 둘 다 아니라면 정신적인 문제. "예전에 이 이야기를 할 때 너는 이렇게 반박했지. 그런 일은 확신을 갖고 할 수도 있다고." 그가 덧붙였다.

"그냥 할 수도 있다고 말했을 뿐이에요!" 아가테가 바로잡으려 했다.

"그래, 원칙하에."

"아뇨, 원칙이 있는 게 아니에요!"

"아니, 바로 그거야! 만일 그런 행동을 한다면 그 뒤에는 최소한 하나의 확신이 있어야 해! 거기서 벗어나는 것은 없어! 그러니까 '그냥' 하는 일은 없다는 거지. 외부에 이유가 있든, 내부에 이유가 있든 이유는 있어. 물론 그건 쉽게 구분되지 않지만 지금은 그 문제를 세세하게 따지고 싶지는 않아. 다만 난 이렇게 말하고 싶어. 만일 아무 이유가 없는 것을 옳다고 여기거나, 어떤 결심이 무無에서 솟듯 하는 사람이 있다면 병적 원인이나 체질적 결함의 가능성을 의심해봐야 한다는 거지.”

그런데 이 말은 울리히가 원래 의도했던 것보다 한참 잘못 나온 것이었다. 이것은 방향 면에서만 그의 생각과 일치할 뿐이었다.

“이게 오빠가 나한테 말하고자 한 전부예요?” 아가테가 조용히 물었다.

“아니, 전부는 아냐.” 울리히가 완고하게 대답했다. “만일 우리에게 이유가 없다면 하나를 찾아내야 해!”

둘 중 누구도 이유를 어디서 찾아야 하는지에 대해선 의심이 없었다. 그런데 울리히는 그것을 다른 식으로 원했고, 짧은 침묵 끝에 생각에 잠긴 얼굴로 말했다. “남들과 보조를 맞추지 못하면 너는 영원히 어떤 것이 선하고 어떤 것이 악한지 알지 못할 거야. 네가 선하길 원하면 먼저 세상이 선하다는 걸 확신해야 해. 하지만 우린 둘 다 그렇지 못해. 우린 도덕이 해체되거나 경련을 일으키는 시대에 살고 있어. 그렇지만 다가올 세계를 위해 순수함을 유지하고 있어야 해!”

“그게 그런 세계가 올지 말지에 영향을 끼칠 거라고 생각해요?” 아가테가 대꾸했다.

“안타깝지만 그렇게 생각하진 않아. 다만 기껏해야, 그것을 아는 사람들조차 올바르게 행동하지 않는다면 그런 세계는 분명 안 올 테고 멸망은 막을 수 없을 거라고 믿지!”

“오백 년 후가 어떻게 되든 그게 오빠하고 무슨 상관이죠?”

울리히는 머뭇거렸다. “나는 내 의무를 다할 뿐이야. 군인처럼. 무슨 말인지 알겠어?"

아마 아가테의 기분이 참담했던 이날 아침에 필요했던 것은 울리히가 했던 대답과는 좀 다른, 그보다는 좀더 따뜻한 위로였을 것이다. 그래서인지 이런 답이 나왔다. "그럼 결국 오빠도 그 장군과 같다는 말이군요?!"

울리히는 아무 말도 못했다.

아가테는 멈추지 않았다. "오빠는 그게 자신의 의무인지도 결코 확신하지 못하고 있어요. 다만 오빠는 그런 사람이고, 그게 오빠한테 기쁨을 주기 때문에 그러는 것뿐이에요. 내가 한 것도 다르지 않아요!"

그녀는 갑자기 자제력을 잃었다. 무언가 슬픔이 밀려들었다. 갑자기 눈에 눈물이 고였고, 치솟은 흐느낌으로 목이 막혔다. 그녀는 이런 모습을 감추려고, 오빠에게 들키지 않으려고 두 팔로 그의 목을 감고는 어깨에 얼굴을 묻었다. 울리히는 동생이 울면서 등이 떨리는 것을 느꼈다. 부담스러운 당혹감이 엄습했다. 그는 자신이 냉담해지는 것을 눈치챘다. 동생에 대해 깊은 애정과 행복한 감정을 품고 있다고 믿었음에도 실제로 동정을 느껴야 할 이 순간에는 그런 감정이 들지 않았다. 그의 감성은 혼란스러워져 제 기능을 하지 못했다. 그는 아가테를 쓰다듬으며 위로의 말을 몇 마디 속삭였지만 거북함을 느꼈다. 정신적 공감이 부족한 상태에서는 몸이 닿아봤자 마치 싸리비 두 개를 붙여놓은 느낌밖에 들지 않았다. 그는 아가테를 의자로 데려가 앉힌 다음 자신도 몇 발짝 떨어진 다른 의자에 앉는 것으로 이 상황을 끝냈다. 그러고는 그녀의 반박에 이런 말로 답했다. "유언장 일은 결코 너한테 즐거움을 주지 못해! 그건 앞으로도 마찬가지일 거야. 유언장 일은 무질서하거든!"

"질서?!" 아가테가 눈물을 글썽거리며 소리쳤다. "의무?!"

그녀는 울리히가 이렇게 차갑게 구는 것 때문에 제정신이 아니었다. 하지만 곧 얼굴에 웃음을 띠었다. 이건 그녀 혼자 해결해야 할 문제임을 깨달은 것이다. 그런데 억지로 지은 이 미소는 마치 딱딱한 입술에서 한참 멀리 떨어진 허공에 둥둥 떠 있는 느낌이었다. 반면에 울리히는 이제 당혹감에서 벗어났고, 심지어 두 몸이 닿는 동안 육체적으로 아무 느낌이 들지 않은 것을 반갑게 여겼다. 그들 둘 사이에서는 그것도 달라야 한다는 것을 깨달았다. 그러나 그 점에 대해 깊이 생각할 겨를이 없었다. 아가테가 몹시 고통스러워하고 있었기 때문이다. 그는 말을 하기 시작했다. "내 말에 상처를 받지 말았으면 좋겠어. 나를 나쁘게 생각하지도 말았으면 좋겠고! 내가 질서니 의무니 하는 말을 선택한 건 아마 잘못이었을 거야. 설교처럼 들리기도 하니까. 하지만 설교가 왜……" 이 대목에서 그는 다시 옆길로 샜다. "대체 설교가 왜 경멸받아야 하지? 설교는 우리에게 지고의 행복 아닐까?!"

아가테는 그에 대답할 마음이 전혀 없었다.

울리히도 질문을 그냥 내버려두었다.

"내가 너한테 정의로운 자인 체하고 싶어한다고 생각하지는 마! 내가 나쁜 짓을 전혀 안 하는 인간이라고 말하려던 게 아니니까. 다만 난 그런 짓을 몰래 하는 걸 좋아하지 않아. 도덕의 노상강도를 좋아하지, 도덕의 좀도둑은 싫어해. 나는 너를 도덕의 노상강도로 만들고 싶어." 그가 농담을 했다. "약점 때문에 잘못을 저지르는 일은 없었으면 해!"

"그 점에 대해선 난 딱히 그럴싸한 입장이 없어요!" 아가테가 자신에게서 아주 멀리 떨어진 미소 뒤에 숨어서 말했다.

"모든 젊은이들이 나쁜 것이면 무엇이건 빠지는 이 같은 시대가 있다는 건 정말 재미있는 일이야!" 그가 웃으면서 반박했다. 대화를 개인적인 문제에서 돌리기 위해서. "도덕적으로 소름 끼치는 것에 대한 오늘날의 그런 선호는 당연히 하나의 약점이야. 아니, 어쩌면 선에 대한 시민들의 싫증이기도 하고, 선 자체의 무기력함이기도 하겠지. 원래는 나 자신도 우리가 모든 것에 '아니요'라고 말해야 한다고 생각했어. 오늘날엔 그렇게 생각하는 사람이 스물다섯 명에서 마흔다섯 명 남짓이야. 물론 그것도 일종의 유행일 뿐이지. 나는 곧 급격한 변화가 찾아오고, 그와 함께 비도덕 대신 다시 도덕이 그 단춧구멍 속으로 들어오는 신세대가 나타날 거라고 생각해. 그리되면 지금껏 살아오면서 한 번도 도덕적 열정을 느낀 적이 없고, 틈틈이 도덕적으로 상투적인 말만 내뱉어온 나이든 꼰대들이 갑자기 새로운 성격의 선구자이자 개척자가 될 거야!"

울리히는 일어나서 불안하게 서성거렸다. "어쩌면 이렇게 말할 수도 있어." 그가 제안했다. "선은 그 본성에 있어 상투어에 가깝고, 악은 그에 대한 비판이야! 비도덕적인 것은 도덕적인 것에 대한 과감한 비판 속에 그 신성한 권리를 갖고 있어! 비도덕적인 것은 우리 삶이 다르게도 흘러갈 수 있음을 보여줘. 거짓말을 응징하기도 하고. 우리는 관대하게 그것에 감사해! 지극히 행복해하는 유언장 위조범이 있다는 것은 사유재산의 불가침성에 뭔가 맞지 않는 것이 있음을 증명해. 어쩌면 그건 검증이 필요치 않겠지. 하지만 거기서 우리의 과제가 시작돼. 왜냐하면 우리는 아동 살해범을 비롯해 다른 모든 끔찍한 범죄자들까지도 죄를 벗을 수 있다고 생각해야 하기 때문이지……"

그는 유언장 일을 언급함으로써 아가테를 놀렸음에도 동생의 시선을 붙드는 데는 실패했다. 이제 그녀는 본능적으로 방어 자세를 취하고 있었다. 아가테는 이론가가 아니었고, 오직 자신의 범죄만 용서받을 수 있는 것으로 생각할 수도 있었으며, 그의 비유 때문에 재차 모욕감을 느끼고 있었다.

울리히가 웃었다. "이건 별것 아닌 농담처럼 비칠 수도 있지만 우리가 그걸로 이리저리 곡예를 부릴 수 있다는 점에서 의미가 있어. 그건 우리의 행위를 평가하는 방식이 뭔가 잘못됐다는 것을 증명해. 정말 맞지 않는 게 있어. 예를 들어, 너 자신도 유언장 위조범들 사이에 있었다면 분명 법적 규정의 불가침성에 전적으로 찬성했을 거야. 다만 정의로운 사람들 사이에서만 유언장을 지우고 변조하는 일이 일어나. 그래, 만일 하가우어가 불한당이었다면 너는 정말 정의로웠을 거야. 하가우어가 도덕적인 인간이라는 게 불행이었지! 이렇듯 우리는 오락가락해!"

그는 대답을 기다렸지만 답이 없었다. 그래서 어깨를 으쓱하더니 다시 이야기로 돌아갔다. "우린 너의 행동을 정당화하기 위한 이유를 찾아야 해. 점잖은 인간들이 비록 상상 속에서이긴 하지만 범죄의 유혹에 쉽게 빠진다는 건 확인됐어. 거기다 덧붙이자면, 범죄자들도 말하는 것만 들으면 거의 예외 없이 점잖은 인간으로 보여. 그래서 이렇게 정의 내릴 수 있어. 범죄란 근엄한 죄인들 속에서 일어나고, 다른 사람들이 자잘한 불규칙성 속에서, 즉 상상 속에서, 악의와 비열함의 무수한 일상적 행위와 태도 속에서 배출하는 모든 것의 통합이야. 또한 이렇게도 말할 수 있어. 범죄란 공기 중에 떠돌다가 가장 저항이 작은 곳을 찾아

특정 인물에게 깃들게 되지. 심지어 이렇게도 말할 수 있어. 범죄는 도덕적으로 행동할 능력이 없는 개인들의 행위이기도 하지만, 주로 선과 악을 분리하는 과정에서 나타나는 보편적 인간적 불균형의 응축된 표현이야. 이것은 우리 동시대인들이 결코 넘어서지 못한 비판적 정신으로, 진작 젊을 때부터 우리 안에 가득했어!"

"그런데 대체 선과 악이 뭐죠?" 아가테가 질문을 툭 던졌다. 울리히는 자신의 객관적인 말 때문에 동생이 불편해하는 걸 눈치채지 못하고 있었다.

"글쎄…… 나도 모르겠어!" 그가 웃으면서 답했다. "나는 내가 악을 싫어한다는 걸 지금 막 처음으로 깨달았어. 아, 아가테, 너는 그게 무슨 말인지 모르는구나." 그는 생각에 잠긴 얼굴로 한탄했다. "예를 들어 과학이 그래! 아주 간단하게 설명하자면 수학자에게 마이너스 5는 플러스 5보다 결코 나쁘지 않아. 과학자는 어떤 것에도 혐오감을 품지 않고, 경우에 따라서는 아름다운 여인보다 아름다운 암덩어리를 더 반기고 흥분하기도 해. 지식인은 어떤 것도 진리가 아니고, 온전한 진리는 모든 날의 마지막에 가서야 드러난다고 믿어. 과학은 비도덕적이야. 모르는 세계로의 이러한 완전하고 멋들어진 진입은 우리에게 양심을 개인적인 문제로 다루는 습관에서 벗어나게 해줘. 그래, 그 진입은 우리에게 양심을 진지하게 받아들일 즐거움을 허락하지 않아. 그럼 미술은 어떨까? 미술은 실재적 삶에 일치하지 않는 이미지의 생성만을 의미하지 않을까? 잘못된 이상주의나, 우리가 코끝까지 옷을 입은 채로 살던 시대에 그려진 육감적인 나체화를 말하는 게 아냐." 그는 다시 농담을 했다. "진짜 미술 작품을 생각해봐. 그걸 보면서, 숫돌에 갈던 칼에

서 피어오르는 금속 타는 냄새가 난다고 느낀 적이 한 번도 없었어? 그
것은 우주, 운석, 뇌우의 냄새야, 정말 섬뜩하지!?"

이때 아가테가 충동적으로 오빠의 말을 끊었다. 이 대화에서는 처음
있는 일이었다. "오빠도 예전에 시를 쓰지 않았어요?" 아가테가 물었다.
"그걸 아직 기억해? 아니면 내가 언제 그걸 말했나?" 울리히가 물었
다. "그래, 우린 살다보면 언젠가는 모두 시를 쓰지. 심지어 난 수학자
가 돼서도 썼으니까. 하지만 나이가 들수록 시가 점점 나빠졌어. 재능
이 부족해서라기보다 그런 일탈적 감정에 담긴 무질서와 집시풍의 낭
만에 점점 혐오감이 커져서 그랬을 거야⋯⋯"

아가테는 살며시 고개만 흔들었다. 울리히도 그것을 알아챘다. "정
말이야! 시는 정확히 선한 행위만큼이나 예외 상태가 아냐! 하지만 이
렇게 물어도 된다면, 영감의 바로 다음 순간에 무엇이 올까? 너는 시를
사랑해. 그건 나도 알아. 하지만 내가 말하고 싶은 건 우리가 불의 냄새
가 흩어지기 전까지 콧속에 그 냄새를 갖고 있는 것만으로는 충분하지
않다는 거야. 이런 불완전한 행동은 섣부른 비판에 기진맥진한 도덕적
행동과 짝을 이뤄." 이 대목에서 그는 갑자기 핵심으로 다시 돌아가면
서 동생에게 대꾸했다. "나는 오늘 하가우어 문제에서 네가 기대한 대
로 행동하지 않고, 회의적이고 무심하고 반어적인 태도를 취했을 거야.
나중에 혹시 너나 내가 갖게 될 정말 모범적인 아이들은 나중에 분명
우리에 대해 이렇게 말할 거야. 우리가 어떤 걱정도 하지 않거나, 기껏
해야 불필요한 걱정이나 하던 매우 안전한 시민 시대에 살았다고. 그리
고 우린 우리의 신조로 정말 많은 수고를 했지⋯⋯!"

울리히는 아직 할말이 많은 듯했다. 다만 동생을 배려하는 마음에서

망설였을 뿐이다. 어쩌면 그것을 동생에게 밝히는 것이 나았을지 모른다. 아가테가 갑자기 벌떡 일어나더니 애매한 핑계를 대며 외출할 채비를 했기 때문이다. "그러니까 내가 도덕적으로 정신박약이라는 건 여전히 변하지 않는 거죠?" 그녀는 억지로 농담을 했다. "그 반대를 아무리 말해도 나는 더이상 못 따라가겠어요!"

"우린 둘 다 도덕적으로 정신박약이야!" 울리히가 당당하게 말했다. "우리 둘 다!" 그는 동생이 언제 돌아온다는 말도 없이 급히 떠나는 것을 보면서 마음이 약간 언짢아졌다.

31. 아가테는 자살을 생각하고 한 남자를 만나다

사실 그녀가 그렇게 급히 집을 나선 건 더는 참기 힘든 눈물을 오빠에게 다시 보이기 싫어서였다. 그녀는 모든 것을 잃은 사람처럼 슬펐다. 이유는 자신도 몰랐다. 다만 울리히가 말하는 동안 그런 슬픔이 밀려들었다. 그 역시 이유는 알 수 없었다. 그는 말을 하기보다 뭔가 다른 행동을 했어야 했다. 어떤 행동이어야 했는지는 모르겠지만. 편지 도착과 함께 그녀가 냉정을 잃은 그 '어리석은 병발(並發)'을 오빠가 중요하게 생각하지 않고 평소처럼 이야기를 이어간 것은 옳았다. 하지만 아가테는 도망칠 수밖에 없었다.

그녀는 일단 걷고 싶은 마음밖에 없었다. 그래서 곧장 집부터 나섰다. 양쪽으로 집이 늘어선 거리를 걷다가 꺾이는 길이 나올 때마다 그 방향으로 틀었다. 그녀는 도망치고 있었다. 인간과 동물이 불행을 피해

도망치듯이. 이유는 스스로에게 묻지 않았다. 다만 몸이 지쳤을 때에야 자신이 지금 무엇을 하려는지 명확해졌다. 더이상 돌아가지 않는 것이다!

그녀는 저녁까지 걸으려 했다. 한 걸음 내디딜 때마다 집에서 멀어졌다. 저녁의 장벽에 부딪힐 때쯤이면 결심도 마무리될 거라 짐작했다. 스스로 목숨을 끊을 결심이었다. 그런데 그것은 원래 자살할 결심이 아니라 저녁이면 결심이 설 거라는 기대였다. 머릿속의 그 기대 뒤에서는 무언가가 미친듯이 날뛰고 소용돌이치고 있었다. 그녀는 자살할 도구를 갖고 오지 않았다. 독이 든 작은 케이스는 서랍이나 트렁크 속 어딘가에 있을 것이다. 죽음과 관련해 더는 돌아가지 않아도 되는 상태를 염원하는 마음만 완성돼 있었다. 그녀는 이제 삶에서 걸어나가고 싶었다. 이 걸음이 처음 온 곳을 향해. 한 걸음 뗄 때마다 마치 이 삶에서 걸어나가는 듯했다.

그녀는 피곤해지자 들판과 숲이 그리워졌고, 야외에서 혼자 조용히 걷고 싶어졌다. 그러려면 차를 타야 했다. 그녀는 전차를 탔다. 낯선 사람들 앞에서는 감정을 드러내지 않도록 교육을 받고 컸던 터라, 차표를 끊고 방향을 묻는 그녀의 목소리에서는 흥분한 기색이 전혀 느껴지지 않았다. 그녀는 허리를 꼿꼿이 펴고 차분히 자리에 앉아 있었다. 손가락 하나 움찔거리지 않았다. 그렇게 가는 동안 생각이 찾아들었다. 마음 같아서는 미친듯이 소리치고 날뛰고 싶었다. 꽁꽁 묶인 것 같은 사지에 생각들이 커다란 뭉치처럼 달라붙었고, 하나의 틈을 찾아 그 뭉치에서 빠져나오려고 안간힘을 썼지만 소용없었다. 아가테는 울리히가 한 말 때문에 마음이 상했다. 하지만 오빠를 나쁘게 생각하고 싶지는 않았다. 그럴 권리도 없다는 생각이 들었다. 오빠에게 해준 게 뭐가 있는가?! 그의 시간을 빼앗았으면서도 그 대가로 해준 것은 아무것도 없었다. 그녀는 그의 일을 방해했고, 생활 습관을 흐트렸다. 오빠의 일상적 습관을 생각하니 마음이 아팠다. 그녀가 집에 있는 동안에는 어떤 여자도 이 집에 들락거린 적이 없는 듯했다. 아가테는 오빠에게 항상 여자가 있었다고 확신했다. 그런 사람이 동생 때문에 어쩔 수 없이 자제하고 있었다. 그렇다고 오빠에게 보상해줄 것도 없기에 그녀는 이기적이고 나쁜 인간이었다. 순간 이대로 돌아가 오빠에게 부드럽게 용서를 구하고 싶은 마음이 솟구쳤다. 그러나 그때 오빠가 얼마나 차갑게 굴었는지 새삼 떠올랐다. 그는 그녀를 받아들인 것을 후회하고 있을 게 분명했다. 그녀에게 넌더리를 치기 전에는 무슨 계획을 세웠고 무슨 말을 했던가! 그런데 지금은 그에 관해 아무 말도 하지 않았다. 그녀는 남편의 편지가 불러일으킨 크나큰 환멸로 인해 다시 가슴이 미어지는 아픔을 느꼈다. 그녀는 질투가 났다. 무의미하고 비열하게 질투가 났다. 그녀는 억지로라도 오빠를 좋아하고 싶었고, 내면의 거부와 맞서 싸우는 인간의 열정적이면서 무력한 동지애를 그에게서 느꼈다. '나는 오빠를 위해서라면 도둑질을 하거나 거리로 나가 시위도 할 수 있어!' 그녀는 이게 웃기는 생각이라는 걸 알아차렸지만 달리 도리가 없었다. 겉으론 공평무사한 우월성과 농담이 담긴 울리히의 대화들이 그에 대한 조롱처럼 느껴졌다. 그녀는 이런 우월성과 그녀의 지적인 욕구를 뛰어넘는 모든 지적인 욕구를 경탄했다. 그런데 왜 모든 생각이 항상 모든 사람에게 똑같이 인정되어야 하는지 알 수 없었다! 그녀는 부끄러움 속에서 개인적인 위안을 원했지, 보편적인 가르침을 원하지 않았다! 용감해지고 싶지도 않았다!! 얼마 후 그녀는 자신을 그런 인간이라고 자책했을 뿐 아니라 오빠에게서 무심함 말고는 더 나은 것을 받을 자격이 없다는 생각으로 한층 더 괴로워했다.

울리히의 행동도, 하가우어의 괴로운 편지도 결코 충분한 원인이 될 수 없는 이러한 자기 비하는 기질적 폭발이었다. 아가테가 지금껏 그리 길지 않은 시간 동안, 그러니까 유년기를 넘긴 이후 공동체적 삶의 요구들 앞에서 실패했다고 느꼈던 모든 것은 사실 그녀가 내밀한 성향 없이, 혹은 심지어 그에 반하여 살아가고 있다는 감정으로 그 시기를 보낸 데 그 원인이 있었다. 그녀의 성향은 헌신과 신뢰였다. 그녀는 오빠처럼 결코 고독에 뿌리를 둔 사람이 아니었다. 그럼에도 지금껏 한 인간이나 한 가지 일에 온 마음으로 빠지지 못한 것은 그녀 속에 세계를 향한 것이건 신을 향한 것이건 더 큰 헌신의 가능성이 있었기 때문이다! 전 인류를 위한 헌신으로 가는, 익히 알려진 길은 자신의 이웃과 잘 지내지 못하는 길이다. 마찬가지로 깊이 숨겨진 신에 대한 내밀한 갈망도 비사회적인 개체에 큰 사랑이 깃들 때 생겨날 수 있다. 이런 의미에서 독실한 범죄자는 평생 남편을 만나지 못하고 혼자 늙어버린 독실한 노파보다 더 나쁜 부조리가 아니다. 정말 말도 안 되게 이기적인 면이 담긴, 하가우어에 대한 아가테의 행동 역시 조바심치는 의지의 폭발이었다. 그녀가 오빠에 의해 삶으로 깨어났다가 자신의 약점 때문에 다시 그 삶을 잃을 수밖에 없게 되었다고 자책할 때의 격렬함과 마찬가지로.

그녀는 유유히 굴러가는 전차를 오래 견디지 못했다. 길 양편으로 집들이 점점 낮아지고 시골풍으로 바뀌기 시작하자 차에서 내려 나머지 길을 걸어서 이동했다. 집들의 마당은 열려 있었고, 아치형의 통로와 낮은 울타리 사이로 수공업자와 동물, 노는 아이들이 보였다. 대기는 사람 목소리와 도구 내려치는 소리가 아스라이 울리는 평화로움으로 가득차 있었다. 이 소리들은 환한 대기 속에서 나비의 불규칙하고 부드러운 움직임으로 일렁였다. 반면에 아가테는 자신이 이 소리들을 지나 포도밭과 숲이 일렬로 올라가는 풍경 속으로 미끄러져 들어가는 것을 느꼈다. 한번은 통장이들이 망치로 나무통을 두들기는 경쾌한 소리가 나는 어느 집 앞마당에서 걸음을 멈추었다. 그녀는 늘 이런 정직한 노동을 구경하는 것을 좋아했고, 이런 적당히 슬기롭고 정교한 손작업의 묘미를 즐기고 싶었다. 이번에도 망치의 리듬과 통 주위를 돌아다니는 남자들의 움직임이 질리지 않았다. 그녀는 얼마간 이것으로 근심을 잊었고, 세계와의 아무 생각 없는 편안한 연대 속으로 침잠했다. 보편적 필요에 따라 다양하고 자연스럽게 생겨난 이런 특별한 기술을 가진 사람들이 늘 경탄스러웠다. 그녀만 하고 싶은 일이 없었다. 지적이고 유익한 소질이 여럿 있었음에도. 세상의 삶은 그녀 없이도 완벽했다. 이런 전체적인 관련성을 그녀가 깨닫기 전에 갑자기 종소리가 들렸다. 순간 다시 북받쳐오르는 울음을 간신히 눌렀다. 교외의 작은 예배당에서는 두 개의 종이 내내 울리고 있었지만, 아가테는 지금에야 그것을 알아차렸다. 순간 이 선하고 풍요로운 대지에서 배제되어 열정적으로 공기 중으로 날아가는 이 쓸모없는 종소리가 자기 실존과 너무 비슷하다는 생각에 압도되고 말았다.

그녀는 급히 다시 길을 재촉했다. 더는 귀를 떠나지 않는 그 소리와 동행하며 마지막 집들 사이를 빠져나가 언덕으로 올라갔다. 언덕 비탈의 아래쪽은 포도밭과 드문드문 오솔길 주변의 덤불로 이루어져 있었고, 위쪽은 연초록의 숲이 손짓하고 있었다. 그녀는 이제 자신이 어디로 이끌려가는지 알았다. 마치 걸음을 내디딜 때마다 자연 속으로 점점 깊이 빨려들어가는 것 같은 멋진 느낌이 들었다. 가끔 걸음을 멈추고, 종소리가 이제 공중 높은 곳에 걸려 거의 들리지 않는데도 여전히 자신을 따라오고 있음을 확인할 때마다 즐겁기도 하고 힘들기도 해서 심장이 쿵쿵 뛰었다. 일상 한가운데에서 이렇게 종소리가 울리는 것은 들어본 적이 없는 듯했다. 흡사 자연스럽고 자기 확신에 찬 일들에 특별한 축제의 동기도 없이 균등하게 섞여 있는 것 같았다. 그런데 수천의 목소리를 가진 도시의 모든 혀들 가운데 이 혀는 이제 마지막으로 그녀에게 말을 걸었고, 거기엔 마치 그녀를 들어올려 산으로 던져버리듯 그녀를 사로잡는 무언가가 있었다. 하지만 그것은 곧 그녀를 다시 놓아주었고, 찌르르, 왱왱, 쏴쏴거리는 다른 시골 소리나 진배없는 낮은 금속성 소리로 잦아들었다. 이렇게 아가테는 한 시간가량 더 올라가고 돌아다녔을 것이다. 그러다 갑자기 기억 속에 있는 작고 황량한 덤불에 서 있는 자신을 발견했다. 이 덤불은 백여 년 전 여기서 자살한 한 시인의 방치된 무덤을 둘러싸고 있었다. 시인의 마지막 소망에 따라 이 숲 가장자리에 영면의 공간이 만들어진 것이다. 예전에 울리히는 이 사람이 유명하기는 하지만 훌륭한 시인은 아니라고 말했다. 전망이 좋은 곳에 묻어달라는 갈망으로 표현된 시인의 근시안적인 시학詩學이 울리히에게 혹평을 받은 것이다. 그러나 아가테는 오빠와 산책을 하다가 풍화된 아름다운 비더마이어풍의 글자를 함께 해독한 뒤부터는 큰 석판 위에 새겨진 비문을 사랑했다. 그래서 죽음의 네모꼴 공간과 삶의 공간을 경계 짓는, 크고 각진 마디로 이루어진 검은 사슬 위로 몸을 숙였다. "나는 당신들에게 아무것도 아니었노라!" 삶에 불만이 많았던 시인이 자신의 무덤에 새기게 한 글귀였다. 아가테는 사람들이 자신에 대해서도 그렇게 말할 수 있을 것 같다는 생각이 들었다. 돌출한 숲 가장자리에서, 초록으로 물들어가는 포도밭 위에서, 그리고 오전의 햇살 속에서 연기 꼬리가 서서히 움직이기 시작하는 낯설고 어마어마하게 큰 도시의 상공에서 했던 이 생각은 그녀의 마음을 재차 뒤흔들었다. 그녀는 돌연 쪼그리고 앉아 무덤가의 쇠사슬을 연결시켜주는 돌기둥에 이마를 기댔다. 이런 익숙지 않은 자세와 돌의 서늘한 촉감 때문인지, 그녀를 기다리고 있던 죽음의 경직되고 수동적인 평온함이 현실처럼 느껴지는 듯했다. 그녀는 정신을 가다듬으려 했다. 그러나 바로 되지는 않았다. 새소리가 그녀의 귀를 뚫고 들어왔다. 깜짝 놀랄 정도로 다양한 새소리들이 있었다. 나뭇가지도 움직였다. 그녀는 바람이 부는 걸 느끼지 못했기에 나무가 스스로 나뭇가지를 흔든다고 생각했다. 갑작스러운 정적 속으로 종종걸음을 치는 발소리가 희미하게 들렸다. 그녀가 쉬면서 기대고 있던 돌은 그것과 이마 사이에 그녀가 건드릴 수 없는 얼음조각이 있는 게 아닐까 싶을 정도로 미끄러웠다. 얼마 뒤에야 그녀는 자신을 산란하게 했던 것 속에 자신이 생생하게 떠올리려고 했던 바로 그것이 표현되어 있음을 깨달았다. 그것은 그녀 자신이 쓸모없는 잉여 존재라는 근본 감정이었는데, 이것을 아주 단순하게 표현하자면 삶은 그녀 없이도 완벽하다는 것이다. 삶 속에서는 그녀가 아무 할일이 없을 정도로. 이러한 참담한 감정은 기본적으로 절망도 상심도 아니라 아가테가 항상 알고 있듯이 가만히 듣고 가만히 지켜보는 것이었다. 어떤 충동도 없이, 전력을 다할 어떤 가능성도 없이. 질문 던지는 것을 잊어버릴 만큼 놀랄 때가 있는 것처럼 이러한 배제의 상태에는 안전한 보호소가 있었다. 그녀는 이제 떠나도 괜찮을 것 같았다. 하지만 어디로? 어딘가는 분명 갈 곳이 있을 것이다. 아가테는 환상의 공허함을 확신하면서 거기서 일종의 만족감을 찾는 종류의 인간이 아니었다. 그것은 불만스러운 운명을 받아들이는 방식의 만족감이자, 전투적이거나 음흉하게 웃음 짓는 금욕주의에 필적하는 그런 만족감이었다. 그녀는 이런 문제에 관대하고 무비판적이었다. 감정들에 생각할 수 있는 가장 어려운 문제를 던지고 그 시험을 통과하지 못한 감정은 스스로 허락하지 않는 울리히와는 달랐다. 그녀는 스스로에게 이렇게 말했다. '난 그냥 어리석은 인간이야! 깊이 생각하려고 하지 않아!' 그녀는 이마를 깊이 숙여 반항적으로 쇠사슬에 대고 밀었다. 쇠사슬은 약간 뒤로 밀리더니 이내 팽팽하게 저항했다. 어떻게 된 일인지 그녀는 몇 주 전부터 다시 신을 믿기 시작했다. 세상이 겉으로 보이는 것과는 항상 다르게 느껴지고, 그래서 그런 느낌 속에서는 그녀 자신도 더는 배제되지 않고 빛나는 확신에 둘러싸여 있다는 그런 모종의 심리 상태는 울리히의 영향으로 내적 변태와 총체적 변신 근처까지 접근했다. 그녀는 세계를 하나의 은신처처럼 열어주는 신을 떠올릴 준비가 되어 있었을 것이다. 그러나 울리히가 말했다. 그것은 불필요하고, 경험할 수 있는 것보다 더 많은 것을 상상하는 데 해가 될 뿐이라고. 그런 문제를 결정하는 건 그의 몫이었다. 하지만 그다음에는 그녀를 떠나지 않고 이끌기도 해야 했다. 그는 두 삶 사이의 문턱이었다. 그래서 그녀가 두 삶 중 하나를 동경할 때, 그리고 다른 하나에서 도주할 때 맨 먼저 이르는 것이 바로 그였다. 그녀는 사람들이 삶을 사랑하는 것처럼 파렴치하게 그를 사랑했다. 그는 그녀가 아침에 눈을 뜰 때마다 그녀의 사지 속에서 깨어났다. 지금도 그는 어두운 고뇌의 거울 속에서 그녀를 바라보고 있었다. 그제야 아가테는 자신이 자살을 하려고 했다는 사실이 퍼뜩 떠올랐다. 자살할 생각으로 집을 떠났을 때 자신이 오빠에 대한 반항으로 신에게 도망을 친 것 같다는 느낌이 들었다. 하지만 이제 자살할 마음은 맥이 풀린 채 울리히에게 상처받았던 그 기원 속으로 다시 가라앉아버렸다. 그녀는 그에게 화가 났다. 그 감정은 여전했다. 하지만 새들이 노래했고, 그녀는 그것을 다시 들었다. 그전과 똑같이 혼란스러웠지만 지금은 즐거우면서 혼란스러웠다. 그녀는 무언가를 하고 싶었다. 그녀 자신만이 아니라 오빠에게도 상관있는 일이어야 했다. 몸을 일으켰을 때, 쪼그리고 앉아 있느라 딱딱하게 굳었던 몸이 힘차게 팔다리 속으로 흘러들어가는 혈액의 온기로 조금씩 풀리는 것이 느껴졌다.

고개를 들었을 때 한 신사가 옆에 서 있었다. 당혹스러웠다. 이 남자가 얼마나 오랫동안 자기를 지켜보고 있었는지 알 수 없었기 때문이다. 심적인 동요로 아직 어두운 그녀의 시선이 그의 시선과 마주쳤을 때 그가 노골적인 연민의 감정으로 그녀를 관찰하고 있으며, 이 순간 진심 어린 신뢰를 그녀에게 불어넣으려 한다는 것을 알아차렸다. 신사는 크고 말랐고, 짙은 옷을 입고 있었으며, 턱과 볼이 짧은 금빛 수염으로 덮여 있었다. 콧수염 아래로는 약간 도톰하고 부드러운 입술이 보였는데, 젊어 보이는 이 입술은 금빛 수염 곳곳에 벌써 섞여 나기 시작하는 흰 수염과 특이한 대조를 이루고 있었다. 마치 세월이 덥수룩한 수염 아래 숨어 있는 입술을 못 본 것처럼. 남자의 얼굴은 해독하기 쉽지 않았다.

첫인상으로는 중학교 교사처럼 보였다. 얼굴 속의 엄격함은 단단한 나무로 조각한 것이 아니라 오히려 일상의 자잘한 화에 단련되었을 뿐인, 무언가 부드러운 것을 닮았다. 하지만 얼굴 주인이 찬성하는 질서에 맞추려고 따로 수염을 심은 듯 보이게 하는 이 부드러움에서 출발한다면 원래 여자 같은 이 얼굴에서는 금욕에 가까운 단단하고 세세한 것들을 알아볼 수 있었다. 부단히 활동하는 의지가 부드러운 소재로 만들어낸 것이 분명했다.

아가테는 이 얼굴이 의미하는 바를 이해할 수 없었다. 매력과 반감 사이에서 판단이 정지되었다. 다만 이 남자가 자신을 도와주고 싶어한다는 것은 알 수 있었다.

"삶은 의지를 약화시킬 기회만큼이나 강화시킬 기회도 똑같이 제공합니다. 어려움에 봉착했다고 해서 절대 도망쳐서는 안 되고, 극복할 방법을 찾아야 합니다!" 낯선 이가 이렇게 말하더니 좀더 잘 보기 위해 습기 낀 안경을 닦았다. 아가테는 놀라워하며 그를 바라보았다. 그는 벌써 오랫동안 그녀를 지켜보고 있었던 게 분명했다. 남자의 말은 내면의 대화를 통해서만 나올 수 있는 것이었기 때문이다. 그런데 남자도 순간적으로 자신의 목소리에 흠칫 놀라며, 깜박 잊은 예의를 뒤늦게라도 만회하려는지 모자를 살짝 들어올렸다. 그러더니 곧 다시 평정을 되찾고는 재차 직설적으로 말을 이어갔다. "이렇게 물어도 실례가 안 된다면, 제가 도움을 좀 드릴까요? 사람은 자신의 아픔을, 심지어 제가 지금 여기서 보고 있는 것처럼 자아의 깊은 동요 같은 고통조차 아무 관련이 없는 낯선 사람에게는 오히려 더 쉽게 털어놓을 수 있다고 생각합니다!"

남자는 입을 열기까지 어려움이 없지 않은 듯했다. 이 아름다운 여인에게 말을 건 것은 이웃 사랑의 의무를 다하려는 것처럼 보였다. 지금은 나란히 걸으면서 그는 적당한 말을 찾느라 무진 애를 썼다. 아가테가 그냥 쓱 일어나더니 그의 동행 속에서 천천히 무덤가를 떠나기 시작했기 때문이다. 그녀는 나무에서 벗어나 언덕 가장자리 툭 트인 곳으로 향했다. 그런데 이제 아래로 내려가야 할지, 그럴 경우 어떤 내리막길을 택해야 할지 결정을 내리지 못하고 있었다. 오히려 두 사람은 언덕 능선을 따라 상당한 거리를 대화하며 걸었고, 그러다 어느 지점에서 등을 돌려 다시 왔던 방향으로 돌아갔다. 둘 중 누구도 상대가 어디로 가려고 했는지 알지 못했지만, 서로에 대한 배려로 묻지 않았다. "아까 왜 우셨는지 말해주실 수 있나요?" 남자는 마치 어디가 아프냐고 묻는 의사처럼 온화하게 물었다. 아가테는 고개를 저었다. "간단하게 설명할 수 있는 문제가 아니에요." 그녀는 이렇게 답하더니 갑자기 그에게 되물었다. "혹시 그전에 내 질문부터 답해주시겠어요? 전혀 모르는 사람인데 어떻게 나를 도울 수 있을 거라고 확신하셨죠? 나는 누구도 타인을 도울 수 없다고 생각하는 사람이거든요!"

동행자는 바로 답하지 않았다. 여러 번 입을 열려고 했지만 애써 자제하는 듯했다. 그러다 마침내 말했다. "우리는 어쩌면 자신이 직접 겪은 고통만 도와줄 수 있겠죠."

그는 침묵했다. 아가테는 이 남자가 자신의 고통을 같이 겪고 싶어 한다는 생각에 웃음이 났다. 그 고통이 뭔지 알면 분명 역겨워질 텐데 말이다. 그런데 동행자는 그녀의 웃음소리를 듣지 못했거나 불안정한 상태에서 오는 무례함으로 여기는 듯했다. 그는 잠시 생각하는 눈치더니 차분하게 말했다. "누군가에게 그 사람이 뭘 해야 할지 말할 수 있다는 뜻은 아닙니다. 하지만 보십시오. 재난 상황에서 공포는 전염됩니다. 마찬가지로 성공도 전염됩니다. 화재가 났을 때의 탈출을 생각해보십시오. 모두들 정신이 나간 채 화염 속에서 이리저리 뛰어다니기만 할 때 누군가 밖에서 손짓을 하면 얼마나 큰 도움이 되겠습니까? 그냥 여기 탈출구가 있다고 알아듣지 못할 말로 소리를 지르고 손을 흔드는 것만으로도 말입니다⋯⋯!"

아가테는 이 선량한 남자가 마음속에 품고 있던 끔찍한 상상에 다시 웃음이 날 뻔했다. 그러나 이 상상은 그의 이미지와 맞지 않았기에 그의 밀랍처럼 부드러운 얼굴을 거의 섬뜩하게 비치게 했다. "당신은 꼭 소방관처럼 말씀하시는군요!" 그녀는 이렇게 대꾸하고는 자신의 호기심을 숨기려고 일부러 경박하게 조롱하는 귀부인 흉내를 냈다. "그런데 당신은 내가 어떤 재난 상황에 처해 있는지 미리 예상해본 거라도 있나요?!" 순간 그녀의 의지와는 상관없이 조롱의 진지함이 얼굴에서 뿜어져나왔다. 남자가 자신을 도우려 한다는 단순한 생각에 갑자기 화가 치밀었기 때문이다. 그녀 속에서 스멀스멀 일어나는, 마찬가지로 단순한 감사함 때문에. 남자는 깜짝 놀란 눈으로 그녀를 바라보더니 곧 정신을 차리고는 거의 야단치듯이 대꾸했다. "당신은 아직 너무 젊어서 우리 삶이 무척 단순하다는 걸 알지 못하는 게 분명해요. 우리가 우리 자신만 생각하면 삶은 정말 혼란스럽기 짝이 없습니다. 하지만 우리 자신에 대한 생각을 멈추고 타인을 어떻게 도울지 자문하는 순간 우리 삶은 아주 단순해집니다!"

아가테는 침묵하고 생각에 잠겼다. 그녀의 침묵 때문인지, 아니면 자기 말이 고무적인 거리를 낳았기 때문인지 남자는 그녀를 보지 않고 계속 말을 이어갔다. "개인적인 것의 과대평가는 현대의 미신입니다. 오늘날에는 개성의 문화니, 온전한 삶의 발현, 긍정하는 삶이니 하는 얘기들을 많이 합니다. 하지만 그것의 신봉자들은 이런 모호하고 다의적인 말들로 그 저항의 원래적인 의미를 숨기기 위해 안개가 필요하다는 사실을 폭로할 따름입니다! 대체 무엇을 긍정해야 한다는 말일까요? 서로 뒤죽박죽 연결되어 있는 모든 것들을요? 발전은 항상 반대 압력, 즉 저항과 연결되어 있다고 어느 미국 사상가가 말했습니다. 우리는 우리 본성의 한 측면을 다른 측면의 성장을 저해하지 않고는 발전시킬 수가 없습니다. 그럼 대체 어떤 것을 온전하게 발현하며 살아야 할까요? 정신 또는 본능을? 변덕 또는 성격을? 이기심 또는 사랑을? 우리의 고결한 본성이 온전히 발현되려면 저급한 본성은 체념과 복종을 배워야 합니다."

아가테는 자기 자신보다 남을 돌보는 것이 왜 더 간단한지 숙고했다. 그녀는 끊임없이 자신에 대한 생각을 하면서도 스스로는 돌보지 않는, 결단코 이기적이지 않은 성격에 속했다. 이런 성격은 이웃 사랑을 실천하는 사람들의 만족스러운 박애주의보다 자기 이익을 위해 애쓰는 일상적인 이기심과 훨씬 거리가 멀다. 그래서 동행자의 말은 그녀에게 뿌리째 낯설었다. 하지만 왠지 그녀의 마음을 건드렸고, 그렇게 내뱉어진 힘찬 말들은 마치 그 의미가 귀로 들리기보다 허공에 보이는 것처럼 눈앞에서 불안하게 일렁거렸다. 두 사람은 산마루를 따라 걸었고, 산마루는 아가테에게 궁륭처럼 깊이 파인 골짜기 쪽으로 멋진 전망을 열어주었다. 반면에 동행자에게 이 위치는 마치 교회 설교단이나 강단에 서 있는 듯한 기분이 들게 했다. 그녀는 걸음을 멈추더니 내내 손에 들고 아무렇게나 흔들던 모자로 동행자의 말에 선을 그었다. "그러니까 당신은 벌써 나라는 인간을 예단하고 계시군요. 당신의 말에서 그게 느껴져요. 별로 기분이 좋지 않네요!"

키 큰 신사는 당황했다. 그녀의 마음을 상하게 하려는 의도는 전혀 없었기 때문이다. 아가테는 상냥하게 웃으며 그를 바라보았다. "나를 자유로운 개성을 추구하는 사람으로 오해하신 것 같군요. 그것도 신경증 증세가 좀 있어 보이는 불쾌한 개성의 소유자로요!"

"나는 개인적인 삶의 근본 조건에 대해 말한 것뿐입니다." 그가 사죄했다. "하지만 당신을 만났던 상황에서는 당신에게 뭔가 조언이 필요할 듯한 느낌이 든 게 사실입니다. 삶의 근본 조건은 오늘날 그렇게 광범하게 오인되고 있죠. 온갖 과도한 사례를 비롯해 현대의 신경증은 오직 의지 결핍의 무기력한 내면 상태에서 오는 것일 뿐입니다. 의지의 특별한 노력 없이는 누구도 유기체의 모호한 혼란을 넘어서는 통일성과 안정성을 얻을 수 없기 때문이죠!"

통일성과 안정성, 이 두 마디가 또다시 아가테에게 오랜 동경과 자책에 대한 기억처럼 들렸다. "그게 무슨 뜻인지 설명 좀 해주시겠어요?" 그녀가 부탁했다. "목표만 있다면 의지도 생기는 건가요?!"

"그런 뜻으로 한 말은 아닙니다!" 그녀는 부드러우면서도 무뚝뚝한 어조의 대답을 들었다. "인류의 위대한 경전들은 우리가 무엇을 해야 하고 무엇을 하지 말아야 할지 너무도 명확하게 밝히지 않았습니까?" 이 말에 아가테는 당황했다. 동행자의 설명이 이어졌다. "삶의 근본적인 이상들을 세우려면 인간과 삶을 그런 식으로 꿰뚫어보는 혜안이 필요합니다. 아울러 욕정과 이기심을 영웅적으로 극복해야 하고요. 물론 수천 년 세월 동안 극소수의 인간들에게만 허락된 일이었죠. 어쨌든 인류의 그런 스승들은 어떤 시대건 동일한 진리를 가르쳐왔습니다."

아가테는 죽은 현자의 해골보다 자신의 젊은 피와 살이 더 낫다고 여기는 사람이라면 누구나 그러하듯 자기도 모르게 방어에 나섰다. "하지만 수천 년 전에 만들어진 인간 법칙을 오늘날의 상황에 적용하는 건 무리가 있어요!" 그녀가 소리쳤다.

"그건 살아 있는 경험 및 자기 인식과 유리된 회의주의자들의 주장만큼 그렇게 동떨어진 법칙들이 아닙니다!" 우연히 동행하게 된 남자가 쓸쓸한 만족감으로 대꾸했다. "심오한 삶의 진리란 오래전 플라톤이 말했듯이 결코 논쟁으로 조정될 문제가 아닙니다. 인간은 삶의 진리를 자기 자신의 살아 있는 해석이자 실현으로서 듣습니다! 내 말을 믿으세요. 인간을 진실로 자유롭게 하거나 인간에게 자유를 빼앗는 것, 또 인간에게 참다운 행복을 안기거나 말살하는 것이 진보에 좌우되지 않음은 진실하게 살아가는 사람이라면 삶의 진리에 귀를 기울이기만 해도 누구나 가슴속 깊이 깨닫게 되지요!"

아가테는 '살아 있는 해석'이라는 말이 마음에 들었다. 그런데 예기치 않은 한 생각이 퍼뜩 떠올랐다. "혹시 종교인이신가요?" 그녀는 이렇게 물으며 호기심어린 눈으로 동행자를 바라보았다. 그는 답하지 않았다. "정말 성직자가 아니신가요?!" 그녀가 반복해 물었다. 그러다 그의 수염을 보고 안심했다. 수염을 제외한 나머지 외모가 그런 깜짝 놀랄 가능성을 갑자기 사실처럼 보이게 했기 때문이다. 사실 아가테는 이 낯선 남자가 대화중에 '우리의 숭고하신 지배자이자 거룩하신 아우구

스투스'라는 말을 입에 올렸더라도 별로 놀라지 않았을 것이다. 그녀는 정치에서 종교가 큰 역할을 한다는 걸 알고 있었지만, 남들과 마찬가지로 공적인 영역에 사용되는 이념들을 진지하게 받아들이지 않는 데 익숙했다. 종교 정당이라고 해서 경건한 사람들만 모여 있을 거라는 추측이 우체국 직원이라면 모두 우표 수집가여야 한다는 요구만큼이나 약간 과장되게 느껴질 정도로.

남자는 흔들리는 긴 침묵 끝에 대꾸했다. "당신의 질문에 대답하고 싶지 않습니다. 우리 이야기와는 상관없는 문제로 보이는군요."

하지만 아가테는 강한 호기심에 사로잡혔다. "그럼 당신이 누군지 말씀해주세요. 이젠 그걸 알아야겠어요!" 그녀가 대답을 요구했다. 사실 그것은 거부하기 어려운 여자의 특권이기도 했다. 남자는 아까 모자를 살짝 들어올리며 뒤늦게 인사할 때와 마찬가지로 약간 우스꽝스러운 망설임을 내비쳤다. 이번에도 형식적으로 모자를 살짝 들어올리고 싶은지 팔이 움찔거리는 듯했다. 하지만 곧 몸은 딱딱하게 굳었고, 내면에서 생각의 한 무리가 다른 무리와 싸워 승리를 거둔 것 같았다. 그는 어색함을 감추려고 괜히 쓸데없는 동작을 취하는 대신, "내 이름은 린트너이고, 프란츠 페르디난트 김나지움 교사입니다"라고 답하더니 짧은 숙고 끝에 덧붙였다. "대학에 시간강사로 출강하기도 합니다."

"그럼 제 오빠를 아실 수도 있겠군요?" 아가테가 반갑게 물으며 울리히의 이름을 댔다. "얼마 전에 오빠는 내 기억이 틀리지 않다면 교육학 학회에서 수학과 휴머니즘 아니면 그 비슷한 주제로 발표를 했어요."

"이름만 알죠. 그 자리에 참석하기도 했고요." 린트너가 시인했다. 아가테는 그의 대답에서 일말의 거부감 같은 것을 느꼈지만, 그의 새 질문으로 곧 잊어버렸다.

"아버님이 유명한 법학자 아니신가요?" 린트너가 물었다.

"맞아요, 근데 얼마 전에 돌아가셨어요. 그래서 나는 지금 오빠 집에 살아요." 아가테가 거리낌없이 이야기했다. "괜찮으시다면 나중에라도 한번 놀러오시지 않겠어요?"

"죄송한 말이지만 사교 생활을 할 만큼 한가하지 않습니다." 린트너는 쌀쌀맞게 대답하고는 불안하게 눈을 내리깔았다.

"그럼 내가 찾아가는 건 괜찮겠죠?" 아가테는 그의 꺼림칙한 반응에는 신경쓰지 않고 말을 이어갔다. "저는 충고가 필요해요!" 그런데 그가 여전히 그녀를 '아가씨'라고 불렀기에 이렇게 덧붙였다. "저는 결혼했어요. 하가우어 부인이에요."

"그럼 당신이 그……" 린트너는 말을 쉽게 잇지 못했다. "많은 업적으로 유명하신 하가우어 교수의 부인이신가요?" 그는 이 문장을 환한 열광의 어조로 시작하다가 머뭇거리듯 희미한 어조로 끝냈다. 하가우어는 그에게 이중적 의미를 띠고 있었다. 그러니까 교육자이면서도 진보적인 교육자가 하가우어였다. 린트너는 그런 그에게 원칙적으로 적대감을 품고 있었다. 그런데 방금 외간남자의 집을 방문하겠다는 당돌한 생각을 내비친 한 여성의 모호한 심리적 안개 속에서 그런 친숙한 적을 발견하게 될 줄 누가 상상이나 했겠는가? 신선한 충격이었다. 그의 질문에서 처음과 끝의 어조가 바뀐 것도 그런 감정적 급변 때문이었다.

아가테도 그것을 알아차렸다. 하지만 현재 남편과의 관계를 밝혀야 할지 알 수 없었다. 괜히 그 이야기를 꺼냈다가 이 새 친구와의 관계가 단숨에 끝나버릴 수도 있었다. 아니, 분명 그럴 것 같았다. 그렇게 되면 무척 아쉬울 듯했다. 왜냐하면 린트너는 여러 가지로 조롱하고 싶어지는 만큼이나 신뢰감도 안겨주었기 때문이다. 이 남자가 사리사욕으로 행동할 사람이 아니라는 느낌, 그의 외모로 신빙성이 한층 더해진 이 느낌이 야릇하게 그녀를 솔직하게 만들었다. 그로 인해 그녀의 내면에서는 모든 욕구가 차분히 가라앉았고, 대신 솔직함이 저절로 솟구쳤다. "나는 이혼을 하려고 해요!" 그녀가 마침내 고백했다.

침묵이 이어졌다. 린트너는 낙담한 인상을 풍겼다. 아가테는 그런 그가 너무 딱해 보였다. 마침내 린트너가 상심한 듯 웃으면서 말했다. "당신을 처음 봤을 때부터 그 비슷한 생각을 했었습니다!"

"그러니까 당신은 이혼 반대자군요?!" 아가테는 이렇게 소리치며 불쾌감을 드러냈다. "그래요, 당신은 당연히 이혼에 반대해야겠죠! 하지만 이건 아셔야 해요. 그런 태도가 당신을 시대에 뒤떨어지게 한다는 걸!"

"어쨌든 나는 이 문제를 당신처럼 그렇게 자명하게 볼 수가 없습니다." 린트너는 신중하게 자신을 변호했다. 그러더니 안경을 닦고는 다시 걸친 뒤 아가테를 유심히 살펴보았다. "내가 보기에 당신은 의지가 너무 부족합니다." 그가 단언했다.

"의지요? 나는 이혼하겠다는 의지를 갖고 있어요!" 아가테는 소리쳤다. 하지만 이것이 사리에 맞는 대답이 아니라는 건 스스로도 알고 있었다.

"내 말을 그렇게 곡해하지 마십시오." 린트너가 부드럽게 꾸짖었다. "나도 당신이 그런 마음을 먹기까지 그럴 만한 사정이 있었을 거라고 믿고 싶습니다. 하지만 다른 한편 이런 생각도 드는군요. 오늘날에 만연한 자유 도덕은 사실 개인이 자기 자신에게만 찰싹 달라붙은 채 더 큰 시선으로 세상을 살아가거나 행동할 능력이 없다는 신호에 지나지 않는다고 말입니다. 우리의 존경하는 시인들은……"그는 질투심에서 이 말을 덧붙였다. 이 말은 시인의 무덤을 순례하는 이가테의 열정에 대한 농이면서도 그의 혀끝에선 약간의 비꼬는 투가 묻어났다. "그러니까 젊은 부인들의 감성에 아양을 떨면서 그 덕분에 과대평가된 우리의 존경받는 시인들은 당연히 나보다 마음이 편할 겁니다. 나는 결혼이 책임감의 제도이자 인간적 욕망의 통제라고 주장하기 때문이죠. 하지만 개인이 외적 보호장치, 즉 인류가 스스로를 믿을 수 없다는 올바른 자기 인식하에 설치한 외적 보호장치들과 관계를 끊기 전에 반드시 깨달아야 할 사실이 있습니다. 그러니까 더 높은 전체에 대한 단절과 복종의 거부가 실은 우리가 그렇게 두려워하는 몸의 실망보다 더 심각한 해를 끼친다는 것이죠!"

"꼭 대천사의 복무규정처럼 들리는군요." 아가테가 말했다. "하지만 나는 당신 말이 옳다고 인정하지 않아요. 내가 어느 정도 동행할 테니 그동안에 어떻게 그런 생각을 하게 되었는지 설명해주세요. 자, 이제 어디로 가실 거죠?"

"집으로 가야 합니다." 린트너가 대답했다.

"내가 집까지 동행하면 부인께서 언짢아하실까요? 저 밑으로 내려가면 택시를 잡을 수 있어요. 난 아직 시간이 있거든요!"

"아들이 학교에서 돌아올 시간입니다." 린트너는 품위 있게 방어했다. "우리는 항상 정확히 같은 시간에 식사를 하거든요. 그래서 늦지 않게 집에 도착해야 합니다. 게다가 아내는 수년 전에 갑자기 세상을 떠났습니다." 그는 아가테의 잘못된 가정을 수정해주었다. 그러고는 시계를 보면서 불안하고 초조해하며 덧붙였다. "이제 난 서둘러야 합니다!"

"그럼 다음번에 설명해주셔야 해요. 나한테는 중요한 문제니까!" 아가테는 활기차게 말했다. "당신이 우리집에 올 마음이 없다면 내가 찾아갈 수도 있어요."

린트너는 입을 벌린 채 다물지 못했다. 그러다 마침내 말문을 열었다. "여자인 당신이 나를 찾아올 수는 없습니다!"

"아뇨, 할 수 있어요!" 아가테는 장담했다. "어느 날 내가 당신 앞에 나타나는 것을 보게 되실 거예요. 언제가 될지는 모르겠지만 분명 머잖아 그렇게 될 거예요!" 그녀는 이 말을 끝으로 그와 인사를 하고 헤어졌다.

'당신은 의지가 너무 부족합니다!' 그녀는 린트너가 했던 말을 나직이 중얼거렸다. '의지'라는 말이 입속에서 신선하고 서늘하게 느껴졌다. 그 말에서는 긍지, 비정함, 확신 같은 감정이 함께 새어나왔다. 그녀의 심장이 힘차게 고동쳤다. 남자가 그녀의 기분을 돌려놓았다.

32. 그사이 장군은 울리히와 클라리세를 정신병원으로 데려가다

울리히가 집에 혼자 있을 때 국방성에서 전화가 왔다. 전화기 너머의 목소리는 군사훈련교육국장께서 반시간 뒤 그리로 가면 울리히와 개인적으로 대화를 나눌 수 있겠느냐고 물었다. 삼십오 분 뒤 슈툼 장군의 전용 마차가 더운 김을 내뿜으며 울리히 집의 작은 진입로로 급히 올라왔다.

"무슨 이런 난리가 있소!" 장군이 마주 오는 친구에게 소리쳤다. 이번에는 정신의 빵을 든 부관이 보이지 않았다. 장군은 군복 차림에 훈장까지 달고 있었다. "당신 때문에 정말 난리가 아니오!" 그가 반복했다. "오늘 저녁 당신 사촌 집에서 대회의가 열려요. 난 그와 관련해서 아직 상관한테 보고조차 드릴 시간이 없었소. 한시라도 빨리 정신병원으로 달려가라는 연락이 오는 바람에. 늦어도 한 시간 뒤에는 거기 도착해야 해요!"

"갑자기요?" 울리히는 당연히 할 법한 질문을 던졌다. "보통 이런 일은 미리 약속을 잡지 않습니까!?"

"길게 묻지 마시오!" 장군이 애원하듯이 말했다. "그보다는 얼른 당신 애인이나 사촌, 아니면 그게 누구든 당장 전화해서 우리가 데리러 가겠다고 해요!"

울리히는 클라리세가 간단하게 장을 보러 갈 때 자주 들르는 가게에 전화를 했다. 그러고는 그녀가 전화를 받기를 기다리는 동안 장군이 무엇에 그렇게 한탄하는지 듣게 되었다. 장군은 울리히가 다리를 놓은 클라리세의 소망을 들어주려고 군 의무대장에게 도움을 청했고, 의무대장은 다시 유명한 민간인 동료인 대학병원장에게 연락을 취했다. 모스브루거가 자신에 대한 감정서가 나오기를 목이 빠져라 기다리는 병원이었다. 그런데 두 고위직 의사의 오해 때문에 면회 일시가 즉석에서 잡혔고, 슈툼은 조금 전에야 수차례 사죄의 말과 함께 그 일시를 전해 들었다. 그것도 병원에는 자신이 직접 면회하는 것으로 잘못 통보되어 있었고, 그 바람에 유명한 정신과의사가 장군의 방문을 무척 기대하고 있다고 했다.

"기분이 안 좋아!" 슈툼이 말했다. 이것은 독주를 한잔하고 싶을 때 나오는 그의 관행적 표현이었다.

슈툼은 독주를 마시고 나자 긴장이 다소 풀렸다. "이거 원, 나보고 대체 정신병원에서 뭘 하라는 건지. 다 당신 때문에 가는 거요!" 그가 한탄했다. "그 멍청한 교수가 나보고 왜 함께 왔느냐고 물으면 대체 뭐라고 대답해야겠소?"

그때 수화기 저쪽에서 환호의 함성이 터져나왔다.

"좋기도 하겠군!" 장군이 짜증스럽게 말했다. "오늘 저녁의 일과 관련해서 당신과 급히 상의도 해야 하고, 또 상관한테 보고도 해야 하는데 이를 어쩌면 좋소? 우리 보스는 네시면 퇴근하는데!" 그는 시계를 보더니 절망에 찬 표정으로 의자에서 꿈쩍도 하지 않았다.

"자, 준비가 끝났습니다!" 울리히가 말했다.

"이 집 아가씨는 같이 안 가는 거요?" 슈툼이 놀라 물었다.

"동생은 집에 없습니다."

"아쉽구먼!" 슈툼은 유감스러워했다. "당신 동생은 내가 지금껏 본 여자 중에서 가장 경탄스러운 사람이오!"

"디오티마가 아니고요?"

"물론." 슈툼이 답했다. "그 사람도 당연히 경탄해 마지않을 사람이지. 하지만 디오티마가 섹스학에 빠진 뒤로 나는 꼭 소학교 학생이 된 기분이오. 사실 난 그 사람을 우러러보고 싶소. 왜냐하면 내가 늘 얘기했듯이 전쟁이란 단순하고 거친 육체노동이기 때문이오. 그런데 성에 관한 영역에서 장교가 초보자 취급을 받는 건 명예에 반하는 일이오!"

그사이 두 사람은 마차에 올라탔고, 마차는 또각또각 말발굽소리를 울리며 급히 출발했다.

"당신 여자 친구는 예쁘오?" 슈툼이 의심스러운 표정으로 물었다.

"보시면 알겠지만 독특한 개성이 있죠."

"그건 그렇고, 오늘 저녁에 뭔가 시작될 거요." 장군이 한숨을 쉬었다. "나는 모종의 사건을 기대하고 있소."

"그건 저를 만나러 올 때마다 하시던 말 아닌가요?" 울리히가 웃으면서 반박했다.

"그럴 수도 있지만 이번에는 틀림없소. 게다가 오늘 저녁 당신도 드디어 당신 사촌과 드랑잘 교수 사이의 일전을 목격하게 될 거요. 설마 내가 전에 얘기한 걸 전부 잊은 건 아니겠죠? 아무튼 드랑잘은, 우리끼리, 그러니까 당신 사촌과 내 사이에서는 그 여자를 그렇게 부르는데, 드랑잘은 자기가 원하는 걸 얻을 때까지 당신 사촌을 줄기차게 괴롭혀요*. 만나는 사람마다 장광설을 늘어놓기도 하고. 어쨌든 오늘 저녁에는 아마 두 사람이 담판을 지을 거요. 이제 우리는 아른하임이 어떤 판단을 내리는지 구경만 하면 됩니다."

"그래요?" 울리히는 못 본 지 오래인 아른하임이 돌아온 것을 모르고 있었다.

"물론이죠. 며칠 됐소." 장군이 설명했다. "그사이에 우리가 이 문제를 장악해야……" 장군이 갑자기 말을 중단하더니 정말 믿기 어려운

---

* 독일어로 '드랑잘(Drangsal)'이라는 말에는 '괴롭히다'는 뜻이 담겨 있다.

속도로 흔들리는 쿠션 의자에서 튕겨나가 마부석에 부딪혔다. "이 멍청이!" 그는 민간인 차림으로 관용 마차를 모는 부관의 귀에다 호통을 쳤다. 그러고는 마차의 요동에 어쩔 수 없다는 듯 방금 욕을 퍼부었던 부관의 등을 꽉 잡았다. "넌 지금 길을 돌아가고 있어!" 사복 차림의 부관은 등을 나무판자처럼 꼿꼿이 세우고는, 쓰러지지 않으려는 장군에게 등을 잡힌 업무 외적인 일에는 무감각하게 반응하면서 고개를 정확히 구십 도로 돌렸다. 그렇게 장군도 말들도 보지 않는 자세로 수직의 허공에다 대고 보고했다. 지름길은 도로 공사 때문에 통행이 불가능하지만 곧 다시 그 길과 합류하게 되리라는 것이다. "거봐, 내 말이 맞잖아!" 슈툼은 뒤로 물러나면서 부관에게인지 울리히에게인지 모르게 소리쳤다. 부지불식중에 터져나온 내면의 초조함을 완화할 목적으로. "저 친구는 길을 돌아가고 있어. 오늘 상관한테 보고할 게 있는데…… 상관은 네시면 퇴근하고, 또 상관 본인도 그전에 장관님께 보고해야 하는데…… 오늘 저녁 장관님께서 친히 투치 집에 가겠다고 전갈을 넣었다고 해요!" 그는 울리히의 귀에다 대고 나직이 덧붙였다.

"그런 말은 안 했잖습니까?!" 울리히는 이 새로운 소식에 놀라움을 표했다.

"벌써 오래전에 말했잖소. 뭔가 낌새가 있다고."

이제 울리히는 그게 무슨 낌새인지 궁금해했다. "장관님이 원하는 게 뭐랍니까?"

"그건 장관님도 몰라요." 슈툼이 느긋하게 대답했다. "장관께서는 어쨌든 이제 때가 됐다는 느낌만 갖고 있소. 늙은 라인스도르프 백작도 이제 때가 됐다고 느끼고, 참모총장도 마찬가지로 그렇게 느끼고 있는 것처럼. 많은 사람이 그렇게 느낀다면 거기엔 뭔가 있는 게 분명하지 않겠소?"

"대체 그 '때'라는 게 무엇을 위한 때를 말하는 겁니까?" 울리히가 꼬치꼬치 물었다.

"그건 우리가 아직 알 필요가 없소!" 장군이 훈계했다. "어쨌든 그건 절대적인 느낌이오! 그건 그렇고 오늘 우리 쪽 인원은 몇 명이오?" 그가 갑자기 넋이 나간 듯, 아니면 생각에 잠긴 듯 물었다.

"그걸 나한테 물으면 어떡합니까?" 울리히가 어이없다는 듯 대꾸했다.

"내 말은 정신병원에 가는 사람이 몇 명이냐는 거요. 미안하게 됐소. 하지만 재미있지 않소? 이런 식의 오해가? 살다보면 이렇게 여러 가지 일이 한꺼번에 몰리는 날이 있지! 아무튼 총 몇 명이 가는 거요?"

"누가 같이 갈지는 모르겠습니다. 경우에 따라 세 명에서 여섯 명이 될 것 같습니다."

"내가 그걸 물었던 건……" 장군이 걱정스레 말을 꺼냈다. "만일 세 명이 넘으면 차를 한 대 더 가져가야 한다는 뜻이었소. 알다시피 난 지금 군복을 입고 있지 않소?"

"물론이죠." 울리히가 그를 안심시켰다.

"나는 통조림 속의 정어리처럼 한 차에 껴서 가고 싶은 생각이 없소."

"당연하지요. 자, 그럼 이제 말씀해보시죠. 그게 어째서 절대적인 느낌이라는 건지."

"외부에서 마차를 한 대 불러서 가야 하지 않겠소?" 슈툼이 골똘히 생각하다 말했다. "거긴 아주 외딴 곳이란 말이오!"

"도중에 한 대 불러서 가죠." 울리히가 단호하게 답했다. "제발 이젠 설명 좀 해주세요! 때가 되었다는 게 왜 절대적인 느낌인지!"

"그건 설명할 게 없소. 내가 뭔가에 대해 달리 어찌될 수 없을 만큼 절대적이라고 말한다면 그건 곧 설명할 수가 없다는 뜻이오! 기껏해야 이렇게 덧붙일 수 있겠죠. 드랑잘은 평화주의 편이라고 말이오. 분명 그 여자가 후원하는 포이어마울이 인간의 선함에 관한 시를 쓰기 때문일 거요. 지금 많은 사람이 그렇게 믿고 있소."

울리히는 그의 말을 믿으려 하지 않았다. "얼마 전에는 정반대로 이야기하셨습니다. 지금 애국운동에 필요한 건 행동이라고, 강력한 지도력이나 그 비슷한 것이라고요!"

"물론 그것도 필요하죠." 장군이 시인했다. "그런데 영향력 있는 그룹에서 드랑잘을 밀어주고 있소. 그 여자는 그런 걸 이용하는 재주가 탁월하고. 그 사람들은 애국운동에 인간의 선함을 보여줄 인도주의적 행동을 요구하고 있소."

"그래요?"

"그렇소, 이것만 봐도 당신이 그동안 우리 일에 얼마나 무심했는지 알 거요. 남들은 이 문제로 얼마나 걱정이 큰데. 예를 들어 1866년 독일 형제들 간의 전쟁*이 모든 게르만족을 형제로 선포한 프랑크푸르트 의회의 결의 때문에 발발했다는 점을 생각해보시오. 물론 국방장관이나 참모총장이 그런 걱정을 하고 있다는 뜻은 아니오. 그렇게 말하려는 뜻은 전혀 없으니까. 그건 나만의 터무니없는 상상일 수 있소. 하지만

---

* 프로이센-오스트리아전쟁을 말한다.

하나가 다른 것으로 이어지는 법이오! 내 말 이해하겠소?"

그것은 명확하지는 않았지만 옳았다. 거기다 장군은 무척 현명한 말을 덧붙였다. "봐요, 당신은 항상 명쾌함을 요구하지." 그가 울리히를 꾸짖었다 "내가 당신의 그런 면을 경탄하기는 하지만 당신도 한 번쯤은 역사적인 측면에서 생각해볼 필요가 있소. 한 사건에 직접 가담중인 사람들이 그게 위대한 사건이 될지 어떻게 미리 알 수 있겠소? 다만 그런 사건일 거라고 자기들끼리 멋대로 상상할 뿐이지. 그래서 나는 역설적으로 이렇게 주장하고 싶소. 세계사는 실제로 일어나는 사건보다 먼저 쓰인다고 말이오. 그런 측면에서 보자면 세계사는 항상 일종의 잡담 같은 것에서부터 시작되오. 그래서 행동력이 넘치는 사람들 앞에는 무척 어려운 과제가 놓여 있는 셈이오."

"장군님 말씀이 맞습니다." 울리히가 칭찬했다. "하지만 이제는 좀 다 털어놓으시죠!"

그런데 지금은 장군도 그 이야기를 털어놓고픈 마음이 있었음에도 말발굽이 질펀한 도로 지면을 달리기 시작하는, 마차의 하중이 상당히 크게 느껴지는 순간 갑자기 다른 걱정들에 사로잡혔다. "장관님께서 혹시라도 나를 찾을 경우에 대비해 벌써 크리스마스트리처럼 멋지게 차려입었소!" 그는 이렇게 소리치면서 자기 말을 강조하기 위해 환한 파란색 군복과 주렁주렁 매달린 훈장을 가리켰다. "그런데 내가 이렇게 군복을 입고 정신병자들 앞에 나타났다가 혹시 난처한 돌발 상황이 생기는 것 아니오? 예를 들어 누군가 내 군복을 모욕하면 어떻게 해야겠소? 미친 인간들을 상대로 군도를 뺄 수도 없고. 게다가 그건 내게도 굉장히 위험한 일일 테고!"

울리히는 병원에 도착하면 군복 위에 흰 의사 가운을 입을 수 있다는 말로 친구를 안심시켰다. 그런데 슈톰이 이 해결책에 만족감을 표할 새도 없이 말쑥한 여름옷을 입은 클라리세가 조바심을 내며 찻길을 걸어내려오고 있었다. 옆에는 지크문트만 있었다. 그녀는 울리히에게 발터와 마인가스트는 동행을 거절했다고 설명했다. 장군은 다른 마차를 마련한 뒤 만족스러운 얼굴로 클라리세에게 말했다. "길을 내려오시는 모습을 보고 꼭 천사가 내려오는 줄 알았습니다, 부인!"

하지만 병원 정문에 도착해 마차에서 내렸을 때 슈톰 폰 보르트베어의 얼굴은 상기되고 약간 당혹스러워 보였다.

33. 미친 사람들이 클라리세를 환영하다

울리히가 마차 요금을 지불하는 동안 창문을 올려다보고 있던 클라리세는 장갑을 손에 들고 비틀면서 한순간도 가만있지 못했다. 슈톰 폰 보르트베어는 요금을 지불하는 울리히를 제지하려 했다. 마부는 두 신사가 서로 돈을 내겠다고 실랑이를 벌이는 동안 마부석에서 뿌듯한 미소를 지으며 느긋하게 기다렸다. 지크문트는 평소처럼 손가락 끝으로 저고리에 묻은 먼지를 골라내거나 허공을 응시했다. 장군이 나직이 울리히에게 말했다. "당신 여자 친구는 참 특이한 사람이오. 차를 타고 오는 동안 줄곧 '의지'에 관해 설파하는데, 나는 한마디도 알아듣지 못했소!"

"원래 그런 사람입니다." 울리히가 말했다.

"예쁘장한 여자요." 장군이 속삭였다. "꼭 열네 살짜리 발레리나 같소. 그런데 그런 사람이 왜 그런 말을 하는 거요? 우리는 우리 자신을 '망상'에 빠뜨리기 위해 여기 온 거라고 하던데. 지금 세상에는 '망상'이 너무 없다고 하면서. 당신은 뭔가 좀 아는 게 있소? 대꾸할 말이 없어 가만히 듣고만 있어야 하는 건 무척 곤혹스러운 일이오."

장군은 이 질문을 던지려고 일부러 마차 옆에서 미적거렸다. 그런데 울리히가 뭐라 답하기도 전에 병원에서 직원이 나오는 바람에 굳이 답할 필요가 없어졌다. 직원은 병원장을 대신해서 손님들을 환영한다면서 병원장이 급한 용무 때문에 얼마 뒤에나 손님들을 맞을 수밖에 없게 된 점을 장군 일행에게 사과한 뒤 대기실로 안내했다. 클라리세는 계단이나 복도를 지나갈 때 돌 하나도 허투루 보지 않았다. 빛바랜 우단 천을 씌운 의자가 철도역의 고풍스러운 일등석 대합실을 떠올리게 하는 작은 응접실에서도 그녀의 눈은 잠시도 쉬지 않고 천천히 움직였다. 직원이 나가자 그들 넷만 남았고, 처음에는 다들 아무 말도 하지 않았다. 그러다 울리히가 침묵을 깨려고 농조로 클라리세에게, 모스브루거를 직접 대면할 생각을 하니 으스스한 느낌이 들지 않느냐고 물었다.

"흥!" 클라리세가 집어치우라는 듯이 말했다. "그 남자는 여자를 대용품으로만 생각했어요. 그래서 그런 일이 생긴 거고요!"

장군은 다시 체면을 세우고 싶었다. 뒤늦게 좋은 생각이 떠올랐기 때문이다. "의지는 무척 현대적입니다. 애국운동에서도 우리는 그 문제를 많이 다루고 있습니다."

클라리세는 그에게 미소를 지어주고는 긴장을 풀려고 팔을 쭉 뻗었다. "이렇게 기다리고 있으니 마치 망원경으로 보듯 우리의 팔다리 속으로 무언가가 들어오는 느낌이에요."

슈툼 폰 보르트베어는 숙고했다. 또다시 헛다리를 짚고 싶지 않았기 때문이다. "맞습니다! 그건 아마 현대의 몸 문화와 관련이 있을 겁니다. 우리는 그 문제도 논의하고 있죠!"

그때 병원장이 조수와 간호인으로 이루어진 군단을 이끌고 방안으로 들이닥쳤다. 무척 친절한 사람이었다. 특히 슈툼 장군에게는 더더욱. 그는 급한 볼일 때문에 본의 아니게 환영 인사를 이렇게 짧게 할 수밖에 없고 손님들을 자신이 직접 안내할 수 없음에 유감을 표하고는 자기 대신 그 역할을 맡아줄 프리덴탈 박사를 소개했다. 프리덴탈은 크고 늘씬하고 약간 여성적인 몸매를 지닌 남자였다. 정수리 부분을 부풀린 헤어스타일을 하고 있었는데, 손님들에게 소개되는 순간 아주 위험한 연기를 펼치려고 사다리를 타고 올라가는 곡예사처럼 웃었다. 원장이 나가자 곧 손님용 가운이 들어왔다.

"환자들을 불안하게 하지 않기 위해서입니다." 프리덴탈 박사가 설명했다.

클라리세는 가운을 입으면서 갑자기 몸에 힘이 솟는 것 같은 독특한 느낌을 받았다. 가운을 입으니 마치 자그마한 의사 같았다. 그녀는 자신이 무척 남성적이고 하얗게 느껴졌다.

장군은 거울을 찾았다. 그의 독특한 신체 비율에 맞는 가운은 구하기 쉽지 않았다. 마침내 가운이 그의 몸을 완전히 감쌌을 때 그는 긴 잠옷을 입은 아이 같았다. "군화의 박차는 벗어야 하지 않겠소?" 그가 프리덴탈 박사에게 물었다.

"군의관들도 박차를 찹니다!" 울리히가 대신 말했다.

슈툼은 다시 한번 거울 속 자신의 뒷모습을 보려고 가련하고도 필사적인 노력을 했다. 의사 가운이 강력한 주름 속에서 박차를 누르는 지점이었다. 곧이어 그들은 출발했다. 프리덴탈 박사는 어떤 경우에도 평정심을 유지해달라고 부탁했다.

"지금까지는 그럭저럭 참을 만한 것 같소!" 슈툼이 울리히에게 속삭였다. "하지만 난 사실 이런 문제에는 관심이 없소. 다만 오늘 저녁 일과 관련해서 당신과 충분히 이야기를 나눌 시간이 있다는 것에 만족하오. 내 말 듣고 있소? 당신이 그랬죠. 모든 걸 솔직하게 얘기해달라고. 그래요, 말해주리다. 아주 간단한 얘기니까. 지금 온 세상이 무장에 나서고 있소. 러시아는 최신식 야전포병 부대를 창설했소. 내 말 듣고 있소? 프랑스는 복무 기간 이 년의 징병제도로 강한 군대를 구축하고 있소. 이탈리아는……"

그들은 아까 올라온 고풍스럽고 웅장한 계단을 다시 내려갔고, 주 복도를 벗어나 작은 방들과 구불구불한 통로가 미로처럼 얽힌 곳에 도착했다. 통로들에는 회칠한 들보가 천장에서 튀어나와 있었다. 그들이 지나간 공간은 대부분 다용도실과 사무실이었는데, 오래된 건물의 고질적인 공간 부족으로 뭔가 외지고 음산한 냄새를 풍겼다. 이곳에는 무시무시한 사람들이 머물고 있었다. 일부는 근무복을 입고 일부는 사복을 입었다. 한 문에는 '접수', 다른 문에는 '남자'라고 적혀 있었다. 부산을 떨던 장군의 입도 바짝 말라버렸다. 그는 다른 무엇과도 비교가 안 되는 이곳의 성격 때문에 강력한 정신 집중을 요하는 돌발 사건이 언제든 일어날 것 같은 예감이 들었다. 게다가 만일 어떤 거부할 수 없는 욕구에 떠밀려 혼자 그룹에서 떨어져나가 전문가의 안내도 없이, 모두가 대등한 이곳에서 정신병자와 조우하면 어떻게 해야 할지, 이 질문이 머릿속에 맴돌기도 했다. 반면에 클라리세는 줄곧 프리덴탈 박사보다 반 발짝 앞서 걸었다. 환자들을 놀래지 않으려고 흰 가운을 입어야 한다는 프리덴탈의 말은 마치 구명조끼를 입은 것처럼 흘러가는 인상들 속에서 그녀를 들뜨게 했다. 어느 순간 그녀가 가장 좋아하는 생각들이 몰려들었다. 니체였다. '강자의 비관주의가 있을까? 현존재의 가혹함, 섬뜩함, 악함, 문제적인 것에 대한 지적인 선호가 있을까? 품위 있는 적보다 무시무시한 것을 더 갈망할 수 있을까? 망상은 어쩌면 반드시 타락의 징조라고 볼 수는 없지 않을까?' 그녀는 이것을 말로 생각한 것이 아니라 전체적으로 기억하고 있었다. 그녀의 생각들은 쪼그만 상자로 압착되어 강도의 침입 도구처럼 정말 작은 공간에 놀라울 정도로 딱 맞게 들어갔다. 그녀에게 이 길은 반쯤은 철학의 길이자, 반쯤은 불륜의 길이었다.

프리덴탈 박사가 한 철문 앞에서 멈추더니 바지 주머니에서 열쇠를 꺼냈다. 문을 열자 눈부신 햇살이 밀려들었다. 그들은 건물의 보호에서 벗어났다. 순간 클라리세는 귀청이 찢어질 것처럼 날카롭고 섬뜩한 비명을 들었다. 난생처음 들어보는 소리였다. 용감한 클라리세도 바짝 움츠러들었다.

"말 울음소리일 뿐입니다!" 프리덴탈 박사가 웃었다.

그들은 정문 진입로에서부터 행정 청사를 따라 뒤편 시설의 안마당으로 이어지는 도로 일부 구간에 서 있었다. 이것은 바큇자국과 친숙한 잡초가 있는 다른 구간과 전혀 구분이 되지 않았고, 햇볕만 뜨겁게 이글거렸다. 그런데 프리덴탈을 제외한 나머지 사람들은 기나긴 모험의 길을 거친 끝에 이런 건강하고 일상적인 도로를 만난 것에 대해 한편으론 이상한 느낌으로 놀라기도 하고, 다른 한편으론 당혹스럽고 혼란스러워 분개하기도 했다. 자유는 지극히 안락하더라도 첫 순간엔 사람을 당황스럽게 하는 구석이 있다. 그래서 일단은 그 자유에 다시 적응하는 것이 필요하다. 극단적인 것들끼리의 충돌이 남들보다 좀더 직접적으로 일어나는 클라리세의 내면에서는 그간의 긴장이 요란스러운 키득거림으로 산산이 부서지고 있었다.

프리덴탈 박사는 웃으며 도로를 앞장서서 걸어가더니 맞은편에 있는 작고 육중한 철문을 열었다. 담장이 쳐진 공원으로 들어가는 문이었다. "이제 시작입니다!" 그가 부드럽게 말했다.

이제 정말 그들은 지난 몇 주 동안 불가사의하게 클라리세를 끌어당겼던 그 세계에 도착했다. 비할 바 없는 독특함과 폐쇄성의 오싹한 감정만 드는 것이 아니라 그전에는 상상조차 못했던 일을 여기서 겪게되리라는 운명의 계시까지 내린 듯했다. 그런데 처음에는 이 세계도 보통의 크고 오래된 공원과 전혀 구별되지 않았다. 공원은 한 방향으로 완만하게 올라가다가 우람한 나무들 사이의 언덕에서 작고 흰 빌라 형태의 건물들을 보여주었다. 그 뒤로 곡선을 그리며 올라가는 하늘이 아름다운 전망을 먼저 맛보여주듯 다가왔다. 이런 전망 포인트 중 한 곳에서 클라리세는 감시원들과 함께 있는 환자들을 알아보았다. 무리 지어 서 있거나 앉아 있는 환자들은 하얀 천사처럼 보였다. 슈툼 장군은 지금이 울리히와 대화를 재개할 적기라고 생각했다. "그러니까 오늘 저녁 모임에 대해 미리 당신한테 힌트를 좀 주고 싶소." 그가 말문을 열었다. "이탈리아, 러시아, 프랑스, 그리고 영국까지 당신도 알듯이 모두 무장에 나서고 있소. 그런데 우리는……"

"우리 군도 포병대를 창설하려고 하지 않습니까?" 울리히가 장군의 말을 자르고 들어왔다.

"물론이오!" 장군이 말을 이어갔다. "그런데 당신이 계속 내 말을 끝까지 듣지 않고 중간에 끊으면 우린 곧 다시 저 미친 것들 사이에 껴서 차분하게 얘기를 나눌 수 없을 거요. 내가 하고 싶은 말은 우리가 그런 국제 정세 한가운데에 있다는 거요. 군사적으로 매우 위험한 위치죠. 상황이 이런데도 지금 우리는, 그러니까 애국운동을 말하는 거요, 거기서는 인간의 선함밖에 요구하는 것이 없소!"

"그래서 우리 군부는 거기에 반대한다는 거군요! 나도 그건 벌써 알고 있었습니다."

"아니, 그 반대요!" 슈툼이 장담했다. "우리는 거기에 반대하지 않아요! 평화주의를 매우 진지하게 받아들이고 있다, 그 말이오! 다만 포병부대 예산은 반드시 통과시킬 것이오. 우리가 평화주의와 손잡고 이것만 할 수 있다면 우리가 평화를 파괴한다고 주장하는 모든 제국주의적 오해들을 아주 훌륭하게 불식시킬 수 있을 거요! 그래서 우리가 정말로 드랑잘과 얼마간 한 이불을 덮기로 했다는 점을 시인하오. 하지만 다른 한편으론 그 일을 신중하게 처리할 수밖에 없소. 반대 정파, 그러니까 지금 우리의 애국운동에도 들어와 있는 민족주의 운동 계열은 평화주의에는 반대하면서도 우리 군에 흠집을 내는 일에는 찬성하기 때문이오!"

말을 미처 끝내지 못한 장군은 나머지 말을 벌레 씹은 얼굴로 꾹 삼킬 수밖에 없었다. 그들은 이제 언덕에 거의 다 도착했고, 프리덴탈 박

사가 벌써 일행을 기다리고 있었기 때문이다. 천사들이 모여 있는 곳은
울타리가 가볍게 쳐져 있었다. 프리덴탈은 그곳 사람들에게는 눈길 한
번 주지 않고 서곡쯤 된다는 듯 그곳을 횡단했다. "여긴 '평화 병동'입
니다." 프리덴탈이 설명했다.

거긴 여자들만 있었다. 다들 머리를 어깨까지 풀어헤쳤고, 역겨운 얼
굴들은 뚱뚱하거나 기형이거나 부어 있었다. 프리덴탈을 보자마자 한
노파가 쪼르르 달려오더니 편지를 내밀며 받으라고 채근했다. "늘 똑같
이 반복되는 일입니다." 프리덴탈이 이렇게 설명하고는 편지를 낭독했
다. "내 사랑 아돌프! 대체 언제 올 거야?! 나를 잊었어?!" 육십쯤 된 노
파는 흐리멍덩한 얼굴로 옆에 서서 듣고 있었다. "편지를 바로 부쳐줄
거지?!" 그녀가 부탁했다. "물론이죠!" 프리덴탈 박사는 이렇게 약속하
더니 노파 눈앞에서 편지를 북북 찢어버리고는 간호인에게 미소를 보
냈다. 그때 클라리세가 즉각 항의했다. "어떻게 그럴 수 있죠?! 환자를
진지하게 다루어야 하지 않나요?"

"그만 가시죠!" 프리덴탈이 말했다. "여기서 시간을 허비할 이유가
없습니다. 원하신다면 나중에 이런 편지를 수백 통은 더 보여줄 수 있
습니다. 게다가 내가 편지를 찢어도 노파가 눈 하나 깜짝하지 않는 걸
보셨을 겁니다."

클라리세는 당황했다. 프리덴탈의 말이 옳았기 때문이다. 이로 인해
생각이 헝클어졌다. 그런데 생각을 다시 정돈하기 전에 또다시 생각이
흐트러지는 일이 일어났다. 그들이 그곳을 떠나는 순간 한쪽에서 기회
만 엿보고 있던 다른 노파가 환자복을 들어올리며 지나가는 신사들에
게 올이 굵은 모직 스타킹 위로 늙은 여자의 못생긴 허벅지와 배를 드

러낸 것이다.

"저런 미친 년!" 슈툼 폰 보르트베어는 낮게 욕설을 내뱉고는 역겨움과 분노로 한동안 정치 문제를 잊어버렸다.

클라리세는 노파의 허벅지와 얼굴이 닮은 것을 발견했다. 허벅지는 얼굴과 마찬가지로 지방질의 육체적 붕괴 조짐을 보이는 듯했다. 이것은 클라리세에게 낯선 관련들의 인상, 그리고 일상적 개념들로 포착할 수 있는 것과 다르게 돌아가는 세계의 인상을 처음으로 선사했다. 순간 그녀는 하얀 천사들이 이 여자들로 변신하는 것을 알아채지 못했고, 그들 한가운데를 지나오면서 누가 환자이고 누가 간호인인지 구별하지 못했다는 사실이 퍼뜩 떠올랐다. 그녀는 고개를 젖혀 뒤를 돌아보았다. 그러나 길이 건물에 가려져 이제는 아무것도 보이지 않았고, 계속 뒤돌아보는 아이처럼 자기 다리에 걸려 동행자들 뒤에서 비척거리기만 했다. 그와 함께 시작된 인상들에서는 사람들이 보통 삶이라 받아들이는, 투명하게 흘러가는 사건들의 강물이 만들어지는 것이 아니라 두드러진 미끄러운 부분들이 틈틈이 기억 속에 고착하는, 거품을 일으키는 급류가 생겨났다.

"마찬가지로 여기는 '안정 병동'입니다. 남자들만 있죠." 프리덴탈 박사는 건물 정문에서 자신을 뒤따르는 사람들을 한곳으로 모으면서 설명했다. 그는 첫번째 병상 앞에서 걸음을 멈추더니 이 환자를 낮은 목소리로 정중하게 '우울증을 앓는 데멘티아 파랄리티카'라고 소개했다. "매독 환자야. 죄악망상과 허무주의적 강박증에 사로잡힌." 지크문트가 의학 용어를 동생에게 귓속말로 설명해주었다. 클라리세는 한 늙은 남자를 마주하고 있었다. 겉모습을 보아하니 예전에는 상류층에 속했던 사람 같았다. 남자는 허리를 꼿꼿이 펴고 침대에 앉아 있었다. 나이는 오십대 말쯤으로 보였고, 얼굴은 무척 하앴다. 마찬가지로 희고 풍성한 머리카락은 세련되고 지적인 얼굴을 액자처럼 감싸고 있었다. 얼굴은 정말 싸구려 소설에나 나올 법하게 터무니없이 귀족적으로 보였다. "이 사람 초상화를 좀 그릴 수 없겠소?" 슈툼 폰 보르트베어가 물었다. "이 건 완전히 정신적 아름다움의 화신인데. 그림이 완성되면 당신 사촌한테 선물하면 좋을 것 같소!" 슈툼이 울리히를 보고 말했다. 프리덴탈 박사는 슬픈 미소를 지으며 설명했다. "저런 귀족적인 표정은 얼굴 근육의 긴장 이완에서 오는 것일 뿐입니다." 그는 환자의 얼굴에다 대고 손을 휙 내저어 동공의 무반응을 손님들에게 보여준 뒤 다음 침대로 이동했다. 풍성한 소재에 비하면 시간이 촉박했던 것이다. 자기 침대 옆에서 사람들이 뭐라고 이야기할 때마다 우수에 젖은 표정으로 고개를 끄덕이던 늙은 남자는 그들 다섯이 몇 침대 건너 프리덴탈이 선택한 다음 침대에 걸음을 멈추는 순간 낮은 목소리로 걱정스레 뭐라고 중얼거렸다.

이번에는 미술에 빠진 남자였다. 그러니까 쾌활하고 뚱뚱한 화가였다. 침대는 햇빛 잘 드는 창가에 있었다. 그는 이불 위에 종이와 많은 연필을 올려놓고 하루종일 그림을 그렸다. 쉼없이 즐겁게 펜을 움직이는 남자의 모습이 클라리세의 눈길을 끌었다. '발터도 저렇게 그려야 하는데!' 그녀는 생각했다. 그녀의 관심을 눈치챈 프리덴탈이 뚱뚱한 남자의 손에서 재빨리 종이를 빼앗아 클라리세에게 건넸다. 화가는 키득거리며 마치 갑자기 남자에게 꼬집힌 여자처럼 굴었다. 그런데 클라리세는 진부하다고 느껴질 정도로 지극히 합리적이고 완벽한 구도를 갖춘 스케치를 보고 깜짝 놀랐다. 위대한 회화로 가는 밑그림이었다. 원근법적으로 서로 복잡하게 얽힌 많은 인물들, 지나칠 만큼 정밀하게 묘사된 병실…… 전체적으로 보면 마치 국립아카데미 교수가 그린 듯 건강하고 전문적인 냄새를 풍겼다. "정말 놀랍도록 뛰어난 솜씨예요!" 자기도 모르게 그녀의 입에서 터져나온 탄성이었다.

프리덴탈이 우쭐하며 웃었다.

"거봐!" 화가가 그에게 소리쳤다. "저 신사는 마음에 든다잖아! 좀더 보여줘! 저 신사는 정말 잘 그린다고 했어! 어서 보여줘! 네가 날 비웃는 건 나도 알지만 저 신사는 마음에 든다잖아!" 그는 명랑하게 말하고는 자신의 다른 작품들도 의사에게 내밀었다. 프리덴탈이 자기 작품의 진가를 몰라주는데도 둘의 관계는 좋은 듯했다.

"오늘은 그럴 시간이 없어요." 프리덴탈이 대답했다. 그러고는 클라리세에게 얼굴을 돌리고 논평했다. "이 사람은 정신분열증이 아닙니다. 아쉽게도 지금 우리 병원에는 정신분열증 환자가 없어요. 정신분열증을 보이는 사람들이 현대적이고 위대한 그림을 그릴 때가 많죠."

"그런데도 저 사람은 미친 건가요?" 클라리세가 미심쩍게 물었다.

"왜 아니겠어요?" 프리덴탈이 슬프게 답했다.

클라리세는 입술을 깨물었다.

그사이 슈툼과 울리히는 벌써 다음 방의 문턱에 서 있었다. 장군이 말했다. "이걸 보고 있으니 아까 부관한테 멍청이라고 욕했던 게 정말 미안해졌소. 다시는 그런 말을 사용하지 않을 생각이오!" 그들은 지금 중증 백치들이 있는 방을 들여다보고 있었다.

클라리세는 아직 그것을 보지 못한 채 이런 생각에 잠겨 있었다. '그러니까 아카데미 미술처럼 공신력 있고 존경받는 미술조차 정신병원에 자신의 부정되고 불우하되, 헷갈릴 정도로 닮은 형제가 있다는 말인가?!' 이것이 다음번엔 표현주의 화가들을 보여줄 수도 있다는 프리덴탈의 말보다 그녀에게 더 큰 인상을 심어주었다. 그녀는 이 문제로 돌아가기로 마음먹었다. 고개를 숙인 채 여전히 입술을 깨물고 있었다. 그런데 갑자기 뭔가 잘못됐다는 생각이 들었다. 저렇게 재능 많은 사람을 가둬둔다는 것이 말이 될까? 질병은 이해해도 예술은 그 온전한 범위까지 이해하지 못하는 것이 의사라는 생각이 들었다. 그녀는 뭔가 일어나야 한다고 느꼈다. 그게 무엇인지는 아직 명확하지 않았다. 그러나 희망을 잃지 않았다. 그 뚱뚱한 화가는 그녀를 보자마자 '신사'라고 불렀기 때문이다. 그것은 좋은 신호 같았다.

프리덴탈은 그녀를 호기심어린 눈으로 관찰하고 있었다.

그의 눈길이 느껴졌을 때 그녀는 입가에 엷은 미소를 지으며 고개를 들고는 그에게 다가갔다. 그런데 무슨 말을 하기 전에 보게 된 섬뜩한 광경 때문에 머릿속의 모든 생각이 싹 지워져버렸다. 새로 들어간 방의 침대들에 귀신들이 매달려 있었던 것이다. 환자들의 몸은 모두 비뚤어지거나 불결하거나 일그러지거나 마비되어 있었다. 썩은 치아. 흔들리는 머리통. 너무 크거나 너무 작은 기형의 얼굴들. 침을 흘리는 힘없이 늘어진 턱. 음식을 먹는 것도 말을 하는 것도 아닌데 동물적으로 씹고 있는 입. 이런 영혼들과 세계 사이에는 몇 미터 두께의 납덩이가 놓여 있는 듯했다. 다른 방의 나직한 웃음소리와 소음들에 비해 여기서는 둔중한 침묵이 흘렀다. 이 침묵 속에는 낮게 투덜대거나 중얼거리는 소리만 있었다. 중증 백치들이 있는 이 대형 병실들은 흉물스러운 정신병원

내에서도 가장 끔찍한 풍경에 속했다. 클라리세는 공포스러운 깊은 암흑에 빠진 듯한 느낌이 들었다. 한번 빠지면 어떤 것도 구별되지 않는 어둠 말이다.

그런데 인솔자 프리덴탈은 이런 어둠 속에서도 사물이 잘 보인다는 듯 여러 침대를 가리키며 설명했다. "저기 있는 사람들은 백치고, 여기 있는 사람들은 크레틴병입니다."

유심히 듣고 있던 슈툼 폰 보르트베어가 물었다. "크레틴병과 백치는 같지 않소?!"

"아닙니다, 의학적으로 상이합니다." 의사가 대답했다.

"흥미롭군요." 슈툼이 말했다. "일상적인 삶에서는 생각할 수도 없는 문제인데."

클라리세는 이 침대에서 저 침대로 옮겨다니고 있었다. 환자들을 뚫어져라 살펴보면서 그들을 이해하려고 갖은 애를 썼다. 그러나 그녀의 존재조차 인지하지 못하는 얼굴들에서 무언가를 읽기란 불가능했다. 모든 환상이 사그라졌다. 프리덴탈 박사는 나직이 그녀를 뒤따라가면서 설명했다. "여긴 선천성 흑내장성 백치, 저긴 결핵성 비대성 경화증, 여긴 이디오티아 티미카⋯⋯"

그사이 장군은 '멍청이들'을 이미 질리도록 봤다고 느꼈고 울리히도 그럴 거라고 가정해 시계를 보면서 말했다. "아까 어디까지 얘기했죠? 우린 시간을 아껴야 합니다!" 그가 불쑥 말문을 열었다. "기억하고 있소? 국방성은 한편으론 평화주의에 주목하고, 다른 한편으론 민족주의자들에 주목하고⋯⋯"

슈툼만큼 환경의 굴레에서 유연하게 빠져나오지 못하는 울리히가 영문을 모르겠다는 듯 그를 빤히 바라보았다.

"농담이 아니오!" 슈툼이 설명했다. "내가 말한 게 정치요! 뭔가 일어나야 해요. 우린 지금 한걸음도 나아가지 못하고 있소. 조만간 뭔가 일어나지 않으면 황제 폐하의 탄신일 때 우린 웃음거리가 되고 말 거요. 그런데 뭐가 일어나야겠소? 이건 논리적인 문제요, 그렇지 않소? 내가 지금껏 말한 것을 좀 거칠게 요약하자면 우리 중 한 그룹은 우리가 만인을 사랑할 수 있도록 군부가 도와야 한다고 주장하고, 두번째 그룹은 사실 뭐라 표현하든 상관없지만, 좀더 고결한 혈통이 승리를 거두기 위해 나머지 민족들을 괴롭힐 수 있게 허락해주길 요구하고 있소. 둘 다 일리가 있소. 간단히 말하자면 바로 그 때문에 당신이 어떻게든 피해가 생기지 않도록 그 둘을 통합해줬으면 좋겠소."

"내가요?" 울리히는 슈툼이 터뜨린 폭탄에 반문했다. 만일 여기가 그래도 되는 자리였다면 웃음을 터뜨리며 슈툼을 비웃었을 것이다.

"당연히 당신이지!" 장군이 확고하게 대답했다. "내가 돕겠소. 당신은 애국운동의 사무총장이자 라인스도르프 백작의 오른팔이 아니오!"

"아무래도 이 병원에 자리를 하나 알아봐드려야 할 것 같군요!" 울리히가 단호하게 말했다.

"좋죠!" 장군이 말했다. 예상치 못한 저항은 당황하는 기색 없이 피하는 것이 상책이라는 전술 교범에 따른 대응이었다. "만일 내가 이곳에 들어온다면 세계의 가장 위대한 이념을 발견한 사람을 만나게 될지도 모르니까. 바깥세상 사람들은 어차피 위대한 사상에 대한 즐거움을 모르지 않나?" 그는 다시 시계를 보았다. "듣기론 자기가 교황이니 우주 자체니 하고 주장하는 사람들이 여기 있다고 하더군. 그런 사람을 아직 하나도 보지 못했는데, 무척 기대했단 말이오! 당신 여자 친구는 참 징그럽도록 꼼꼼하구려." 그가 한탄했다.

프리덴탈 박사는 정신병자들에게서 클라리세를 조심스레 떼어냈다.

지옥은 흥미롭지 않고 끔찍하다. 우리가 만일 단테처럼 지옥을 인간화하지 않고(그는 작가와 저명인사들을 지옥에 거주시킴으로써 지옥의 처벌적 속성에 덜 주목하게 만들었다) 정말 뛰어난 상상력을 발휘해서 지옥의 본래적 관념에 부합하는 것을 만들어내려고 해도 세속적인 특성이 담긴 유치한 고문이나 독창력이 부족한 신체 탈구 같은 것들을 뛰어넘지 못했을 것이다. 하지만 나락의 매력은 바로 상상할 수 없기에 피할 수 없는 무한한 처벌과 고통에 대한 단순한 관념, 그리고 나쁜 상황을 되돌리려는 어떤 시도도 소용없다는 전제조건에 있다. 정신병원도 그와 비슷하다. 정신병원은 빈민구호소다. 거기엔 지옥을 상상하기 어려운 것과 비슷한 면이 있다. 그런데 정신병의 원인에 대해 전혀 모르는 사람들이 재산을 잃어버릴 가능성 외에 가장 두려워하는 것은 어느 날 자신도 정신을 잃을 수 있다는 가능성이다. 갑자기 정신이 나갈 수 있다는 생각에 시달리는 사람이 놀랄 만큼 많다는 것은 기이한 일이다. 건강한 사람들이 정신병원에 만연한 것으로 여기는 공포를 과대평가하는 것은 아마 그들이 자기 가치를 과대평가하는 데서 비롯된 것인지 모른다. 클라리세 역시 교육 과정에서 주입된 모호한 기대에서 발원한 가벼운 실망감과 비슷한 것을 느꼈다. 그건 프리덴탈 박사와는 정반대였다. 그는 이 길에 익숙해 있었다. 병영이나 여타 유사한 시설과 같은 질서, 절박한 통증과 여러 가지 불평의 완화, 피할 수 있는 악화의 방지, 약간의 개선이나 치료, 이것들이 그의 일상적 활동의 기본 요소였다. 반면에 많이 관찰하고 많이 알지만, 그것들의 관련성을 종합적으로 묶어 충분히 설명하지 못하는 것이 그의 정신적 부분이었다. 각 병동으로 회진을 돌면서 기침, 콧물, 변비, 상처에 대한 약 외에 약간의 진정제를 처방하는 것이 치료와 관련된 그의 일과였다. 그는 일반 세계와의 접촉으로 그 상반된 측면이 일깨워질 때만 자신이 사는 세계에 으스스한 공포를 느꼈다. 물론 그런 접촉은 매일 일어나지는 않았고, 외부 손님이 올 때만 그랬다. 따라서 그는 일종의 연출을 하는 심정으로 클라리세에게 선택된 것을 보게 했고, 환자들에게 푹 빠진 클라리세를 일깨운 뒤에는 즉각 새로우면서 더한층 극적인 사례들로 안내를 이어갔다.

그들이 이 병동을 나가자마자 깨끗한 가운을 입고 어깨가 넓은 상냥한 하사관 같은 인상의 키 큰 간수 몇이 따라붙었다. 그것은 빠르게 치는 북소리를 따라 움직이듯 말없이 일어났다. "이제 우리는 '불안정 병동'으로 가고 있습니다." 프리덴탈이 예고했다. 벌써부터 비명과 괴성이 들려오기 시작했다. 마치 어마어마하게 큰 새장에서 새어나오는 소리 같았다. 문 앞에 섰을 때 손잡이라고는 보이지 않았다. 한 간수가 길쭉한 특수 열쇠로 문을 열었다. 클라리세는 지금까지 했던 것처럼 가장 먼저 들어갈 채비를 했다. 순간 프리덴탈 박사가 우악스럽게 그녀를 잡아챘다. "여기서는 기다려야 합니다!" 그는 사죄하지 않고 지친 목소리로 의미심장하게 말했다. 열쇠로 문을 연 간수는 자신의 탄탄한 몸이 들어갈 공간만큼만 문을 열었다. 그러고는 안으로 먼저 귀를 기울이고 동정을 살핀 뒤에야 급히 안으로 미끄러져 들어갔다. 뒤따라 들어간 두번째 간수는 입구 다른 쪽에서 경계를 섰다. 클라리세는 심장이 두근거리기 시작했다. 장군은 감탄하듯이 말했다. "선발대, 후발대, 측면 엄호!" 일행은 이렇게 엄호를 받으며 안으로 들어갔고, 역시 마찬가지로 이 건장한 간수들의 호위를 받으며 침대 사이를 이동했다. 침대에 앉아 있는 것들은 흥분해서 소리를 지르며 팔을 떨고 있었다. 동공도 흔들렸다. 마치 각자 자기만의 공간 속을 향해 소리를 지르고 있는데도 모두들 격한 대화 속에서 서로 알아듣는 듯한 느낌이 들었다. 각자 다른 섬의 언어를 사용하는 낯선 새들이 하나의 새장에 갇혀 있는 것처럼. 어떤 이는 자유롭게 앉아 있었고, 어떤 이는 두 손만 제한적으로 움직일 수 있을 만큼만 침대 난간에 묶여 있었다. "자살 위험이 있어서요." 의사는 이렇게 설명하고는 차례로 병명을 댔다. 마비, 편집증, 조발성치매…… 이 이름들이 바로 이 낯선 새들의 출신 성분이었다.

클라리세는 처음엔 혼란스러운 인상에 다시 위축감을 느꼈다. 의지할 것이 없는 기분이었다. 물론 호의적인 신호처럼 보이는 것도 있었다. 그녀와의 사이에 아직 많은 침대가 가로놓여 있었음에도 누군가 멀리서부터 힘차게 손을 흔들며 그녀를 부르고 있었던 것이다. 그 사람은 마치 그녀에게 서둘러 달려가기 위해 필사적으로 묶인 줄을 풀려는 듯 침대에서 이리저리 몸부림을 쳤다. 그가 내지르는 폭발적인 항의와 분노의 괴성은 이 방의 모든 목소리를 합친 것보다 더 컸고, 클라리세의 관심을 점점 강하게 끌어당겼다. 그녀가 가까이 다가갈수록 그가 자기를 향해서만 말하고 있다는 느낌이 그녀를 더욱 불안에 떨게 했다. 물론 그가 말하려는 것이 무엇인지는 전혀 알아들을 수 없었다. 마침내 그녀가 침대에 도착했을 때 선임 간수는 클라리세가 듣지 못할 정도로 나직이 의사에게 무슨 말을 했고, 프리덴탈은 무척 심각한 얼굴로 무언가 지시를 내렸다. 하지만 그러고는 금방 표정을 바꾸더니 부드럽게 환자에게 말을 걸었다. 정신병자는 바로 대답을 하지 않았다. 그러다 갑자기 이렇게 물었다. "저 신사는 누구야?" 그는 몸짓으로 클라리세를 가리켰다. 프리덴탈은 클라리세의 오빠를 가리키며 스톡홀름에서 온 의사라고 대답했다. "그 사람 말고." 환자는 자기가 말한 사람이 클라리세임을 다시 가리켰다. 프리덴탈은 웃으면서 이분은 빈에서 온 여의사라고 주장했다. "아니, 저 사람은 남자야." 환자는 이렇게 반박하고는 침묵했다. 클라리세는 심장이 고동치는 것을 느꼈다. 이 환자도 자신을 남자로 여기고 있었던 것이다.

그때 환자가 천천히 말했다. "이분은 황제의 일곱째 아들이야."

슈툼 폰 보르트베어가 울리히의 옆구리를 쿡 찔렀다.

"그렇지 않아요." 프리덴탈은 클라리세에게 본인 입으로 직접 확인시켜달라는 듯 고개를 돌림으로써 이 놀이를 계속해나갔다. "이 환자가 잘못 짚었다는 걸 직접 말씀해주시죠."

"그건 사실이 아니에요." 흥분으로 한마디도 할 수 없을 것 같던 클라리세가 나직이 환자에게 대답했다.

"아냐, 당신은 일곱째 아들이 맞아!" 그가 끈질기게 받아쳤다.

"아니에요, 아니에요." 클라리세는 마치 성애 장면에서처럼 흥분해서, 무대 공포증 때문에 뻣뻣하게 굳어버린 입술로 그에게 미소를 지어주었다.

"내 말이 맞아!!" 환자는 다시 반복하고는 뭐라 명명하기 어려운 시선으로 그녀를 빤히 바라보았다. 그녀는 무슨 대답을 해야 할지 아무 말도 떠오르지 않았다. 다만 자신을 황자로 여기는 환자의 눈만 속수무책의 심정으로 다정스레 들여다보며 계속 미소를 지었다. 그때 그녀 속에서 무언가 진기한 변화가 일었다. 그의 말이 옳음을 인정하고 싶은 가능성이 만들어지고 있었던 것이다. 그의 반복된 주장이 만들어낸 압력하에서 그녀 속의 무언가가 해체되고 있었다. 그녀는 모종의 방식으로 자기 생각들에 대한 통제력을 잃었고, 대신 새로운 관련들이 안개 속에서 서서히 윤곽을 드러내고 있었다. 그녀가 누군지 궁금해하고 그녀를 '신사'로 여긴 것이 이 환자가 처음은 아니었다. 그녀가 이 특이한 연결고리에 사로잡힌 채, 나이뿐 아니라 정상적인 삶의 나머지 흔적조차 가늠할 길 없는 그의 얼굴을 바라보는 동안 그 얼굴과 그 인간 전체에서는 무언가 도저히 이해할 수 없는 일이 일어나고 있었다. 그것은 마치 눈이 감당하기에는 그녀의 시선이 너무 무거워지는 것처럼 보였다. 그 눈 속에서 미끄러짐과 추락이 시작되고 있었기 때문이다. 입술도 힘차게 실룩거렸고, 알아들을 수 있는 음탕한 말들이 점점 조밀하게 합쳐지는 굵은 물방울처럼 지나가는 소음들 사이에 섞여 있었다. 클라리세는 미끄러지듯 일어난 이 변신에 마치 자신에게서 무언가가 빠져나가는 것처럼 당황했다. 그래서 자기도 모르게 그 불행한 피조물에게 두 팔을 뻗었다. 순간 누가 제지하기도 전에 환자는 벌떡 일어나더니 이불을 젖히고는 침대 끝에 무릎을 꿇고 창살에 갇힌 원숭이가 자위하듯 남근을 잡고 수음하는 시늉을 했다. "당장 그만두지 못해!" 프리덴탈이 재빨리 엄하게 말했다. 그와 동시에 간수들이 남자와 이불을 한꺼번에 잡고는 순식간에 그 둘을 움직이지 못하는 하나의 덩어리로 만들어버렸다. 클라리세의 얼굴은 진홍색으로 변해 있었다. 그녀는 승강기 안에서 갑자기 발밑이 꺼져버리는 것 같은 느낌이 들 때처럼 어지러웠다.

그때 불쑥 이런 생각이 들었다. 환자들은 그녀가 지나갈 때마다 등뒤에서 소리를 질렀을 뿐 아니라 아직 지나기 전인 경우는 멀리서 그녀만 보고도 소리를 지른 것 같았다. 그런데 우연히 일어난 일인지, 아니면 흥분의 전염력이 그렇게 만든 것인지는 몰라도, 그전에 손님들이 옆 침대에 섰을 때 기분좋은 농담까지 건넸던 이웃 침대의 다정한 노인이 클라리세가 급히 자기 침대 옆을 지나가려는 순간 벌떡 일어나더니 욕을 하기 시작했다. 그것도 입에 더러운 거품까지 물고 상스러운 욕을 마구 퍼부었다. 그에게도 간수들이 달려들어 어떤 저항도 짓눌러버릴 무거운 도장처럼 그를 찍어눌러버렸다.

　마술사 프리덴탈은 공연의 긴장도를 단계별로 상승시킬 줄 아는 사람이었다. 일행은 들어올 때처럼 간수들의 엄호를 받으며 반대편 끝으로 병실을 나섰다. 등뒤로 문이 닫히는 순간 잔잔한 정적의 세계 속으로 귀가 잠긴 듯했다. 리놀륨 바닥이 깔린 깨끗하고 쾌적한 복도가 그들을 맞았고, 일요일 외출복 차림의 어른과 예쁘장한 아이들이 신뢰감 넘치는 태도로 공손하게 의사에게 인사했다. 여기 입원한 친지에게 인도되길 기다리는 면회객이었다. 또다시 건강한 세계와의 대면이 무척 낯설고 당황스럽게 느껴졌다. 말쑥하게 차려입고, 겸손하고 정중하게 행동하는 이 사람들은 처음엔 인형이나 잘 만들어진 조화처럼 보였다. 프리덴탈은 복도를 성큼성큼 지나가더니 동료들에게 이제 손님들을 살인이나 그 비슷한 중죄를 저지른 정신병자들에게 안내할 생각이라고 알렸다. 곧 일행이 새 철문 앞에 섰을 때 간수들의 긴장감 도는 표정과 조심스러운 행동이 벌써 예사롭지 않은 일이 기다리고 있음을 예고했다. 그들은 폐쇄된 안뜰로 들어섰다. 회랑으로 둘러싸인 안뜰은 돌이 많고 식물은 별로 없는 현대식 정원과 비슷했다. 안뜰 안의 공허한 공기는 처음엔 침묵의 주사위 같았다. 얼마 뒤에야 말없이 벽에 붙어 앉아 있는 사람들이 보였다. 입구 근처에는 콧물을 흘리는 불결한 백치 소년들이 미동도 없이 웅크리고 있었다. 마치 어떤 조각가가 기괴한 착상에 사로잡혀 그들을 문기둥에 새겨놓은 듯했다. 소년들 옆에는 처음으로 문가의 벽을 포함해 나머지 다른 벽들에서도 좀 떨어진 곳에 한 평범한 남자가 앉아 있었다. 목깃만 없는 짙은 정장을 입은 남자는 얼마 전에 이리로 이송된 게 분명했고, 이곳 어디에도 속하기를 거부하는 듯한 인상이 말할 수 없는 감동을 자아냈다. 클라리세는 문득 자신이 발터를 떠나면 그가 느낄 아픔이 떠올라 울음이 북받쳐올랐다. 이런 일은 처음이었다. 하지만 그녀는 곧 그 감정에서 벗어났다. 왜냐하면 그녀가 호위를 받으며 지나가는 다른 환자들이 감옥에서나 기대할 수 있는, 습관처럼 침묵하는 인상을 풍겼기 때문이다. 그들은 소심하고 정중하게 인사했고, 자잘한 부탁들을 늘어놓았다. 그중에서 한 젊은 남자의 불평만 끈질기게 이어졌다. 어떤 망각의 바다에서 떠오른 사람인지는 하늘만 알 것이다. 그는 의사에게 자기가 왜 여기 있는지 이유를 설명해달라면서 이곳에서 내보내줄 것을 요구했다. 의사가 그건 자기가 아니라 오직 원장만이 결정할 수 있는 사안이라고 직접적인 답을 회피하자 젊은 남자는 전혀 수긍하려 하지 않았다. 그의 요구는 점점 빠른 속도로 마디마디가 채워지는 사슬처럼 집요하게 반복되었다. 그의 목소리는 서서히 압박 수위가 올라가더니 협박의 톤으로 상승했고, 급기야 막무가내로 덤비는 야수의 으르렁거림으로 급상승했다. 상황이 여기에 이르자 우람한 간수들이 그를 벤치에 우악스럽게 내려앉혔다. 그러자 젊은 남자는 대답도 듣지 못한 채 꼬리 내린 개처럼 침묵 속으로 묵묵히 기어들어갔다. 클라리세는 이제 이런 상황에 익숙해져 있었다. 이것은 그녀가 느끼는 전반적인 흥분의 일부일 뿐이었다.

그녀는 다른 환자에게 신경쓸 시간이 없었다. 일행이 어느새 안뜰 끝 육중한 두번째 철문에 도착한 것이다. 간수들은 이 철문을 쾅쾅 두드렸다. 전에 없던 일이었다. 지금까지는 아무 예고 없이 그냥 조심스럽게 문을 연 것이 전부였다. 그런 간수들이 이 문만큼은 주먹으로 네 번을 두드리고 나더니 밖으로 새어나오는 부산스러운 소리에 유심히 귀를 기울였다. "이것을 신호로 안에 있는 환자들은 모두 벽에 붙어 도열해야 합니다." 프리덴탈이 설명했다. "아니면 벽 앞에 설치된 장의자에 앉아야 하고요." 실제로 문이 단계별로 천천히 열렸을 때 그전에는 묵묵히 앉아 있거나, 소란을 피우며 뒤엉켜 돌고 있었을 환자들이 잘 훈련된 죄수처럼 신호를 잘 지키고 있는 것이 보였다. 그럼에도 간수들은 들어설 때 한층 더 신중을 기했고, 그걸 본 클라리세는 갑자기 프리덴탈 박사의 소매를 잡으며 흥분해서, 이곳에 모스브루거가 있느냐고 물었다. 프리덴탈은 묵묵히 고개를 저었다. 이제 시간이 없었다. 그는 모든 환자에게서 최소한 두 발짝 이상 떨어져 있어야 한다고 손님들에게 엄히 당부했다. 혹시 모를 돌발 사태에 대한 책임감이 그를 짓누르는 듯했다. 어쨌든 저쪽은 서른이고, 이쪽은 일곱이었다. 그것도 세상과 동떨어져 사방이 담장으로 둘러쳐져 있고, 대부분 한 번쯤 살인을 저지른 정신병자들만 사는 곳이었다. 무기를 지니고 다니는 습관이 붙은 사람은 무기를 차지 않으면 남들보다 더 불안해하는 법이다. 대기실에 군도를 두고 온 장군이 딱 그랬다. 그래서인지 그가 의사에게 물었다. "혹시 무기는 갖고 있소?" "조심성과 경험이 무기죠!" 프리덴탈은 구미에 딱 맞는 이 질문에 반갑게 답했다. "가장 중요한 건 어떤 반항도 싹부터 잘라버리는 겁니다."

실제로 누군가 대열에서 아주 작은 움직임만 보였을 뿐인데도 간수들이 신속하게 달려들어 힘으로 자리에 눌러 앉혔다. 오히려 이런 기습이 유일한 폭력 행위처럼 보일 정도로 신속했다. 클라리세는 이러한 조치에 동의할 수 없었다. '의사들은 이 사람들이 여기서 하루종일 감시 없이 갇혀 지내도 서로에게 아무 짓도 하지 않는다는 걸 이해하지 못해.' 그녀는 생각했다. '다만 낯선 세계에서 온 우리에게만 위험한 존재일 뿐이야!' 그녀는 누군가에게 말을 걸고 싶었다. 그 누군가와 정상적으로 소통할 수 있을 거라는 생각이 불쑥 들었다. 문 바로 옆 구석에 중키의 한 우락부락한 남자가 서 있었다. 갈색 수염으로 덮인 얼굴에 눈이 매서운 사람이었다. 그는 팔짱을 끼고 벽에 기대선 채 조용히 방문객들의 움직임을 기분 나쁘게 지켜보고 있었다. 클라리세는 그를 향해 걸음을 뗐다. 순간 프리덴탈 박사가 그녀의 팔을 잡고 제지했다. "그 사람은 안 됩니다." 그가 소리를 낮춰 말했다. 그는 클라리세를 위해 다른 살인자를 고르더니 그에게 말을 걸었다. 빡빡 깎은 머리에 두상이 뾰쪽한 범죄형 스타일의 땅딸막한 남자였다. 의사는 이 남자를 다루기 쉬운 존재로 생각하는 듯했다. 왜냐하면 의사가 말을 걸자 남자는 즉시 그 앞에 차렷 자세를 취하더니 의무에 충실하게 대답할 채비를 하면서, 기묘하게 두 줄의 비석을 떠올리게 하는 아래윗니를 훤히 드러냈기 때문이다.

"여기 왜 있느냐고 한번 물어보십시오." 프리덴탈 박사가 클라리세의 오빠에게 속삭였다. 지크문트는 어깨가 넓은 뾰쪽 머리에게 물었다. "당신은 여기 왜 있죠?"

"그건 당신이 더 잘 압니다!" 대답은 간결했다.

"나는 잘 몰라요." 쉽게 포기하지 않는 성격의 지크문트가 바보처럼 대답했다. "그러니 당신이 말해봐요, 여기 왜 있는지?!"

"그건 당신이 더 잘 압니다!!" 같은 대답이 한층 힘차게 반복되었다.

"당신은 왜 나한테 이렇게 무례하죠?" 지크문트가 물었다. "나는 정말 모른다니까요!"

'저런 거짓말을 하다니!' 클라리세는 이렇게 생각하면서 남자가 그냥 단순하게 대답한 것에 기뻐했다. "그러고 싶으니까!! 나는 내가 원하는 것을 해요!!!" 그는 이렇게 주장하며 또다시 아래윗니를 드러냈다.

"하지만 이유 없이 무례하게 굴어선 안 됩니다!" 지크문트가 옹색하게 같은 말을 반복했다. 이 정신병자만큼이나 새로운 말이 별로 떠오르지 않은 게 분명했다.

클라리세는 동물원에 갇힌 동물을 도발하는 멍청한 역을 맡은 오빠에게 화가 났다.

"그건 당신하고 상관없어요! 나는 내가 하고 싶은 걸 해요, 알겠어요?! 내가 하고 싶은 걸 한다고요!!" 정신병자는 하사관처럼 소리를 빽지르고는 얼굴 속의 무언가로 웃었다. 입과 눈은 아니었다. 이 둘은 오히려 섬뜩한 분노로 가득했기 때문이다.

울리히조차 이렇게 생각하고 있었다. '저런 인간하고는 단둘이 있고 싶지 않아.' 지크문트는 자리를 지키고 있기가 힘들었다. 그 미친 인간이 가까이 다가왔기 때문이다. 클라리세는 남자가 오빠의 목을 잡고 얼굴을 물어뜯었으면 하고 바랐다. 프리덴탈은 흐뭇한 마음으로 이 사태가 진전되어가는 것을 지켜보기만 했다. 의사라면 이 정도는 혼자서 처리할 수 있을 거라고 기대했을 뿐 아니라 지크문트의 당혹해하는 태도를 지켜보는 것도 즐거웠기 때문이다. 프리덴탈은 상황이 최고조에 이를 때까지 능숙하게 내버려두다가 지크문트가 더이상 한마디도 내뱉지 못할 때에야 중단 신호를 내렸다. 그런데 그때 클라리세 속에서 다시 참견하고픈 소망이 일었다! 남자는 어쩐지 북소리처럼 대답을 이어가며 점점 더 흥분하고 있었다. 그녀는 더이상 스스로를 억제하지 못하고 환자에게 한 걸음 다가서며 말했다. "나는 빈에서 왔어요!" 이 말은 나팔로 아무 음이나 불어대는 것처럼 무의미해 보였다. 그녀는 자신이 무슨 뜻으로 이 말을 했는지도 몰랐고, 어떻게 그런 말이 불쑥 떠올랐는지도 몰랐으며, 남자가 어떤 도시에 살고 있는지 스스로 알고 있을지도 생각해보지 않았다. 만약 그가 안다면 그녀의 말은 더더욱 무의미했다. 그러나 그녀는 자신의 말에 엄청난 확신을 갖고 있었다. 게다가 정신병원에서 주로 일어나는 일이기는 하지만, 기적도 실제로 가끔 생기는 법이다. 그녀가 이 말을 하면서 흥분으로 활활 불타오르며 살인자 앞에 섰을 때 갑자기 그 열기가 그에게로 전염되었다. 쇄석기 같은 치아가 입술 뒤로 물러났고, 쏘아보던 두 눈에도 호의가 번져가기 시작했다. "오, 꿈의 도시 빈! 정말 아름다운 도시죠!" 그는 이전 중산층 출신의 자부심으로 대답했다. 중산층이라면 마땅히 알고 있어야 할 상투적인 표현이었던 것이다.

"축하합니다!" 프리덴탈이 클라리세에게 웃으며 말했다.

하지만 클라리세에게 이 경험은 무척 중요한 사건이었다.

"자, 이제 모스브루거에게 갑시다!" 프리덴탈이 말했다.

그러나 이 일은 성사되지 못했다. 일행이 조심스럽게 안뜰 두 개를 지나 다시 밖으로 나와 공원 언덕 위 정자처럼 보이는 별관으로 향하고 있을 때 어딘가에서 한 간수가 달려왔다. 보아하니 벌써 한참 동안 그들을 찾고 있었던 것 같았다. 그는 프리덴탈에게 다가가더니 낮은 목소리로 뭔가를 길게 보고했다. 가끔 질문으로 간수의 보고를 중단시키는 의사의 표정으로 보건대 중요하면서도 골치 아픈 일이 분명했다. 프리덴탈은 심각하고 유감 가득한 표정으로 돌아오더니, 갑자기 한 병동에서 돌발 사건이 발생했고 언제 그 일이 마무리될지 예측할 수 없어 부득이 안내를 중단할 수밖에 없게 되었다고 설명했다. 이런 유감은 무엇보다, 의사 가운 아래 장군 군복을 감추고 있는 유력자에게로 향했다. 그러나 슈툼 폰 보르트베어는 이 시설의 질서와 규율을 충분히 목격한 것만으로도 감사하다면서, 지금껏 경험한 것에 따르면 살인자 한 명을 더 보고 더 보지 않고는 별로 중요하지 않다고 답했다. 그에 반해 클라리세는 실망하고 당황한 기색이 역력했다. 그래서 프리덴탈은 모스브루거와 다른 몇몇 환자를 방문할 기회를 추후에 마련할 것이고, 일정이 조율되면 지크문트에게 전화로 연락하겠다고 덧붙였다. "정말 자상하시군요." 장군이 모두를 대신해서 감사를 표했다. "다만 나는 개인적으로 다른 일 때문에 그 자리에 함께할 수 있을지 모르겠습니다."

유보적인 입장의 장군만 빼고 나머지는 향후 있을 방문에 동의했다. 프리덴탈은 곧 길을 따라 언덕 너머로 사라졌고, 나머지 사람들은 의사가 남겨준 간수의 안내로 출구로 향했다. 그들은 도로가 아닌 지름길을 택했다. 너도밤나무와 플라타너스 사이의 아름다운 비탈길이었다. 장군은 가운을 벗더니 소풍용 바람막이 코트처럼 쾌활하게 팔에 걸쳤다. 그러나 누구도 대화할 마음은 없는 듯했다. 울리히는 임박한 저녁 모임에 대비해 또다시 가르침을 받으려는 의향을 내비치지 않았고, 슈툼 자신도 얼른 사무실로 돌아갈 생각밖에 없었다. 다만 그는 친절하게 클라리세를 에스코트하면서 그녀에게만큼은 몇 마디 재미있는 말이라도 해야 할 것 같은 느낌이 들었다. 그러나 클라리세는 말이 없고 멍한 상태였다. '혹시 저 지저분한 것들 때문에 기분이 상한 걸까?' 그는 이렇게 자문하면서, 어쩐지 이런 특별한 상황에서는 자신도 기사도 정신을 발휘해 그녀를 보호해주는 것이 불가능했음을 설명하고 싶어졌다. 하지만 다른 한편으론 그런 이야기는 아예 꺼내지 않는 게 상책일 것 같기도 했다. 이렇게 해서 돌아오는 길은 침묵의 분위기로 착 가라앉았다.

슈툼 폰 보르트베어는 마차에 올라 울리히에게 클라리세 남매를 부탁한 뒤에야 쾌활한 기분이 되살아났고, 그와 함께 숨막히게 답답했던 그 체험에 특정한 꼴을 부여하는 한 생각이 떠올랐다. 그는 지니고 다니는 큼직한 가죽 케이스에서 담배를 꺼내더니 쿠션에 기댄 채 푸르스름한 담배 연기를 햇살 환한 공기 속으로 내뿜었다. 그러고는 편안하게 혼잣말을 했다. "저렇게 정신이 나가는 건 정말 끔찍한 일이야! 저 안에 있는 내내 담배 피우는 사람을 하나도 보지 못했다는 생각이 이제야 떠오르는 걸 봐! 건강할 때는 자기가 얼마나 복 받았는지를 정말 몰라!"

34. 한 위대한 사건이 태동중이다. 라인스도르프 백작과 인Inn강

파란만장했던 낮에 이어 투치 집에서의 '위대한 저녁 모임' 시간이
되었다.

이날의 평행운동은 빛과 영광의 퍼레이드였다. 빛나는 건 눈과 보석
만이 아니었다. 저명한 이름도 빛났고, 그들의 정신도 빛났다. 정신병
자가 봤다면 경우에 따라 이런 결론을 내렸을지 모른다. 그런 사교 모
임에서 눈과 보석, 이름, 정신은 으레 그렇기 마련이라고. 이 결론을 완
전히 틀렸다고 할 수는 없을 것이다. 어쨌든 리비에라 휴양지와 이탈리
아 북부의 호수로 휴가를 떠나지 않은 사람들은 모두 참석했다. 그런
시기, 즉 휴가철 끝 무렵에는 원칙적으로 어떤 형태의 '사건'도 일어날
수 없다고 생각하는 소수만 제외하고.

그 사람들을 대신해서 지금까지 한 번도 본 적이 없는 인사들이 상
당수 자리를 채웠다. 오랜 휴지기로 인해 참석 인원 명부에 구멍이 생
겼고, 그것을 채우느라 디오티마는 평소의 신중한 습관보다 더 급하게
새 사람들을 끌어들인 것이다. 심지어 라인스도르프 백작은 정치적 이
유로 꼭 초청했으면 하는 인사들의 명단을 디오티마에게 직접 건네기
도 했다. 지금까지 지켜온 살롱의 배타적 원칙이 더 높은 차원을 고려
하느라 한 번 무너지자 그녀는 더이상 그 원칙에 이전과 똑같은 중요
성을 부여하지 않았다. 더군다나 이날의 성대한 모임은 오직 백작 때문
에 열게 된 것이었다. 디오티마는 인류가 짝을 이루어 나아갈 때만 구
원될 수 있다는 입장이었다. 그러나 라인스도르프 백작은 다음 주장을
고수했다. "자본과 문화는 역사적 발전 과정에서 자기 책무를 다하지

않았네. 하지만 마지막으로 한 번은 더 시도해봐야 한다고 생각하네!"

백작은 매번 그 주장으로 돌아갔다. "이봐요, 아직 결정을 못 내렸소?" 그는 이렇게 묻곤 했다. "지금이 적기요. 온갖 사람들이 벌써 파괴적인 성향을 공공연히 드러내고 있어. 우리는 문화에 마지막 기회를 주고, 그로써 균형을 맞춰야 해." 그러나 디오티마는 인간 교접의 다양한 방식으로 관심이 옮겨간 뒤로는 다른 문제는 귀에 들어오지 않았다.

마침내 라인스도르프 백작이 경고했다. "당신이라는 사람은 정말 알다가도 모르겠소. 지금 우리는 모든 사람에게 '행동'이라는 구호를 내걸었소. 당신을 믿으니까 하는 얘기인데, 사실 내무장관을 사퇴로 이끈 사람은 바로 나요. 내가 그 사람을 그만두게 했다는 말이오. 고도의 정치적 판단이었소. 하지만 그조차 세간에선 스캔들이 되었지. 그런데도 그걸 막으려고 용기를 내는 사람은 없소! 당신한테만 털어놓자면, 지금 총리가 나한테 이런 부탁을 하고 있소. 내정 개혁과 관련해서 다양한 이해 집단들의 소망을 확인하는 조사에 우리가 좀더 집중해주었으면 좋겠다고 말이오. 신임 내무장관은 아직 업무를 제대로 파악하지 못했기 때문이오. 이런 상황에서 지금 당신이 나를 궁지에 몰아넣고 있소, 다른 사람도 아니고 항상 가장 강인하던 사람이! 우리는 자본과 문화에 마지막 기회를 줘야 해요! 당신도 알다시피, 이거 아니면 저거지!"

백작은 약간 불완전한 이 마지막 문장을 위협적으로 내뱉었다. 자신이 원하는 게 무엇인지 분명히 알아줬으면 좋겠다는 뜻으로. 디오티마도 의무에 따라 서두르겠다고 약조했다. 그러나 그런 다음에는 다시 잊어버리고 약속을 이행하지 않았다.

그러던 어느 날 라인스도르프 백작은 예의 그 유명한 실행력을 주체하지 못하고 사십 마력의 동력으로 차를 몰아 그녀 집으로 쳐들어갔다.

"이젠 뭔가 일어났소?!" 백작이 물었다. 디오티마는 아니라고 대답할 수밖에 없었다.

"당신 인강 아시오?" 그가 물었다. 당연히 디오티마도 잘 아는 강이었다. 도나우강 다음으로 유명한 강을 어찌 모르겠는가? 게다가 조국의 영토 및 역사와 함께 굽이쳐 흘러온 강이지 않은가? 그녀는 미소를 지으려고 노력하면서도 백작을 약간 미심쩍게 바라볼 수밖에 없었다.

그러나 백작은 진지하기 그지없었다. "인스브루크를 제외하면 인강 골짜기에는 참으로 볼품없는 산간 마을만 산재해 있소! 반면에 우리나라로 내려오면 어떻소? 인강은 장대하기 짝이 없지 않소? 그전에는 정말 한 번도 해보지 않은 생각이오!" 그는 고개를 흔들었다. "오늘 우연히 자동차 지도를 보았소." 이제야 드디어 이야기는 핵심에 접근하고 있었다. "그걸 보면서 인강이 스위스에서 온다는 걸 알았소. 물론 전부터도 알았을 거요. 우리 모두가 알 테지만, 전혀 그 생각을 안 하지. 인강은 말로야에서 발원한 정말 하찮은 개천이오. 나는 현장에서 직접 봤소. 그러니까 우리 나라의 캄프강이나 모라바강 정도 될까 싶은 개천이지. 그런데 그런 강으로 스위스인들은 무엇을 만들었소? 엥가딘이오! 세계적으로 유명한 엥가딘 지방을 만들었다고! 엥가트-인Engad-Inn!! 엥가딘 지방의 이름이 '인강'에서 유래했다는 걸 알고 있었소?! 나는 오늘에야 깨달았소. 반면에 우린 어떻소? 그놈의 참을 수 없는 '오스트리아적 겸손' 때문에 우리 손에 있는 걸로도 뭔가를 만들어내지 못하고 있지 않소!"

이 대화가 끝난 뒤 디오티마는 서둘러 백작이 원하는 모임을 조직했다. 한편으로는 자신이 백작에게 찬동해야 한다는 것을 깨달았기 때문이고, 다른 한편으로는 계속 거절함으로써 자신의 지체 높은 친구를 극단으로 내모는 것이 걱정됐기 때문이다.

그녀가 약속하자 라인스도르프는 말했다. "한 가지 더 부탁하자면, 이번에는 그 이름이 뭐라더라, 당신이 '드랑잘'이라고 부르는 부인 말이오, 그 부인을 초대하는 것도 잊지 마시오. 그 사람 친구인 바이덴 부인이 그 사람 일로 몇 주 동안 날 귀찮게 하고 있소!"

디오티마는 그것도 약속했다. 평소라면 그 경쟁자를 좋게 봐주는 일을 조국에 대한 직무 유기 정도로 여길 테지만 말이다.

35. 한 위대한 사건이 태동중이다. 조정참사관 메제리처

방들이 축제 조명의 빛과 참석자들로 가득차자 '사람들'은 고위 귀족들과 나란히 앉은(이들의 참석은 모두 백작의 작품이다) 라인스도르프 백작만 알아본 것이 아니라 국방장관도 볼 수 있었고, 그 수행원들 중에는 이지적이고 약간 과부하가 걸린 슈툼 폰 보르트베어 장군의 머리도 보였다. 파울 아른하임도 있었다. ('박사' 칭호가 없는 것이 단순하면서도 굉장히 효율적이다. 사람들은 그 부분을 깊이 숙고했다. 왕이 손가락에서 반지를 빼 다른 사람에게 끼워주듯 자기 몸에서 말하자면 아주 하찮은 것을 빼내는 것을 '리토테스', 즉 완서법이라 부른다. 정교하게 절제된 표현이라는 뜻이다.) 정부 부처에서 나온, 이름을 거론할 만한 사람들도 보였다. (교육문화부 장관은 상원에서 이미 백작을 따로 만나 이 모임에 참석하지 못하게 된 것을 사죄했다. 하필 이날 교회 제단 난간의 축성식이 있어 린츠로 가야 했기 때문이다.) 외국 대사관과 대표부에서 파견한 엘리트들도 보였다. 그다음엔 '산업, 예술, 과학' 분야에서 이름이 알려진 사람들이 눈에 띄었다. 이 시민적 세 분야의 끈끈한 조합 속에는 근면 성실의 오래된 알레고리가 담겨 있었다. 기록하는 펜이 자동으로 서술하는 조합이었다. 이어 이 능숙한 펜은 부인들을 포착했다. 베이지색, 핑크색, 체리색, 크림색…… 수놓은 블라우스, 어깨에 걸친 숄, 삼중 주름치마, 허리 아래에서 뚝 떨어지는 치마…… 아들리츠 백작 부인과 베크후버 상업참사관 부인 중간에 유명한 멜라니 드랑잘 부인이 호명되었다. 세계적으로 유명한 외과의사의 과부로서 '자상하게도 시대의 지성에게 숙식을 제공하는 부인이었다.' 마지막으로 이 섹션 끝부분에 다른 사람들과 따로 분리되어 모 성씨의 울리히와 그 여동생이 소개되었다. 기록하는 펜은 울리히를 두고, '고도의 지성들이 모인 이 반가운 애국 사업에 헌신적으로 일한 인물로 알려져 있다'고 써야 할지, 아니면 그냥 '전도유망한 남자'라고 써야 할지 망설였다. 라인스도르프 백작의 이 총아에 관해서는 오래전부터 이런 말들이 나돌았다. 자신의 후원자를 다시 한번 무분별한 실책으로 이끌수 있는 사람이라고. 또한 적절한 시점에 누구보다 정보에 밝은 사람이라고 기록하곤픈 유혹은 컸다. 그러나 아는 것이 많은 사람에게 최고의 기쁨은 항상 침묵이었다. 특히 신중한 사람이라면 말이다. 울리히와 아가테의 성姓이 낙오병처럼 빈칸으로 남은 것은 그 덕이었다. 이 남매 바로 뒤에 소개된 사회적 지성적 지도자들은 더는 개인별로 거명되지 않고, 단순히 '지위와 이름이 있으신 모든 분'이라고 뭉뚱그려 언급되었다. 이 부류에는 많은 사람이 속해 있었다. 그중에는 유명한 형법 학자 슈붕 교수도 있었는데, 정부 설문조사위원회 일원으로 수도에 잠시 머무르는 중이었다. 젊은 시인 프리델 포이어마울도 이 부류에 속했다. 그의 정신이 이날 밤 모임에 활력을 불어넣는 데 일조한 것으로 알려져 있긴 했으나 신분과 지위로 보자면 따로 소개하기는 가당치 않았다. 명목상 이사인 레오 피셸과 그의 가족(이들은 울리히의 도움 없이 백방으로 힘들게 쫓아다닌 게르다의 노력으로 이 살롱에 입성할 수 있었지만, 근본적으로 보자면 현재 이 집에 만연한 체계의 느슨함 때문에 가능한 일이었다) 같은 이들은 사람들의 눈길을 끌지 못하고 구석에 묻혀 있었다. 다만 이런 모임에서는 대중적인 관심의 문턱 아래에 위치한 한 유명한 법률가의 아내만이, 그러니까 '사람들'조차 잘 모르는 비밀스러운 이름을 가진 보나데아만이 나중에 다시 발굴되어 성장한 부인들 틈에 끼게 되었다. 그녀의 자태는 단번에 사람들의 눈길을 사로잡고 크나큰 경탄을 자아냈기 때문이다.

물론 여기서 '사람들'이라고 하는 관찰자, 즉 호기심어린 공중의 관찰자는 단 한 사람이었다. 보통 이런 사람의 숫자는 많지만, 당시 카카니엔의 대도시에는 나머지 모든 이를 능가하는 한 사람이 있었다. 조정참사관 메제리처였다. 그는 이름에도 흔적이 남아 있다시피 발라히시-메제리츠 출신으로서 자신이 설립한 '의회와 사회 통신'의 발행인이자 편집장이자 수석 통신원이었다. 당시 뜨겁게 타오르던 자유주의 열풍에 이끌려 언론인이 되겠다는 야심으로, 발라히시-메제리츠에서 부모의 술집을 물려받을 전망을 포기하고 지난 세기 60년대에 수도로 올라왔다. 그리고 올라오자마자 통신사를 설립함으로써 나름대로 시대에 기여했다. 통신사는 처음엔 지역의 자잘한 사건 사고 소식을 여러 신문사에 제공하는 일을 시작했다. 초보적인 형태의 이 통신사는 소유주의 근면함과 신뢰, 양심을 디딤돌로 신문사들과 경찰에 만족감을 안겼을 뿐 아니라 얼마 안 가 정부의 다른 상급 기관 눈에도 들어 기관들이 직접 책임을 지지는 않으면서도 알리고 싶어하는 정보들을 넌지시 퍼뜨리는 데 이용되었다. 그러다 마지막에는 정부 기관의 총애를 입고 관의 정보를 입수함으로써 관의 출처를 기반으로 하는 민간 통신 영역에서 독보적인 위치를 차지하게 되었다. 실행력이 뛰어나고 지칠 줄 모르는 일벌레인 메제리처는 통신사가 자리를 잡자 통신 활동의 영역을 궁정과 사회로 확장했다. 아마 이런 비전이 없었다면 결코 상경할 생각을 못했을 것이다. 참석자들을 하나도 빠뜨리지 않고 보고하는 것이 그의 장기였다. 사람에 대한 기억력과 그들에 대해 들었던 것을 기억하는 능력은 비상했고, 그런 능력 덕분에 형무소만큼이나 쉽게 살롱들과도 탁월한 관계를 유지할 수 있었다. 그는 상류사회를 잘 알았다. 거기 속한 사람들이 그 사회에 대해 아는 것보다 더 많이 알고 있었다. 고갈되지 않는 사랑으로 그는 모임에서 만난 사람들을 다음날 서로 연결시켜주기도 했다. 마치 사람들이 수십 년 동안 결혼 계획부터 재단사 문제까지 시시콜콜 다 털어놓을 수 있는 늙은 기사처럼 말이다. 이렇게 해서 이 성실하고 민첩하고, 늘 따뜻하고 상냥한 작은 남자는 축제나 모임에선 모르는 사람이 없을 만큼 유명 인사가 되었다. 심지어 말년에는 그의 참석이 이런 행사에 부인할 수 없는 권위를 부여하는 보증수표가 되었다.

메제리처의 경력에서 절정은 조정참사관으로 임명된 일이었다. 이

직함에는 특별한 점이 있었기 때문이다. 카카니엔은 세상에서 가장 평화로운 나라였다. 그런데 언젠가 전쟁은 더이상 일어나지 않을 거라는 정말 순진하기 짝이 없는 확신 속에서 이 나라에서는 관리들을 장교 계급에 맞게 지위를 분류할 생각을 하게 되었다. 심지어 각 계급에 맞는 제복과 휘장을 수여하기도 했다. 그때 이후 조정참사관 직위는 제국-왕국 군대의 중령 계급에 해당했다. 그렇게 고위직은 아니었음에도 메제리처가 이 계급을 받은 것에는 특별한 사정이 있었다. 즉 무릇 깨뜨릴 수 없는 것이 다 그렇듯, 카카니엔에서도 예외적으로 깨질 뿐 깨뜨릴 수 없는 전통에 따라, 이 남자도 원래 제국참사관에 임명되었어야 했다. 이름에서 예상할 수 있는 것과는 달리 제국참사관은 조정참사관보다 계급이 높지 않았기 때문이다. 제국참사관은 대위 계급에 해당했다. 게다가 이 직위는 정식 관리 말고는 자유 직종에 종사하는 사람들에게만 수여되었다. 예를 들어 궁정 이발사나 마차 공장주, 또 같은 이유로 문필가와 예술가에게도 수여되었다. 그렇다면 사실 메제리처도 제국참사관이 되어야 했다. 조정참사관은 당시 실질적인 관직이었기 때문이다. 따라서 메제리처가 처음이자 유일하게 그 관직을 받은 데에는 단순히 고위 관직에 임명된 것 이상의 의미가 담겨 있었다. 그러니까 이 나라에서 일어나는 일은 너무 진지하게 받아들이지 말아야 한다는 일상의 요구를 넘어서는 의미가 담겨 있었던 것이다. 어쨌든 이 관직은 지칠 줄 모르는 그 사건 기록자가 궁정과 국가, 상류사회와 가까운 사이임을 세련되고 신중한 방식으로 보여주었다.

메제리처는 당시 많은 언론인의 귀감이었고, 권위 있는 문필가 협회의 이사였다. 세간에는 그가 황금 목깃을 단 제복을 만들어 가끔 집에서만 입는다는 소문이 돌았지만, 그건 사실일 리 없었다. 그라는 인간의 밑바닥에는 항상 메제리츠에서 부모가 운영하던 술집에 대한 기억이 자리하고 있었기 때문이다. 훌륭한 술집 주인은 본래 술을 마시지 않는다. 또한 모든 손님의 비밀을 알고 있으면서도 어떤 형태로도 사용하지 않는다. 그는 남들의 논쟁을 보고하면서 자기 견해를 은근슬쩍 집어넣지 않는다. 다만 사실과 일화, 유머를 있는 그대로 즐겁게 기억하고 이야기한다. 메제리처는 그런 사람이었다. 어떤 행사에서든 아름다운 부인과 고귀한 남자들의 공인된 기록자였고, 옳고 그름을 재단하는 사람으로 보이려는 시도조차 한 적이 없었으며, 정치의 모든 막후 비밀을 알고 있으면서도 단 한 줄도 정치적인 글을 쓰지 않았고, 시대의 모든 발명과 발견을 알고 있으면서도 그중 어느 것도 이해하지 못하는 사람이었다. 다만 그 모든 것이 현존하고 지금 여기 있다는 사실을 아는 것만으로 백 퍼센트 만족했다. 그는 자기 시대를 진심으로 사랑했고, 시대도 그런 그에게 사랑으로 보답했다. 그가 시대의 실존을 매일 보고하고 있었기 때문이다.

그가 들어서자 디오티마는 그를 알아보고 즉시 자기 쪽으로 오라고 손짓했다. "오 메제리처, 잘 오셨어요." 그녀는 최대한 상냥하게 말했다. "그런데 백작 각하께서 상원에서 했던 연설을 우리의 입장으로 여기거나, 자구 그대로 받아들이지는 않으시겠죠!?"

그러니까 백작이 장관의 실각과 관련해서, 또 자신의 평소 걱정거리에 자극받아 상원에서 했던 연설을 두고 말이 많았던 것이다. 이 연설에서 그는 자신의 제물이 된 장관이 협력과 엄격함의 진정하고 건설적인 정신을 보여주는 데 실패했다고 비난했을 뿐 아니라 자기 열정

에 사로잡혀 시대에 대한 전반적인 고찰까지 토로했다. 이 고찰의 정점
은 의아하게도 언론의 중요성을 인정하는 것이었는데, 여기서 그는 '세
계의 권력으로까지 치고 올라간 그 기관'을 향해 온갖 비난을 퍼부어
댔다. 기사도적인 사유와 독립성, 공평무사함, 기독교적 신앙으로 똘똘
뭉친 한 귀족이 자기와는 어떤 식으로도 맞지 않는 기관을 향해 할 수
있는 거의 모든 비난을 한 것이다. 디오티마가 외교적으로 수습하려고
했던 것이 바로 이 점이었다. 그녀가 라인스도르프 백작의 실제 입장에
대해 근사하고 이해하기 어려운 말만 늘어놓는 동안 메제리처는 생각
에 잠긴 얼굴로 듣기만 했다. 그러던 그가 갑자기 그녀의 팔을 잡더니
관대하게 말을 끊었다. "부인, 뭘 그렇게 속상해하십니까?" 그가 총평을
했다. "백작 각하는 우리의 좋은 친구입니다. 좀 과장을 하시면 어떻습
니까? 각하라고 용맹스러운 기사가 되지 말라는 법이 있나요?!" 그는
자신과 백작 사이가 여전함을 바로 증명이라도 하려는 듯 이렇게 덧붙
였다. "이제 각하께 가보겠습니다!"

메제리처는 그런 사람이었다! 그런데 자리를 뜨기 직전에 다시 한번
친밀하게 디오티마에게 몸을 돌렸다. "참, 포이어마울은 어떻게 된 건
가요, 부인?"

디오티마는 싱긋 웃으며 아름다운 어깨를 으쓱했다. "정말 별일 아
니에요, 조정참사관님. 선의를 갖고 찾아오는 사람을 내쳤다는 뒷말은
듣고 싶지 않아요!"

'그래, 선의는 좋은 거지!' 메제리처는 라인스도르프 백작에게 가는
길에 생각했다. 그런데 백작에게 당도하기 전에, 그러니까 자신도 어떻
게 끝날지 궁금해하던 생각을 마무리짓기 전에 이 집의 주인이 다정스

레 그의 길을 가로막았다. "안녕하십니까, 메제리처 선생! 공식 루트로는 정보를 얻는 데 또 실패했습니다." 투치 국장이 웃으면서 말을 꺼냈다. "그러니 선생처럼 비공식 정보통에 의지할 수밖에요. 혹시 오늘 이 자리에 참석한 포이어마울에 대해 뭔가 아는 게 있으면 얘기 좀 해주시겠습니까?"

"제가 무슨 이야기를 할 수 있겠습니까, 국장님?!" 메제리처가 하소연했다.

"그 사람이 천재라는 소문이 있던데!"

"오히려 제가 듣고 싶군요." 메제리처가 대답했다. 뭔가 새로운 것을 신속하고 확실하게 보고할 수 있으려면 그 새것이 사람들이 아는 옛것과 너무 달라서는 안 된다. 그건 천재도 예외가 아니다. 공인된 진짜 천재는 시대가 그 의미를 놓고 쉽게 합의할 수 있는 사람들이다. 누구나 즉각 천재로 알아보지 못하는 천재와는 다르다! 그런 종류의 천재에게는 뭔가 명백하게 비천재적인 요소가 있고, 그것도 혼자만 갖고 있는 것이 아니어서 사람들은 모든 점에서 그것을 잘못 판단할 가능성이 있다. 그런 연유로 조정참사관 메제리처에게는 사랑과 관심을 쏟는 자기만의 확실한 천재 목록이 있었다. 거기다가 새 인물을 추가하는 것은 좋아하지 않았다. 나이가 들고 경험이 많아질수록 점점 굳어지는 습관이 있었다. 떠오르는 예술 천재, 특히 직업적으로 그와 가까운 문학 천재를 단순히 자신의 통신 임무를 경솔하게 방해하는 존재로 간주하는 습관이었다. 그는 자신의 인물 동정란에 실릴 만큼 충분히 성장하기 전까지는 그런 천재를 당연하다는 듯이 싫어했다. 당시 포이어마울은 그 정도에 한참 미치지 못했고, 기껏해야 이제 막 그리로 가는 중이었다.

물론 조정참사관 메제리처는 그런 평가에도 동의하지 않았다.

"포이어마울이 위대한 시인이라고들 하더군요." 투치 국장이 자신 없는 목소리로 반복했다. 메제리처가 단호하게 대답했다. "누가 그러던가요?! 문예란의 비평가들이요? 그게 뭐가 중요합니까, 국장님?! 그래요, 전문가들은 그렇게 말합니다. 하지만 전문가들이 뭐죠? 그 반대를 얘기하는 사람들도 많습니다. 게다가 전문가라는 사람들은 오늘은 이렇게 말했다가 내일은 저렇게 말하기도 합니다. 그렇다면 그 사람들이 말하는 게 뭐가 그리 중요할까요? 진정한 명성을 누릴 만한 시인이라면 문외한도 명확하게 느낄 수 있어야 합니다. 그럴 경우에만 믿을 만한 명성이 되는 것이죠! 제 생각을 말씀드리자면, 위대한 남자의 경우 우린 그 사람이 도착하고 출발하는 것만 빼고는 무엇을 하는지 알아선 안 됩니다!"

그는 우울한 열기에 차서 말했다. 그의 눈은 투치 국장에게서 떨어지지 않았다. 마침내 국장은 포기하듯이 웃었다. "그런데 오늘 여기서 무슨 일이 있는 건가요, 국장님?" 메제리처가 물었다.

투치는 멍하게 웃으면서 무심코 어깨를 으쓱했다. "아무 일도 없습니다. 정말 아무 일도 없어요. 약간의 공명심 정도겠지요. 그런데 포이어마울의 책은 읽어보셨습니까?"

"저도 그 사람의 책에 뭐가 담겨 있는지는 압니다. 평화, 우정, 선함, 뭐 그런 것들이죠."

"그 시인을 별로 대단하게 생각하시지 않는군요?"

"어이쿠!" 메제리처는 몸을 꼬았다. "제가 전문가도 아니고 무슨 그런 말씀을……" 순간 드랑잘 부인이 두 사람을 향해 다가오고 있었다.

투치는 예의를 차리려고 몇 걸음 마중나갔다. 라인스도르프 백작을 둘러싸고 있던 무리에 틈새가 생기기만 엿보고 있던 메제리처는 이 틈을 이용해 재빨리 그쪽으로 옮겨가기로 마음먹고, 또다시 제지를 당하는 일 없이 안전하게 백작 옆에 닻을 내렸다. 장관 및 몇몇 다른 높은 분과 대화를 나누고 있던 백작은 조정참사관 메제리처가 모두에게 공손하게 인사를 하자 즉시 몸을 돌리더니 그를 살짝 옆으로 빼냈다. 그러고는 심각하게 말했다. "메제리처, 오해가 없을 거라고 약속해주시게. 신문사 친구들은 대체 뭘 써야 하는지 전혀 모르는 것 같아. 그때 이후 우리 입장은 조금도 변하지 않았어. 아마 이제 뭔가 변할 걸세. 어떻게 변할지는 우리도 아직 모르지만. 당분간은 외부 방해가 없었으면 하네. 그래서 부탁인데, 자네 동료들 중 누가 물으면 오늘 저녁 모임은 투치 국장 부인의 개인 행사라고 말해주시게!"

메제리처는 눈을 천천히 염려스럽게 끔벅거림으로써 사령관의 지엄한 명령을 이해했음을 확인해주었다. 하나의 신뢰는 또다른 신뢰로 이어지기에 그의 입술은 원래 눈 속에 담아야 했을 광채로 촉촉해져 있었다. 그가 물었다. "각하, 여쭙는 걸 허락해주신다면 말입니다, 포이어마울은 여기 어떻게 참석하게 된 것인지요?"

"그게 허락을 받고 물어야 할 일인가?" 라인스도르프 백작이 놀라 반문했다. "그 친구에 관해선 아무 생각이 없네! 바이덴 남작부인이 어찌나 사람을 들볶던지 어쩔 수 없이 초대한 것이지. 그거 말고 뭐가 있나? 혹시 뭔가 아는 게 있소?"

조정참사관 메제리처는 지금껏 포이어마울 사안에 별 비중을 두지 않았고, 그를 매일같이 보고 듣는 여러 사회적 경쟁자 가운데 하나 정도로만 취급해왔다. 그런데 이제 라인스도르프 백작도 그 문제의 중요성을 그렇게 격하게 부정하는 것을 보면서 더는 이 사안에 관심을 가질 필요가 없다고 생각했고, 아울러 그 문제가 아니라면 여기선 다른 중요한 문제가 준비되고 있다는 확신이 들었다. '여기서 무슨 일을 꾸미려는 걸까?' 그는 생각에 잠겨 이리저리 서성거리면서 대내외 정치의 대담한 가능성들을 하나하나 꼼꼼히 따져보았다. 그러다 얼마 뒤 짧은 결론에 도달했다. '그래, 아무 일도 아냐!' 그러고는 자신의 취재 활동을 방해하는 잡생각을 버리기로 했다. 왜냐하면 그의 인생 역정과는 모순처럼 들리지만 메제리처는 위대한 사건들을 믿지 않았기 때문이다. 아니, 그런 사건들을 사랑하지 않았다. 만일 우리가 정말 중요하고 아름답고 위대한 시대에 살고 있다고 확신한다면 그런 시대에 뭔가 특별히 중요하고 아름답고 위대한 일이 더 일어날 수 있다는 생각은 반갑지도 않고 받아들이기도 힘들다. 메제리처는 등반가가 아니었지만, 혹시라도 등반가였다면 전망대를 가장 높은 산봉우리가 아닌 중간 정도 높이에 설치하는 것만큼이나 옳다는 식으로 자기 입장을 설명했을 것이다. 이런 비교가 떠오르지 않았기에 그는 포이어마울의 이름을 어떤 경우에도 기사에서 언급하지 않겠다고 약간 거북하게 마음먹는 정도로 만족하고 넘어갔다.

36. 한 위대한 사건이 태동중이다. 아는 사람들을 만나다

디오티마가 메제리처와 대화를 나누는 동안 옆에 서 있었던 울리히는 한순간 둘이 남게 되자 이렇게 물었다. "너무 늦게 도착해서 미안합니다. 드랑잘 부인과의 첫 만남은 어땠습니까?"

디오티마는 사는 게 피곤한 사람처럼 무거운 속눈썹을 간신히 들어 올리더니 다시 내리깔았다. "당연히 매력적이죠." 그녀가 말했다. "부인이 나를 만나러 왔어요. 우린 오늘 저녁에 합의를 이룰 거예요. 뭐가 됐건!"

"글쎄요!" 울리히가 말했다. 예전의 대화와 같은 어조였다. 마치 그 대화에 결론을 내려는 것처럼.

디오티마는 고개를 옆으로 돌리며 무슨 뜻이냐는 듯 사촌을 바라보았다.

"전에도 말했죠. 모든 게 거의 다 끝나가고 있다고요. 아무 일 없었다는 듯이." 울리히가 주장했다. 그는 말이 고팠다. 오후에 집에 돌아왔을 때 아가테는 집에 있었다. 물론 곧 다시 나갔지만. 그들은 이리 오기 전에 짧게 몇 마디밖에 나누지 않았다. 아가테는 정원사 아낙의 도움을 받아 치장을 했다. "나는 당신한테 경고했어요!" 울리히가 말했다.

"무슨 경고요?" 디오티마가 느릿느릿 물었다.

"아, 그건 모르겠어요. 하지만 전부 경고했어요!"

그건 사실이었다. 그는 무엇에 대해 경고했는지 더는 기억하지 못했지만, 경고하지 않은 것이 없는 듯했다. 그녀의 생각에 대해, 야망에 대해, 평행운동, 사랑, 정신, 기념주년, 사업, 살롱, 열정, 감상적 성격, 일의 느슨한 방치, 무절제함, 정확성, 불륜, 결혼에 대해 모두 경고했다. '그게 바로 디오티마야!' 그는 생각했다. 울리히는 그녀가 하는 모든 것이 우스꽝스럽게 느껴졌다. 하지만 그녀는 슬플 정도로 아름다웠다.

"나는 당신한테 경고했어요." 울리히가 반복했다. "당신은 요즘 섹스학 문제에만 관심이 있다고요!?"

디오티마는 이 말을 못 들은 척 넘겼다. "드랑잘의 총아가 재능이 있다고 생각해요?" 그녀가 물었다.

"물론이죠." 울리히가 대답했다. "재능 있고 젊고 아직 미완성이죠. 다만 그 부인과 성공이 그를 망칠 겁니다. 갓난아기를 보고, 너희는 지력이 발달하면 상실하게 될 환상적인 본능의 소유자라고 얘기함으로써 아이들을 망치는 것처럼요. 그 사람은 가끔 기발한 착상을 보여줘요. 하지만 십 분도 기다리지 못하고 말도 안 되는 소리를 늘어놓죠." 그는 디오티마의 귀에 다가갔다. "그 부인에 대해 잘 아세요?"

디오티마는 보일 듯 말 듯 고개를 저었다.

"위험할 정도로 야망이 큰 여자예요." 울리히가 말했다. "하지만 당신의 새 연구와 관련해서는 흥미로울 겁니다. 예전에 아름다운 여인들이 무화과 잎을 들고 있던 자리에 그 여자는 월계수 잎을 들고 있으니까! 나는 그런 여자들이 싫습니다!"

디오티마는 웃지 않았다. 미소도 짓지 않았다. 그저 '사촌'에게 귀만 빌려주고 있었다. "포이어마울을 남자로는 어떻게 생각하세요?" 울리히가 물었다.

"애처롭죠." 디오티마가 귓속말을 했다. "너무 일찍 뚱뚱해져버린 어린양 같죠."

"그게 뭐 어때서요? 남자의 아름다움은 부차적인 성징일 뿐입니다. 상대를 흥분시키는 일차적 성징은 그의 성공에 거는 기대감이고. 포이어마울은 십 년 안에 국제적인 작가가 될 겁니다. 드랑잘이 그렇게 되도록 밀어줄 거고요. 그뒤 두 사람은 결혼할 겁니다. 포이어마울에게 명성이 남아 있는 한 결혼생활은 행복하게 지속되겠죠."

디오티마는 잠시 숙고하더니 울리히의 말을 진지하게 수정했다. "결혼생활의 행복은 연습을 통해 스스로 판단하는 법을 배우는 여러 조건들에 달려 있어요!" 이어 그녀는 마치 배가 정박해 있던 부두를 당당하게 떠나듯 그를 혼자 남겨두고 떠났다. 이 집의 안주인으로서 수행해야 할 의무가 그녀를 부른 것이다. 그녀는 계류용 밧줄을 풀면서 얼굴을 돌리지도 않고 눈에 띌 듯 말 듯 고개만 끄덕거려주었다. 악의가 있는 것은 아니었다. 아니, 그 반대였다. 그녀는 울리히의 목소리가 마치 청춘의 옛 음악처럼 느껴졌다. 심지어 속으로 이렇게 묻기까지 했다. 울리히를 사랑학적으로 조명하면 어떤 결과가 생길까? 지금껏 이 문제를 철저히 연구해오면서 그와 연결시켜 생각해본 적이 한 번도 없는 게 신기했다.

울리히는 시선을 들었다. 사람들의 분주한 움직임 속으로 길쭉하게 난 틈새, 즉 디오티마가 불쑥 자리를 뜨기 전에 그녀의 눈도 따라가고 있었을 일종의 시각적 수로를 통해, 하나 건너 다음 방에서 포이어마울과 대화를 나누고 있는 파울 아른하임을 발견했다. 그 옆에는 드랑잘 부인이 흐뭇한 얼굴로 서 있었다. 둘의 만남을 주선한 것도 이 부인이었다. 아른하임은 시가를 든 손을 올리고 있었는데, 마치 무의식적인 방어 동작처럼 보였다. 반면에 그의 얼굴은 무척 상냥스럽게 웃고 있었다. 포이어마울은 열정적으로 말을 했고, 문장 사이마다 마치 송아지가 어미 젖통을 게걸스럽게 빨듯 두 손가락에 든 담배를 힘차게 빨았다. 울리히는 그들이 지금 무슨 말을 하고 있는지 상상해볼 수 있었지만

군이 그런 수고를 하지 않았다. 그는 행복한 고독 속에 빠진 채 눈으로 동생을 찾았다. 아가테는 그가 잘 모르는 남자들 틈에 있었다. 서늘한 한기가 그의 산만한 상태 속을 흘러 지나갔다. 그때였다. 슈툼 폰 보르트베어가 손가락 끝으로 그의 늑골을 살짝 찔렀다. 그와 동시에 반대편 방향에서 궁정참사관 슈붕 교수가 다가오고 있었다. 그런데 그 몇 발짝 앞에서 여기 수도에 사는 그의 동료가 슈붕에게 말을 걸며 그를 멈춰 세웠다.

"여기 있었구려!" 장군이 반갑게 귓속말을 했다. "장관님이 '지향상指向像'이 뭔지 궁금해하시오."

"그게 왜 궁금하시죠?"

"이유는 나도 모르지. 아무튼 지향상이 뭐요?"

울리히가 정의를 내려주었다. "참도 아니고 영원하지도 않지만 한 시대가 지향하는 모범으로 만들어놓은, 그 시대에만 유효한 영원한 진리를 말합니다. 철학적 사회학적 용어로서 현실에서는 거의 사용하지 않죠."

"아, 듣고 보니 맞아떨어집니다!" 장군이 말했다. "아른하임이 그랬거든, 인간이 선하다는 이론은 단순히 지향상일 뿐이라고. 그러자 포이어마울이 이렇게 반박했소. 지향상이 무엇인지는 모르지만, 인간은 선하고, 그것은 영원한 진리라고! 그 말에 라인스도르프 백작이 이렇게 맞장구를 쳤소. '전적으로 옳은 말이오. 악한 인간은 사실 없으니까. 악한 사람이 되고자 하는 악인은 없고 그저 잘못 인도된 것뿐이오. 오늘날과 같은 시대에는 어떤 것이든 불변의 것을 믿지 않는 회의론자들이 너무 많아서 사람들이 불안해하는 거요.' 그때 내가 무슨 생각을 했는지 아시오? 백작도 오늘 오후에 우리와 함께 거기에 갔어야 했는데, 하는 생각이 퍼뜩 들었소. 아무튼 백작께서도 사람들이 깨닫지 못하면 강제로라도 가르쳐야 한다고 생각하셨지. 그 대목에서 우리 장관님께서 지향상이 뭔지 궁금해하셨소. 내가 얼른 장관님께 갔다가 바로 돌아오겠소. 그때까지 여기 꼼짝 말고 서 있으시오, 알겠소?! 당신하고 다른 일로 급히 상의할 게 있고, 그다음에 장관님께 당신을 안내하겠소!"

울리히가 무슨 일이냐고 자세히 물을 틈도 없이 갑자기 투치가 지나가다가 그의 팔을 슬쩍 잡으며 말했다. "오랜만에 보는구려! 혹시 내가 예전에 예견했던 거 기억하십니까?! 우리가 평화주의의 공습을 받게 될 거라고 한 것 말입니다." 투치는 장군에게도 다정스레 눈인사를 했지만 슈툼은 급한 마음에 이렇게만 대답하고 말았다. 자신은 장교로서 다른 지향상이 있긴 하지만 신실한 신조에는 결코 반대하지…… 나머지 말은 그의 뒷모습과 함께 사라졌다. 투치를 늘 언짢게 생각했기 때문이다. 슈툼이 보기에 그건 사고의 훈련에 좋지 않았다.

투치 국장은 장군의 뒷모습을 즐겁게 눈으로 좇다가 이내 '사촌'에게로 다시 고개를 돌렸다. "유전 문제는 당연히 눈가림에 지나지 않습니다." 그가 말했다.

울리히가 놀란 얼굴로 그를 바라보았다.

"아직 유전 이야기를 모르십니까?" 투치가 물었다.

"압니다." 울리히가 대답했다. "오히려 국장님이 그걸 아신다는 게 놀라울 따름입니다." 그는 무례하게 보이지 않으려고 이렇게 덧붙였다. "입이 아주 무거우시군요!"

"오래전부터 알고 있었죠." 투치가 우쭐해서 말했다. "오늘 우리집에

포이어마울이 참석한 것은 당연히 아른하임의 작품입니다. 라인스도
르프 백작의 영향력을 이용해서요. 그건 그렇고 포이어마울의 책은 읽
어보셨나요?"

울리히는 그렇다고 했다.

"골수 평화주의자죠!" 투치가 말했다. "게다가 내 아내가 드랑잘이라
고 부르는 부인이 대단한 야심으로 키우는 사람이죠. 원래는 평화주의
에는 전혀 관심이 없고 예술가에게만 관심이 있던 사람이 자기 필요
에 따라 평화주의에 발 벗고 나서고 있는 겁니다." 투치는 잠시 숙고하
더니 다시 말문을 열었다. "물론 평화주의가 핵심입니다. 유전 문제는
연막일 뿐이고요. 그래서 사람들이 평화주의를 주창하는 포이어마울
을 앞세우는 겁니다. 다들 이걸 보고 '그래, 이건 연막전술이야!' 하고
생각하도록 말입니다. 그러면서 다들 배후에 유전 문제가 있다고 믿겠
죠! 아주 탁월했지만, 오히려 너무 영리해서 눈치를 못 챌 수가 없었죠.
왜냐하면 만일 아른하임이 갈리시아 유전을 손에 넣고 군부와 공급 계
약을 체결하면 우리는 당연히 국경을 보호해야 하기 때문이죠. 또한 아
드리아해에 해군용 석유 거점도 만들어야 하지 않겠습니까? 그러면 당
연히 이탈리아는 속이 부글부글 끓겠죠. 이런 식으로 우리가 이웃국가
들을 자극하면 평화에 대한 욕구와 평화를 부르짖는 목소리는 점점 커
질 겁니다. 그럴 때 차르가 항구적 평화의 기치를 내걸고 전면에 등장
하면 평화를 위한 심리적 토대가 마련된 걸 보게 되겠죠. 그게 바로 아
른하임이 노리는 겁니다!"

"국장님은 거기에 반대하시는 건가요?"

"당연히 반대할 건 없죠. 하지만 당신도 기억하고 있을지 모르지만,

내가 예전에 그런 설명을 했죠. 무조건 평화만을 고집하는 것만큼 위험한 것은 없다고요. 우리는 어설픈 딜레탕티슴을 경계해야 합니다!"

"하지만 아른하임은 군수물자 사업가 아닙니까?" 울리히가 웃으면서 물었다.

"당연히 그렇죠!" 투치가 약간 짜증스럽게 귓속말을 했다. "제발 이 문제를 그렇게 단순하게 보지 마세요! 그 사람 주머니에는 분명 다른 계약서가 있어요. 장차 이웃국가들도 무장에 나설 겁니다. 내 말 명심하세요. 그 사람은 결정적인 순간에 평화주의자로서 자신의 정체를 드러낼 겁니다! 군수업체 입장에서는 평화주의만큼 지속적이고 확실한 사업은 없으니까. 반면에 전쟁은 고위험 사업이죠!"

"군부는 그걸 그렇게 나쁘게 생각하지 않는 것 같더군요." 울리히가 슬쩍 방향을 틀었다. "군부는 아른하임과의 공조로 포병의 현대화를 이루고 싶어해요. 그것 말고는 없어요. 게다가 오늘날에는 전 세계가 오직 평화만을 위해 군비 확충에 나서고 있어요. 그래서 군부도 평화주의자들의 도움으로 자신들이 원하는 걸 이룰 수 있다면 괜찮다고 생각하는 것 같더군요!"

"그 사람들은 그게 어떤 식으로 관철될 거라고 생각하던가요?" 투치는 울리히의 말에 담긴 농기를 무시하고 좀더 깊이 파고들었다.

"아직 거기까지는 생각하지 않는 것 같더군요. 지금은 일단 그런 느낌만 갖고 있는 듯했어요."

"그럴 줄 알았어요!" 투치는 다른 건 기대하지 않았다는 듯 짜증스럽게 동의했다. "군부는 전쟁 말고 다른 건 생각해선 안 됩니다. 다른 문제는 모두 다른 해당 부처에 맡겨야 합니다. 하지만 그 사람들은 그러지 않고 어설픈 딜레탕티슴으로 오히려 전 세계를 위험으로 몰아넣고 있어요. 반복하자면, 외교에서는 부적절하게 평화를 말하는 것만큼 위험한 것이 없습니다! 평화에 대한 요구가 정점에 이르러 더는 막을 수 없을 때 항상 전쟁이 일어나죠! 그건 자료로 충분히 증명할 수 있습니다!"

순간 궁정참사관 슈붕 교수가 앞서 자신을 붙잡았던 동료 학자를 떼어내고, 이제 울리히를 통해 집주인을 소개받으려고 다가왔다. 울리히는 다음 말로 슈붕의 소망을 들어주었다. 즉 형법 분야의 이 유명한 학자도 평화주의를 비난하는 면에서는 정치 분야의 권위자인 투치 국장과 비슷한 입장일 거라고 소개한 것이다.

"맙소사, 내 말을 완전히 오해하셨군요!" 투치가 웃으면서 항변했다. 슈붕도 잠시 기다린 뒤, 책임능력의 경감과 관련한 자신의 입장이 결코 피에 굶주리거나 비인도주의적인 것이 아니라는 말로 투치의 항변에 확실히 동조하는 자세를 취했다. "그 반대입니다!" 늙은 강단 배우인 슈붕은 두 팔을 뻗는 대신 목소리를 높여 말했다. "바로 인류의 평화 때문에 우리에게 엄격함이 필요한 겁니다! 국장님께서 최근에 제가 이 문제와 관련해 어떤 노력을 하고 있는지 들은 것이 있다고 전제해도 될까요?" 그는 이제 투치에게 바로 고개를 돌렸다. 투치는 정신질환이 있는 범죄자의 책임능력을 경감해야 할 이유를 그 사람의 생각에서 찾아야 할지, 아니면 의지에서 찾아야 할지와 관련한 논쟁에 대해 들은 바가 없었지만 예의상 그렇다고 시인하고 말았다. 자신이 만들어낸 결과에 무척 흡족해하던 슈붕은 곧이어, 오늘 저녁 이 모임에서 진지한 인생관이 느껴졌다는 칭찬의 말을 시작으로 여기저기 벌어지고 있는 대화에서 '남성적인 엄격함'과 '건강한 도덕'이라는 말을 무척 자주 들었다고 이야기했다. "우리 문화는 열등한 인간과 도덕적 정신박약아들에 의해 너무 많이 오염되고 있습니다." 그는 개인적으로 이렇게 덧붙이더니 물었다. "그런데 오늘 이 저녁 모임의 목적이 뭔가요? 여러 그룹을 지나가면서 유난히 귀에 많이 들려온 말이 하필 인간의 선천적 선함에 관한 루소 스타일의 견해였거든요."

이 질문을 받은 투치는 웃으면서 침묵했다. 그때 장군이 울리히에게로 돌아왔다. 슈툼에게서 벗어나고 싶었던 울리히는 얼른 슈붕에게 그를 소개하면서 아마 오늘 여기 모인 참석자 중 그 물음에 답해줄 최적의 인물이라고 했다. 슈툼 폰 보르트베어는 격하게 손사래를 쳤지만, 슈붕은 물론이고 투치까지도 그를 놓아주지 않았다. 울리히는 고소해하면서 슬쩍 뒷걸음질을 쳤다. 그때였다. 오랜 지인이 이렇게 말하며 그를 낚아챘다. "아내와 딸도 여기 있소." 레오 피셸 이사였다.

"한스 제프가 국가시험을 통과했소." 피셸이 이야기했다. "어떻게 생각하나? 이제 박사시험만 남았다니까! 우린 저 건너 구석에 앉아 있소." 그가 가장 멀리 떨어진 방을 가리켰다. "여긴 아는 사람이 너무 없어. 당신도 오랫동안 우리집에 나타나지 않았고! 부친 소식은 들었소. 이 모임의 초대장은 한스 제프가 받아줬지. 우리 집사람이 정말 오고 싶어했으니까. 이제 한스 그 친구도 그렇게 구제불능은 아닌 셈이지. 게다가 비공식적이지만 둘이 약혼도 했소. 게르다와 한스 말이오. 그건 전혀 모르고 있지 않았소? 그런데 당신도 알겠지만, 게르다 그것이 한스를 정말 사랑하는지, 아니면 제 스스로 그런 생각을 머릿속에 집어넣은 건지는 잘 모르겠소. 어쨌든 우리한테 잠시 건너오면 어떤가?"

"나중에 가겠습니다." 울리히가 약속했다.

"그래요, 기다리겠소!" 피셸은 이 말을 끝으로 잠시 침묵하더니 나직이 속삭였다. "저분이 집주인인가? 혹시 소개 좀 시켜줄 수 있겠소? 아직 그럴 기회가 없었소. 우린 집주인도 안주인도 알지 못해요."

울리히가 막 그러려던 찰나 피셸이 제지했다. "저 대단한 철학자는 여기서 뭘 하는 거요?" 그가 물었다. "아내와 게르다는 저 사람한테 끔벅 넘어갔소. 그런데 유전 이야기는 어떻게 된 거요? 듣기로는 헛소문이라던데. 하지만 난 믿지 않아요! 그 사람들은 늘 공식적으로는 부인하니까! 그건 이런 것과 비슷해요. 아내가 하녀한테 화가 났는데, 하녀가 걸핏하면 거짓말을 하고 행실이 나쁘고 파렴치하기까지 하다는 거지. 그러니까 원래 성격적인 결함이 있는 사람이라는 거요. 그런데 내가 집안의 평화를 위해 하녀한테 몰래 봉급을 올려주겠다고 약속하면 갑자기 그런 성격이 싹 없어져버려요! 그러니까 성격 문제가 아니었다는 말이지. 모든 게 한꺼번에 정상으로 돌아왔으니까. 아내는 당연히 그 이유를 모르지. 그게 이 상황과 비슷하지 않소? 그렇죠? 유전 이야기는 공식적으로 부인해봤자 믿지 않을 만큼 경제적 개연성이 충분하니까."

울리히가 쉽사리 입을 열 기미를 보이지 않자 피셸은 아무런 내부 정보 없이 빈손으로 아내에게 돌아가고 싶지는 않았기에 또다시 말문을 열었다. "여기가 정말 멋지다는 건 인정할 수밖에 없어요. 그런데 아내는 여기 사람들이 무엇에 관해 그렇게 이상한 말들을 쏟아내는지 궁금해해요. 게다가 포이어마울은 어떤 사람이오? 게르다는 위대한 시인이라고 하고, 한스 제프는 사람들을 모두 속여넘긴 출세지향주의자일 뿐이라고 하던데!?"

울리히는 그 중간쯤에 진실이 있을 거라고 대답했다.

"거 참 좋은 말이오!" 피셸이 울리히에게 사의를 표했다. "그러니까 진실은 항상 중간쯤에 있다는 말이구려. 그런데 오직 극단밖에 모르는 오늘날의 사람들은 그걸 모르지…… 내가 한스 제프한테 늘 하는 얘기가 있소. 모든 사람은 자기 견해를 가질 수 있다. 하지만 장시간 지속되는 것은 돈벌이가 되는 견해뿐이다. 바로 그게 남들이 그 견해를 인정한다는 증거니까!" 레오 피셸에게는 그사이 눈에 잘 띄지는 않지만 중요한 변화가 있었다. 그러나 울리히는 아쉽게도 그 부분을 파고드는 대신 서둘러 게르다의 아버지를 투치 국장 그룹에 넘겼다.

이 그룹에서는 그사이 슈툼 폰 보르트베어가 열변을 토하고 있었다. 울리히를 독점하는 것이 불가능했을 뿐 아니라 이야기하고 싶은 욕구가 금방이라도 폭발해버릴 것처럼 차올랐기 때문이다. "오늘 저녁의 이 모임을 어떻게 설명해야 할까요?" 그가 슈봉 교수의 질문을 반복했다. "나는 이 질문에 담긴 정신과 똑같이 사려 깊은 정신으로 답변드리고 싶습니다. 오늘의 이 모임은 설명할 것이 전혀 없습니다! 농담이 아닙니다, 여러분!" 슈툼이 해명해나갔다. 자부심이 절제된 형태로 깃들어 있었다. "나는 오늘 오후 한 젊은 여성분을 우리 대학의 정신병동으로 안내할 기회가 있었는데, 그때 우연히 대화중에 물어봤습니다. 대체 여기서 원하는 게 뭐냐고. 그걸 알아야 모든 걸 제대로 설명할 수 있다고 했죠. 그러자 그 여성분이 무척 깊은 숙고를 요하는 재치 넘치는 대답을 하더군요. 세상 모든 것을 설명해야 한다면 우리는 세상 어떤 것도 바꾸지 못할 거라고요!"

슈붕은 고개를 저어 이 주장에 동의하지 않음을 드러냈다.

"그 여성분이 무슨 뜻으로 그런 말을 했는지는 나도 모릅니다." 슈툼이 방어에 나섰다. "그리고 그 의견에 전적으로 동의하지도 않습니다. 하지만 그 말에서 일말의 진실을 느낀 것은 사실입니다! 일례로 나는 백작 각하와 우리 애국운동에 조언을 아끼지 않은 내 친구에게 감사한 마음을 갖고 있습니다." 그가 정중히 울리히를 가리켰다. "우리에게 무척 많은 가르침과 설명을 주었죠. 하지만 오늘 여기서 형성되고 있는 분위기는 설명과 가르침에 대한 거부감입니다. 이로써 처음 했던 이야기로 다시 돌아가게 되지요!"

"하지만 장군님은……" 투치가 말을 꺼냈다. "그러니까 국방성은 오늘 여기서 무언가 애국적인 결정이 내려지길 바란다는 말들이 나돕니다. 포병 전력의 강화를 위해 공공 기금을 조성하거나 그 비슷한 조치겠죠. 물론 그것도 여론을 통해 의회에 압력을 가하려는 과시용 성격일 뿐이겠지만요."

"나도 오늘 여기저기서 들은 말을 그렇게 이해하고 있습니다!" 슈붕 교수가 동조했다.

"생각보다 훨씬 복잡한 문제입니다, 국장님!" 장군이 말했다.

"그럼 아른하임 박사 문제는요?" 투치가 노골적으로 치고 들어갔다. "솔직히 말씀드려서, 아른하임이 원하는 게 우리 포병 문제와 연계된 갈리시아 유전뿐이라고 정말 확신하십니까?"

"국장님, 나는 오직 내 얘기, 혹은 나와 관련된 얘기만 할 수 있습니다." 슈툼이 다시 방어막을 쳤다. "이 모든 건 생각보다 훨씬 복잡합니다!"

"당연히 복잡하겠죠!" 투치가 웃으면서 받아쳤다.

"당연히 우리는 대포가 필요해요." 장군이 열을 냈다. "그래서 국장님이 암시한 방식으로 아른하임과 협력하는 게 유리할 수도 있어요. 하지만 반복하자면, 나는 정훈장교로서의 입장만 이야기할 수 있을 뿐입니다. 그래서 국장님께 묻겠습니다. 정신 없이 대포가 무슨 소용이겠습니까?!"

"그렇다면 포이어마울을 끌어들이는 걸 왜 그렇게 중요하게 생각하시는 거죠?" 투치가 비웃듯이 물었다. "그거야말로 패배주의의 진수 아닌가요?!"

"실례가 아니라면 그 말에 반박해보겠습니다." 장군이 단호히 말했다. "그건 시대정신입니다! 오늘날의 시대정신에는 두 가지 흐름이 있습니다. 지금 저 건너에 백작님이 장관님과 함께 계십니다. 내가 방금 거기 있다 왔죠. 예를 들어 백작님은 이렇게 말씀하십니다. 우리는 행동이라는 구호를 외쳐야 한다. 시대의 발전이 그것을 요구한다. 실제로 오늘날의 사람들은 인류의 위대한 사상에서 느끼는 즐거움이 백 년 전보다 훨씬 덜합니다. 하지만 다른 한편으로 인류애의 신조에도 당연히 뭔가 주목할 만한 게 담겨 있습니다. 다만 백작 각하는 이렇게 말씀하십니다. 누군가 행복을 원치 않으면 경우에 따라서는 강제로 행복으로 이끌어야 한다고요! 그러니까 백작 각하는 한 흐름의 대변인입니다. 물론 그렇다고 다른 흐름을 배척하는 건 아닙니다!……"

"그건 이해가 잘 안 되는군요." 슈붕 교수가 이의를 제기했다.

"이해하기 쉽지 않을 겁니다." 슈툼이 흔쾌히 수긍했다. "그럼 시대정신에는 두 가지 흐름이 있다고 언급한 대목에서부터 다시 출발해보죠.

한 가지 흐름은 이렇게 말합니다. 인간은 가만히 놔두면 천성적으로 선하고……"

"어째서 선하죠?" 슈붕이 장군의 말을 끊었다. "요즘 누가 그렇게 순진한 생각을 한답니까? 우리가 18세기의 관념적 세계에 사는 것도 아니고!"

"그건 나도 잘 모릅니다." 장군이 약간 짜증스럽게 방어에 나섰다. "하지만 평화주의자나 생식生食주의자, 비폭력주의자, 자연으로 돌아가자는 사람, 반지성주의자, 군복무 거부자만 떠올려보세요…… 급하게 생각하려니까 전부 떠오르지는 않는군요. 어쨌든 이처럼 인간을 신뢰하는 모든 사람이 모여 하나의 거대한 흐름을 이루고 있습니다. 물론 원하신다면……" 슈툼은 또다시 호감을 이끌어내는 흔쾌한 태도로 덧붙였다. "우리는 정반대 흐름에서 시작할 수도 있습니다. 그러니까 인간은 혼자서 독자적으로는 결코 정의를 행할 수 없기에 노예처럼 통제되어야 한다는 사실에서 출발할 수 있다는 말이죠. 어쩌면 우리는 이의견에 좀더 쉽게 동의할 수 있을지 모릅니다. 대중에겐 강력한 손이 필요합니다. 자신을 엄하게 다룰 줄 알고, 말로 떠드는 것에 그치지 않는 지도자가 필요합니다. 한마디로 행위의 정신이 위에서부터 이끌 필요가 있다는 말이죠. 인간 사회는 이른바 필요한 훈련 과정을 거친 소수의 자발적인 사람과 야심 없이 강제적으로만 움직이는 수많은 사람들로 이루어져 있습니다. 거칠게 말해서 대충 그렇지 않은가요?! 우리 운동 안에서도 이런 깨달음이 서서히 경험적으로 부각되었기에 이제 첫번째 흐름은, 내가 방금 설명한 것은 두번째 시대정신입니다, 어쨌든 첫번째 시대정신은 인간에 대한 믿음과 사랑의 위대한 이념이 완전히 사라질 수 있다는 염려에 덜컥 겁을 먹었습니다. 그래서 첫번째 흐름이 힘을 써서 우리 운동에 포이어마울을 보낸 겁니다. 아직 구할 수 있는 것을 마지막 순간에라도 구하기 위해서요. 이렇게 생각하니 모든 것이 처음보다 훨씬 쉽게 이해되지 않습니까?" 슈툼이 말했다.

"그래서 무슨 일이 일어날 예정입니까?" 투치가 물었다.

"아무 일도 일어나지 않을 겁니다, 내 생각에는." 슈툼이 답했다. "우리 운동에는 벌써 많은 흐름들이 존재합니다."

"그 두 흐름 사이에는 도저히 묵과할 수 없는 모순이 존재합니다!" 법학자로서 그런 모호함을 견디지 못하는 슈붕 교수가 이의를 제기했다.

"엄밀하게 보자면 모순은 없습니다." 슈툼이 반박했다. "두번째 흐름도 당연히 인간을 사랑하고 싶어합니다. 다만 사랑할 수 있도록 먼저 인간을 강제로 개조해야 한다고 말하지요. 그러니까 그건 기술적인 차이일 뿐입니다."

이 대목에서 피셸 이사가 나섰다. "저는 이 모임에 뒤늦게 참석해서 아쉽게도 전체적인 맥락을 개괄할 수 없는 입장이지만, 그래도 괜찮다면 제 의견을 말씀드리고 싶습니다. 제가 보기엔, 인간을 존중하는 것이 원칙적으로 그 대척점보다 더 고결한 것 같습니다! 이 모임의 예외적인 견해라고 확신하지만, 오늘 저녁 저는 몇몇 그룹에서 생각이 다른 사람이나 특히 다른 민족 구성원을 겨냥한 믿기 어려운 야만적인 견해를 가끔 들었습니다!" 그는 깨끗이 면도한 턱으로 갈라진 구레나룻에다 비스듬히 코안경을 걸친 것이 꼭 인간 자유와 자유무역의 위대한 이념을 확고하게 지지하는 영국 귀족처럼 보였다. 그런데 그 고약한 견해를 '두번째 시대정신'에 단단히 뿌리를 박고 있는 미래의 사위 한스 제프로부터 들었다는 이야기는 하지 않았다.

"야만적인 견해라고요?" 장군이 언제든 정보를 주겠다는 표정으로 물었다.

"지극히 야만적이었습니다." 피셸이 확인해주었다.

"그건 아마 '민족의 힘을 강화하자'는 얘기였을 겁니다. 그런 말은 오해하기 십상이죠." 슈툼이 말했다.

"아뇨, 아닙니다!" 피셸이 소리쳤다. "지극히 무도하고 지극히 혁명적인 견해였습니다! 장군님은 선동에 눈먼 우리의 젊은이들을 모르십니다. 저는 그런 사람들을 여기 참석시키는 것이 놀랍습니다."

"혁명적인 견해라고요?" 이런 말이 마음에 들지 않았던 슈툼은 그 둥근 얼굴로 최대한 차갑게 웃었다. "이사님, 나는 안타깝게도 혁명적인 생각에 결코 반대하지 않는다는 말씀을 드릴 수밖에 없군요! 물론 그게 실제로 혁명으로 이어지지 않는다는 전제하에서 말이지요! 그런 생각들에는 이상주의가 엄청나게 많이 담겨 있습니다. 그리고 이 모임에 참석할 권리와 관련해서 말씀드리자면, 우리 운동은 전체 조국을 망라하기에 건설적인 세력이라면 구체적으로 어떤 입장을 표명하더라도 배척할 권리가 없습니다."

레오 피셸은 침묵했다. 슈붕 교수는 민간 행정 기구 소속이 아닌 고위 관리의 의견에는 별 관심이 없었다. 반면에 투치는 몽상에 잠겨 있었다. '첫번째 흐름…… 두번째 흐름.' 이것은 비슷한 두 개의 단어를 연상시켰다. '첫번째 정체停滯…… 두번째 정체.' 이 말들의 구체적인 의미는 떠오르지 않았다. 혹은 이 말이 나왔던 울리히와의 대화도 떠오르지 않았다. 다만 아내를 향해 납득할 수 없는 질투가 끓어오르더니 어떤 식으로도 끊을 수 없는 보이지 않는 연결고리를 통해 이 무해한 장군과 연결되었다. 좌중의 침묵으로 인해 다시 현실로 돌아온 투치는 옆길로 샌 말에도 본류를 놓치지 않았음을 군의 대표자에게 내보이고 자 했다. "장군님, 그러니까 요약하자면 군사당이 원하는 것은……"

"이보시오, 국장님. 군사당은 이 나라 어디에도 없어요!" 슈툼은 즉시 투치의 말을 끊었다. "어디서건 군사당, 군사당 하는데, 실제 우리 군은 본질상 초당적이란 말입니다!"

"그럼 군부라고 하죠." 투치는 슈툼이 말을 끊은 것에 상당히 불쾌해 하며 대답했다. "장군님이 말씀하셨죠. 군에 필요한 건 대포만이 아니 라 대포에 딸린 정신이라고요. 그럼 군의 대포에 어떤 정신을 싣고 싶 으신 겁니까?"

"너무 멀리 나갔습니다, 국장님!" 슈툼이 단언했다. "우리의 출발점은 내가 여러분에게 오늘 이 모임을 설명하는 것이었습니다. 그리고 나는 설명할 것이 전혀 없다고 말했습니다. 내가 밀고 나가려는 주장은 그 게 전부입니다! 왜냐하면 내가 말한 두 가지 흐름이 시대정신 속에 실 제로 존재한다면 둘 중 어느 것도 '설명'의 대상이 못 되기 때문이죠. 오늘날의 사람들은 본능의 힘이니, 피의 힘이니 하는 것들을 선호하죠. 나는 그런 생각들에 동조하지 않지만, 거기에 뭔가가 있기는 합니다!"

이 말에 다시 끓어오른 피셸 이사는 군이 대포를 얻기 위해 경우에 따라서는 반유대주의와도 타협할 생각을 하는 것은 비도덕적이라고 몰아붙였다.

"자, 이사님!" 슈툼이 피셸을 진정시켰다. "내 말 들어보세요. 첫째, 약 간의 반유대주의는 문제가 되지 않습니다. 인간은 원래 항상 무언가에 대한 안티니까요. 생각해보세요. 독일인들은 체코 사람들과 마자르족에 안티이고, 체코 사람들은 마자르족과 독일인에 안티이지 않습니까? 결국 확장하면 만인에 대한 만인의 안티라고 할 수 있어요. 그리고 둘째, 우리 오스트리아 장교단은 항상 국제적이었습니다. 그건 우리 장교 중에 이탈리아, 프랑스, 스코틀랜드 등 외국 출신이 얼마나 많은지만 봐도 알 수 있죠. 그건 벌써 이름에서도 드러납니다. 심지어 보병 장군 중에는 폰 콘*이라는 이름도 있어요, 올뮈츠에서 군단장을 하는!"

"그래도 장군님이 너무 욕심을 부리는 건 아닌지 염려스럽습니다." 투치가 잠시 샛길로 빠진 이야기를 다시 본류로 돌렸다. "장군님은 국제적이고 전투적이면서도 민족적 운동과 평화주의까지 다루려고 하십니다. 그건 전문 외교관도 할 수 없는 일에 가깝습니다. 현재 유럽에서 평화주의로 군사정책을 펼치는 건 가장 뛰어난 전문 외교관들이 하고 있습니다!"

"정치를 하는 건 당연히 우리가 아니죠!" 슈툼이 또다시 방어에 나섰다. 많은 오해에 지쳤다는 듯 한탄하는 어조였다. "백작 각하는 자본과 문화에 우리의 정신을 통합할 마지막 기회를 부여하고 싶어하십니다. 오늘 이 모임을 연 것도 그 때문이고요. 물론 민간 부문이 어떤 형태로도 통합에 이를 수 없다면 앞으로의 상황은……"

"그러니까 그게 어떤 상황이냐고요? 내가 알고 싶은 게 바로 그겁니다!" 투치가 뒤이어 나올 말을 한발 앞서 부채질하는 심정으로 소리쳤다.

---

* '콘'은 성경에서 유래한 이름으로 유대교의 제사장 가문을 가리킨다.

"당연히 어려운 상황이 되겠죠." 슈툼은 신중하고도 중도적으로 대답했다.

이렇게 네 신사가 대화를 나누는 동안 울리히는 벌써 한참 전에 슬그머니 자리를 벗어나 게르다를 찾고 있었다. 중간에 백작과 국방장관의 그룹을 빙 돌아서 지나갔는데, 괜히 눈에 띄었다가는 당장 부름을 받을 수 있었기 때문이다.

울리히는 멀리서부터 게르다를 알아보았다. 그녀는 벽 쪽에 앉아 있었다. 한편에는 경직된 자세로 살롱 안을 바라보는 그녀의 어머니가, 다른 편에는 한스 제프가 초조한 기색에 반항적으로 서 있었다. 게르다는 울리히와의 그 비참한 만남 이후 부쩍 야위어 보였다. 다가갈수록 그녀의 여성적 매력은 더욱 삭막하게 노출되었지만 어쩐지 그 때문에 오히려 좀더 치명적으로 잡아끄는 듯했다. 힘없이 처진 어깨와 얼굴은 그 방과 적나라하게 대비되었다. 울리히를 알아본 순간 그녀의 두 뺨에 급격히 홍조가 피어오르더니 곧 깊은 창백함으로 바뀌었다. 그녀는 마치 가슴에 통증을 느끼지만 어떤 이유에서인지 손으로 가슴을 누를 수 없는 사람처럼 상체를 움직였다. 무의식적인 움직임이었다. 순간 그의 머릿속으로 과거의 장면이 스치고 지나갔다. 그녀의 몸을 흥분시키는 자신의 동물적 장점을 이용해서 그녀의 의지를 학대한 기억이었다. 이제 그 몸이, 그러니까 옷 아래로 보이는 그 몸이 의자에 앉아 이제 당당하게 처신하라는 상처받은 의지의 명령을 받아들이고 있었다. 그러면서도 몸은 파르르 떨었다. 게르다는 울리히에게 화가 나 있지 않았다. 그건 그녀의 모습에서 알 수 있었다. 그러나 그녀는 어떤 대가를 치르더라도 그와 '끝장'을 내고 싶어했다. 그는 가능한 한 오랫동안 이 모든 것을 음미하려고 거의 눈에 띄지 않을 정도로 걸음을 천천히 늦추었다. 이 관능적인 지체는 완전히 하나가 될 수 없는 두 사람이 서로 맺고 있는 관계와 일치하는 듯했다.

울리히가 차츰 가까워져 자신을 기다리는 그녀의 얼굴에서 떨림밖에 볼 수 없게 되었을 때 그림자 같기도 하고, 한줄기 온기 같기도 한 무중력의 무언가가 곁을 지나갔다. 보나데아였다. 말없이 지나갔지만, 의도가 있어 따라온 게 분명했다. 그가 인사를 했다. 세상은 있는 그대로 받아들이면 아름다운 법이다. 울리히는 일순간 이 두 여인으로 표현되는 풍만함과 앙상함의 순진한 대립이 마치 바위를 사이에 두고 초원과 돌로 나뉜 풍경처럼 엄청나게 크게 느껴졌다. 이제 평행운동에서 손을 떼야겠다는 감정이 들었다. 죄책감이 묻어나는 미소를 지으며. 게르다는 그 미소가 자신이 뻗은 손을 향해 천천히 사그라지는 것을 보았을 때 눈꺼풀을 파르르 떨었다.

같은 순간 디오티마는 아른하임이 젊은 포이어마울을 백작과 국방장관 그룹으로 안내하는 것을 인지하고는 노련한 책략가로서, 각 방에 다과를 들이게 해 모든 접촉을 차단시켜버렸다.

37. 하나의 비유

방금 묘사한 것 같은 대화들이 수십 군데에서 벌어지고 있었다. 거기엔 바로 묘사할 수는 없지만 그냥 넘길 수는 없는 무언가 공통점이 있었다. 만일 조정참사관 메제리처처럼 이렇게 현란한 모임 현장을 단순 나열로만 묘사하지 않는다면 말이다. 그는 이런저런 신사 숙녀들이 참석했고, 이런저런 옷을 입었으며, 이런저런 말을 했다는 식으로 나열했는데, 바로 이러한 서술 방식을 진정한 서사 예술로 여기는 사람이 많았다. 프리델 포이어마울은 한심한 아첨꾼이 아니었다. 그런 인간이었던 적도 없었다. 다만 제때 그 자리에 맞는 말을 찾아낼 줄 아는 사람이었다. 그는 메제리처 앞에서 메제리처에 대해 이렇게 말했다. "그분은 우리 시대의 진정한 호메로스죠! 진심으로 하는 말입니다." 메제리처가 손사래를 치자 이렇게 덧붙였다. "선생님이 모든 사람과 사건을 병렬적으로 연결하는, 그 서사적으로 흔들림 없는 '그리고'는 제 눈엔 정말 대단해 보입니다!" 그가 메제리처와 대면할 기회를 얻은 것은 '의회와 사회 통신'의 대표가 이 집을 떠나기 전에 아른하임에게 꼭 인사를 하고 싶어했기 때문이다. 어쨌든 이런 칭찬에도 불구하고 메제리처는 포이어마울을 이날의 모임에 참석한 인물로 거론할 생각이 없었다.

여기서는 백치와 크레틴병의 좀더 섬세한 차이를 깊이 파고들지 말고, 다만 백치란 '아빠 그리고 엄마'라는 관념을 문제없이 이해하면서도 '부모'라는 개념은 형성하지 못한 사람이라는 정도만 기억하고 넘어가자. 그런데 이 소박한 병렬적 '그리고'가 바로 메제리처가 모임의 여러 현상을 연결하는 수단이기도 했다. 게다가 백치는 관찰자들의 경험에 따르면 비밀스러운 방식으로 감성에 말을 거는 무언가를 사고의 단순한 구체성 속에 갖고 있고, 시인 역시 주로 감성에 말을 건다는 사실도 기억하자. 그것도 되도록 구체적인 사고를 한다는 특징이 있다는 점에서 백치와 동일한 방식으로 감성에 말을 건넨다. 그래서 프리델 포이어마울이 메제리처를 시인이라고 부른다면 마찬가지로(그의 머릿속에 희미하게 어른거리던, 그러니까 갑작스러운 깨달음으로 찾아온 동일한 감정에서 나오는 말이다) 바보라고도 부를 수 있을 것이다. 그것도 모든 인류에게 상당히 유의미한 방식으로 말이다. 왜냐하면 문제가 되는 그 둘의 공통점은 어떤 광범한 개념으로도 접합되지 않고, 어떤 분리와 추상화 작업으로도 정제되지 않는 정신상태에 있기 때문이다. 또한 그것은 가장 단순하게 나열만 함으로써 정신장애자에게는 한층 복잡한 관계들을 대체해주는 병렬접속사 '그리고' 속에 가장 선명하게 표현되는 가장 저급한 형태의 정신상태이기도 하다. 우리의 세계 또한 그속에 담긴 모든 지적 풍요에도 불구하고 그런 지적 장애와 유사한 상태에 처해 있다고 주장할 수도 있다. 사실, 우리가 세계 속에서 일어나는 사건들을 총체적으로 이해하려고 할 경우 그런 결론은 불가피해 보인다.

그렇다고 이런 생각을 처음 한 사람이나, 그것에 공감하는 사람이어야만 똑똑한 사람이냐 하면, 그것은 아니다! 그건 개인에게 달린 문제가 아니고, 마찬가지로 개인이 추진하고, 그날 저녁 디오티마의 집에온 모든 사람이 적잖이 약삭빠르게 꾸려가는 사업에 달린 문제도 아니다. 예를 들어 슈툼 장군은 다과를 곁들인 휴식 시간에 곧장 백작과 대화를 하게 되었을 때 상냥하면서도 완강하고, 공손하면서도 솔직하게 다음 말로 백작에게 반대를 표했다. "각하께서 하해와 같은 마음으로 너그러이 용서해주시리라 믿고 제가 감히 반대 의견을 말씀드리겠습니다. 자기 인종에 대한 사람들의 자부심 속에는 오만불손함만이 아니라 공감할 만한 고결한 면도 있습니다!" 이렇게 말했을 때 슈툼은 그것으로 뜻하고자 했던 내용만 정확히 알았지, 그것으로 무엇을 전달했는지는 정확히 모르고 있었다. 그런 민간의 언사는 두꺼운 장갑을 끼고 성냥갑에서 성냥개비를 집으려고 할 때처럼 쓸데없는 잉여이기 때문이다. 장군이 조바심을 내며 백작에게 가는 것을 보고 거기 따라붙었던 레오 피셸이 덧붙였다. "사람은 인종이 아니라 업적에 따라 구분해야 한다고 생각합니다!" 백작의 답변도 논리적이었다. 그는 방금 소개받은 피셸 이사의 말을 무시하고 슈툼에게만 답했다. "시민들에게 인종이 왜 필요하죠?! 그 사람들은 지체 높은 시종에게 열여섯 명의 귀족 조상이 있어야 한다는 사실을 항상 오만불손함으로 여겨왔지 않소? 그런 자들이 지금 어쩌고 있나? 단순히 따라하는 것만으로도 모자라 저마다 그걸 뛰어넘으려고 안달하지 않소? 열여섯 명 이상을 요구하는 건 정말 속물근성일 뿐이오!" 백작은 짜증이 나 있었기에 이런 식의 말은 전적으로 그 논리에 맞았다. 인간에게 이성이 있는 것은 의심의 여지가 없지만, 공동체 속에서 그것을 어떻게 사용하느냐는 문제가 된다.

백작은 자신이 사주한 일이지만 '민족주의 분자들'이 평행운동에 침투한 것에 화가 나 있었다. 물론 다양한 정치적 사회적 고려에 따른 불가피한 일이었지만, 그가 원래 인정하는 것은 '국민'밖에 없었다. 그런데 정치적 측근들은 이렇게 조언했다. "각하께서 인종의 순수한 혈통을 이야기하는 사람들에게 귀를 기울이는 시늉을 하는 것도 나쁘지 않습니다. 사실 그런 말을 누가 진지하게 받아들이겠습니까?" "하지만 그자들은 인간이 무슨 가축인 것처럼 말하고 있지 않나!" 라인스도르프 백작이 반박했다. 인간의 존엄에 대한 가톨릭적 견해가 몸에 밴 백작으로서는 자기부터가 대지주이면서도 농장에서 닭이나 말을 사육하는 것처럼 품종 개량의 원칙을 신의 자식들에게까지 적용하는 것에 거부감이 들었다. 그 말에 측근들은 이렇게 답했다. "그렇게 깊이 생각할 문제가 아닙니다! 사실 그자들이 지금까지 해왔던 것처럼 휴머니즘이나 외국의 혁명적 사상을 지껄여대는 것보다는 낫지 않겠습니까!" 결국 백작도 그 제안을 받아들였다. 그런데 화나는 일은 그것만이 아니었다. 디오티마에게 압력을 가하면서까지 이 모임에 끌어들인 포이어마울이라는 작자가 오히려 평행운동에 새로운 혼란을 야기함으로써 실망감을 안긴 것도 불만이었다. 바이덴 남작부인은 포이어마울을 입에 침이 마르도록 칭찬했고, 백작도 결국 거기에 넘어가 벌어진 일이었다. "우리가 이대로 계속 가다가는 '게르만화'를 노리고 있다는 평판을 받기 십상이라는 건 전적으로 공감해요." 백작이 남작부인의 견해를 인정했다. "그리고 우리가 만인을 사랑해야 한다고 말하는 시인을 초청해서 나쁠 게 없으리라는 말도 옳아요. 하지만 부인도 알다시피 내가 어떻게 투치 부인에게 그럴 수 있겠소!" 그러나 바이덴 부인은 포기하지 않았고, 다른 설득력 있는 이유를 찾아낸 게 분명했다. 이 대담 말미에 라인스도르프가 시인을 초대하도록 디오티마에게 요구하겠다고 약속했기 때문이다. 그의 말은 이랬다. "하고 싶지 않은 일이지만, 강력한 손에는 사람들을 쉽게 이해시키는 아름다운 말도 필요하다는 부인의 생각에 동의해요. 또한 최근 들어 우리 운동이 너무 느리게 진행되고 있고, 진정한 열정도 존재하지 않는다는 지적도 옳아요!"

그랬던 그가 지금은 불만이 가득했다. 백작은 자기가 남들보다 더 똑똑하다고 여기기는 했지만, 결코 남들을 어리석다고 생각하지는 않았다. 그런데 똑똑하다고 해서 모아놓은 이 인간들이 왜 그렇게 한심하게 느껴지는지 이유를 알 수 없었다. 아니, 삶 전체가 그런 느낌이었다.

마치 개인들은 똑똑하고, 또 익히 알려진 대로 백작이 종교와 과학까지 포함시켜 생각하는 관료 기구는 그렇게 똑똑해 보이지만, 그 옆에 전체적으로 완전한 책임무능력의 상태가 나란히 존재하기라도 하는 것처럼 말이다. 사람들이 아직 모르던 이념들은 차례로 등장해서 열정을 불태우다가 달이 가고 해가 가면 다시 사라졌다. 사람들은 어떤 때는 이것을, 어떤 때는 저것을 뒤쫓았고, 이 미신에 빠졌다가 다시 저 미신에 빠졌다. 또 어떤 날은 황제 폐하를 연호하다가 다음날은 의회에서 혐오스럽기 짝이 없는 선동 연설을 했다. 그러나 결국 거기서 나오는 것은 아무것도 없었다. 이것을 수백만분의 일로 축소해서 이른바 한 개인의 머리로 환원할 경우 떠오르는 이미지는 바로 불예측성과 망각, 무지, 바보 같은 천방지축이다. 라인스도르프 백작이 지금까지 그에 대해 별로 깊이 생각할 기회가 없었음에도 항상 정신병자와 연관해서 떠올리던 이미지였다. 그는 자신을 둘러싼 신사들 중앙에 불만스럽게 서서, 다름 아닌 이 평행운동이 모든 진실을 밝히게 되리라고 생각했다. 그런데 종교에 대한 의견은 내놓을 수 없었다. 종교에 대해서는 높은 담장, 그것도 교회 담장일 공산이 큰 담장의 그늘처럼 그를 기분좋게 진정시키는 무언가를 느낄 뿐이었다. "웃기는 일이야!" 백작은 잠시 후 이런 생각을 쫓아버리고 울리히에게 말했다. "이 모든 걸 어느 정도 거리를 두고 바라보면 어쩐지 가을철 과일나무에 떼를 지어 앉아 있는 찌르레기 같다는 생각이 드네."

울리히는 게르다에게 갔다가 돌아와 있었다. 대화는 처음 기대한 대로 진행되지 않았다. 게르다는 무언가에 의해 힘들게 잘려나간 짧은 대답만 했다. 가슴속에 쐐기처럼 박힌 것이 있는 듯했다. 그럴수록 한스는 말이 많아졌다. 그는 그녀의 파수꾼 행세를 하면서 자신이 이 썩어 문드러진 환경에 전혀 위축되지 않고 있음을 드러냈다.

"위대한 인종학자 브렘스후버를 모르세요?" 그가 울리히에게 물었다.

"어디 사는 사람이죠?" 울리히가 물었다.

"라Laa시 옆의 셰르딩에요." 한스가 대답했다.

"뭐하는 사람이죠?" 울리히가 다시 물었다.

"그건 중요하지 않아요!" 한스가 말했다. "중요한 건 지금 새로운 사람들이 마구 몰려오고 있다는 겁니다! 어쨌든 그 사람은 약사예요!"

울리히가 게르다에게 말했다. "둘이 약혼했다고 들었어!"

게르다가 대답했다. "브렘스후버는 타 인종을 가차없이 억압하자고 주장해요. 그건 분명 관용과 경멸보다 덜 잔인해요!" 그녀가 생각의 파편들을 어설프게 압착해서 만든 문장을 간신히 내뱉는 동안 그녀의 입술은 다시 떨렸다.

울리히는 그녀를 바라보면서 고개를 저었다. "이해할 수 없어!" 그는 그녀에게 작별의 의미로 손을 내밀면서 말했다. 그리고 이제 그는 라인스도르프 옆에 서서 자신을 무한한 공간 속에 떠 있는 하나의 별인 양 순수하게 느끼고 있었다.

"만일 이 모든 걸 거리를 두고 보지 않으면……" 잠시 후 라인스도르프 백작이 새로 떠오른 생각을 천천히 내놓았다. "마치 제 꼬리를 물려고 빙빙 도는 개처럼 머릿속이 빙빙 돌 걸세! 알다시피 나는 친구들의 조언에 졌고, 바이덴 남작부인의 말에 졌네. 그런데 우리가 하는 말을 잘 들어보면 개별적으로는 무척 똑똑한 것 같지만, 우리가 찾으려는 그 고귀한 정신적 관련성에 비추어보면 제멋대로 지껄이거나 앞뒤가 맞지 않는다는 인상을 받을 걸세!"

아른하임이 데리고 온 포이어마울과 국방장관 주위에 한 그룹이 형성되어 있었고, 그 속에서 포이어마울은 인류애와 관련해서 열변을 토하고 있었다. 반면에 이 그룹에서 슬쩍 떨어져나온 아른하임을 중심으로 좀 떨어진 곳에 두번째 그룹이 형성되어 있었다. 울리히는 나중에 이 무리에서 한스 제프와 게르다도 보았다. 포이어마울의 큰 목소리가 들려왔다. "삶은 배워서 아는 것이 아니라 선함을 통해 이해하는 것입니다. 삶을 믿어야 합니다!" 그 뒤에 꼿꼿하게 서 있던 드랑잘 부인이 맞장구를 쳤다. "괴테도 박사가 아니었어요!" 그녀의 눈에는 포이어마울이 괴테와 많이 닮아 보이는 듯했다. 국방장관도 마찬가지로 꼿꼿이 서서 줄곧 미소만 짓고 있었다. 군대를 사열할 때 모자챙 옆에 손을 오래 붙이고 있는 것이 습관이 된 사람이었다.

라인스도르프 백작이 물었다. "포이어마울이라는 작자에 대해 아는 게 좀 있나?"

"부친이 헝가리에 공장을 여럿 갖고 있다고 합니다." 울리히가 대답했다. "거기서 일하는 노동자 중에 사십을 넘긴 사람이 없는데, 공장에서 사용하는 인 성분 때문인 것으로 보입니다. 골괴저라는 직업병이죠."

"그렇군, 그럼 저 아들은?" 라인스도르프는 노동자의 운명에 대해 별 관심이 없었다.

"원래는 대학에 갔어야 했던 모양입니다. 법학과에 말이죠. 부친은 자수성가한 사람인데, 아들이 공부할 마음이 없다는 걸 알고 마음고생이 심했다고 합니다."

"왜 공부할 마음이 없었다던가?" 백작이 물었다. 이날은 무척 시시콜

콜 궁금해했다.

"그걸 누가 알겠습니까?" 울리히는 어깨를 으쓱했다. "어쩌면 전형적인 '아버지와 아들' 문제일 겁니다. 그러니까 아버지가 가난하면 아들은 돈을 사랑하죠. 반면에 아버지가 부자면 아들은 모든 인간을 사랑합니다. 각하께서는 우리 시대의 아들의 문제에 대해 들어본 적이 없으십니까?"

"들어봤지. 그런데 아른하임은 왜 포이어마울을 후원하나? 그게 유전과 관련이 있나?" 백작이 물었다.

"각하도 그걸 알고 계셨습니까?!" 울리히가 놀라 물었다.

"당연히 전부 알고 있지." 라인스도르프가 참을성 있게 대답했다. "그런데 또 이해가 안 되는 게 있네. 인간이 서로 사랑해야 한다는 것과 그렇게 되도록 정부가 강력하게 손을 써야 한다는 것, 이것은 이미 모두들 알고 있던 문제인데, 어째서 갑자기 양자택일의 문제가 되어버렸느냐는 거지!"

울리히가 대답했다. "각하는 항상 전체 백성들로부터 터져나오는 자발적인 목소리에서 운동이 시작되기를 바라셨지요. 그런 형식을 띠어야 한다고요!"

"아, 그건 사실이 아닐세……!" 라인스도르프가 흥분해서 부인했다. 그런데 그가 말을 이어가기 전에 슈툼 폰 보르트베어가 뛰어들면서 대화는 중단되었다. 무언가 급히 알고 싶은 게 생겨서 아른하임의 그룹에 있다가 얼굴이 벌게져서 달려온 것이다. "방해가 되었다면 용서하십시오, 각하. 하지만 꼭 알아야 할 게 있어서요. 말 좀 해주시게." 그는 울리히에게로 고개를 돌렸다. "인간이 정말 이성이 아니라 전적으로 감정에 따라 움직인다고 주장할 수 있는 거요?"

울리히는 정신 나간 사람처럼 멍하니 그를 바라보았다.

슈툼이 설명했다. "저 그룹에 마르크스주의자가 하나 있는데, 이렇게 주장하는 게 아니겠소. 인간의 경제적 하부구조가 전적으로 인간의 이데올로기적 상부구조를 규정한다고. 그러자 한 정신분석가가 나서더니, 인간의 이데올로기적 상부구조는 전적으로 본능적 하부구조의 산물이라고 반박했소."

"그건 그리 간단한 문제가 아닙니다." 울리히는 이렇게 말하며 이 문제에서 발을 빼려고 했다.

"그거야 내가 만날 하는 소리지 않소! 하지만 그래 봤자 아무 소용 없더이다!" 장군은 이렇게 대꾸하더니 울리히에게서 눈을 떼지 않았다. 그때 라인스도르프가 대화에 뛰어들었다. "보시게." 그가 울리히를 보고 말했다. "나도 방금 그 비슷한 문제로 논의하고 싶었네. 그러니까 내가 그전에 말하고자 했던 것은, 하부구조가 경제적인 것이든 성적인 것이든 간에 대체 사람들이 왜 그렇게 상부구조를 불신하느냐는 거요?! 그래서 다들 무슨 속담처럼 세상이 미쳤다고 하는 게 아닌가? 그러다 결국 진짜로 믿는 사람도 나올 테고!"

"그게 군중심리입니다, 각하!" 박식한 장군이 다시 끼어들었다. "군중에 대해서는 제가 잘 압니다. 군중은 오직 본능에 따라 움직입니다. 그러니까 대부분의 개인은 공통된 본능에 따라 움직인다는 말이죠. 이것은 논리적입니다! 하지만 속을 들여다보면 당연히 비논리적입니다! 대중의 본능이 비논리적이니까요. 단지 겉치레를 할 때만 논리적 사고를 사용하죠. 실제로 그들을 이끄는 것은 오직 암시 하나뿐입니다! 만일 각하께서 제게 신문사나 라디오 방송국, 영화 산업, 혹은 몇몇 다른 문화 매체를 맡기신다면 저는 몇 년 안에, 이건 제 친구 울리히의 표현이지만, 인간을 식인종으로 만들 수 있다고 장담합니다! 바로 그런 연유로 인류에게는 강력한 지도자가 필요합니다! 물론 그건 저보다 각하께서 더 잘 아시겠지만요! 그리고 아른하임마저 그렇게 얘기하지만, 수준 높은 개인도 경우에 따라 논리적이지 않을 수 있다는 말을 저는 믿을 수가 없습니다."

울리히가 이 우연하기 짝이 없는 논쟁에 어떤 설명을 해줄 수 있었을까? 장군의 질문에는 낚싯바늘에 물고기 대신 수초 더미가 걸린 것처럼 여러 이론 더미가 어지럽게 걸려 있었다. 인간은 오직 감정만을 따를까? 그러니까 오늘날의 사람들이 가정하는 것처럼 무의식적인 욕망의 흐름이나 쾌락의 간지러운 미풍이 조종하는 대로 행동하고 느끼고, 심지어 생각도 그렇게 할까? 혹은 오늘날 마찬가지로 흔히 가정하듯 이성과 의지에 따라 움직일까? 인간은 여러 감정들 중에서도 특정한 감정, 가령 오늘날의 가정처럼 성적 충동에 따라 움직일까? 아니면 마찬가지로 오늘날 가정하는 것처럼, 성적 충동보다는 경제적 조건으로 인한 심리적 작용에 좌우될까? 우리는 인간처럼 복잡한 피조물을 많은 각도에서 관찰할 수 있고, 여러 이론들 중 이런저런 것을 축으로 선택할 수 있다. 거기서 부분적으로 참인 것이 나오고, 그것들의 상호 침윤을 통해 서서히 더 높은 수준의 진리가 되어간다. 아니, 정말 높아지기는 하는 걸까? 어쨌든 하나의 부분 진리를 모든 것에 통용되는 유일한 진리로 여길 때마다 우리는 엄청난 대가를 치러야 했다. 하지만 다른 한편으로 보자면, 과대평가하지 않고서 부분 진리에 이르기 힘든 것도 사실이다. 이처럼 진리의 역사와 감정의 역사는 다각도로 연결되어 있다. 그러나 감정의 역사는 모호할 수밖에 없다. 실제로 울리히도 감정의 역사를 결코 하나의 역사로 보지 않았고 뒤엉킨 혼돈이라고 확신했다. 예를 들어 중세 때 인간들 위에 군림했던 격정적인 종교적 사유가 인간 이성과 의지에 대한 확고한 믿음에 뿌리를 두고 있었던 반면, 오늘날에는 기껏해야 담배를 많이 피우는 것에 열정을 보일 뿐인 많은 학자들이 감정을 모든 인간적인 것의 토대로 보는 것은 퍽 재미있는 일이다. 이런 생각들이 울리히의 머릿속을 스쳐가고 있었다. 그는 당연히 슈툼의 질문에 대답할 마음이 없었다. 더군다나 슈툼 역시 대답을 기다린다기보다는 아른하임 그룹으로 돌아가기 전에 흥분을 식히려는 듯했다.

"라인스도르프 백작님!" 울리히가 부드럽게 말했다. "혹시 제가 예전에 정확성만큼이나 영혼을 필요로 하는 모든 문제들을 위한 세계사무국을 설립하라고 조언드린 것을 기억하시는지요?"

"당연히 기억하지." 라인스도르프가 대답했다. "추기경한테 그 얘기를 했더니 유쾌하게 웃더군. 그러면서 자네가 너무 늦게 왔다고 말씀하셨네!"

"각하께서 이곳에 없다고 아쉬워하시던 게 바로 그겁니다!" 울리히가 말을 이어갔다. "각하께서는 이런 말씀을 하셨죠. 오늘날의 세계는 더는 어제 원했던 것을 기억하지 못하고, 충분한 이유 없이 바뀌기만 하는 분위기에 젖어 있고, 부단히 혼란스럽기만 하고, 그러면서도 어떤 결론에도 이르지 못하고 있다고요. 인류의 이런 모든 혼란을 한 개인의 머릿속에 집어넣는다고 가정하면 그 사람은 우리가 지적 장애의 범주에 포함시키는 일련의 유명한 결락 현상들을 보일 게 틀림없습니다……"

"절대적으로 옳은 말이오!" 슈툼 폰 보르트베어가 오늘 오후에 습득한 지식으로 자신감을 얻어 소리쳤다. "그게 바로…… 이름이 뭐더라…… 아무튼 그 정신병의 이름이 뭔지는 잊어버렸지만, 바로 그 병의 모습이었소!"

"아닙니다." 울리히가 웃으면서 말했다. "그건 특정 정신병의 모습이 아닙니다. 왜냐하면 건강한 사람과 정신병자의 차이란 다름아니라, 건강한 사람은 모든 정신병을 갖고 있는 데 반해 정신병자는 단 하나만 갖고 있다는 데 있기 때문이죠!"

"아주 멋진 규정이오!" 슈툼과 라인스도르프가 표현만 약간 다를 뿐인 말을 한입으로 소리쳤다. 그러더니 마찬가지로 덧붙였다. "그런데 그게 정확히 무슨 뜻이오?"

"이렇게 설명해보겠습니다. 만일 도덕을 감정과 판타지 같은 것들을 포괄하는 모든 관계들의 조정이라고 본다면 그 속에서 개별적인 것은 나머지 것들을 따르고, 그런 식으로 겉보기에 어느 정도 안정성을 획득합니다. 하지만 도덕에선 이 모든 걸 합쳐도 망상의 상태를 넘어서는 게 없습니다!"

"음, 그건 너무 나갔어!" 라인스도르프 백작이 부드럽게 말했다. 장군도 말했다. "하지만 인간은 각자 자기만의 도덕을 가져야 하지 않겠소? 고양이를 좋아할지 개를 좋아할지, 일일이 남에게 지시를 내릴 수는 없지 않소!"

"백작 각하, 그런 지시를 내릴 수도 있을까요?!" 울리히가 절박하게 물었다.

"있었지, 옛날에는." 라인스도르프 백작이 외교적으로 답했다. 모든 영역에 '진리'가 있다는 종교적 확신에 사로잡혀 있었음에도. "옛날에는 그게 훨씬 나았지. 하지만 요즘은?"

"그 이후 항구적인 종교전쟁이 지속되고 있죠." 울리히가 말했다.

"자네는 그걸 종교전쟁이라고 부르나?" 라인스도르프가 호기심어린 표정으로 물었다.

"그럼 뭐라고 부르겠습니까?"

"음 그래, 나쁘지 않아. 오늘날의 우리 삶을 특징짓는 탁월한 표현이네. 아무튼 나는 자네 속에 나쁜 가톨릭 신자가 숨어 있지 않다는 걸 늘 알고 있었네!"

"저는 매우 나쁜 신자입니다." 울리히가 답했다. "저는 신이 있었다고 믿지 않고 이제 겨우 신이 올 거라고 믿습니다. 신이 오는 길을 우리가 지금까지보다 단축시킬 수 있다면요!"

백작은 품위 있는 말로 울리히의 생각을 물리쳤다. "그건 내 머리를 벗어나는 일일세!"

38. 한 위대한 사건이 태동중이다. 그러나 아무도 그걸 눈치채지 못했다

장군이 말했다. "아쉽지만 나는 이만 장관님께 돌아가야겠소. 하지만 나중에라도 이 모든 것에 대해 꼭 설명해줘야 하오. 당신을 이대로 놔

줄 생각은 없으니까! 여건이 허락되면 다시 오겠소!"

라인스도르프는 뭔가 할말이 있는 사람 같은 인상을 풍겼다. 머릿속에서 열심히 생각들이 움직이고 있었다. 그런데 울리히와 백작만 남자마자 사람들이 그들을 에워쌌다. 홀의 자연스러운 순환을 통해, 그리고 라인스도르프라는 인물에 이끌려 몰려든 사람들이었다. 울리히가 방금 말했던 것은 당연히 더는 화제가 되지 못했다. 이제 그 문제를 생각하는 사람은 그 자신 말고는 없었다. 그때 뒤에서 팔이 쑥 들어오더니 그의 팔짱을 꼈다. 아가테였다. "나를 변호해줄 근거는 찾았어요?" 그녀가 애교 섞인 짓궂은 얼굴로 물었다.

울리히는 동생의 팔을 뿌리치지 않고 함께 사람들에게서 벗어났다.

"집으로 돌아가면 안 돼요?" 아가테가 물었다.

"안 돼, 아직은 갈 수 없어."

"다가올 시간이 오빠더러 여기서 딱 기다리고 있으래요?" 그녀가 울리히를 놀렸다.

울리히가 그녀의 팔에 힘을 주었다.

"나한테는 여기보다 차라리 감옥이 더 잘 어울릴 것 같아요!" 아가테가 오빠의 귀에다 속삭였다.

그들은 둘만 있을 수 있는 장소를 찾았다. 이제 모임의 분위기는 한껏 달아올랐고, 참석자들은 뒤엉킨 채 천천히 이 그룹에서 저 그룹으로 돌고 있었다. 물론 전체적으로는 여전히 두 그룹으로 구분되었다. 국방장관이 중심인 그룹에선 평화와 사랑이 주제였고, 아른하임이 중심인 그룹에선 게르만의 힘 속에서 최고로 발현될 수 있는 게르만의 자비로움이 화제였다.

아른하임은 이런 이야기들에 기꺼이 귀를 빌려주었다. 솔직한 의견은 거부하는 법이 없고, 새로운 의견은 특히 좋아하는 사람이었기 때문이다. 그는 의회에서 유전 사업이 난관에 봉착하지 않을까 걱정이었다. 슬라브계 정치인들의 반대는 불가피한 일로 예상하고 있었다. 다만 독일계 정치인들은 확실히 찬성 쪽에 설 거라고 기대했다. 정부 차원에서도 이 사안은 그가 큰 의미를 두지 않는 외무성의 특정 반대파만 제외하고는 별문제가 없을 듯했다. 이튿날 그는 부다페스트로 떠날 예정이었다.

아른하임과 다른 주요 인물들 주위에는 적대적인 '관찰자들'이 많았다. 어떤 이야기든 즉각 수긍하고 가장 예의바르게 행동하는 데서 그 정체가 바로 드러나는 사람들이었다. 나머지 사람들은 대개 다양한 의견을 피력했던 것이다.

투치는 그런 적대적인 관찰자들 중 한 사람을 설득하려 애쓰고 있었다. "여기서 나온 발언들은 결코 중요하지 않습니다. 실제 의미가 있는 말이 아니거든요!" 이 말을 들은 사람은 투치의 말을 믿었다. 그는 의회 의원이었다. 그럼에도 여기서 수상쩍은 일이 벌어지고 있다는, 그전부터 갖고 있던 생각을 바꾸지는 않았다.

반면에 백작은 다른 사람의 질문에 오늘 이 모임의 의미를 이렇게 변호했다. "선생, 1848년 이후에는 심지어 혁명도 수많은 말들에서 초래되었어요!"

이런 차이를 삶의 일상적 단조로움 속에서 허락된 일탈로만 간주한다면 잘못일 것이다. 심중한 결과를 낳는 이런 실수는 우리가 '그건 감정 문제야!'라는 말을 일상적으로 사용하는 것만큼이나 흔하게 벌어진다. 사실 이 문장이 없으면 우리 정신도 제대로 갖춰질 수가 없다. 필수 불가결한 이 문장은 삶에 있어야 할 것과 있을 수 있는 것을 구분한다. 울리히가 아가테에게 말했다. "그 문장은 정해진 질서를 개인에게 허락된 여지와 구분해. 합리화된 것과 비합리적으로 보이는 것을 구분하기도 하고. 그 문장은 일상적으로 사용될 경우 다음의 고백과 같아. 즉 인간성은 주요하게는 강요이고, 부차적으로는 수상쩍은 독단이라는 거지. 사람들은 이렇게 말해. 우리에게 포도주와 물 중 어느 것을 선택할지, 혹은 무신론자와 경건한 신자 중에서 무엇이 되고자 하는지 선택할 자유가 없다면 삶은 감옥일 거라고. 하지만 감정 문제에서 우리가 실제적인 선택권을 갖고 있다고는 누구도 믿지 않아. 오히려 허락되거나 허락되지 않은 감정 문제 사이에 모호한 경계선만 있을 뿐이지."

울리히와 아가테 사이의 감정은 허락되지 않은 쪽이었다. 비록 팔짱을 끼고 헛되이 은신처를 찾아 두리번거리던 두 사람이 이 모임에 관한 이야기를 나누면서 두 그룹으로 갈라졌다 이렇게 다시 합치게 된 것을 속으로 크게 기뻐하고 있다고 해도 말이다. 반면에 모든 이웃을 사랑할지 또는 그전에 일부를 없애야 할지의 선택은 분명 허용된 두 가지 감정 문제였다. 그렇지 않다면 두 개의 적대적인 그룹으로 갈라졌을지언정 디오티마의 집에서, 또 백작의 눈앞에서 이렇게 열띤 논쟁이 벌어지지는 않았을 것이기 때문이다. 울리히는 이 '감정 문제'의 발명이 감정의 일에 정말 유례가 없을 정도로 나쁜 영향을 주었다고 주장했다. 그러면서 동생에게 오늘 이 모임이 자신에게 일깨운 기묘한 인상을 설명할 때는 자기도 모르게 아침에 중단된 대화와 연결하고 그로써 자신을 변호하는 식으로 말했다. "너를 지루하게 하지 않으려면 어디서부터 시작해야 할지 모르겠어. 일단 내가 도덕을 어떻게 이해하고 있는 지부터 말해도 될까?"

"해봐요!" 아가테가 답했다.

"도덕은 한 사회 안에서 나타나는 행동 조절이야. 특히 내면의 동력, 그러니까 감정과 사고의 조절이지."

"대단한 발전이네요. 몇 시간도 안 지나!" 아가테가 웃으면서 말했다. "오늘 아침까지만 해도 도덕이 뭔지 모른다고 하던 사람이!"

"그건 지금도 몰라. 그래도 너한테 열 가지가 넘게 설명해줄 수는 있어. 가장 오래된 설명은 신이 우리에게 아주 세세한 것까지 삶의 질서를 계시해주었다는 거지……"

"그랬다면 가장 좋았겠네요!" 아가테가 말했다.

"하지만 가장 개연성이 높은 것은," 울리히가 강조했다. "도덕도 다른 모든 질서와 마찬가지로 강제와 폭력을 통해 생겨난다는 거야! 그러니까 권력을 잡은 무리들이 자신들의 지배력을 공고히 하려고 나머지 사람들에게 규범과 원칙을 부과하는 거지. 동시에 그 무리도 자신들을 위대하게 만들어준 규범과 원칙에 묶이고. 그러면서 모범으로 작용하기도 하지. 동시에 그에 대한 반작용으로 바뀌기도 해. 이런 일련의 과정은 당연히 이렇게 간략하게 설명하는 것보다 훨씬 복잡해. 그리고 그 과정은 지적 능력 없이는 결코 일어나지 않아. 하지만 그런 지적 능력이 아닌 실행을 통해 결국엔 신이 만든 하늘처럼 만물 위에 독립적으로 팽팽하게 펼쳐진 무한한 그물망이 생겨나. 이제 모든 것이 이 망과 연결돼. 하지만 그물망 자체는 어떤 것과도 관련이 없어. 달리 표현하자면 모든 것이 도덕적이지만, 도덕 자체는 결코 도덕적이지 않다는 거지!……"

"아주 매력적인 도덕이네요." 아가테가 말했다. "그런데 오늘 내가 선한 사람을 만난 건 모르죠?"

울리히는 갑작스러운 화제 전환에 약간 놀랐다. 하지만 아가테가 린트너와의 만남을 이야기하자 그는 그 만남을 자신의 사고 과정에 일단 편입시키고자 했다. "선한 사람은 오늘 여기에도 수십 명은 있어. 하지만 내가 잠시만 더 이야기하게 해주면 여기에 나쁜 사람도 왜 그만큼 많은지 알게 될 거야."

그들은 이런 말을 나누며 소란스러운 공간을 차츰 벗어나 대기실에 이르렀다. 울리히는 어디로 갈지 숙고했다. 디오티마의 방과 라헬의 방이 떠올랐다. 그러나 양쪽 다 다시 발을 들여놓고 싶지 않았다. 그래서 아가테와 그는 복도에 걸려 있는 옷가지들 사이에 당분간 서 있었다. 다른 사람은 아무도 없었다. 울리히는 대화를 재개할 실마리를 찾지 못했다. "아무래도 처음부터 다시 시작해야 할 것 같아." 그는 초조해하며 어쩔 줄 모르겠다는 듯 이렇게 말하더니 불쑥 다른 이야기를 꺼냈다. "너는 스스로 선한 행동을 했는지 악한 행동을 했는지 알려고 하지 않아. 다만 어느 쪽이든 확고한 이유 없이 행동하는 것에 대해 불안해하고 있어."

아가테가 고개를 끄덕였다.

그는 그녀의 두 손을 잡았다.

가슴이 약간 파인 드레스에서 올라오는 미지의 식물 냄새와 함께 은은하게 빛나는 그녀의 살갗이 일순 세속의 범주를 벗어나 보였다. 혈관의 고동이 한 손에서 다른 손으로 흘러갔다. 다른 세상에서 온 것 같은 깊은 해자垓子가 두 사람을 어디에도 없는 그들만의 세상 속으로 에워싼 듯했다.

갑자기 그는 이 상태를 명명할 개념이 떠오르지 않았다. 그전에 그가 자주 애용하던 개념들이 모두 빠져나가버린 듯했다. '우리는 순간의 충동이 아니라 마지막까지 지속되는 상태에 따라 행동하자.' '더는 되찾으려고 돌아갈 필요가 없는 중심에 이를 수 있도록.' '가장자리들과 그 변화하는 상태에 따르지 않고 불변의 유일한 행복에 따라 행동하자.' 이런 말들이 그의 혀끝에 달라붙어 있었다. 아마 대화가 진행되었다면 이 말을 쓸 수도 있었을 테지만, 지금 이 순간 그와 동생이 처하게 된 이런 직접성 속에서는 그런 말을 하기가 갑자기 불가능해졌다. 이로 인해 그는 하릴없이 동요했다. 그러나 아가테는 그를 똑똑히 이해할 수 있었다. 처음으로 오빠를 둘러싸고 있던 껍질이 완전히 깨지고, '단단하던 오빠'가 마치 바닥에 떨어진 계란처럼 속을 드러내 보이는 것이 즐거운 듯했다. 그러나 이번에는 놀랍게도 그녀의 감정이 그의 감정과 보조를 맞출 준비가 되어 있지 않았다. 아침과 저녁 사이에 린트너와의 기이한 조우가 있었다. 이 남자가 그녀에게 단지 놀라움과 호기심만 불러일으켰을 뿐인데도 은둔자 같은 사랑의 무한한 반사가 생겨나지 않도록 하기에는 이런 밀알처럼 작은 사건으로도 충분했다.

울리히는 아가테가 뭔가 대꾸를 하기 전에 그녀의 손에서 이미 그것을 느꼈다. 대답은 돌아오지 않았다.

그는 이 예기치 않은 거부가 진작 들었어야 할 그 남자와의 만남과 관련이 있다고 짐작했다. 그는 부끄러운 마음과 응답받지 못한 감정의 반동에 당황해 고개를 저으며 말했다. "네가 그런 인간의 선함에 그렇게 큰 기대를 거는 게 화가 나!"

"그럴 수 있겠죠." 아가테가 시인했다.

그는 그녀를 바라보면서, 그 남자와의 만남이 아가테에게는 지금까지 그의 보호 아래서 받았던 어떤 구애보다 더 큰 의미가 있음을 알아챘다. 심지어 울리히도 좀 아는 남자였다. 린트너는 공인이었다. 애국운동 첫 모임 때 좌중의 곤혹스러운 침묵 속에서 짧은 연설을 했는데, '역사적인 순간'이나 그 비슷한 것에 관한 내용으로 서툴면서도 솔직하고 그러면서도 별게 없는 연설이었다. 울리히는 자기도 모르게 홀 안을 두리번거렸다. 그러나 오늘 참석자 중에서 그 남자를 본 기억은 나지 않았다. 게다가 이 모임에 더는 초청받지 못하는 사람이라고도 알고 있었다. 울리히는 가끔 그를 만난 적이 있는 것 같았다. 아마 학술 세미나 같은 곳이었을 것이다. 그가 쓴 책도 이것저것 읽은 듯했다. 왜냐하면 울리히가 기억을 끌어모으다보니 미세하기 그지없는 기억의 흔적들에서 끈적거리고 역겨운 물방울 같은 판단이 생겨났기 때문이다. "아주 진부하고 바보 같은 인간이야! 어느 정도 고결한 삶을 살고 싶은 사람이라면 그런 인간을 하가우어 교수만큼이나 진지하게 생각해선 안 돼!"

울리히가 아가테에게 이렇게 말했다.

아가테는 침묵으로 답했다. 심지어 그의 손을 힘주어 잡기까지 했다.

그는 여기에 무언가 자가당착적인 면이 있지만 이대로 멈출 수는 없다는 느낌이 들었다.

순간 사람들이 대기실로 나왔다. 남매는 서로 떨어졌다. "다시 안으로 들어가겠어?" 울리히가 물었다.

아가테는 싫다고 대답하고는 탈출로를 찾아 두리번거렸다.

울리히에게 남들을 피할 수 있는 곳은 부엌밖에 없다는 생각이 퍼뜩 떠올랐다.

부엌에서는 늘어선 유리잔들에 내용물을 채우고 접시에는 케이크를 담고 있었다. 요리사는 부산하게 움직였고, 라헬과 졸리만은 자신들이 들고 갈 쟁반에 그릇이 차기만 기다렸다. 그런데 평소 같으면 귓속말을 나누었을 텐데, 지금은 서로 떨어져 가만히 서 있기만 했다. 울리히 남매가 들어서자 어린 라헬은 살짝 무릎을 굽혀 인사했고, 졸리만은 새까만 눈으로만 경례를 했다. 울리히가 말했다. "저 안이 너무 더워서 그런데, 여기서 음료수를 마실 수 있을까?" 그는 아가테와 함께 창턱에 걸터앉더니 그 옆에 접시와 잔을 내려놓았다. 누군가 그들을 보더라도 이 집과 허물없이 지내는 두 사람이 잠시 여유를 즐기는 것처럼 보이게 하기 위해서였다. 앉자마자 울리히는 낮은 한숨을 내쉬며 말했다. "린트너 교수 같은 사람을 선하다거나 역겹다고 여기는 건 전부 감정의 문제일 뿐이야!"

아가테는 손가락으로 껍질에 싸인 사탕을 만지작거렸다.

울리히가 말을 이어갔다. "그 말은 곧 감정은 옳지도 틀리지도 않다는 거야! 감정은 사적인 문제로 남아 있고, 암시와 상상, 설득에 내맡겨져 있어! 너와 나는 저 안에 있는 사람들과 다르지 않아! 저 안에 있는 사람들이 뭘 원하는지 알아?"

"몰라요. 하지만 상관없지 않아요?"

"아니, 그렇지 않을 수도 있어. 저 사람들은 두 파로 나뉘어 있는데, 어느 편이건 다른 편만큼이나 옳거나 틀려."

아가테는 인간의 선함을 믿는 것이 대포와 정치만 믿는 것보다는 나아 보인다고 말했다. 물론 그런 믿음의 방식이라는 게 터무니없기는 하지만.

"네가 만났던 그 남자는 어땠어?" 울리히가 물었다.

"아, 말하기 어려운 문제지만, 어쨌든 선한 사람이었어요!" 동생은 이렇게 대답하고는 웃었다.

"라인스도르프에게 선하게 느껴지는 것도 믿지 말아야 하지만, 너한테 선하게 느껴지는 것도 마찬가지로 쉽게 믿어선 안 돼!" 울리히는 화가 나서 대꾸했다.

둘의 얼굴은 흥분과 웃음으로 경직되어 있었다. 밝고 예의바른 표정의 가벼운 흐름이 더 깊은 역류에 막힌 것이다. 라헬은 그것을 두건 밑의 모근에서 느꼈다. 그러나 좋았던 시절의 기억에 비추어, 그것을 예전보다 한층 더 둔하게 느끼는 자기가 몹시 비참해지는 기분이 들었다. 아름다운 곡선을 그리던 두 뺨은 눈에 띄게 홀쭉해져 있었고, 두 눈의 까만 광채는 낙담으로 흐려져 있었다. 만일 울리히가 라헬의 아름다움을 아가테와 비교할 마음이 있었다면 과거 새까맣던 라헬의 광채가 무거운 차의 바퀴에 짓이겨진 석탄 조각처럼 바스러진 것을 발견했을 것이다. 그러나 그는 라헬에게 신경을 쓰지 않았다. 그녀는 지금 임신중이었다. 그 사실을 아는 사람은 이 재앙에 대한 현실적 이해 없이 낭만적이고 유치한 계획으로만 반응하는 졸리만뿐이었다.

울리히의 말이 이어졌다. "수백 년 전부터 세계는 사고 속에 진리가 있음을 알았고, 그래서 사리에 맞게 일정 수준까지 사고의 자유를 인정해왔어. 하지만 그 시기 동안 감정은 진리의 엄격한 훈련을 받지 못했고, 활동의 자유도 얻지 못했어. 왜냐하면 그간 모든 도덕이 임의의 행위에 필요한 정도로만 특정 원칙과 기본 감정들을 허용하면서, 그것도 아주 경직된 방식으로 그 감정들을 통제해왔기 때문이지. 나머지 감정은 사적인 변덕과 개인적인 감정 유희, 예술 분야에서의 이런저런 노력, 학술적인 논쟁에 맡겨버렸어. 이처럼 도덕은 감정을 자신의 필요에 적응시켰고, 그 자체가 감정에 좌우되는 시스템임에도 불구하고 감정을 발전시키는 일을 등한시했어. 사실 도덕은 감정의 질서이자 통일체거든." 여기서 그는 갑자기 말을 멈추었다. 그의 열띤 얼굴을 바라보는 라헬의 감동적인 시선을 느낀 것이다. 이제는 위대한 사람들의 사안에 대해 예전만큼 그렇게 감탄할 마음이 들지 않던 라헬이었다. "이런 부엌에서 도덕에 관해 이야기하는 것이 우스울지 몰라." 그가 당황해서 말했다.

아가테는 그런 그를 신중하고 긴장한 표정으로 바라보았다. 그는 동생에게 좀더 몸을 기울였고, 장난기어린 미소를 지으며 나직이 덧붙였다. "하지만 그건 전 세계를 상대로 무기를 드는 열정적인 상태의 다른 표현일 뿐이야!"

이제 그의 의도와는 상관없이 아침의 대립이 반복되었다. 그 대립 속에서 그는 남을 가르치기 좋아하는 훈장 선생님의 불유쾌한 역할을 했다. 그도 어쩔 수 없었다. 그가 보기에 도덕은 체제순응도, 철학적 지혜도 아니고 살아갈 가능성의 무한한 총체였다. 그는 도덕적 능력의 상승을 믿었고, 도덕적 체험의 단계를 믿었다. 다만 흔히 그러듯, 도덕이 인간의 불충분한 순수성으로는 도저히 따라가지 못할 정도로 완성되어 있는 것처럼 도덕적 인식의 단계들을 믿은 것은 아니었다. 울리히는 도덕을 믿었다. 그렇다고 특정 도덕을 믿었던 건 아니었다. 보통 우리는 도덕을 삶의 질서를 유지하기 위한 경찰의 법규 정도로 이해한다. 그런데 삶은 결코 이를 준수하지 않기에 그 법규는 완전히 실현될 수 없는, 그래서 빈약하게나마 이상적인 외관을 얻는다. 그러나 우리는 도덕을 그 단계로 환원해서는 안 된다. 도덕은 판타지다. 그가 아가테에게 알려주고자 했던 것이 바로 이것이었다. 알려주고 싶었던 두번째는, 판타지란 마음대로 움직이는 독단이 아니라는 것이다. 우리가 만일 판타지를 독단에 맡기면 복수를 당하기 마련이다. 울리히의 입에서는 이런 말들이 꿈틀거리고 있었다. 그는 너무도 주목받지 못하는 그 차이에 대해 말할 참이었다. 그러니까 역사상의 다양한 시기가 저마다의 방식으로 이성을 발전시키면서도 도덕적 판타지만큼은 또 저마다의 방식으로 정체시키고 폐쇄시켰다는 것이다. 그는 그 결과를 말하고 싶었다. 즉 이성과 이성적 기구들은 모든 의심에도 불구하고 역사의 모든 굴곡을 지나 웬만큼 일직선으로 비상해나간 반면에 감정과 착상, 삶의 가능성들은 영원히 부차적인 존재로 태어나 때가 되면 다시 버림받는 파편더미처럼 쌓여 있다는 것이다. 또다른 결과도 있다. 즉 이런 상황이 근본적인 삶의 영역으로 확장되면 하나의 의견을 이렇게 또는 저렇게 형성할 가능성은 무수히 존재하지만, 그것들을 통합할 가능성은 전혀 존재하지 않는다는 것이다. 그 결과 이 의견들은 서로에게 달려들어 치고받고 싸운다. 서로 소통할 가능성이 없기 때문이다. 결국엔 인류의 감성 세계는 흔들리는 양동이 속의 물처럼 이리저리 불안하게 요동친다. 이날 저녁 내내 한 생각이 울리히를 쫓아다녔다. 그전에도 갖고 있던 생각이었는데, 이날 저녁에 그 생각이 옳았음이 입증되고 있었다. 그는 아가테에게 잘못이 어디에 있고, 만인이 원한다면 그 잘못을 어떻게 바로잡을 수 있는지 보여주고자 했다. 사실 거기에는 우리 자신의 판타지가 발견한 것조차 믿어서는 안 된다는 사실을 증명하려는 괴로운 의도밖에 없었다.

아가테는 여자가 강한 압박에 짓눌려 항복하기 전에 재빨리 다시 한번 방어에 나설 때처럼 낮은 한숨을 내쉬며 말했다. "우린 정말 항상 '원칙에 따라' 행동해야 해요?!" 그녀는 그의 미소에 화답하며 그와 시선을 맞추었다.

그는 대답했다. "그래, 그것도 하나의 원칙에 따라!" 이것은 그가 원래 하고자 했던 말과 전혀 달랐다. 그것은 삶이 마법의 고요함 속에서 한 송이 꽃처럼 자라는 천년제국과 샴쌍둥이의 영역에서 나온 말로서, 비록 마음대로 지어낸 것은 아니더라도 그 고독하고 기만적인 사고의 경계를 가리키고 있었다. 아가테의 눈은 동강난 마노^{馬瑙} 같았다. 이 순간 그가 무슨 말을 덧붙이거나 손으로 그녀를 건드렸다면 무언가가 일어났을 것이다. 일어나자마자 바로 사라지는 바람에 그녀 자신도 인지할 수 없었던 무언가가. 울리히는 더이상 얘기할 마음이 없었다. 대신 칼을 집더니 과일을 깎기 시작했다. 얼마 전까지 동생과 자신 사이를 가르던 거리가 눈 녹듯이 사라지면서 헤아릴 수 없는 친밀감이 느껴지는 것이 행복했다. 게다가 이 순간 둘 사이의 대화가 중단된 것도 기뻤다.

그때 슈툼이 야영중인 적을 기습하려는 정찰대장의 음흉한 눈으로 부엌 안을 들여다본 것이다. "방해해서 미안합니다!" 그가 부엌으로 들어서면서 소리쳤다. "오빠와의 밀회라면 무슨 큰 범죄라고 할 수는 없겠죠, 아가씨!" 그러고는 울리히를 보면서 덧붙였다. "사람들이 당신을 애타게 찾고 있소!"

울리히는 아가테에게 하려던 말을 장군에게 했다. 하지만 그전에 먼저 이렇게 물었다. "'사람들'이라는 게 누굽니까?"

"아까 내가 장관님한테 당신을 데려가겠다고 하지 않았소?" 슈툼이 비난조로 말했다.

울리히가 손을 내저었다.

"어차피 늦었소." 사람 좋은 슈툼이 말했다. "그 양반은 막 가셨으니까. 하지만 개인적으로 난 당신한테 볼일이 있소. 아가씨가 오빠보다 더 나은 일행을 찾아 자리를 옮기는 즉시 당신이 무슨 뜻으로 '종교전쟁'이라는 말을 했는지 꼭 들어야겠소. 당신이 고맙게도 아까 했던 이야기를 기억한다면 말이지."

"우리도 막 그 이야기를 하고 있었습니다." 울리히가 답했다.

"호, 그것 참 흥미로운 일이오!" 장군이 소리쳤다. "우리 아가씨가 도덕 문제에도 관심이 있으신가봅니다!"

"오빠는 거의 도덕 이야기밖에 안 해요." 아가테가 웃으면서 바로잡았다.

"그렇지 않아도 오늘 이 모임의 의제도 그 문제였소!" 장군이 한숨을 쉬었다. "예를 들어 라인스도르프는 불과 몇 분 전에 도덕이 먹는 것만큼 중요하다고 했소. 나는 그렇게 생각하지 않지만!" 그는 이렇게 말하며 아가테가 권하는 군것질거리로 몸을 숙였다. 장군의 말은 농담으로 들렸지만 아가테가 이런 말로 위로했다. "저도 그렇게 생각하지 않아요."

582

"장교와 여자도 분명 도덕을 갖고 있지만 그런 이야기를 하는 걸 좋아하지 않을 뿐이지!" 장군은 즉흥적으로 계속 말했다. "내 말이 맞지 않습니까, 아가씨?"

라헬은 앞치마로 열심히 닦은 부엌 의자를 슈툼에게 갖다주었는데, 장군의 말이 가슴에 너무 와닿았다. 하마터면 눈물을 쏟을 만큼.

슈툼은 울리히를 재차 재촉했다. "종교전쟁 이야기는 어떻게 된 거요?" 그런데 울리히가 뭔가 대답을 하기 전에 슈툼이 먼저 다른 말을 꺼냈다. "당신 사촌도 당신을 찾아 이 방 저 방 헤매는 것 같더니만, 군사훈련으로 단련된 감각 덕분에 내가 먼저 선수를 칠 수 있었소. 그러니까 이 시간을 잘 활용해야 한다는 말이오. 저 안에서 일어나고 있는 일은 이제 별로요! 사람들이 우릴 웃음거리로 만들고 있단 말이오. 디오타마는, 이걸 어떻게 표현해야 하나, 그래, 그 사람은 고삐를 놓친 것 같소! 안에서 뭐가 결정됐는지 아시오?"

"누가 결정을 내렸는데요?"

"벌써 많은 사람들이 갔고, 일부만 남아서 지금까지의 경과에 대해 소상히 귀를 기울이고 있소." 장군이 설명했다. "그래서 누가 결정을 내렸는지는 말할 수 없소."

"그럼 어떤 결정이 내려졌는지부터 듣는 게 낫겠군요."

슈툼 폰 보르트베어는 어깨를 으쓱했다. "맞아요. 그런데 다행히 정당한 의사 진행 절차에 따른 결정은 아니었소. 책임 있는 사람들이 모두 고맙게도 시간에 맞춰 빠져줬기 때문이죠. 그래서 그건 국부적인 결정이나 하나의 제안, 아니면 소수 의견 정도로 볼 수 있을 거요. 다만 우리는 공식적으로 그걸 전혀 모르는 것처럼 행동해야 한다는 게 내 입장이오. 당신 비서한테도 기록에 남기지 않도록 단단히 일러놓아야 할 거요. 미안합니다, 아가씨." 슈툼이 아가테 쪽으로 고개를 돌렸다. "이런 업무적인 얘기만 해서!"

"안에서 무슨 일이 있었어요?" 아가테도 물었다.

슈툼은 많은 것을 내포한 몸짓을 했다. "포이어마울이라고, 아가씨도 그 젊은 남자 기억하시죠? 우리가 그 사람을 초대한 이유는…… 이걸 어떻게 설명해야 하나…… 그러니까 그 사람이 시대정신의 대표이기도 하고, 또 어차피 반대 진영의 대표들도 초대해야 했기 때문인데…… 또 그것과 상관없이, 안타깝지만 지금껏 제기된 문제들에 정신적으로 활기를 불어넣으려는 기대도 있었죠. 그건 아가씨의 오라버니도 잘 알고 있습니다. 아무튼 장관님이 라인스도르프와 아른하임과 손잡고 그 제안을 하게 되었는데, 장관님 입장에서는 라인스도르프가 특정한 애국적 견해에 반대하지 않는지 알아보기 위해서였어요. 물론 순수하게 보자면 나도 불만이 없습니다." 그가 다시 친밀하게 울리히에게로 고개를 돌렸다. "여기까지는 좋았소. 그런데 토론이 진행되면서 포이어마울이 다른 사람들과……" 이 대목에서 슈툼은 아가테의 이해를 돕기 위해 뭔가 설명을 보충할 필요를 느꼈다. "그러니까 인간은 모름지기 서로 잘 지낼 수 있는 평화롭고 사랑으로 가득찬 피조물이라는 견해의 그 대표자가 대략 그 반대의 입장을 견지하는, 그러니까 세계의 질서를 위해서는 강력한 주먹과 그에 딸린 시스템이 필요하다고 주장하는 사람들과 싸움이 붙었소. 그러다 누가 말리기도 전에 그들은 공동의 결정을 내려버렸소!"

"공동 결정이라고요?" 울리히가 확실히 해두려는 듯 물었다.

"그렇소. 내가 그 이야기를 농담처럼 한 것 같구려." 슈툼은 내심 자신의 이야기에 담긴 의도치 않았던 익살스러운 효과에 우쭐해했다. "누구도 기대하지 않았던 일이었소. 그게 어떤 결정이었는지 말하면 당신도 믿지 못할 거요! 게다가 오늘 오후 내가 반¾공식적으로 모스브루거를 방문했기 때문에 전 부처에서는 다들 내가 이 일의 배후라고 생각할 거요!"

여기서 울리히는 폭소를 터뜨렸고, 그로 인해 슈툼의 이어지는 설명도 간간이 끊겼다. 아가테는 그 웃음의 이유를 분명히 알고 있었지만, 슈툼은 약간 기분이 상한 듯 반복해서 울리히가 신경이 곤두서 있는 것 같다고 말했다. 그런데 울리히가 웃었던 건, 슈툼이 말한 일과 자신이 방금 동생에게 설명해준 것의 패턴이 너무 흡사해서였다. 포이어마울 그룹은 그나마 아직 구할 수 있는 것을 구하려고 마지막 순간에 발 벗고 나섰다. 이런 경우 목표는 의도보다 더 불명확한 경향을 띠곤 한다. 젊은 시인 프리델 포이어마울은 주변 사람들 사이에선 '페피'라 불렸다. 헝가리의 작은 도시에서 태어났음에도 옛날의 빈에 열광했고, 젊은 슈베르트를 닮으려고 애썼기 때문이다. 그랬기에 그는 오스트리아의 사명을 믿었고, 거기다 인류도 믿었다. 만일 그가 나중에라도 합류하지 않았더라면 평행운동 같은 사업은 처음부터 그를 몹시 불안하게 했을 게 틀림없다. 오스트리아의 색채가 담긴 인도주의적 사업, 또는 인도주의적 색채가 담긴 오스트리아의 사업이 어떻게 그 없이 잘될 수 있겠는가! 그는 이러한 의견을 후원자 드랑잘에게만 어깨를 으쓱이며 개인적으로 털어놓았다. 그러자 이 나라의 명망 높은 과부이자, 작년 들어 디오티마의 살롱에 추월당하긴 했어도 여전히 훌륭한 지성인들의 살롱으로 유명한 드랑잘 부인은 그의 말을 연줄이 닿는 모든 유력 인사들에게 전했다. 이렇게 해서 평행운동이 만일 이러저러하지 않으면 위험에 처할 거라는 소문이 돌기 시작했다. 그런데 이러저러하지 않으면 위험할 수 있다는 예상은 사실 약간 애매했다. 일단 디오티마에게 압력을 가해 포이어마울을 초대하게 한 뒤에야 알 수 있는 일이었기 때문이다. 그런데 애국운동에서 제기된 위험성은 하나의 조국, 즉 아버지 나라를 인정하지 않고, 국가와 강제로 결혼해서 학대받는 하나의 작은 어머니 민족만 인정하는 경계심 많은 정치인들의 귀에도 들어갔다. 그들은 오래전부터 평행운동으로 새로운 탄압만 생겨날 거라고 의심하고 있었다. 게다가 그들은 그런 의심을 예의바르게 숨길 줄 아는 사람들이었음에도 그 방향을 바꾸려 하기보다(왜냐하면 독일인들 중에는 항상 체념적인 휴머니스트가 있었고, 전체적으로 보면 그들은 탄압자이자 국가의 기생충이기 때문이다!) 독일인들 스스로 자신의 민족주의가 가진 위험성을 인정했다고 하는 유익한 암시를 더 중히 여겼다. 그로 인해 드랑잘 교수와 시인 포이어마울은 그 이유를 깊이 생각해보지 않고 그저 자신들의 노력에 우호적인 분위기를 고맙게 받아들이며 한껏 고무되었다. 게다가 감정적 인간으로 정평이 나 있던 포이어마울은 국방장관에게 무언가 사랑과 평화에 대해 직접 호소해야 한다는 생각에 사로잡혔다. 왜 하필 국방장관이고, 그가 어떤 역할을 해주길 기대하는지는 역시 모호했다. 하지만 그 생각 자체가 다른 실질적인 지원이 필요 없을 정도로 눈부시게 독창적이고 극적이었다. 슈툼 폰 보르트베어도 그렇게 생각했다. 교양에 대한 열정 때문에 가끔 디오티마 몰래 드랑잘의 살롱도 들락거리는, 어찌 보면 지조 없는 장군이 말이다.

그는 군수 사업가 아른하임이 위험 분자라는 기존 인식을 몰아내고, 그 자리에 사상가 아른하임이 온갖 선의 중요 인자라는 인식이 들어서도록 힘을 쓰기도 했다.

이처럼 모든 것이 참석자들의 면면에 걸맞게 돌아갔다. 오늘 있었던 장관과 포이어마울의 대담이 드랑잘 부인의 조력에도 불구하고 포이어마울의 정신에 대한 어느 정도의 감탄과 장관의 참을성 있는 경청 외에 다른 결과를 만들어내지 못했다는 사실도 일반적으로 진행되는 인간의 일과 일치했다. 그러나 그뒤에도 포이어마울 속에는 여전히 소진되지 않은 것이 남아 있었다. 그가 동원한 지원 부대는 청장년층의 문학가, 궁정참사관, 사서, 몇몇 평화주의자, 간단히 말해 오랜 전통의 조국과 그 인류적 사명이라는 감정, 즉 역사 속으로 사라진 삼두마차와 빈 도자기를 복원하자는 감정으로 하나된 다양한 계층 및 연령대의 사람들로 이루어져 있었기 때문에, 또 회의가 진행되면서 이 지지자들이 공격의 발톱을 숨기지 않은 반대파들과 다양한 관계로 얽혀 있었기 때문에 정말 복잡한 의견들로 뒤엉킨 많은 대화들이 생겨났다. 이렇게 해서 국방장관이 그 그룹을 떠나고 드랑잘 부인의 감시도 알 수 없는 상황으로 잠시 느슨해졌을 때 포이어마울은 그런 유혹에 빠졌다. 슈툼 폰 보르트베어가 울리히에게 보고할 수 있었던 것은 포이어마울이 한 젊은 남자와 굉장히 활발하게 대화를 나누었다는 이야기뿐이었다. 이 젊은이의 외모에 관한 묘사를 들어보니 한스 제프일 가능성을 배제할 수 없었다. 아무튼 이 젊은이는 자신들이 해결하지 못하는 모든 악에 대한 책임을 희생양에게 지우려는 사람들 중 하나였다. 민족주의적 오만함은 자신들과 피가 다르고 가장 닮지 않은 종족을 확신에 차서 희생양으로 선택하는 인간들의 특수 사례일 뿐이다. 잘 알려져 있듯, 화가 날 경우 아무 상관 없는 사람에게라도 화를 터뜨리면 속이 무척 후련해지는 것처럼 말이다. 그런데 이것을 사랑에도 적용할 수 있다는 사실은 잘 알려져 있지 않다. 사랑도 달리 어쩔 수 없을 때는 아무에게라도 방출되어야 하기 때문이다. 포이어마울은 이익이 걸린 싸움에는 정말 어울리지 않는 활발한 젊은이였다. 그런 그에게 사랑의 희생양은 '인간'이었다. 이렇듯 인간 일반을 떠올리자 지금까지 충족되지 못했던 박애의 감정이 봇물 터지듯 터져나왔다. 반면에 한스 제프는 기본적으로 피셸 이사를 차마 배신하지 못하는 선량한 인간이었고, 그래서 대신 '비非게르만 인간들'을 희생양으로 삼아 자기 힘으로는 도저히 변화시킬 수 없는 모든 것에 대한 원망을 퍼부었다. 이 두 인간이 처음에 어떤 이야기로 대화를 시작했는지는 알 수 없는 노릇이나, 아마 각자의 희생양을 타고 서로를 향해 돌진했을 가능성이 높아 보인다. 슈툼이 이렇게 이야기했기 때문이다. "어쩌다 그렇게 됐는지는 정말 모르겠지만, 갑자기 사람들이 하나둘 모여들더니 순식간에 우르르 몰려와서는 마지막엔 방에 있던 모든 사람이 그 둘을 에워싸는 게 아니겠소!"

"둘이 뭘 갖고 그렇게 논쟁을 벌이던가요?" 울리히가 물었다.

슈툼은 어깨를 으쓱했다. "포이어마울이 상대에게 이렇게 소리쳤소. '당신은 사람을 미워하려고 하지만 결코 미워할 수 없습니다! 모든 인간은 사랑을 타고나기 때문이죠!' 뭐, 꼭 이대로는 아니지만 그 비슷한 말을 했소. 그러자 상대는 이렇게 받아쳤소. '사람을 사랑하겠다고요? 그건 훨씬 더 불가능한 일입니다, 당신은 절대, 절대……' 나는 두 사람의 말을 정확히 옮길 수는 없소. 알다시피 제복을 입은 탓에 어느 정도

거리를 두고 서 있어야 했기 때문이오!"

"오, 알겠습니다." 울리히가 말했다. "핵심이 벌써 나왔네요!" 그는 시선을 맞추려고 아가테에게로 고개를 돌렸다.

"아니오, 핵심은 둘이 내린 '결정'이란 말이오!" 슈툼이 상기시켰다. "둘이 거의 물어뜯기 일보 직전까지 가더니 무슨 일인지 난데없이 한 치의 망설임도 없이 공동 결정을 내리는 게 아니겠소!"

슈툼은 동글동글한 몸에 어울리지 않게 진지하고 단호한 인상을 풍겼다. "그 순간 장관님은 바로 떠나버렸소."

"그래서 둘이 무슨 결정을 내렸는데요?" 남매가 동시에 물었다.

"그것도 정확히 말할 수는 없소. 나도 당연히 즉시 자리를 떴기 때문이오. 그들이 아직 한창 떠들고 있던 중에. 사실 그런 건 분명하게 기억하기 어려운 법이오. 어쨌든 모스브루거한테는 유리하고, 군에는 불리한 그런 내용이었소!"

"모스브루거요? 어떻게 그렇죠?" 울리히가 웃었다.

"'어떻게 그렇죠?'!" 장군이 표독스럽게 반복했다. "당신은 쉽게 웃을 수 있을지 모르지만, 난 심히 곤혹스럽게 생겼단 말이오! 아마 최소한 며칠은 보고서를 써야 할 거요. 그런 사람한테 '어떻게 그렇죠'라니?! 내가 그걸 어떻게 알겠소! 아마 그 늙은 교수 때문일 거요. 오늘 곳곳을 돌아다니며 관용에는 반대하고 교수형에는 찬성하던 그 교수 말이오. 아니면 요 며칠 신문사들이 그 흉악한 인간에 관한 문제를 다시 기사화하는 바람에 생긴 일일지도 모르겠소. 어쨌든 난데없이 모스브루거 얘기가 화제가 됐소. 그긴 없던 일로 쳐야 해요!" 그는 평소와 달리 확고한 어조로 말했다.

그때였다. 아른하임, 디오티마, 투치에 이어 라인스도르프 백작까지 짧은 간격을 두고 차례로 부엌으로 들어왔다. 아른하임이 대기실에 있다 부엌에서 들려오는 소리를 들은 것이다. 그는 막 남의 눈에 안 띄게 사라질 참이었다. 홀 안의 혼란으로 디오티마와의 거북한 대화를 피할 수 있으리라는 생각에 이끌렸기 때문이다. 게다가 다음날이면 어차피 한동안 이 도시를 떠날 수 있었다. 그런데 호기심에 부엌을 살짝 들여다보는 순간 아가테와 눈이 마주치는 바람에 예의상으로라도 이대로 등을 돌릴 수가 없었다. 슈툼은 아른하임을 보자마자 득달같이 일의 진행 상황에 대해 질문을 쏟아냈다. "그리 궁금하시다면 토씨 하나 안 틀리게 그대로 전해드릴 수 있습니다." 아른하임이 웃으면서 대답했다. "여러 가지로 진기한 말이어서 몰래 받아 적고 싶은 마음을 억누르지 못했죠."

그는 지갑에서 자그마한 카드를 꺼내더니 자신의 속기를 해독하면서 두 논쟁가가 제안한 성명서를 천천히 읽어내려가기 시작했다. "'애국운동은 포이어마울 씨와……' 나머지 한 사람의 이름은 제대로 듣지 못했습니다. 아무튼 '아무개의 제안으로 이렇게 결정하였다. 자신의 이념을 위해서는 누구나 스스로 죽음을 선택할 수 있으나 타인의 이념을 위해 죽음에 이르게 하는 것은 살인이다!' 이게 제안된 내용입니다." 그러더니 덧붙였다. "나는 이 제안의 문구가 바뀔 거라는 인상은 받지 못했습니다."

장군이 소리쳤다. "딱 그렇게 말했소! 나도 그렇게 들었으니까! 지적 논쟁이라는 것이 그렇게 혐오스러워서야!"

아른하임이 부드럽게 말했다. "확고함과 리더십을 원하는 요즘 젊은 이들의 소망이지요."

"하지만 그 자리에 젊은이들만 있었던 건 아니오." 슈툼이 역겹다는 듯이 말했다. "머리가 벗어진 사람들도 동의하듯 둘러서 있었단 말이오!"

"그렇다면 리더십 일반에 대한 요구가 되겠죠." 아른하임이 상냥하게 고개를 끄덕였다. "오늘날 일반적인 현상입니다. 그건 그렇고, 내 기억이 정확하다면 그 결의는 우리 시대의 어느 책에서 따온 겁니다."

"그래요?" 슈툼이 말했다.

"예." 아른하임이 말했다. "우리는 당연히 그런 결의가 없었다는 듯이 굴어야겠지만, 그 성명에 담긴 심적 갈망을 유익한 방향으로 유도해낼 수만 있다면 도움이 되지 않을까 싶습니다."

장군은 조금 안도하는 눈치였다. 그가 울리히에게 고개를 돌렸다. "우리가 지금 무엇을 할 수 있을지 생각나는 거라도 있소?"

"물론이죠!" 울리히가 대답했다.

아른하임은 디오티마로 인해 주의력이 흐트러졌다.

"말해봐요!" 장군이 나직이 말했다. "어서요! 우리의 주도권을 계속 유지할 수 있는 아이디어라면 좋겠소!"

"실제로 무슨 일이 일어났는지에 초점을 맞추셔야 합니다." 울리히는 전혀 서두르는 기색이 없었다. "만일 한쪽이 다른 쪽을 향해, 우리 인간이 단지 할 수 있다고 해서 사랑하고 싶은 거냐고 비난하고, 다른 쪽이 그건 증오에도 똑같이 적용될 수 있다고 받아친다면 결코 틀렸다고 할 수 없습니다. 사실 그건 모든 감정에 해당됩니다. 오늘날 증오에는 뭔가 받아들일 만한 구석이 있습니다. 하지만 진정한 사랑, 그게 뭔지는 몰라도 어쨌든 한 인간에게 진실로 그것을 느끼려면…… 예, 나는 이렇게 주장하고 싶습니다." 울리히가 짧게 말했다. "그런 두 사람은 아직 없었다고요!"

장군이 재빨리 울리히의 말을 끊었다. "어떻게 그런 주장을 할 수 있는지 도무지 이해가 안 될 정도로 매우 흥미롭긴 한데, 나는 내일 당장 오늘의 이 돌발 사건에 대해 경위서를 써야 할 입장이란 말이오. 그러니 제발 부탁인데 내 입장을 고려해주시오! 군에서 가장 중요한 건 항상 진보를 보고해야 한다는 거요. 패배할 경우에도 어떤 형태로건 낙관론은 꼭 필요하지. 내 목구멍이 달린 일이오. 오늘 있었던 일을 진보라고 표현할 길이 없겠소!"

"받아 적으세요, 장군님." 울리히가 윙크했다. "그것은 도덕적 판타지의 복수였다고요!"

"이봐요, 그런 걸 군의 보고서에 어떻게 쓴단 말이오!" 슈툼이 벌컥 화를 냈다.

울리히가 정색했다. "그럼 그 말은 빼고 이렇게 쓰십시오. 모든 창조적인 시대는 진지했다. 깊은 도덕 없이는 깊은 행복도 없다. 확고한 토대에서 나오지 않은 도덕은 없고, 신념에 뿌리를 두지 않은 행복은 없다. 도덕 없이는 동물조차 살아가지 못한다. 다만 오늘날 인간들이 모르는 것은 어떤 도덕으로……"

슈툼은 태연스레 구술하는 이 말도 끊었다. "친구, 나는 군의 도덕이건, 전투의 도덕이건, 여자의 도덕이건 얼마든지 말할 수 있소. 하지만 어디까지나 개별 경우에 대해서만 그렇소. 그런 제한 없이는 군의 보고서에 도덕에 관해 쓸 수가 없소. 판타지나 사랑하는 신에 관해서만큼이

나. 그건 당신도 잘 알지 않소!"

디오티마는 부엌 창가에 서 있는 아른하임을 보았다. 저녁 내내 두 사람이 조심스러운 말만 주고받아서 그런지 야릇하게 친숙한 모습이었다. 그런데 그때 갑자기 울리히와의 중단된 대화를 다시 이어가고픈 모순적인 욕구가 일었다. 그녀의 머릿속에서는 편안한 절망이 넓게 퍼져 있었다. 여러 방향에서 동시에 몰려오면서 기분좋고 고요한 기대 정도로 약화되고 지양된 절망이었다. 오래전부터 예견되어온 지성회의의 와해는 어떻게 되든 상관없었다. 아른하임의 배신도 그만큼이나 상관없었다. 그녀가 부엌에 들어섰을 때 그는 그녀에게 눈길을 주었고, 일순간 예전의 감정이 되살아났다. 그들을 하나로 묶어주는, 생기 있는 공간에 함께 있다는 감정이었다. 그러나 그녀는 아른하임이 몇 주 전부터 자신을 피하는 것을 다시 떠올렸다. '성적性的인 비겁자!'라는 생각이 그녀의 무릎에 힘을 불어넣었고, 그래서 당당하게 그를 향해 걸어갔다. 아른하임도 그것을 보았다. 그녀가 자신을 보고 있음을, 그녀의 망설임을, 둘 사이의 거리가 녹고 있음을. 두 사람을 무한대의 숫자로 연결하는 딱딱하게 얼어붙은 길 위에 그 길이 다시 녹을 수 있다는 예감이 서성였다. 아른하임은 나머지 사람들로부터 비스듬히 등을 돌리고 있었는데, 마지막 순간에 그와 디오티마는 동시에 몸을 틀어 울리히, 슈툼 장군 그리고 반대편에 있던 나머지 사람들에게로 뚜벅뚜벅 걸어갔다.

울리히가 말한 도덕적 판타지, 또는 좀더 단순히 말해서 수백 년 동안 끝없이 발효만 해온 이 감정은 특출한 사람들의 영감에서부터 대중을 연결시키는 키치에 이르기까지 모두를 포괄한다. 인간은 감동 없이는 살 수 없는 존재다. 그리고 감동의 상태에선 모든 감정과 사고가 동일한 정신을 가진다. 아니면 당신은 그 반대로, 감동이란 어떤 감정이 압도적으로 강한 상태, 즉 다른 감정들을 휩쓸고 가는 황홀한 상태라고 생각하는가? 아니면 그에 대해 어떤 할말도 없는가? 어쨌든 그건 그렇다. 아니면 그럴 수도 있다. 그런데 감동의 강도는 끝이 없다. 감정과 사고는 오직 서로의 도움으로만 지속성을 획득하고, 전체적으로는 어떻게든 서로에게 맞추면서 서로를 휩쓸고 지나가야 한다. 인간은 모든 수단, 그러니까 환각제, 환상, 암시, 믿음, 확신을 통해, 또 어떤 때는 오직 어리석음의 단순화 작용만을 통해 그 비슷한 상태를 만들어내려 한다. 인간은 간혹 그게 옳아서가 아니라 믿을 필요가 있어서 이념들을 믿는다. 감정을 정돈해야 할 필요가 있고, 평소에 감정들이 사방으로 빠져나가는, 삶의 벽들 사이에 난 구멍을 기만적으로 막을 필요가 있기 때문이다. 올바른 것은 아마 덧없는 망상 상태에 빠지는 대신 진정한 감동의 조건들을 최소한 찾아나서는 일일 것이다. 요컨대, 감정에 좌우되는 결정들이 명쾌한 이성에 따라 내려지는 결정보다 무수히 많음에도, 또 인류를 움직이는 모든 사건이 판타지에서 생겨났음에도 순수 합리적 문제들만 객관적으로 정리된 것으로 간주된다. 반면에 감정과 상상을 위해서는 공동 노력이라고 할 만한 일이건, 그것의 간절한 필요성을 꿰뚫어보게 하는 암시라고 할 만한 일이건 전혀 이루어지지 않았다.

장군의 납득할 만한 항의에 울리히가 대충 설명한 내용이었다.

그는 이날 저녁의 사건들을, 그러니까 격렬한 면도 없지 않았을 뿐 아니라 악의적 해석을 통해 심중한 결과까지 낳을 수 있는 사건들을 단지 무한한 무질서의 예로만 보았다. 이 순간 포이어마울 씨는 그에게 인류애만큼이나 어떻게 되든 상관없는 존재로 여겨졌다. 또한 민족주의도 포이어마울 씨만큼 상관없었다. 헛된 질문이지만, 슈툼은 이렇게 지극히 개인적인 견해에서 어떻게 확고한 진보적 관점을 증류해낼 수 있을지 물었다. 울리히가 대답했다. "이렇게 보고하세요. 그건 천년의 종교전쟁이라고요. 한 시대가 다음 시대에 물려준 '헛된 감정'의 파편들이 아무 대책 없이 산처럼 쌓이기만 한 이 시대만큼 종교전쟁에 대한 대비 태세가 나빴던 적은 없었습니다. 그래서 국방성은 다가올 대재앙을 편안한 마음으로 기다리기만 하면 됩니다."

울리히는 그전에 미래의 운명을 이야기했다. 운명에 대해서는 아는 것이 없으면서. 그는 실제 사건에 관심이 없었고 자신의 지극한 행복만 얻고자 애썼으며 그런 행복을 방해할 수 있는 것은 전부 그 사이사이에 끼워두기로 했다. 대화중에 그렇게 많이 웃은 것도 그 때문이고, 조롱하고 과장한다는 인상으로 남들을 오도하려 한 것도 그 때문이었다. 그는 아가테를 위해 과장했다. 동생과의 마지막 대화를 포함해 그전의 대화들까지 속행하려고 하면서. 그는 그녀에 맞서 사고의 방벽을 세웠고, 거기 한 지점에 작은 빗장이 있음을 알고 있었다. 만일 그 빗장이 열리면 모든 것이 감정의 홍수에 휩쓸리고 묻혀버릴 것이다! 본래 그는 끊임없이 이 빗장을 생각하고 있었다.

디오티마는 울리히 옆에 서서 미소를 짓고 있었다. 여동생을 위한 울리히의 노력이 느껴지자 슬픈 감동이 일었다. 섹스학에 대한 생각은 잊었고, 그녀의 내면에는 무언가가 열려 있었다. 그것은 아마 미래였을 것이다. 어쨌든 그녀의 입술도 약간 열려 있었다.

아른하임이 울리히에게 물었다. "당신은 우리가 그에 대한 대응책을 마련할 수 있다고 생각하는 겁니까?" 이 질문에 담긴 어조는 과장 뒤에 숨은 진지함을 간파했으나, 그 진지함조차 과장으로 생각하고 있음을 내비치고 있었다.

투치가 디오티마에게 말했다. "어떤 경우에도 이 사건들과 관련한 얘기가 세간에 알려지는 것은 막아야 해요."

울리히가 아른하임에게 대답했다. "명확하지 않습니까? 오늘날 우리는 너무 많은 감정과 삶의 가능성에 직면해 있습니다. 하지만 그에 따른 어려움은 우리의 오성이 수많은 사실과 이론의 역사와 마주했을 때 극복해야 할 어려움과 비슷하지 않나요? 우리는 오성을 위해 아직 종결되지 않은, 엄정한 방법을 발전시켜왔습니다. 그 방법에 대해서는 일일이 설명하고 싶지 않습니다. 이제 이렇게 묻겠습니다. 감정을 위해서도 뭔가 비슷한 것이 가능하지 않을까요? 우리는 의심할 바 없이 그에 이르고 싶어합니다. 그게 우리가 여기 모인 목적이겠죠. 그것은 이 세상 모든 폭력 행위의 한 주요 원천입니다. 시대들은 저마다 자기만의 불충분한 수단으로 그 시도를 했지만, 경험주의의 위대한 시대는 자신의 정신으로 아직 아무것도 한 것이 없다는……"

논지를 재빨리 깨닫고 그의 말을 끊고 싶었던 아른하임은 이제 그만하라는 듯 울리히의 어깨에 손을 올렸다. "그렇게 되면 신과 더 가까운 사이가 되겠군요!" 그는 경고하듯이 묵직하게 말했다.

"그게 그리 끔찍한 일인가요?" 울리히의 어조에는 아른하임의 성급한 불안에 대한 날카로운 조롱기가 없지 않았다. "하지만 나는 아직 거기까지 가지 않았습니다!"

아른하임은 즉시 정신을 차리고 웃었다. "장시간 출타하고 돌아온 뒤에도 여전히 한결같은 사람을 만나게 되면 어찌나 기쁜지요! 오늘날에는 드문 일이죠!" 그는 이런 호의적인 방어를 통해 자신이 안전해졌음을 느끼는 순간 정말 기뻤다. 이때 울리히는 아른하임이 자리를 마련해주겠다고 했던 그 곤혹스러운 이야기로 돌아갈 수도 있었을 테지만 그러지 않았다. 아른하임은 울리히가 무책임하고 비타협적인 자세로 현실과의 모든 접촉을 경멸하는 것에 감사의 마음이 들었다. "그 점에 대해서는 나중에 좀더 대화를 나누었으면 좋겠군요." 그가 진심으로 덧붙였다. "당신이 우리의 이론적 방식을 실질적인 문제에 어떻게 적용할지는 불분명하지만."

울리히는 그게 실제로 아직 불분명하다는 것을 알고 있었다. 그가 말한 것은 '연구자의 삶'이나 '과학적 빛 속에서의 삶'이 아니라 '감정의 탐색'이었다. 이것은 진리의 탐색과도 비슷하지만 여기서는 진리가 문제가 아니었다. 그는 아가테에게로 건너가는 아른하임의 뒷모습을 보았다. 거기에는 디오티마도 있었다. 투치와 라인스도르프 백작은 갔다가 왔다. 아가테는 모든 이들과 잡담을 나누면서 생각했다. '오빠는 왜 여기 있는 모두와 이야기를 할까?! 나와 함께 갔었어야 했어! 오빠는 내게 한 이야기의 격을 떨어뜨리고 있어!' 허공을 지나 들려오는 말들 중 일부는 마음에 들었지만, 그럼에도 그 말들은 그녀에게 상처가 되었다. 울리히에게서 온 모든 것이 이제 다시 상처가 되었다. 갑자기 오빠에게서 도망치고 싶은 욕구가 그날 두번째로 몰려왔다. 그녀는 자신의 일방적인 태도에 오빠가 질리지 않을까 겁을 먹었다. 잠시 후 두 사람이 마치 커플처럼 저녁 모임에 대해 이런저런 이야기를 주고받으며 집으로 돌아갈 생각을 하니 견딜 수가 없었다!

그사이 울리히는 생각을 이어가고 있었다. '아른하임은 절대 그걸 이해하지 못할 거야!' 그는 여기다 다음과 같이 보충했다. '과학적 인간은 바로 감정 면에서 제한적이야. 실용적인 인간은 더 그렇고. 감정은 두 팔로 뭔가를 잡으려면 다리부터 단단히 자세를 잡아야 하는 것처럼 필요해.' 울리히 자신은 일반적인 상황에서 늘 그랬다. 무언가에 대해 생각하기 시작하면, 그것이 심지어 감정 자체에 대한 생각일지라도 조심스럽게 감정을 허용했다. 아가테는 그것을 차가움이라 불렀지만, 그는 알고 있었다. 완전히 다른 무언가가 되려면 위험하기 짝이 없는 모험처럼 그전에 목숨을 포기할 준비가 되어 있어야 한다고. 이후에 어떻게 될지는 누구도 모르기 때문이다. 그는 그럴 마음이 있었고, 이 순간 그게 더는 두렵지 않았다. 그는 한참 동안 동생을 응시했다. 대화에 영향받지 않은 깊은 얼굴 위에 대화의 생기발랄한 유희가 어른거렸다. 그는 동생에게 이제 그만 가자고 말하고 싶었다. 그러나 그가 자리를 뜨기 전에 되돌아온 슈툼이 먼저 말을 걸었다.

선량한 장군은 울리히를 좋아했다. 그래서 국방성에 관한 그의 농담조차 용서해주었다. 사실 그는 '종교전쟁'이라는 말이 어쩐지 무척 마음에 들었다. 그 말에는 군모의 떡갈나무장식 문양이나 황제 탄신일 때의 만세 함성 같은 군대의 축제 분위기가 어른거렸기 때문이다. 그는 친구의 팔을 툭 치며 듣는 귀가 없는 곳으로 울리히를 이끌었다. "이봐요, 모든 사건이 판타지에서 생겨난다는 당신의 말은 참 멋진 것 같소." 슈툼이 말했다. "물론 군의 공식 입장이라기보다 내 개인적인 생각이지만." 그는 울리히에게 담배를 권했다.

"이제 집에 가야 합니다." 울리히가 말했다.

"당신 동생은 아주 재미나게 대화를 잘하고 있던데 방해하지 마시오. 아른하임은 당신 동생한테 잘 보이려고 아주 열심이오. 아무튼 내가 하고 싶은 말은 이제 인류의 위대한 사상에 대한 기쁨과 열의가 예전 같지 않다는 거요. 당신이 다시 활기를 불어넣어야 하오. 이 시대에 하나의 새로운 정신이 배회하고 있소. 그 정신을 붙잡아야 할 사람은 바로 당신이오!"

"어떻게 그런 생각을?!" 울리히는 못 믿겠다는 듯 말했다.

"나는 정말 그렇게 믿고 있소." 슈툼은 울리히의 말을 무시하고 간절하게 말을 이어갔다. "당신도 질서에 동의할 거요. 그건 지금까지 당신이 한 말을 보면 알 수 있소. 그렇다면 이런 의문이 들어요. 인간은 우리가 생각한 것보다 더 선한가? 아니면 더 강력한 지도력을 원하는가? 이건 결단성을 원하는 오늘날의 욕구와 결부되어 있소. 요컨대 내가 벌써 한 얘기지만, 당신이 이 운동을 다시 이끌어준다면 정말 안심이 되겠소. 그렇지 않으면 저 수많은 말들에서 무슨 일이 일어날지 정말 모르니까!"

울리히는 웃었다. "내가 앞으로 어떻게 하려는지 아십니까? 여기는 더이상 오지 않을 겁니다!" 그가 행복하게 답했다.

"대체 왜?!" 슈툼이 격하게 항의했다. "그리되면 당신이 결코 실세가 아니라던 사람들의 말을 사실로 확인시켜주는 셈이오!"

"내가 실제로 무슨 생각을 하는지 밝힌다면 정말 다들 그렇게 생각할 겁니다!" 울리히는 웃으면서 이렇게 답하고는 친구를 떠나갔다.

슈툼은 화가 났지만 결국 그의 선한 본성이 이겼다. 그가 헤어지면서 말했다. "이 일은 정말 빌어먹게도 복잡하오. 나는 가끔 이런 생각이 들어요. 이 모든 해결할 수 없는 문제들 위로 진짜 괴짜 하나가 나타난다면, 그러니까 일종의 잔 다르크처럼 우리를 도와줄 그런 인간이 나타난다면 가장 좋지 않을까 하고 말이오!"

울리히의 시선은 동생을 찾고 있었다. 그러나 동생은 보이지 않았다. 디오티마에게 아가테의 행방을 묻고 있는데 라인스도르프와 투치가 막 홀에서 다시 돌아와 모두들 떠나가고 있다고 전했다. 백작이 이 집 안주인에게 쾌활하게 말했다. "내가 방금 그랬소. 그 사람들이 말한 건 진짜 속마음이 아니라고. 그때 드랑잘이 정말 묘책을 냈소. 그러니까 오늘 모임을 다음 기회에 재개하기로 결의하자는 거요. 그때는 포이어마울인가 뭔가 하는 친구가 자신의 긴 시를 낭송할 것이고, 그러면 좀더 차분하게 진행될 거요. 당연히 나도 긴급 상황이라 당신을 대신해서 즉석에서 동의했소!"

그뒤에야 울리히는 아가테가 갑자기 작별인사를 하고 혼자 집으로 돌아갔다는 사실을 알게 되었다. 그녀는 그에게 이런 말을 남겼다. 자신의 결심으로 오빠를 방해하고 싶지 않다고.

삼천 년 역사의 서양 정신과 사유의 전쟁을 벌이며
새로운 도덕을 꿈꾸는 남자

1. 사유 소설과 사유하는 주인공의 탄생

군사중등학교를 마친 뒤 대학에서 기계공학을 공부하고, 대학원에서 철학으로 전공을 바꾸어 실증주의적 경험비판론자 에른스트 마흐에 관한 논문으로 철학박사학위를 받고, 이어 학자로서의 안정된 길을 접고 문학으로 방향을 튼 뒤 평생 생활고에 시달리며 필생의 작품에 매달리다 끝내 완성을 보지 못하고 떠난 20세기 작가가 있다. 그 이름은 로베르트 무질이고 그 작품은 『특성 없는 남자』다. 제임스 조이스의 『율리시스』, 마르셀 프루스트의 『잃어버린 시간을 찾아서』와 더불어 20세기 최고의 문제작으로 꼽히는 이 작품은, 20세기를 대표하는 독일어 소설에 선정되었고 세계 문명사에 결정적인 영향을 끼친 100권의 책에도 꼽혔다.

집필 과정은 지난했다. 장시간 글쓰기가 막히면서 심리치료까지 받아야 할 만큼 엄청난 압박감에 시달린 인고의 과정이었다. 우리 기준으로 원고지 6700매에 이르는 방대한 분량의 소설은 지금껏 인류가 쌓아온 지적 자산을 자연과학적 정밀성으로 꼼꼼히 들여다보며 정신의 실험으로 새로운 도덕의 천년제국을 향해 발을 내딛는 한 남자의 이야기를 그린다. 그러나 무질은 이십 년이 넘는 긴 시간을 들이고도 소설을 끝맺지 못함으로써 독자들에게 그 제국의 문을 열어주지 않았다. 물론 그 치열한 노력만으로도 이미 서양의 많은 작가와 사상가들에게 아낌없는 박수를 받고 위대한 작가로 추앙되었다.

작품은 총 3부로 구성되어 있다. 이념적으로 보자면 제1부와 제2부는 진리를, 제3부는 도덕을 다룬다. '대서양 상공'의 묘사에서 시작하는 '제1부 일종의 머리말' 첫 단락은 유럽 소설사에서 굉장히 유명한 도입부다. 하늘에서 굽어보듯 내려다보던 서술자의 시각이 서서히 인간 세계로 내려와 한 대도시의 번잡함과 소음을 그리다 문득, 거리에서 일어난 자동차 사고로 옮겨간다. 방향타 없이 흘러가던 평행운동이 결국 세계대전이라는 사고로 이어지는 것에 대한 예고로도 볼 수 있다. '제2부 비슷비슷한 일이 일어나다'는 1차대전 이전의 평범하고 진부한 사건들을 암시하고, '제3부 천년제국으로(범죄자들)'에서는 오랫동안 떨어져 지내던 남매 울리히와 아가테가 재회 이후 '다른 상태'와도 같은 새로운 도덕적 삶을 모색한다.

이 소설은 사유 소설이다. 사건은 별로 없고 성찰과 사유가 주를 이룬다. 이는 현대적 삶에 대한 무질의 인식과도 맞아떨어진다. 그가 보기에, 현대사회에서 '중요한 사건'은 대개 '추상적인 영역'에서 일어나고 실제 현실에서는 사소한 일밖에 일어나지 않는다. 제1부 제1장의

제목처럼 '여기서는 어떤 일도 주목할 만한 방식으로 일어나지 않는다'
는 말이다. 이제 우리는 주요 사건을 숫자와 그래프, 통계, 지표 같은
추상적 수단을 통해 경험한다. 그건 개인에 대해서도 마찬가지다. 예를
들어 아파트 한 채에 자동차 한 대를 가진 시골 출신의 60세 남자가 있
다고 치자. 그 나라 남성의 평균 수명이 80세라면 그는 앞으로 이십 년
정도 수명이 남은 중산층의 보수적인 사람으로 평가된다. 이처럼 개인
은 숫자와 통계로 평균화되고, 평균치가 개인을 규정한다. 개인적인 사
건 역시 고유의 색깔을 잃고 평균이라는 이름으로 걸러지고 추상의 영
역으로 넘어간다. 이런 식의 광범한 '삶의 추상화' 작업은 현대사회의
특징이다. 개인은 없고 평균만 남는다. 거기서 벗어나는 것은 비정상으
로 간주되고 배제된다. 이런 추상화 작업은 이념과 체계에서도 극명하
게 이루어진다. 모든 이념은 군대가 무력으로 세계를 침탈하듯 진리라
는 이름으로 인간의 전체 삶을 자기 체계 속에 끼워넣는다. 사유의 인
간 울리히는 등장인물들 속에 깃든 이런 폭력적 이념을 사유의 실험을
통해 해체하고 성찰한다. 행동하는 주인공이 아닌 사유하는 주인공의
탄생이다.

무질은 자신의 역사가이자, 자신이라는 유기체를 현미경으로 들여
다보는 과학자다. 그런 시각은 이제 스스로를 넘어 세계로 확장된다.
그의 작품은 이런 연구자 정신, 즉 자연과학자의 냉정한 실험 정신에
뿌리를 두고 있다. 다시 말해 모든 것을 주어진 대로 받아들이는 것이
아니라 일단 유보하고, 판단에 앞서 감정을 배제한다. 거기서 비롯된
냉철하면서도 애정 넘치는 반어적 표현은 독일문학에서 유례를 찾아
볼 수 없다.

2. 소설의 시간적 공간적 배경

소설의 공간적 배경은 오스트리아-헝가리제국(줄여서 '카카니엔'이라고 한다)의 수도 빈이다. 유럽 문화 예술의 심장부이자, 1차대전의 촉매제가 된 정치적 화약고다. 1867년 오스트리아와 헝가리의 '대타협'으로 건설된 오스트리아-헝가리제국은 독일인을 비롯해 슬라브인, 마자르인, 이탈리아인, 체코인, 폴란드인으로 구성된 다민족 이중 국가였다. 오스트리아 황제가 헝가리 왕위를 겸하며 제국의 외교와 국방을 통솔했지만, 헝가리는 독자적인 헌법과 의회를 가진 자치국이었다. 그러나 체코인이 주를 이루는 슬라브계는 황궁의 범게르만주의와 대립하며 번번이 갈등을 일으켰다. 어쩌면 전통과 종교가 다른 민족들의 인위적 결합은 애초에 혼란의 싹을 품고 있었을지 모른다. 무질은 전통적인 사회구조의 경직된 카카니엔을, 폭발 직전의 긴장을 내포한 채 몰락으로 비틀거리며 나아가는 제국으로 그렸다. 제국은 결국 제1차세계대전 뒤 민족별로 해체되면서 소멸되었다.

시간적 배경은 1차대전이 발발하기 한 해 전인 1913년 8월부터 일년 남짓한 기간이다. 당시는 세기말의 혼란에 이어 '현대'가 본격적으로 막을 올린 격동의 시기였다. 왕정 체제는 자유와 평등을 갈구하는 시민들의 민주주의적 요구에 휘청거렸고, 봉건적 경제 시스템은 산업혁명 이후 급속도로 성장한 자본주의에 주도권을 내주었으며, 인간의 삶은 탐욕에 찬 물질주의로 치달았고, 영혼과 정신은 실증주의적 분석으로 해체된 채 앙상한 뼈만 남았다. 또한 세상을 하나로 묶던 기존의 이상과 관념은 과학의 도전에 시달렸고, 좋았던 옛 문화는 본질을 잃고

갈 길을 찾지 못했으며, 전통적 가치는 허물어지기 시작했다. 사상사적으로도 마르크스주의의 혁명적 물결이 세상을 뒤흔들었고, 니체와 프로이트의 등장으로 신은 죽고 무의식이 의식의 자리를 꿰찼다. 이런 사회적 정치적 정신적 갈등과 긴장 속에 민족주의와 반유대주의까지 팽배했다. 이제는 무언가가 일어나야 했다. 혼란을 몰아내고 세상을 바꿀 모종의 일이 일어나야 했다. 그게 설사 전쟁이라고 하더라도 말이다. 당시는 헤르만 헤세 같은 작가조차 전쟁 같은 수단을 통해서라도 인류가 알을 깨고 나오기를 소망했듯 혼돈과 새로운 세상에 대한 갈망이 공존하던 폭풍 전야의 시대였다.

3. 특성에 관하여

울리히는 특성 없는 남자다. 그렇다면 특성이란 무엇일까? 무질은 1927년 한 신문 기고문에서 이렇게 밝힌다. 인간의 특성은 타고난 성정에다 "직업, 민족, 국가, 계급, 지리, 성별"에 따라 고유한 성질이 더해지고, 거기다 의식과 무의식의 측면까지 합쳐져서 만들어진다. 그런데 현대사회는 무엇보다 기계문명과 자본의 논리가 지배하기에 개인에게도 각자 그에 맞는 품성을 요구하고, 개인은 그에 따르는 것이 현실을 살아가는 데 유리하다. 따라서 부자는 돈의 특성을, 귀족은 명예의 특성을, 검사는 권력의 특성을, 은행가는 이윤의 특성을 가질 수밖에 없다. 이런 측면에서 보자면 특성은 현실을 살아가는 데 꼭 필요한 자질이라고도 할 수 있다. 모든 '현실성인간'은 이런 특성을 갖고 있다. 물론 엄밀하게 보면 이것들은 본래 자신의 것이 아니다. 현실에 맞춰 살아가기 위해 스스로 습득하거나 외부에서 주입된 것이거나, 사회적 조건과 환경에 따라 만들어진 것일 뿐이다. 그런데도 그들은 그 특성을 자기 것으로 알고 살아간다. 반면에 울리히 같은 '가능성인간'에게는 이런 특성들이 보이지 않는다. 이로써 작가는 특성을 현실감각 및 가능성감각과 연결시킨다.

현실감각을 가진 사람은 "이런저런 일이 일어났고, 일어날 것이고, 일어나야 한다"고 말한다면, 가능성감각을 가진 사람은 "이런저런 일이 일어날 수 있고, 일어났어야 하거나 일어났을지 모른다"고 말한다. 바꾸어 표현하자면, 현실성인간은 일어난 일을 원래 그리될 수밖에 없었던 운명이나 필연, 혹은 최선이라고 생각한다. 반면에 가능성인간은 앞으로 어떻게 될지는 아무도 모르고, 이런저런 현실이 가능하다고 생각하고, 일어난 일을 여러 가능성 가운데 하나가 실현된 것으로 여긴다. 그렇기에 현실과 똑같이 현실이 될 수 있었던 것들을 생각해내고, 실현된 현실을 실현되지 않은 것보다 중히 여기지 않으며, 그로써 "사람들이 경탄하는 것을 오류로", 금지하는 것을 "허락된 것으로, 혹은 둘 다 대수롭지" 않은 것으로 생각하기도 한다. 그런 가능성인간은 "상상과 몽환, 가정법의 그물망 속에서" 실험적 자세로 삶을 살아가는 사람이다. 주인공은 어떤 이념과 진리에도 빠지지 않는다. 그것들 역시 삶의 총체성을 모종의 체계 속에 집어넣은 한 가지 이론적 가능성일 뿐이다. 그건 도덕도 마찬가지다. 도덕도 우리가 아는 도덕과는 다른 도덕이 얼마든지 있을 수 있다. 그는 새로운 가능성에 스스로를 열어두려고 어떤 형태로든 삶에 확고한 뿌리를 내리지 않는다. 그로써 어떤 범주에도 넣을 수 없고 현실을 살아나가는 데 필요한 특성이 없는 인간이 나타난다.

그렇다고 울리히에게 아무 특성이 없는 것은 아니다. 그를 처음으로 '특성 없는 남자'라고 부른 발터는 말한다. "그는 재능이 있고, 의지가 강하고, 선입견이 없고, 용감하고, 끈기가 있고, 대담하고, 사려 깊은 사람이야 (⋯) 그에게 이런 특성이 모두 있을 수 있어. 하지만 아냐. 그는 그런 특성을 갖고 있지 않아! 그 특성들이 지금의 그를 만들었고, 그의 길을 결정한 건 사실이지만 그의 것은 아냐. 그가 겉으로 화를 내면, 속에서는 뭔가가 웃고 있어. 마찬가지로 슬퍼하면서도 속으로는 뭔가를 대비하고, 무언가에 감동받으면서도 그것을 거부해. 그에겐 어떤 나쁜 행위도 다른 맥락에서는 좋게 보일 수 있어. 그래서 어떤 일을 어떻게 생각할지도 항상 가능성의 맥락에 따라 결정돼. 그의 눈엔 고정된 것은 없어. 모든 것에 변화 능력이 있고, 모든 것이 전체 속의 부분이야. 그것도 무수한 전체들을 하나로 묶는 거대한 전체의 일부지. 물론 그 친구도 그런 거대한 전체에 대해선 전혀 몰라. 그래서 그의 대답은 모두 부분적인 대답이고, 감정 역시 모두 하나의 견해에 불과해. (⋯)"

이처럼 울리히는 특성이 없지 않다. 아니, 돈 버는 능력이나 소유욕, 인정 욕구만 제외하면 사회에서 환영받을 능력과 특성을 모두 갖추고 있다. 다만 그런 특성을 현실에 적용할 줄 모르고 적용하고 싶지 않을 뿐이다. 그렇다면 그는 남들보다 뛰어난 여러 특성을 갖고 있지만 그런 특성을 사용하지 않는 것이 특성인 남자다. 하지만 이대로 계속 살 수는 없다. 그 역시 현실 속의 인간이기에 남들처럼 특성을 발휘하며 살아야 할지, 아니면 새로운 삶의 가능성을 찾아야 할지 결정을 내려야 한다. 이렇게 해서 삶으로부터 일 년의 휴가를 내어 현실에서 자신의 천재성을 발휘할 가능성이 있는지, 특성 있는 사람들의 세계는 어떠한지, 자신이 그런 세계에 어떻게 반응하고 바뀌어가는지 시험해보고자 한다.

4. 등장인물

울리히

어린 시절 남다른 성격으로 학교생활이 순탄치 못해 벨기에서 학교를 다녔고, 위대함이 무엇을 뜻하는지도 모르면서 위대한 남자를 꿈꾸었다. 청소년기엔 범죄적인 인물에 끌려 유럽을 피바다로 물들인 나폴레옹을 위대한 인물이라고 생각했다. 그 때문에 학교를 마치자마자 기병장교가 되었으나 장엄한 비극의 칼날로 세상을 구하는 위대한 일은 일개 장교가 해낼 수 없음을 알고 군인으로서의 꿈을 접는다.

두번째 시도는 공학이었다. 인간 삶이 지극히 비합리적이고, 모든 일의 좋고 나쁨이 상황에 따라 판단되고, 인간 가치가 '정신공학적 기술'에 달려 있다면 무엇이 선하고 악한지를 두고 수천 년 동안 벌여온 온갖 잡설에 귀기울이는 대신 오히려 수와 선으로 이루어진 계산자로 모든 복잡한 문제를 해결하는 게 낫지 않을까? 정확한 측정과 계산을 바탕으로 올바른 해결책을 찾는 것이 공학이다. 그런데 공학자들 역시 자기 영역에서만 그런 태도를 취할 뿐 삶에는 그런 대담한 사고를 적용하지 않는 걸 보면서 테크놀로지 분야에서 위대한 사람이 되겠다는 열정은 금세 식어버린다.

세번째 시도는 수학이었다. 이 학문에는 두 가지 측면이 있다. 한편으론 우주의 원리를 꿰뚫는 순수 논리학이자 정신 그 자체이지만, 다른 한편으론 영혼을 파괴하고 인간을 "기계의 노예로 전락시킨 사악한 오성의 원천"으로 지목된다. 수학에 바탕을 둔 자연과학의 발달로 인간은 지구의 주인이 되었으나 그 대가로 꿈을 잃었다. 그럼에도 수학자들은 그것을 깨닫지 못하고 영혼에 무지한 채 열심히 가속페달만 밟는다. 반면에 울리히는 "과학적이라기보다 인간적으로 과학과 사랑에 빠졌다." 만일 수학적 시각을 삶으로 옮겨올 수 있다면, "혹은 가설을 실험으로, 진리를 행위로 바꿀" 수만 있다면 위대한 업적이 될 듯했다. 진리와 도덕이 못하는 것을 수학은 할 수 있다. 과학에서는 실험을 통해 지금껏 오류로 통용되던 것이 갑자기 기존의 모든 관점을 뒤엎고, 배척받던 생각이 일거에 새로운 사유 제국의 지배자로 등극해왔다. 그렇다면 그건 인간의 삶과 사유에서도 불가능한 일이 아니다. 문제는 수학의 정밀한 눈으로 삶을 꿰뚫어보는 것이다. 새롭게 사고하는 법만 배우면 다른 삶이 펼쳐질 수 있다.

울리히는 수학 연구를 준비이자 훈련으로 여겼다. 냉철한 과학적 정신으로 낡은 형이상학적 이념과 도덕관념을 무너뜨린 뒤 "풍성한 영혼의 골짜기"로 내려가 세상을 구원할 수 있으리라 기대했다. 그러나 과학적 사고 안에서도 너무 메마르고 날카롭고 협소한 것이 드러났다. 처음에는 새롭다고 느낀 사고방식도 점차 세세한 것들이 덧붙여지면서 새로움은 사라지고 진부해졌다. 그가 촉망받던 연구를 중단한 것이 그 무렵이었다. 철학으로 방향을 돌릴까도 생각했지만 당시의 모든 철학적 사조는 문제의 본질을 들여다보기보다 줄곧 세상을 촘촘하게 나누고 파헤치는 일에만 치중하고 있었다. 결국 그는 삶으로 뛰어드는 실험을 선택한다. 이 시도가 아무 결과 없이 끝나면 스스로 목숨을 끊겠다고 생각하면서.

울리히는 아무 목적 없이 사는 아들을 안타까워하던 아버지의 권유로 오스트리아 애국대운동에 뛰어든다. 이 운동은 소설의 중심축을 이루는 유일한 사건이다. 독일제국에서 1918년 빌헬름 2세의 즉위 삼십 주년을 맞아 성대한 행사를 준비한다는 이야기가 들려오자, 오스트리아에서도 같은 해에 즉위 칠십 주년을 맞는 프란츠 요제프 황제를 기리기 위해 그보다 더 성대하고 의미 있는 행사를 치르기로 결정한다. "삼십 주년에 불과한 독일 즉위식과 비교해서 축복과 비통함의 역사가 함께한 칠십 주년의 장대한 무게를 부각해야" 한다는 것인데, 독일과 경쟁적으로 같은 해를 향해 나란히 달려간다고 해서 '평행운동'이라는 이름이 붙는다.

이 운동의 주도적인 모임은 외무성 국장의 아내인 디오티마의 살롱에서 열리고, 울리히는 뜻하지 않은 우연의 조합으로 명예 사무총장직을 맡는다. 디오티마는 애국운동을 단순히 독일과의 경쟁을 넘어, 온 세계에 오스트리아의 위대함을 천명하고 세계 평화를 주도하는 방향으로 이끌고자 한다. 오스트리아의 찬란한 옛 문화와 정신을 발굴해 세계에 "하나의 이정표"를 제시하려는 것이다. 그러려면 세상의 모든 이념을 하나로 묶는 거대한 통일적 이념이 필요했다. 그녀의 살롱에서는 지성회의가 열렸고, 당대의 문화적 정신적 대표자와 예술가, 각 분야 전문가들이 모여 논의를 시작했다. 이천 년 동안 이어져온 유럽의 문화사를 대표하는 이념들의 전시장이나 다름없었다. 여기서 울리히는 인물들 속에 내재된 이념과 사상을 본질적으로 파헤치며 이면에 깔린 허점을 파악하고, 그것들과 치열한 사유의 전투를 벌이면서 지성의 모임이 어떤 방향으로 흘러가는지 지켜본다. 그러나 자기 이야기만 하고 자신의 생각만 진리로 여기는 사람들을 하나로 묶는 것은 불가능하다. 유럽 정신의 재고조사를 통해 새로운 무언가를 기대했던 울리히는 급격히 실망하고, 끝없이 갈등하고 표류하는 시대상만 목격한다. 결국 이 모임에서 도출된 결론은 없었고, 그저 각자의 자리를 인정하자는 요구만 등장한다. 이렇듯 정신은 구름 위 뻐꾸기의 세계에서 평화를 부르짖지만, 현실은 그와 무관하게 전쟁의 나락으로 급속히 빠져든다. 이는 인간의 정신세계와 현실세계의 모순을 극명하게 드러내는 지점이자, 인간 역사에서 늘 접점 없이 이어져온 평화와 전쟁의 평행적 움직임이다.

현실에서 아무런 답을 찾지 못한 울리히는 이제 삶을 마감해야 할지, 아니면 남들처럼 특성을 갖고 살아가야 할지 결정을 내리지 못한 상태에서 아버지의 부고를 듣고 고향으로 돌아가 오랫동안 헤어져 지내던 여동생을 만난다. 지적인 측면만 빼면 여러모로 자신을 빼다박은 쌍둥이 같은 동생이다. 지금껏 아버지와 남편으로 대변되는 세상의 질서를 별 저항 없이 순순히 받아들여온 아가테는 오빠를 만나면서 이제 자신의 삶을 스스로 구축하겠다는 마음을 굳히며 남편과 이혼할 결심을 할 뿐 아니라 남편에게 조금도 재산을 남겨주지 않으려고 부친의 유언장까지 위조한다. 울리히도 그런 동생을 돕는 일에 발 벗고 나선다. 두 사람은 빈에 있는 울리히의 집으로 거처를 옮기고, 사랑과 도덕에 관한 이야기를 나눈다. 울리히는 처음으로 일상의 즐거움을 맛보며 동생을 자신의 '자기애'로 느낀다.

그는 자기애가 없는 사람이다. 소유욕이나 인정 욕구는 물론이고 특성도 없고, 자신이 어떤 존재인지 알지 못하고, 무엇을 이루겠다는 의지조차 없고, 거기다 스스로에게 무심한 인간에게는 자기애가 들어설 자리가 없다. 지키고 성장시켜야 할 굳건한 자아가 없는 사람이 어떻게 자신을 사랑할 수 있겠는가! 자신과 올바른 관계를 설정하지 못하는 사람은 타인과의 관계도 삐걱거릴 수밖에 없다. 그건 이성과의 관계도 마찬가지다. 소설에 등장하는 주요 여성 인물들은 모두 울리히에게 애정을 보인다. 그러나 그는 이 여성들과 제대로 된 관계를 맺지 못한다. 그들은 늘 일시적인 기분이나 필요에 따라 선택된 대상들일 뿐이다. 이런 상황은 동생을 만나면서 바뀐다. 샴쌍둥이처럼 닮은 동생에게서 자신의 모습을 발견하고 자신을 사랑하듯 동생을 사랑하게 된 것이다. 이는 근친상간의 형태가 아니다. 우리는 인간을 대상으로서 사랑한다. 그러다 사랑이 식으면 대상은 멀어진다. 진정한 사랑이 무엇인지는 모르지만, 누군가를 자기 자신처럼 사랑할 수 있다면 그 사랑은 식을 수도 멀어질 수도 없다. 너를 사랑함으로써 나를 사랑하게 되는 그런 사랑이다. 이제 아가테를 통해 자기애를 갖게 된 울리히는 실제 사건들과 거리를 두고 자신의 지극한 행복을 찾고자 한다. '다른 상태'의 도덕을 꿈꾸면서.

레오나

싸구려 술집의 여가수로서 울리히가 삶으로부터의 일 년 '휴가' 중에 만난 첫 연인. 그녀에게는 시대에 맞지 않는 특성이 둘 있다. 하나는 지나간 어느 옛 시절의 미가 새겨진 얼굴이고, 다른 하나는 어린 시절 채우지 못한 배고픔에서 비롯된 식탐이다. 그저 사랑이 필요해 찾은 대상이기에 곧 다른 여인으로 대체된다.

보나데아

고위 법관의 아내이자 두 소년의 자상한 어머니. 관념적으로는 여신의 순결함과 고상함을 동경하고 평온한 가정에서 이상적인 아내로 살고 싶어하지만 육체적으로는 남자만 봐도 흥분하는 관능적 욕구에 시달린다. 레오나와 상반되는 여성상이다. 시대에 뒤떨어진 미를 가진 레오나는 섹스에 무관심한 대신 실존의 욕구가 식탐으로 나타난 여성이라면, 현대적인 미를 가진 보나데아는 가정생활에 대한 불만이 끝없는 성적 욕구로 나타난 여성이다. 그녀는 울리히를 만나 욕정의 포로가 되고, 죄악과 후회 사이를 오간다.

라인스도르프 백작

전통을 중시하는 보수 정치인이자 평행운동의 창시자. 귀족 문화에 대한 향수와 현대 관료주의에 대한 반감이 뿌리깊다. 명예와 위신으로 똘똘 뭉친 정신은 물질을 경멸하지만, 현실에선 굉장히 이윤에 밝게 처신한다. 모순되는 이 두 가지 특성은 상황에 따라 적절히 발휘된다. 한편으로는 돈을 경멸하면서도 다른 한편으로는 누구보다 돈을 잘 굴린다. 울리히가 보기에, 마치 뇌 속에 각각의 스위치가 있어 하나를 켜면 다른 하나는 자동으로 꺼지기라도 하는 것처럼 이 상황에서는 이 특성을, 저 상황에서는 저 특성을 발휘하는 것이 놀랍기만 하다.

백작의 시대 인식은 명확하다. 신이 부정당하고, 좋은 옛 문화는 잊히고, 자본은 갈수록 비대해지고, 위험한 민족주의가 판치고, 물질만능주의가 만연한 혼돈과 갈등의 시대라는 것이다. 이런 상황에서 분열된 민족들을 오스트리아-헝가리제국으로 묶고, 진정한 오스트리아 정신을 만방에 떨치고, 황국이 유럽의 제 민족에게 경고와 자기성찰의 본보기가 되어야 한다는 숭고한 사명이 그의 눈앞에 어른거린다. 일단 그는 현실 권력인 현대 문화와 자본에 미래의 비전을 맡겨보려 한다. 사실 신분 질서를 중시하는 고위 귀족의 눈에는 둘 다 마뜩잖기는 마찬가지다. 하지만 귀족계급이 현실적으로 살아남으려면 그것들과 제휴할 수밖에 없기에 백작은 시대의 지성과 자본가를 평행운동에 끌어들인다.

백작의 실제 생각은 민주주의나 자본주의와는 거리가 멀고 오히려 사회주의에 더 가까워 보인다. 한마디로 봉건주의와 사회주의의 결합이 그의 정치적 소신이다. 백성은 원래 선하다. 그런 백성을 폭도로 만드는 것은 민족주의적 선동이고, 그런 선동 무리는 제거되어야 한다. 귀족으로 선택된 사람은 어리석고 가난한 백성을 불쌍히 여겨 위에서부터 "도움의 손길을 내밀어야" 한다. 도탄에 빠진 인간을 도와주는 것은 귀족의 명예로운 의무다. 노동자도 물질적인 욕구만 채워주면 선동에 넘어가는 일 없이 자신의 사회적 책무를 다하고 자연스러운 신분 질서를 받아들일 것이다. 이처럼 그는 본래적인 의미의 사회주의가 자신의 신념과도 전적으로 일치한다고 믿는다.

이런 인식에도 불구하고 자본과 문화에 오스트리아의 미래를 걸어보지만, 디오티마의 살롱에서 열린 회의에서 줄곧 모순적인 테제와 신조들만 나오는 걸 보면서 그는 마침내 이런 결론에 이른다. 지성들 하나하나는 똑똑할지 모르나 하나로 뭉쳐놓으면 무책임하고 정신 나간 것들에 지나지 않는다! 애국대운동은 백성들 한가운데에서 나와야 하고, 자기처럼 선하고 고결한 사람이 이끌어야 한다! 이제는 거창한 이념이 아니라 모종의 행동, 모종의 사건이 필요한 시점이다!

디오티마

라인스도르프의 정신적 벗으로 평행운동의 핵심 인물. 물질문명으로부터 오염된 영혼을 해방시키는 것이 꿈이다. 외무성 국장의 아내이자 울리히의 먼 혈족인데, 구체적으로는 아버지 형수의 사촌딸이지만 여기서는 그냥 울리히의 사촌이라 불린다. 나이는 울리히와 비슷하다. 가난한 중학교 교사의 세 딸 중 맏이로 태어났지만 꿈과 야망이 크고, 남편이 중앙 부처의 요직에 앉으면서 그녀의 내면에서는 정신적 미에 대한 갈망이 깨어나기 시작한다. 이후 사교와 정신이 한데 어우러진 살롱으로 명성을 얻는데, 학창시절부터 이어져온 깊은 주의력과 한번 배운 것은 잘 잊어버리지 않는 기억력, 그리고 그것들을 하나로 적절히 버무릴 줄 아는 데서 오는 올바른 처신이 그녀의 특성으로 자리잡는다.

보나데아가 몸의 특성을 갖고 있다면 디오티마는 관념적 특성이 두드러진다. 그녀는 물질문명의 팽배로 인간의 영혼이 황폐해졌다고 생각한다. 무신론과 사회주의, 실증주의, 황금만능주의가 판치는 세상에서는 영혼의 충만을 기대할 수 없다. 세상을 구하는 길은 참다운 정신의 힘으로 인간의 영혼을 해방시켜 자신과 하나되게 만들어야 한다. 그녀의 눈엔 남편도 그런 문명의 하수인으로 비친다. 디오티마는 자신의 살롱에서 열리는 지성회의를 통해 영혼을 구제할 방법을 찾는다. 그런데 모든 것을 하나로 묶는 거대한 이념은 도무지 나타날 기미를 보이지 않는다. 그 무렵 프로이센의 파울 아른하임 박사가 그녀를 방문하고, 두 사람은 첫 만남에서부터 서로 강한 인상을 받는다. 아른하임은 이상적인 고대의 미를 간직한 디오티마를 사랑하고, 그녀 역시 사랑에 빠진다. 그러나 그녀는 사랑의 실제적인 경험이 없기에 이 감정이 무엇인지 간파하지 못한다. 두 사람에게 평행운동은 영혼적 교류의 장일 뿐 관계는 그 이상 진전되지 않는다. 그녀에겐 사랑 역시 관념적이다. 다만 디오티마는 아른하임을 평행운동에 끌어들임으로써 새로운 전기를 마련하고자 한다.

울리히는 디오티마의 '이상주의'에 항상 유물론적 관점으로 맞선다. 허황한 이상주의의 옷을 벗기고 관능적 동물로서의 자기 존재를 인식하게 만들기 위해서다. 그녀는 아른하임과의 관계 속에서 이상주의를 더욱 키워나가지만, 모든 것에 부정적인 태도를 취하는 울리히에게는 오히려 육체적 감정을 느낀다. 그녀의 영혼은 남편과 몸을 섞는 몸에 반기를 들지만, 때로는 몸도 아른하임의 망설임으로 괴로워하는 영혼에 반기를 든다.

평행운동에서 아무것도 도출되지 않자 그녀는 마침내 "영혼의 입구 찾기"를 포기하고, 있는 그대로의 현실을 내적으로 극복하고자 한다. 그렇게 해서 넘어간 것이 섹스학, 즉 성애의 영역이다. 남성들은 생리학적으로 열등한 존재다. 여자는 늘 준비가 되어 있는 반면에 남성의 성기는 상황에 따라 위축될 때가 많다. 게다가 남자는 자기보다 영혼이나 정신이 우월하거나 동등한 여자에게는 성적 불능 상태에 빠질 때가 많고, 자기보다 열등한 여자에게서만 완벽한 쾌감을 얻는다. 따라서 영혼적으로 우월하고 파편화되지 않은 여자가 남자들을 잘 이끌어야 하고, 올바른 성교육을 통해 남자들의 성적 자신감을 찾아주어야 한다.

한스 투치

디오티마의 남편. 외무성에서 가장 힘있는 부서의 수장으로 고위 실세 가운데 유일하게 평민 출신이다. 장관의 오른팔을 넘어 장관의 두뇌이자, "유럽의 운명에 영향을 끼칠 수 있는 몇 안 되는 남자"라는 소문이 있다. 귀족 일색의 권력 환경에서 평민이 그렇게까지 높은 자리에 오르려면 당연히 특별한 처세술이 필요하다. 다시 말해, 업무 영역에서는 없어선 안 될 사람이라는 사실을 확실히 각인시키면서도 때에 따라서는 겸손하게 뒤로 빠질 줄도 아는 영리함을 갖추고 있어야 한다. 소설에서 그는 영혼의 문제와 담을 쌓고 효율성을 강조하는 가장 합리적인 인물로 그려진다. 게다가 관료 체제가 없으면 세상은 금방 혼란에 빠질 거라고 믿는 관료지상주의로 똘똘 뭉쳐 있다.

영혼에 관심이 많은 여자와 사무적인 합리성이 돋보이는 남자의 결혼생활은 순탄할 리 없다. 사실 투치는 늘 자신이 아내보다 우월하다고 생각한다. 좀더 나이 많은 남자의 자연스러운 우월성에다 나중엔 사회적으로 성공한 남자의 우월성까지 덧붙여진다. 그는 아내를 무시하고, 아내의 활동까지 얕잡아본다. 게다가 문화 자체를 시민적 사치 정도로 치부하기에 평행운동에도 큰 기대를 걸지 않는다. 다만 아내의 살롱 활동이 자신의 출세에 도움이 되리라는 기대는 갖고 있다.

그런데 아내가 사회적으로 영향력 있는 인물로 부상하자 상당히 곤혹스러워하고, 처음으로 자신의 영혼이 흔들리는 것을 느낀다. 그렇다고 중요한 나랏일을 보는 사람이 그런 감정을 드러낼 수는 없다. 이제는 오히려 아내가 자신을 무시한다는 느낌마저 든다. 그는 아내의 이런 변화가 아른하임 때문이라고 생각한다. 질투는 커지고 불안은 강해진다. 그러다 아른하임이 러시아 차르의 스파이고, 큰 돈벌이를 위해 이곳에 왔다는 사실을 알고는, 아무것도 모른 채 이 남자에게 빠진 아내를 고소하게 생각하며 심적 안정을 되찾는다.

라헬

디오티마의 하녀. 갈리시아의 가난한 유대인 가정에서 태어난 라헬은 못된 남자의 꾐에 넘어가 아이를 낳고 고향을 떠나 각지를 떠돌다가 마침내 빈에 도착해 기적처럼 디오티마의 집으로 들어간다. 이곳의 세계는 라헬이 지금껏 알던 세계와는 완전히 딴판이다. 그녀는 우아하고 지적인 주인을 숭배할 뿐 아니라 역사적인 평행운동을 옆에서 지켜보는 것만으로도 무한한 영광을 느낀다. 자신이 꿈꾸고 동경하는 세계다. 이런 역사적인 사건에 함께하면서 자신에게도 무슨 일이 일어날 거라 확신한다.

그러나 그녀의 확신은 현실 앞에서 맥없이 무너지고 만다. 라헬은 아른하임과 울리히에게 사랑을 느끼지만, 자기 같은 여자가 그런 눈부신 남자들과 사랑을 나눌 수 없다는 건 너무 잘 안다. 그랬기에 언젠가는 아른하임의 하인인 졸리만에게 몸을 내주게 되리라 예감한다. 실제로도 그렇게 되었다. 수많은 남자들 가운데 보잘것없는 흑인 소년 졸리만과 몸을 섞고 임신을 한다. 울리히는 꿈과 동경을 잃고 현실세계로 다시 떨어진 라헬의 생기 없는 모습을 발견한다.

파울 아른하임 박사

독일의 유대계 대부호. 부친은 '철의 독일'에서 막강한 영향력을 행사하는 자수성가한 사업가다. 아른하임은 영혼과 사업, 정신과 돈을 결합함으로써 미래 대자본가의 모습을 선취한다. 그는 영혼에 관한 책을 쓰고, 사업 이야기를 하는 중에도 도덕과 영혼을 언급한다. 시대는 새로운 유형의 이 사업가를 위대한 자본가로 우러러본다. 그는 돈에도 특성이 있다고 생각한다. 그건 한때 부자였다가 갑자기 무일푼이 된 사람들만 봐도 알 수 있다. 당당하고 매사에 너그럽던 사람이 한순간에 비굴하고 볼품없는 인간으로 바뀌는 것이다. 그는 돈의 본성이 동물의 번식처럼 무한정 불어나는 데 있다고 믿는다. 돈의 증식에 도움이 되지 않는 일을 하거나, 아무 득이 없는 일에 돈을 투자하는 것은 그에겐 "돈에 대한 암살"이나 다름없다. 따라서 자신에게 손을 벌리는 사람들에게도 돈이 아닌, 아이디어나 충고 같은 다른 수단으로 후원하고자 한다.

이런 사람은 사랑을 할 수 없고 친구도 없다. 모두 자신의 돈을 보고 접근한다고 생각하기 때문이다. 따라서 돈을 원하는 여자에게는 돈을 주고 관계를 맺고, 충직하고 능력 있는 남자는 돈을 주고 사버린다. 이 세상에는 돈으로 살 수 없는 것이 없다고 생각한다. 울리히는 이런 인간을 견디지 못한다. 인간 영혼을 돈벌이와 연결시키고 자본의 논리를 박학다식한 정신으로 교묘하게 치장하는 인간은 역겹기 짝이 없다. 아른하임 역시 자신의 본질을 꿰뚫어보며 늘 반대편에 서서 빈정거리는 울리히를 견딜 수 없어한다. 하지만 친구로 삼을 수 없다면 돈과 권력으로 사서 자기 밑에 두려고 한다. 그러나 울리히는 단호하게 거절함으로써 돈으로 살 수 없는 것이 있음을 보여준다. 아른하임과 디오티마의 사랑도 이루어지지 못한다. 그녀에게 결혼을 신청하지만, 미적거림과 현실적인 제약으로 두 사람의 사랑은 관념에 머문다.

아른하임은 오스트리아의 평행운동에 감동을 받았다고 말한다. 오스트리아의 찬란한 문화만이 물질주의와 삭막한 합리주의로부터 "독일의 본래적 정신"을 지켜낼 수 있다는 것이다. 그러나 그가 여기 온 데에는 다른 목적이 있다. 러시아 황궁의 부탁으로 이곳의 분위기를 염탐하고, 갈리시아 유전 지대를 확보해 군수물자 사업에 활용하려는 것이다. 시를 쓰면서 석탄 가격을 정하는 남자의 본색이 드러나는 대목이다.

졸리만

아른하임이 이탈리아의 한 무용단에서 빼내 하인으로 키운 열여섯 살 흑인 소년. 주인은 소년의 "원숭이 같은 슬픈 눈빛"에 끌렸다고 하는데, 이 아이를 제대로 교육시켜 현대 유럽 사회의 신실한 종복으로 만듦으로써 지성 있는 백인의 박애주의적 아량을 과시하고, 한 야만인의 삶을 구해주었다는 만족감을 얻고자 한다. 졸리만은 열네 살까지 부잣집 자식처럼 차별 없이 자란다. 그러던 어느 날 주인의 갑작스러운 통보를 통해 "사치스러운 애완동물 같던 애매한" 존재에서 "숙식 제공에 약간의 봉급을 받는 하인"으로 신분이 바뀐다. 이 느닷없는 신분 변경에 졸리만은 혼란스러워하며 주인을 미워하기 시작한다. 때로는 복수심에 주인의 물건을 훔치거나 부수기도 한다. 그러다 자신을 신기한 야생동물처럼 바라보던 라헬과 관계를 맺고 아이까지 갖게 된다. 서로 사랑함에도 사회적 지위와 체면 때문에 실질적인 관계로 나아가지 못하는 두 주인의 상황과 대비된다.

모스브루거

매춘부 살해 혐의로 재판을 받는 서른네 살 목수. 세상의 관심을 받고 울리히의 사색 속으로 틈틈이 찾아오는 인물이다. 여자의 젖가슴이 들릴 정도로 수없이 칼로 찌른 잔인한 살인자이지만 얼굴은 한없이 선하다. 이미 여러 차례 비슷한 범행으로 감옥과 정신병원을 들락거린 바 있다. 보잘것없는 양치기 고아였던 그는 여자에게 다가가지도 관심을 받지도 못하는 외로운 남자다. 그의 마음속엔 여자에 대한 혐오만 가득하다. 나중에 기술을 배워 전국을 떠돌고 외국에도 나가보았지만 자신을 거부하기는 어디든 마찬가지다. 키득거리는 여자들은 자신을 망치려고 작당한 인간들로 보인다. 그래서 되도록 여자들을 피한다. 그러던 어느 날 다리 밑에서 한 매춘부가 접근한다. 그는 도망치지만 여자는 그림자처럼 따라붙는다. 침을 뱉고 위협을 해도 소용없다. 결국 도리가 없자 그녀를 영원히 떼놓기 위해 칼로 찌른다. 범행 동기는 여자에 대한 경멸과 구역질이다. 살해 의도는 없었다. 자신에게 정신병이 있다는 것도 인정하지 않는다. 그는 자신의 범행을 "위대한 인생철학의 불행한 사고"로 이해한다. 그러나 판사와 세상은 그의 모든 전과 기록을 들먹이며 고의성을 인정하고, 그를 악으로 규정하며 사형을 선고한다.

그런데 이 사건은 다르게 볼 수도 있다. 모스브루거 같은 인간은 모든 이에게 존재하는 '억압된 충동', 즉 상상 속에서 여자를 강간하고 죽이는 충동의 화신이다. 사람들은 모스브루거를 통해 이런 어두운 욕구를 충족한 뒤 살인자를 처치해버림으로써 "자신의 도덕성을 복원"한다. 울리히는 모스브루거의 정신착란이 "우리 존재의 고유한 요소들이 만들어낸 하나의 일그러진 맥락"이고, 세상의 다른 모습보다 결코 더 낯설지 않다고 여긴다. 그러나 세상은 범인에게 고의성이 있는지, 책임능력이 있는지만 열심히 따져댄다. 오늘날 책임의 무게중심은 개인이 아니라 사회적 상황과 사물들의 관련성으로 옮겨간다. 개인에게만 책임을 묻는 것은 무리다. 수많은 타인이 개인의 일에 개입하고 개인보다 개인을 더 잘 아는 오늘날, 자신의 분노가 실제로 자기 것이라고 누가 장담할 수 있을까! 이로써 "남자 없는 특성"의 세계가 생겨나고, 경험하는 주체가 없는 경험의 세계가 생겨난다. 앞서 언급한 삶의 추상화 작업과 연결되는 지점이다. 울리히는 라인스도르프 백작의 힘을 빌려 모스브루거의 정신 상태를 다시 감정받게 하고, 모스브루거는 정신병원에 수감된다.

레오 피셸

철학에 관심이 많은 유대계 로이드은행의 이사. 인간 삶에 확고한 이성적 토대가 있고, 거대 은행의 체계화된 질서에 따라 생각하면 정신적으로도 분명 득이 될 거라고 믿는다. 이성과 진보의 흔들림 없는 신봉자다. 그런데 지금껏 자신에게 유리하게 작용해온 자유주의적 원칙, 즉 자유로운 정신과 인간 존엄, 자유무역의 위대한 사상에 현실적인 균열이 생기기 시작하더니 급기야 이성과 진보가 서양 사회에서 인종주의의 구호에 밀려나는 것을 보면서 불안에 떤다.

게르다

레오 피셸의 딸. 목표 의식이 뚜렷한 20세기 초의 현대적 여성이다. 삼 년 전까지만 해도 울리히와 가깝게 지냈다. 지금은 기독교에 뿌리를 둔 게르만 민족주의 친구들과 어울린다. 현실적인 능력이 없고, 자본과 유대인을 경멸하는 청년들이다. 울리히는 반유대주의에 빠진 딸을 설득해달라는 레오 피셸의 부탁으로 게르다를 만나지만 적극적으로 나서지는 않는다. 그녀는 게르만 민족주의의 대표자 격인 한스 제프와 사귀지만, 순수한 사랑은 육체적 관계를 멀리해야 한다는 그의 소신 때문에 두 사람의 애정 표현은 번번이 몸이 달아오르는 순간에 끝나고 만다. 결국 그녀는 육체적 욕망에 이끌려 울리히를 찾아간다. 그러나 울리히의 내적 거부감을 느끼고는, 결정적인 순간에 히스테리 발작을 일으키며 울리히를 떠난다. 나중에 마음을 잡고 다시 학업을 시작한 한스 제프와 약혼한다.

한스 제프

게르만 민족주의와 반유대주의 운동을 이끄는 대학생 대표자. 게르다의 가정교사로 일하면서 사랑에 빠지고, 그녀에게 자신의 사상을 주입한다. 은행가 레오 피셸과 사사건건 부딪친다. 그의 신념은 이렇다. 물질적 소유는 사람의 정신을 병들게 하고, 제국의 슬라브화는 어떻게든 막아야 하고, 오스트리아는 독일과 합병해야 하고, 인간은 힘을 합쳐 헌신적인 사랑의 공동체를 건설해야 한다! 그는 평행운동을 "독일 민족의 정신적인 몰락"을 노리는 책동으로 규정하고 반대 시위를 벌인다.

슈툼 폰 보르트베어 장군

쾌활하고 붙임성 있는 성격의 국방성 정훈장성. 작은 키에 배가 약
간 나왔고 둥근 얼굴에 칫솔 같은 콧수염을 길렀다. 평행운동에 참여한
인사들 가운데 가장 흥미로운 인물이다. 그는 평행운동에 국방성 대표
로 참석해 무력 증강을 운동의 중심에 놓을 것을 주장한다. 평화를 지
키려면 전쟁을 준비해야 하고, 평화 속에서 힘을 키워야 전쟁을 막을
수 있다. 강한 무력은 민족 간의 화해에 긍정적인 영향을 끼치고 평화
로운 신념을 대내외적으로 강력히 표방하는 데도 도움이 된다.

기병대에서 군생활을 시작했지만 신체적인 약점 때문에 참모부로
옮긴다. 시를 쓰고 사유를 좋아하고 박물관을 돌아다니고 연극을 보는
'군인 철학자'다. 그는 민간의 정신을 습득해서 군대에 활용하자고 제
안한다. 그런데 민간 지성은 혼란스럽기 짝이 없다. 지성회의에서 한
사람 한 사람은 모두 뛰어나지만 전체적으로 보면 혼돈의 아수라장이
다. 다들 자기 말만 하고, 자신의 이념이 옳다고 주장한다. 또한 각 사
상마다 적이 도사리고 있다. 개인주의에는 집단주의가, 관념론에는 유
물론이 반기를 드는 식이다. 그는 이런 혼란스러운 민간 정신에 군대식
질서를 부여할 생각으로 도서관을 찾아 사상의 목록을 일목요연하게
작성한다. 이로써 인류의 위대한 사상과 창시자들이 군대 일람표 형식
으로 정리된다. 게다가 이 야전사령관들을 중심으로 전투대형과 진격
방향, 병기창이 차례로 덧붙여진다. 그런데 작업을 끝내놓고 나니, 대
치하는 적들끼리 서로의 병기창에서 사유의 단초를 보급받고 우군과
적군이 어지럽게 뒤엉킨 혼란스러운 전략 지도만 나온다.

슈툼은 부친의 장례를 치르고 돌아온 울리히에게 지금까지 평행운

동의 경과를 설명하면서 이제는 더이상 이념에 매달리지 말고 행동에 나서야 한다고 강조한다. 그가 내린 결론은 이렇다. 이 제국에는 많은 이념이 존재한다. 하지만 정신은 통치에 적합하지 않다. 언제 어떤 정신이 존재했든 항상 그 끝에는 전쟁이 발발했다!

프리델 포이어마울

평화를 부르짖는 시인이자 박애주의자. 인간은 본디 선하게 태어났기 때문에 타인을 미워하는 것은 원칙적으로 불가능하다고 생각한다. 드랑잘 부인의 후원으로 평행운동에 뛰어들어 인류에 대한 사랑을 이 모임의 결론으로 이끌고자 한다. 울리히는 그런 그를 다음과 같이 비꼰다. 포이어마울에게 인류는 사랑의 희생양이다. 누군가를 사랑하고 싶은데 사랑할 사람이 없어 인류 전체를 사랑하게 되었다는 것이다. 그의 대척점인 게르만 민족주의자 한스 제프가 누군가를 미워하고 싶은데 미워할 사람이 없어 자신들과 가장 피가 다른 유대인을 희생양으로 삼은 것처럼.

클라리세

울리히의 어릴 적 친구 발터의 아내. 두 사람의 결혼생활은 순탄치 못하다. 니체 추종자인 그녀는 천재하고만 결혼할 생각이었다. 따라서 발터를 천재로 알고 결혼했으며, 천재가 되지 않는 것은 용납하지 않는다. 천재는 의지의 문제라는 것이다. 그녀는 남편을 천재로 만들기 위해 육체적 쾌락을 거부함으로써 고통을 안긴다. 육신의 쾌락을 이겨내야 무한한 정신의 쾌락을 맛볼 수 있다. 또한 자신과 울리히의 관계를 질투하는 남편에게 울리히를 죽이라고 말한다. 그가 남편의 길을 가로 막고 있다면 말이다. 그녀는 평행운동에 서신을 보내 "니체의 해"를 만들자고 요구한다. 또한 니체처럼 정신병을 앓고 있다는 이유로 모스브루거에게 도움을 주려고 한다. 그녀는 이 살인자가 "죄악의 몸" 속에 갇혀 있는 우리 모두에게 경고를 하기 위해 보내졌다고 믿는다. 우리가 우리 삶의 더 높은 가능성들, 다시 말해 "삶의 빛나는 모습을 등한시한 것에 대한 상징"이라는 것이다.

발터

울리히의 친구로 대학에서 미술사를 전공한 화가. 결혼 뒤에도 그림을 그렸고, 그러다 음악가가 되었다. 클라리세와 사랑에 빠진 십 년 동안 어떤 때는 화가였고 어떤 때는 음악가였다. 심지어 문학잡지를 발행한 시인이었고, 연극 쪽 일도 잠시 했으며, 그것들이 적성에 맞지 않는다는 생각이 들자 미술교사와 음악평론가 같은 직업도 전전했다. 각 방면으로 웬만큼 재능이 있었고, 때로는 일부 평론가들의 찬사를 받기도 했다. 하지만 그런 어중간한 재능이 문제였다. 어디에도 정착하지 못하고 끊임없이 여러 분야를 떠돌았다. 그는 "현재처럼 정신적 뿌리가 오염된 시대에는 창조의 순수한 재능"이 발휘될 수 없다는 말로 스스로를 합리화한다. 지금은 경제적 지원을 끊을 거라는 아버지의 협박에 못 이겨 예술 관련 관청에 다닌다.

마인가스트

니체의 사도를 자처하는 스위스 출신의 작가이자 철학자. 발터와 클라리세는 그를 '스승'이자 '예언자'로 여긴다. 음험한 성도착자였던 그는 해외로 나가 많은 추종자를 거느린 유명한 사상가로 변신한다. 어릴 때 그에게 성적 학대를 받은 클라리세는 그의 변신에 자신이 핵심적인 역할을 했다고 믿는다. 그는 결연한 의지와 폭력을 통한 세계의 구원을 꿈꾸고, 클라리세는 그의 비합리적인 글에 매료된다. 반면에 울리히는 그를 무척 역겹고 경박한 떠버리 정도로 여기고, 클라리세의 가정을 파탄내는 인간으로 취급한다. 나중에는 젊은 남자들에게로 관심을 돌린다.

아가테

울리히의 스물일곱 살 여동생. 주인공과 함께 제3부를 이끌어간다. 아버지의 장례식에서 오랫동안 헤어져 지내던 오빠를 만난다. 남매는 어머니가 일찍 죽은 뒤 각자 기숙학교에서 생활했다. 아가테는 열여덟 살에 뜨거웠던 첫사랑과 결혼하지만 남편이 신혼여행중에 갑자기 티푸스에 걸려 죽는다. 삼 년 뒤 아버지의 권유로 내키지 않는 재혼을 한다. 두번째 남편 하가우어는 진보적 교육학자로 성실하고 능력 있는 김나지움 교장이다. 확고한 도덕적 가치관과 정연한 생활방식을 갖고 있고, 음주와 도박을 모르고, 자신의 생각이 검증을 거친 옳은 것이라 굳게 믿는다. 아가테는 이런 남편을 견디지 못한다. 더는 이 결혼생활을 이어가고 싶지 않다. 장례식이 끝나자 남편과의 이혼을 결심한다. 심지어 부친이 남긴 재산을 남편에게 한 푼도 주지 않기 위해 아버지의 유언장까지 위조한다.

아가테는 내면의 반발에도 불구하고 지금껏 삶이 제시하는 길에 순응하며 살아왔다. 의미 없는 삶이었다. 그녀는 오빠와 마찬가지로 지금까지의 삶을 후회한다. 남매는 빈에 있는 울리히의 집으로 거처를 옮겨 당분간 함께 살기로 한다. 새로운 삶과 도덕 속으로 발을 내미는 모험이다. 그러고도 변화가 없으면 아가테 역시 스스로 목숨을 끊겠다고 마음먹는다.

5. 도덕적 실험으로서의 천년제국

의지할 정신적 기준점이 없는 무질서한 세계에서 어떻게 살아가야 할지 갈피를 잡지 못하던 울리히는 쌍둥이 같은 동생에게 자기애를 느끼고, 그에 기대어 의미 없는 현실적 사건에서 등을 돌린 뒤 살아갈 방향으로서 새로운 도덕의 '천년제국'을 꿈꾼다. 기독교에서 차용한 것으로 보이는 이 제국은 이기심이 사라지고, 재물과 이념, 친구, 원칙, 심지어 "자신에게조차 연연해하지 않고", 감각이 열리고, 인간과 동물의 경계가 사라지고, "우리가 더는 우리로 남지 않고 오직 모든 세계와 어우러짐으로써 우리를 유지하는 그런 방식으로" 살아가는 세계다. 이는 얼핏 보면 성자들의 세계와 유사해 보이지만 울리히와 아가테는 신에 대한 믿음 없이 현실적 인간으로서 그 세계의 문을 두드린다. 이 세계는 성자들만 체험하는 것이 아니라 누구나 시선을 바꾸면 사물과의 관계가 바뀌면서 한순간에 다른 세계로 옮겨가는 특별한 경험을 할 수 있다. 무질이 천착하던 '다른 상태'이자, 기존의 "자신을 잃어버리는" 순간 불현듯 "자기에게 이르는" 순간이다.

무질에게 문학의 목표는 현실 개선이 아니라 세계 인식이다. 인식의 대상은 무엇보다 '다른 상태' 또는 '다른 세계'다. 물론 우리가 살아가는 현실과 다른 세계가 있다는 말은 아니다. 현실에는 오직 하나의 세계뿐이다. 다만 대상과 인간 사이에 두 개의 관계가 존재한다. 길들여진 오성과 감성의 눈으로 세계를 보느냐, 반짝거리는 영혼과 감성의 눈으로 세계를 보느냐에 따라 경험세계는 완전히 달라진다. 세계를 인과적 방식 대신 지극히 개인적이고 창조적인 눈으로 바라보면 대상은 본질이 변하지 않으면서 새로운 모습으로 다가온다. 대상이 감정을 바꾸는 것이 아니라 감정이 대상을 바꾼 것이다. 이렇게 설명해보자. 아이들이 갖고 노는 책받침 모양의 만화경이 있다. 이 만화경에는 그림이 하나 그려져 있는데, 일상의 눈으로 보면 일차원적인 평면밖에 보이지 않는다. 그런데 이리저리 돌리다보면 갑자기 어느 순간 멋진 입체의 세계가 나타난다. 시선을 바꾸면 단조롭고 따분한 대상 속에 숨어 있던 놀라운 세계가 드러난다는 말이다. 울리히에게 천년제국이란 이런 다른 상태 속으로 들어가는 것을 의미한다.

불변의 진리가 없다면 불변의 도덕도 없다. 도덕은 플라톤의 이데아처럼 우주 저멀리 있는 것을 상기의 형태로 다시 떠올리는 것이 아니고, 기독교의 신처럼 절대적 존재에게서 내려온 것도 아니며, 칸트의 도덕법칙처럼 우리 내면에 원래 존재하는 것도 아니다. 기존의 도덕은 "다른 모든 질서와 마찬가지로 강제와 폭력을" 통해 생겨난다. 권력자들은 자신의 지배력을 공고히 하려고 나머지 사람들에게 도덕적 규범을 부과한다. 그로써 인간 삶을 지배하는 도덕적 '그물망'이 생겨나고, 개인의 행동은 그에 따라 재단된다. 우리가 도덕과 진리라는 이름으로 세상에 폭력을 가할수록 개인의 고유성은 말살되고, 세상에는 평균화된 집단적 가치밖에 남지 않는다. 그로써 개인의 삶은 집단적 "평균치의 가벼운 편차"로 전락한다. 울리히는 개인적인 도덕을 원한다. 외부에서 강제된 도덕이 아닌 자기 속에서 우러나고, 타인의 삶과 충돌하지 않으면서 자기만의 지극한 행복을 추구하는 도덕이다. 이런 도덕 안에서는 기존 질서에 위배되는 행위도 비도덕이 아닐 수 있다. 본질적으로 기존 도덕은 기존 질서를 유지하려는 경직된 행위 규범에 지나지 않기 때문이다. 이런 도덕관에서 벗어나면 인간과 사물 사이에 새로운 관계가 맺어지고, 근친상간처럼 비치는 남매간의 애정도 다르게 보이고, 아가테의 유언장 위조도 다르게 해석될 수 있다. 길들여진 오성과 감성에서 탈피해 관점을 바꾸면 일탈 행위도 "우리 삶이 다르게 흘러갈 수 있음"을 보여주는 가능성의 세계일 수 있다.

무질에게는 도덕 또한 가능성의 영역이다. 이런 측면에서 보자면 그가 삶을 마감할 때까지 소설을 끝내지 못한 것은 충분히 이해할 만하다. 그에게 삶은 끝나지 않는 사고의 실험이자, 새로운 도덕적 가능성의 끊임없는 모색일 테니까.

6. 번역의 문제

무질의 작품은 어렵다. 유럽의 정신사를 촘촘하게 훑는 사유의 폭과 정신의 밀도는 따라가기 쉽지 않다. 게다가 그런 사유를 풀어내는 문체 또한 굉장히 독특하면서도 난해하다. 예사로운 문장이 거의 없다.

평범한 의미의 문장을 쓰더라도 익숙하고 진부한 표현은 배제한다. 이유가 있다. 작가는 오성과 감성의 길들여짐을 가장 경계하는데, 언어적인 측면에서도 타성에 젖은 표현을 사용하면 자신이 원래 말하고자 하는 바를 제대로 전달할 수 없다고 여기기 때문이다. 문체는 생각을 드러내는 양식이다. 생각이 새롭다면 문체 역시 기존의 방식에서 탈피해야 한다. 더구나 무질의 표현에는 익숙지 않은 단어의 조합이 많다. 낯선 조합으로 사고에 충격을 가하고 사물을 보는 다른 가능성을 제공하기 위해서다.

무질의 작품에선 비유가 특히 두드러진다. 그의 말에 따르면 세상에는 "비유와 명쾌함"이라는 두 가지 행동방식이 있다. 명쾌함은 논리학의 필연적 결과로서 상황이 명쾌하지 않으면 모든 일이 잘못될 수 있다는 "삶의 궁여지책"에서 나온다. 반면에 비유는 꿈속에 등장하는 영상들의 결합으로 직관 속에서 "사물들의 동족 관계를 드러내는 영혼의 매끄러운 논리학이다." 그의 비유는 무척 독창적이다. 상투적인 비유는 없다. 대상이나 현상 속에 내재한 숨은 본질을 직관적으로 포착한 개인적인 체험과 상상에서 나온 것들이다. 그러다보니 읽는 이에게는 낯설기 그지없다. 비유하는 대상과 비유되는 대상의 간극이 클수록 사고의 진폭은 커진다.

사실 무질의 독특한 문체를 우리말로 옮기는 건 불가능하다. 문체를 살린답시고 원문의 표현에 매달리면 누구도 이해할 수 없는 한국어 문장이 나온다. 이 지점에서 옮긴이의 고민이 시작되었다. 어떤 식으로 번역해야 할까? 원문을 살려야 할까, 한국어를 살려야 할까? 결론은 명확했다. 어떻게든 읽을 수는 있게 만들자는 것이다. 누구도 읽을 수 없다면 아무리 훌륭한 작품인들 무슨 소용이 있겠는가? 무질의 문체를 느끼고 싶은 독자라면 원문과 대조해가며 읽기를 바랄 뿐이다. 이 작품을 번역하는 과정에서 영어판도 참조했음을 밝힌다. 같은 길을 걷고 같은 대목에서 고민하는 길벗의 애환과 동질감을 느낀 소중한 기회였다.

마지막으로 개인적인 소회를 밝히자면, 이 작품은 번역을 시작해서 출간하기까지 꼬박 십 년이 걸렸다. 옮긴이는 석사과정을 무질의 『생도 퇴를레스의 혼란』 연구로 마친 뒤 독일에서 '무질의 노벨레'로 박사학위논문을 쓰던 중, 1996년 간첩 조작 사건에 연루되어 학업을 중단해야 했는데, 논문을 마저 끝내지 못한 아쉬움을 이 번역으로 갈음하고자 한다. 이제야 학문과 연결된 삶의 한 시기를 갈무리하고 홀가분한 마음으로 무질을 떠나보낼 수 있을 듯하다.

박종대

1880년	11월 6일, 오스트리아 클라겐푸르트에서 엔지니어인 아버지 알프레트와 어머니 헤르미네 사이에서 태어남.
1881~1882년	체코의 호무토프로 이주함.
1882~1891년	오스트리아 슈타이어로 돌아옴. 레알슐레 입학. 빼어난 성적을 기록했지만 신경 및 뇌질환으로 여러 차례 학업을 중단하고 사교육을 받음.
1891~1892년	아버지가 브륀공과대학교 교수에 임용됨. 로베르트는 당분간 여기서 레알슐레를 다님.
1892~1894년	가족 간의 의견 다툼 끝에 아이젠슈타트군사중학교를 다님.
1894~1897년	메리시-바이스키르헨에 있는 군사중등학교를 다님. 이 시기의 경험이 무질의 첫 소설 『생도 퇴를레스의 혼란*Die Verwirrungen des Zöglings Törleß*』의 토대가 됨. 포병학을 공부하면서 기술 분야에 재능과 관심이 있음을 발견함.
1897년	빈의 군사기술사관학교에 입학.
1898~1901년	사관학교를 중퇴하고 아버지가 가르치는 브륀공과대학교에서 기계공학을 공부함. 처음으로 습작 시작. 당시 원고는 남아 있지 않음. 세기 전환기 무렵부터 일기를 쓰기 시작함. 그의 말에 따르면, 니체와 랠프 월도 에머슨, 도스토옙스키, 노발리스, 마테를링크, 릴케의 작품에서 지대한 정신적 영향을 받았다고 함.
1901년	엔지니어 국가시험에 합격.

1901~1902년	카카니엔 제49보병연대에서 군복무.
1902~1903년	아버지의 소개로 슈투트가르트공과대학교에서 인턴 조교로 일함. 『생도 퇴를레스의 혼란』 작업 시작.
1903~1908년	베를린대학교에서 철학과 실험심리학 공부.
1905년	무질의 일기에 처음으로 『특성 없는 남자Der Mann ohne Eigenschaften』에 관한 구상 등장.
1906년	『생도 퇴를레스의 혼란』이 빈에서 출간됨. 색채 인식 장치 개발. 베를린 출신의 유부녀 마르타 마르코발디를 만남.
1908년	마흐 이론에 관한 논문으로 철학, 물리학, 수학 박사학위 취득.
1908~1910년	베를린에서 작가로 활동. 『합일Vereinigungen』, 『몽상가들 Die Schwärmer』 작업 착수.
1911~1914년	재차 아버지의 소개로 빈공과대학교에서 시보로 일하다가 나중에 사서가 됨. 1911년 4월 15일, 이미 두 아이가 있던 마르타와 결혼함. 두 소설 「사랑의 완성」과 「고요한 베로니카의 유혹」이 『합일』이라는 제목으로 묶여 출간됨.
1913년	잡지 〈로제 포겔〉 〈디 악치온〉 〈디 바이센 블래터〉 〈디 노이에 룬트샤우〉에 글을 기고함.
1914년	베를린의 잡지 〈디 노이에 룬트샤우〉 편집자로 일함.
1914~1918년	이탈리아 전선에서 예비군 장교로 참전해 여러 훈장을 받음. 1916년부터는 보젠에서 발행된 〈군인 신문〉 편집자로 근무.
1917년	아버지가 귀족 작위를 받음. 이 작위는 아들에게도 상속됨.
1919년	빈의 오스트리아 외무성 홍보부에 취직해 1920년까지 일함.
1920년	베를린에서 훗날 로볼트출판사를 설립하게 되는 에른스트 로볼트를 만남. 육군 자문위원으로 일하기 시작해 1922년

	까지 계속함. 공직 활동이 종료된 이후 경제적 어려움에 처함.
1921년	희곡『몽상가들』완성. 이 시기부터 주로 빈에서 연극 평론가, 수필가, 프리랜서 작가로 활동함.
1923년	『몽상가들』로 클라이스트문학상을 받음. 12월에는 베를린에서 소극『빈첸츠와 유력 인사들의 여자친구*Vinzenz und die Freundin bedeutender Männer*』가 초연됨.
1923~1929년	오스트리아의 독일작가협회 부회장 겸 이사로 활동함. 당시 회장은 후고 폰 호프만스탈.
1924년	어머니와 아버지가 차례로 사망함. 소설집『세 여인*Drei Frauen*』출간. 빈시에서 주는 예술상을 받음.
1927년	1월에 릴케를 애도하는 연설을 함. 4월에는 베를린에서 『몽상가』초연. 원작을 심하게 훼손한 연극에 항의. 게르하르트-하우프트만상을 받음.
1930년	『특성 없는 남자』제1, 2부를 묶은 제1권이 로볼트출판사에서 출간됨. 큰 성공을 거두지만 재정 상황은 여전히 나아지지 않음. 이후 베를린에서 제2권 집필을 이어감.
1932년	경제적으로 무질의 소설을 지원하기 위해 베를린에 무질협회가 세워짐.『특성 없는 남자』제3부가 나옴.
1933년	나치가 정권을 잡자 무질 부부는 독일을 떠나 빈으로 돌아감. 경제적 궁핍으로 또다시 창작에 차질이 생김.
1934년	베를린의 사례에 따라 빈에도 무질협회가 생김.
1935년	파리에서 열린 '문화 수호를 위한 국제 작가회의'에서 강연함. 조각가 프리츠 보트루바와 교분을 쌓음.
1936년	전해 12월 스위스의 한 출판사에서 산문집『생전 유고』출간. 뇌졸중으로 쓰러짐. 북부 이탈리아를 거쳐 취리히로 망명. 나치에 의해 산문집은 당해에,『특성 없는 남자』는 이

년 뒤, 독일과 오스트리아에서 금서로 지정됨.

1939년 아내와 함께 제네바로 이주. 경제적 궁핍과 인간적 고독 속에서도 『특성 없는 남자』를 계속 써나감. 로베르 르죈 목사와 구호단체의 지원을 받음.

1942년 4월 15일, 제네바에서 뇌졸중으로 세상을 떠남. 필생의 작품이 미완성으로 남음.

1943년 마르타 무질이 미완성 유고를 자비로 출간. 대중에게 남편의 작품을 각인시키려 애쓰고, 스위스 언론인 아르민 케서에게 도움을 청함.

1949년 마르타가 로마에서 사망함.

1952~1957년 아돌프 프리제가 편집한 『특성 없는 남자』가 세 권으로 로볼트출판사에서 처음 출간됨.

문학동네 세계문학전집 발간에 부쳐

세계문학은 국민문학 혹은 지역문학을 떠나 존재하는 문학이 아니지만 그것들의 총합도 아니다. 세계문학이라는 용어에는 그 나름의 언어와 전통을 갖고 있는 국민문학이나 지역문학의 존재를 인정하면서 그것을 넘어서는 문학의 보편적 질서에 대한 관념이 새겨져 있다. 그 용어를 처음 고안한 19세기 유럽인들은 유럽문학을 중심으로 그 질서를 구축했지만 풍부한 국민문학의 전통을 가지고 있는 현대의 문학 강국들은 나름의 방식으로 세계문학을 이해하면서 정전(正典)의 목록을 작성하고 또 수정한다.

한국에서도 세계문학 관념은 우리 사회와 문화의 변화 속에서 거듭 수정돼왔다. 어느 시기에는 제국 일본의 교양주의를 반영한 세계문학 관념이, 어느 시기에는 제3세계 민족주의에 동조한 세계문학 관념이 출현했고, 그러한 관념을 실천한 전집물이 출판됐다. 21세기 한국에 새로운 세계문학전집이 필요하다는 것은 명백하다. 우리의 지성과 감성의 기준에 부합하는 세계문학을 다시 구상할 때가 되었다.

문학동네 세계문학전집은 범세계적으로 통용되는 고전에 대한 상식을 존중하면서도 지난 반세기 동안 해외 주요 언어권에서 창작과 연구의 진전에 따라 일어난 정전의 변동을 고려하여 편성되었다. 그래서 불멸의 명작은 물론 동시대 세계의 중요한 정치·문화적 실천에 영감을 준 새로운 작품들을 두루 포함시켰다.

창립 이후 지금까지 한국문학 및 번역문학 출판에서 가장 전문적이고 생산적인 그룹을 대표해온 문학동네가 그간 축적한 문학 출판 경험을 바탕으로 새로운 세계문학전집을 펴낸다. 인류가 무지와 몽매의 어둠 속을 방황하면서도 끝내 길을 잃지 않은 것은 세계문학사의 하늘에 떠 있는 빛나는 별들이 길잡이가 되어주었기 때문이다. 우리가 자부심과 사명감 속에서 그리게 될 이 새로운 별자리가 독자들의 관심과 애정에 힘입어 우리 모두의 뿌듯한 자산이 되기를 소망한다.

문학동네 세계문학전집 편집위원
민은경, 박유하, 변현태, 송병선, 이재룡, 홍길표, 남진우, 황종연

세계문학전집 227

특성 없는 남자 3

초판 인쇄 2023년 3월 7일
초판 발행 2023년 3월 20일

지은이 로베르트 무질 | 옮긴이 박종대

편집 송지선 김지은 오동규
디자인 김이정 최미영 | 저작권 박지영 형소진 이영은
마케팅 정민호 이숙재 김도윤 한민아 이민경 안남영 김수현 왕지경 황승현 김혜원
브랜딩 함유지 함근아 박민재 김희숙 고보미 정승민
제작 강신은 김동욱 임현식 | 제작처 영신사

펴낸곳 (주)문학동네 | 펴낸이 김소영
출판등록 1993년 10월 22일 제2003-000045호
주소 10881 경기도 파주시 회동길 210
전자우편 editor@munhak.com | 대표전화 031)955-8888 | 팩스 031)955-8855
문의전화 031)955-1927(마케팅), 031)955-2686(편집)
문학동네카페 http://cafe.naver.com/mhdn
인스타그램 @munhakdongne | 트위터 @munhakdongne
북클럽문학동네 http://bookclubmunhak.com

ISBN 978-89-546-9148-2 04850
     978-89-546-0901-2 (세트)

잘못된 책은 구입하신 서점에서 교환해드립니다.
기타 교환 문의 031) 955-2661, 3580

www.munhak.com